에도가와 란포 江戸川乱歩, 1894~1965

일본 추리소설의 아버지로 칭송받는 거장. 본명은 히라이 타로(平井太郎)로, '에도가와 란포'는 에드거 앨런 포의 이름에서 착안한 필명이다.

1894년 미에 현에서 출생한 에도가와 란포는 와세다 대학 정경학부를 졸업한 후 무역회사, 조선소, 헌책방, 신문 기자 등 다양한 직업을 거친 후 1923년 문예지 《신세이넨》에 단편소설 〈2전짜리 동전〉을 발표하면서 소설가로 데뷔하였다. 추리에 기반을 둔 이지적인 탐정소설을 지향했던 란포는 1925년 밀실 범죄를 다룬 〈D언덕의 살인사건〉과 후속작 〈심리시험〉(1925)에서 명탐정 아케치 고고로를 창조하였으며, 이 시기 작품들은 일본 추리소설의 초석으로 평가받고 있다. 일본 최초의 사립탐정 캐릭터인 아케치 고고로는 범행 동기와 범죄를 저지르기까지의 심리적 추론에 집중한다는 점에서 독창적인 위치를 점유하고 있으며, 요코미조 세이시의 '긴다이치 코스케', 다카기 아키미쓰의 '가즈미 교스케'와 함께 일본의 3대 명탐정으로 일컬어지고 있다. 한편 환상, 괴기, 범죄 등의 이른바 변격(変格)소설에 대한 대중의 수요가 높아지자 란포는 이를 수용, 〈천장 위의 산책자〉(1925), 〈인간 의자〉(1925), 〈거울 지옥〉(1926)와 같은 걸작을 연이어 발표하면서 대중적으로도 큰 사랑을 받았다. 《난쟁이》(1926)가 아사히신문에 연재되면서 전국적으로 이름을 알린 란포는 그러나 트릭과 논리를 지향하는 자신의 이상향과 독자를 의식하여 쓰는 작품과의 괴리에 스스로 한계를 느껴 1927년 휴필을 선언하였다. 1928년 《음울한 짐승》으로 복귀한 란포는, 이 작품이 연재되는 잡지가 3쇄까지 증쇄되는 등 커다란 성공을 거두었다. 그리고 1936년 소년 독자를 대상으로 하는 탐정소설 《괴인 20면상》으로 란포는 남녀노소 모두에게 사랑받는 국민 작가로 인정받게 되었다. 활극적 탐정소설에서 란포의 장기인 에로티시즘과 그로테스크한 면을 제거한 이 작품은 '뤼팽 대 홈스'를 '20면상 대 아케치 고고로'로 치환한 것으로, 청소년 독자들의 열렬한 지지에 힘입어 '소년탐정단 시리즈'라는 이름으로 20권이 넘는 속편이 출간되었다.

태평양전쟁 이후 란포는 일본탐정작가클럽(現 일본추리작가협회)을 창설(1947), 자신의 이름을 딴 '에도가와 란포 상'을 통해 신인작가를 발굴하였으며, 일본 최초의 추리문학 평론지 《환영성》을 간행하는 한편 강연과 좌담회를 개최하는 등 추리소설 저변 확대와 신인작가 등용을 위해 1세대 작가, 평론가로서 전력을 쏟아부었다.

히가시노 게이고, 미야베 미유키, 요코미조 세이시, 시마다 소지 등 일본을 대표하는 추리문학 작가들이 란포에게 영향을 받았으며, 란포의 영향력은 장르를 넘어 만화, 영화 등 대중문화에서도 여전히 유효하다. '대란포(大乱歩)'로도 불리는 에도가와 란포는 미스터리 소설 대국 일본을 있게 한 거장으로 추앙받고 있다.

사진 제공: 릿쿄 대학 에도가와 란포 기념 대중문화연구센터
SIGONGSA *design* 박지은

에도가와 란포 결정판 1

Oshie to Tabisuru Otoko / Imomushi / Yaneura no Sanposha/
Kumo Otoko
by Rampo Edogawa edited by Hirohisa Shimpo and Yuzuru Yamamae

Original Japanese edition published by Kobunsha Co., Ltd.

This Korean Translation edition is published by arrangement with Kobunsha Co., Ltd.
through Shinwon Agency Co., Seoul.

에도가와 란포 결정판 1

에도가와 란포(江戸川乱歩) 지음 | 권일영 옮김

*이 책은 2004년에서 2005년 고분샤에서 기획 출간한 《에도가와 란포 전집》 1, 3, 5권에 수록된 각 작품을 완역한 것입니다.

*본문 내 모든 해제는 일본 추리소설 평론가 야마마에 유즈루와 신포 히로히사가 작성하였습니다.

*해제 외 모든 주석은 옮긴이가 작성하였습니다.

*해제, 역주 외 주석은 편집자가 작성하였습니다.

*작품 중에는 오늘날 인권 보호의 견지에 비추어 부당하거나 부적합하다고 생각되는 어구나 표현이 있습니다만, 본작이 고전으로 평가받고 있는 점, 집필 당시 시대를 반영한 에도가와 란포의 독자적인 세계라는 점을 고려하여 대부분 원문을 그대로 두었음을 밝힙니다.

차례

인사의 말

이번에 에도가와 란포의 작품이 한국에서 본격적으로 번역 출간된다니, 매우 기쁘고 또 영광스럽습니다.

일본 미스터리는 에도가와 란포에 의해 발전했다고 해도 지나친 말이 아닙니다. 어른은 물론이고 소년소녀까지 란포의 작품에 빠져들었습니다.

기괴하고 환상적이면서도 왠지 정겨운 느낌이 드는 란포의 작품은 발표된 지 오랜 세월이 흘렀지만 오늘날에도 매력은 여전히 줄지 않았습니다.

우리 일본추리작가협회는 1947년 에도가와 란포가 주창하여 '탐정작가클럽'으로 발족했습니다. 그 뒤로 미스터리 보급을 위해 다양한 활동을 해왔습니다. 그 가운데 하나가 응모된 원고를 대상으로 한 신인상 '에도가와 란포 상'의 심사 및 수여입니다.

이 상은 히가시노 게이고를 비롯한 수많은 인기 작가를 길러냈습니다. 앞으로도 일본 미스터리의 미래를 짊어질 신인작가가 이 상을 통해 배출될 것입니다.

일본은 이제 미스터리가 완전히 정착해 엔터테인먼트 소설의 중심이 되었습니다. 일본 내 많은 문학상을 미스터리 작가가 수상하게 되었습니다.

이 또한 에도가와 란포의 공적이라고 할 수 있습니다.

무엇보다 란포의 작품을 즐겨주시기 바랍니다. 이를 계기로 일본 미스터리에 관심을 갖게 되신다면 매우 기쁘겠습니다.

에도가와 란포는 필명이며 그 이름은 미국 소설가 에드거 앨런 포에서 따왔습니다.

일본추리작가협회 대표이사
곤노 빈(今野 敏)

江戸川乱歩 決定版

오시에와 여행하는 남자

押　絵　と　旅　す　る　男

읽기 전에

〈오시에[1]와 여행하는 남자〉는 1929년 6월, 월간지 《신세이넨(新靑年)》(하쿠분칸(博文館) 〔초〕[2])에 발표되었고, 같은 해 6월 슌요도(春陽堂)판 《탐정소설전집》 제1권 《에도가와 란포집》(〔슌1〕)에 수록되었다. 이 책은 헤이본샤(平凡社)판 《에도가와 란포 전집》 제3권(1932년 1월 〔헤〕)을 저본으로 삼아 새 한자와 새 가나 쓰기 규정을 적용해 처음 나온 슌요도판 《에도가와 란포 전집》 제1권(1955년 2월 〔슌2〕) 및 도겐샤(桃源社)판 《에도가와 란포 전집》 제8권(1962년 5월 〔도〕)과 대조하여 문장 부호와 오자를 정정하였다.

처음 발표되었을 때 끄트머리에 다음과 같은 내용을 덧붙였다.

지난 호에 예고한 작품을 쓰지 못했다. 그렇다고 약속을 어길 수는 없어 다른 원고를 써서 비난을 막았다. 독자 여러분은 양해하시기를.

---

1 押絵, 두툼한 종이를 사람이나 새, 꽃 모양으로 잘라 솜을 얹은 다음 예쁜 천으로 싸서 판자 등에 붙이는 전통 공예를 말한다. 우리말로 마땅한 용어가 없어 일본 발음을 그대로 사용한다. 이 작품의 영어판은 'pasted rag picture(붙인 천 조각 그림)' 또는 'brocade portrait(비단 초상화)'라는 표현을 사용했다. - 역주

2 하쿠분칸에서 간행된 초판본은 〔초〕로 표기하고, 나머지 판본별 차이는 해당 출판사의 첫 글자를 따 〔슌1〕, 〔헤〕, 〔슌2〕, 〔도〕로 표기하여 각주에서 밝힌다.

예고했던 작품은 나중에 《가이조(改造)》[3]에 발표한 〈애벌레〉였다.

슌요도판 및 헤이본샤판은 처음 발표되었을 때와 거의 같은 상태다. 슌요도판은 1946년에 발표된 '새 가나 쓰기' 규정을 따랐고(다만 히라가나에서 요음과 촉음 구별은 하지 않았다), 보조동사에 쓰인 한자는 풀어 썼으며 한자 발음 표기를 더 늘렸다. 내용에 있어서 모두 가필, 정정, 수정된 부분은 없다. 각 판본별 차이는 본문 내 각주에서 '해제'로 밝혔다.

---

3 1919년 창간되어 1955년에 폐간된 종합 잡지. 사회주의적인 평론이 많이 실렸다. – 역주

이 이야기가 꿈이거나 광기 때문에 잠깐 본 환각이 아니라면 오시에를 가지고 여행하던 그 남자야말로 틀림없이 미치광이다. 하지만 꿈이 때론 이 세상과 뭔가 다른 세계를 슬쩍 보여주듯이, 또는 우리는 전혀 느낄 수 없는 사물이나 현상을 미치광이는 보고 듣듯이 나는 신비한 대기의 렌즈를 통해 아주 잠깐 이 세상 밖에 있는 다른 세계의 한구석을 얼핏 엿본 것인지도 모른다.

언제였는지 모르지만 따스하고 살짝 흐린 날이었다. 그때 나는 일부러 시간을 내어 우오즈[4]에 가서 신기루를 구경하고 돌아오는 길이었다. 내가 이 이야기를 하면 친한 친구들은 가끔[5] 넌 우오즈 같은 데 간 적이 없지 않느냐고 따지고 든다. 그런 소리를 듣고도 나는 언제 우오즈에 갔었다는 확실한 증거를 제시하지 못한다. 그렇다면 역시 꿈이었던가? 하지만 나는 여태 그토록 짙은 색채를 지닌 꿈을 꾼 적이 없다. 꿈속에서 본 풍경은 영화[6]처럼 모두 색채가 없을 텐데 그때 기차 안에서 본 풍경만은, 그것도 유난히 선명한 오시에 화면을

---

4 도야마 현 동부에 있는 동해를 바라보는 아름다운 항구도시. 북양어업의 근거지이며 신기루로 유명하다. - 역주

5 〔도〕에는 '가끔'이 없다. - 해제

6 〔도〕에는 '흑백영화'로 되어 있다. - 해제

중심으로 보라색과 밝은 빨간색이 돋보이는 색깔로 마치 뱀의 눈동자[7]처럼 생생하게 내 기억에 새겨졌다. 컬러영화 같은 꿈이란 게 있는 걸까?

그때 난생처음 신기루라는 것을 보았다. 커다란 조개가 내뿜는 숨결 속에 아름다운 용궁성이 떠 있는 그런 고풍스러운 그림[8]을 상상했던 나는 진짜 신기루를 보고 진땀이 날 것 같은, 공포에 가까운 놀라움에 휩싸였다.

우오즈 해변에 가로수처럼 서 있는 소나무 숲 쪽으로 콩알만 하게 보이는 사람들이 우글우글 모여 숨을 죽이고 시야를 가득 채운 드넓은 하늘과 바다 수면을 바라보고 있었다. 나는 그렇게 조용한, 벙어리처럼 입을 다문 바다를 본 적이 없다. 동해 바다가 거칠다고 생각

---

7 〔순2〕, 〔도〕에는 '뱀의 눈처럼'이라고만 되어 있다. – 해제
8 고대 중국에서는 신기루를 거대한 대합이 뿜어내는 숨이라고 믿었다. – 역주

▲ 도리야마 세키엔(鳥山石燕, 1712~1788)의 《금석백귀습유(今昔百鬼拾遺)》에 실린 〈신기루〉. '신(蜃)'이라는 글자는 '큰 조개'를 뜻한다. 즉 신기루를 한자 그대로 풀이하면 커다란 조개가 내뿜는 숨결 속에 있는 누각이라는 뜻이 된다. – 역주

했던 내게는 그것도 무척 뜻밖이었다. 그 바다는 회색이었고, 잔물결도 하나 없어 무한히 펼쳐지는 늪처럼 느껴졌다. 그리고 태평양 쪽 바다처럼 수평선이 아니라 바다와 하늘이 함께 회색으로 녹아들어가 두께를 알 수 없는 안개에 완전히 뒤덮인 느낌이었다. 하늘인 줄 알았던 안개 윗부분에 뜻밖에 수면이 보이고 유령처럼 커다란 흰 돛이 둥실둥실 떠갔다.

신기루는 뿌연 필름 표면에 먹물을 흘려, 그게 자연스럽게 천천히 스며드는 모습을 터무니없이 큰 화면의 영화로 찍어 허공에 비춘 듯한 모습이었다.

저 멀리 보이는 노토 반도의 숲이 어긋난 변형 렌즈 같은 대기를 통해, 초점이 잘 맞지 않은 현미경으로 바로 눈앞 허공에 있는 검은 벌레를 들여다보는 것처럼 또렷하지 않은 모습으로, 그리고 엄청나게 확대되어 구경하는 사람들의 머리 위를 뒤덮었다. 그것은 기묘한 모습을 띤 먹구름 비슷했지만 먹구름이라면 그 위치가 확실히 파악되어야 하는데 신기루는 이상하게도 그걸 보는 사람과의 거리가 지독하게 모호했다. 먼바다 위에 떠도는 오뉴도(大入道)[9] 같기도 하고 또는 바로 앞까지 다가온 기이한 모양의 안개 같기도 해, 결국은 보는 사람의 망막 표면에 불쑥 떠오른 한 점의 얼룩처럼 느껴지기도 했다. 이 모호한 거리감 때문에 신기루는 생각보다 훨씬 으스스한 미치광이 같은 느낌을 주었다.

---

9 일본 각지에 서식한다고 전해지는 요괴. 이름은 중을 뜻하지만 그 모습이 분명하지 않은 그림자 같은 요괴나 산처럼 커다란 거인으로 그려지기도 한다. - 역주

모호한 모양을 한 새카맣고 거대한 삼각형이 탑처럼 쌓이기도 하고 눈 깜빡할 사이에 흩어져 옆으로 길게 늘어선 기차처럼 달리기도 했다. 그러다 여러 개로 흩어져 늘어선 노송나무 가지처럼 보이기도 하고 움직이지 않는 것 같은데도 어느새 완전히 다른 모양으로 변했다.

신기루가 지닌 마력에 사람을 미치게 만드는 면이 있다면 아마 나는 적어도 기차를 타고 돌아오는 길에도 그 마력에서 벗어나지 못했을 것이다. 두 시간 남짓 서서 기이한 하늘을 바라보던 나는 그날 저녁 무렵에 우오즈를 떠나 기차 안에서 하룻밤을 지낼 때까지 확실히 여느 때와 완전히 다른 기분이었다. 혹시 그건 악마처럼 사람의 마음을 사로잡아 멋대로 농락한, 일시적인 광기 같은 것이었을까?

우오즈 역에서 우에노로 가는 기차에 오른 때는 저녁 6시쯤이었다. 묘한 우연일까? 그 주변 기차는 늘 그렇지만 내가 탄 2등차[10]는 교

▲《광가괴담(狂歌百物語)》에 실려 있는 〈오뉴도〉.

10 〔도〕에는 '그때는 3등차까지 있었다'는 주석이 괄호 안에 들어 있다. – 해제
일본은 1872년 철도산업이 시작된 이후 객차를 3등급으로 운영했다. 초기에는 상등, 중등, 하등으로 구분했으며 1879년부터는 1등, 2등, 3등으로 나누어 운영했다. 이렇게 좌석을 구분한 것은 2등급제로 바뀌는 1960년까지 이어졌다. – 역주

회당처럼 텅 비어, 나 말고 먼저 타 있는 손님은 맞은편 구석 의자에 걸터앉은 사람 딱 한 명뿐이었다.

기차는 단조로운 기계음을 내면서 쓸쓸한 바닷가 가파른 벼랑과 모래언덕 위를 쉼 없이 달렸다. 늪 같은 바다 위 안개 깊숙한 곳에 검붉은 핏빛 저녁놀이 흐릿하게 물드는 중이었다. 묘하게 크게 보이는 흰 돛이 그 안에서 꿈꾸듯 떠갔다. 바람 한 점 없는 무더운 날이라 기차가 달릴 때면 여기저기 열어놓은 창문으로 숨어드는 산들바람도 유령처럼 불다 말다 했다. 짧은 터널과 설해 방지용 기둥들이 광막한 회색 하늘과 바다를 줄무늬 모양으로 가르며 지나갔다.

오야시라즈(親不知) 절벽[11]을 지날 무렵에는 차 안에 켜놓은 전등과 하늘이 같은 밝기로 느껴질 정도로 어둠은 성큼 다가왔다. 바로 그때 맞은편 구석에 앉은 단 한 명의 동승자가 불쑥 일어서더니 의자 위에 커다란 검정 공단 보자기를 펼쳐, 창에 기대어놓았던 가로 50센티미터에 세로 1미터쯤 되는 평평한 물건을 그 안에 싸기 시작했다. 그 모습이 왠지 기묘한 느낌을 주었다.

그 평평한 물건은 틀림없이 그림 액자일 텐데, 무슨 특별한 의미라도 있는지 정면이 창밖을 향하도록 유리에 기대 세워두었다. 보자기에 쌌던 것을 애써 꺼내 그런 식으로 밖을 향해 세워두었던 거라고 생각할 수밖에 없었다. 게다가 그가 다시 짐을 쌀 때 얼핏 보니 액자

---

11 니가타 현 서쪽 끝에 자리한 험한 절벽이 이어지는 지역이다. '오야시라즈'와 '고리사즈'라는 두 지역으로 나뉘지만 대개 두 지역을 합쳐 '오야시라즈'로 부르기도 한다. 전해지는 이야기에 따르면 아비는 자식을, 자식은 아비를 제대로 돌아보지 못할 정도로 절벽과 파도가 워낙 험준해서 붙은 이름이라고 한다. – 역주

표면에 그려진 그림이 색깔도 선명할 뿐 아니라 묘하게 생생해 예사롭지 않아 보였다.

나는 새삼 그 괴상한 물건을 꾸리는 주인을 관찰했다. 그리고 주인이 짐보다 훨씬 이상하다는 사실에 깜짝 놀랐다.

그는 아주 고풍스러운 검은 양복을 입고 있었다. 우리 아버지가 젊은 시절에 찍은 색 바랜 사진에서나 볼 수 있을 법한, 칼라가 좁고 어깨가 처지는 검정 양복이었는데 그게 키 크고 다리가 긴 그 사람과 묘하게 잘 어울리고 무척 패기 있어 보이기까지 했다. 얼굴은 갸름했고 두 눈이 유난히 반짝거린다는 점만 빼면 대체로 잘생기고 스마트한 느낌이 들었다. 그리고 깔끔하게 가르마를 탄 숱이 많은 머리카락이 검게 빛나 얼핏 마흔 살 전후로 보였지만, 자세히 보면 얼굴에 온통 주름이 있어 훨씬 많은 예순 살 정도로 보이기도 했다. 그 검은 머리카락과 하얀 얼굴을 종횡으로 수놓은 주름의 대조가 처음 그런 사실을 깨달았을 때 흠칫 놀랄 정도로 무척 으스스한 느낌을 주었다.

그는 정성스럽게 짐을 다 꾸리더니 불쑥 내 쪽을 바라보았다. 마침 나도 짐 꾸리는 모습을 정신없이 지켜보고 있었던 터라 시선이 딱 마주치고 말았다. 그러자 그는 뭔가 부끄러운지 입꼬리를 올리며 슬쩍 웃어 보였다. 나도 무심코 고개를 숙여 인사했다.

그 뒤 우리는 작은 역 두세 개를 지나는 동안 서로 떨어져 구석에 앉은 채 가끔 시선이 부딪쳐 멋쩍게 외면하기를 반복했다. 밖은 완전히 어두워졌다. 창유리에 얼굴을 바짝 대고 보아도 이따금 뱃전에 등불을 매단 어선이 저 멀리 띄엄띄엄 떠 있는 것을 제외하면 불빛이라고는 전혀 없었다. 끝없는 어둠 속에 우리가 탄 길쭉한 2등차 실내만 단 하나뿐인 세계인 것처럼 계속 덜컹거리며 달려갔다. 어두컴컴한 실내에 우리 두 사람만 남기고 온 세상이, 모든 생물이 흔적도 없이 자취를 감춘 느낌이었다. 어느 역에서도 2등차를 타는 승객은 더 이상 없었다. 차장이나 차장을 보조하는 열차보이[12]도 전혀 보이지 않았다. 지금 돌이켜보면 아주 기괴한 일이었다는 생각이 든다.

마흔 살로도 보이고 예순 살로도 보이는 서양 마술사 같은 풍채를 지닌 그 남자가 점점 무서워졌다. 두려움이란 달리 떨쳐낼 길이 없으면 한없이 커져 온몸 가득 퍼져나가기 마련이다. 나는 결국 솜털 끝까지 두려움으로 가득 차 도저히 견딜 수 없었다. 벌떡 일어나 맞은편 구석에 앉은 그 남자에게 뚜벅뚜벅 걸어갔다. 남자가 의아하다는 듯이 꺼리며 두려워하기를 바랐기 때문에 그에게 다가간 것이다.

나는 그 남자 맞은편 자리에 슬며시 걸터앉았다. 그리고 가까이서 보니 더욱 이상하게 보이는 남자의 주름투성이 흰 얼굴을 내가 마치 요괴라도 된 양 기묘하게 전도된 기분으로 눈을 가늘게 뜨고 숨을 죽인 채 가만히 들여다보았다.

내가 자리에서 일어섰을 때부터 계속 나를 맞이하려는 눈빛을 하고 있던 남자는 내가 그렇게 얼굴을 들여다보자 기다렸다는 듯이 턱으로 옆에 있는 평평한 물건을 가리켰다. 그리고 아주 당연하다는

12 열차 1등칸, 2등칸, 침대칸에 서비스를 제공하던 차장 보조원으로 정식 명칭은 '차장보'다. 3등칸에는 배치되지 않았으며 1976년에 폐지되었다. – 역주

듯 단도직입으로 물었다.

"이거 말이오?"

그 말투가 너무 태연했기 때문에 내가 외려 멈칫했을 정도다.

"이게 보고 싶어서요?"

내가 아무런 대꾸도 않자 남자는 다시 같은 말을 반복했다.

"보여주시겠습니까?"

나는 상대의 말투에 이끌려, 그만 엉뚱한 소리를 하고 말았다. 나는 결코 그 물건이 보고 싶어서 자리에서 일어선 것은 아니었는데.

"기꺼이 보여드리리다. 아까부터 그런 생각을 하고 있었지. 댁은 틀림없이 이걸 보러 올 거라고."

남자는—차라리 노인이라고 부르는 편이 어울리겠지만—그렇게 말하며 기다란 손가락으로 날렵하게 보자기를 풀어 그 액자 같은 물건을 꺼냈다. 이번에는 정면이 차량 안쪽을 향하도록 창에 세웠다.

그 정면을 보고 나도 모르게 눈을 감았다. 왜 그랬는지 지금도 이해가 되지 않지만 왠지 그렇게 해야만 한다는 느낌이 들어 몇 초 동안 눈을 감고 있었다. 다시 눈을 떴을 때 내 앞에는 일찍이 본 적이 없는 기묘한 것이 있었다. 그렇다고 해도 '기묘'한 이유를 확실하게 설명할 표현을 찾을 길은 없지만.

액자에는 가부키 공연 무대로 쓰이는 호화로운 저택 배경 같은 그림이 담겨 있었다. 그림 속 방들은 안이 훤히 들여다보이도록 문을 활짝 열어두었다. 그리고 새로 깐 다다미와 격자 천장이 저 멀리까지 이어지는 모습을 원근법을 최대한 이용해 그려놓았다. 푸른빛을

떤 자주색의 이채(泥彩) 물감을 주로 사용해 매우 강렬한 느낌이 들었다. 왼쪽 앞부분에는 시커멓고 대충 만든 서재로 보이는 방의 창이 그려져 있고, 같은 색 책상이 그 옆에 삐뚜름하게 놓여 있었다. 그런 배경은 그 유명한 에마(絵馬)[13] 그림의 독특한 화풍을 닮았다고 하면 가장 쉽게 이해할 수 있을까?

그 배경 안에서 키 30센티미터쯤 되는 두 인물이 유난히 두드러졌다. 그 인물만 오시에 기법을 사용했기 때문이다. 검정 비로드로 된 고풍스러운 양복을 입은 백발노인이 거북한 듯이 앉아 있었다(이상하게 백발만 빼면 그 모습이 액자 주인과 똑같이 생겼다. 입고 있는 양복 스타일까지 똑같았다). 그리고 예쁜 유이와타[14] 머리를 한 열예닐곱 살쯤 되어 보이는 아름다운 아가씨는 진홍색에 흰 얼룩무늬가 있는 홀치기염색 비단으로 지은 후리소데[15]에 검은 공단으로 만든 오비(帯)[16]를 둘렀다. 그녀는 양복 입은 노인의 무릎에 기대듯 안겨 있었다. 말하자면 연극의 정사 장면 같은 그림이다.

양복 입은 노인과 요염한 아가씨가 어울리지 않아 무척 이상하게 여겼던 것은 설명할 필요도 없지만 내가 '기묘'하게 느꼈던 것은 그

13 절이나 신사에 복을 빌 때 혹은 기원이 이루어진 것을 감사할 때 봉납하는 그림이 그려진 판을 말한다. 작은 말 그림이 그려진 경우가 많아 이런 이름이 붙었지만 간지에 따라 다른 동물을 그리기도 한다. – 역주

14 에도 시대 후기부터 유행한 미혼 여성의 머리 모양 가운데 하나. 머리를 틀어 올려 뒤통수 윗부분에서 감아 홀치기 댕기로 묶어 마무리한다. – 역주

15 미혼 여성이 중요한 행사가 있는 날 격식을 차려입는 소맷자락이 긴 일본 전통 복장. – 역주

16 일본 전통 복식에서 허리에 두르는 띠. – 역주

게 아니다.

거친 배경과 달리 오시에 세공은 놀라울 정도로 정교했다. 얼굴 부분은 흰색 비단으로 올록볼록하게 만들고, 섬세하게 주름 하나까지 표현했다. 아가씨의 머리카락은 진짜 머리카락을 한 올 한 올 심어 사람 머리처럼 묶었다. 노인의 머리도 아마 진짜 백발을 정성스럽게 심었으리라. 양복에는 정확하게 재봉선이 있었고, 적당한 위치에 좁쌀만 한 단추까지 붙어 있었다. 도톰하게 솟아오른 아가씨의 젖가슴도 그렇고 허벅지 부근의 매끄러운 곡선도 그렇고 흐트러진 속옷, 얼핏 보이는 속살의 빛깔, 손에는 조개껍질 같은 손톱이 달려 있었다. 돋보기로 들여다보면 모공이나 솜털까지 제대로 갖추고 있는 게 아닐까 싶을 정도였다.

나는 오시에라고 하면 하고이타 장이 설 때 본 배우 얼굴을 본떠 만든 공예품밖에 본 적이 없다. 하고이타 공예품 중에는 상당히 정교한 것도 있지만 이 오시에는 그런 것과 비교도 할 수 없을 만큼 정교하기 짝이 없었다. 아마 이 분야 명인의 솜씨일 테지만 이것도 내가 이야기하는 '기묘'한 점은 아니었다.

액자는 전체적으로 상당히 낡았고 배경에 쓴 물감은 군데군데 떨어져 있었다. 아가씨의 빨간색 옷이나 노인의 비로드 옷도 차마 볼 수 없을 만큼 초라하게 색이 바랬다. 그런데도 말로는 표현할 수 없을 만큼 생생한 느낌을 지니고 있었다. 보는 이로 하여금 결코 잊을 수 없게 할 정도로 반짝반짝하는 생기를 지닌 것도 신비로운 일이지만 역시 내가 이야기하는 '기묘'한 부분은 아니었다.

그건 군이 말하자면 오시에의 인물이 둘 다 살아 있다는 사실이었다. 분라쿠(文楽)[17]의 인형극에서 하루 종일 연기하다 보면 딱 한두 차례 그것도 아주 잠깐, 명인이 사용하는 인형이 문득 신의 입김을 받은 듯이 진짜 살아 있을 때가 있는데, 이 오시에의 인물은 살아난 그 순간에 생명이 빠져나갈 틈을 주지 않고 얼른 판에 붙여놓은 느낌이라 영원히 살아 있는 것 같았다.

내가 놀란 표정을 지었기 때문인지 노인은 무척 신이 난 목소리로 거의 소리 지르듯 말했다.

"맞아, 댁이라면 이해해줄지도 모르겠구려."

그러면서 어깨에 메고 있던 검은 가죽 케이스를 열쇠로 조심스럽게 열고 안에서 꽤 오래된 쌍안경을 꺼내 그걸 내게 내밀었다.

"이걸 이 망원경으로 한번 봐요. 아, 거기서는 너무 가까우니까 미안하지만 좀 저쪽으로 물러나서. 그래, 그쯤이면 좋겠군."

참으로 이상한 부탁이기는 했지만 한없는 호기심의 포로가 되어 노인이 시키는 대로 자리에서 일어나 액자에서 대여섯 걸음 물러섰다. 노인은 내가 보기 쉽도록 두 손으로 액자를 들어 전등 불빛에 비췄다. 이제 와서 생각하면 그야말로 이상하기 짝이 없는 미치광이 같은 모습이었으리라.

망원경은 아마 외국에서 들여온 지 2, 30년도 더 된 물건 같았다. 우리가 어렸을 때 흔히 안경점 간판에서 보았던 것과 같은 이상하게

---

17 원래 인형극 전문 극장 이름이었으나 지금은 일본의 전통 예술인 인형극 닌교조루리(人形浄瑠璃)를 가리키는 대명사가 되었다. - 역주

생긴 프리즘 쌍안경이었는데, 닳아서 검은 가죽이 벗겨지고 군데군데 황동 바탕이 드러나 있었다. 주인의 양복과 마찬가지로 아주 오래된 정겨운 물건이었다.

희귀한 물건이라 잠시 쌍안경을 이리저리 만져보다가 이윽고 들여다보기 위해 두 손으로 들어 눈앞으로 가져가려고 할 때였다. 느닷없이, 그야말로 갑자기 노인이 비명에 가까운 소리를 질렀다. 나는 하마터면 망원경을 떨어뜨릴 뻔했다.

"아니. 안 돼요. 거꾸로 뒤집어서 봐야 해요. 안 돼."

노인은 얼굴이 파랗게 질려 눈을 동그랗게 뜨고 연신 손을 저었다. 쌍안경을 거꾸로 들여다보는 게 왜 그리 큰 문제일까. 노인의 이상한 태도를 이해할 수 없었다.

"아아, 거꾸로 봐야 하는군요."

쌍안경을 볼 생각에 정신이 팔렸기 때문에 노인의 이상한 표정은 별로 신경 쓰지 않고 쌍안경을 올바른 방향으로 들어 얼른 눈에 댄 다음 오시에를 들여다보았다.

조금씩 초점이 모이자 두 개의 동그란 테가 점차 하나로 겹쳐지며 흐릿한 무지개 같은 것이 점점 또렷해졌다. 그리고 깜짝 놀랄 정도로 커다란 아가씨의 상반신이 마치 온 세상이라도 되는 듯이 내 시야를 가득 메웠다.

뭔가가 그렇게 나타나는 걸 나는 전에도 그 뒤로도 본 적이 없기 때문에 독자에게 설명하기 어렵지만, 그 느낌에 가장 가까운 기억을 떠올리자면 배 위에서 바다로 잠수한 해녀의 어떤 순간의 모습과 닮았다고나 할까? 해녀의 나신이 바닥에 있을 때는 푸른 물의 복잡한 움직임 때문에 그 몸이 마치 해초처럼 부자연스럽게 일렁이며 흔들리고 윤곽도 흐려져 뿌연 도깨비처럼 보인다. 그러다 도로 올라오면 그 모습을 가리고 있던 바닷물의 푸른 정도가 점점 옅어지면서 형태가 또렷해져 물 위로 모습을 쑥 드러내는 그 순간, 눈이 확 떠지듯 물속의 뿌연 도깨비가 바로 인간의 정체를 드러낸다. 오시에는 마치 그런 느낌으로 쌍안경 안에서 내게 모습을 드러내 실물 크기의 살아 있는 한 아가씨로서 움직이기 시작했다.

19세기에 만든 고풍스러운 프리즘 쌍안경 렌즈 너머에 내가 상상도 못 한 다른 세계가 있고, 거기에 머리를 틀어 올린 요염한 아가씨와 고풍스러운 양복을 입은 백발 남자가 기묘한 모습을 하고 있다. 나는 지금 마법사의 도움을 받아 엿보면 안 되는 광경을 엿보고 있다는 형언할 수 없는 야릇한 기분을 느끼며 홀린 듯이 그 이상한 세계로 빨려 들어가고 말았다.

아가씨가 움직이지는 않았지만 그 온몸의 느낌은 맨눈으로 보았을 때와 전혀 달랐다. 생기가 넘치고 창백했던 얼굴도 살짝 분홍빛이 돌며 가슴은 고동쳤다(실제로 심장이 뛰는 소리가 들렸다). 속옷 안에 감춰진 몸에서는 젊은 여성의 활기가 푹푹 뿜어져 나오는 듯했다.

나는 아가씨의 온몸을 한 차례 쌍안경으로 훑어보고 나서 그 아가씨가 기대듯 안겨 있는 행복한 백발 남자 쪽으로 방향을 돌렸다.

노인도 쌍안경으로 본 세상에서는 살아 있었다. 얼핏 보기에 마흔 살쯤 차이가 나는 젊은 여성의 어깨에 팔을 두르고 자못 행복하다는 표정을 짓고 있었지만, 렌즈 가득 크게 비친 그의 주름 많은 얼굴에는 이상하게 고뇌가 드러났다. 그건 렌즈 때문에 노인의 얼굴이 눈앞에 아주 가까이 와 있었기 때문이기도 할 테지만 무엇보다 들여다볼수록 소름이 끼칠 정도로 무서워지는 비통한 마음과 공포가 뒤섞인, 뭔가 이상한 표정 탓이었다.

그 모습을 보니 가위눌린 기분이 들어 쌍안경을 들여다보기 힘들어졌다. 무심코 망원경에서 눈을 떼고 주위를 두리번거리며 둘러보았다. 여전히 이곳은 쓸쓸한 밤 기차 안이고 오시에 액자나 그걸 들고 있는 노인의 모습도 그대로였다. 창밖은 캄캄하고 단조로운 기차 바퀴 소리도 변함없이 들려왔다. 악몽에서 깨어난 기분이었다.

"댁은 이해가 안 된다는 표정을 짓고 있구려."

노인은 액자를 원래 두었던 창 쪽에 기대어 세워두고 자리에 앉더니 내게도 그쪽으로 와서 앉으라는 듯이 손짓하면서 내 얼굴을 바라보며 그렇게 말했다.

"제 정신이 어떻게 된 모양입니다. 묘하게 무덥군요."

나는 쑥스러움을 감추려고 고개를 숙였다. 그러자 노인은 등을 구부려 얼굴을 내 쪽으로 쑥 들이밀고 무릎 위에 얹은 기다란 손가락을 신호라도 보내듯 살살 움직이면서 아주 나직한 목소리로 말했다.

"저 사람들 살아 있죠?"

그러더니 자못 큰 사건을 밝혀내기라도 하듯 등을 더 구부정하게 만들고 반짝반짝 빛나는 눈을 동그랗게 떴다. 그리고 내 얼굴을 뚫어져라 바라보면서 이렇게 속삭였다.

"혹시 저 사람들 진짜 사연을 듣고 싶지 않소?"

나는 기차 흔들리는 소리와 차량의 울림 때문에 노인이 낮게 중얼거리는 목소리를 잘못 알아들은 줄 알았다.

"사연이라고 하셨습니까?"

"그래요. 사연."

노인은 역시 낮은 목소리로 대답했다.

"특히 저쪽, 백발노인 사연 말이오."

"젊은 시절부터 시작되는 사연인가요?"

나도 그날 밤은 왠지 묘하게 엉뚱한 대꾸를 했다.

"그럼. 저 양반 스물다섯 살 때 이야기지."

"꼭 듣고 싶습니다."

나는 실제로 살아 있는 사람에 얽힌 사연이라도 듣는다는 듯 자연스럽게 노인을 재촉했다. 그러자 노인은 사뭇 기쁘다는 듯이 얼굴 주름을 구기며 웃었다.

"아, 역시 댁은 들어주시는군."

그러더니 그야말로 불가사의한 이야기를 풀어놓기 시작했다.

"한평생[18] 그런 엄청난 일은 처음이자 마지막이었기 때문에 기억이 생생하오. 그때가 1895년 4월, 형님이 저리 되신 건 (그러면서 오시에의 노인을 손가락으로 가리켰다) 27일 저녁이었다오. 그때 형님이나 나나 장가를 들지 않아 부모님과 함께 니혼바시 거리 3초메에 살

18 〔순2〕, 〔도〕는 '한평생'이 아니라 '평생'으로 되어 있다. – 해제

고 있었고, 아버지는 포목상을 하셨소. 그게 아사쿠사에 12층[19]이 생긴 지 얼마 되지 않았을 때였을 게요. 그러니 형님이 매일 그 료운카쿠에 올라가 좋아했지. 형님은 유난히 외국 문물을 좋아하고 새로운 물건이나 유행이라면 서둘러 즐기는 편이었소. 그 망원경만 해도 그렇지. 외국 배의 선장이 쓰던 물건이라는데 형님이 요코하마 차이나타운에 있는 묘한 골동품 가게 앞에서 찾아냈답디다. 그때 돈으로 적지 않은 값을 치렀다고 하더군."

노인은 '형님'이라고 할 때마다 마치 자기 형이 거기에 앉아 있기라도 한 듯 오시에의 노인을 바라보거나 손가락으로 가리켰다. 자기 기억 속에 있는 진짜 형과 그 오시에 속 백발노인을 혼동해서, 오

---

19 정식 명칭은 료운카쿠(凌雲閣). 1890년 11월에 세웠으며 관동대지진 때 상당 부분 파괴되어 1923년 9월 23일에 폭파 해체되었다. 12층 가운데 8층까지는 일본 최초로 엘리베이터가 설치되었지만 고장이 잦아 이내 사용이 중지되었다고 한다. – 역주

시에가 살아 있어 그 이야기를 듣기라도 하는 듯 바로 옆에 있는 제삼자를 의식한 말투였다. 그런데 이상하게도 나는 그런 태도가 전혀 이상하게 느껴지지 않았다. 우리는 그 순간 자연법칙을 뛰어넘어 우리가 사는 세상과 어딘가에서 어긋난 다른 세상에 있었던 듯하다.

"댁은 12층에 올라가본 적이 있소? 아하, 없겠지. 그거 유감이구려. 그 건물은 도대체 어떤 마술사가 지었는지 몰라도 그야말로 터무니없을 정도로 이상한 건물이었다오. 알려지기로는 이탈리아 기술자인 버튼[20]이란 사람이 설계했다고 하던데. 아니, 생각해보시구려. 그 시절에 아사쿠사 공원에서 볼만한 구경거리가 뭐가 있었는지. 기껏해야 거미남자, 젊은 여성이 추는 칼춤, 공에 올라타 부리는 묘기, 겐스이 팽이 돌리기[21], 요지경상자[22] 정도였지. 기껏 새로 등장한 게 후지 산 모형[23], 팔진미로(八陣迷路)[24] 같은 것들이었고. 아,

---

20 윌리엄 키닌먼드 버튼(William Kinninmond Burton, 1856~1899). 스코틀랜드 에든버러에서 태어났다. 일본 체류 중에는 도쿄 내무성 위생국에 근무하며 상하수도 관련 기술자로 일했다. 아서 코넌 도일의 어린 시절 친구로 코넌 도일에게 일본 관련 정보를 제공한 인물이기도 하다. - 역주

21 대대로 아사쿠사에 근거를 두고 묘기를 보이며 약을 팔던 마쓰이 겐스이(松井源水, 1834~1907)가 특기로 삼았던 팽이 돌리기 기술을 말한다. - 역주

22 폭 1미터쯤 되는 좌판 앞면에 있는 여러 개의 렌즈가 끼워진 부분으로 상자 안을 들여다보면 그 안에 있는 그림이 확대되어 보이고, 그 그림을 한 장씩 끈으로 당겨 올리며 한 편의 이야기를 즐기는 장치. 축제 때 즐기는 구경거리로 쇼와 시대 초기까지만 해도 흔히 볼 수 있었다. 이 도구의 명칭을 직역하면 '엿보기 장치'다. 비슷한 기능을 하는 것에서 이름을 따 '요지경상자'로 옮겼다. - 역주

23 센소지(浅草寺) 5층탑의 수리 자금을 조달하려고 마련한, 종이를 덧붙여 만든 대형 모형 후지 산을 말한다. 나무로 뼈대를 만들고 꼭대기에 전망대를 만들었다. 높이 32.4미터, 둘레 270미터, 꼭대기 전망대 넓이는 25평이었다. 태풍으로 무너져 2년 반 만에 철거했다. - 역주

24 원문에는 '야진가쿠레스기(八陣隠れ杉)'로 되어 있다. 19세기 말 아사쿠사, 요코하마

그런데 거기 엄청나게 높은 벽돌 탑이 불쑥 솟았으니 사람들이 깜짝 놀라지 않을 수 없지. 높이 83미터[25]가 넘었다고 하니 1백 미터에 조금 못 미치지만 무지하게 높은 거요. 팔각형으로 된 꼭대기가 마치 당나라 사람들이 쓰는 삿갓처럼 뾰족했는데 도쿄 어디서든 조금 높은 곳에만 올라가면 그 빨간 괴물이 보였소.

방금 이야기했지만 1895년 봄이면 형님이 그 망원경을 얻은 지 얼마 지나지 않았을 무렵이외다. 그때부터 형님이 이상해지기 시작했지. 아버지는 아예 형이 미친 것 아니냐며 크게 걱정하셨소. 눈치로도 아실 테지만 나도 형을 무척 따랐지. 그러니 형님의 이상한 행동이 걱정되어 견딜 수 없었다오. 어떤 식인가 하면, 형님은 밥도 제대로 먹지 않고 식구들과 말도 섞지 않은 채, 집에 있을 때는 방구석에만 틀어박혀 뭔가 골똘히 생각에 잠겨 있었소. 몸이 점점 야위고 얼굴은 폐병 환자처럼 사색이 되어 눈알만 뒤룩뒤룩 움직였지. 애초에 형님은 안색이 좋은 편은 아니었는데 거기다 더 파리해지니 정말 보기 딱했어. 그러면서도 매일 거르지 않고 출근이라도 하듯 점심때부터 저녁나절까지 어슬렁어슬렁 어디로 나가더군. 어디 가느냐고 아무리 캐물어도 도무지 알려주지 않는 거요. 그런 일이 한 달이나 이어졌지.

너무 걱정되어 나는 어느 날 형님이 대체 어디로 가는지 몰래 뒤를

등지에서 흥행한 미로 놀이를 말한다. 미로의 칸막이가 삼나무(杉)로 되어 있어 이런 이름이 붙었다고 한다. – 역주

25 〔초〕에는 '36간'(약 65.5미터)으로 되어 있다. – 해제

밟았소. 물론 어머니가 그러라고 내게 시킨 거요. 그날도 마침 오늘처럼 흐리고 우중충한 날씨였는데, 점심때가 지나자 망원경을 어깨에 걸치더니 밖으로 나가더군. 형님은 그 시절에도 자기가 디자인해 맞춘 검은색 비로드 양복을 입고 다녔다오. 그때만 해도 눈길을 끌 세련된 복장이었지. 밖으로 나간 형님은 터벅터벅 니혼바시 거리에 있는 마차철도[26] 쪽으로 가더군. 나는 형님이 눈치채지 못하도록 그 뒤를 밟았소. 요즘 전차하곤 달라서 다음 차를 타고 뒤를 따라갈 수는 없었지. 운행하는 차편이 적었으니까. 어쩔 수 없이 어머니한테 받은 용돈을 털어 인력거를 잡아탔소. 인력거라도 기운이 좋은 인력거꾼이면 마차철도 정도는 놓치지 않고 따라가는 건 문제도 아니니까.

형님이 마차철도에서 내리는 것을 보고 나도 인력거에서 내려 다시 터벅터벅 뒤를 밟았다오. 그렇게 해서 도착한 곳이 다름 아닌 아사쿠사에 있는 절 센소지였던 거요. 형님은 절 앞에 있는 상가[27]를 지나 본당 앞을 그냥 지나치더니 그 뒤에 있는, 여러 가지 구경거리를 보여주고 물건을 파는 작은 점포들 사이로 인파를 헤치며 방금 이야기한 12층 앞으로 가더군. 돌로 된 문을 들어서더니 돈을 내고 '료운카쿠'라는 간판이 붙은 입구로 들어가 탑 안으로 사라졌소. 설마 형님이 매일 그런 곳에 드나들고 있는 줄은 꿈에도 몰랐기 때문에 어이가 없었지. 그때 내가 아직 스무 살도 되지 않았을 때인데,

---

26 말이 선로를 따라 차를 끌고 다니는 철도를 말한다. 19세기 영국에서 처음 만들어졌다. 일본에서는 1882년 도쿄에서 운행하기 시작하여 전국으로 퍼져나갔다. 1903년 전차가 등장하면서 점점 사라졌다. – 역주

27 〔도〕에는 '인왕문(仁王門)'으로 되어 있다. – 해제

어린 마음에도 어이가 없어, 형님이 이 12층에 있는 귀신에게 홀린 게 아닐까 하는 엉뚱한 생각까지 들더군.

나는 아버지를 따라 12층에 딱 한 번 올라간 적이 있었소. 그 뒤로 가본 적이 없기 때문에 왠지 느낌이 좋지 않았는데 형님이 올라가니 어쩌겠소. 나는 형님 뒤를 1층 정도 뒤처져서 그 어두컴컴한 돌계단을 올라갔지. 창문도 크지 않고 벽돌을 쌓아 올린 벽도 두꺼워 움막 안처럼 서늘하더군. 게다가 그때로는 보기 드물었던 유화가 벽에 쭉 걸려 있었소. 그 즈음은 청일전쟁 중이었기 때문에 그 광경을 그린 그림들이었지. 늑대처럼 무시무시한 얼굴로 악을 쓰며 돌격하는 일본 병사와 총검에 옆구리를 찔려 솟구치는 핏덩이를 두 손으로 틀어막고 얼굴과 입술이 보랏빛으로 변한 채 허우적거리는 청나라 병사, 삭둑 잘린 변발한 머리가 풍선처럼 하늘 높이 튀어 오르는 모습. 말로는 표현할 수 없는 끔찍한 피투성이 그림이 창문으로 들어오는 어스름한 빛을 받아 번들번들 빛이 나더군. 그 그림들 사이로 돌계단이 달팽이 껍질처럼 위로 계속 이어졌소. 참으로 묘한 기분이 들더군.[28]

꼭대기는 벽도 없이 팔각형 난간뿐이라 복도식 전망대처럼 되어 있었지. 그리 나가니 어두컴컴한 계단을 오래 걸어 올라간 만큼 너무 눈이 부셔 깜짝 놀랐소. 구름이 손에 닿을 듯 낮게 떠 있고 둘러보니 도쿄의 지붕들이 어지럽게 뒤섞여 있었지. 시나가와 쪽 포대도

28 〔도〕에는 '참으로 묘한 기분이 들더군'이 없다. – 해제

분석(盆石)[29]처럼 자그맣게 보이더군. 현기증이 나는 걸 참고 아래를 내려다보니 센소지 본당이 한참 아래 보이고, 점포에서 내건 구경거리들은 장난감처럼 작게 보였소. 오가는 사람들이야 머리와 발만 보였고.

꼭대기에는 열 명 남짓한 구경꾼들이 무리지어 있었는데 겁먹은 얼굴로 속닥속닥 작은 목소리로 속삭이면서 시나가와 바다 쪽을 바라보고 있었지. 형님은 무얼 하나 살펴보니 그 구경꾼들과는 떨어진 곳에 홀로 서서 망원경을 눈에 대고 계속 센소지 경내[30]를 살피더군. 그 모습을 뒤에서 보니 뿌옇게 흐린 구름 안에 비로드 양복을 입은 형님의 모습만 또렷하게 두드러졌소. 아래쪽 잡다한 것들이 전혀 보이지 않아 형님이라는 걸 아는데도 왠지 서양 유화 속에 있는 인물 같다는 생각이 들어, 거룩하고 성스럽게 느껴져 말을 걸기도 꺼려질 정도였다오.

그래도 어머니가 당부한 이야기가 떠올라 그러고만 있을 수 없었기에 나는 형님 뒤로 다가가 '형님, 뭘 그리 보고 계시오?'라고 물었지. 형님은 깜짝 놀라 돌아보았지만 난처한 표정을 지으며 아무런 대꾸도 하지 않더이다. 나는 '요즘 형님 태도 때문에 아버지도 어머니도 걱정이 큽니다. 매일 어디로 나가는 건지 이상하게 여기셨는데 형님은 이런 곳에 와 계셨던 거요? 제발 그 까닭을 말씀해주시오. 평소

---

29 분 위에 돌이나 모래로 자연의 모습을 본떠 꾸민 것. 분경(盆景)이라고도 한다. – 해제
30 '센소지 경내'가 〔도〕에서는 '간논사마(觀音様) 경내'로 되어 있다. – 해제
원래 '간논사마'는 관음보살을 가리키지만 관음보살을 으뜸으로 모시는 센소지의 별칭으로도 쓰인다. – 역주

저와 사이가 좋았으니 제게라도 이야기해달란 말이오'라며 형님에게 끈덕지게 졸랐소. 다행히 그때 우리 주변에는 사람이 없었다오.

형님은 쉽게 털어놓지 않았지만 내가 계속 졸라대자 더는 버티지 못하겠는지 결국 한 달 동안 가슴에 품었던 비밀을 내게 이야기해주었소. 그런데 형님이 그토록 번민에 사로잡혔던 원인이라는 게 참으로 기이한 일입디다. 형님 말에 따르면 한 달 전 12층에 올라 망원경으로 센소지 경내를 둘러보다가 붐비는 인파 속에서 얼핏 어느 아가씨의 얼굴을 보았다는 거요. 그 아가씨는 도저히 말로 표현할 수 없을 정도로, 이 세상 사람이라고 할 수 없을 만큼 아름다웠다고 하오. 평소 여자에게 무척 냉담했던 형님도 그 망원경 속 아가씨에게는 오싹한 한기가 느껴질 정도로 완전히 마음이 흔들리고 말았다고 했소.

그때 형님은 잠깐 그 아가씨를 본 것만으로도 깜짝 놀라 망원경이 흔들렸기 때문에 다시 보려고 그 아가씨가 있는 방향을 정신없이 찾았지만 끝내 그 여자 얼굴은 찾아내지 못했다고 하오. 망원경은 가깝게 보이기는 해도 실제로는 먼 거리라 많은 사람들이 오가는 가운데 잠깐 본 얼굴을 다시 찾아내기 쉽지 않으니까.

그 뒤로도 형님은 망원경으로 본 그 아름다운 아가씨를 잊지 못했는데 워낙 내성적인 양반이라 옛날식으로 상사병을 앓기 시작했소. 요즘 사람들이 들으면 웃을지 몰라도 그 시절에는 사람들이 아주 점잖아서 한번 본 여성을 마음속으로 그리며 앓아눕는 남자가 많았지. 당연히 형님은 그렇게 식사도 제대로 하지 못하며 쇠약해진 몸을 이끌고 그 아가씨가 센소지 경내를 다시 지나갈 거라는 슬프고 헛된 소망을 품은 채 매일 출근하듯 12층에 올라 망원경을 들여다보았다고 하더이다. 사랑이란 참 묘한 거요.

형님은 내게 털어놓고 다시 열병을 앓듯 망원경을 들여다보기 시작했소. 나는 형님 심정을 충분히 이해했지. 가능성이라고는 천분의 일도 없는 헛된 일이라고 생각했지만 그만두라고 말리고 싶지는 않았다오. 그저 눈물을 글썽이며 형님 뒷모습을 물끄러미 바라만 보았소. 그런데 그때…… 아아, 그 야릇하고 아름다웠던 광경을 잊을 수 없구려. 30년도 더 지난[31] 옛일인데 이렇게 눈을 감으면 그 꿈같은 빛깔들이 또렷하게 떠오를 정도이니.

조금 전에도 이야기했다시피 형님 뒤에 서 있으면 보이는 것은 하늘뿐이었소. 몽롱한 구름 속에 양복 입은 호리호리한 형님 모습이 그림처럼 떠올라 구름이 움직이면 형님이 허공에 뜬 줄 착각할 정도였지. 바로 그때 불쑥 불꽃이라도 쏘아 올린 듯이 뿌연 하늘에 빨강, 파랑, 보라색 수많은 공이 다투어 둥실둥실 떠오릅디다. 말로만 설명하려니 이해하기 힘들 테지만 진짜 그림처럼, 또는 무슨 징조처럼 나는 말로 표현할 수 없는 야릇한 기분이 들었소. 어떻게 된 일일까. 얼른 아래를 내려다보니 무슨 일인지 풍선가게에서 실수로 고무풍선을 한꺼번에 날려 보낸 모양이더군. 그 시절에는 고무풍선 자체가 지금보다 훨씬 드물 때라서 그 원인을 알고 난 뒤에도 나는 그 야릇한 느낌을 떨칠 수 없었던 거요.

---

31 '잊을 수 없구려. 30년도 더 지난'이 [슌2]에는 '아직도 잊을 수 없구려. 30년도 더 지난'으로, [도]에는 '아직도 잊을 수 없구려. 35, 6년이나 지난'으로 되어 있다. - 해제

그게 계기는 아니었을 테지만 이상하게도 그때 형님이 매우 흥분한 채로 내게 다가왔소. 창백한 얼굴이 빨갛게 상기되었고 숨을 헐떡이며 내 손목을 잡고 마구 끌어당기더이다. '자, 가자. 서둘지 않으면 또 잃어버린다.' 형님에게 이끌려 계단을 내려가며 이유를 묻자 그 아가씨를 찾았다는 거요. 다다미를 새로 깐 넓은 손님방에 앉은 모습을 보았으니 지금 가면 틀림없이 거기 있을 거라는 이야기였소.

형님이 지목한 위치는 관음당 뒤편에 있는 커다란 소나무가 표식이었지. 거기 넓은 손님방이 있다고 했는데 막상 둘이 함께 가보니 소나무는 있어도 그 주변에는 방이 있을 만한 건물은 없었소. 마치 여우에게 홀린 기분입디다. 형님이 마음이 혼란스러워 헛것을 본 모양이라고 생각했지만 다시 풀이 죽은 그 모습이 너무 딱해, 형님을 달래느라 주변에 있는 자그마한 간이 찻집들을 돌아다니며 물어보았소. 하지만 그런 아가씨는 흔적도 없었소.

형님과 서로 갈라져서 찾아다녔는데 간이찻집들을 한 바퀴 돌고 아까 그 소나무 아래로 돌아오니 그 부근에 늘어선 노점이 여럿 눈에 들어왔소. 그 가운데 어떤 가게는 요지경상자를 두고 장사를 하더군. 박자를 맞추느라 찰싹찰싹 채찍 소리를 내며 손님을 끌어 모으는데 가만히 보니 형님이 엉거주춤한 자세로 요지경상자를 들여다보고 있는 게 아니겠소? 형님. 뭘 하는 거요, 라며 어깨를 두드리니 깜짝 놀라 돌아보더군. 그때 본 형님의 얼굴을 지금도 잊을 수 없소. 뭐랄까, 행복한 꿈을 꾸는 듯하다고나 할까? 얼굴 근육이 느슨해져 아득한 곳을 바라보는 눈빛으로 내게 말했지. '아우야, 우리가 찾던 아가씨는 이 안에 있다.' 그 목소리마저 묘하게 나른하게 들립디다.

형님의 그 말을 듣고 나도 얼른 돈을 내고 요지경 렌즈를 들여다 보았소. 그 요지경상자는 채소가게 오시치[32] 이야기를 그림으로 보여주는 중이더군. 마침 기치조지 손님방에서 오시치가 기치자에게 기대듯 안긴 장면이었소. 요지경상자 주인 부부가 채찍으로 박자를 맞추며 쉰 목소리로 입을 모아 '무릎으로 쿡쿡 찔러 눈빛으로 알리니'라는 대목을 노래하는 중이었소. 아아, 그 '무릎으로 쿡쿡 찔러 눈빛으로 알리니'라는 야릇한 가락이 아직도 귓가에 맴도는구려.

요지경상자 속 그림의 인물은 오시에로 만들었는데 아마 그 분야 명인이 남긴 솜씨일 게요. 오시치의 얼굴이 생생하고 예뻤소. 내가 보기에도 정말 살아 있는 것 같았으니 형님이 그러는 것도 무리가 아니지. 형님이 말하기를 '가령 이 아가씨가 사람들이 만든 오시에 공예품이라고 해도 난 도저히 포기할 수 없구나. 슬프게도 포기할 수 없단다. 단 한 번이라도 좋으니 나도 저 기치자처럼 오시에 속 남자가 되어 아가씨와 이야기를 나누고 싶다'라며 멍하니 선 채로 꼼짝도 않더이다. 돌이켜 생각하면 그 요지경상자의 그림은 빛이 필요해 윗부분을 열어두었는데 그게 12층에서 비스듬히 내려다보였던

---

32 에도 시대 초기, 에도에서 채소가게를 하던 집의 딸로 출생 연도가 정확하지는 않다. 1682년 에도에 큰 불이 나 사람들이 고마고메로 피신했는데, 이때 오시치는 절에서 심부름을 하던 이쿠타 쇼노스케를 만나 연인 사이가 되었다. 집에 돌아온 오시치는 불이 나면 쇼노스케를 만날 수 있을 거라는 생각에 방화를 저지르다가 결국 체포되어 화형에 처해졌다. 조루리(浄瑠璃, 샤미센 연주에 맞춰 이야기를 가락에 실어 전하는 일본 전통 예술), 가부키 등의 공연 예술의 소재가 되어 더욱 유명해진 이야기로, 현대에 들어서도 영화나 텔레비전 드라마의 소재로 자주 쓰인다. - 역주

게 틀림없을 게요.

그때는 이미 날도 저물어 인적이 드물었기 때문에 요지경상자 앞에도 단발머리 어린이 두세 명만 미련이 남았는지 돌아가지 못하고 어슬렁거릴 뿐이었소. 낮부터 잔뜩 흐린 날씨였는데 해 질 녘에는 당장 한바탕 쏟아질 듯 구름이 내려앉아, 안 그래도 축 처진 상태인데 이러다가 미쳐버리고 마는 게 아닐까 싶을 정도로 궂은 날이었소. 그런 가운데 형님은 아득히 먼 데를 물끄러미 바라보며 그렇게 하염없이 서 있었다오. 아마 최소한 한 시간은 그러고 있었을 거요.

날이 완전히 저물어 공을 타고 굴리며 묘기를 보이는 곡예를 선전하는 가스등[33]이 멀리서 깜빡깜빡 아름답게 빛나기 시작할 무렵 형님은 문득 정신이 드는지 내 팔을 잡고 이런 이상한 말을 하더이다. '아우야, 좋은 생각이 떠올랐다. 부탁이니 이 망원경을 거꾸로 들고, 커다란 렌즈 쪽을 눈에 대고 나를 보고 있어다오.' 왜 그러느냐고 물어도 '됐으니 그냥 그렇게 해다오'라며 이유는 알려주지 않았소. 나는 원래 망원경을 그리 좋아하지 않았소. 망원경이건 현미경이건, 먼 데 있는 것이 갑자기 바로 앞에 보이거나 작은 버러지가 괴물처럼 크게 보이는 도깨비 같은 기능이 기분 나쁘기 때문이오. 그런 까닭에 형님이 아끼는 망원경도 나는 들여다본 적이 거의 없고, 그래서 그게 더 마성을 지닌 기계로 여겨졌소. 게다가 해가 저물어 사람들 얼굴도

---

33 갖가지 모양으로 치장한 장식용 또는 광고용 가스등을 말한다. 여러 가지 색깔을 사용할 수 없었던 대신 불꽃이 반짝거리며 움직여 시선을 끌었다. 1877년 도쿄의 한 신문사가 광고용으로 처음 사용했다. – 역주

제대로 보이지 않는 쓸쓸한 센소지 뒤에서 망원경을 거꾸로 들고 형님을 본다니, 정신 나간 짓 같고 꺼림칙하기도 했소. 하지만 형님 부탁이라 어쩔 수 없이 시키는 대로 망원경을 들여다보았소. 망원경을 거꾸로 보니 4, 5미터 떨어져 서 있던 형님이 60센티미터 정도로 작아진 것 같고, 작은 만큼 어둠 속에서도 또렷하게 보이더이다. 다른 풍경은 보이지 않고 작아진 형님이 양복 차림으로 우두커니 서 있는 모습만 망원경 한가운데 보였소. 그런데 그때 아마 형님이 뒷걸음질을 쳤던 모양입디다. 점점 작아지더니 키 30센티미터쯤 되는 인형처럼 작아졌지. 그리고 그 모습이 불쑥 허공으로 떠오르는가 싶더니 눈 깜빡할 사이에 어둠 속으로 사라지고 말았소.

나는 겁이 나서 (이렇게 이야기하면 나잇값도 못 한다고 생각하시겠지만 그때는 정말 공포가 온몸을 뒤덮더이다) 얼른 망원경에서 눈을 떼고 '형님' 하고 부르며 사라진 쪽으로 달려갔소. 그런데 어찌 된 까닭인지 아무리 찾아도[34] 형님 모습이 보이지 않았소. 시간을 따져도 멀리 갔을 리는 없는데 여기저기 돌아다니며 물어봐도 아무도 못 보았다는 거요. 형님은 그만 그렇게 이 세상에서 사라지고 만 거요……. 그 뒤 나는 모든 망원경이 미성을 지닌 기계로 여겨져 두려워하게 되었소. 특히 어느 나라 선장인지도 모를 외국인이 쓰던 이 물건은 더더욱 싫었지. 다른 망원경은 몰라도 이 망원경만은 절대로 거꾸로 보면 안 된다, 거꾸로 보면 불길한 일이 일어난다고 굳게

34 '그런데 어찌 된 까닭인지 아무리 찾아도'가 〔순2〕, 〔도〕에는 '어찌 된 까닭인지 아무리 찾아도'로 되어 있다. - 해제

믿었소. 조금 전 댁이 이걸 거꾸로 들었을 때 내가 황급히 말렸던 게 이제 이해가 되시오?

그런데 한참 찾아다니느라 지쳐서 아까 그 요지경상자가 있던 가게 앞으로 돌아왔을 때였소. 머릿속에 퍼뜩 떠오르는 생각이 있었지. 그건 형이 오시에의 아가씨를 사모한 나머지 마성의 망원경이 지닌 힘을 빌려 자기 몸을 오시에 속 아가씨와 같은 크기로 줄인 다음 그쪽 세계로 슬쩍 숨어들어 간 게 아닌가 하는 거였소. 그래서 아직 가게 정리를 마치지 않은 요지경 가게 주인에게 부탁해 기치조지 장면을 다시 보여달라고 했소. 아니, 이럴 수가. 아니나 다를까, 형님은 오시에가 되어 휴대용 석유등 불빛을 받으며 기치자 대신 밝은 표정으로 오시치를 껴안고 있는 게 아니겠소?

그래도 슬프다는 생각은 들지 않더이다. 그렇게라도 소망을 이루어 행복한 표정을 짓는 형을 보니 눈물이 날 정도로 기뻤소. 나는 아무리 비싸도 좋으니 그 그림을 반드시 내게 팔아달라고 주인을 졸라, 그러겠다는 굳은 약속을 받고 (이상하게도 주인은 기치자 대신 양복을 입은 형이 앉아 있다는 사실을 전혀 눈치채지 못한 모양이었소) 집으로 달려가 어머니에게 자초지종을 말씀드렸소. 아버지나 어머니나 그게 무슨 소리냐, 너 정신 나갔냐, 라고 하시며 도무지 믿으려고 들지 않더이다. 우습지 않소? 하하, 하하하하하."

노인은 무척 우습다는 듯이 웃음을 터뜨렸다. 그런데 이상하게도 나 또한 노인에게 공감해 함께 키득키득 웃었다.

"그분들은 사람이 오시에가 될 수 없다고 믿었던 거요. 하지만 그 뒤로 아무도 이 세상에서 형님을 볼 수 없었다는 사실이 형님이 오시에가 되었다는 증거 아니겠소? 그런데도 부모님은 형님이 가출한 거다 뭐다 하시며 전혀 엉뚱한 추측을 하셨던 거요. 우습지 않소? 나는 막무가내로 어머니에게 돈을 달라고 졸라 결국 그 요지경 그림을 샀소. 그리고 그걸 가지고 하코네에서부터 가마쿠라 쪽으로 여행을 했소이다. 그건 형님에게 신혼여행을 시켜주고 싶었기 때문이오. 이렇게 기차를 타면 그때 기억을 떠올리지 않을 수 없구려. 그때도 역시 오늘처럼 그림을 창문에 세워 형님과 애인에게 창밖 경치를 보여주었소. 형님은 얼마나 행복할까. 그 아가씨도 형님이 이토록 진심으로 사랑한다는데 어찌 싫어하겠소이까? 두 분은 정말 신혼부부처럼 수줍어 발그레한 얼굴로 서로 살과 살을 맞대며 아주 사이좋게 끝없는 정담을 주고받았소.

그 뒤에 아버지는 도쿄에서 하던 사업을 정리하고 후지 산 부근에 있는 고향으로 내려가셨기 때문에 나도 아버지를 따라가 내내 거기서 살고 있소. 그 일이 있은 지 벌써 30년 남짓 지났기 때문에 오래간만에 형님에게 바뀐 도쿄를 구경시켜드리고 싶어서 이렇게 형님과 함께 여행하는 거외다.

그런데 말이오, 슬프게도 그 아가씨는 아무리 오래 살아도 원래 사람이 만들었기 때문에 나이를 먹는 일이 없지만 형님은 오시에가 되고 난 뒤에도 우리와 마찬가지로 나이를 먹더이다. 오시에가 되기는 했지만 억지로 모습을 바꾸었을 뿐, 근본적으로는 수명이 있는 인간이기 때문인 모양이오. 여기 보시오, 스물다섯 아름다운 청년이었던 형님이 이렇게 백발이 되고 얼굴에는 흉한 주름이 생겼소. 형님에겐 얼마나 슬픈 일이겠소이까? 상대 아가씨는 언제까지나 젊고 아름다운데 형님만 이렇게 볼품없이 늙어가니. 무서운 일이오. 그래서 형님은 늘 슬픈 표정을 짓고 있소. 몇 해 전부터 항상 저렇게 괴로운 표정을 짓고 있소.

그런 생각을 하면 형님이 측은해서 견딜 수가 없구려."

노인은 어두운 표정으로 오시에 속 노인을 바라보았지만 이윽고 문득 깨달은 듯이 이렇게 말했다.

"이런. 너무 오래 이야기를 했군. 하지만 댁은 이해해주실 거요. 다른 사람들처럼 나를 미쳤다고 하지는 않겠지. 아아, 그래야 나도 이야기를 한 보람이 있을 테니. 어디 보자, 형님 내외도 피곤하신 모양이오. 게다가 댁 앞에서 그런 이야기를 했더니 무척 부끄러워하시네. 그럼 이만 쉬게 해드려야겠구려."

그러면서 오시에 액자를 조용히 검은 보자기에 쌌다. 그 순간, 잘못 본 건지 몰라도 오시에 인형들의 얼굴이 살짝 풀어지며 약간 부끄러운 듯 내게 입꼬리로 인사의 미소를 보낸 듯했다. 노인은 그 뒤로는 입을 다물고 말았다. 나도 아무 말 하지 않았다. 기차는 계속 덜컹덜컹 둔탁한 소리를 내며 어둠 속을 달렸다.

10분쯤 그렇게 갔을 때 바퀴 도는 소리가 느려지더니 창밖으로 깜빡깜빡 등불 두세 개가 보였다. 그리고 기차는 어딘지 모를 산간 작은 역에 정차했다. 역무원이 홀로 플랫폼에 우두커니 서 있는 모습이 보였다.

“그럼 먼저 실례하리다. 난 하룻밤 이곳 친척 집에서 머물기로 해서.”

노인은 액자 꾸러미를 품에 안고 훌쩍 일어서더니 그렇게 인사를 남기고 밖으로 나갔다. 창문으로 내다보니 홀쭉한 노인의 뒷모습은 (어쩌면 그리도 오시에 속 노인과 꼭 닮았는지) 허술한 울타리 부근에서 역무원에게 차표를 건네는가 싶더니 그대로 어둠 속으로 녹아 들어가듯 사라져버렸다.

자작 해설

I 〈탐정소설 10년〉에서

이 줄거리는 교토에서 머릿속에 떠올라 한 차례 쓴 적이 있는데 나고야에서 찢어버렸다. 그 일은 《잡담》에 언급해두었다. 다시는 쓰지 않으리라 생각했는데 《신세이넨》에서 재촉이 심해 궁한 나머지 옛날 것을 되살려 집필한 것이다. 써보니 그리 싫다는 생각도 들지 않았지만.

1932년 5월

II 이와타니쇼텐(岩谷書店)판 《애벌레(芋虫)》에 실린 '후기'에서

〈오시에와 여행하는 남자〉는 《신세이넨》 1929년 6월호에 발표되었다. 1927년 말인지 1928년 초인지, 그때 편집장이던 요코미조 세이시(横溝正史) 군에게 성화와 같은 독촉을 받고 한 차례 썼지만 마음에 차지 않았고, 《신세이넨》에는 재미없는 걸 싣고 싶지 않은 심정이기도 해 요코미조 군을 거의 속이다시피 해서 파기했다. 그런데 노부하라 겐[35] 군이 편집장을 맡던 시절에 겨우 이야기가 정리되었

35 延原謙, 1892～1977. 편집자 및 번역가. 1928년부터 《신세이넨》, 1932년부터 《단테이쇼세쓰(探偵小說)》 잡지의 편집장으로 근무했다. 1925년에 애거서 크리스티의 작품을

다. 내가 좋아하는 작품 가운데 하나다.

1950년 2월

Ⅲ 〈오시에〉와 〈벌레〉 (1) (《탐정소설 40년》에서)

〈오시에와 여행하는 남자〉는 이 해 《신세이넨》 8월호[36]에 실렸다. 이 이야기는 1927년에 이리저리 떠돌던 중 우오즈로 신기루를 구경하러 갔던 것이 계기가 되어 마음속에 떠오른 것이다. 1927년 말에 한차례 써보았지만 도무지 마음에 들지 않아 나고야에 있는 오즈 호텔 (이 호텔 이야기는 전에 〈단키샤(耽綺社)〉[37] 항목에서 언급했다) 변소에 버리고 말았다.

그때 《신세이넨》 편집장으로 근무하던 요코미조 세이시 군이 단키샤 좌담회를 취재하기 위해 나고야로 왔다. 나하고 오즈 호텔에서 베개를 나란히 베고 누워 있었는데 요코미조 군이 계속 원고를 탓하는 바람에 누워서 하는 이야기는 늘 그쪽 방향으로 흘러갔다. 그러다가 내가 그만 작품을 하나 쓴 게 있다는 소리를 하고 만 기억이 난다. 어쩔 수 없이 요코미조 군이 잠들기를 기다려 그 내키지 않는 원고를 가방 안에서 슬쩍 꺼내 변소로 가서 거기에 찢어 버렸다. 그리고 이튿날 아침 지난밤에 이야기했던 원고는 사실 변소에 버렸다고

번역, 소개하였고 셜록 홈스 전집을 일본어로 옮기기도 했다. - 역주

36 앞서 〈읽기 전에〉에는 6월호라고 되어 있다. - 역주

37 에도가와 란포, 고사카이 후보쿠(小酒井不木), 구니에다 시로(国枝史郎)가 주축이 되어 1927년에 만든 동인 모임. - 역주

털어놓아 요코미조 세이시 군을 약 올렸다. 1년 반 뒤에 같은 착상을 새로 쓴 작품이 〈오시에와 여행하는 남자〉였다.

이 소설은 발표했을 때 이렇다 할 반응이 없었지만 내게는 시간이 흐를수록 맛이 좋아지는 작품이었다. 어떤 의미에서는 내 단편 가운데 제일 무난하다고 해도 좋을 것이다.

1953년 5월

Ⅳ 도겐샤판 《에도가와 란포 전집》에 실린 '후기'에서

《신세이넨》 1929년 6월호에 발표한 작품이다. 여기에는 당시 《신세이넨》 편집장 요코미조 세이시 군이 얽힌 에피소드가 하나 있다. 1927년 늦은 가을, 그 무렵 나는 아사히신문에 연재하던 〈난쟁이(一寸法師)〉를 끝낸 뒤로 내내 글을 쓰지 않았다. 요코미조 군은 그런 나를 설득해 어떻게든 글을 쓰게 만들려고 교토나 나고야의 내 여행지까지 쫓아왔다. 그러던 어느 날, 나고야에 있는 오즈 호텔에서 요코미조 군과 나란히 베개를 베고 누워 이야기를 하다가 (전쟁이 일어나기 전[38]에는 요코미조 군과 자주 누워서 이야기를 나누었다) 사실은 한 편 써둔 게 있는데 도무지 발표할 마음이 들지 않아 찢어 버리고 왔다며 요코미조 군을 놀린 적이 있다. 이 이야기는 내가 《탐정소설 40년》 1931년의 〈대작(代作) 참회〉 부분에 자세하게 적었고,

---

38 흔히 진주만 공격으로 태평양전쟁이 일어나기 전인 1941년 12월 8일 이전을 말한다. – 역주

또 《호세키(宝石)》 1962년 3월호에 실린 〈어떤 작가의 주변〉, 〈요코미조 세이시 편〉 안에서도 역시 〈대작 참회〉라는 제목으로 요코미조 세이시 군에 대한 이야기가 실려 있다. 이게 〈오시에와 여행하는 남자〉의 첫 번째 원고였다.

하지만 그 찢어버린 원고는 완성도가 낮아 도저히 《신세이넨》에 실을 만한 작품이 아니었다. 그래서 1년 반 뒤에 같은 제목으로 쓴 것이 여기 수록된 작품이며 내 단편 중 가장 마음에 드는 작품 가운데 하나다.

이 작품은 제임스 해리스가 번역하여 내 영문판 단편집 《일본의 미스터리와 환상소설(Japanese Tales of Mystery and Imagination)》(1956)에 〈붙인 천 조각 그림과 여행하는 사람(The Traveller With Pasted Rag Picture)〉이라는 제목으로 수록되었다. 또 오스트리아의 빈에 있는 폴 네프(Paul Neff)라는 출판사에서 내놓은 《네프 앤솔러지(Neff-Anthologie)》 전3권 가운데 제2권인 《세계괴기소설집(Der Vampyr)》(1961)이라는 커다란 책 안에 〈돋을그림장식과 함께 여행하는 남자(Der Mann, der mit seinen Reliefbild reiste)〉라는 제목으로 실렸다. 독일어 번역은 가쿠슈인 대학 이와부치 다쓰지(岩淵達治) 교수가 맡았다.

1962년 5월

江戸川乱歩1 決定版

애벌레

芋 虫

읽기 전에

〈애벌레〉는 월간지 《신세이넨》(하쿠분칸 〔초〕[1])에 1929년 1월 〈악몽〉이라는 제목으로 발표되었다. '탐정 취미의 모임'에서 편찬한 《창작 탐정소설선집 제4집》(1929년 2월, 슌요도)를 비롯한 앤솔러지에 다시 수록되었고, '일본탐정소설전집 제3편' 《에도가와 란포집》(1929년 7월, 가이조샤(改造社) 〔가〕)에 수록된 뒤 헤이본샤판 《에도가와 란포 전집 제8권》(1941년 5월, 〔헤〕)에서는 제목을 〈애벌레〉로 고쳤다. 이 책에서는 헤이본샤판을 저본으로 삼고 새로운 표기법에 따라 수정했다.[2] 초판본, 가이조샤판, 이와타니 선서 제16권 《애벌레》(1950년 2월, 이와타니쇼텐 〔이〕), 슌요도판 《에도가와 란포 전집 제8권》(1955년 5월 〔슌〕), 《범죄 환상》(1956년 11월, 도쿄소겐샤 〔범〕), 및 도겐샤판 《에도가와 란포 전집 제13권》(1962년 10월 〔도〕)과 대조하여 구두점이나 오자를 바로잡았다. 처음 발표되었을 때 히라가나로 표기했던 의성어 대부분이 가이조샤판에서 가타카나 표기로 수정, 도쿄소겐

---

1 각 판본별 차이는 하쿠분칸에서 간행된 초판본을 〔초〕로 표기하고, 나머지는 해당 출판사의 첫 글자나 작품집 제목 첫 글자를 따 〔가〕, 〔헤〕, 〔이〕, 〔범〕, 〔도〕로 표기하여 각주에서 밝힌다.

2 본문 내 복자는 가독성을 위해 저본과 달리 국내판에서는 각주에서 밝힌다.

샤판에 이르러 다시 히라가나로 바뀌었다. 복자[3] 부분은 이와타니 선서판에서 대부분 복구되었다. 그 밖에 여러 판본을 비교했지만 내용에 큰 차이는 없다.

판본별 중요한 차이는 각주에 '해제'로 밝혔으며, 복자를 표시하기 위한 점선(……)의 길이 차이는 생략했다.

3 예전 활판인쇄 시 조판에 필요한 활자가 없거나 검열 등으로 단어나 문장을 삭제해야 할 때, 적당한 활자를 뒤집거나 특정 부호로 대체한 글자를 말한다. - 역자

도키코(時子)는 이제 그만 물러가겠다는 인사를 하고 이미 어둑어둑해진, 잡초가 제멋대로 자라 황폐하기 짝이 없는 넓은 뜰을 지나 부부가 사는 별채 쪽으로 걸어갔다. 그녀는 가장 싫어하는 흐물흐물한 가지무침을 씹었을 때의 뒷맛 같은 묘한 심정으로 방금 집주인인 예비역 소장[4]이 늘어놓은 빤한 칭찬을 떠올렸다.

"스나가(須永) 중위(예비역 소장은 사람인지 뭔지 구분이 가지 않을 정도로 불구가 된 사람을 우습게도 여전히 엄숙하게 계급으로 부른다)가 보여준 충성심은[5] 더 말할 필요 없이 우리 육군의 자랑이지만 그런 이야기는 이미 세상에 널리 알려져 있네. 하지만 자네는 곧은 절개로 그런 폐인을 3년이란 세월 동안 전혀 싫은 내색 하지 않고, 자기 욕심을 완전히 버린 채 정성으로 보살피고 있어. 아내로서 당연한 일이라고 치부하면 그만이지만 그럴 순 없는 일이야. 나는 정말 감탄스러워. 요즘 같은 세상에 미담이라고 생각해. 하지만 아직 살날이 많이 남았지. 부디 마음 변치 말고 잘 보살펴주

4 퇴역하여 예비역이 된 소장을 말한다. 대령이 퇴역하기 직전, 그간의 공로를 치하하여 예비역 소장으로 승진되는 경우가 많았다고 한다. - 역주

5 '부른다)가 보여준 충성심은'이 〔초〕, 〔가〕, 〔헤〕, 〔순〕, 〔범〕, 〔도〕에는 '부른다) 스나가 중위의 충성심은'으로 되어 있다. - 해제

기 바라네."

늙은 와시오(鷲尾) 소장은 볼 때마다 한 마디라도 하지 않으면 마음이 편치 않다는 듯이, 지금은 자기 식객인 옛 부하 스나가 전 중위와 그 아내를 극구 칭찬했다. 도키코에게 그 말은 방금 이야기한 가지무침 씹는 맛이라, 그녀는 될 수 있으면 늙은 소장과 마주치지 않으려고 했다.

하지만 하루 종일 말도 못 하는 불구자와 마주하고 있을 수도 없어, 와시오 소장이 집을 비울 때를 틈타 수다를 떨러 부인과 따님 방에 드나들었다.

하기야 그런 칭찬도 처음에는 도키코의 희생정신, 보기 드문 정절에 어울리게 말로 표현할 수 없는 쾌감으로 다가왔지만 요즘은 그런 말들이 예전처럼 곧이곧대로 받아들여지지 않았다. 아니, 그런 칭찬이 두렵기까지 했다.

그런 말을 들을 때마다 도키코는 '너는 정절이라는 미명에 숨어 세상에 끔찍한 죄악을 저지르고 있는 거야'라는 꾸지람을 면전에서 듣는 기분이 들어 오싹할 정도로 무서워졌다.

돌이켜보면 스스로 생각하기에도 사람의 마음이 이리도 쉽게 변하는 건가 싶을 만큼 도키코의 마음은 크게 바뀌었다. 처음에는 세상물정 모르고 워낙 내성적이라, 글자 그대로 정절을 지키는 아내였던 도키코는 겉으로 보기와는 달리 지금 마음속에는 끔찍한 정욕이 둥지를 틀어 불쌍한 불구자(불구자라는 말로는 부족할 정도로 처참한 상태였다)인 남편을—예전에는 충성스럽고 용맹한 국가의 간성이었던 사람을[6]—오로지 자기 정욕을 채우기 위해 사육하는 짐승처럼, 또는 일종의 도구처럼 여기기에 이를 정도로 변하고 말았다.

그 음란한 괴물은 대체 어디에서 왔을까? 그 누런 살덩어리가 지닌 기이한 매력 때문일까(사실 도키코의 남편 스나가 전 중위는 한 덩이의 누런 고깃덩어리에 지나지 않았다. 그리고 기형적인 팽이처럼 그녀의 정욕을 불러일으키는 물체에 불과했다), 아니면 서른인 도키코의 육체에서 넘치는 정체 모를 힘 때문일까? 아마 양쪽 다일지도 모르겠지만.

와시오 소장한테 무슨 이야기를 들을 때마다 도키코는 요즘 부쩍 살이 오른 자기 몸과 다른 사람도 꺼려할 자기 체취 때문에 찜찜한 기분이 들지 않을 수 없었다. '난 대체 왜 이리 바보처럼 뒤룩뒤룩 살이 오르는 걸까.' 그러면서도 안색은 묘하게 창백했다. 와시오 소장은 칭찬을 늘어놓으면서도 도키코의 살 오른 몸집을 늘 의심스러운 눈빛으로 바라보았는데, 아마 이것이 도키코가 늙은 장군을 꺼리는 가장 큰 원인인지도 모른다.

외진 시골이라 안채와 별채는 거의 50미터 가량 떨어져 있다. 그 사이에는 길도 없는 무성한 풀밭이라 걸핏하면 구렁이가 부스럭부스럭 소리를 내며 기어 나오거나 자칫 발을 헛디디면 풀에 가려 잘 보이지 않는 옛 우물에 빠질 수도 있다. 넓은 저택 주위에는 명색뿐인 허술한 산울타리가 쳐져 있고 그 밖으로는 논밭이 이어진다. 도

---

6 〔초〕에는 '충성스럽고 용맹한 국가의 간성이었던 사람을', 〔가〕에는 복자 '……'로 되어 있다. – 해제

키코 부부가 사는 2층짜리 별채는 멀리 있는 하치만 신사(八幡神社)[7]의 숲을 등지고 거기 검은 그림자로 우두커니 서 있었다.

하늘에 별이 하나둘 반짝이기 시작했다. 방 안은 이제 캄캄하리라. 남편은 램프에 불을 붙일 힘도 없다. 도키코가 켜주지 않으면 그 살덩어리는 어둠 속에서 좌식 의자에 기대거나 아니면 의자에서 떨어져 다다미 위에 누워 눈만 껌뻑거린다. 불쌍하게도. 그런 생각을 하면 불쾌하기도 하고 비참한 생각도 들고 슬프기도 했다. 그렇지만 그런 감정 어딘가에 음탕한 생각이 섞여 있어 도키코의 등골을 오싹하게 했다.

집이 가까워지자 뭔가를 상징하듯 검은 입을 쩍 벌리고 있는 2층 창 장지문이 보였다. 거기에서 쿵쿵쿵 하고 다다미를 두드리는 둔탁한 소리가 들려왔다.

"저런, 또 저러고 있네."

도키코는 눈시울이 뜨거워질 만큼 불쌍한 마음이 들었다. 그것은 몸이 자유롭지 못한 남편이 벌렁 누워 구르면서 자기 짝인 도키코를 계속 불러댈 때 나는 소리였다.

"지금 가요. 배고프죠?"

도키코는 남편이 듣지도 못한다는 걸 알면서도 버릇처럼 그렇게 말하며 서둘러 부엌문으로 뛰어 들어가 얼른 계단을 올라갔다.

세 평 남짓한 2층 방에는 시늉만 낸 도코노마[8]가 있는데, 그 구석

---

7 무운을 빌기 위한 신사로, 일본 곳곳에 있어 그 수를 헤아리기 힘들다. – 역주

8 방 한쪽에 높이를 조금 높여 그림이나 꽃병 등을 놓아두는 부속 공간. – 역주

에 받침 있는 남포등과 성냥이 있다. "많이 기다렸죠. 미안해요"라거나, "지금 가요, 지금. 그렇게 보채도 캄캄하니 뭘 할 수가 없지. 바로 불을 켤게요. 조금만 기다려요, 조금만" 하며 이런저런 혼잣말을 하면서 (남편은 귀가 전혀 들리지 않으니까) 불을 붙인 남포등을 방 한쪽에 있는 책상 옆으로 가지고 갔다.

책상 옆에는 유젠(友禅)[9] 염색을 한 모슬린 방석을 묶어놓은, 신안 특허를 받았다던가 하는 좌식 의자라는 게 놓여 있었는데, 그 위에는 아무것도 없고 한참 떨어진 바닥에 이상한 물체가 뒹굴고 있었다. 그 물체는 틀림없이 낡은 오시마메이센[10]으로 지은 기모노를 입고 있기는 하지만 입었다기보다 둘둘 말았다고 하는 편이, 어쩌면 오시마메이센 보자기로 싼 보따리라고 하는 게 더 어울릴 만큼 괴상했다. 그리고 그 보따리 한쪽에 사람 머리가 쑥 튀어나와, 방아깨비처럼 혹은 기묘한 자동기계처럼 쿵쿵쿵쿵 바닥을 두드리는 중이었다. 그렇게 바닥을 두드리면 커다란 보따리 전체가 그 반동 때문에 조금씩 위치가 바뀌었다.

"그렇게 짜증내지 말아요. 뭐예요? 이거?"

도키코는 그렇게 말을 건네며 손으로 밥을 먹는 시늉을 해 보였다.

"이거 아니야? 그럼 이거?"

도키코는 다른 시늉을 해 보였다. 하지만 말을 못 하는 남편은 그때마다 고개를 저으며 바닥에 쿵쿵쿵쿵 마구 머리를 찧어댔다. 포탄

---

9 일본의 대표적인 천 염색 기법 가운데 하나로 화려한 채색이 특징이다. – 역주

10 무늬가 없거나 줄무늬를 주로 넣은 견직물을 말한다. – 역주

파편 때문에 얼굴 전체가 끔찍하게 망가졌다. 왼쪽 귓불은 통째로 떨어져나가 까맣고 작은 구멍 하나만이 흔적으로 남았다. 입 언저리에서 눈 아래 부분까지, 뺨 위로 비스듬하게 꿰맨 흉터가 있다. 오른쪽 관자놀이에서 머리로 흉측한 상처가 기어 올라간 듯 나 있다. 목은 뭉텅 도려낸 듯 패였고, 코나 입은 원래 모양을 찾아볼 수 없다. 마치 괴물 같은 얼굴에서 그나마 제 모양을 갖춘 것은 징그러운 주변 모습과는 달리 천진한 어린아이처럼 맑고 동그란 두 눈이다. 그런데 그 눈이 지금 조바심치듯 깜빡거리고 있었다.

"그럼 할 이야기가 있는 건가? 기다려요."

도키코는 책상 서랍에서 공책과 연필을 꺼내 남편의 뭉그러진 입에 연필을 물려주고 그 옆에 공책을 펼쳐놓았다. 남편은 말을 하지도 못하고 연필을 쥘 손이나 발도 없었기 때문이다.

'내가 싫어졌나.'

남편은 마치 큰길에 나와 앉은 장애인처럼 아내가 내민 공책 위에 입으로 글자를 썼다. 한참 걸려 알아보기가 무척 힘든 가타카나[11]를 적었다.

"호호호, 또 질투하네. 그렇지 않아요. 아니라니까."

도키코는 웃으며 힘껏 고개를 저어 보였다.

하지만 남편은 다시 머리를 바닥에 찧기 시작했다. 도키코는 바로 눈치채고 잡기장을 남편 입 쪽에 대주었다. 그러자 남편은 연필을

11 흔히 사용하는 히라가나와 달리 외래어 표기나 동식물 이름 등을 적을 때 사용하는 일본 글자. – 역주

어설프게 놀리더니 '어디 있었어'라고 적었다. 그걸 보고 도키코는 매몰차게 연필을 빼앗아 공책 여백에 '와시오 씨네 집에'라고 적어 남편 눈앞에 들이밀었다.

남편은 다시 공책을 달라고 조르더니 이렇게 적었다.

'세 시간.'

"세 시간이나 혼자 기다렸다는 거로군요. 잘못했어요."

도키코는 그제야 미안하다는 표정을 지으며 고개를 숙였다.

"이제 안 그럴게요. 이제 안 그럴게."

도키코는 손을 저어 보이며 말했다.

보따리 같은 스나가 전 중위는 물론 아직 성이 풀리지 않은 모양이지만, 입으로 글씨 쓰기가 귀찮아졌는지 머리를 축 늘어뜨리고 움직이지 않았다. 대신 커다란 두 눈에 온갖 뜻을 담아 도키코의 얼굴을 말똥말똥 바라보았다.

도키코는 이럴 때 남편의 기분을 풀 수 있는 하나뿐인 방법을 안다. 말이 통하지 않기 때문에 자세하게 설명할 수 없고, 말 이외에 심정을 가장 잘 전달할 수 있는 미묘한 눈빛 따위는 머리가 많이 무뎌진 남편에게 통하지 않았다. 그래서 늘 이런 기묘한 사랑다툼 끝에는 서로 답답해져 제일 빠른 화해 수단을 선택하기 마련이었다.

도키코는 느닷없이 남편 몸에 올라타 웅크리더니 일그러진 입에 자리한 번들번들 빛나는 커다란 흉터 위에 키스를 퍼부었다. 남편의 눈에는 그제야 안도하는 빛이 나타나고 일그러진 입가에는 우는 듯 추한 미소가 떠올랐다. 그걸 보고도 도키코는 늘 그랬듯 미친 듯이 퍼붓는 키스 세례를 멈추지 않았다. 그렇게 하는 까닭은 남편의 추한 모습을 잊고 자기 나름대로 애써 달콤한 흥분을 끌어내기 위해서이기도 했고, 행동의 자유를 완전히 잃은 불쌍한 불구자를 멋대로 못살게 굴고 싶은 야릇한 심리도 작용했기 때문이다.

그렇지만 남편은 도키코의 지나친 호의에 당황해 숨도 제대로 쉬지 못하며 괴로워했다. 그는 몸을 뒤척이며 추한 얼굴을 괴상하게 찡그리면서 고통스러워했다. 그런 모습을 보면 도키코의 몸 안에서는 어떤 감정이 슬금슬금 솟아났다.

도키코는 미친 듯이 남편에게 달려들어 오시마메이센 보따리를 찢어발기듯 벗겨냈다. 그러자 그 안에서는 뭐라 말로 표현할 수 없는 살덩어리가 굴러 나왔다.[12]

이런 상태로 어떻게 목숨을 건질 수 있었는가, 하고 당시 의료계를 떠들썩하게 만들고 신문에서는 일찍이 볼 수 없었던 기이한 이야기로 소개된 것처럼, 스나가 전 중위는 마치 팔다리가 빠진 인형처럼 더는 망가질 수 없을 지경으로 무참하고 무시무시한 부상을 당했다. 두 팔다리는 거의 다 잘려나가, 볼록한 살덩어리가 팔다리의 흔적으로 겨우 남아 있었다. 그뿐 아니라 몸통만 남은 괴물 같은 온몸에는 얼굴을 비롯해 여기저기 크고 작은 수많은 흉터가 번들거렸다.

그야말로 끔찍한 일이지만 그런 상태임에도 남편의 몸은 이상하리만치 영양상태가 좋고, 불구인 몸치고는 건강했다(와시오 소장은 그

---

12 〔초〕, 〔헤〕에는 '미친 듯이' 이후부터 복자로 표기되어 있고, 〔이〕, 〔슌〕, 〔범〕, 〔도〕에는 본문과 같이 적혀 있다. – 해제

것이 도키코의 정성 어린 간호 덕분이라며, 칭찬을 늘어놓을 때마다 늘 이 일을 잊지 않고 보탰다). 달리 누릴 즐거움이 없어 식욕이 강하기 때문인지 반들반들한 복부가 터질 듯이 부풀어, 몸통밖에 남지 않은 육체에서도 유난히 그 부분이 두드러졌다.

그건 마치 커다랗고 누런 애벌레 같았다. 또는 도키코가 늘 속으로 생각하듯 아주 기이한, 기형적인 살덩어리 팽이였다. 어떤 때는 팔다리가 있던 흔적인 네 군데 살덩어리(그 끄트머리가 마치 손에 들고 다니는 주머니의 주둥이처럼 사방에서 가죽을 당겨 여민 탓에 깊게 주름지고 그 한가운데 징그러운 작은 홈이 생겼지만)가 튀어나온 부분이 마치 애벌레 다리처럼 이상하게 떨리면서 엉덩이를 축으로 머리와 어깨가 정말 팽이처럼 바닥에서 빙빙 돌았다.

지금 도키코가 발가벗긴 남편은 이렇다 할 저항도 없이, 무슨 말이라도 건네듯 눈을 들었다. 그리고 자신을 올라타 앉아 먹이를 노리는 짐승처럼 이상하게 눈을 가늘게 뜬 아내의 약간 탄탄하고 매끄러운 겹턱을 물끄러미 바라보고 있었다.

도키코는 남편의 눈빛이 지닌 뜻을 읽을 수 있었다. 그 눈빛은 지금처럼 도키코가 한 걸음 더 나아가면 사라지고 만다. 예를 들어 바느질을 하고 있는 도키코 옆에서 이 불구자가 무료하게 멍하니 허공을 바라볼 때 같은 경우, 그 눈빛에 담긴 뜻이 더욱 깊어져 어떤 고민을 드러냈다.

시각과 촉각을 느낄 수 있는 오관(五官)을 잃고 만 남편은 원래 책 읽기에는 전혀 관심이 없는, 진격밖에 모르는 군인이었다. 충격 때문에 머리가 무뎌진 뒤로는 글자와 완전히 인연을 끊고 말아 이제는 그저 짐승과 마찬가지로 물질적인 욕망 말고는 어디에서도 위안을 얻지 못하는 처지다. 그래도 그 캄캄한 지옥처럼 엉망진창인 생활 속에서도 문득 불구가 되기 전에 익힌 군대식 윤리관이 무뎌진 머리를 일깨울 때가 있는데, 그것이 불구가 된 뒤로 더욱 민감해진 정욕과 마음속에서 싸움을 벌여 남편의 눈에 묘한 고민의 그림자를 드리우게 하는 게 틀림없다. 도키코는 이렇게 풀이했다.

도키코는 아무것도 할 수 없는 남편의 눈빛에 드러나는 겁먹은 고민을 들여다보는 일이 그리 싫지만은 않았다. 심한 울보이기는 했지만 묘하게 약자를 괴롭히는 성향이 있었다. 그래서 그 가련한 불구자의 고민은 끊임없이 도키코를 자극했다. 지금도 남편을 위로한 것이 아니라 외려 덮쳐 누르듯 여느 때보다 민감해진 불구자의 정욕을 부추기는 것이었다.

×××

도키코는 정체 모를 악몽에 시달리다가 마구 소리를 지르는 바람에 식은땀에 흠뻑 젖어 잠에서 깼다.

머리맡에 놓아둔 램프 등피(燈皮)에 검은 연기가 묘하게 고여, 가늘게 해둔 심지가 지지직…… 하는 소리를 내고 있었다. 천장이고 벽이고 할 것 없이 이상하게 실내가 주황색으로 물들어 침침해 보였다. 곁에서 잠이 든 남편 얼굴도 꿰맨 상처 자국이 불빛을 받아 주황색으로 번들번들 빛났다. 도키코가 방금 지른 신음을 들었을 리 없는데 그는 두 눈을 크게 뜨고 천장을 물끄러미 바라보고 있었다. 책상 위 자명종 시계를 보니 새벽 1시가 조금 지난 시각이었다.

눈을 뜨자마자 왠지 모르게 불쾌했다. 아마 그게 악몽을 꾼 원인은 아닐 테지만 도키코는 잠에서 깬 뒤 바로, 그 불쾌감을 확실하게 느끼기도 전에 뭔가 이상하다는 생각을 했다. 그러다가 문득 다른 것이, 아까 그 이상한 유희의 모습이[13] 환각처럼 눈앞에 떠올랐다. 거기에는 뱅뱅 돌아가는 팽이 같은 살덩이가 있었다. 그리고 살찐 서른 살 여자의 흉측한 몸뚱이가. 그것이 마치 지옥도처럼 뒤엉켜 있었다. 그 얼마나 사위스럽고 추한 모습인가. 하지만 그 사위스러움, 추함이 다른 무엇보다 마약처럼 도키코의 정욕을 부추겨 신경을 마비시키는 힘을 지녔을 줄은 30년 반평생을 살아오면서 일찍이 상상도 하지 못했던 일이다.

"아아아아아아아."

도키코는 제 가슴을 꼭 부둥켜안고 한숨인지 신음인지 모를 소리를 내며 망가진 인형처럼 잠든 남편을 바라보았다.

이때 비로소 잠에서 깼을 때 왜 불쾌감이 느껴졌는지 그 까닭을 깨달았다. 그래서 '여느 때보다 좀 많이 이른 모양이다'라고 생각하면서 이부자리에서 빠져나와 계단을 내려갔다.

---

13 〔헤〕에는 '다른 것이' 이후부터 복자로 표기되어 있고, 〔이〕에는 '아까 그 이상한 유희의 모습이,' 〔순〕, 〔범〕, 〔도〕에서는 '아까 그 이상한 유희의 모습이'로 되어 있다. (쉼표의 유무 차이 – 역주) – 해제

다시 이부자리로 돌아와 남편의 얼굴을 바라보니 그는 여전히 아내는 쳐다보지도 않고 천장만 바라보고 있었다.

"또 그 생각 하는 거네."

눈 말고는 자기 뜻을 드러낼 신체 기관이 없는 사람이 한곳만 물끄러미 바라보는 모습은 이런 한밤중에는 문득 으스스한 느낌을 불러일으킨다. 어차피 무뎌진 머리라고는 생각하지만 이처럼 극단적인 불구의 몸이 되면 머릿속에는 다른 사람들과 다른, 또 다른 세계가 펼쳐지는지도 모른다. 남편은 지금 그 다른 세계를 저리도 헤매고 있는 건지도 모른다. 이런 생각이 들면 소름이 끼쳤다.

도키코는 정신이 말똥말똥해져서 잠을 이루지 못했다. 머릿속에서 우르르르 하는 소리를 내며 불길이 소용돌이치는 느낌이 들었다. 그리고 온갖 망상이 마구 떠올랐다 사라졌다. 그 가운데는 도키코의 삶을 이렇게 완전히 바꿔버린 3년 전 일이 섞여 있었다.

남편이 부상당해 본국으로 송환될 거라는 통지를 받았을 때는 일단 전사한 게 아니라니 다행이라고 생각했다. 그때까지만 해도 서로 왕래가 있던 동료 군인의 부인에게서 당신은 좋겠다며 부러움을 사기도 했다. 곧이어 신문은 남편이 세운 화려한 공로를 떠들어댔다. 동시에 남편이 당한 부상이 무척 심하다는 사실도 알게 되었지만 물론 이 지경일 거라고는 상상도 못 했다.

도키코는 위수병원으로 남편을 만나러 갔던 때를 아마 평생 잊지 못하리라. 새하얀 시트 안에서 처참하게 망가진 남편의 얼굴이 멍하니 도키코 쪽을 바라보고 있었다. 의사가 어려운 용어를 섞어가며 설명했다. 부상 때문에 귀가 들리지 않게 되었고, 발성기능도 문제가 생겨 말을 할 수 없게 되었다는 이야기를 들었을 때 도키코는 이미 새빨개진 눈으로 연신 콧물을 훌쩍였다. 그 뒤에 얼마나 무서운 일이 기다리는지도 모른 채로.

엄숙하게 생긴 의사 역시 딱하다는 표정을 감추지 못하고 "놀라지 마십시오"라며 흰 시트를 살짝 들춰 보여주었다. 거기에는 악몽에서나 등장하는 괴물처럼 팔이 있어야 할 곳에 팔이, 다리가 있어야 할 곳에 다리가 전혀 보이지 않았고 붕대를 감아 뭉툭해진 몸통만 으스스하게 누워 있었다. 마치 석고로 빚어 생명이 없는 흉상을 침대에 눕혀놓은 느낌이었다.

도키코는 눈앞이 흔들거리는 현기증 같은 것을 느껴 침대 발치에 주저앉고 말았다.

너무 슬퍼 남의 눈도 아랑곳하지 않고 소리 내어 엉엉 운 것은 의사와 간호사가 별실로 데려다준 뒤부터였다. 도키노는 거기에 있는 지저분한 탁자 위에 엎드려 오래 울었다.

"정말 기적입니다. 팔다리를 모두 잃은 부상병은 스나가 중위만이 아닌데 다들 목숨을 건지지 못했습니다. 그야말로 기적이라고 할 수 있죠. 이건 완전히 군의정[14]과 기타무라 박사님의 놀라운 의술 덕분입니다. 아마 어느 나라 군병원에서도 이런 사례는 찾아볼 수 없을

14 옛 일본 육군 군의관 계급. 영관급에 해당하는 고급 군의관을 가리킨다. 위로 군의총감, 군의감이 있으며 군의정은 1등부터 3등으로 나뉜다. 군의정 아래 위관급인 군의관이 3등급으로 나뉜다. – 역주

겁니다."

엎드려 우는 도키코의 귓가에 의사가 위로하듯 그런 소리를 했다. '기적'이라는, 기뻐해야 할지 슬퍼해야 할지 모를 말을 몇 번이고 반복했다.

신문에서 용맹스러운 스나가 중위의 혁혁한 무훈은 물론이고 이 기적적인 외과 의술에 대해 떠들어댄 것은 두말할 필요도 없다.

꿈같은 시간이 반년쯤 흘렀다. 상관과 동료 군인들의 도움으로 스나가의 살아 있는 송장이 집으로 옮겨지자 거의 동시에 팔다리에 대한 보상으로 공훈 5급 금치훈장(金鵄勳章)이 수여되었다.[15] 도키코가 불구가 된 남편을 보살피느라 눈물을 흘리고 있을 때 세상은 개선을 축하한다며 시끌벅적했다. 도키코에게 친척을 비롯한 지인, 동네 사람들로부터 명예, 명예라는 말이 비 오듯 쏟아졌다.

얼마 지나지 않아 몇 푼 되지 않는 연금으로는 살림살이를 꾸려갈 수 없었다. 전쟁터에서 지휘관이었던 와시오 소장이 호의를 베풀어 저택 안에 있는 별채에 공짜로 들어와 살게 되었다. 시골로 옮겼기 때문이기도 하겠지만 생활이 갑자기 쓸쓸해졌다. 개선의 들뜬 분위기도 가라앉자 세상 분위기도 쓸쓸해졌다. 이제 아무도 이전처럼 도키코 부부를 위문하러 와주지 않았다. 세월이 흐름에 따라 전쟁에서 이겼다는 흥분도 가라앉고, 그에 따라 전쟁 공로자들에게 감사하는

---

15 〔헤〕에는 '보상으로' 이후부터 복자로 표기되어 있고, 〔이〕에는 '보상으로 5급 금치훈장이 수여되었다'로, 〔슌〕, 〔범〕, 〔도〕에는 '보상으로 공훈 5급 금치훈장이 수여되었다'로 되어 있다. – 해제

마음도 열어졌다. 스나가 전 중위를 입에 올리는 이는 이제 아무도 없었다.[16]

남편 친척들도 남편이 불구자라 꺼림칙했는지, 아니면 물질적인 도움에 대한 두려움 때문이었는지 거의 발을 들이지 않게 되었다. 친정 부모님은 모두 돌아가셨고 형제자매들도 다들 정이 없는 편이었다. 가련한 불구자와 정절을 지키는 아내는 세상에서 동떨어지듯 시골 외딴집에서 근근이 살아가고 있었다. 이 집 2층에 있는 세 평 남짓한 다다미방은 두 사람에게 유일한 세계였다. 게다가 한 사람은 귀도 들리지 않고 말도 하지 못할 뿐 아니라 거동마저 전혀 불가능한 흙으로 빚은 인형 같은 신세였다.

남편은 다른 세상의 인류가 불쑥 이 세상에 버려진 것처럼 완전히 달라진 생활양식에 당황했는지 건강을 회복하고 나서도 한동안은 멍한 상태로 꼼짝도 않고 누워 있었다. 그리고 때를 가리지 않고 깜빡깜빡 졸았다.

도키코의 착상으로 연필을 입에 물고 글자를 쓰면서 대화를 주고받게 되었을 때 남편이 제일 먼저 쓴 글자는 '신문'과 '훈장'이라는 두 단어였다. '신문'은 자기가 세운 무훈을 대서특필한 전쟁 당시에 오려둔 신문기사고, '훈장'이란 말할 필요도 없이 그 금치훈장이다. 남편이 의식을 되찾았을 때, 와시오 소장이 제일 먼저 눈앞에 들이민 물건이 그 두 가지였는데 남편은 그걸 기억하고 있었던 것이다.

16 〔초〕, 〔헤〕, 〔가〕에는 '와주지 않았다' 이후부터 복자로 표기되어 있으며, 〔이〕, 〔슌〕, 〔범〕, 〔도〕에는 본문과 같이 적혀 있다. – 해제

남편은 그 뒤로도 툭하면 글자를 써서 신문기사와 훈장을 요구했다. 도키코가 가지고 오면 남편은 그것을 한없이 들여다보았다. 남편이 신문기사를 반복해서 읽을 때면 도키코는 손이 저린 걸 참으면서도 어쩐지 어처구니없는 심정으로 그의 만족스러워하는 눈빛을 바라보았다.

그러나 도키코가 '명예'를 경멸하기 시작하고 한참 지나서기는 했지만, 남편 역시 '명예'에 진절머리가 난 듯했다. 이제 예전처럼 그 두 가지 물건을 가져오라고 하지 않았다. 그 뒤에 남은 것은 불구지만 그렇게 때문에 더 병적이고 뜨거운 육체적 욕망뿐이었다. 남편은 회복기에 들어선 위장병 환자처럼 게걸스럽게 먹을 것을 달라고 했고, 시간을 가리지 않고 그녀의 육체를[17] 요구했다. 도키코가 응하지 않을 때면 남편은 아주 잘 돌아가는 살덩어리 팽이가 되어 다다미 위를 미친 듯이 기어 돌아다녔다.

처음에는 도키코도 왠지 불안하고 두렵고 꺼림칙했지만 시간이 점점 흐르면서 자기도 서서히 육욕의 아귀로 변해갔다.[18] 들판에 있는 외딴집에 틀어박혀 앞날에 대한 아무런 희망도 없는, 거의 무지하다고 할 수 있는 두 남녀에게는 그게 생활의 전부였다. 동물원 우리 속

---

17 〔혜〕에는 '그녀의 육체를'이 복자로 표기되어 있고, 〔이〕, 〔슌〕, 〔범〕, 〔도〕에는 본문과 같이 적혀 있다. – 해제

18 〔혜〕에는 '육욕의 아귀'가 복자로 표기되어 있고, 〔이〕에는 '육욕(肉慾)의 아귀(餓鬼)가 되어갔다'로, 〔슌〕에는 '육욕(肉慾)의 아귀(餓鬼)가 되어갔다'('餓'의 좌변이 다른 한자를 사용 – 역주)로, 〔범〕, 〔도〕에는 '육욕(肉欲)의 아귀가 되어갔다'로 되어 있으며 욕(欲)의 한자가 다르다. – 해제

에서 평생을 보내는 두 마리 짐승처럼.

그런 상태였기 때문에 도키코가 자기 남편을 마음대로 주무를 수 있는 큼직한 장난감으로 여기게 된 것은 지극히 당연했다. 또 남편의 부끄러운 줄 모르는 행위에 맛들인 도키코가, 다른 사람들과 비교해도 훨씬 튼튼한 그녀가 남편이 힘들게 여길 때까지 놔주지 않는 것도 당연한 일이었다.

도키코는 이따금 자기가 미치고 마는 게 아닌가 생각했다. 자신의 어디에 이런 끔찍한 감정이 숨어 있었던 걸까 싶어 기가 막혀 몸서리를 칠 때도 있었다.[19]

말도 못 하고 듣지도 못하며 혼자서는 제대로 움직이지도 못하는 이 기구하고 불쌍한 도구는 결코 나무나 흙으로 만든 것이 아니라 희로애락을 지닌 생명이라는 점이 그지없는 매력이었다. 게다가 표정을 드러내는 단 하나뿐인 기관인 동그란 두 눈이 도키코의 끊임없는 요구에 대해[20] 어떤 때는 자못 슬픈 듯이, 어떤 때는 자못 화난 표정을 지었다. 게다가 아무리 슬퍼도 눈물 흘리는 일 이외에는 그 눈물도 닦지 못하고, 아무리 화가 나도 아내에게 겁을 줄 만한 힘도 없어 결국은 도키코의 압도적인 유혹을 견디다 못해 남편 역시 비정상적인 병적 흥분에 빠져버리고 말았다. 그렇게 이런 완전히 무력한

---

19 〔초〕, 〔헤〕에는 '자신의~있었다'가 복자로 표기되어 있으며, 〔슌〕, 〔범〕, 〔도〕에는 본문과 같이 적혀 있다. - 해제

20 〔헤〕에는 '도키코의~대해'가 복자로, 〔이〕, 〔슌〕, 〔범〕, 〔도〕에는 본문과 같이 적혀 있다. - 해제

단 〔이〕와 다른 판본은 한자의 모양에 약간의 차이가 있다. - 역주

생명을 본인 뜻을 거슬러가며 들볶는 일이 이미 더할 나위 없는 즐거움이 되기까지 한 상태였다.

×××

도키코가 눈을 감자 지난 3년 동안의 일들이, 그 격정적인 장면들만이 토막토막 이어져 이중삼중 겹쳐져서 나타났다가 사라졌다. 이 토막 난 기억은 매우 또렷해서 눈꺼풀 안쪽에 활동사진처럼 나타났다 사라졌는데, 도키코의 몸에 이상이 있을 때마다 늘 이런 현상이 일어나곤 했다. 그리고 이런 현상이 일어날 때면 그녀의 야성은 더욱 우악스러워져 불쌍한 불구자를 더욱 심하게 들볶았다. 도키코 스스로도 그걸 의식하고 있기는 하지만 몸 안에서 끓어오르는 흉포한 힘을 자기 의지만으로는 어떻게 해볼 수도 없었다.

문득 정신을 차리니 방 안이 마치 도키코의 환각처럼 안개에 싸인 듯 어두워지는 느낌이 들었다. 환각 밖에 또 한 겹의 환각이 있어서, 그 바깥쪽 환각이 지금 막 사라져가는 느낌이 들었다. 안 그래도 신경이 곤두선 도키코는 그만 겁이 나 갑자기 심장 고동이 빨라졌다. 그런데 가만히 생각해보니 별일 아니었다. 도키코는 이부자리에서 빠져나와 머리맡에 둔 램프 심지를 올렸다. 아까 가늘게 해두었던 심지가 다 타서 등불이 꺼지려던 참이었다.

방 안이 대번에 밝아졌다. 그렇지만 여전히 시야가 주황색으로 침침한 느낌이 들어 좀 이상하다는 생각이 들었다. 도키코는 그 불빛을 보고 문득 생각난 듯이 남편 얼굴을 들여다보았다. 남편은 여전히 자세를 전혀 바꾸지 않고 천장의 한곳만을 노려보고 있었다.

"어머, 언제까지 그렇게 생각에 잠겨 있을 건가?"

도키코는 약간 불안하기도 했지만 그보다 차마 눈 뜨고 볼 수 없을 만큼 형편없는 불구인 주제에 혼자서 곰곰이 생각에 빠져 있는 모습이 너무 얄밉게 느껴졌다. 그러자 그 잔학성이 도키코의 몸 안에서 또 근질근질 솟아났다.

도키코는 느닷없이 남편의 이불 위로 덤벼들었다. 그리고 갑자기 남편의 어깨를 껴안고 마구 흔들어대기 시작했다.

너무도 갑작스러운 일이라 남편은 몸 전체를 흠칫 떨며 놀랐다. 그리고 다음에는 호된 질책의 눈빛으로 도키코를 쏘아보았다.

"화났어? 뭐야, 왜 눈을 그렇게 떠?"

도키코는 그렇게 소리치면서 남편에게 덤벼들었다. 일부러 남편의 눈을 가리고 늘 하던 놀이를 시작했다.[21]

"화내봐야 소용없어. 당신을 내 마음대로 다룰 수 있는걸."

하지만 도키코가 아무리 애를 써도[22] 그때만은 남편이 여느 때처럼 자진해서 타협해오는 기미를 보이지 않았다. 아까부터 천장만 뚫어

21 〔헤〕에는 '소리치면서' 이후부터 복자로 표기되어 있고, 〔이〕, 〔슌〕, 〔범〕, 〔도〕에는 본문과 같이 적혀 있다. - 해제
각 판본마다 한자를 히라가나로 표기하거나 새로운 표기법으로 고치는 등 우리말로 표현할 수 없는 미세한 차이가 있다. - 역주

22 〔헤〕에는 '하지만' 이후부터 복자로 표기되어 있고, 〔이〕, 〔슌〕, 〔범〕, 〔도〕에는 각각 미세한 차이는 있지만 모두 본문과 같이 적혀 있다. - 해제

지게 바라보며 생각한 것이 이런 거였나? 아니면 그저 아내가 멋대로 행동하는 바람에 비위가 뒤틀린 건가? 남편은 큰 눈을 잔뜩 부라리며 도키코의 얼굴을 계속 뚫어지게 쳐다보았다.

"뭐야, 눈을 왜 이렇게 떠?"

도키코가 소리를 지르며 두 손으로 남편의 눈을 덮었다. 그리고 "뭐야, 뭐야"라고 미친 듯이 계속 소리쳤다. 병적인 흥분이 도키코를 무감각하게 만들었다. 두 손가락에 얼마나 힘을 주었는지도 거의 의식하지 못했다.[23]

깜짝 놀라 꿈에서 깨듯 정신을 차리니 도키코 아래에서 남편이 버둥거리고 있었다. 몸통밖에 없기는 하지만 엄청난 힘으로 필사적으로 발버둥치는 바람에 무거운 도키코가 튕겨나갈 정도였다. 어찌 된 일인지 남편이 두 눈에서 피를 내뿜으며 꿰맨 자국투성이인 얼굴 전체가 뜨거운 물에 데친 듯 빨갛게 상기된 상태였다.[24]

"……."

도키코는 그제야 모든 걸 깨달았다. 자기가 남편의 단 하나 남은 바깥세상과 통하는 창을 정신없이 무참하게 망가뜨리고 말았다는 사실을.

---

23 〔헤〕에는 '소리쳤다' 이후부터 복자로 표기되어 있고, 〔이〕, 〔슌〕, 〔범〕, 〔도〕에는 본문과 같이 적혀 있다. – 해제
다만 〔이〕, 〔슌〕에는 '힘'이 '폭력'으로 되어 있다. – 역주

24 〔초〕, 〔헤〕, 〔이〕, 〔슌〕, 〔범〕, 〔도〕에는 우리말로는 표현할 수 없는 일본어 표기법상의 차이가 있을 뿐이다. – 역주
다만 〔초〕에만 '상태였다' 이후에 한 행 행갈이가 되어 있다. – 해제

하지만 결코 정신이 없는 상태에서 저지른 실수라고만은 할 수 없었다. 스스로도 그걸 알고 있었다. 가장 확실한 것은 도키코가 의사 표현을 하는 남편의 눈을 둘이 마음 편히 짐승이 되는데 너무 방해가 된다고 느꼈다는 사실이다. 때때로 그 눈에 떠오르는 정의라는 관념을 밉살맞게 여기고 있었던 것이다. 뿐만 아니라 그 눈에서는 또 다른, 더 기분 나쁘고 무서운 무엇인가가 느껴지기까지 했다.

하지만 그건 거짓이다. 도키코의 마음 깊숙한 곳에서는 전혀 다른, 그보다 훨씬 무서운 생각이 도사리고 있었던 게 아닐까? 도키코는 남편을 진짜 산송장으로 만들고 싶었던 게 아닐까? 완전히 살덩어리 팽이로 만들고 싶었던 게 아닐까? 몸통의 감각 이외에는 오관을 모두 잃은 생명으로 만들어버리고 싶었던 게 아닐까? 그렇게 해서 자신의 끝없는 잔학성을 가장 깊은 곳에서부터 만족시키고 싶었던 게 아닐까? 남편의 몸에서 눈만이 겨우 사람다운 모습을 갖추고 있었다. 그게 남아 있으면 뭔가 완전치 않은 느낌이 들었다. 진짜 살덩어리 팽이가 아닌 듯했다.

이런 생각이 잠깐 도키코의 머릿속을 스쳐갔다. "꺄악" 하고 소리를 지르자마자 펄펄 뛰고 있는 살덩어리를 내버려두고 쏜살같이 계단을 달려 내려가 맨발로 어두운 밖을 향해 달려 나갔다. 도키코는 악몽 속에서 무서운 것에 쫓기기라도 하듯 정신없이 달렸다. 뒷문을 나와 마을 길을 오른쪽으로 꺾어져 3백 미터 남짓 떨어진 곳에 의사가 사는 집이 있다는 생각은 하고 있었다.

×××

사정사정해서 겨우 의사를 데리고 왔을 때도 살덩어리는 아까와 마찬가지로 마구 퍼덕거리고 있었다. 소문은 들었지만 여태 직접 본 적이 없었던 마을 의사는 그 끔찍한 모습을 보고 간담이 서늘해져서, 사소한 실수로 이런 뜻밖의 일이 벌어지게 된 과정을 구구절절하게 설명하는 도키코의 말도 귀에 잘 들어오지 않는 듯했다. 그는 진통제 주사를 놓고 상처를 치료하더니 서둘러 돌아갔다.

남편이 겨우 버둥거리기를 멈췄을 무렵에는 날이 훤히 밝았다.

도키코는 남편의 가슴을 쓰다듬어주면서 눈물을 뚝뚝 흘렸다.

"미안해요. 미안해요."

살덩어리는 다쳐서 열이 오르는지 얼굴이 새빨갛게 부어오르고 심장은 마구 뛰었다.

도키코는 종일 남편 옆을 떠나지 않았다. 밥도 먹지 않았다. 그리고 남편의 머리와 가슴에 얹은 물수건을 쉴 새 없이 갈아주거나 미친 사람처럼 주절주절 사과를 했다. 남편 가슴에 손가락으로 '용서하세요'라는 글자를 몇 번이고 썼다. 슬픔과 죄의식 때문에 시간이 가는 줄도 몰랐다.

×××

저녁 무렵이 되어 남편은 열도 조금 가라앉고 호흡도 편해졌다. 남편의 의식이 정상으로 돌아온 게 분명하다고 생각한 도키코는 다시 남편 가슴에 한 글자 한 글자 또박또박 '용서하세요'라고 쓰고는 반응을 살폈다. 하지만 살덩어리는 아무런 대꾸도 없었다. 눈을 잃었는데 살덩이는 꼼짝도 하지 않고 표정도 변함이 없었다. 숨소리를 들으면 잠들었다고 생각할 수 있지만 가슴에 쓴 글자를 이해할 기운마저 잃었는지, 아니면 분노 때문에 계속 침묵하는 것인지 도무지 알 수 없었다. 이제 그것은 폭신폭신하고 따스한 물체에 지나지 않았다.

도키코는 뭐라 형언할 수 없는 그 꼼짝 않는 살덩어리를 보고 있다가 태어나서 한 번도 경험한 적이 없는 진짜 공포에 부들부들 떨기 시작하지 않을 수 없었다.

거기 누워 있는 것은 틀림없이 하나의 생명이었다. 폐도 있고 위도 있다. 그런데 사물을 볼 수 없다. 소리를 들을 수 없다. 말을 전혀 할 수 없다. 뭔가를 쥘 손도 없고 딛고 일어설 다리도 없다. 그에게 이 세상은 영원한 정지이며 부단한 침묵이고 끝없는 어둠이다. 일찍이 누가 이런 무서운 세계를 상상할 수 있었을까. 그런 세계에 사는 사람의 마음은 무엇에 비할 수 있을까. 그는 틀림없이 '사람 살려'라고 외치고 싶을 것이다. 아무리 어렴풋하더라도 좋으니 사물의 모습을 보고 싶으리라. 아무리 희미해도 좋으니 어떤 소리든 듣고 싶으리라. 무엇인가에 의지해 뭐든 꼭 움켜쥐고 싶으리라. 하지만 그에게는 그 어떤 것도 완벽하게 불가능했다. 지옥이다. 지옥.

도키코는 불쑥 으앙 하고 소리 내어 울기 시작했다. 그리고 돌이킬 수 없는 죄업과 덜어낼 길 없는 슬픔에 어린애처럼 훌쩍거리면서 그저 사람이 보고 싶어서, 세상 사람들과 같은 모습을 지닌 사람이 보고 싶어서 애처로운 남편은 내버려두고 와시오 예비역 소장 가족이 사는 안채로 달려갔다.

너무 흐느끼는 바람에 알아듣기 힘든 기나긴 도시코의 참회를 말없이 들은 와시오 소장은 너무나도 놀라운 사실에 한동안 말조차 할 수 없었다.

"어쨌든 스나가 중위에게 가봅시다."

이윽고 그가 침울하게 말했다.

이미 날이 저물었기 때문에 노인을 위해 제등을 내왔다. 제각각 생각에 잠긴 두 사람은 말없이 어두운 풀밭을 지나 별채로 갔다.

"아무도 없군. 어찌 된 건가?"

앞장서서 별채 2층으로 올라간 노인이 깜짝 놀라 물었다.

"아니에요. 그 이부자리 안에 있을 거예요."

도키코는 노인을 뒤따라 아까까지 남편이 누워 있었던 이불 쪽으로 가보았다. 하지만 참으로 이상한 일이었다. 남편은 거기에 없었다.

"어머……."

도키코는 말을 잇지 못하고 멍하니 서 있었다.

"그 불편한 몸으로 설마 이 집을 나갈 수는 없을 거야. 집 안을 찾아봐야지."

이윽고 소장이 재촉하듯 말했다. 두 사람은 위층, 아래층을 샅샅이 뒤졌다. 그렇지만 남편은 어디서도 나타나지 않았다. 뿐만 아니라 오히려 무서운 것을 발견했다.

"어머, 이게 뭘까요?"

도키코는 아까 남편이 누워 있던 머리맡의 작은 기둥을 뚫어지게 바라보며 말했다.

거기에는 어린애가 장난삼아 쓴 글자같이 어지간히 궁리를 하지 않고서는 의미를 알 수 없을 글이 연필로 희미하게 적혀 있었다.

'용서한다.'

도키코는 그 글씨를 읽고 바로 모든 상황을 짐작했다. 남편은 제대로 움직이지도 못하는 몸으로 책상 위에 놓인 연필을 입으로 더듬어 찾았다. 그게 남편에게 얼마나 힘든 일이었을까. 간신히 네 글자만을 남겼다.

"자살한 건지도 모르겠어요."

도키코는 노인의 얼굴을 바라보고 핏기 잃은 입술로 벌벌 떨며 말했다.

안채에 급히 알려 하인들이 손에 제등을 들고 안채와 별채 사이 잡초 무성한 뜰에 모였다.

그리고 각자 분담하여 어두운 뜰 안 여기저기를 수색하기 시작했다.

도키코는 마구 뛰는 가슴을 안고 와시오 노인 뒤를 따라, 그의 손에 들린 제등의 흐릿한 불빛에 의지해 걸었다. 그 기둥에 '용서한다'고 적혀 있었다. 그건 도키코가 먼저 남편 가슴에 '용서하세요'라고 적은 글에 대한 대답이 틀림없다. 남편은 '나는 죽을 거다. 그렇지만 네 행동에 화가 나서 이러는 것은 아니다. 마음 놓아라'라고 말한 것이다.

그 너그러운 마음이 도키코의 가슴을 더욱 아프게 했다. 손발이 없는 불구자가 제대로 내려갈 수 없으니 온몸을 던져 계단을 굴러 떨어져야만 했을 것을 생각하면 슬프기도 하고 무섭기도 해 소름이 끼쳤다.

잠시 걷던 도키코는 문득 어떤 생각이 머릿속에 떠올랐다. 그래서 노인에게 살짝 속삭였다.

"저기 앞쪽에 옛날 우물이 있었잖아요."

"응."

늙은 장군은 그저 고개만 끄덕이고 그쪽으로 걸어갔다.

제등 불빛은 끝없는 어둠 속을 사방 몇 걸음 정도만 뿌옇게 밝힐 뿐이었다.

"그 우물이 이 부근에 있었는데."

와시오 노인은 혼잣말을 하면서 될 수 있으면 멀리까지 보이도록 제등을 들어 올렸다.

그때 도키코는 문득 어떤 예감에 휩싸여 그 자리에 멈춰 섰다. 귀를 기울이니 어디선가 뱀이 풀을 가르며 지나가는 듯한 소리가 희미하게 들렸다.

도키코와 노인은 거의 동시에 그 모습을 보았다. 그리고 도키코는 물론이고 늙은 장군마저도 너무 무서운 나머지 선 채로 꼼짝도 하지 못했다.

제등 불빛이 겨우 닿을까 말까 한 어두한 곳, 무성한 잡초 사이에서 새카만 물체가 느릿느릿 꿈틀거리고 있었다. 그 물체는 섬뜩한 기분이 들게 하는 파충류처럼 머리를 치켜들고 계속 앞을 바라보며 파도처럼 몸을 묵묵히 꿈틀거려 몸통 네 귀퉁이에 혹처럼 튀어나온 부분으로 버둥거리듯 땅바닥을 긁으며 기를 쓰고 있었다. 하지만 몸이 뜻대로 움직이지 않는지 꿈틀꿈틀 앞으로 나아가고 있었다.

이윽고 치켜든 머리가 불쑥 아래로 향하더니 시야에서 사라졌다. 풀을 스치는 소리가 전보다 더 맹렬하게 나는가 싶더니 몸 전체가 훌쩍 들리고는 땅속으로 쑥 빨려 들어가 보이지 않게 되었다. 이어서 깊은 땅속에서 텀벙 하고 둔탁한 물소리가 들려왔다.

그곳에는 풀 속에 숨어 있는 옛 우물이 입을 벌리고 있었다.

두 사람은 그 광경을 지켜보고도 바로 달려갈 생각도 못 하고 한없이 그 자리에 멍하니 서 있었다.

참으로 이상한 일이지만 그 경황이 없는 순간에도 도키코는 어두운 밤에 애벌레 한 마리가 어떤 마른 나뭇가지를 타고 기어가다가 가지 끝에 이르러 제 몸무게를 가누지 못해 툭 하고 캄캄한 공간으로 끝없이 떨어지는 광경을 문득 떠오른 환각처럼 보았다.

I 〈탐정소설 10년〉에서

본문에 복자가 매우 많은 것은 상이군인을 주인공으로 삼은 데다가 약간 군국적이지 않은 문구가 있었기 때문이다. 나는 전쟁을 싫어하지만 특별히 이데올로기가 있었던 것은 아니라서 그저 기괴하고 소름 끼치는 재미만 생각하고 썼다. 아내가 '징그럽다, 이런 잔혹한 이야기는 쓰지 말라'고 했다. 기생 가운데 '이걸 읽고 밥을 먹지 못했다'고 고백한 이도 여럿이었다. 하지만 칭찬해주는 사람도 이따금 있었다. 좌익 작가는 '이런 작품을 계속 쓰시라'고 인편을 통해 권하기도 했다. 러시아 대사관에 근무하는 내 친구의 지인이 러시아어로 번역해 자기 나라에 소개할 것이라고 이야기해주기도 했다. 하지만 실제로 소개되지는 않은 모양이다.

1932년 5월

II 〈애벌레〉 회고

이 소설을 발표했을 때 내 아내가 읽고 나서 왜 이렇게 기분 나쁜 이야기를 쓰느냐고 나를 나무랐다. 그 시절 비평가인 히라바야시 하쓰노스케[25]는 아사히신문에 실린 월평에서 '이 상상력의 괴이함은 어떤 의미에서 세계 문학에서도 유례가 없을 정도'라고 과찬했다. 알지도 못하는 사회주의자들이 비군국적 작품이라는 의미에서 (내 작품 의도는 그런 데 있는 게 아니었지만) 입이 마르게 칭찬하며 이런 종류의 글을 더 쓰라고 권했다. 전쟁이 시작되자 아마 사기를 저하한다는 견지에서 이 작품은 판매금지 처분을 받았다. 이상 모두 각자의 입장에서 당연한 비판이라고 생각한다.

전후 내 옛 작품은 죄다 다시 출간되었는데, 이 〈애벌레〉만은 내가 스스로 발표를 피했다. 과거의 판매금지를 고려한 것은 아니었다. 전쟁으로 불구가 된 불행한 사람들을 생각하면 분별없는 짓이라고 생각했기 때문이다. 하지만 전쟁이 끝난 지 이제 3년이 지났다. 그렇게 예민하게 생각하지 않아도 되리라. 게다가 이 작품의 진짜 의미는 결코 장애인을 야유하는 게 아니기 때문이라는 친구들의 권유도 있어 여기 비로소 다시 발표한다. 앞으로 나는 이런 종류의 작품을 쓰려고 하지 않고, 또 쓸 수도 없으리라. 과거 한때의 추억에 불과하다.

1948년 9월 〈준칸(旬刊)[26] 뉴스 특집 제2호〉

---

25 平林初之輔, 1892~1931. 작가, 번역가, 평론가. 프롤레타리아 문학운동 이론가로 《무산계급의 예술》을 출간했다. 〈예심조서〉를 비롯한 탐정소설을 쓰기도 했으며 S. S. 반 다인의 《그린 가의 살인사건》을 번역하기도 했다. - 역주

26 열흘에 한 번씩 발행하는 정기간행물. - 역주

Ⅲ 이와타니쇼텐판 〈애벌레〉에 실린 후기에서

〈애벌레〉는 《신세이넨》 1929년 1월호에 실렸다. 사실 이 작품은 《가이조》에서 의뢰를 받아 썼는데, 이 잡지는 그 시절 왼쪽으로 기울어진 기사를 실어 내무성으로부터 주목을 받던 처지라 이런 반군국적인 작품은 위험해서 실을 수 없다고 하는 바람에, 오락잡지라면 지장이 없겠거니 하여 《신세이넨》에 그런 사정을 알렸다. 편집자도 신경이 예민해지는 바람에 그만 복자투성이가 되고 말았다. 그 복자가 2·26사건 이후에 나온 책에서는 점점 많아져 엄청나게 '……'가 들어가 있던 것을 이 책에 수록하면서 앞뒤 뜻이 통하도록 문장을 끼워 넣어 복자를 없앴다. 이 작품이 발표되었을 때 좌익 쪽 사람들로부터 이런 소설을 더 쓰라는 편지를 받았는데 나는 의외라는 생각이 들었다. 전쟁은 싫지만 그런 것을 소설로 주장할 생각은 전혀 없었기 때문이다. 내가 생각한 공포를 표현하기 위한 수단으로 편의상 군인을 등장시켰을 뿐, 군인 이외에 다른 적당한 인물이 있었다면 당연히 그 인물을 썼어도 아무 지장 없었다. 결코 좌익 사상이나 반군국주의를 위해 쓴 것은 아니다. 나는 소설을 교화나 선전의 앞잡이로 삼는 걸 좋아하지 않았다. 하지만 내 뜻이 어떠하건 이 소설이 상이군인의 비참한 모습을 그려 군인들의 사기를 떨어뜨리는 면이 있다는 점은 부정하기 어렵고, 그런 의미에서 제2차 세계대전 중에 발표된 내 작품 중에 제일 먼저 판매금지 선고를 받은 것은 어쩔 수 없는 일이었다.

1950년 2월

Ⅳ 〈애벌레〉에 대하여 (《탐정소설 40년》에서)

이 해에 단편은 〈애벌레〉, 〈오시에와 여행하는 남자〉, 〈벌레〉 이 세 편밖에 쓰지 않았다. 하지만 내 딴에는 온 힘을 기울여 쓴 작품이다. 한편으로 이런 작품을 쓴 걸 보면 《외딴섬의 악마》까지는 아직 진짜 자포자기한 것은 아니었던 모양이다. 방금 꼽은 세 작품은 모두 이 해 상반기에 집필을 마쳤다. 그리고 후반기에 드디어 〈거미남〉 집필에 들어가게 된다.

〈애벌레〉는 1928년 가을에 써서 《신세이넨》 1929년 1월호에 실렸는데, 원고를 보낸 뒤에 얼마 지나지 않아 당시 《신세이넨》의 편집장이던 노부하라 겐 군이 전화를 걸었다. 〈애벌레〉라는 제목은 왠지 벌레 이야기 같아 매력 없으니 〈악몽〉으로 고치면 안 되겠느냐는 이야기였다. 나는 〈악몽〉이 더 평범하고 매력 없다고 생각했지만 편집자 의견을 존중해 뜻대로 하라고 대답했다.

여기서 잠깐 끼워 넣을 이야기가 있다. 내가 전에 '나는 남의 의견을 중시하고, 내 작품에 도무지 자신이 없어 다른 이들이 칭찬해주면 좋은가보다 생각하고 깎아내리면 그게 당연하다고 생각하는 버릇이 있다'고 썼는데 이건 단순히 겁이 많다거나 열등감 때문만이 아니다. 이 문제를 조금 설명해두고 싶다.

나는 어려서부터 내 딴에는 '이방인'이라고 생각했다. 주위에 있는 애들과 생각도 다르고 좋아하는 것이나 싫어하는 것도 전혀 달랐다. 그래서 늘 변두리에 있는 느낌이 들었다. 이 점은 어른이 되어서도 마찬가지였는데, 사회생활을 하며 교류하기 위해서는 진짜 나를 숨기고 가면을 쓰고 살 수밖에 없었다. 내년이면 예순 살이 되는 지금, 가면이 너무 익숙해져 진짜 내 얼굴을 잊고 사는 일이 많지만 그럼에도 가면은 가면일 뿐이다.

그래서 이런 '이방인'이 쓴 글이 사람들에게 널리 받아들여질 일은 없다는 선입관이 앞서기 때문에 세상 사람들 앞에 소설을 내놓기가 자신이 없다. 나와 세상 사람들은 생각이 다르니 사람들이 읽을 소설이 좋고 나쁘고를 내가 알 리 없다. 가면을 쓰지 않은 내가 좋다고 생각해봐야 그건 소용없는 일이니 가면을 쓴 상태로 판단해야만 한다. 하지만 가면은 임시방편이라 가면이 판단력을 지니지는 못한다. 그래서 내 작품이 좋냐 나쁘냐에 대한 판단은 완전히 남에게 맡기게 된다.

세상사에 있어서 늘(소설도 그 가운데 하나이고, 소설 제목도 그 가운에 하나), 내 주장을 고집하지 못하는 까닭은 이런 사정 때문이다. 노부하라 군에게 〈애벌레〉는 벌레 이야기 같다는 말을 듣고 그런가보다 하며 양보한 까닭도 이런 사정 때문이었다. 다만 순수한 이론에 대해서는 이야기가 다르다. 이론이란 만인 공통의 법칙에 따른 것이기 때문에 이 문제에 대해서는 이방인이라도 세상의 이론 방식만 마스터하고 있으면 된다. 그래서 내가 이론을 좋아하는 것이다. 세상살이 요령이나 다툴 때의 밀고 당기기, 예술 감상 등 이론이 아닌 것에 대해서는 이방인이다.

하지만 또 이렇게 이야기할 수도 있다. 이방인이라 소설을 쓰는 길 이외에는 방법이 없었다고. 소설이기 때문에 오히려 이방인이 환영

받지, 그렇지 않았다면 객사하고 말았을지도 모른다고. 그런데 이 소설에 있어서도 나는 아무래도 다른 사람들과 마음이 맞지 않는다. 여기에서도 또 이방인인 셈이다. 이쯤하고 본론으로 돌아가자.

〈애벌레〉는 사실 《가이조》에 싣기 위해 쓴 작품이었다. 하지만 반군국주의인 데다가 금치훈장을 경멸한 듯한 내용이 있었던 탓에, 그즈음 좌익적인 평론 때문에 정부로부터 특별히 주목을 받던 《가이조》는 아무리 복자를 쓰더라도 이건 너무 위험하다며 실을 수 없다고 해서 《신세이넨》으로 넘기게 되었다. 《신세이넨》은 오락잡지라서 사상적으로 의심받을 염려는 없었기 때문이다. 그런데 《가이조》에 싣지 못한 이유를 들은 편집부가 복자투성이로 발표했다.

이 소설을 완성한 뒤에 아내에게 읽어보라고 했더니 '징그럽다. 이런 잔혹한 이야기는 쓰지 말라'고 했다. 기생 가운데 '이걸 읽고 밥을 먹지 못했다'고 고백한 이도 여럿이었다. 하지만 일반적으로 호평인 쪽이 많았다. 또 시간이 흐를수록 이 작품을 떠올려 좋게 평가하는 이들이 많아졌다. 한편 좌익 진영에서도 격려의 편지가 여러 통 왔다. '전쟁을 반대하는 반전소설로서 상당히 효과적이다. 앞으로도 이런 이데올로기가 있는 작품을 써달라'는 내용이었다.

그렇지만 나는 이 소설을 좌익 이데올로기에 입각해 쓰지 않았다. 나는 당연히 전쟁을 싫어하지만 그런 것보다 더 강한 레지스탕스가 내 마음속에 우글우글한다. 예를 들어 '신은 왜 인간을 만들었을까?' 하는 레지스탕스 쪽이 전쟁이나 평화, 좌익 같은 가치보다 백배는 근본적이고 백배는 강렬하다. 이런 것을 내팽개치고 정치가 인간 최대의 문제인 양 움직이는 문학가의 마음은 이해하지 못하겠다. 문학은 그것보다 더 깊은 영역을 다루어야 하는 것 아닐까? 다시 본론으로 돌아가자.

그러나 〈애벌레〉는 그런 레지스탕스나 이데올로기를 위해 쓴 작품이 아니다. 전쟁소설이건 평화소설이건 미스터리 소설로서 강렬한 재미를 지녔다면 그만이다. 〈애벌레〉는 탐정소설이 아니다. 극단적인 고통과 쾌락, 참극을 그리려고 한 소설이고 그뿐이다. 굳이 이야기하자면 거기에는 '모노노아와레'[27]라는 것도 담겨 있다. 반전보다 오히려 이쪽을 더 의식했다. 반전적인 성격이 끼어든 까닭은 우연히 그게 이 비참한 이야기에 가장 잘 어울릴 재료였기 때문일 뿐이다.

태평양전쟁 초기에는 내 작품 여럿이 일부 삭제 명령을 받았는데, 완전히 판매금지 처분을 받은 소설은 이 〈애벌레〉뿐이었다(법적으로는 그런 정도였지만 전쟁 중 에도가와 란포의 소설은 어느 출판사에서도 중판을 해주지 않았다. 6, 7년 동안 전부 절판 상태였다). 좌익이 가장 마음에 들어하는 것을 우익이 가장 미워한다는 것은 지극히 당연한 이야기라, 나는 좌익 진영에 인정을 받았을 때도 기쁘지 않았듯, 우익의 미움을 받을 때도 별로 터무니없다는 생각은 하지 않았다. 전쟁이 한창인데 사기를 떨어뜨리는 소설이 금지되는 것은

---

27 에도 시대 후기의 일본 문학가 모토오리 노리나가(本居宣長, 1730~1801)가 《시분요료(紫文要領)》나 《겐지모노가타리노오구시(源氏物語玉の小櫛)》 같은 책에서 주장한 개념이다. 헤이안 시대 문학의 미적 이념에 기본이 되는 정서라고 할 수 있다. 말로 표현하기 힘든 '자연이나 인생에서 느끼는 절실하고 깊은 정취, 감정'을 뜻하며 일본 문화의 미의식, 가치관에 크게 영향을 미쳤다고 평가된다. - 역주

당연한 노릇이다.

1953년 5월

V 도겐샤판 《에도가와 란포 전집》 후기에서

《신세이넨》 1929년 1월호에 발표. 이른바 내 초기 단편 대표작 가운데 하나다. 이 소설은 잡지 《가이조》의 청탁을 받아 썼는데 내용이 에로틱한 데다가 그 무렵 터부시되던 금치훈장을 경멸하는 듯한 문장이 있어, 아무리 복자를 많이 쓴다고 해도 그 즈음 그런 쪽으로 주목을 받고 있던 《가이조》에서는 도저히 실을 수 없겠다며 원고를 돌려받았다. 그리고 그 원고를 《신세이넨》 쪽에 보냈다. 《신세이넨》은 오락잡지라 그다지 예민하게 반응하지 않아도 괜찮았다. 하지만 사실은 이러한 이유로 《가이조》에 실리지 못했다는 이야기가 전하자 《신세이넨》도 겁이 났는지 작품을 복자투성이로 만들어 발표했다. 《신세이넨》에 발표했을 때 편집자가 원해 제목을 〈악몽〉으로 고쳤다.

한편 좌익 진영에서도 격려의 편지가 여러 통 왔다. '전쟁을 반대하는 반전소설로서 상당히 효과적이다. 앞으로도 이런 이데올로기가 있는 작품을 써달라'는 내용이었다. 하지만 나는 이 소설을 좌익 이데올로기에 입각해 쓰지 않았다. 이 작품은 극단적인 고통과 쾌락, 참극을 그리려고 했으며 인간에게 숨어 있는 추악한 야수성과 공포, '모노노아와레'라고나 해야 할 것이 주제였다. 반전적인 사건을 끌어들인 까닭은 우연히 그게 이 비극을 이야기하기에 가장 적합한 재료이기 때문이었을 뿐이다.

태평양전쟁이 시작되기 직전 내 작품 여럿이 일부 삭제 명령을 받았는데, 완전히 판매금지 처분을 받은 소설은 이 〈애벌레〉뿐이었다. 좌익이 가장 마음에 들어하는 걸 우익이 가장 미워한다는 것은 지극히 당연한 이야기라, 나는 좌익 진영에 인정을 받았을 때도 기쁘지 않았듯 우익의 미움을 받을 때도 별로 터무니없다는 생각은 하지 않았다. 꿈을 생각하는 시간이 많은 나는 현실세계로부터 어떤 취급을 받더라도 도무지 아프다거나 가렵다거나 하는 느낌이 없었다.

〈애벌레〉는 내 대표작 가운데 하나로 여겨졌기 때문에 도쿄소겐샤의 호화본 《범죄환상》을 비롯한 내 대표적인 단편집에는 반드시 들어갔다. 제임스 해리스가 번역한 영역 단편집 《일본 미스터리와 환상소설(Japanese Tales of Mystery and Imagination)》에도 〈애벌레(The Caterpiller)〉라는 제목으로 들어가 있다. 또 1954년 파리의 《흑잡지(Noir Magazine)》라는 탐정소설 잡지에 〈노란 애벌레(Le Chenille Jaune)〉라는 제목으로 게재되었다. 재클린 수브르(Jacqueline Souvre)라는 부인이 해리스의 영어 번역을 보고 불어로 옮긴 것이다.

1952년 10월

역자의 일러두기

스나가 중위가 어느 전투에서 부상을 당했는지는 확실치 않다. 다만 여러 정황상 '산동출병'이라 불리는 군사 행동으로 짐작된다.

산동출병은 장제스가 이끄는 국민당이 추진하는 중국혁명에 일본이 자국민 보호를 명목으로 간섭하여 장쭤린 정권을 지키기 위해 중국 산동성에 군대를 파견해 벌인 전투를 말한다. 1927년 5월에 육군 2천 명을 파병한 것을 비롯, 모두 세 차례 파병했다. 국민당이 북상을 중지하자 일본 육군은 1928년 8월에 철수했다.

江戸川乱歩 1 決定版

천장 위의 산책자

屋　根　裏　の　散　歩　者

읽기 전에

〈천장 위의 산책자〉는 월간지 《신세이넨》(하쿠분칸 〔초〕[1]) 1925년 8월 증간호에 발표되었다. 끄트머리에 '14년[2] 6월'이라고 적혀 있다. 그 뒤 1926년 1월에 《창작탐정소설집》 제2권 《천장 위의 산책자》(슌요도 〔슌1〕)에 수록되었다. 이 책은 헤이본샤판 《에도가와 란포 전집》 제2권을 저본으로 삼아 현행 새로운 표기법을 사용하고 초출, 《천장 위의 산책자》, 슌요도판 《에도가와 란포 전집》 제13권(1955년 8월 〔슌2〕), 《범죄환상》(1956년 도쿄소겐샤 〔범〕) 및 도겐샤판 《에도가와 란포 전집》 제10권(1962년 6월 〔도〕)과 대조하여 구두점과 오자를 바로잡았다.

처음 발표되었을 때 주인공 이름은 '고다 사부로(鄕田三郎)'였다. 초간본에서 제6절에 있는 한 줄이 누락되었는데, 그 뒤에 나온 판본도 이 상태를 그대로 따랐다. 슌요도판 전집은 새 가나 사용 (다만 히라가나의 요음과 촉음 구별은 없다) 규정을 따랐으며 한자를 풀어 썼다. 《범죄환상》에 수록될 때 독약인 염산 모르핀을 모르핀으로 고

---

1 각 판본별 차이는 하쿠분칸에서 간행된 초판본을 〔초〕로 표기하고, 나머지는 해당 출판사의 첫 글자나 작품집 제목 첫 글자를 따 〔슌1〕, 〔슌2〕, 〔범〕, 〔도〕로 표기하여 각주에서 밝힌다.

2 당시 일본 연호인 다이쇼 14년, 즉 1925년을 말한다. – 역주

친 것 이외에 구두점 손질을 포함해 꼼꼼한 가필과 정정이 이루어졌는데, 내용상 주목할 만한 점은 독약 명칭뿐이다. 도겐샤판은 한자를 더 풀어 썼고, 어려운 한자를 쉽게 고쳤으며 '지숙인(止宿人)'을 모두 '하숙인(下宿人)'으로 고치기도 했지만 내용상 크게 가필, 정정된 부분은 없다. 또 이 책에서는 독약을 저본대로 염산 모르핀으로 했다.

1

아마 그건 일종의 정신병이기도 했겠죠. 고다 사부로는 어떤 취미를 즐기건 어떤 직업을 갖건 무얼 해도 도무지 이 세상이 재미없었습니다.

학교를 나온 뒤—그 학교라는 것도 1년에 며칠 나갔는지 손으로 꼽을 수 있을 정도밖에 출석하지 않았지만—할 만한 직업은 모조리 다 겪어보았습니다. 그렇지만 이거야말로 평생을 바칠 만하다고 생각되는 일은 아직 하나도 없었죠. 어쩌면 그를 만족시킬 만한 직업은 이 세상에 존재하지 않는지도 모르죠. 길어야 1년, 짧으면 한 달 만에 이 직업에서 저 직업으로 전전했습니다. 그리고 드디어 가망이 없다고 판단해 포기했는지, 이제 다음 직장을 찾지도 않고 말 그대로 아무것도 하지 않으며 재미도 없는 나날을 보내는 중이었습니다.

취미 쪽도 마찬가지였습니다. 화투, 당구, 테니스, 수영, 등산, 바둑, 장기, 게다가 도박에 이르기까지 도저히 여기 다 적을 수 없을 만큼 취미란 취미는 죄다, 오락백과전서라거나 하는 책까지 사다가 뒤지며 해보았지만 직업과 마찬가지로 이렇다 할 것이 없어 늘 실망했습니다. 그렇지만 이 세상엔 '여자'와 '술'이라는, 누구라도 평생 질리지 않을 훌륭한 쾌락이 있지 않느냐, 여러분은 틀림없이 이렇게 말씀하시겠죠. 하지만 우리 고다 사부로는 희한하게도 그 두 가지에도 흥미가 없었습니다. 술은 체질에 맞지 않는지 한 방울도 마시지 못하고, 여자 쪽은 물론 그런 욕망이 없는 건 아니고 나름 놀기도 하지만 그렇다고 해서 이게 있어서 살맛 난다고 할 정도는 아니었습니다.

"이렇게 재미없는 세상 오래 사느니 아예 죽어버리는 게 낫겠다."

그는 걸핏하면 이런 생각을 했습니다. 그렇지만 그런 고다 사부로도 목숨을 아끼는 본능만은 있는지, 스물다섯 살인 오늘 이날까지 '죽겠다, 죽겠다' 하면서 죽지 못해 살아 있습니다.

집에서 다달이 얼마쯤 생활비를 타서 쓸 수 있는 그는 직장을 그만두더라도 생활은 별로 어렵지 않았습니다. 그런 속 편한 처지가 그를 이런 상태로 만들어버렸을지도 모르죠. 그래서 고다 사부로는 그 돈을 받아 조금이라도 재미있게 살려고 애를 썼습니다. 예를 들면 직업이나 취미와 마찬가지로 숙소를 뻔질나게 옮기는 것도 그 가운데 하나였죠. 좀 과장해서 이야기하자면 그는 도쿄에 있는 하숙집을 하나도 남김없이 몽땅 압니다. 한 달이나 보름만 지나면 바로 다음 하숙집으로 옮기니까요. 물론 그사이 방랑자처럼 여행하며 돌아다니는 경우도 있죠. 또는 신선처럼 산속에 틀어박혀본 적도 있습니다. 하지만 도시에 익숙한 고다 사부로는 한적한 시골에서 오래 지내지 못합니다. 잠시 여행을 떠났나보다 싶으면 어느새 도시의 불빛에, 그 붐비는 거리에 이끌리듯 도쿄로 돌아오곤 했죠. 그리고 그때마다 하숙집을 옮긴 건 더 말씀드릴 필요도 없습니다.

그건 그렇고 이번에 옮긴 집은 도에이칸(東栄館)이라고, 지은 지 얼마 되지 않아 아직 벽도 마르지 않은 완전 신축 하숙집인데 고다 사부로는 여기서 한 가지 즐거움을 발견했습니다. 그리고 이 한 편의 이야기는 그런 고다의 새 발견과 관련한 어떤 살인사건을 주제로 삼습니다. 하지만 그 이야기를 진행하기 전에 주인공인 고다 사부로가 아마추어 탐정 아케치 고고로(明智小五郎)—이 이름은 아마 아실 거라고 생각합니다[3]—와 아는 사이가 되어 지금까지 전혀 몰랐던 '범죄'라는 것에 새로운 흥미를 느끼게 된 경위에 대해 잠깐 이야기를 해두어야겠습니다.

두 사람은 어느 카페에서 우연히 마주쳐 알게 되었는데, 그때 함께 있던 사부로의 친구가 아케치를 알아 소개했기 때문입니다. 그때 사부로는 아케치의 총명해 보이는 모습과 말투, 태도 등에 완전히 끌려 그 뒤로 자주 아케치를 찾아갔고, 또 이따금 아케치도 사부로가 사는 하숙집에 놀러 오는 사이가 되었던 겁니다. 아케치는 어쩌면 사부로의 병적인 성격에—일종의 연구 재료로서—흥미를 느꼈는지도 모르지만 사부로는 아케치한테 매력 넘치는 온갖 범죄 이야기를 듣는 걸 무척 좋아했죠.

동료를 살해하고 그 시체를 실험실 보일러에 넣어 재로 만들려고 한 웹스터[4] 박사 이야기, 여러 나라 말에 정통하고 언어학상 중요한

---

3 〔범〕, 〔도〕에는 '이 이름은 아마 아실 거라고 생각합니다'가 없다. - 해제

4 John White Webster, 1793~1850. 하버드 대학 의대 강사. 케임브리지에 지은 집 때문에 빚에 쪼들려 의사이자 부동산 개발업자인 조지 파크먼을 살해하고 실험실 보일러로 소각, 유죄선고를 받아 보스턴에서 교수형을 당했다. - 역주

발견을 한 유진 아람[5]의 살인죄, 이른바 보험 살인마이자 동시에 뛰어난 문예 비평가였던 웨인라이트[6] 이야기, 어린이의 엉덩이 살을 쪄서 양아버지의 문둥병을 고치려고 했던 노구치 오사부로[7] 이야기. 게다가 수많은 여자를 아내로 만들어 죽였던 이른바 푸른 수염의 사나이로 불렸던 앙리 랑드뤼[8]나 암스트롱[9] 같은 이들이 저지른 잔학한 범죄 이야기. 그런 것들이 따분하기 짝이 없었던 고다 사부로를 얼마나 즐겁게 했는지 모릅니다. 아케치의 유창한 말주변 덕분에 범죄 이야기는 마치 요란한 극채색 그림처럼 끝 모를 매력을 가지고 사부로의 눈앞에 생생하게 떠올랐습니다.

아케치를 알게 된 지 2, 3개월 동안 사부로는 이 세상의 지루함이란 거의 잊은 듯 보였습니다. 그는 범죄에 관한 여러 가지 책을 사들

---

5 Eugine Aram, 1704~1759. 영국의 문헌학자. 살인을 저지르고 2백 파운드를 훔쳐 달아나 오랜 세월 숨어 살았는데 그 기간에 학생들에게 라틴어를 가르치기도 했다. 결국 체포되어 교수형을 당했다. - 역주

6 Thomas Griffiths Waineright, 1794~1847. 영국의 화가, 저술가, 문예 비평가, 저널리스트. 할아버지를 독살해 재산을 물려받고, 장모마저 독살했다. 처제에게 거액의 보험을 들게 한 뒤에 독살했지만 보험금을 타내지는 못했다. 1831년에 체포되어 문서위조죄로 종신형을 선고받았다. - 역주

7 野口男三郎, 1880~1908. 1902년 도쿄 지요다 구에서 엉덩이 살을 도려낸 소년의 시체가 발견되었다. 1905년에 약국 주인 살해사건으로 체포된 노구치 오사부로는 이 소년을 살해한 혐의를 받았다. 하지만 소년 살해에 대해서는 무죄를, 다른 살인으로 유죄를 선고받아 사형이 집행되었다. - 역주

8 Henri Désiré Landru, 1869~1922. 프랑스의 연쇄살인마. 주로 전쟁으로 과부가 된 여성들을 유혹해 살해했다. 1919년에 체포되었으나 결백을 주장하다가 처형되었다. - 역주

9 Herbert Rowse Armstrong, 1869~1922. 변호사이며 영국 퇴역 소령이다. 1920년에 아내에게 비소를 먹여 독살한 다음 1921년에는 업무적인 경쟁관계에 있던 변호사까지 독살하려다가 체포, 교수형에 처해졌다. - 역주

여 매일 거기에 빠져 지냈습니다. 그 책 가운데는 포라거나 호프만,[10] 또는 가보리오,[11] 부아고베[12]를 비롯해 그 밖의 여러 가지 탐정소설들이 섞여 있었습니다.

"아니, 세상에 이토록 재미있는 게 있었던가?"

그는 책 마지막 페이지를 덮을 때마다 한숨을 푹 내쉬며 그런 생각을 했죠. 그리고 될 수 있으면 자기도 그런 범죄의 주인공처럼 정신이 번쩍 들 만한 신나는 놀이(?)를 해보고 싶다는 엉뚱한 생각까지 했습니다.

그렇지만 그런 사부로도 법률적으로 죄인이 되기는 아무래도 싫었죠. 아직 부모나 형제, 친척과 지인들로부터 쏟아질 비탄과 모욕을 무시하면서까지 재미에 빠져들 용기는 없었던 겁니다. 그런 책들에 따르면 아무리 교묘한 범죄라도 반드시 어디선가 파탄이 날 테고, 그게 범죄 발견의 실마리가 되어 평생 경찰 눈을 피해 도망 다니는 일은 매우 드문 예외를 제외하면 완전히 불가능해 보였습니다. 사부로는 단지 그게 두려웠을 뿐이었죠. 그의 불행은 이 세상 모든 일에 흥미를 느끼지 못하면서 하필 '범죄'에만 말할 수 없는 매력을 느낀다는 것이었습니다. 그리고 더 큰 불행은 발각될까 두려워 그 '범죄'

10 Ernst Theodor Amadeus Hoffmann, 1776~1822. 독일 낭만주의 작가이자 작곡자. 에드거 앨런 포에게 영향을 끼친 인물이다. 유명한 오페라 《호프만 이야기》의 원작자로 유명하다. - 역주

11 Émile Gaboriau, 1832~1873. 프랑스 소설가. 저서로는 《르루주 사건》, 《르콕탐정》 등이 있다. - 역주

12 Fortuné du Boisgobey, 1821~1891. 프랑스 소설가. - 역주

를 저지르지 못한다는 점이었죠.

그래서 구할 수 있는 책들을 어지간히 다 구해 읽은 사부로는 이번에는 '범죄' 흉내를 내기 시작했습니다. 흉내에 그치니 물론 처벌을 두려워할 필요는 없었죠. 그 흉내라는 것은 예를 들면 이런 것들이었습니다.

사부로는 이미 오래전에 싫증 난 아사쿠사에 다시 흥미를 느꼈습니다. 장난감 상자를 부순 뒤 그 위에 온갖 요란한 물감을 끼얹은 듯한 아사쿠사 유원지는 범죄를 좋아하는 사람에게 더할 나위 없는 무대였습니다. 그는 그곳에서 활동사진관[13]들 사이에 나 있는 사람 한 명이 겨우 지나다닐 만한 좁고 어두운 골목이나 공중변소 뒤 같은 데 있는, 아사쿠사에도 이런 여유가 있었나 싶을 정도로 이상하게 텅 빈 공터를 즐겨 찾아다녔습니다. 그리고 범죄자가 자기 패거리와 연락을 주고받기 위한 표시인 양 백묵으로 그 주변 벽에 화살표를 긋고 돌아다니거나, 주머니가 두둑해 보이는 행인을 발견하면 자기가 소매치기라도 된 양 그 뒤를 계속 미행하기도 했습니다. 쪽지에 이상한 암호문을 적어—거기에는 늘 끔찍한 살인에 대한 이야기 같은 게 적혀 있었죠—공원 벤치 판자 사이에 끼워 넣고는 나무 뒤에 숨어 누군가가 그걸 발견하길 기다리거나 하는 식의 다양한 장난을 치며 혼자 즐겼던 겁니다.

그는 또 툭하면 변장하고 이 동네 저 동네 싸돌아다녔습니다. 노동

13 당시 영화를 '활동사진'이라고 불렀다. - 역주

자가 되기도 하고 거지가 되기도 하고 학생이 되어보기도 했습니다. 그런 여러 변장 가운데 그의 병적인 버릇을 가장 만족시켜준 모습은 여자로 변장했을 때였습니다. 그래서 사부로는 옷가지와 시계 같은 걸 내다팔아 마련한 돈으로 값비싼 가발이나 여자 헌 옷 같은 걸 사 모으고, 시간을 들여 마음에 드는 여장을 한 후 외투를 뒤집어쓰고 새벽에 하숙집 문을 나서는 겁니다. 그리고 적당한 장소에서 외투를 벗고 어떤 때는 쓸쓸한 공원을 거닐어보기도 하고 때로는 끝날 시간이 다 된 활동사진관에 들어가 일부러[14] 남자 자리 쪽에 섞여 앉아보거나 나중에는 음란한 장난까지 서슴지 않았습니다. 그렇게 여자 옷을 차려입다 보니 일종의 착각까지 일으켜 자기가 마치 달기 오햐쿠[15]나 이무기 오요시[16] 같은 독부라도 된 양 여러 남자들을 제멋대로 가지고 노는 그런 상상을 하며 즐거워했던 거죠.

이런 '범죄' 흉내는 사부로의 욕망을 어느 정도 채워주기는 했고, 때론 약간 재미난 사건을 일으키는 등 그때는 충분히 심심풀이가 되기도 했지만 흉내는 어디까지나 흉내일 뿐이라 위험하지 않기는 해도—'범죄'의 매력은 보기에 따라 바로 그 위험에 있으니까—재미가 덜해 끊임없이 사부로를 즐거워서 어쩔 줄 모르게 만들 만한 힘은

14 '일부러'가 한자로 되어 있지만 [도]에는 히라가나로 썼다. 다이쇼 시대 영화관에는 남녀 좌석이 따로 떨어져 있었다. – 해제

15 妲己のお百, 14세에 게이샤가 되어 여러 남성을 거친 미모의 여성. 내연의 남자가 1757년에 참수형을 당한 뒤 실록물에 독부로 기록되었으며, 중국 은나라 악녀 달기의 이름을 따서 가부키를 비롯한 여러 전통 공연물에 등장하는 인물이 되었다. – 역주

16 蟒蛇お由, 에도 시대의 여성으로 독부로 유명하다. 1866년에 처음 공연된 가부키 《우와바미오요시우와사노아다우치(蟒於由曙評仇討)》 여주인공의 모델이 되었다. – 역주

없었죠. 기껏해야 석 달 지나자 어느덧 그는 이 재미에서 멀어졌습니다. 그리고 그토록 정신이 팔려 빠져들었던 아케치와의 교제도 점점 소원해져갔습니다.

2

지금까지 고다 사부로가 어떻게 아케치 고고로를 알게 되고 사귀었는지, 또는 사부로가 범죄를 얼마나 좋아하는지에 대해 독자에게 설명을 드렸으니 이제 본론으로 돌아와 도에이칸이라는 새로 지은 하숙집에서 고다 사부로가 어떤 재미를 발견했는지에 대해 말씀을 드리기로 하죠.

도에이칸이 다 지어지기를 기다렸다가 사부로가 맨 먼저 그리 이사를 한 것은 아케치와 알게 된 지 1년이 넘게 지난 무렵입니다. 그러니 그 '범죄' 흉내에도 벌써 전혀 흥미가 없어졌을 때였습니다. 그렇지만 달리 그걸 대신할 만한 소일거리도 없어서, 사부로는 매일매일 따분하고 지루한 시간을 버텨냈죠. 도에이칸에 처음 들어왔을 때는 그나마 새 친구를 사귀거나 하느라 얼마간 따분함을 잊고 지냈지만, 인간이란 얼마나 따분하기 짝이 없는 생물인지 어딜 가더라도 비슷한 생각에 비슷한 표정으로 비슷한 말을 계속 주고받을 뿐입니다. 모처럼 하숙집을 옮겨 새로운 사람들을 접해보아도 일주일이나 지났을까, 아니면 그도 되지 않은 동안에 사부로는 다시 바닥 모를 권태 속으로 빠져들고 말았던 겁니다.

그렇게 도에이칸으로 옮긴 지 열흘쯤 지난 어느 날이었습니다. 따분한 나머지 사부로의 머릿속에 문득 묘한 생각이 떠올랐습니다.

사부로가 지내는 방에는—2층이었는데—대충 만든 도코노마 옆에 너비 2미터가 조금 안 되는 벽장이 붙어 있습니다. 그 안에는 윗미닫이틀과 문지방 딱 중간쯤에 튼튼한 선반이 위아래 2단으로 마련되어 있었죠. 그는 아래 칸에는 고리짝 여러 개를 넣어놓고, 위 칸에는 이불을 얹어놓았습니다. 그런데 매번 거기서 이불을 꺼내 방에 까는 대신 그냥 선반 위에 침대처럼 이불을 쌓아놓고, 졸리면 거기 올라가서 자면 어떨까 하는 궁리를 했던 겁니다. 전에 지내던 하숙집들 같으면 설령 벽장 안에 이런 선반이 있더라도 벽이 지나치게 지저분하거나 천장에 거미줄이 쳐져 있어 그 안에 들어갈 마음이 조금도 들지 않았을 텐데, 이 하숙집은 새로 지은 지 얼마 되지 않아 아주 깨끗했죠. 천장도 새하얀색 그대로이고 노란색으로 칠한 매끄러운 벽에도 얼룩 한 점 없었습니다. 선반을 그렇게 만들기도 해서일테지만 왠지 선반에 있는 침대 같아 묘하게 거기서 한번 자보고 싶다는 유혹까지 느끼게 만들었습니다.

그래서 사부로는 그날 밤부터 당장 벽장 안에 들어가 자기 시작했습니다. 이 하숙집은 방마다 안에서 문을 잠글 수 있어 가정부가 불쑥 들어올 일도 없기 때문에 그는 안심하고 이런 기행을 계속할 수 있었던 겁니다. 거기 누워보니 생각보다 느낌이 좋았습니다. 요를 넉 장 쌓아놓고 그 위에 푹신하게 누워 60센티미터쯤 위에 보이는 천장을 바라보면 야릇한 기분이 들었습니다.

장지문을 꼭 닫고 그 틈새로 스며드는 실낱같은 전기불빛을 보노라면 왠지 자기가 탐정소설 속 인물이라도 된 기분이 들어 즐겁고, 또 그걸 살짝 열고 도둑이 남의 방을 엿보는 기분으로 갖가지 격정적인 장면을 상상하는 것도 흥미로웠습니다. 그는 때론 대낮부터 가로 2미터 채 안되고 세로 1미터 조금 안 되는 장방형 상자처럼 생긴 벽장 선반 위에 누워 좋아하는 담배나 뻐끔뻐끔 피우면서 부질없는 망상에 젖어드는 일도 있었죠. 그럴 때마다 닫아놓은 장지문 틈새로 벽장 안에서 불이라도 난 건가 싶을 정도로 흰 연기가 엄청나게 흘러나왔습니다.

그렇게 이런 별난 짓을 2, 3일 계속 하던 중에 또 야릇한 걸 발견했습니다. 모든 일에 금방 싫증을 내는 그는 사흘쯤 되니 벌써 벽장 침대에는 흥미가 사라졌습니다. 심심해서 그 벽장에 누워 손이 닿는 천장 판자에 낙서 같은 것을 했는데, 문득 보니 머리 바로 위에 있는 천장 판자 한 장이 못 치는 걸 깜빡했는지 왠지 울렁울렁 움직이는 것 같았습니다. 어떻게 된 건가 싶어 손으로 밀어보니 그만 위로 쑥 밀려올라가는 것은 그렇다 치고, 묘한 점은 손을 떼면 못질한 부분이 전혀 없는데도 마치 용수철 장치처럼 원래 상태로 돌아가는 것이었습니다. 왠지 무언가 위에서 누르는 감촉이었습니다.

어, 혹시 천장 판자 위에 무슨 생물, 예를 들면 큼직한 구렁이 같은 게 있는 게 아닐까 싶어 사부로는 불쑥 으스스한 기분이 들었습니다. 그렇다고 그냥 꽁무니를 빼기는 섭섭해 다시 손으로 밀어보았습니다. 그랬더니 묵직한 감촉이 느껴질 뿐만 아니라 천장 판자를 움직일 때마다 위에서 뭔가 데굴데굴 구르는 둔탁한 소리가 났습니다.

점점 더 이상하다는 생각이 들어 천장 판자를 힘껏 밀어 올렸더니 그 순간 그만 와르르하는 소리와 함께 위에서 무언가가 떨어졌습니다. 재빨리 몸을 피했기에 망정이지 자칫하면 그 물체에 맞아 크게 다칠 뻔했습니다.

"뭐야, 시시하게."

뭔가 이상한 것이면 좋겠다 하고 적잖이 기대했는데, 떨어진 물체를 보니 그만 기가 막혔습니다. 그건 채소 절일 때 쓰는 누름돌처럼 생긴 그냥 돌덩어리일 뿐이었습니다. 가만히 생각해보면 별로 이상한 일도 아니었습니다. 전등을 설치하던 인부가 천장 위에 올라갈 통로로 쓰려고 판자 한 장을 일부러 뜯어낼 수 있게 해놓고, 그곳을 통해 쥐 같은 게 벽장으로 들어오지 않도록 누름돌로 눌러 놓았던 것이죠.

아무리 생각해도 어처구니없는 희극이었습니다. 하지만 그 희극이 계기가 되어 고다 사부로는 어떤 놀라운 재미를 발견했습니다.

그는 잠시 자기 머리 위에 뻥 뚫려 있는 동굴 입구 같은 그 천장 구멍을 바라보았는데, 문득 타고난 호기심 때문에 도대체 천장이라는 곳은 어떻게 생겼을까 싶어 조심조심 그 구멍 안으로 머리를 디밀고 사방을 둘러보았습니다. 그때가 마침 아침이라 지붕 위에는 벌써 햇볕이 내리쬐는지 여기저기 틈새로 실낱같은 광선이 마치 크고 작은 수많은 탐조등을 비추기라도 하듯 천장 위의 빈 공간으로 스며들어 천장 위는 의외로 밝았습니다.

먼저 눈에 들어온 것은 세로로 길게 뻗은 굵고 구불구불한, 이무기 같은 마룻대였습니다. 밝다고는 하지만 천장 위라 그리 먼 데까지 보이지는 않았고, 하숙집 건물이 길쭉하기 때문에 마룻대도 실제로 길어서 저 안쪽은 흐릿하게 보일 정도라 멀리멀리 이어지는 듯했습니다. 그리고 마룻대와 직각으로 이무기 갈비뼈 같은 들보가 지붕의 경사를 따라 양쪽으로 쑥쑥 튀어나와 있었습니다. 그것만 해도 제법 웅장한 모습인데 천장을 지탱하기 위해 들보에 막대기가 잔뜩 연결되어 있어 마치 종유동에 들어온 기분을 불러일으켰습니다.

"이거 멋지군."

일단 천장 위를 둘러보고 나서 사부로는 저도 모르게 그렇게 중얼거렸습니다. 병적인 그는 세상 사람들이 느끼는 평범한 것에는 마음이 끌리지 않고 남들에겐 하찮게 보이는 이런 일에 오히려 이루 말할 수 없는 매력을 느꼈습니다.

그날부터 사부로는 '천장 위 산책'을 시작했습니다. 그는 밤낮없이 틈만 나면 도둑고양이처럼 발소리를 죽이고 마룻대나 들보 위를 타고 거닐었던 거죠. 다행스럽게도 지은 지 얼마 되지 않는 집이라 천장 위에 있기 마련인 거미줄도 없었고, 그을음이나 먼지도 아직 조금밖에 쌓이지 않았고 쥐가 더럽힌 흔적도 없었습니다. 그래서 옷이나 손발이 더러워질 염려는 없었죠. 셔츠 한 장만 걸치고 내키는 대로 천장 위를 마구 돌아다녔습니다. 마침 계절도 봄이라 천장 위라고 해서 춥거나 덥지도 않았습니다.

3

도에이칸 건물은 하숙집 같은 데가 흔히 그러듯, 가운데에 자리한 뜰을 둘러싸고 그 주위에 ㅁ 자 모양으로 방이 둘러싸도록 지었기 때문에 천장도 그 모양을 따라 이어져 막다른 곳이라는 게 없었죠. 사부로의 방 천장 위에서 출발해 한 바퀴 빙 돌면 다시 자기 방으로 돌아오게 됩니다.

천장 아래 있는 방들은 제법 튼튼한 벽으로 나뉘어 있고 그 출입문에는 문단속을 위한 잠금장치까지 붙어 있는데 일단 천장 위에서 보면 이건 너무도 툭 트인 상태였습니다. 누구 방 천장 위를 돌아다니건 자유자재였죠. 만약 그럴 마음만 먹는다면 사부로의 방과 마찬가지로 누름돌이 놓인 곳이 여기저기 있었으니 그리로 다른 사람 방을 들여다보거나 도둑질을 할 수도 있었습니다. 복도를 통해 그런 짓을 하면 방금 이야기했듯이 ㅁ 자 모양을 한 건물이기 때문에 남들 눈이 여러 방향에 있을 뿐 아니라 언제 어느 때 다른 하숙인이나 가사도우미 같은 사람과 마주칠지도 몰라 매우 위험합니다. 하지만 천장 위 통로에서는 절대로 그럴 위험이 없습니다.

게다가 천장 위에서는 남의 비밀을 마음껏 엿볼 수 있습니다. 새로 지었다고는 해도 싸게 지은 하숙집이라 천장 여기저기에는 틈새가 있었죠. (방 안에 있을 때는 모르지만 어두운 천장 위에서 보면 그 틈새가 의외로 크다는 사실에 깜짝 놀랐습니다.) 이따금 옹이구멍까지 있었습니다.

천장 위라는 이 보기 드문 무대를 발견하자 고다 사부로의 머리에는 어느새 범죄에 관심이 쏠리고 마는 버릇이 또 슬금슬금 되살아났습니다. 이 무대라면 그 당시에 시도했던 것보다 훨씬 자극이 센 '범죄 흉내'가 가능할 게 틀림없다. 이런 생각만으로도 사부로는 기뻐서 어쩔 줄 몰랐습니다. 어떻게 이리 가까운 곳에 이토록 재미있는 일이 있었다는 걸 여태 몰랐던 걸까. 유령처럼 어둠의 세계를 배회하며 스무 명에 가까운 2층 하숙인의 비밀을 계속 엿보러 다니는 것만으로도 이미 충분히 즐거웠습니다. 그래서 사부로는 오래간만에 살맛이 났습니다.

사부로는 또 '천장 위 산책'을 더욱 재미있게 하기 위해 먼저 옷차림부터 제법 진짜 범죄자처럼 입는 걸 잊지 않았습니다. 몸에 딱 달라붙는 짙은 갈색 모직 셔츠에 같은 색 바지—될 수 있으면 활동사진에서 본 여성 도적 프로테아[17]처럼 새카만 셔츠를 입고 싶었지만 아쉽게도 그런 옷이 없어서 그냥 이 정도로 그치기로 하고—천장 위는 모두 대충 마무리한 목재들뿐이라 지문이 남을 염려는 거의 없지만 버선을 신고 장갑을 낀 다음—손에는 권총을…… 들고 싶었지만 없어서 손전등을 들기로 했습니다.

---

17 《Protéa》, 1913년 프랑스에서 만든 44분짜리 범죄영화로 3편까지 제작되었다. - 역주

밤이 깊어지면 낮과 달리 스며드는 광선이 아주 적기 때문에 한치 앞도 분간할 수 없는 정도로 어둡습니다. 어둠 속을 그런 모습으로 소리 죽여 살금살금 마룻대 위를 타고 돌아다니다 보면, 왠지 자기가 뱀이라도 되어 굵은 나무줄기를 타고 돌아다니는 기분이 들어 스스로 생각하기에도 묘하게 무서운 기분이 들었습니다.[18] 그래도 무슨 까닭인지 그 섬뜩한 느낌이 사부로에게는 짜릿짜릿할 정도로 즐거웠습니다.

이렇게 사부로는 며칠 동안 신바람이 나서 '천장 위 산책'을 계속했습니다. 예상했던 대로 그를 기쁘게 해주는 일들이 여러 가지 있었는데, 그걸 늘어놓는 것만으로도 충분히 소설 한 편이 될 정도지만 이 이야기의 주제와 직접 관계가 없는 일이니 아쉽지만 하지 않기로 하고 아주 간단한 두세 가지 예만 말씀드리도록 하겠습니다.

천장에서 엿본다는 게 얼마나 야릇한 재미가 있는지 실제로 해본 사람이 아니면 아마 상상도 할 수 없겠죠. 설사 아래에서 이렇다 할 사건이 일어나지 않더라도, 보는 사람이 아무도 없다고 믿고 그 본성을 고스란히 드러내는 사람의 모습을 관찰하는 것만으로도 충분히 재미있습니다. 가만히 보면 어떤 사람들은 주위에 다른 사람이 있을 때와 혼자 있을 때의 행동거지뿐만 아니라 표정까지 완전히 바뀐다는 걸 발견하고 사부로는 적잖이 놀랐습니다. 게다가 평소 수

---

18 '살금살금~기분이 들었습니다'가 〔범〕, 〔도〕에는 '살금살금 천장 위를 기어 다니다보면 왠지 자기가 뱀이라도 되어 굵은 나무줄기를 타고 돌아다니는 기분이 들어 스스로 생각하기에도 묘하게 무시무시한 기분이 들었습니다'와 같이 약간 표현이 달랐다. – 해제

평으로 보는 것과 달리 머리 위에서 내려다보는 눈의 각도 차이 때문에 당연히 방의 풍경은 아주 달라집니다. 사람의 정수리, 두 어깨, 책장, 옷장, 화로 등은 그 윗면만 주로 보이죠. 그리고 벽은 거의 보이지 않는 대신 모든 사물의 배경에는 방바닥이 가득 펼쳐집니다.

아무 일이 없어도 이런 재미가 있는데 때론 우스꽝스럽거나 비참하거나 또는 끔찍한 광경이 전개되기도 합니다. 평소 과격하게 자본주의에 반대하는 주장을 토하던 회사원이 아무도 보지 않는 곳에서는 방금 받아온 승진 사령장을 서류가방에서 꺼냈다 넣었다 하며 질리지도 않는지 몇 번이고 들여다보며 기뻐하는 모습을, 화려한 비단 기모노를 늘 평상복처럼 입고 다니며 화려함을 자랑하는 투기꾼이 막상 자기 방 바닥에 앉을 때는 낮에는 무신경한 척 걸치고 다니던 옷을 여자처럼 조심스럽게 접거나, 얼룩이라도 묻으면 열심히 입으로 핥아—오글쪼글한 비단옷에 묻은 작은 얼룩은 입으로 핥아 지우는 게 제일 좋다고는 하는데—일종의 클리닝을 하는 광경도 볼 수 있습니다. 또 무슨 대학 야구선수라는 여드름 청년이 운동선수답지 않게 수줍어서 가사도우미에게 쓴 연애편지를 저녁 밥상 위에 얹어 두었다가 마음을 바꾸어 다시 빼냈다가 또다시 얹어놓기도 하며 망설이는 모습, 개중에는 대담하게 매춘부를 끌어들여 여기저기 꺼려지는 어처구니없는 모습을 연출하는 광경마저도 남이 볼까 걱정할 필요 없이 실컷 볼 수 있습니다.

사부로는 또 하숙인과 하숙인 사이의 감정 갈등을 연구하는 데에 흥미가 있었습니다. 같은 사람이 상대에 따라 이리저리 태도를 바꾸는 모습, 조금 전까지 웃는 얼굴로 이야기를 나누던 상대를 옆방에서는 마치 불구대천 원수라도 되는 양 욕하는 사람도 있는가 하면, 박쥐처럼 어디서나 대충 둘러대고 뒤에서는 혀를 날름 내미는 사람도 있습니다. 그리고 관찰 대상이 여자 하숙인—도에이칸 2층에는 미술학교에 다니는 여학생이 한 명 있습니다—이 되면 더욱 재미있습니다. '사랑의 삼각관계' 정도가 아닙니다. 5각, 6각 복잡한 관계가 손에 잡힐 듯 보일 뿐 아니라 경쟁자들 누구도 모를 본인의 진심이 관계도 없는 '천장 위의 산책자'에게만 또렷하게 잡히지 않겠습니까? 걸치면 남들 눈에 보이지 않게 된다는 상상 속 도롱이가 옛날이야기에 나오는데 말하자면 천장 위의 사부로는 그 도롱이를 입은 거나 마찬가지인 셈입니다.

만약 다른 사람들 방의 천장 판자를 들어내고 그리 숨어들어가 이런저런 장난을 칠 수 있다면 더욱 재미있을 테지만 사부로에게 그럴 용기가 없었습니다. 천장에는 세 칸마다 한 군데 꼴로 사부로의 방처럼 누름돌을 얹은 천장 판자가 있었기 때문에 숨어들어가기는 식은 죽 먹기지만 언제 방 주인이 돌아올지도 모르고, 그게 아니더라도 창문이 모두 투명한 유리창으로 되어 있어 밖에서 볼 위험도 있습니다. 게다가 천장 판자를 떼고 벽장 안으로 내려가 문을 열고 방에 들어갔다가 다시 벽장 선반을 타고 올라 천장 위로 돌아가는 사이에 무슨 소리가 날 수도 있습니다. 그 소리를 복도나 옆방에서 눈치채면 그걸로 끝장입니다.

그러던 어느 깊은 밤이었습니다. 사부로는 '산책'을 한 차례 마치고 자기 방으로 돌아가기 위해 대들보를 타고 이동하던 중이었습니다. 그런데 자기 방과 마당을 사이에 두고 정확하게 맞은편에 있는 방 천장에 여태 보지 못했던 작은 틈새가 있는 것을 발견했습니다. 지름 6센티미터쯤 되는 구름 모양으로, 그곳에서 실보다 가느다란 빛이 새어 나왔습니다. 뭘까 싶어 사부로는 살며시 손전등을 켜고 살펴보았죠. 그건 꽤 큼직한 나무옹이였는데 반 이상 판자 위로 튀어나와 있어서 손톱으로 살짝 비집으면 쉽게 빠질 것 같았습니다. 사부로는 다른 틈새로 방의 주인이 이미 잠이 든 걸 확인한 다음 그 옹이를 빼냈습니다. 마침 옹이구멍은 아래쪽으로 갈수록 좁아지는 잔 모양이기 때문에 도로 끼워놓으면 아래로 떨어질 염려도 없습니다. 거기 이렇게 엿볼 수 있는 커다란 구멍이 있다는 사실을 누구도 눈치채지 못하겠죠.

마침 잘되었다 싶어 그 옹이구멍으로 아래를 내려다보니, 세로로 길쭉해도 폭은 기껏해야 3밀리미터 안팎이라 들여다보기에 자유롭지 못했던 다른 틈새와 달리 아랫부분의 좁은 쪽도 직경 3센티미터 이상은 되니 방 전체 모습이 넉넉하게 들여다보였습니다. 그래서 사부로는 머뭇거리다가 그 방을 들여다보았는데 우연히 도에이칸의 하숙인 가운데 사부로가 마음에 들지 않아하는 엔도(遠藤)라는 치과 의학교 졸업생, 지금은 어느 치과의사 조수로 일하는 남자의 방이었습니다.

그 엔도가 역겹고 밋밋한 낯짝을 더 밋밋하게 하고 바로 아래에서 자는 중이었습니다. 아주 꼼꼼한 남자인지 방 안은 다른 하숙인보다 깔끔하게 정돈되어 있었습니다. 책상 위에 놓인 문구류의 위치며 책장에 책을 꽂은 모양새, 이부자리를 갠 모양, 머리맡에 놓아둔 외국산인지 낯선 모양의 자명종 시계, 칠기로 만든 담배상자, 색유리 재떨이 등, 모두 그 주인이 몹시 깔끔한 것을 좋아하고 지극히 사소한 일들까지 문제 삼아 까다롭게 굴 것 같은 신경질적인 사람이라는 사실을 증명했습니다.[19] 또 엔도는 자는 자세도 반듯했습니다. 다만 그런 광경에 어울리지 않는 단 하나의 모습은 그가 입을 떡 벌리고 벼락이 치듯 코를 곤다는 사실입니다.

사부로는 더러운 것이라도 본 듯 눈살을 찌푸리며 잠이 든 엔도의 얼굴을 바라보았습니다. 보기에 따라 잘생겼다고 할 수 있는 얼굴이었습니다. 스스로 떠벌리듯 여자들에게는 인기가 있을 얼굴일지도 모릅니다. 어쩌면 저리도 멍청해 보일 정도로 얼굴이 길쭉한지. 숱 많은 머리카락, 얼굴 전체가 긴 만큼 이상하게 좁고 위로 긴 이마, 짧은 눈썹, 가느다란 눈, 늘 웃는 것처럼 보이는 눈꼬리의 주름, 길쭉한 코, 그리고 묘하게 큼직한 입. 사부로는 그 입이 도무지 마음에 들지 않았습니다. 코 밑에서 위턱과 아래턱이 쑥 튀어나왔는데, 그 부분이 유난히 창백한 얼굴과 묘하게 대조를 이루었고, 거다란 보랏빛 입술은 벌어져 있었습니다. 그리고 비후성비염이라도 있는지 내내 코가 막혀 그 큼직한 입을 멍하니 벌리고 숨을 쉬는 거죠. 누워서 코를 고는 것도 역시 코에 병이 있기 때문일 겁니다.

---

19 '몹시~증명했습니다'가 〔순2〕, 〔범〕, 〔도〕에는 '무척 깔끔한 사람이란 걸 알 수 있었습니다'로 되어 있다. - 해제

사부로는 그런 엔도의 얼굴을 보기만 해면 왠지 등이 근질근질해져 그 밋밋한 뺨을 후려갈기고 싶은 생각이 불쑥 치밀었습니다.

4

그렇게 엔도의 잠이 든 얼굴을 보는 사이에 사부로는 문득 야릇한 생각이 떠올랐습니다. 옹이구멍으로 침을 뱉으면 정확하게 엔도의 큼직한 입안으로 쏙 들어가지 않을까 하는 생각이었습니다. 왜냐하면 엔도의 입은 마치 맞추기라도 한 듯이 정확하게 옹이구멍 아래 있었기 때문입니다. 사부로는 호기심을 누르지 못해 바지 안에 입은 팬티 끈을 빼내 그걸 옹이구멍 위에 늘어뜨리고, 한쪽 눈을 끈에 대고 마치 총을 조준하기라도 하듯 늘어뜨려 보았습니다. 기막힌 우연이었습니다. 끈과 옹이구멍과 엔도의 입이 완전히 한 점으로 보이는 겁니다. 결국 옹이구멍으로 침을 뱉으면 틀림없이 엔도의 입에 떨어질 거라는 사실을 알게 된 거죠.

하지만 진짜로 침을 뱉을 수는 없어서 사부로는 옹이구멍을 원래대로 막아두고 그 자리를 떠났는데 바로 그때 불쑥, 어떤 무시무시한 생각이 뇌리를 스쳤습니다. 사부로는 자기도 모르게 천장 위의 어둠 속에서 새파랗게 질려 부들부들 떨었습니다. 그건 그야말로 아무런 원한도 없는 엔도를 살해하려는 생각이었기 때문입니다.

사부로는 엔도에게 아무런 원한이 없을 뿐 아니라 알게 된 지도 이게 겨우 보름밖에 되지 않았습니다. 우연히 두 사람이 같은 날 이사를 들어왔기 때문인데 그게 인연이 되어 두세 차례 서로 방에 놀러 갔을 뿐 이렇다 할 교류는 없었습니다. 그런데 왜 그를 죽이려는 생각을 품었는가. 방금 이야기했듯이 엔도의 생김새나 행동이 패주고 싶을 정도로 마음에 들지 않았다는 점도 어느 정도 거들었을 테지만, 사부로가 이런 생각을 떠올리게 된 가장 큰 동기는 상대방에게 있는 게 아니라 그저 살인행위 자체에 흥미가 있었기 때문입니다. 앞에서도 이야기했듯이 사부로는 정신 상태가 아주 변태적이고, 병적으로 범죄를 좋아하기 때문에 이런 마음을 품는 것도 결코 우연은 아닙니다. 다만 지금까지는 설사 자주 살의를 느꼈어도 죄가 들통날까 두려워 한 번도 실행에 옮길 마음을 품지 않았을 뿐입니다.

그렇지만 이번 엔도 같은 경우는 전혀 의심을 사지 않고 들킬 우려도 없이 살인을 할 수 있을 것 같았습니다. 나만 위험하지 않다면 설사 상대가 본 적도 없고 알지도 못하는 사람일지라고 그런 걸 고려하지 않습니다. 오히려 그 살인행위가 잔학하면 할수록 사부로의 비정상적인 욕망은 더욱 큰 만족을 느낄 겁니다. 그러면 왜 엔도는 살인죄가 발각되지 않을 거라고 생각했는가—적어도 사부로는 왜 그렇게 믿었는가—하면 거기에는 다음과 같은 사정이 있었습니다.

도에이칸으로 이사한 지 네댓새 되던 어느 날이었습니다. 사부로는 친해진 지 얼마 되지 않은, 같은 도에이칸에 사는 하숙인과 근처 카페에 간 적이 있습니다. 그때 그 카페에 엔도도 있었기 때문에 셋이 한 테이블에 모여 술을—당연히 술을 싫어하는 사부로는 커피를 마셨지만—마셨습니다. 세 사람 모두 얼큰하게 취해 함께 하숙집으로 돌아왔는데 술이 조금 취한 엔도가 '자, 내 방으로 가시죠' 하며 억지로 두 사람을 자기 방으로 끌고 들어갔습니다. 엔도는 혼자 신이 나서 떠들다가 밤이 깊었는데도 굳이 가사도우미를 불러 차를 가져오라고도 하며 카페에서 다 못한 여성 편력을 자랑하듯 계속 늘어놓았습니다. (사부로가 그를 싫어하기 시작한 것은 바로 이날부터였습니다.) 그때 엔도는 새빨갛게 충혈된 입술을 날름날름 핥으며 자못 자랑스럽다는 듯이 이런 소리를 지껄였습니다.

"그 여자하곤 말이죠, 난 한 차례 함께 죽으려고 한 적도 있어요. 아직 학교에 다니던 때였는데, 아, 내가 의학교에 다녔잖아요. 약을 구하기는 식은 죽 먹기였죠. 그래서 둘이 편하게 죽을 수 있을 만큼 모르핀을 준비해서, 아 글쎄 시오바라[20]로 갔죠."

그러면서 엔도는 비틀비틀 일어나 벽장 쪽으로 가더니 장지문을 덜컹덜컹 열고 안에 쌓아두었던 고리짝 하나를 꺼내 그 안에서 아주 작은, 새끼손가락 끝만 한 갈색 병을 찾아내 쑥 내밀었습니다. 병 안에는 바닥 쪽에 아주 조금 뭔가 반짝반짝 빛나는 가루[21]가 들어 있었습니다.

"그래요. 요만큼이면 두 명이 죽기에 충분하니까요. ……그렇지만 이런 이야기는 절대 다른 사람에게 하면 안 됩니다."

그 뒤로도 여성 편력에 대한 엔도의 자랑은 더 늘어져 그칠 줄 모

---

20 도쿄에서 비교적 가까운 도치기 현 시오바라 시. 온천이 있고 경치가 좋기로 유명하다. - 역주

21 '뭔가 반짝반짝 빛나는 가루'가 〔슌2〕에는 '뭔가 희게 빛나는 가루'로, 〔범〕, 〔도〕에는 '뭔가 흰 것'으로 되어 있다. - 해제

르고 이어졌습니다. 사부로는 그때 들은 독약 이야기가 문득 머릿속에 떠올랐던 것입니다.

"천장 옹이구멍으로 독약을 떨어뜨려 살인을 한다! 이 얼마나 기상천외한 놀라운 범죄인가."

사부로는 이 기막힌 계략에 완전히 들떴습니다. 가만히 생각해보면 그 방법은 너무나 드라마틱한 만큼 가능성이 희박하다는 사실은 알고 있었고, 또 그렇게 번거로운 과정을 거치지 않더라도 달리 얼마든지 간편하게 죽이는 방법이 있을 테지만 비정상적인 계략에 정신이 팔린 사부로는 다른 생각을 할 여유도 없었습니다. 그리고 머릿속에는 그저 이 계획에 대한 그럴싸한 궁리만 계속 떠오를 뿐이었습니다.

우선 약을 훔쳐내야 합니다. 하지만 그건 식은 죽 먹기죠. 엔도의 방을 찾아가 한참 수다를 떨다 보면 변소에 가거나 다른 일로 그가 방을 비우는 일도 있을 겁니다. 그 틈에 전에 보았던 고리짝에서 작은 갈색 병을 꺼내기만 하면 그만입니다. 엔도가 계속 늘 고리짝을 확인하지도 않을 테니 2, 3일 동안은 눈치채지 못하겠죠. 설사 눈치를 챈다고 해도 그런 독약을 지니는 것 자체가 이미 위법이기 때문에 큰소리로 떠들 수도 없는 노릇이고 잘만 하면 누가 훔쳐갔는지도 모를 겁니다.

아예 천장으로 몰래 들어가는 게 편하지 않을까요? 아뇨, 그렇지 않습니다. 그건 위험하죠. 앞에서도 이야기했다시피 방의 주인이 언제 돌아올지 모르고 유리창 밖에서 누군가가 볼 염려도 있습니다.

무엇보다 그 방 천장에는 사부로의 방처럼 누름돌로 눌러놓은 통로가 없습니다. 못을 박아 막아둔 천장 판자를 뜯어내고 숨어들다니, 어떻게 그런 위험한 일이 가능하겠습니까?

자, 이렇게 구한 가루약을 물에 녹여 콧병 때문에 늘 떡 벌리고 자는 엔도의 커다란 입에 흘려 넣기만 하면 그만이겠죠. 다만 잘 삼켜줄지 어떨지 걱정이긴 하지만, 뭐 그것도 걱정 없을 겁니다. 왜냐하면 약이 아주 적은 양이라 진하게 녹이면 단 몇 방울만으로도[22] 충분할 테니 깊게 잠이 들었을 때면 눈치채지 못할 정도일 겁니다. 또 눈치를 챈다고 해도 아마 토할 겨를도 없겠죠. 그리고 사부로는 모르핀이라는 약이 쓰다는 사실을 잘 알고 있습니다. 설사 아무리 쓰더라도 양이 적고 설탕이라도 넣어 섞으면 실패할 염려는 거의 없습니다. 설마 천장에서 독약이 떨어졌으리라고는 누구도 상상하지 못할 테니 엔도가 그 짧은 순간에 그걸 눈치챌 리는 없죠.

그렇지만 약이 제대로 들을지 어떨지, 엔도의 체질에 비해 너무 많거나 적지는 않은지, 고통스러워할 뿐 죽지 않는 게 아닐지. 이게 문제입니다. 물론 그렇게 되면 매우 안타깝기야 하겠지만 그래도 사부로에게 위험이 닥칠 일은 없을 겁니다. 옹이구멍이야 원래대로 막아두면 될 테고, 천장 위에는 아직 먼지도 쌓이지 않았거든요. 그러니 아무런 흔적도 남지 않을 겁니다. 지문은 장갑을 껴서 남기지 않을 테고요. 가령 천장에서 독약을 떨어뜨렸다는 걸 알더라도 누구 짓인

22 '단 몇 방울만으로도'가 〔초〕에는 '한 방울이나 두 방울로도'로, 〔슌1〕에는 '단 몇 방울로도'로, 〔슌2〕, 〔범〕, 〔도〕에는 '단 몇 방울로'로 되어 있다. - 해제

지 알아낼 수는 없겠죠. 특히 사부로와 엔도는 요즘 서로 가까이 지내는 편이라 원한을 품을 사이가 아니라는 건 다른 이들도 다 아는 사실이기 때문에 의심을 받을 일은 없습니다. 아니, 그런 걱정까지 할 필요는 없겠죠. 깊이 잠든 엔도 입에 약이 어디서 떨어졌는지 알리가 없을 겁니다.

이게 사부로가 천장 위에서, 그리고 방으로 돌아온 뒤에 멋대로 궁리한 줄거리였습니다. 독자 여러분은 이미 설사 위와 같이 일이 두루 잘 되더라도 그것 말고 한 가지 중대한 착오가 있다는 사실을 눈치채셨을 겁니다. 하지만 사부로는 어쩐 일인지 결국 실행에 옮길 때까지도 이상한 점을 전혀 깨닫지 못했던 겁니다.

5

사부로가 틈을 노려 엔도의 방을 찾아간 것은 그로부터 4, 5일 지난 때였습니다. 물론 그 동안 사부로는 이 계획에 대해 거듭 궁리한 결과 괜찮다, 위험하지 않다는 판단을 내릴 수 있었습니다. 뿐만 아니라 여러 가지 새로운 궁리를 더하기도 했죠. 예를 들면 독약 병을 처리하는 방법에 대한 고안도 그중 하나였습니다.

만약 무사히 엔도를 살해하면 그 병을 옹이구멍으로 떨어뜨리기로 했습니다. 그렇게 하면 사부로는 이중으로 유리해질 수 있다고 생각했습니다. 우선 자신이 지니고 있다가 발견되면 중요한 단서가 될 그 병을 숨기는 번거로움이 없어진다는 점. 다른 하나는 죽은 사람 옆에 약병이 떨어져 있으면 누구나 엔도가 자살한 것으로 여길 게 틀림없다는 점. 그리고 그 병이 엔도가 지녔던 물건이라는 사실은 사부로와 함께 그의 여성 편력 자랑을 들었던 남자가 증명해줄 게 틀림없죠. 또 마침 다행인 것이 엔도는 매일 밤 문단속을 단단히 하고 잔다는 사실이었습니다. 입구는 물론이고 창문도 안에서 잠그기 때문에 외부에서는 절대로 들어갈 수 없습니다.

그날 사부로는 엄청난 인내력으로 낯짝만 봐도 신물이 나는 엔도와 오래 잡담을 나누었습니다. 이야기하는 중에 은근슬쩍 살의를 드러내 녀석에게 겁을 주고 싶은 위험하기 짝이 없는 욕망이 자주 고개를 들었지만 겨우 참아냈죠. '조만간 증거가 전혀 남지 않는 방법으로 널 죽여주마. 네가 그렇게 계집애처럼 재잘재잘 지껄이는 것도 이제 얼마 남지 않았다. 살아 있는 동안 실컷 지껄여라.' 사부로는 멈출 줄 모르는 엔도의 큼직한 입술을 바라보며 속으로 그런 소리를 반복했습니다. 이 남자가 조만간 얼굴이 푸르뎅뎅하게 부은 시체가 되어버릴 거라고 생각하면 너무 신이 나 견딜 수 없었습니다.

아니나 다를까, 그렇게 이야기를 나누다가 엔도가 변소에 간다고 나갔습니다. 그때가 이미 밤 10시쯤 된 시각이었을까요? 사부로는 주위를 꼼꼼하게 살피고 유리창 밖도 확인한 다음 소리 나지 않도록 재빨리 벽장을 열고 고리짝 안에서 그 약병을 꺼냈습니다. 전에 엔도가 넣는 곳을 눈여겨 보아두었기 때문에 찾는 데 애를 먹지는 않았습니다. 그래도 역시 가슴이 두근거리고 겨드랑이에서 식은땀이 흘렀습니다. 사실은 사부로의 이번 계획 가운데 가장 위험한 부분은 이 독약을 훔쳐내는 일이었습니다. 어쩌면 엔도가 불쑥 돌아올지도 모르고 또 엿보는 사람이 없다고 단정할 수도 없으니까요. 하지만 그런 문제에 대해 사부로는 이렇게 생각했습니다. 만약 들키면, 또는 들키지 않더라도 엔도가 약병이 없어졌다는 사실을 알게 된다고 해도—그 정도는 주의해서 지켜보면 바로 알 수 있는 일이죠. 특히 사부로에게는 천장 틈새라는 무기가 있습니다—살해를 단념하면 그만인 겁니다. 그저 독약을 훔친다는 것만으로는 큰 죄가 되지도 않을 테니까요.

어쨌든 사부로는 우선 아무에게도 들키지 않고 약병을 감쪽같이 손에 넣을 수 있었습니다. 그래서 엔도가 변소에서 돌아오자마자 자연스럽게 이야기를 마무리하고 자기 방으로 돌아갔습니다. 그리고 창에 커튼을 단단히 치고 문도 단속한 다음에 책상 앞에 앉아 설레는 가슴을 안고 품안에서 예쁜 갈색 병을 꺼내 찬찬히 들여다보았습니다.

MORPHINUM HYDROCHLORICUM(o. g.)[23]

아마 엔도가 썼겠죠? 작은 라벨에 이런 글자가 적혀 있었습니다. 사부로는 전에 약물학 관련 책을 읽어 모르핀에 대해서는 약간 알지만 실물을 직접 보기는 이번이 처음이었습니다. 아마 그건 염산 모르핀이라는 뜻이겠죠.[24] 병을 전등 앞에 대고 비추어 보니 작은 수저로 반쯤 될까 말까 한 극히 적은 양의 흰 가루가 예쁘게 반짝거렸습니다.[25] 대체 이런 걸로 사람이 죽는다는 게 이상하다는 생각이 들 정도였습니다.

사부로는 물론 그걸 잴 만큼 정밀한 저울이 없기 때문에 분량에 대

23 〔초〕, 〔슌1〕, 〔슌2〕에는 'MORPHINUM HYDROCHLORICUM(o. —g.)'으로, 〔범〕에는 'MORPHINUM(o. —g.)'으로, 〔도〕에는 'MORPHINUM HYDROCHLORICUM(o. × g.)'로 되어 있다. - 해제

24 〔범〕, 〔도〕에는 '아마~뜻이겠죠'가 없다. - 해제

25 〔슌2〕에는 '극히~반짝거렸습니다'가 '아주 적은 양의 흰 가루가 예쁘게 반짝거렸습니다'로, 〔범〕, 〔도〕에는 '아주 적고 흰 몽롱한 것이 깨끗하게 들여다보였습니다'로 되어 있다. - 해제

해서는 엔도가 한 말을 믿는 수밖에 없었습니다. 그때 엔도의 태도나 말투로 보아 술에 취하기는 했어도 결코 얼토당토않은 소리는 아니었을 겁니다. 게다가 라벨에 적힌 숫자도 그가 아는 치사량의 딱 두 배이니 설마 틀리지는 않을 겁니다.

그래서 사부로는 병을 책상 위에 얹고 그 옆에 미리 준비한 설탕과 맑은 물[26]을 늘어놓은 다음, 약제사처럼 꼼꼼하게 열심히 조합을 시작했습니다. 하숙하는 사람들은 이미 모두 잠이 들었는지 주위는 쥐 죽은 듯 고요했습니다. 그런 가운데 성냥개비에 적신 물을 조심스럽게 한 방울 한 방울 병 안에 떨어뜨리다 보니 자기 숨 쉬는 소리가 악마의 한숨처럼 기묘하게 무섭게 들렸습니다. 그게 얼마나 사부로의 변태적인 취향을 만족시켜주었는지. 자꾸만 사부로의 눈앞에 컴컴한 동굴 안에서 부글부글 거품을 내며 끓는 독약 냄비를 들여다보면서 히쭉히쭉 웃는 옛날이야기에 나오는 요술쟁이 할망구 모습이 떠올랐습니다.

그렇지만 한편으로는 이 무렵부터 여태 전혀 생각지도 못했던 공포 비슷한 감정이 마음 한구석에서 고개를 들기 시작했습니다. 그리고 시간이 흐를수록 점점 더 커져갔습니다.

MURDER CANNOT BE HID LONG, A MAN'S SON MAY, BUT AT THE LENGTH TRUTH WILL OUT.[27]

---

26 〔범〕, 〔도〕에는 '맑은 물'이 '알코올 병'으로 되어 있다. – 해제
27 《베니스의 상인》 제2막 제2장에 나오는 곱보와의 대화에서 란슬롯이 하는 대사다. '진

누가 인용한 문장에서 보고 외운 셰익스피어의 이 으스스한 문구가 눈앞이 안 보일 정도로 빛을 내며 사부로의 머릿속에 새겨졌습니다. 이 계획은 절대로 파탄이 날 리 없다고 그토록 믿으면서도 시시각각 커지는 불안을 어떻게 할 수 없었던 겁니다.

아무런 원한도 없는 사람을 그저 살인하는 재미로 죽여버린다니, 이게 제정신으로 할 짓인가? 너는 악마에게 홀린 건가? 미친 건가? 대체 너는 네 마음을 두렵게 여기지 않는 건가?

밤이 깊어가는 줄도 모르고 오랜 시간을 들여 조합한 독약 병을 앞에 놓고 사부로는 생각에 잠겼습니다. 아예 계획을 단념하자. 몇 번이나 이런 마음을 먹었는지 모릅니다. 하지만 결국 사부로는 살인의 매력을 포기할 마음이 들지는 않았던 거죠.

그런데 이럴까 저럴까 망설이는 사이에 문득 치명적인 사실이 사부로의 뇌리를 스쳤습니다.

"으흐흐흐……."

사부로가 갑자기 우스워 견딜 수 없다는 듯이, 한편으로는 조용한 주위를 신경 쓰면서 웃기 시작했습니다.

"멍청한 놈. 정말 한심한 어릿광대로군! 이런 계획을 이토록 진지하게 꾸미다니. 이젠 머리가 마비되어 우연과 필연을 구분할 줄도 모르게 된 건가? 엔도의 그 벌어진 입이 한 차례 그 옹이구멍 바로 아래 있었다고 다음에도 똑같이 거기 있을 거라고 생각하다니. 아

실은 항상 드러날 테고, 살인은 오래 숨길 수 없으며 누군가의 아들은 결국 밝혀지기 마련이다'라는 뜻이다. - 역주

니, 대체 어떻게 그런 일이 있을 수 있다고 생각한 거지?"

그건 참으로 우습기 짝이 없는 착각이었습니다. 사부로의 계획은 이미 그 출발점부터 큰 미망에 빠져 있었던 거죠. 아무리 그렇다고 해도 어째서 이렇게 빤한 사실을 여태 깨닫지 못했던 걸까요? 아주 이상하다고 하지 않을 수 없습니다. 아마 그건 꽤나 영리한 척하는 그의 두뇌에 심상치 않은 결함이 있다는 증거가 아니겠습니까? 어쨌든 사부로는 이 발견으로 크게 실망하기도 했지만 또 한편으로는 묘한 안도감을 느꼈습니다.

"덕분에 난 이제 무서운 살인죄를 저지르지 않아도 된다. 아이구, 살았다."

그렇지만 그 이튿날부터도 '천장 위의 산책'을 할 때마다 그는 미련이 남아 그 옹이구멍을 열고 엔도의 동정 탐색을 게을리 하지 않았습니다. 그건 첫째, 독약을 훔친 사실을 엔도가 눈치채지 않았나 하는 염려 탓이기도 했지만 지난번처럼 옹이구멍 바로 아래 다시 입을 벌리고 누워 있지 않은지 그 우연을 애타게 기다리는 마음도 없다고는 할 수 없었습니다. 실제로 사부로는 평소 '산책' 때도 셔츠 주머니에 그 독약을 꼭 넣고 다녔습니다.

6

그날 밤—그건 사부로가 '천장 위의 산책'을 시작한 지 벌써 열흘쯤 지났을 때였습니다. 열흘 동안이나 전혀 들키지 않고 매일 몇 차례씩 천장 위를 돌아다니던 사부로의 고심은 보통이 아니었습니다. 면밀한 주의. 이런 빤한 말로는 도저히 표현할 수 없었습니다—사부로는 다시 엔도의 방 천장 위를 어슬렁거렸습니다. 그리고 마치 점치는 제비라도 뽑은 심정으로 길이냐 흉이냐, 오늘에야말로 어쩌면 길한 날이 아닐까, 제발 길한 점괘가 나와주기를 신에게 마음속으로 빌며 그 옹이구멍을 열어보았습니다.

그런데 이럴 수가. 눈이 잘못된 건 아닐까요? 전에 보았을 때와 한 치도 다름없는 모습으로 코를 고는 엔도의 입이 정확하게 옹이구멍 바로 아래 있는 게 아니겠습니까? 사부로는 몇 번이나 눈을 비비고 다시 보았습니다. 또 팬티 끈을 빼서 눈대중을 해보았는데 틀림없었습니다. 끈과 구멍과 입이 정확하게 일직선을 이루었습니다. 사부로는 무심코 소리를 지를 뻔했지만 겨우 참았습니다. 결국 그 순간이 왔다는 기쁨과 한편으로는 말로 표현할 수 없는 공포가 서로 교차하는 이상한 흥분 때문에 그는 어둠 속에서 새파랗게 질리고 말았습니다.

사부로는 주머니에서 독약을 꺼내 저절로 떨리는 손끝을 진정시켰습니다. 그리고 마개를 열어 끈으로 겨냥해—오오, 그때의 뭐라 말로 형용할 수 없는 심정!—톡톡톡, 겨우 몇 방울[28] 떨어뜨렸습니다. 그는 바로 눈을 꼭 감고 말았습니다.

"깼을까? 분명히 깼을 거야. 틀림없이 깼어. 그리고 지금 당장에라도 뭐라고 큰 소리로 외치겠지."

만약 두 손이 비어 있었다면 사부로는 귀를 막아버리고 싶을 정도였습니다.

하지만 사부로가 그토록 걱정하는데도 천장 아래에 있는 엔도는 아무런 반응이 없었습니다. 독약이 입안에 떨어지는 걸 확실히 보았으니 틀림없습니다. 그런데 이렇게 조용하다니, 어떻게 된 일일까요? 사부로는 조심조심 눈을 뜨고 옹이구멍을 들여다보았습니다. 그러자 엔도는 입을 우물거리며 두 손으로 입술을 문지르더니 그걸로 그만이었죠. 다시 쿨쿨 잠이 들어버렸습니다. 지레 걱정하기보다 막상 저지르면 별일 아니라고들 하죠. 잠이 덜 깬 엔도는 무서운 독약을 마신 걸 전혀 깨닫지 못했습니다.

사부로는 꼼짝도 않고 불쌍한 피해자의 얼굴을 집어삼킬 듯이 바라보았습니다. 그 시간이 얼마나 길게 느껴졌는지, 사실은 20분도 지나지 않았는데 두세 시간이나 그러고 있었던 것 같은 기분이었습니다. 바로 그때 엔도가 눈을 번쩍 떴습니다. 그리고 윗몸을 일으키

---

28 '몇 방울'이 〔초〕에는 '딱 세 방울'로, 〔범〕, 〔도〕에는 '10여 방울'로 되어 있다. – 해제

더니 사뭇 이상하다는 듯이 방 안을 둘러보았죠. 현기증이라도 나는지 머리를 저어보기도 하고 눈을 문지르기도 하며 잠꼬대라도 하듯 의미 없는 소리를 중얼거리기도 하고, 이런저런 미친 듯한 행동을 하다가 다시 드러눕더니 마구 몸을 뒤척였습니다.

이윽고 몸부림이 점점 잦아들더니 이제 움직이지 못하는가보다 생각하자 바로 벼락처럼 코를 골아대기 시작했습니다. 보니 안색이 마치 술이라도 취한 듯 새빨갛고 콧등과 이마에는 구슬 같은 땀이 솟아났습니다. 깊이 잠이 든 엔도의 몸 안에서 지금 무시무시한 생사의 투쟁이 벌어지는 중인지도 모릅니다. 그런 생각을 하니 온몸에 털이 곤두서는 듯했습니다.

그러더니 잠시 뒤에는 그토록 새빨갛던 안색이 점차 가라앉아 종잇장처럼 새하얘진 다음, 차차 푸르뎅뎅한 색으로 변했습니다. 그리고 어느새 땀이 멎고 들이쉬고 내쉬는 숨이 점점 줄었습니다. ……그러다 가슴께가 움직이지 않아 드디어 마지막인가보다 싶었는데, 조금 있다가 문득 생각난 듯이 또 입술을 부들부들 떨며 힘겨운 호흡을 했습니다. 그러기를 두세 차례 반복하고 그것으로 끝이었습니다. ……그는 더 이상 움직이지 않았습니다. 베개에서 떨어진 그의 얼굴은 이 세상 것과는 전혀 다른 일종의 미소를 짓고 있었습니다. 엔도는 결국 이른바 '고인'이 되고 만 것이겠죠.

숨죽이고 손에 땀을 쥐며 그 모습을 지켜보던 사부로는 그제야 비로소 안도의 한숨을 내쉬었습니다. 마침내 그는 살인자가 되고 만 거죠. 하지만 이 얼마나 편안한 죽음입니까. 그의 희생자는 비명 한

번 지르지 않고 고통스러운 표정도 짓지 않고 코를 골며 죽어간 겁니다.

"뭐야, 살인이란 게 이리 싱거운 건가?"

사부로는 왠지 실망스러운 기분이 들었습니다. 상상 속의 세계에서는 더할 나위 없이 매력적이었던 살인이라는 것이 저지르고 보니 다른 일상적인 일들과 전혀 다를 바 없었습니다. 이 정도 수준이라면 앞으로 몇 명 더 죽일 수 있겠다. 이런 생각을 하는 한편, 김빠진 사부로의 마음에 뭐라 표현할 길 없는 정체 모를 두려움이 서서히 밀려들기 시작했습니다.

어두운 천장 위에서 가로세로로 엇갈려 괴물 같은 마룻대와 들보. 그 아래서 도마뱀붙이 같은 짐승마냥 천장 위에 달라붙어 사람의 시체를 내려다보는[29] 자기 모습이 문득 기분 나빠졌습니다. 묘하게 목덜미가 오싹오싹하고, 귀를 기울이면 어디선가 천천히 아주 천천히 자기 이름을 계속 부르는 기분마저 들었습니다. 무심코 옹이구멍에서 눈을 떼고 어둠 속을 둘러보았죠. 오래 밝은 곳을 엿보았기 때문일 겁니다. 눈앞에 크고 작은 노란색 고리 같은 게 계속 오락가락했습니다. 가만히 보면 그 고리 뒤에서 이상하리만치 큼직한 엔도의 입술이 쑥 튀어나올 것만 같았습니다.

그래도 사부로는 처음 계획한 일만은 일단 정확하게 실행에 옮겼습니다. 옹이구멍으로 약병—그 안에는 아직 독약이 몇 방울 남아

---

29 '사람의 시체를 내려다보는'이 〔범〕, 〔도〕에는 '옹이구멍으로 시체를 내려다보는'으로 되어 있다. - 해제

있었습니다—을 떨어뜨리고, 그 옹이구멍을 원래대로 막고, 혹시 천장 위에 무슨 흔적을 남기지나 않았는지 손전등을 켜서 살폈습니다. 그리고 더는 빠뜨린 게 없다는 생각이 들어 서둘러 마룻대를 타고 자기 방으로 돌아왔습니다.

"이제 드디어 끝났군."

몸이나 머리나 이상하게 들떠서 뭔가 까먹은 듯한 불안한 심정을 애써 떨쳐내며 사부로는 벽장 안에서 옷을 갈아입기 시작했습니다. 하지만 그때 문득 머릿속에 떠오른 것이 눈대중하느라 사용한 팬티 끈을 어디다 어떻게 했던가, 하는 것이었습니다. 혹시 깜빡 잊고 거기에 두고 온 게 아닐까? 그런 생각이 들어 사부로는 얼른 허리춤을 더듬었습니다. 아무래도 없는 것 같았습니다. 더 당황해 온몸을 뒤져보았습니다. 어떻게 이런 걸 까먹을 수 있을까요. 팬티 끈은 셔츠 주머니에 잘 들어 있는 게 아니겠습니까? "아이고, 다행이다"라며 안도의 한숨을 내쉬고 주머니에서 그 끈과 손전등을 꺼내려가다 화들짝 놀라고 말았습니다. 주머니 안에 뜻밖의 물건이 들어 있었습니다. ……독약 병의 작은 코르크 마개가 거기 있었던 거죠.

사부로는 아까 독약을 떨어뜨릴 때 나중에 잃어버리면 큰일이다 싶어 그 마개를 일부러 주머니에 잘 넣어두었는데 그걸 그만 까맣게 잊고 병만 떨어뜨리고 온 모양입니다. 작은 물건이지만 그대로 두면 범죄가 발각될 빌미가 될 수 있죠. 그는 두려운 마음을 달래며 다시 현장으로 돌아가 그걸 옹이구멍에서 떨어뜨려야만 했습니다.

그날 밤 사부로가 잠자리에 든 시각은—이미 이때는 조심하느라 벽장에서 자는 일은 그만두었습니다만—오전 3시쯤이었습니다. 잔뜩 흥분한 그는 좀체 잠을 이루지 못했습니다. 그런 마개를 떨어뜨리는 걸 잊을 정도이니 달리 뭔가 빠뜨린 게 있을지도 모르는 일이었죠. 이런 생각이 들자 사부로는 안절부절못하는 지경이 되었습니다. 그래서 뒤죽박죽이 된 머릿속을 애써 가라앉히고 그날 밤에 한 행동을 순서대로 하나하나 떠올리며 어디에서 실수가 있지 않았는지 짚어보았습니다. 하지만 적어도 그가 생각하기에는 어떤 실수도 발견할 수 없었죠. 그의 범죄는 아무리 생각해도 전혀 빈틈이 없었습니다.[30]

밤이 새도록 고민한 사부로는 마침내 아침이 밝아 잠에서 깬 하숙인들이 세면장으로 가기 위해 복도를 걷는 소리를 듣고는 벌떡 일어나 갑자기 외출 준비를 시작했습니다. 엔도의 시체가 발견되는 순간이 두려웠던 겁니다. 그때 어떤 태도를 취해야 좋을까. 혹시 나중에 의심받을 만한 행동을 해서는 큰일입니다. 그래서 시체가 발견되기 전에 외출하는 게 제일 안전하겠다고 생각한 거죠. 하지만 아침 식사도 않고 외출하는 것은 더 이상하지 않을까요?

"아, 이런 참. 왜 자꾸 깜빡깜빡하는 거야."

그걸 깨닫고 사부로는 다시 이부자리로 돌아갔습니다.

그리고 아침식사 시간까지 두 시간 동안을 조마조마한 마음으로 지냈습니다. 다행히 사부로가 서둘러 아침식사를 마치고 하숙집을

30 〔범〕, 〔도〕에는 이 문장이 없다. - 해제

빠져나올 때까지는 아무 일 없이 넘어갔습니다. 그렇게 하숙집에서 나오자 그는 시간을 보내기 위해 이 거리 저 거리를 정처 없이 헤매며 돌아다녔습니다.

7

결국 사부로의 계획은 멋지게 성공했습니다.

그가 점심때쯤 밖에서 돌아왔을 때는 이미 엔도의 시체는 치워졌고 경찰도 다녀간 뒤였습니다. 아니나 다를까 사람들 말에 다르면 누구 하나 엔도가 자살했다는 것을 의심하지 않았고 경찰들도 그저 형식적인 조사를 하더니 돌아가버렸다는 겁니다.

다만 엔도가 왜 자살했는지 그 원인은 전혀 밝혀지지 않았는데, 평소 행동거지로 보아 아마 치정관계 때문일 거라는 쪽으로 사람들의 의견이 모아졌습니다. 실제로 최근에 어떤 여자에게 실연당했다는 사실까지 드러났습니다. 물론 '실연당했다, 실연당했다'고 하는 소리는 엔도 같은 남자에게는 일종의 입버릇 같은 것이라 별 의미가 없지만, 달리 원인이 없으니 결국 그쪽으로 완전히 쏠리고 말았던 겁니다

뿐만 아니라 원인이 있건 없건 엔도가 자살했다는 사실에는 한 점 의문도 없었습니다. 문이나 창도 모두 안에서 잠겨 있었고 독약이 든 병이 머리맡에서 발견되었는데 그 병이 엔도의 소지품이라는 사실도 밝혀져 더 의심할 여지는 없었습니다. 천장에서 독약을 떨어뜨린 게 아닐까 하는, 그런 터무니없는 의심을 하는 사람은 아무도 없

었습니다.

그래도 왠지 마음이 놓이지 않아 사부로는 그날 하루 조마조마했습니다. 그러나 이윽고 하루 이틀 지나니 그는 점점 차분해졌을 뿐 아니라 자기 솜씨를 자랑스럽게 여길 여유마저 생겼습니다.

"어떠냐. 역시 나야. 봐라, 누구도 이곳 같은 하숙집 방 한 칸에 무서운 살인범이 있다는 사실을 깨닫지 못하지 않는가."

사부로는 이런 상태라면 세상에 처벌받지 않는 범죄자가 얼마나 많을지 빤하다는 생각을 했습니다. '천망회회 소이불루(天網恢恢 疏而不漏)'[31]라는 말이 있는데 이건 틀림없이 옛날부터 위정자들이 하는 선전에 지나지 않거나 또는 인민의 미신에 지나지 않는다, 사실은 치밀하게 저지르기만 하면 어떤 범죄도 영원히 드러나지 않을 수 있다, 이런 식으로 생각했습니다. 당연히 밤이면 엔도의 죽은 얼굴이 떠올라 왠지 기분이 으스스해서 그날 밤 이후로는 그 '천장 위의 산책'도 하지 않았지만 그건 마음먹기에 달린 문제라 곧 잊겠죠. 실제로 죄가 들통나지만 않으면 그걸로 그만 아닌가요?

이리하여 엔도가 죽은 지 딱 사흘째 되던 날이었습니다. 막 저녁식사를 마친 사부로가 이쑤시개를 물고 콧노래를 흥얼거리는데 오래간만에 아케치 고고로가 불쑥 찾아왔습니다.

"어이구, 이게 누구야?"

"그간 잘 지냈나?"

---

31 노자의 《도덕경》에 나오는 말로, '하늘의 도리는 그물코가 매우 넓고 엉성한 듯하여 뭐든 다 빠져나갈 것 같지만 사실은 어떤 것도 빠져나갈 수 없다'는 뜻이다. - 역주

두 사람은 제법 허물없이 인사를 주고받기는 했지만, 사부로는 때가 때인지라 이 아마추어 탐정의 방문이 약간 기분 나쁠 수밖에 없었습니다.

"이 하숙집에서 독을 마시고 죽은 사람이 있다면서?"

아케치는 자리에 앉자마자 사부로가 피하고 싶은 일을 화제로 삼았습니다. 아마 틀림없이 누군가에게서 자살한 사람이 있다는 이야기를 듣고 마침 같은 하숙집에 사부로가 있으니 탐정으로서의 타고난 관심 때문에 찾아왔겠죠.

"그래, 모르핀으로. 난 마침 그 소동이 있을 때 하숙집에 없었기 때문에 자세한 내용은 모르지만 아무래도 여자 문제 때문인 것 같더군."

사부로는 자기가 그 대화를 피하고 싶어 한다는 사실을 눈치채지 못하도록, 자기도 그 일에 흥미가 있다는 표정을 지으며 이렇게 대답했습니다.

"대체 어떤 남잔데?"

아케치가 대뜸 또 질문을 던졌습니다. 그 뒤로 두 사람은 한동안 엔도의 사람 됨됨이에 대해, 사인에 대해, 자살 방법에 대해 문답을 주고받았죠. 처음에는 조마조마해하며 대답하던 사부로도 점점 대화에 익숙해지자 뻔뻔해져서 나중에는 아케치를 골려먹고 싶은 마음까지 들기도 했습니다.

"자넨 어떻게 생각하나? 혹시 이거 타살은 아닐까? 뭐 특별한 근거가 있는 건 아니지만 자살이 틀림없다고 믿는데 실제로는 타살인 경우가 이따금 있으니까."

어때, 아무리 명탐정이라고 해도 이것만은 모를걸, 하고 속으로 비웃으며 사부로는 이렇게까지 말해보았습니다.

사부로는 재미있어 견딜 수 없었습니다.

"그야 뭐라 할 수 없겠지. 나도 사실 어떤 친구한테 이 이야기를 들었을 때 사인이 좀 모호하다는 느낌은 들었어. 글쎄, 그 엔도라는 사람 방을 볼 수는 없을까?"

"그거야 문제없지."

사부로는 오히려 의기양양하게 대답했습니다.

"옆방에 엔도와 고향이 같은 친구가 있거든. 그 사람이 엔도의 아버지한테 짐 보관을 부탁받았어. 자네 이야기를 하면 틀림없이 선선히 보여줄 거야."

그래서 두 사람은 엔도의 방으로 가보았습니다. 그때 앞장서서 복도를 걷던 사부로는 문득 기묘한 느낌을 받았습니다.

'범인이 몸소 탐정을 그 살인현장으로 안내하다니, 일찍이 이런 예는 없었을 거야.'[32]

사부로는 히쭉히쭉 웃음이 나는 걸 애써 참았습니다. 평생 이때만큼 우쭐한 기분이 든 적은 없었을 겁니다. '우와, 최고야'라고 자기 자신을 추켜세우고 싶을 만큼 멋들어진 악당 행세였습니다.

엔도의 친구—기타무라라고 엔도가 실연당했다는 증언을 한 남자

---

32 '일찍이 이런 예는 없었을 거야'가 〔슌〕, 〔범〕, 〔도〕에는 '그야말로 희한한 일이로군'으로 되어 있다. - 해제

입니다—는 아케치의 이름을 잘 알아 흔쾌하게 엔도의 방을 열어주었습니다. 엔도의 아버지가 고향에서 올라와 임시로 장례를 치른 게 겨우 오늘 오전이라 방 안에는 그의 짐이 아직 꾸려지지도 않은 채 그대로 놓여 있었습니다.

엔도의 시체가 발견된 것은 기타무라가 회사에 출근한 뒤였기 때문에 발견 당시의 상황을 잘 모르는 듯했는데, 사람들에게서 들은 이야기를 종합해 그는 꽤 자세하게 설명해주었습니다. 사부로도 마치 자기는 죽음과 상관없는 사람이라는 듯이 소문으로 들은 이야기를 주절주절 늘어놓았습니다.

아케치는 두 사람의 설명을 들으며 전문가다운 눈빛으로 방 안을 여기저기 둘러보았는데, 문득 책상 위에 놓인 자명종 시계를 보더니 뭔가 생각이 났는지 한동안 그걸 바라보았습니다. 아마 그 진귀한 장식이 아케치의 눈길을 끌었는지도 모를 일입니다.

"이건 자명종 시계로군요."

"그렇습니다."

기타무라가 수다스럽게 대답했다.

"엔도가 아끼던 물건이죠. 그 친구는 성실한 사람이라 매일 밤 기르지 않고 아침 6시에 울리도록 해두었죠. 저 같은 경우에는 늘 옆방에서 울리는 벨소리에 잠이 깰 정도였습니다. 엔도가 죽은 날도 마찬가지였습니다. 그날 아침에도 역시 같은 시각에 울리더군요. 그래서 설마 그런 일이 일어났을 줄은 상상도 하지 못했습니다."

그 말을 듣더니 아케치는 길게 늘어뜨린 머리카락을 손가락으로 대충 쓸어 넘기면서 왠지 무척 흥분된 표정을 지었습니다.

"그날 아침에 자명종이 울렸다는 게 틀림없나요?"

"예, 그건 틀림없습니다."

"그 이야기를 경찰에 하셨습니까?"

"아뇨……. 그런데 왜 그런 걸 묻죠?"

"왜냐고요? 이상하지 않습니까? 그날 밤에 자살하려고 결심한 사람이 다음 날 아침 자명종 울릴 시각을 맞춰놓았다는 게."

"그렇군요. 그러고 보니 이상하네요."

기타무라는 멍청하게도 여태 그 사실을 깨닫지 못했던 모양입니다. 그래서 아케치가 하는 말이 무슨 의미인지도 아직 제대로 이해하지 못한 듯했습니다. 하지만 그건 결코 무리가 아닙니다. 문을 안에서 잠그고, 독약이 들었던 병이 시체 옆에 떨어져 있었으며 기타 모든 정황이 엔도는 틀림없이 자살한 거라고 이야기하고 있었으니까요.

하지만 이 대화를 들은 사부로는 깜짝 놀라 마치 땅바닥이 쑥 꺼지는 느낌이 들었습니다. 그리고 왜 아케치를 이곳에 데리고 왔는지, 자신의 어리석음을 후회하지 않을 수 없었습니다.

아케치는 그때부터 방 안을 더 꼼꼼히 살피기 시작했습니다. 물론 천장도 그냥 지나칠 리 없었죠. 아케치는 천장 판자를 한 장씩 모두 두드려보고 사람이 드나든 흔적이 없는지 살폈습니다. 하지만 사부로에게는 다행히도 그 유명한 아케치도 옹이구멍으로 독약을 떨어뜨리고 그 구멍을 원래대로 막아둔 새로운 수법은 눈치채지 못했는지 천장 판자가 한 장도 벗겨지지 않는 걸 확인하더니 더는 파고들지 않았습니다.

그날은 결국 이렇다 할 발견 없이 끝났습니다. 아케치는 엔도의 방을 다 본 뒤 다시 사부로의 방으로 돌아와 잠시 잡담을 나누고 별일 없이 돌아갔습니다. 다만 잡담하던 중에 이런 질문이 있었다는 걸 빼먹으면 안 되겠군요. 왜냐하면 이건 얼핏 아주 하찮게 보이지만 사실은 이 이야기의 결말과 가장 중대한 연관이 있기 때문이죠.

그때 아케치는 소맷자락 안에서 꺼낸 에어십[33]에 불을 붙이면서 문득 생각이 났다는 듯이 이런 소리를 했다.

"자네, 아까부터 담배를 전혀 피우지 않던데, 끊은 건가?"

그러고 보니 정말 사부로는 요 2, 3일 사이에 그토록 좋아하던 담배를 까맣게 잊고 한 대도 피우지 않았다.

"이상하군. 깜빡 까먹었어. 게다가 자네가 그렇게 피우는 걸 보면서도 전혀 당기지 않네."

"언제부터?"

"생각해보니 벌써 2, 3일 피우지 않은 것 같아. 아, 참. 여기 있는 시키시마[34]를 산 게 틀림없이 일요일이었으니 벌써 만 사흘 동안 한 개비도 피우지 않은 셈이로군. 대체 왜 그랬을까?"

"그럼 정확하게 엔도가 죽은 날부터네."

그 말을 듣고 사부로는 그만 깜짝 놀라고 말았습니다. 그러나 설마

33 1903년부터 1939년까지 판매된 담배. – 역주
34 1903년부터 1943년까지 판매한 담배. – 역주

엔도의 죽음과 그가 담배를 피우지 않는 이유 사이에 인과관계가 있을 거라고는 생각하지 않을 테니 그때는 대충 웃어넘기고 말았습니다. 하지만 나중에 다시 생각해보니 그건 결코 웃어넘길 만한, 무의미한 일이 아니었습니다. 그리고 사부로는 그 뒤에도 계속 담배 생각이 나지 않았습니다.

8

사부로는 한동안 그 자명종 시계 문제가 왠지 마음에 걸려 밤에도 잠을 푹 자지 못했습니다. 설사 엔도가 자살한 게 아니라는 사실이 밝혀진다 해도 사부로가 범인으로 의심받을 증거는 하나도 없을 테니 그리 걱정하지 않아도 괜찮지만, 그래도 그걸 알아내는 게 아케치라면 좀처럼 마음을 놓을 수 없는 노릇입니다.

그런데 그로부터 보름 동안은 아무 일도 없이 흘러갔습니다. 걱정하던 아케치도 그 뒤 전혀 찾아오지 않았습니다.

"에구구, 이제 드디어 대단원의 막이 내린 건가?"

그제야 사부로는 마음이 놓였습니다. 이따금 무서운 꿈에 시달리는 일은 있어도 대개 즐거운 나날을 보낼 수 있었습니다. 특히 사부로를 기쁘게 해준 것은 그 살인죄를 저지른 뒤에 여태 전혀 흥미를 느끼지 못했던 이런저런 놀이가 이상하게 재미있어졌다는 사실입니다. 그래서 요즘은 매일 집 밖으로 나가 놀러 다녔습니다.

그날도 사부로는 밖에서 밤이 이슥하도록 돌아다니다가 10시쯤에 집으로 돌아왔습니다. 잠자리에 들기 위해 이부자리를 꺼내려고 아무 생각 없이 벽장문을 쑥 열었을 때였습니다.

"으앗!"

사부로는 갑자기 무서운 비명을 지르며 두세 걸음 뒤로 비틀거리며 물러섰습니다.

꿈을 꾸었던 걸까요? 아니면 정신이 이상해진 걸까요? 벽장 안에는 이미 죽은 엔도의 머리가 머리카락을 흐트러뜨린 채로 어두컴컴한 천장 위에 거꾸로 매달려 있었던 겁니다.

사부로는 일단 도망치려고 문 앞까지 갔지만 뭔가 다른 걸 잘못 본 게 아닐까 하는 생각도 들어 조심조심 되돌아와 다시 벽장 안을 슬쩍 들여다보았습니다. 그랬더니 잘못 보기는커녕, 이번에는 그 머리가 갑자기 빙긋 웃는 것 아니겠습니까?

사부로는 다시 으악 하고 소리를 지르며 단숨에 입구까지 달려가 문을 열고 당장 밖으로 뛰쳐나가려고 했습니다.

"고다, 고다 사부로."

그런데 벽장 안의 그 머리가 사부로의 이름을 부르기 시작했습니다.

"나야, 나라니까. 도망치지 않아도 돼."

그건 엔도의 목소리가 아니라 아무래도 귀에 익은 다른 사람 목소리였기 때문에 사부로는 도망치던 걸음을 멈추고 머뭇머뭇 뒤를 돌아보았습니다.

"미안. 미안."

그러면서 전에 사부로가 자주 그랬듯이 벽장 천장에서 내려온 사람은 뜻밖에 그 아케치 고고로였습니다.

"놀라게 해서 미안해."

벽장에서 나온 양복 차림의 아케치가 빙긋빙긋 웃으며 말했습니다.

"잠깐 자네 흉내를 내보았어."

그건 사실 유령 따위보다 훨씬 현실적인, 더 무서운 사실이었습니다. 아케치는 틀림없이 모든 걸 눈치채고 만 게 틀림없었습니다.

이때 사부로의 심정은 그야말로 뭐라고 표현할 길이 없었습니다. 머릿속에서 모든 게 바람개비처럼 빙빙 돌아 아예 아무 생각도 나지 않는 것과 마찬가지라, 그냥 멍하니 아케치의 얼굴만 바라볼 수밖에 없었습니다.

"성급한 질문이지만 이거 자네 셔츠 단추일 테지?"

아케치는 무척 사무적인 말투로 입을 열었습니다. 손에 든 작은 단추[35]를 사부로에게 내밀었습니다.

"다른 하숙인들에게 물어보았더니 다들 이런 단추를 잃어버린 사람이 없더군. 아아, 자네 셔츠에서 떨어진 게 맞네. 그 두 번째 단추가 떨어졌잖아?"

깜짝 놀라 가슴을 보니 정말 단추 하나가 떨어져 있었습니다. 사부로는 그게 언제 떨어졌는지 전혀 알지 못했습니다.

"생긴 것도 똑같고, 틀림없군.[36] 그런데 이 단추를 어디서 주었다고 생각하나? 천장 위야, 그것도 그 엔도라는 사람 방 바로 위."

---

35 '작은 단추'가 〔범〕, 〔도〕에는 '거무스름한 단추'로 되어 있다. - 해제

36 〔범〕, 〔도〕에는 '셔츠 단추치고는 아주 이상하게 생겼기 때문에 이건 자네 것이 틀림없군'으로 되어 있다. - 해제

도대체 사부로는 왜 단추 같은 걸 떨어뜨리고도 눈치채지 못했던 걸까요? 심지어 그때 손전등으로 충분히 살펴보지 않았나요?

"자네가 죽인 거 아닌가? 엔도라는 사람을?"

아케치는 순진한 표정으로 빙긋빙긋 웃으며—이런 경우 그게 더 기분 나쁘게 느껴지지만—시선을 어디다 두어야 할지 어쩔 줄 모르는 사부로의 눈을 들여다보며 결정타를 날리듯 말했습니다.

사부로는 이제 글렀다고 생각했습니다. 설사 아케치가 아무리 교묘한 추리를 해낸다고 하더라도 그저 추리일 뿐이라면 얼마든지 항변할 여지가 있습니다. 그렇지만 이렇게 뜻하지 않은 증거물을 들이대니 도무지 방법이 없었습니다.

사부로는 당장에라도 울음을 터뜨리려는 아이 같은 표정으로 말없이 한참을 멍하니 서 있었습니다. 가끔 뿌옇게 흐려지는 시야에는 묘하게도 아득한 옛날, 예를 들면 소학교 시절에 있었던 일 같은 게 환각처럼 떠오르기도 했습니다.

그로부터 두 시간쯤 지난 뒤, 두 사람은 그 긴 시간 동안 원래 상태 그대로 거의 자세도 흐트러뜨리지 않고 사부로의 방에서 마주하고 있었습니다.

"고맙군, 사실대로 밝혀줘서."

마지막에 아케치가 말했습니다.

"난 결코 자네를 경찰에 신고하거나 하지 않을 거야. 그저 내 판단이 맞았는지 어떤지, 그걸 확인하고 싶었을 뿐이지. 그다음 문제는 어떻게 되건 상관없어. 그리고 이 범죄에는 증거가 하나도 없고. 셔츠 단추? 하하……, 그건 내 트릭이었어. 뭐라도 증거물이 없으면 자네가 인정하지 않을 거라고 생각했지. 지난번에 자네를 찾아왔을 때 두 번째 단추가 떨어졌다는 걸 알았지. 그래서 그걸 잠깐 이용해 본 거야. 뭐 이건 내가 단추가게에서 사 온 거고. 단추가 언제 떨어졌는지는 누구나 잘 알아차리지 못하고, 게다가 자넨 흥분한 상태였기 때문에 아마 쉽게 먹혀들 거라고 생각했지.

내가 엔도라는 사람이 자살한 게 아니라고 의심하기 시작한 건 자네도 알다시피 그 자명종 시계 때문이야. 그 뒤에 이곳 관할 경찰서장을 찾아가 현장에 나왔던 형사 한 명에게 자세한 당시 상황을 들을 수 있었지. 그 이야기에 따르면 모르핀 병이 담배상자 안에 떨어져 있었고, 그 내용물은 담뱃잎에 쏟아졌다더군. 경찰들은 그것에 별로 신경을 쓰지 않은 모양이지만 가만히 생각하면 묘하지 않은가?[37] 듣자 하니 엔도라는 사람은 아주 꼼꼼한 남자라던데, 이부자리에 들어가 죽을 준비까지 한 사람이 독약 병을 담배상자 안에 던져 넣었을 뿐 아니라 그 내용물까지 흘러나왔다는 건 아무래도 부자연스럽지 않은가?

그런데 내가 더욱 의심하게 된 이유가 있어. 엔도가 죽은 날부터 자네가 담배를 피우지 않는다는 사실을 우연히 알게 된 거지. 그 두 가지 사실이 우연의 일치라고 하기는 좀 이상하지 않은가? 그러자

37 '경찰들은~묘하지 않은가?'가 〔범〕, 〔도〕에는 없다. - 해제

전에 자네가 범죄 흉내를 내며 즐거워하던 모습이 떠오르더군. 자네는 변태적이라고 할 만큼 범죄를 좋아하는 취미가 있었지.

그때부터 나는 이 하숙에 자주 드나들면서 자네 몰래 엔도의 방을 살펴보았어. 그리고 범인의 통로는 천장뿐이라는 사실을 깨달았고, 자네가 말하는 그 '천장 위의 산책'을 이용해 하숙인들을 살펴보기로 했어. 특히 자네 방 위에서는 자주 오래 웅크리고 앉아 있었네. 그렇게 자네의 안절부절못하는 모습을 모두 엿보고 말았던 거야.

조사하면 할수록 모든 정황이 자네가 범인이라고 가리키더군. 하지만 안타깝게도 확증은 하나도 없는 거야. 그래서 그런 연극을 했던 걸세. 하하하하하하. 그럼 나는 이만 실례하지. 아마 다시 볼일은 없겠군. 왜냐고? 그야 자네는 틀림없이 자수를 결심했을 테니까."

사부로는 아케치의 트릭에 대해 이미 아무런 감정도 느끼지 못했습니다. 아케치가 돌아가는 것도 모르는 표정으로 '사형을 당할 때는 대체 기분이 어떨까'를 멍하니 생각했습니다.

그는 독약 병을 옹이구멍에 떨어뜨렸을 때, 그게 어디로 떨어졌는지 보지 못한 줄 알았지만 사실은 담뱃잎에 독약이 쏟아지는 모습까지 또렷하게 보았던 겁니다. 그래서 그 장면이 의식 깊숙한 곳에 가라앉아 무의식적으로 담배 생각이 나지 않게 만들고 말았던 겁니다.

자작 해설

* 트릭에 대해 언급하는 부분이 있으니 주의하시기 바랍니다.

| 〈그 작품 이 작품(무대 뒤 이야기(楽屋噺))〉에서

〈천장 위의 산책자〉는 〈붉은 방〉을 쓴 지 4개월 지난 뒤인 1925년 6월에 썼습니다. 이 작품도 소재가 떨어져 무척 고민하다가 썼습니다. 원고를 마쳤을 때는 완전히 풀이 죽어 이제 나는 글렀구나, 하고 슬퍼했는데 뜻밖에 호평을 받아 다시 기분이 좋아져 다음 소설을 쓰기 시작했던 기억이 납니다.

다른 분들은 어떤지 몰라도 나는 내가 쓴 작품에 대해서는 도무지 판단이 서지 않아 이 작품은 잘 썼다고 생각한 적이 한 번도 없습니다. 아주 한심한 일이라고 생각하죠. (겸손이 아닙니다.) 그리고 발표한 뒤에 남이 칭찬해주면 잘 썼나보다 생각하고, 비판을 받으면 좋지 않은 작품이라고 확신합니다. 즉 자신감이 제로인 셈이죠. 그렇다고 세상의 흐름에 영합하려고 쓰지도 않습니다. 늘 내가 쓰고 싶은 것을 씁니다. 다만 잘 썼느냐, 못 썼느냐, 재미있느냐를 확실하게 모른다는 겁니다. 늘 잘 못 썼다고 생각합니다. 그래서 아무도 칭찬해주지 않으면 항상 풀이 죽어 지내는 남자입니다. 이런 엉뚱하게 부끄러운 이야기를 하고 말았군요.

이 작품을 쓰던 무렵은 마침 중태에 빠진 아버지를 의사가 포기하는 바람에 산속에 들어가 스님인지 신선인지를 신앙의 대상으로 삼은 듯한 때라 느긋하게 소설 같은 걸 쓰고 있을 심정이 아니었습니다. 아버지는 후두암이었는데 이미 도저히 치료가 불가능한 상태였습니다. 산속이라고 했는데, 미에 현에 있는 세키라는 역에서 오우미 지방 경계 쪽으로 올라간 곳으로, 나무꾼 말고는 아무도 지나다니지 않을 만큼 쓸쓸한 곳이었습니다. 마을길인지 지방도로인지 몰라도 돌이 많은 깨끗한 물이 흐르는 개울을 따라 도로가 나 있었습니다. 그 길을 따라가면 자연 침식 때문에 생긴 것 같은 바위산 사당이 있었죠. 작은 집 한 채 정도 크기의 동굴로 그 안에 신을 모시고 있었습니다. 흰옷을 입은 스님이 그 시중을 드는데 멀리서 온 불치병 환자를 낫게 한다는 곳이었습니다.

아버지는 그 물이 깨끗한 개울 옆에 병을 고치러 온 신자가 지었다는 작은 집(빈집이 되었으니 당연히 그 신자는 신앙의 보람도 없이 세상을 뜨고 말았을 것입니다)을 사들여 어머니와 둘이서 궁색하게 지냈습니다. 나는 가끔 오사카에서 그곳을 찾아 쇠약해진 아버지를 보러 가야 했습니다.

마감은 다가오는데 소설은 써지지 않고, 아버지 병문안은 해야 하는 애타는 가슴을 안고 〈천장 위〉 소설을 썼습니다. 마침 아버지에게 볼일이 있어 산속 작은 오두막에 가 있던 때가 마감일이라 그곳 낡은 다다미에 엎드려 소설의 마지막 부분을 썼습니다. 물론 마감 시간에 쫓겨 엉망이었죠. 그리고 뭐라 말로 표현하기 어려운 찜찜한 기분으로 완성된 원고를 가지고 세키 역까지 먼 길을 걸어가 우체국에서 부쳤습니다.

아버지는 포기가 빠른 양반이었기 때문에 그렇게 지내는 사이에 느긋해지셨습니다. 어차피 죽을 거라면 이처럼 경치 좋고 조용한 곳이 낫지, 하는 생각이셨던 모양입니다. 흰옷을 입은 스님은 그곳 신앙의 보물이라며 오래된 쇠로 만든 거울을 신줏단지 모시듯 했습니다. 그 거울 뒷면에는 '나무아미타불'이라는 글자가 새겨져 있어 거울 표면에 햇빛을 받아 흰 벽에 반사시키면 이상하게 뒤에 새겨진 글자가 그 안에 또렷하게 희게 비치는 겁니다. 이건 거울 표면을 닦을 때마다 뒷면의 글자가 새겨진 부분만 닳아서 줄어드는 정도가 다르기 때문에 그냥 볼 때는 몰라도 그 미세한 표면의 요철이 햇빛을 반사시키면 또렷하게 차이가 드러나 과학적으로 설명할 수 있는 현상입니다. 하지만 처음 보면 누구나 잠깐 신기하다는 느낌을 받습니다. 흰옷을 입은 스님은 그걸 아는지 모르는지 신자의 마음을 사로잡는 수단으로 거울을 이용했습니다. 그 스님은 한 달에 한 번 정도 그 거울을 꺼내어 몸을 정결하게 한 뒤, 칼을 뽑아 악마를 물리치는 기도를 하고 나서 엄숙하게 거울을 반사시켜 보여주었습니다. 나는 병든 아버지와 함께 그 모습을 구경했습니다(훗날 이 경험을 섞어 넣어 〈지옥 거울〉을 쓰게 됩니다).

자, 〈천장 위〉 이야기로 돌아갑니다. 천장의 옹이구멍이라는 아이디어는 소설을 쓰기 한두 해 전부터 마음속에서 이미 꿈틀거리고 있었기 때문에 처음에는 다음과 같은 줄거리를 생각했습니다. 그런데 글이 잘 써지지 않아 그대로 두었던 거죠. 그 줄거리란 이런 식이었습니다.

'입구 없는 방'의 일종으로, 어떤 인물이 숙소나 어디에서 문단속이 잘 된 방 안에서 총탄에 맞았지만 범인이 숨어든 흔적은 물론 총을 쏠 틈새도 전혀 발견되지 않는다. 자살은 아닌데 현장에서는 총기가 발견되지 않는다. 얼핏 보면 불가능한 수수께끼 같은 사건이다. 그리고 비밀은 범인이 그 집 대청소를 거들 때 2층 다다미를 들어 올렸다가 우연히 그 2층 바닥 판자에 옹이구멍이 있고, 그 옹이구멍 바로 아래, 그러니까 아래층 천장 판자에 옹이구멍이 또 하나 있어 두 옹이구멍을 통해 아래층 방이 내려다보인다는 사실을 발견한다. 그래서 그 우연한 발견을 이용해 피해자가 두 개의 옹이구멍을 연결한 수직선 아래서 자고 있을 때 슬쩍 2층 다다미를 들어 올리고 권총을 쏜다.

이런 식의 줄거리였습니다. 그렇지만 이건 아무래도 이상했습니다. 공식으로 따지면 재미있지만 어떻게든 실제로 이야기를 만들어야 되기 때문에 그냥 미뤄두었습니다. 그러다 소재가 떨어졌고, 미련이 남기도 해서 고민 끝에 조금씩 변형시켜 결국 〈천장 위〉가 만들어진 셈입니다.

쓰기로 마음을 먹은 것은 원래 생각했던 줄거리와 벽장 속에 누워 있는 이상한 남자의 생활을 결합시키자는 생각이 떠올랐을 때였습니다. 이상한 남자란 바로 나 자신입니다. 옛날 스물네댓 살 때

도바에 있는 조선소에 근무한 적이 있습니다. 그때 회사 근무에 싫증이 나 독신자 기숙사 내 방 벽장 안에 틀어박혀 회사가 눈치채지 못하도록 문을 닫아걸고 그 캄캄한 벽장 안에서 '아인잠카이트(die Einsamkeit)'[38]니 하는 낙서를 하며 말똥말똥 누워 있었습니다. 그러다가 나 같은 남자가 병이 깊어져 벽장에서 천장으로 은신처를 옮기고, 천장 위는 넓으니 거기를 산책하기 시작하면 무척 재미있겠다, 라는 식으로 내 경험과 천장 옹이구멍 이야기를 조금씩 접근시켜갔던 겁니다.

그런데 그때까지만 해도 나는 천장 위라는 공간을 한 번도 본 적이 없었습니다. 그래서 오사카에 있는 우리 집 천장을 두드리고 돌아다니며 못질이 되어 있지 않은 곳을 찾았습니다. 그랬더니 아마 전등 공사를 위해 드나드는 통로인지 마침 도코노마 쪽 천장에 밀어보니 슬쩍 들리는 것이었습니다. 그러면서도 살짝 무거운 느낌이 들어 약간 기분이 나빠 다시 밀었습니다. 그랬더니 덜컹하고 소리가 났는데 판자 위에 있던 누름돌이 밀려난 모양이었습니다. 그때의 기분을 어느 정도 과장해서 그대로 소설에 사용했습니다. 그렇게 판자를 들어내고 머리만 어두운 천장 안으로 들이밀고 둘러보니 아, 이 풍경은 그냥 버리기 아까웠습니다. 나는 그 천장 위의 경치를 반 시간 가까이 즐겼는데 그 장면이 소설에서는 길게 묘사되어 있습니다.

옹이구멍으로 독약을 떨어뜨리는 장면은 무척 비난을 받았습니

38 독일어로 은둔, 고독, 외로움 등을 의미한다. – 역주

다. 그 부분은 작가로서도 곤란하다고 생각해 옹이구멍과 피해자의 입이 수직선상에 오는 우연을 마련하거나 팬티 끈으로 눈대중한다는 등 애써 설명을 덧붙였습니다. 또 독약 자체에 대해서도 여러 가지 문제를 지적해주신 분이 있었습니다. 일반적으로 판매하는 모르핀은 흰색 분말인데, 내가 쓴 것은 모르핀은 모르핀인데 일반적으로 쓰는 것과 다르다거나, 모르핀 겨우 몇 방울로 사람을 죽일 수 없다거나 하는 지적이었습니다. 물론 이 부분은 틀림없이 내 잘못입니다. 왜 그랬냐 하면 그때 나는 일본약국법을 이리저리 뒤져 모르핀의 색과 형태, 치사량 등을 알아냈기 때문에 짙은 용액 대여섯 방울이면 충분히 치사량에 이를 거라고 짐작했습니다. 어쨌든 책을 통해 얻은 지식이기 때문에 자신은 없습니다.

1929년 7월

|| 이와타니쇼텐판 《애벌레》의 후기에서

〈천장 위의 산책자〉는 1925년 8월 증간호 《신세이넨》에 발표한 작품이다. 남들에게 보이는 모습을 의식할 때와 아무도 보는 이 없이 혼자 있을 때 인간은 전혀 다른 표정과 태도를 보인다고 하는 사실, 이것을 과장해서 생각하면 이상한 공포감을 느끼게 된다. 아무도 보지 않는다고 생각하고 멋대로 행동하는 사람을 살짝 엿보는 일은 엿보는 쪽에게나 당하는 쪽에게나 피차 무서운 일이다. 그 공포와 천장 위에서 발견한 풍경, 불가능에 가까운 살인 수법을 조합해 이 소설을 썼다. 하지만 불가능해 보이는 살인에 대한 부분은 부수적인 것이 되어 결국 다른 분위기가 더 위로 드러난 작품이 되고 말았다.

1950년 2월

Ⅲ 가와데쇼보판 《탐정소설 명작 전집 1》의 '해설'에서

이 소설은 내가 청년 시절 미에 현 도바 조선소에 근무할 당시, 독신자 기숙사에서 출근하지 않고 낮에도 벽장 안 위 칸에 이부자리를 깔고 누워 지내던 경험과 오사카 부근 모리구치에 설던 무렵 벽장 천장의 판자를 벗겨내고 천장 위로 올라가본 경험을 바탕으로 썼다. 천장 위를 산책한다는 착상 자체에 매력을 느껴 쓰다 보니, 그런 쪽 묘사가 중심이 되어 범죄의 진실이 드러나는 논리성은 어색해지고 말았다. 논리 탐정소설로는 불합격일지도 모르겠다.

1956년 7월

Ⅳ 도겐샤판 《에도가와 란포 전집》의 '후기'에서

《신세이넨》 1925년 8월 증간호에 발표했다. 이른바 초기 단편에 속하는 작품이기 때문에 〈인간 의자〉 같은 소설과 함께 기발한 착상이라고 호평을 받았다. 당시 비평가인 히라바야시 하쓰노스케 씨는 자기 집 천장 위를 걸어 다닌 체험을 소설로 쓴 작가는 동서고금 유례가 없을 거라며 내가 이상한 작가라고 강조했다. 그런 의미에서 오래된 독자의 기억에 남은 작품 가운데 하나이기 때문에 내 대표작 단편집에는 늘 들어가는 작품이다. 하지만 영역 단편에는 넣지 않았다. 서양인에게는 천장 위라고 하는 공간이 이해가 되지 않는 것 같다고 생각했기 때문이다.[39]

1962년 6월

---

39 실제로 나중에 영어로 번역될 때 〈다락방의 스토커(The Stalker in the Attic)〉라고 영역, 천장 위를 '다락방'으로 해석했다. - 역주

江戸川乱歩1 決定版

거미남

蜘 蛛 男

읽기 전에

〈거미남〉은 월간지 《고단쿠라부(講談俱楽部)》(다이닛폰유벤카이고단샤 〔초〕[1])에 1929년 8월부터 1930년 6월호까지 연재된 뒤 1930년 10월 다이닛폰유벤카이고단샤(〔고〕)에서 출간되었다. 이 책은 헤이본샤판 《에도가와 란포 전집》 제6권(1931년 11월 〔헤〕)을 저본으로 삼아 새로운 가나 표기법을 사용하여 초출, 신초샤(新潮社)판 《에도가와 란포 선집》 제8권(1939년 6월 〔신〕), 슌요도판 《에도가와 란포 전집》 제3권(1954년 12월 〔슌〕) 및 도겐샤판 《에도가와 란포 전집》 제3권(1961년 11월 〔도〕)과 대조하여 구두점이나 오자를 바로잡았다.

연재 7회 끝 부분에 '《거미남》 예찬'이란 제목 아래 야마나카 미네타로[2]가 〈악마에게 물려서〉란 글을, 오시타 우다루[3]가 〈근래의 일대 수확〉이라는 글을 게재했다. 초판본은 연재 때 중복된 부분을 조정한 것 이외에는 초출과 똑같다. 시작 부분에 '서문을 대신하여'라는

---

1 각 판본별 차이는 월간지 《고단쿠라부》에 연재된 초판본을 〔초〕로 표기하고, 나머지는 해당 출판사의 글자 일부를 따 〔고〕, 〔헤〕, 〔신〕, 〔슌〕, 〔도〕로 표기하여 각주에서 밝힌다.

2 山中峯太郎, 1885~1966. 군인, 기자 생활을 거쳐 소설가로 활동했다. 아서 코넌 도일, 에드거 앨런 포의 작품을 청소년 대상으로 번안, 번역하기도 했다. – 역주

3 大下宇陀児, 1896~1966. 추리소설가. 에도가와 란포, 고가 사부로와 함께 탐정소설을 대표하는 작가다. 1951년에 《돌 밑의 기억》으로 제4회 탐정작가클럽상(현재 일본추리작가협회상)을 수상했다. 에도가와 란포와 같은 묘원에 묻혔다. – 역주

아래와 같은 글이 있고 그다음에 수필 〈영화의 공포〉(1925)의 전체 문장이 인용되었다.

서문을 쓰려는데 마침 《거미남》이 연재된 《고단쿠라부》 편집자가 찾아와서 그에게 '도대체 이 소설 가운데 독자 여러분이나 편집국 사람들이 가장 재미있게 읽은 부분은 어디냐?'라고 물어보았다. 그러자 편집자는 잠시 고개를 갸웃거리더니 '그 영화 시사회에서 후지 요코가 피를 토하는 얼굴이 크게 찍힌 것 같은 게 제일 인기 있었던 모양입니다'라고 했다.

나는 평소 영화라는 것에 말로 표현하기 어려운 일종의 두려움을 느낀다. 자연히 《거미남》의 그 부분에도 그런 느낌이 드러났을 게 틀림없다. 그래서 내가 영화에 품은 두려움을 다음과 같이 이야기하고, 이 소설의 이른바 전주곡으로 삼고 싶다.

헤이본샤판은 문장 각 행의 끝에 있는 문장부호를 생략한 곳이 많다고 판단해 초출이나 초간본을 참고하여 보충했다. 슌요도판은 새로운 표기법(다만 히라가나의 요음과 촉음 구별은 없다)을 사용, 한자를 풀어 썼다. 자극적인 장면을 일부 빼기도 했다. 도겐샤판은 한자를 더 풀어 쓰거나 쉬운 한자로 바꾸었고 한자 발음을 더 많이 적었다. '상위 없다'를 '차이 없다'로, '순사'는 '경찰'로, '자동전화'는 '공중전화'로 일률적으로 고쳤으며 구두점을 보충했다. K촬영소의 K소장을 T소장으로 고쳤는데 일부 수정되지 않은 부분이 있다.

판본별 중요한 차이는 각주에 '해제'로 밝혔다.

거미남(蜘蛛男)[4]이라면 나이 지긋한 분들은 '아, 구경거리 거미남 말인가?' 하고 바로 알지도 모르겠다. 예전에 아사쿠사록쿠에 괴물 거미남이라는 구경거리가 있었다. 몸통 길이는 겨우 4촌[5] 남짓하며 팔이 가늘고 길며 다리는 오그라들어 짧아 그 모습이 거미를 똑 닮았다는 왠지 으스스한 느낌이 드는 불구자였다. 괜히 으스스한 느낌이 든다

4 거미남의 본명은 사토 유키치(佐藤勇吉)다. 길거리에서 재주를 부리며 공연하던 사람인데 1878년부터 도쿄에서 공연을 했다는 기록이 남아 있다. '생김새나 동작이 왠지 애교가 있고 기운이 넘쳐 쉰 목소리로 노래하고 춤을 주었다'고 한다. 〈오시에와 여행하는 남자〉에도 잠깐 언급되며, 〈눈먼 짐승〉에서는 '거미녀'가 언급되기도 한다. - 역주

▲《관물화보(觀物画譜)》에 실린 〈머리 7촌 5분, 몸길이 7촌, 사토 유키치. 52세〉. 사카이 에이키치가 52세의 사토 유키치를 그린 것으로 미국 해머 미술관에 소장되어 있다. - 역주

5 4촌은 12센티미터 남짓으로, 흔히 자그마하다는 뜻으로도 쓰인다. 실제로 거미남이 52세였던 1877년에 '머리 7촌 5분, 몸통 7촌'이었다는 기록도 있다. - 역주

는 점에서는 물론 이 이야기의 주인공도 그 괴물 못지않지만 작가의 뜻은 다른 곳에 있다.

거미라는 벌레는 털이 무성한 여덟 개의 다리를 이상하게 움직이는 모습만으로도 소름이 오싹 끼칠 만큼 으스스한데, 이 벌레는 그 본성도 실로 잔인하고 모질어 자기들끼리 잡아먹기 때문에 두 마리가 함께 살지 못한다. 부부 사이라도 수컷 거미는 암컷의 빈틈을 노려 나는 새처럼 덤벼들어 잽싸게 부부의 목적을 치르지만, 악독하고 잔인하기 짝이 없는 암컷 거미는 그 소중한 남편마저 방심한 틈을 타 으적으적 잡아먹고 만다. 모골이 송연해지는 괴물이다.

이 이야기에 등장하는 주인공은 잔혹하고 모질며 무시무시하기가 꼭 이 거미 같은 인물이라 (게다가 암거미 쪽을 닮았는데) 이른바 '거미남'으로 불린다.

두 번째 주인공은 두뇌 회전이 빠르고 행동이 날렵한 아마추어 탐정인데 이 이야기는 그 아마추어 탐정과 '거미남'의 깊은 원한이 얽힌 끝없는 투쟁을 기술하고자 한다.

13호실 임차인

Y초(물론 도쿄에 있다)에 간토 빌딩이라고, 개인이 경영하는 그리 크지 않은 임대사무실 건물이 있다. 어느 날 아침 그 빌딩 사무실에 어떤 멋진 신사가 들어왔다. 직원이 명함을 받아 들고 보니 '미술상, 이나가키 헤이조(稲垣平造)'라고 적혀 있었다.

이나가키 씨는 굵은 등나무 지팡이에 기대듯[6] 서서 흰 조끼의 가슴에 걸린 은빛 사슬을 만지작거리며 거만한 말투로 말했다.

"빈방이 있으면 빌리고 싶은데."

간토 빌딩은 위치도 좋고 임대료가 싸기 때문에 꽤 번창하지만 어떻게 된 일인지 세입자가 들어오지 않은 방이 딱 하나 있었다. 경영자는 신경이 잔뜩 날카로워져 13호라는 숫자가 문제인지도 모르겠다며 그 번호를 비우고 모든 방 번호를 바꿀까 하는 생각도 했었다. 지금도 오로지 13호실만 빈 상태다.

"13호."

반복해서 방 번호를 중얼거리며 이나가키 씨가 씩 묘한 웃음을 지었다.

---

6 '지팡이에 기대듯'이 〔도〕에는 '지팡이를 짚고'로 되어 있다. - 해제

"13호도 상관없어. 그럼 오늘 바로 짐을 옮기겠네."

그는 바로 물림쇠가 달린 두툼한 돈지갑을 열어 보증금과 한 달 치 임대료를 지불했다.

빌딩은 관공서가 아니기 때문에 임차인에 대한 신원조사도 하지 않고 호적등본도 요구하지 않을 뿐만 아니라 보증인마저 필요 없다. 그저 그럴듯한 풍채와 돈만 있으면 어디서 굴러온 말 뼈다귀인지 몰라도 아무 때나 방을 얻을 수 있다. 그렇다고 이나가키 씨가 말 뼈다귀라는 소리는 아니지만, 만에 하나 '미술상, 이나가키 헤이조'라고 적힌 그 명함이 완전히 가짜였다고 해도 아무도 의심할 일 없고 트집을 잡을 수도 없다.

영수증을 받고 사무실을 나온 이나가키 씨가 집으로 돌아가 이사 준비를 했는가 하면 결코 그렇지 않았다. 그는 어느 길모퉁이에서 자동전화[7]를 걸었다.

"아아, K가구점입니까? 나는 간토 빌딩 13호실 이나가키라는 사람인데 말입니다, 아주 급한 일이라서요. 물품을 그쪽에서 본 뒤에 고르고 싶지만 사무용 책상과 회전의자, 일반 의자 세 개, 그리고 대형 진열장 하나 부탁 좀 합시다. 가격은 알아서 하시고 바로 옮겨줘요. 물론 기성품도 괜찮아요. 값은 물건 받고 치를 테니까."

이런 식으로 K가구점 말고도 G미술상, S액자가게를 비롯해 기타

---

7 전화 교환원 없이 다이얼을 직접 돌리거나 눌러 바로 상대방에게 걸 수 있는 전화를 말한다. 일본은 1877년에 전화기를 수입해 국산화를 시작했고, 1890년에 교환원을 통한 전화 서비스를 시작했다. 여기에서는 공중전화로 이해하면 된다. - 역주

두세 곳에 더 바삐 전화를 걸어 빌린 사무실을 장식할 모든 물품을 하나도 빠짐없이 주문했다. 이나가키 씨는 이상한 미술상이었다. 한 번도 거래가 없는 미술상이나 액자가게에 자동전화로 주문한 물건을 판매할 모양이다. 그렇게 해서 대체 어떻게 이익을 내려고 하는 걸까. 참 이상한 상인도 다 있다.

간토 빌딩 13호실은 그날 오후 2시쯤 이미 번듯하게 꾸며졌다. 5, 6평가량 되는 실내의 사방 벽에는 크고 작은 유화나 판화가 걸렸고, 한쪽 구석에 자리를 잡은 커다란 유리 진열장에는 석고 흉상이나 발, 팔만 본뜬 조각상, 갖가지 색깔의 단지들이 잔뜩 장식되었다. 또 다른 한쪽 구석에는 흰 캔버스와 액자가 잔뜩 쌓여 있었다.

한복판에 커다란 책상을 놓고 그 주위에 의자 몇 개를 적당히 배치했다. 13호실 새 주인 이나가키 헤이조 씨는 책상 앞 회전의자에 떡하니 앉아서 책상 위에 놓인 편지지에 열심히 펜을 놀렸다. 그 모습은 마치 이 방에서 일한 지 1년도 넘는 듯했다.

그런데 여기서 잠깐 독자를 위해 이나가키 씨의 겉모습에 대해 기록해두고 싶다. 그렇다고 해서 특별히 이상한 모습은 아니다. 이상한 점으로 따지면 장사하는 사람답지 않게 커다란 콧수염과 삼각형으로 깎은 점잖은 턱수염 정도다. 하지만 요즘 구경하기 힘든 수염 모양은 마른 몸집에 훤칠한 40대 남성인 이나가키 씨에게 뭐랄까 영국 신사 같은 품격 있는 위엄을 부여하는 것만은 확실하다. 얼굴은 군살이 없는 갸름한 모양이고 살갗은 창백하며 숱이 많은 머리를 깔끔하게 빗어 넘겼지만 얼굴 전체 느낌에 비해 커다란 대모갑[8] 안경은 왠지 어울리지 않았다.

복장은 얇은 검정 서지 상의에 마로 지은 흰색 조끼, 가느다란 줄무늬 서지 바지로 수수한 편이었는데 이 또한 잘 어울렸다.

그런 풍채를 지닌 이나가키 씨가 책상에 앉아 계속 펜을 굴리고 있었다. 그때 똑똑 노크 소리가 나더니 벌써 누군가 찾아왔다.

"들어오세요."

이나가키 씨가 듣기 좋은 베이스 음성으로 말하자 머뭇머뭇 문이 열리고 그 틈새로 뜻밖에도 열일곱, 열여덟 살쯤 되는 어린 아가씨가 얼굴을 디밀었다.

"들어오세요."

다시 말하자 그제야 아가씨가 들어왔지만 입구와 책상 중간에 서서 머뭇거렸다. 옅은 색 서지에 빨간 무늬가 있는 하부타에(羽二重)[9]로 지은 오비를 둘렀다. 그리 아름답다고는 할 수 없어도 얌전해 보이는 아가씨다.

이나가키 씨가 답답하다는 듯이 손짓을 해 책상 앞으로 오라고 권

---

8 원문에는 거북껍질을 뜻하는 별갑(鼈甲)으로 되어 있지만 실제로는 대모갑을 지칭한다. 에도 시대에 귀한 대모갑을 장식용으로 쓰지 못하게 하면서, 실제로는 대모갑이지만 단속을 피하기 위해 별갑으로 불렀다고 한다. 대모갑은 바다거북의 일종인 대모(玳瑁)의 껍질로, 예로부터 장신구나 가구 장식에 사용했으며 빗, 안경테, 담뱃갑 등에 많이 쓰였다. 지금도 대모갑 안경테는 고가품에만 사용된다. – 역주

9 일본의 전통 직물. 19세기 말부터 서양으로 많이 수출되어 '하부타에 실크'라고 불린다. 가로와 세로로 엇갈려 짜는 방식으로 만드는데 세로 실을 두 가닥 넣기 때문에 다른 직물에 비해 빛이 난다고 한다. 이런 방식으로 짠 비단을 '광견(光絹)'이라고 부른다. – 역주

하자 아가씨는 두세 걸음 앞으로 다가온 다음 거기서 또 머뭇거리며 오비 사이에서 작은 쪽지를 꺼내더니 말했다.

"저어, 오늘 아침 신문을 보고 왔는데요."

아가씨는 그 쪽지를 책상 끄트머리에 살짝 놓았다.

쪽지는 신문에 실린 세 줄짜리 광고를 오려낸 것으로 거기에는 다음과 같은 문구가 인쇄되어 있었다.

> 여사무원 모집, 17~18세, 애교 있는 분.
> 미술상 접객 담당, 고액 급여, 오후 3시부터 5시까지 방문 면접.
> Y초 간토 빌딩 이나가키 미술점

그렇다면 이나가키 씨는 사무실을 얻기도 전에 떡하니 이런 신문광고를 냈던 걸로 보인다. 그는 간토 빌딩 13호실이 빈방이라는 사실을 이미 알았던 걸까? 이 사람이 일을 하는 방식은 하나부터 열까지 신식이다. 상품을 같은 업종 소매상에서 사들이거나 자동전화로 주문하기도 하고, 사무실을 얻기도 전에 신문광고를 내기도 하고. 뭔가 일반적인 상식에서 벗어난 듯 보이는데 이게 요즘 장사하는 방법인지도 모른다.

그건 그렇다고 치고, 잠시 이나가키 씨는 여사무원에 지원한 자그마한 아가씨를 유심히 관찰하더니 이윽고 무뚝뚝하게 말했다.

"딱하게 되었군요. 이 광고로 구하려던 사람은 조금 전 결정되었어요."

독자도 알다시피 이나가키 씨가 이곳에 이사 온 뒤로 이 아가씨가 첫 방문객이다. 그런데 이미 뽑을 사람이 결정되었다니 묘한 대답이 아닌가? 이 사람이 일하는 방식은 참으로 이상하다.

빈집

그로부터 폐점 시각인 5시까지 이나가키 미술점은 개업하자마자 오가는 사람들로 크게 붐볐다. 그래봤자 찾아온 사람은 단골손님이 아니라 그 여사무원직에 응모하려는 사람들뿐이었지만, 그래도 이나가키 씨는 아주 흡족하게 마치 즐거운 일이라고 하듯이 계속해서 찾아오는 젊은 아가씨들에게 똑같은 대답을 끈기 있게 반복했다.

"딱하게 되었군요. 이 광고로 구하려던 사람은 조금 전 결정되었어요."

하지만 마지막에 찾아온 아가씨만은 예외였다.

그 아가씨는 광고에 내건 조건대로 나이가 열일곱이나 열여덟에, 활달해 보이는 양장을 입었으며 둥근 모자를 눈 위까지 깊숙하게 쓰고 반짝반짝 빛나게 닦은 살구색 구두를 신었다.

이나가키 씨는 로이드안경 안쪽에서 눈을 가늘게 뜨고 (이 사람은 늘 졸린 듯 눈을 가늘게 뜨는 버릇이 있다. 그 눈이 활짝 커지면 어떻게 될지를 상상하면 으스스해질 정도였다) 책상 너머에 단정하게 서 있는 그 아가씨를 바라보았다. 마치 온몸을 샅샅이 핥기라도 하듯 훑어보았다.

아가씨가 어떻게 생겼는가 하면, 자그마한 편에 살집은 좋으면서도 꼭 껴안으면 하늘하늘 무너지고 말 듯한 느낌이 들었다. 얼굴은 건강한 갈색이고 강아지처럼 조심스러운, 그러나 자주 두리번거리는 눈과 위로 살짝 말려 올라간 꽃잎 같은 입술에 야무진 인중, 높지는 않지만 왠지 매력 있는 코가 특징이었다.

이나가키 씨는 잠시 그 아가씨를 바라본 뒤 비로소 다른 대답을 했다.

"이름은?"

"사토미 요시에(里見芳枝)라고 합니다."

아가씨는 전혀 수줍어하지 않고 오히려 제법 여자티를 내며 대답했다. 이나가키 씨는 안경 속 눈을 더욱 가늘게 떴다.

"접객 담당이라고 해도 내 가게에는 일하는 사람이 적어서 여러 가지 일을 해야만 합니다. 아시겠어요? 예를 들면 상품 정리라거나 장부 기록, 내 비서 같은 업무도 있고. 그 대신 급여는 주급으로 매주 15엔[10]씩 드립니다. 그런 조건인데 괜찮겠어요?"

"예, 괜찮습니다. 저 같은 사람이라도 괜찮다면 무슨 일이든 하겠습니다."

"그리고, 부모님은 알고 계시겠죠? 오늘 여기 온다고 말씀드리고 왔습니까?"

"아뇨. 부모님께는 아직 말씀드리지 않았어요. 오늘도 친구 집에 간다고 하고 나왔으니까. 하지만 제가 여기 취직이 되었다고 말씀드리면 부모님은 틀림없이 기뻐하실 거예요. 늘 제게 일하기를 권하셨

---

10 '15엔'이 〔슌〕에는 '5천 엔', 〔도〕에는 '15엔(지금의 6천 원 정도)'으로 되어 있다. – 해제 당시 일본 경찰 초임의 월급은 45엔이었다. – 역주

으니까."

그 말을 듣더니 이나가키 씨는 가느다란 눈으로 아가씨의 표정을 가만히 보다가 무슨 까닭인지 다짐을 받듯이 다시 같은 질문을 던졌다.

"아가씨가 오늘 여기 왔다는 걸 집에서는 아무도 모르는군요. 친구나 다른 사람에게는 이야기하지 않았나요?"

"아뇨, 아무에게도. 만약 채용되지 않으면 창피하잖아요."

"좋아요. 그럼 오늘부터 아가씨를 채용하기로 결정하겠습니다. 그런데 말이죠."

이나가키 씨가 잠깐 시계를 보더니 이렇게 말했다.

"이런, 벌써 5시로군. 5시면 늘 가게 문을 닫아요. 근무시간이 지났지만 내 집도 알아둘 겸, 그리고 집 창고에 있는 품목도 한 차례 훑어봐두면 좋겠는데. 괜찮다면 지금 함께 가지 않겠어요? 뭐 그리 멀지도 않고 자동차로 가니 문제없어요. 저녁 식사 전까지는 집에 돌아갈 수 있을 거예요."

"예."

사토미 요시에는 역시 조금 주저했지만 가게 주인의 나이도 그렇고 인품도 그렇고 믿어도 좋을 거라고 생각해 큰맘 먹고 대답했다.

"괜찮습니다. 가겠습니다."

"그럼 잠깐 먼저 밖에 나가서, 그렇지, 건너편 네거리에서 기다려요. 여기 정리하고 바로 갈 테니."

특별히 정리할 것도 없는데 이나가키 씨는 그런 구실을 붙여 요시에를 먼저 밖으로 내보냈다.

요시에는 꽤 괜찮은 직장을 얻었다는 기쁨 때문에 전혀 눈치채지 못했지만 이나가키 씨의 태도는 무척 이상했다. 이나가키 씨가 앞으로 보여줄 기괴하기 짝이 없는 행동에 비하면 이런 정도는 사실 아무것도 아니지만.

요시에가 네거리에서 기다리니 얼마 지나지 않아 자동차 한 대가 바로 앞으로 천천히 다가왔다.

"사토미 씨. 자, 어서 타세요."

보니 그 자동차 안에 이나가키 씨가 떡하니 앉아 있었다. 요시에는 묘한 사람이라는 생각을 했지만 느긋하게 생각할 여유도 없어 그대로 차에 올라탔다.

자동차는 Y초에서 동쪽을 향해 잠시 달리더니 료고쿠바시 근처 S초에서 멈췄다. 이나가키 씨는 "잠깐 거래처에 볼일이 있는데 내친김에 사토미 씨도 인사나 해두죠"라며 요시에를 차에서 내리게 하고 운전기사는 돌려보냈다. 그리고 좁은 뒷골목으로 들어가다가 불쑥 "이런, 깜빡했네. 지금 거기 주인이 여행 중이라 없는데. 내가 이거 오늘 어떻게 된 모양이로군"이라고 변명하면서 복잡한 골목을 여러 차례 꺾어 반대편 큰길로 나와 거기서 자동차를 잡았다. 그리고 이번에는 반대로 계속 서쪽으로 달리게 해서 올 때보다 곱절은 서쪽으로 가 고지마치 구[11]에 있는 R초에서 차를 세웠다. 사무실에서 나올 때 이미 5시가 지난 데다가 저리 갔다가 이리 오는 바람에 시간이 걸려 이때는 이

11 예전에 도쿄 도에 있었던 지역. 1947년 간다 구와 합쳐져 지요다 구가 되었다. - 역주

미 가로등이 켜져 있었다.

"많이 늦어졌지만 이제 다 왔어요."

이나가키 씨는 그렇게 말하며 자동차를 돌려보내더니 어느 쓸쓸한 골목으로 들어갔다. 그곳은 담벼락만 이어지는 조용한 주택가라 오가는 사람도 없고 처마나 대문에 내건 등도 적어 크고 시커먼 동굴에라도 들어가는 기분이 들었다.

"저, 집에서 걱정하는데……."

요시에는 이런 모험을 오히려 좋아하는 편이었지만 왠지 그때 문득 무섭다는 생각이 들어 그 동굴 같은 동네로 들어가기가 망설여졌다.

"이제 50미터도 남지 않았어요. 지금 여기서 돌아간다고 해도 마찬가지지. 모처럼 왔는데 잠깐 들렀다 가세요."

이나가키 씨는 아랑곳하지 않고 성큼성큼 앞장서서 걸어갔다. 요시에는 어지간한 경우라면 대수롭지 않게 여기거나, 그렇지 않을 때는 대부분 자포자기하고 모험을 하는 아가씨였지만 이날 밤 심정은 딱 그 중간 정도였다. 하지만 한편으로 적지 않게 호기심이 불타올라 그 서양인 같은 40대 남자를 따라갔다.

이나가키 씨가 말한 대로 50미터쯤 가니 커다란 저택 두 채 사이에 낀 중류주택이라고 부르는 자그마한 집이 보였다. 문에는 등도 달리지 않았고 어두워서 문패도 보이지 않았다. 이나가키 씨는 그 집 미닫이문을 드르륵 열고 캄캄한 집 안으로 들어갔다.

"집사람이 어디 나간 모양이네요. 조심성 없기는. 이렇게 문을 열어놓고."

그런 소리를 하면서 이나가키 씨가 캄캄한 어둠 속에서 부스럭거리자 이윽고 현관 전등이 환하게 켜졌다. 문에서 한 칸 떨어진 곳에 바로 현관 격자문이 달려 있고, 그 안쪽에 두 장짜리 장지문이 보였다. 두 평도 안 되는 현관 앞 공간에서 이나가키 씨가 계속 손짓하는 모습이 보였다.

요시에는 자기 고용주의 집이 의외로 초라해 어이가 없었다. 이나가키 씨의 부인은 공동주택 여자들처럼 문단속도 않고 외출하는 걸까? 게다가 도우미도 없는 모양인지 귀가한 가장이 몸소 현관 전등을 켜다니. 이래서야 내 급여가 제대로 나오기나 할까. 이런 생각이 들어 매우 불안했다.

네 평이 채 안 되는 거실로 안내되어 방석도 없는 다다미 위에 앉았을 때는 불안을 넘어 말로 표현할 수 없는 공포가 밀려들기 시작했다. 이나가키 씨가 산다는 이 집은 평소 아무도 살지 않는 빈집 같았기 때문이다. 집 안을 둘러보아도 옷장도 없고 책상도 없다. 현관 봉당에는 게다 한 켤레 보이지 않았고 무엇보다 도코노마가 텅 비어 족자도 없고 장식물도 없다는 점은 아무래도 이상했다. 이런 방 안 모습을 보면 부인이 외출했다는 말도 뻔한 속임수가 틀림없다.

"깜짝 놀랐군요."

이나가키 씨는 불안해하는 요시에의 표정을 보더니 한껏 히죽히죽 웃으며 말했다.

"사실 여긴 내 집도 아니고 아무것도 아니에요. 그냥 빈집이지. 자물쇠는 미리 풀어놓았고 전등은 전구를 준비해 언제든 켤 수 있게 해두었죠. 놀랐어요? 하지만 설마 이제 와서 비명을 지른다거나 도망치는 그런 촌스러운 짓은 않겠죠. 하기야 소리를 질러본들 이웃은 엄청나게 큰 저택이라 여기는 외딴집이나 마찬가지죠. 도망치려고 해도 이미 내가 다 문단속을 했기 때문에 사토미 씨처럼 연약한 몸으로는 빠져나갈 수 없어요.[12] 알겠죠? 사토미 씨는 영리하니까 이럴 때 어떻게 해야, 어떤 태도를 취해야 자신에게 가장 유리한지 잘 알 거예요. 난 나쁜 남자예요. 세상에서 이야기하는 악인 부류에 속하는 남자죠. 그러니 당신이 지금 불리한 상황에서 내게 반항한다면 그건 내 예상대로 들어맞는 꼴이라는 겁니다. 자, 무슨 말인지 알았죠? 그러니까 말이죠, 역시 나는 이나가키 미술점 주인이고 사토미 씨는 직원, 그리고 여기는 사장의 집이라고 생각하고 쓸데없는 말씨름이나 반목을 삼가면서 유쾌한 마음으로 이야기를 나누지 않겠어요? 자, 알겠죠?"

그 말을 듣자 요시에의 입술에서 핏기가 사라졌다. 하지만 재빨리 당황한 기색을 숨겼다. 그리고 속으로는 공포에 벌벌 떨면서도 겉으로는 자못 태연한 척하며 말했다.

"그런데 왜 이런 이상한 빈집에 와야 했던 거죠?"

"대단해. 사토미 씨는 역시 영리하군. 나도 마음이 놓여요. 지금 말씀은 이런 빈집 말고, 왜 찻집이나 호텔을 고르지 않았느냐, 이런 질

---

12 '하지만 설마~빠져나갈 수 없어요'가 〔신〕에는 없다. - 해제

문으로 알아들어도 지장이 없겠죠. ……하지만 이런 한적한 집을 고른 데는 특별한 이유가 있어요. 그 이유는 바로 알게 될 테지만 말이에요."[13]

이나가키 씨는 여전히 신사적인 태도로 마치 잡담이라도 나누듯 아주 부드러운 말투로 말했다. 하지만 그 말투가 상대방에게는 어떤 난폭한 말보다 더 으스스하고 무섭게 느껴진다는 사실을 빤히 알고 있는 듯했다.

---

13 '그러니 당신이 지금 불리한 상황에서 내게 반항한다면~그 이유는 바로 알게 될 테지만 말이에요'가 〔신〕에는 없다. - 해제

욕조의 거미

"내 집 창고를 보겠다고 약속했죠? 하지만 안타깝게도 이 빈집에는 창고가 없으니 대신 좋은 걸 보여주죠. 욕실이에요. 이 작은 집에는 어울리지 않게 번듯한 욕실이 있죠."

이나가키 씨는 무슨 속셈인지 그런 소리를 하고 방 밖에 있는 툇마루를 지나 캄캄한 안쪽으로 들어갔다. 잠시 후 그쪽이 환해졌다. 욕실 전등을 켠 것이다.

요시에는 결코 정조를 무시할 만큼 닳아빠진 여자가 아니었고, 이런 경우 다른 아가씨가 어떤 태도를 취하는지도 잘 알았다. 하지만 영리한 요시에는 이제는 아무리 발버둥 친다고 해도 아무 소용없을 거라는 사실을 이미 깨달았다. 요시에는 옛날 여자처럼 죽음을 무릅쓰고 몸을 지킬 만큼 결벽이 심하지도 않았기 때문에 어차피 글렀다면 차라리 기죽지 않는 편이 낫겠다는 심정이 되었다. 그러자 어지간한 남자는 대수롭지 않게 여기는 기분이 뭉게뭉게 피어올랐다.[14]

"어머, 깔끔한 욕조네요."

요시에는 그쪽으로 가서 욕실을 들여다보더니 태연히 이렇게 말했

14 이 문단 전체가 (신)에는 없다. - 해제

다. 하지만 역시 속으로 생각한 만큼 배짱 있는 말투는 나오지 않았다.

"그렇죠? 여기만은 어제 내가 깔끔하게 청소했으니까. 하지만 물은 끓이지 않았어요. 내가 아무리 대담하다 해도 굴뚝으로 연기가 나가게 할 수는 없으니까 말이에요."

이나가키 씨는 요시에가 의외로 태연한 모습을 보이자 아주 만족스러운 모양이었다.

욕실은 한 평 정도밖에 되지 않았는데 그 4분의 1쯤을 욕조가 차지했고 나머지 공간, 즉 벽과 바닥에는 온통 흰색 타일이 붙어 있었다. 욕조에도 흰 타일이 붙어 있고 천장도 흰색으로 칠해져 있었기 때문에 욕실 전체가 새하얗고 반짝반짝 빛이 났다. 그 안에 수염을 기르고 양복을 입은 신사가 구두를 적셔가며 서 있고, 입구에는 양장을 입은 아름다운 소녀가 상반신만 디밀고 들여다보는 광경은 참으로 야릇했다.

요시에는 무서운 예감 때문에 걸핏하면 눈앞이 뿌옇게 흐려지고 가벼운 현기증마저 느꼈다. 하지만 애써 아무렇지 않은 척하며 욕실 안을 들여다보다가 문득 묘한 물건을 발견했다. 빈집 욕실 선반 위에 여행용 가방이 놓여 있다니, 이상한 일이다. 혹시 내가 이런 빈집에 따라 들어온 일부터 모두 꿈은 아닐까 하는 한가한 생각을 하며 요시에는 그 작은 여행용 가방을 바라보았다.

"아아, 이거 말인가요?"

이나가키 씨는 재빨리 요시에의 표정을 읽어내고 그 가방을 꺼내 선뜻 열어 앞으로 디밀었다. 그 가방 안에는 뾰족뾰족한 갖가지 모양의 칼이 잔뜩 들어 있었다.

"벤케이의 일곱 가지 연장[15] 같죠? 으하하하하하하."

가방 안에 든 물건이 심상치 않기도 하고 이나가키 씨의 겁주려는 듯한 웃음소리에 흠칫 놀라기도 해 요시에의 안색이 창백해졌다.

"이상하게 생각할 테죠."

이나가키 씨는 요시에가 두려워하는 모습을 기분 좋은 듯 바라보면서 말했다.

"그렇지만 조금도 이상할 것 없어요. 보세요. 욕조에 물이 제대로 차 있잖아요? 누가 물을 받았을까요? 나예요. 다 내가 준비한 거죠. 물론 이 가방도 내가 어제 갖다 놓은 거예요. 왜 내가 욕실을 청소하고 물을 받고 게다가 이런 일곱 가지 연장까지 준비했을까? 그 이유를 아세요? 이게 다 요시에 씨를 위해서예요. 아까까지만 해도 요시에 씨일지 누구일지, 이름도 얼굴도 정해지지 않았죠. 그저 내 광고를 보고 찾아온 아가씨들 가운데 어쩌면 요시에 씨 같은 사람이 있지나 않을까 하고 바랄 수 없는 일을 바라고 있었던 거죠. 그렇지만 오늘 가게를 찾아온 열여덟 명 아가씨 가운데 이럴 수가, 이게 무슨 행운일까요? 요시에 씨가 있었답니다. 요시에 씨는 얼굴이니 몸매, 목소리는 물론 마음씨까지 완벽하게 내가 머릿속에 그렸던 사람이

---

15 헤이안 시대 말기의 승려이자 미나모토노 요시쓰네(源義経)의 부하 무사인 무사시보 벤케이(武蔵坊弁慶)가 쓰던 도구를 말한다. 일곱 가지 연장은 쇠갈퀴, 커다란 정, 큰 톱, 큰 도끼, 쓰쿠보(T 자 모양 쇠붙이에 긴 자루가 달린 도구로 죄인을 체포할 때 썼다), 사스마타(긴 막대 끝에 U 자 모양의 쇠붙이를 꽂은 무기), 소데가라미(낚싯바늘처럼 삐죽삐죽한 돌기가 있는 X 자 모양의 쇠붙이에 긴 자루를 연결한 무기)를 말한다. – 역주

에요. 만약 오늘 요시에 씨가 와주지 않았다면 난 아마 내일도 모레도 그 사무실에 나가 광고를 보고 찾아오는 아가씨들을 만나야 했을 거예요. 그리고 여기 올 날이 더 늦어졌겠죠."

이나가키 씨는 안경 너머 실 같은 눈으로 요시에의 온몸을 훑어보며 사뭇 재미있다는 듯이 천천히 설명을 이어나갔다.

"자, 기억을 더듬어보세요. 우리가 왜 S초에 들렀을까? 거래처에 간다는 말은 꾸며낸 거죠. 그건 간토 빌딩에서 우리가 어디로 갔는지 운전기사가 알지 못하도록 하기 위해서였어요. 우리는 서쪽으로 가야 하는데 반대로 동쪽으로 간 척했습니다. 그리고 다른 자동차로 갈아탔어요. 이렇게 하면 이나가키 미술점과 이 빈집의 연결고리는 툭 끊어져버리니까요. 그리고 한 가지 더 기억을 떠올려보세요. 나는 가게에서 요시에 씨가 오늘 거기 왔다는 사실을 누군가에게 알리지 않았는지 물었죠. 요시에 씨는 창피해서 아무에게도 말하지 않고 왔다고 대답했고. 그래서 나는 마음이 놓였던 겁니다. 왜냐하면 그래야 이나가키 미술점과 사토미 요시에 씨의 연결고리가 완전히 없어지기 때문이죠. 이 집과 이나가키 미술점의 연결고리가 없고, 이나가키와 요시에 씨도 연결고리가 없다면 나는 거의 안전하죠. 하지만 내 계획은 더 치밀합니다. 그 사무실은 바로 오늘 아침에 빌렸어요. 그리고 이제 다시는 거기 갈 일이 없죠. 나는 그 방에 있는 물건들을 그대로 놔두고 행방을 감출 겁니다. 그러기 위해 나는 그 의자와 책상, 석고상 따위를 모두 모르는 가게에 전화로 가지고 오도록 했던 거죠. 그런 물건들은 아무런 실마리도 되지 않을 겁니다. 이나가키 미술점은 창립하자마자 단 하루 만에 폐업하는 거예요. 아시겠어요? 그러니까 그런 미술점은 애초에 있지도 않았던 거죠. 그리고 무엇보다 궁금하지 않아요? 나는 대체 뭐 하는 누굴까요? 내 주소는 어디일까요? 내 이름은 뭘까요?[16] 아무도 모릅니다. 이나가키요? 하하하하하하, 이나가키가 대체 누구죠? 나는 이나가키 미술점 주인이 아니듯 이나가키 씨도 아니란 말입니다. 하하하하하."

자칭 이나가키 씨는 그렇게 말하며 너무 웃긴다는 듯이 웃음을 터뜨렸다.

요시에는 그가 웃음을 그친 뒤에도 넋 나간 사람처럼 말없이 허공을 바라보았는데 잠시 후 불쑥 "어맛" 하고 소리를 지르며 두세 걸음 뒤로 물러났다. 하지만 그건 이나가키 씨의 속셈을 눈치채고 겁을 먹어 놀란 것이 아니었다. 요시에는 영리한 아가씨였지만 아직 세상물정에 어두운 어린 처녀였기 때문에 이만한 이야기를 듣고는 상대방의 진짜 목적을 눈치챌 능력이 안 되었다. 게다가 이나가키 씨의 흉계는 너무도 기이하고 잔인했다. 지금 요시에가 놀란 까닭은 바로 그때 욕조의 흰 타일을 타고 기어 나온, 기분 나쁜 무늬처럼 보이는 커다란 거미 한 마리를 보았기 때문이다.

"아아, 거미로군요. 요시에 씨는 나보다 이런 벌레가 더 무서워요?"

이나가키 씨가 그렇데 말하더니 그 큰 거미를 냉큼 잡아 욕조 안

---

16 이 문장이 〔헤〕에는 없다. - 해제

에 휙 던져 넣었다. 거미는 잠시 물벌레처럼 긴 발을 펼치고 슥슥 수면 위를 떠다녔지만 기슭으로 기어오르려고 할 때마다 이나가키 씨가 잔혹하게도 다시 물 한가운데 던져 넣었다. 결국 지쳐버린 거미는 물에 빠진 사람처럼 다리를 마구 허우적거리며 광란의 춤을 추기 시작했다.

"춤을 추고 있네, 춤을 춰. 단말마의 춤이로군요."

이나가키 씨는 그러면서도 잔인한 장난을 즐겼다. 거미를 물에서 건져내더니 이번에는 무슨 생각인지 다 죽어가는 큰 거미를 요시에의 발아래로 휙 던졌다. 그게 마침 요시에 뒤에 떨어지는 바람에 그녀는 "악" 하고 비명을 지르며 할 수 없이 이나가키 씨 쪽으로 몸을 피했다. 그러자 이나가키 씨는 기다렸다는 듯이 요시에의 몸을 와락 부둥켜안았다. 그리고 이렇게 속삭였다.

"자, 이번엔 우리가 광란의 춤을 출 차례로군요."[17]

---

17 '몸을 피했다~춤을 출 차례군요'가 〔신〕에는 '피했다'로만 되어 있다. - 해제

짐승만도 못한 인간

그로부터 여러 시간이 지난 한밤중, 그 빈집 거실에는 사토미 요시에가 마치 다친 싸움소처럼 벌레의 숨결에 지친 몸을 축 늘어뜨린 채 쓰러져 있었다. 벗겨진 옷가지, 헝클어진 머리카락,[18] 피투성이가 된 몸뚱이. 이 모두가 자칭 이나가키 씨의 끝 모를 잔학성을 이야기했다. 이나가키 씨는 방 한구석에서 중국인처럼 무표정한 얼굴로 상처 입은 희생자를 가만히 들여다보았다.[19]

창의 덧문을 단단히 잠갔지만 스며드는 싸늘한 밤기운이 방 안을 채워 쓸쓸한 주택가의 깊은 밤은 소리 없는 세계처럼 고요했다.

이윽고 요시에는 말없이 일어나 옷매무새를 가다듬고 한쪽 구석에 있는 남자를 증오와 경멸이 담긴 눈으로[20] 한 차례 노려본 뒤 그대로 방을 나서려고 했다.

"어디 가지?"

남자는 살짝 몸을 움직이며 차분한 목소리로 물었다.

---

18 '헝클어진 머리카락'이 〔초〕에는 '찢긴 옷깃'으로 되어 있다. – 해제

19 '거실에는 사토미 요시에가~희생자를 가만히 들여다보았다'가 〔신〕에는 '거실'으로만 되어 있다. – 해제

20 '증오와 경멸이 담긴 눈으로'가 〔혜〕, 〔도〕에는 '증오가 담긴 눈으로'로 되어 있다. – 해제

"갈 거예요. 설마 여기서 자고 가라고 하지는 않겠죠? ……하지만 안심하세요. 저는 수치스러운 일을 스스로 떠벌리는 짓은 하지 않을 테니까."

요시에는 딱딱한 말투로 내뱉듯이 말했다.

"간다고? 어디로?"

"집으로."

"아니 이런. 너 아직 모르는 모양이로구나. 이해력이 부족한 아가씨네. 이제 일이 끝났다고 생각하면 그야말로 착각이야. 난 이런 정도로 끝내려고 그런 수고를 한 게 아니라고. 가명을 써서 사무실을 빌리고, 가구를 사들이고, 굳이 이런 빈집을 골라 방향이 전혀 다른 S초까지 갔다가 돌아오기도 하면서 수색의 실마리가 될 모든 단서를 없앤 게 무엇 때문이라고 생각하지? 이건 위대한 범죄자의 치밀한 준비라고 생각하지 않아? 그런데 난 아직 범죄라고 할 만한 짓은 하지 않았잖아?"

가엾은 요시에는 그 말을 듣고도 상대가 무슨 소리를 하는지 그 의미를 제대로 알아차리지 못했다. '또 미치광이처럼 이상한 소리를 하는군'이라고 생각했을 뿐이다.

"아까 왜 네게 욕실과 여행용 가방 안에 든 물건을 보여준 줄 아나? 내 행동에 의미 없는 건 하나도 없을 거야. ……오오, 새파랗게 질려서 떨기 시작했군. 이제야 이해가 되는 모양이야. 참 딱하네. 농담이 아니라 널 위해 울어주고 싶을 지경이야. ……나도 참 불쌍한 놈이야. 난 널 사랑해. 더할 나위 없이 사랑하지. 그런데도 난 널 욕실로 데려갈 거야. ……난 다른 연인들처럼 네 마음 따윈 필요하지 않아. 몸이 필요한 거지. 네 생명을 갖고 싶은 거야.[21] ……아, 나는 인간이 아니야. 악마지. 아니면 무시무시한 미치광이. 잔혹한 야수의 화신이야…….”[22]

요시에는 너무 무서운 나머지 선 채로 꼼짝도 못 했다. 마치 고양이 앞에 선 쥐처럼 울지도 못하고 소리도 지르지 못했다. 몸을 움직일 힘조차 모두 빠져나간 듯했다. 하지만 보지 않으려고 할수록 상대의 무시무시한 번민의 표정이 눈에 들어왔다. 듣지 않으려고 할수록 그 잔혹한 저주의 목소리가 귀에 들어왔다.

이윽고 남자는 벌떡 일어서더니 아주 묘한 표정을 지으며 원숭이 같은 걸음걸이로 어슬렁어슬렁 요시에에게 다가왔다. 요시에는 너무 무서운 나머지 온몸의 근육이 쇳덩어리처럼 굳어져 도망은커녕 이나가키 쪽으로 머리를 내밀고 시선을 피하지도, 눈도 깜빡이지 못한 채 조금씩 다가오는 남자의 얼굴만 바라보았다. 하지만 이렇게 위급한 상황인데도 요시에는 여태 실처럼 가느다랗던 남자의 눈이 어느새 보통 크기가 되더니 확 커지는 모습을 마음 한구석에서 의식하고 있었다.

다가온[23] 이나가키는 요시에의 목에 팔을 두르고 툇마루로 나가 욕실 쪽으로 끌고 가듯 걸으며 귀에 입을 대고 헉헉 뜨거운 숨을 내뿜

---

21 '난 널 사랑해~네 생명을 갖고 싶은 거야'가 〔신〕에는 없다. – 해제
22 '잔혹한 야수의 화신이야……'가 〔신〕에는 없다. – 해제
23 '다가온~이어졌다'까지의 문장이 〔신〕에는 없다. – 해제

으며 천천히, 천천히 속삭였다.

"요시에 씨, 난 말이야 애인을 사랑하는 것만으로는 만족할 수 없어. 사랑하면 할수록 그 상대를 너무 괴롭히고 싶어져. 그리고 마지막에는 피투성이가 된 애인의 단말마의 아름다운 모습을 보지 못하면 도무지 성이 풀리지 않거든."

이렇게 두 사람의 기이한 모습이 툇마루에서 욕실 쪽으로 사라졌나 싶더니 이윽고 뭐라고 형언할 수 없는 끔찍한 비명이 꼭 닫은 유리문 안에서 새어나왔다. 그 비명은 쿵쿵하고 뭔가 부딪히는 소리에 섞여 끊임없이 오랫동안 이어졌다.[24]

---

24 〈욕조의 거미〉의 마지막 부분 '그리고 이렇게 속삭였다'부터 여기까지의 문단이 〔순〕에는 없다. - 해제

작은 악마

미술상 이나가키 헤이조는 무엇 때문에 요시에를 물도 데우지 않은 욕실로 끌고 갔을까. 거기 선반 위에 준비해두었던 가방 안에는 여러 종류의 으스스한 흉기가 들어 있었는데, 그는 가련한 어린 아가씨를 무참하게 살해하려고 했던 걸까? 욕실 유리문으로 흘러나온 비명은 요시에가 지른 단말마의 비명이 아니었을까?[25] 그리고 그녀는 과연 이 독거미 같은 괴신사에게 덧없이 살해되고 만 걸까?

그건 어찌 되었든 욕실에서 그런 일이 있고 나서 사흘째 되던 날 신문을 보니 지난번과 같은 이상하기 짝이 없는 세 줄짜리 광고에 또 이나가키 명의로 다음과 같은 글이 게재되었다. 괴신사는 이번에는 대체 무슨 꿍꿍이를 꾸미고 있는 걸까?

> 세일즈맨 모집. 언변 필요 없고 영업 수완 없어도 되며 학력도 필요 없음. 정직하고 온화한 독신 청년을 바람. 월 수당 1백 엔. 그 밖에 교통비 지급. 면접.
>
> Y초 간토 빌딩 이나가키 미술점

25 이 문장이 〔신〕에는 없다. 글자 수에 해당하는 공백이 남았다. - 해제

얼핏 보면 흔한 모집 광고지만 잘 음미하면 어딘가 이상한 구석이 있다. 학력이야 그렇다고 쳐도 세일즈맨을 모집한다면서 언변이나 영업 수완이 필요 없다는 내용은 괴상하다. 얌전하고 정직하기만 한 사람이 세일즈맨으로서 제 몫을 할 리 없다. 정반대 조건을 내건 셈이다. 게다가 '독신 청년'이라니, 더욱 수상하다. 어떤 고용주라도 믿을 수 있는 유부남을 바라는 게 당연한데 이 광고는 그 부분도 정반대였다. 굳이 이야기하자면 한 달에 수당 1백 엔 이외에 교통비까지 준다는 조건은 경력이 없는 사람에게 주는 월급치고는 너무 많았다.

언변이나 수완은 물론 학력도 요구하지 않는다고 하니 용돈이 궁한 청년이라면 누구나 덤벼들리라. 이 신문광고가 실린 그날 백 명쯤 되는 응모자가 간토 빌딩으로 밀려왔다.

이나가키 씨는 13호실을 빌린 그날(즉 사토미 요시에를 빈집으로 데리고 간 날)만 출근하고 그 뒤로는 이 신문광고를 낼 때까지 문을 닫고 한 번도 얼굴을 보이지 않았다. 하지만 오늘은 직원 선발을 위해 아침부터 나와 그 커다란 책상 앞 회전의자에 자못 모던한 미술점 주인인 양 앉아 있었다.

옆에 있는 진열장에는 저번에 사들인 석고상 이외에 오늘 주인이 손수 자전거로 가져온 여러 개의 미술학교 학생용 인체 부분 모형 석고상이 더 진열되었다. (그렇다면 이나가키 미술점에는 역시 어딘가에 석고상 같은 것을 보관하는 창고가 있는 걸까?)

벽에 걸린 유화나 구석에 수북이 쌓인 액자 등은 그대로였다. 액자의 금칠한 부분이 초여름 햇살에 반짝반짝 빛났다.

이나가키 씨는 여전히 아주 재미있다는 듯, 몰려드는 응모자를 한 명씩 불러 면접을 봤다. 과연 그날 밤 독거미처럼 흉포했던 이나가키 씨와 같은 사람인지 의심이 들 정도로 점잖은 모습이었다.

거의 반나절을 들여 여섯 명의 합격자가 선발되었다. 그런데 이나가키 씨의 채용시험은 실로 이상했다. 씩씩하고 진취적이며 장사꾼 기질이 많은 청년, 즉 다른 심사원이라면 반드시 합격시킬 우수한 청년들은 모조리 떨어뜨렸다. 그 대신 뭘 물어도 입안에서 웅얼거리며 대답도 제대로 못 하는 세상물정 어두운 내성적인, 대신 정직하기로는 소처럼 정직한 20세 전후의 말라깽이 청년 여섯 명만 선발한 것이다. 결국 이나가키 씨는 백 명 가운데 가장 멍청하고 쓸모없는 청년을 뽑은 셈이다.

그런데 합격자가 정해지자 이나가키 사장은 그 여섯 명을 테이블 앞에 세워놓고 다음과 같은 이상한 명령을 내렸다.

"보다시피 우리는 유화와 액자, 석고상을 판매하는 미술상인데, 그 가운데서도 석고 인체모형을 그림 교습용으로 미술학교와 중학교, 여학교 등에 파는 일을 주로 합니다. 이 진열장에 있는 것들은 다 팔 물건들인데 상당히 잘 만들어졌습니다. 여러분이 할 일은 이 석고상 견본을 하나씩 가지고 가서 시내 중학교, 여학교에 팔러 다니는 거죠. 판다고 했지만 가지고 간 물건을 견본으로 증정하고 오면 됩니다. 그렇게 해서 상대에게 호감을 심어주고 나중에 천천히 실질적인 판매로 연결하는 게 내 전략이니 처음에는 어려울 일 전혀 없습니다. 그저 상대가 석고상을 흔쾌히 받게 하면 그만입니다. 머지않아

지방순회도 해야 할 테지만 우선 시내부터 해주세요."

이나가키 씨는 돌아다녀야 할 학교 이름과 홍보해야 할 물품의 특징, 증정할 때 해야 할 인사 등을 가르친 뒤 석고상 여섯 개를 화물용 나무상자에 넣어 일당, 전차비, 식대 등과 함께 세일즈맨 여섯 명에게 건넸다.

그러자 정직한 여섯 청년은 저마다 모양이 다르고 부피가 무척 큰 나무상자를 애지중지 품에 안고 지시받은 방향으로 흩어졌다. 생각해보면 이나가키 미술점의 판매 전략은 참으로 이상했지만 그들은 가려 뽑은 얼간이들이라 아무런 의심도 없이 그저 수지가 맞는 직장이 생겼다는 기쁨에 싱글벙글하며 출발했다.

하지만 그들 가운데 단 한 명은 겉보기만큼 얼간이가 아니었다. 일정한 주소도 없고 배운 것도 없는 히라타 도이치(平田東一)라는 불량 청년인데, 열아홉 살인 주제에 술고래이고 좀도둑질과 소매치기 상습범이었다. 하지만 그만큼 머리가 빈틈없이 돌아가는 녀석이라 그 세 줄짜리 공고를 보고 이 녀석은 뭔가 재미있겠다고 직감했다. 그리고 눈치 빠르게 고용주의 마음을 꿰뚫어 보고 주문대로 얼간이로 위장했다. 그는 깔끔하지 못한 생활로 안색은 창백했고 폭음 때문에 눈이 뿌옇게 흐렸기 때문에 겉보기만은 꾸밀 수 없어서 이나가키 씨의 주문에 들어맞은 셈이었다.

그는 지시받은 학교로 가지 않고 짐을 가지고 간다에 있는 어느 상점가로 나가 허름한 액자가게를 찾아 불쑥 그 안으로 들어갔다.

잠시 후 액자가게를 나온 히라타 청년의 손에는 이나가키 씨가 준

4엔 남짓한[26] 돈과 방금 받은 석고상을 처분하고 액자가게 주인을 설득해 받은 2엔[27], 도합 6엔 남짓한[28] 용돈이 쥐여졌다. 그는 내일 또 뻔뻔스레 이나가키 미술점에 출근해 돈을 받고 운수가 좋으면 두 번째 석고상을 가로챌 속셈이었다.

액자가게 주인도 그다지 착한 사람은 아니었는지, 내심 문제가 있는 물건인 줄 알면서도 2엔이라는 터무니없는 헐값에 끌려 석고상을 사들이고는 그것을 바로 밖에 있는 작은 쇼윈도에 진열했다. 석고상은 어깻죽지부터 잘라낸 사람의 팔 모양이었다. 같은 석고로 만든 네모난 받침 위에 놓은 그 팔은 둥글고 짧은 나무막대 같은 것을 꼭 쥔 듯한 모습이었는데, 실물 크기에 매우 정교하게 만들어졌다. 좀 희한한 모양이고 만듦새도 정교해 아무리 낮게 잡아도 사들인 돈의 세 배는 받을 수 있어 보였다.

히라타 청년은 그날 밤 어느 카페에서 술을 퍼마시며 밤을 지새운 뒤 이튿날 10시쯤 졸린 눈을 비비며 4엔 남짓한 일당을 기대하고 간토 빌딩으로 갔다. 그런데 이게 어떻게 된 일인가. 이나가키 미술점이 있는 13호실의 문은 단단히 잠겼고 그 앞 복도에는 어제 본 다섯 명의 얼간이 세일즈맨이 무리를 지어 멍하니 서 있지 않은가.

"어떻게 된 거죠?"

"8시쯤부터 기다리는데 여기 주인이 나오지 않네요. 8시에 출근하

---

26 '4엔 남짓한'이 〔순〕에는 '1천 엔 남짓한'으로 되어 있다. – 해제
27 '2엔'이 〔초〕, 〔고〕, 〔신〕에는 5엔, 〔순〕에는 '1천 엔'으로 되어 있다. – 해제
28 '6엔 남짓한'이 〔초〕, 〔고〕, 〔신〕에는 '10엔 조금 안 되는'으로, 〔순〕에는 '2천 엔 남짓'으로 되어 있다. – 해제

라고 해놓고 너무하시네."

한 청년이 그리 분하지도 않은 투로 대답했다.

복도를 쓸던 여자 청소부에게 물었더니 이렇게 대답했다.

"이나가키 씨는 이 방을 빌린 뒤 딱 이틀 나왔어요. 한 번은 젊은 아가씨가 많이 찾아왔죠. 아마 여직원을 채용하신 모양인데 그 뒤로는 이나가키 씨나 여직원도 전혀 보이지 않았죠. 그러다 어제는 또 젊은 남자들이 우글우글 모여들었어요. 이번에는 남자 직원을 뽑나보다 싶었더니 오늘 또 이렇게 문이 잠겼네요. 이상한 사무실이에요. 아무래도 이 13호실은 사람이 오래 붙어나지 못하는 모양이에요. 왠지 으스스한 기분이 드네."

"아니, 이런. 어쩌면 그 양반이 대단한 악당일지도 모르겠네."

히라타 청년은 살짝 당황해서 그런 소리를 중얼거렸다. 그리고 가만히 생각해보니 배운 것 없는 그가 보기에도 그 모집 광고나 어제 이나가키 씨가 한 말이 왠지 이상하게 여겨졌다. 일부러 얼간이들을 채용한 것도 이상하고 얼마나 돈을 버는지 몰라도 석고상 장사 정도로 굳이 여섯 명이나 사람을 써서 학교에 공짜로 물건을 준다는 것도 이상하다. 이런 장사는 있을 수 없다는 걸 깨달았다.

악인이란 다른 사람이 저지르는 나쁜 짓을 그냥 보고 넘기지 않기 마련이다. 그걸 이용해 어떻게든 달콤한 즙을 빨아먹으려고 든다. 불량 청년 히라타는 악인이라고 부를 만한 위인은 아니고, 도저히 이나가키 씨의 진짜 속셈을 눈치챌 만한 머리는 없었지만(만약 그가 그런 걸 눈치챘다면 새파랗게 질려서 겁을 집어먹고 경찰에게 달려갔을 게 틀림없다), 왠지 용돈이 될 것 같은 생각이 들었기 때문에 빌딩 사무소에서 이나가키 씨의 주소를 물어 다른 다섯 명의 얼간이들을 따돌리고 그리로 달려갔다. 하지만 동네 이름이나 번지수가 있기는 하지만 이나가키라는 성을 지닌 사람의 집은 찾을 수 없었다. 한동안 근처에서 어슬렁거리며 묻고 다녔지만 비슷한 사람을 아는 이는 아무도 없었다.

"진짜 수상하군. 끈기 있게 13호실에 달라붙으면 용돈을 듬뿍 뜯어낼 수 있겠어. 만약 그 남자가 앞으로 나타나지 않는다고 해도 난 그 가게 직원이니까 급여를 못 받았다고 주장하며 남아 있는 물건이나 가구를 내다 팔면 그만이고. 재미있어졌군."

히라타 청년은 그런 달콤한 꿍꿍이셈을 하며 다시 간토 빌딩으로 돌아갔다.

의족을 단 범죄학자

여기서 화제를 좀 바꾸어 또 다른 중요 인물인 구로야나기 박사 이야기로 옮겨가겠다. 하지만 결국 다른 방향에서 괴인 이나가키 씨, 작은 악마 히라타 청년과 나머지 다섯 명의 세일즈맨의 그다음 이야기를 하게 된다.

이나가키 씨가 간토 빌딩 13호실에 나타나지 않은 지 일주일쯤 지난 어느 날, 고지마치 구 G초에 있는 구로야나기 박사의 저택 안쪽 서재에는 집주인 구로야나기 도모스케(畔柳友助)가 조수 노자키 사부로(野崎三郎) 청년과 마침 이나가키 미술점에 대한 이야기를 나누는 중이었다.

구로야나기 박사는 일본의 셜록 홈스라고도 할 수 있는 민간 범죄학자 겸 아마추어 탐정이기도 한데, 홈스처럼 무슨 일이든 받아들이는 거의 영업적으로 하는 탐정이 아니라 그야말로 취미 삼아 경찰이 애를 먹는 큰 사건에 한해 도움말을 주는 식이었다. 그래서 법조계, 경찰 관계자들에게나 알려진 정도여서 일반적으로는 유명하지 않았다. 어지간히 마음에 드는 사건이 아니면 맡지도 않고 찾아오는 사람도 만나지 않았다. 하지만 한번 맡은 사건은 반드시 해결해내고, 박사의 사람 됨됨이가 무슨 기인 같은 점은 소설 속 셜록 홈스와 판박이라 해도 과언이 아니었다.

사람들이 그를 기인이라고 부른 이유는 이러했다. 구로야나기 도모스케 씨는 법의학 전공 의학박사면서 학계에서도 이름난 범죄학의 태두(泰斗)였지만 교단에 서지 않고 관직에도 나가지 않았다. 명예를 좇지 않고 다른 사람을 사귀지도 않으며 종일 서재에 틀어박혀 독서삼매에 빠져 지내는, 말하자면 사람 만나기를 싫어하는 성격이었다. 그런데 무슨 보기 드문 범죄사건만 일어나면 사람이 달라진 듯 활기를 띠었고, 책상에 앉아 추리만 하는 게 아니라 때로는 불편한 몸을 이끌고 위험도 무릅쓰며 범죄사건의 소용돌이 속으로 뛰어들었다.

박사는 한쪽 다리가 불편했다. 여러 해 전에 외국여행을 하던 중 철도사고를 당해 한쪽 다리를 허벅지 아래부터 잃어버려 늘 의족을 하고 있었다. 목발은 하지 않고 지팡이만으로 걷기는 했지만 심하게 절뚝거렸다. 어쩌면 박사가 집 안에 틀어박혀 고독한 생활을 하는 까닭은 이런 추한 모습을 남에게 보여주기 창피하기 때문인지도 모른다. 게다가 박사는 결코 사람들 앞에서 의족을 벗은 적이 없다. 목욕을 할 때도 자기 집 욕실 안에서 문을 꼭 닫은 채 했다. 절단한 허벅지의 흉터가 어지간히 끔찍했던 게 틀림없다.

겉모습을 이야기하자면 다리 불편한 점만 빼면 키가 크고 왠지 셜록 홈스를 닮았다. 머리는 그리 심하게 벗어지지 않았지만 긴 머리카락은 더부룩했다. 얼굴은 야위고 길쭉한 편이며 수염은 없다. 찡그린 눈썹 아래 자리 잡은 쏘아보는 듯한 큰 눈, 길쭉한 코, 한일자로 꾹 다문 얇은 입술. 영국의 명탐정처럼 얼음 같은 냉정과 면도날 같은 예지가 드러났다. 나이는 박사 스스로 36세라고 했지만 얼핏 보기에는 더 들어 보였다.

박사와 마주앉은 조수 노자키는 잘생긴 스물네 살 청년이다. 외국 탐정소설에 빠진 탓에 결국 진짜 아마추어 탐정을 지망해 박사의 명성을 우러러 제자로 들어온 것이 겨우 3개월 전이다. 하지만 그는 매우 날카로운 지혜를 지녀 때로는 박사도 깜짝 놀랄 만한 기막힌 논리를 펼쳐 보이기도 했다.

서재는 박사가 좋아하는 고풍스러운 스타일이었다. 천장이 높고 나무를 조각한 장식이 위엄 있는 음침한 서양식 방이었다. 사방을 둘러싼 천장까지 닿을 듯한 길쭉한 책꽂이에는 오래된 책이 책등의 금박문자를 드러낸 채 쭉 꽂혀 있었다. 그 방 한가운데 장식이 조각된 커다란 책상이 놓여 있다. 박사는 지금 거울처럼 번쩍번쩍 빛나는 책상 앞에 양복 차림으로 턱을 괴고 앉았다. 깔끔하게 면도한 턱이 책상 표면에 비쳤다. 박사는 그 앞에 펼친 스크랩북 한 권을 보면서 이렇게 말했다.

"신문기사가 엉터리인 경우가 많아 믿을 수 없다는 건 누구나 알지. 그런 신문기사를 내가 왜 정성껏 스크랩해 붙여놓는지 알겠나? 신문기사는 읽는 방법에 따라 큰 도움이 되기도 해. 특히 범죄 분야에서는 이 세상 모든 비밀이 신문기사 한 줄 한 줄 사이에 숨어 있다고 해도 지나친 말이 아닐 거야. 내가 읽는 방법은 좀 다르네. 각 신문사의 취재기자가 글을 쓰는 사소한 버릇까지 파악했기 때문에 어느 신문에 실린 어느 기사는 어떤 기자가 썼는지 대략 알아. 그리고 그 기자가 이런 식으로 썼으니 사실은 이러이러할 것이라고 활자에는 드러나지 않는 미묘한 부분까지 추리할 수 있지. 자, 예를 들어 범죄사건이 하나 일어났다고 해보세. 각 신문은 저마다 조금씩 다른 기사를 싣네. 한쪽에서는 검다고 하고, 한쪽에서는 희다고 하는 식으로 정반대 기사까지 실리는 때도 있어. 내겐 그게 가장 흥미롭고 중요한 점이기 때문에 기사를 쓴 기자의 평소 성격—어떤 것을 어떻게 틀리는 사람인가 하는 특징 등—과 기사가 다른 신문과 다른 부분을 비교해보고 (같은 방식을 다른 신문에도 응용해서) 분석한 다음 종합하고 유추하지. 이렇게 해서 더는 짜낼 수 없는 논리의 틀 안에 사건을 넣어 그 진상을 뽑아내는 거야. 난 말이야, 그런 식으로 책상 위에 있는 신문기사를 비교하고 연구한 것만으로도 큰 사건의 중요한 실마리를 잡은 적이 한두 번 아니야. 자네에게 신문 스크랩을 시키는 건 바로 그런 까닭이지. 결코 호기심 같은 것 때문이 아닐세. 내 탐정 업무에서는 빼놓을 수 없는 중요한 작업이야."

구로야나기 박사는 친절한 교사처럼 탐정 비법이라고 할 만한 내용을 애제자인 노자키 청년에게 들려주었다. 성격 까다로운 박사의 이런 태도는 노자키를 대할 때 말고는 결코 볼 수 없었다.

"그리고 신문광고라고 하는 것도 아주 흥미로워. 특히 세 줄짜리 광고란에 실리는 갖가지 광고문에는 상상도 못 한 범죄가 숨어 있을 때가 있네. 적어도 매일 대여섯 개의 세 줄 광고는 수상해 보이지. 겨우 세 줄짜리 광고문에서 복잡한 사회문제, 연애문제, 범죄사건 같은 것들을 상상하고 갖가지 줄거리를 짜 맞추는 일은 그저 오락

삼아 해도 정말 재미있네. 아니, 이렇게 이야기하는 것보다 실제 사례를 들지. 이건 세 줄짜리 광고 스크랩북인데, 여기 맨 앞에 좀 재미있는 게 있지. 한번 읽어보게."

박사는 그렇게 말하며 스크랩북의 한 부분을 가리켰다. 노자키 청년이 목을 빼고 다음과 같은 광고문을 읽어보았다. 그 옆에는 '아사히신문 6월 15일'이라는 글자가 보였다.

사무실 임대. 빈방 있음. 1층 6평 임대료 60엔.
고지마치 구 Y초 간토 빌딩 전화: 긴자 1171
1172
1173

"하찮은 사무실 임대 광고에 지나지 않지."

박사는 의아해하는 노자키 청년을 바라보며 말했다.

"그렇지만 말이야, 여기엔 좀 예비지식이 필요하네. 첫째, 이 간토 빌딩은 빈 사무실이 하나라도 생기면 반드시 바로 이 세 줄짜리 광고를 낸다는 사실. 광고료를 내더라도 빈방으로 놔두는 것보다 결국은 이익일 테니까. 두 번째로 이 60엔이라는 사무실 광고가 매일 계속해서 나왔는데 6월 15일에 딱 그쳤어. 나는 신문의 행과 행 사이를 읽은 덕분에 이 두 가지 사실을 알게 되었네. 6월이라면 이번 달인데, 그 16일부터 누군가 이 60엔짜리 방을 빌렸다는 걸 알 수 있지. 알겠나? 그럼 이번엔 이쪽을 읽어보게."

박사가 이어서 가리킨 것은 왼쪽에 있는 광고문이었다. 같은 아사히신문이었고 날짜는 6월 16일이었다.

> 여사무원 모집, 17~18세, 애교 있는 분.
>
> 미술상 접객 담당, 고액 급여, 오후 3시부터 5시까지 방문 면접.
>
> Y초 간토 빌딩 이나가키 미술점

놀랍게도 이것은 틀림없이 그 자칭 이나가키라는 신사가 사토미 요시에를 끌어들이기 위해 낸 광고문이다. 구로야나기 박사는 이미 그 사건을 감지한 걸까? 아니면 그저 우연히 맞아떨어진 걸까. 우연치고는 너무 이상하지 않은가?

"나는 이달 초 신문에 실린 간토 빌딩 안의 각 상점 연합광고를 살펴보았는데 그 중에는 미술점도, 이나가키라는 이름을 쓰는 가게도 없어. 그렇다면 16일부터 이 빈 사무실을 빌린 건 이나가키 미술점이 틀림없지. 이런 사실을 염두에 두고, 다음에는 이걸 읽어보게."

박사가 가리킨 세 번째 광고문은 6월 19일 자로 다음과 같은 내용이었다.

> 세일즈맨 모집. 언변 필요 없고 영업 수완 없어도 되며 학력도 필요 없음. 정직하고 온화한 독신 청년을 바람. 월 수당 1백 엔. 그 밖에 교통비 지급. 면접.
>
> Y초 간토 빌딩 이나가키 미술점

독자 여러분도 잘 기억하다시피 이것은 불량 청년 히라타를 비롯해 응모자 여섯 명이 이나가키 씨에게 보기 좋게 한 방 먹은, 그 기괴한 광고문이다. 역시, 이 날카로운 눈을 지닌 범죄학자는 서재에서 한 걸음도 나가지 않은 채 괴인 이나가키 씨의 악행을 간파한 것이었다.

박사는 노자키 청년을 위해 이 광고문이 이상한 이유를 일단 설명해둔 뒤에 다시 네 번째 세 줄 광고를 보여주었다.

> 사무실 임대. 빈방 있음. 1층 6평 임대료 60엔.
>
> 고지마치 구 Y초 간토 빌딩 전화: 긴자 { 1171 / 1172 / 1173 }

광고 옆에 적혀 있는 날짜는 6월 22일이었다.

"결국 이나가키라는 가게는 간토 빌딩에 있는 사무실 한 칸을 이달 16일에 빌려 들어갔다가 21일에 나갔다는 결론이 나오지. 사무실을 쓴 기간이 1주도 안 돼. 뭔가 이상하지 않은가? 게다가 그 짧은 기간에 두 차례나 사원 모집 광고를 냈고, 그 가운데 하나는 방금 이야기했듯이 채용 조건이 일반적인 경우와 정반대야. 적어도 제대로 된 상점이 택할 방식이 아니지. 나는 간토 빌딩이 어떤 트릭에 사용되는 게 아닌가 하는 느낌이 드네."

박사는 노자키 청년의 얼굴을 바라보며 히죽히죽 웃었다.

"내가 신문을 읽는 방법은 대략 이런 식일세. 자네에게 실제 사례를 보여준 거지. 나처럼 신문을 읽으면 이 정도 이상한 일은 매일 대여섯 개씩 발견할 수 있어. 그런데 자네는 저번부터 뭔가 실제사건을 다뤄보고 싶다고 여러 차례 이야기했지. 어떻겠나? 먼저 이 이나가키 미술점의 정체를 파악해보는 건. 아주 하찮은 사건일지도 모르지. 어쩌면 뜻밖에 큰 사건일 수도 있고. 어쨌든 자네에겐 흥미로운 일일 거야."

박사의 지시에 따라 노자키 청년은 간토 빌딩으로 전화를 걸어 물어보았다. 이나가키라는 사람은 한 달 치 임대료를 내고 사무실을 치장하기까지 했는데 겨우 이틀만 출근했다고 했다. 너무 이상해서 그 사람 집으로 편지를 보냈지만 '수취인 불명'으로 되돌아왔다. 신문광고로 채용한 직원들이 시끄럽게 소란을 떨자 관리사무소에서도 불안해 이나가키 씨와 한 계약을 취소하기로 하고 방을 정리해 물건과 가구 종류는 사무소에서 보관했다. 만약 이나가키 씨가 다시 나온다면 임대료를 정산하고 그에게 돌려줄 작정이라는 사실을 알 수 있었다.

과연 구로야나기 박사의 상상은 어긋나지 않았다.

"호오, 이거 뜻밖에 재미있어지겠군."

박사는 슬리퍼를 걸친 의족을 까딱거리면서 약간 흥분한 투로 말했다.

"나하고 함께 가보세. 자네, 자동차를 준비하게."

노자키 조수가 자동차를 준비하기 위해 막 일어섰을 때 밖에서 문이 열리더니 서생(書生)[29]이 손님이 왔다고 전했다.

"사토미 기누에(里見絹枝)라는 젊은 여자분입니다. 여기 소개장이 있습니다."

박사는 서생에게서 소개장을 받아 서둘러 내용을 훑어보더니 잠깐 생각했다. 그리고 이렇게 말했다.

"돌려보낼 수도 없겠군. 지금 막 나가려던 참이니 10분 정도라도 괜찮다면 뵙자고 전해라."

29 남의 집에 입주해 집안일을 도와주며 공부하는 사람을 말한다. 예전에는 이런 학생들이 많았다. – 역주

아름다운 의뢰인

이윽고 박사의 서재로 안내된 여성은, 박사나 노자키 조수가 당연히 알아차릴 수 없었을 테지만 지난번 이나가키에 의해 그 빈집으로 끌려 들어간 사토미 요시에와 똑 닮은 얼굴이었다. 그렇지만 나이는 요시에보다 조금 많아 스무 살이 넘어 보였는데, 그만큼 요시에의 미모보다 더욱 성숙한 느낌이 들었고 몸매는 아름다웠다. 시선이 마주치자 노자키 청년이 저도 모르게 얼굴을 붉힐 정도로 아름다웠다.

간략하게 인사를 나눈 뒤 구로야나기 박사는 급한 말투로 재촉했다.

"실례지만 조금 바쁘니 용건을 간단하게 이야기해주시겠어요?"

"사실은 소개장을 써주신 분에게 선생님 이야기를 듣고 꼭 도움을 받고 싶어 찾아뵈었습니다. 제 여동생이 이달 16일에 집을 나간 뒤로 행방을 알 수 없어 경찰에도 신고하고 찾아볼 만한 곳은 모두 돌아다녔는데 도무지 찾을 수 없네요."

이런 의뢰인이 가끔 있지만 사람 찾기처럼 하찮은 사건을 박사가 받아들인 적은 일찍이 없다. 딱하지만 이 아름다운 아가씨는 거절당하겠구나. 노자키 조수는 이렇게 생각했다. 그런데 박사는 뜻밖에도 거절은커녕 아주 열심히 다음과 같은 질문을 시작했다.

"16일 점심때 어디 간다는 말도 없이 나갔다는 거로군요?"

"예. 어머니도 여느 때처럼 친구네 집에라도 놀러 가는 줄 알고 전혀 신경 쓰지 않았답니다. 그런데 친구는 물론 아는 사람들에게 모두 물어보아도 다들 요시에를 보지 못했답니다. 아직 친하게 지낸 남자 친구도 없어 더는 물어볼 곳도 없는 처지입니다. 아, 말씀드리는 게 늦어졌지만, 여동생 이름은 사토미 요시에라고 하고 올해 여학교를 마친 열여덟 살입니다."

"실례지만 동생분께 무슨 일이든 해서 자기 앞가림은 하라는 이야기를 하지 않았습니까?"

여기까지 진행된 대화 내용을 듣더니 노자키 조수는 속으로 '과연, 그렇구나. 16일이라면 이나가키 미술점의 여직원 모집 광고가 나온 날이지. 그래서 선생님이 이리도 열심히 질문을 하는 거로구나'라고 생각하며 혼자 고개를 끄덕였다.

"예. 그런 말을 하기는 했지만 어머니는 찬성하지 않고 늘 저를 나무라셨죠. 저희는 아버지를 일찍 여의고 어머니와 두 자매, 이렇게 세 식구만 살아 무서운 사람이 없기 때문에 동생도 고집이 세서 어찌해야 좋을지 모르겠습니다."

"그렇다면 동생이 언니에게 말도 않고 직장을 찾아 나섰을 수도 있겠군요."

"예, 그야……."

사토미 기누에는 박사가 왜 그런 걸 묻는지 의아했다.

"그러면 요시에 씨에 대해 더 자세하게 듣고 싶은데, 지금 좀 다녀와야 할 곳이 있으니 번거롭겠지만 오늘 저녁에라도 다시 와주실 수 없겠습니까? 사실 지금 나가는 용건과 아가씨 여동생의 행방불명 사이에 뭔가 관계가 있을지도 모르겠다는 생각이 드는군요. 아니, 이건 그냥 제 직감이지만 말이에요. 만약 그렇다면 오늘 저녁에 오셨을 때는 뭔가 알려드릴 이야기가 생길지도 모르겠습니다."

기누에가 조금 당황한 기색으로 물러가자 박사는 바로 외출 준비를 마친 다음 노자키 조수를 데리고 문제의 간토 빌딩으로 향했다.

진열대의 개미

간토 빌딩 관리사무소의 직원은 구로야나기 박사의 명성을 알고 있었기 때문에 느닷없는 방문을 이상하게 여기지 않고 박사의 질문에 친절하게 대답해주었다. 그 유명한 범죄학자가 일부러 찾아올 정도라면 13호실 임차인은 역시 어떤 범죄와 관계가 있었나보다 싶어, 약간 우쭐해져서 이나가키라는 인물의 기괴한 행동을 떠벌렸다.

"그래, 16일에 여직원을 한 명 채용했다고 하는데, 그 아가씨는 어떤 사람이었죠? 이름 같은 건 모르시나?"

박사는 등나무 지팡이로 의족을 톡톡 두드리면서 (이상한 일이지만 박사에게는 이런 어린애 같은 버릇이 있었다) 요점으로 들어갔다.

"예, 저는 모릅니다만 어쩌면 청소하는 분이 뭔가 알지도 모르죠. 불러오겠습니다."

이윽고 40세쯤 된 피부가 까만 청소부가 앞치마로 손을 닦으며 들어왔다. 직원이 이나가키 미술점 여직원에 대해 묻자 그녀는 다행히도 기억을 하고 있어 다음과 같이 대답했다.

"양장을 한 열일곱, 열여덟 살쯤 된 예쁜 아가씨였어요. 여직원을 하기에는 아까운 인물이었죠. 이름은 모르지만. 생김새요? 뭐라고 하면 좋을까, 요즘 인기 있는 동그스름한 얼굴이고 모던걸 같은 아가씨였습니다."

"눈이 크고 쌍꺼풀이 졌고 코는 그리 높지 않고 코와 윗입술 사이가 무척 좁은 데다가 살짝 위로 말려 올라간 윗입술……."

박사가 히죽히죽 웃으며 끼어들었다. 말할 필요도 없이 그 모습은 조금 전에 만난 사토미 기누에의 얼굴 생김새를 표현한 것이다. 만약 그 여직원이 기누에의 동생이라면 아마 언니를 닮았을 거라고 생각했기 때문이다.

하지만 박사의 이런 어림짐작은 의외로 적중했다.

"어머, 똑같아요. 선생님은 그 아가씨를 아시나요?"

박사는 그 말을 듣고 옆에 있던 노자키 조수에게 슬쩍 눈짓을 하고는 다음과 같은 질문을 시작했다.

"그런데 그 아가씨가 채용된 뒤에 무슨 이상한 일은 없었나요?"

"그게 말이죠, 선생님. 참 이상한 일이 있었어요."

청소부가 수다스럽게 말했다.

"그날 5시쯤이었어요. 그 아가씨가 먼저 건물 밖으로 나갔는데 13호실 주인이 왠지 안절부절못하며 그 뒤를 따라 나오더군요. 이상하다 싶어 창밖을 내다보았죠. 그랬더니 아가씨는 누굴 기다리는지 건너편 네거리에 서 있었습니다. 13호 주인은 허둥지둥 근처에 있는 '야요이 택시'란 회사로 뛰어 들어갔고요. 그런데 바로 자동차 한 대가 13호 주인을 태우고 나와 그 아가씨가 서 있는 곳으로 쓱 가서 멈추는 거였어요. 그러자 아가씨도 그 자동차에 올라타더군요. 방금 채용한 아가씨인데 참 수완이 대단한 양반이다 싶었어요. 호호호호.

그다음에 그 자동차는 교바시 쪽을 향해 달려갔고, 그 뒤로 아가씨는 여기 온 적이 없답니다."

"고맙습니다. 자, 그럼 그 '야요이 택시'란 곳에 가서 물어보면 13호 사람의 행선지를 알 수 있겠군."

"예. 운전기사도 기억하니 물어보고 올까요?"

청소부가 운전기사에게 물어본 바에 따르면 이나가키 씨와 아가씨가 자동차에서 내린 곳은 료고쿠바시 옆 S초였다. 하지만 그게 이나가키 씨의 용의주도한 속임수였고 S초에는 아무런 의미도 없다는 사실은 이미 독자 여러분도 아시는 대로다. 구로야나기 박사는 이어서 간토 빌딩 지하실 창고에 보관된 이나가키 미술점의 가구와 상품 등을 훑어보았는데 모두 새로 산 싸구려라는 사실 이외에는 특별히 발견한 점은 없었다.

박사 일행이 지하실에서 관리사무소로 돌아오자 사무실 입구에 어울리지 않게 낡은 양복을 걸친 청년 한 명이 서 있었다. 직원은 그를 보더니 살짝 얼굴을 찡그리며 말했다.

"또 왔어요?"

"예, 또 왔습니다. 아직 이나가키 씨는 오지 않았나요? 급여도 주지 않고 이거 정말 곤란하네요."

청년은 뻔뻔스럽게 말했다.

구로야나기 박사는 문득 그 청년에게 흥미를 느낀 듯 물었다.

"젊은이는 이나가키 미술점에 채용된 분인가요?"

"예, 그렇습니다."

"세일즈맨인가요?"

"예."

청년은 귀찮다는 듯이 약간 적의를 품은 눈으로 낯선 신사를 뚫어지게 바라보았다. 그 태도에 박사는 더욱 흥미가 끌린 듯한 모양이었다.

"마침 잘되었군. 이 사람에게 물어봅시다."

박사는 직원에게 슬쩍 말하더니 청년에게 이렇게 물었다.

"이나가키 미술점에 대해 묻고 싶은 게 있는데, 자네 바쁘지 않다면 잠깐 저쪽 카페에서 이야기 좀 할 수 없겠나?"

독자도 이미 눈치챘을 테지만, 이 청년은 이나가키 씨가 고용한 세일즈맨 가운데 한 명이며, 간다에 있는 액자가게에 석고상을 팔아넘긴 불량 청년 히라타 도이치였다. 그는 구로야나기 씨의 겉모습을 보고 또 용돈이 생길 것 같아서 두세 마디 주고받은 뒤 박사의 요구에 따르기로 했다.

그래서 박사와 노자키 조수, 히라타 청년은 빌딩 사무소 근처 카페로 들어가 여러 이야기를 나누었다. 그 내용을 하나하나 이야기하자면 장황하고 번거로우니, 히라타 청년에게서 들은 이야기를 요약하면 다음과 같다. 이나가키 씨가 여섯 명의 멍청한 청년을 세일즈맨으로 고용했으며, 여섯 명에게 석고상을 하나씩 들려 중학교에 공짜로 기증하게 했다. 하지만 히라타는 지시에 따르지 않고 석고상을 착복해 간다에 있는 액자가게에 팔아넘겼다. 이런 이야기를 숨김없이 털어놓게 하기 위해 박사는 히라타 청년에게 적지 않은 용돈을

줘야 했지만.

이야기를 다 듣고 난 구로야나기 씨는 무슨 생각인지 간다에 있는 그 액자가게로 가보자고 했다. 세 사람은 바로 박사의 자동차에 함께 타고 간다로 갔다.

액자가게 진열대는 며칠 전과 마찬가지로 먼지가 잔뜩 끼어 볼품없었다. 폭 2미터도 채 안 되는 유리 진열장에는 흔해빠진 복제화가 색 바랜 채 놓여 있는데, 그 한쪽 팔 석고상도 그 안에서 새하얗게 빛을 내고 있었다.

박사는 히라타 청년에게 묻지 않고도 그 석고상을 바로 알아보았다. 불편한 발을 이끌고 쇼윈도 쪽으로 다가가더니 이마를 유리에 대듯 그 석고상을 관찰했다.

"훌륭하군. 이렇게 잘 만든 석고상은 본 적이 없어. 게다가 구도도 아주 대단해."

한동안 들여다본 박사는 감탄하며 말했다.

"정말이군요. 희한한 형태예요. 살이 붙은 모습 같은 게 마치 살아 있는 것 같지 않아요? 여자 팔 같군요."

노자키 조수도 맞장구쳤다.

"물론 여자지. 그것도 젊은 여자야. 이 팔의 주인은 틀림없이 미인일 거야."

미인이란 말에 노자키는 문득 아까 본 사토미 기누에의 아름다운 얼굴을 떠올렸다. 그리고 그 여자도 이렇게 아름다운 팔을 지녔을 거라고 상상하다가 스스로도 공상이 심하다는 생각에 얼굴을 붉혔다.

박사는 잠시 꼼짝도 않고 석고 팔의 어느 부분을 뚫어지게 들여다보다가 불쑥 노자키의 팔을 건드리며 이렇게 말했다.

"자네, 잠깐 여길 봐. 어떻게 된 거지? 이상하군."

박사의 목소리가 묘하게 낮았기 때문에 노자키나 히라타 청년도 깜짝 놀라 박사가 보고 있는 부분을 들여다보았다.

석고상의 손목 부분이었다. 자세히 보니 진열대 판자 위에서부터 석고상의 손목까지 작은 개미가 줄지어 움직이는 중이었다. 설탕이 묻은 것도 아닐 텐데 개미가 석고상에 꼬이다니, 아무래도 이상하다.

다시 눈을 부릅뜨고 자세히 보니 개미 행렬은 두 줄이었는데 한쪽 끝이 손목 부분에서 멈췄다. 거기까지 간 개미들은 더 앞으로 나아가지 않고 되돌아오는 것이었다.

"아아, 알았다. 석고상에 작은 구멍이 났어요. 자, 잘 봐요. 그 구멍으로 개미가 들어가고 있잖아요."

히라타 청년이 재빨리 발견하고 소리쳤다.

"그렇군. 눈에 보이지 않을 정도로 작은 구멍이야. 그런데 그냥 구멍이 있다고 해서 왜 개미가 줄지어 그리로 들어가는 걸까?"

세 사람은 이 기묘한 현상을 이해하지 못해 한동안 말이 없었다. 이윽고 구로야나기 박사는 무슨 생각인지 가게 안으로 들어가 주인에게 석고상 가격을 물었다. 터무니없는 가격을 불렀지만 바로 포장해달라고 부탁했다.

신문지로 싼 짐이 꾸려지자 박사는 그것을 아주 중요한 물건인 양

옆구리에 끼고 두 사람을 재촉해 자동차를 세워둔 거리 모퉁이로 서둘러 갔다.

자동차 안에서도 박사는 무릎 위에 얹은 큰 석고상을 꼭 잡고 창백한 얼굴로 아무 말도 하지 않았다.

나머지 두 사람은 박사의 이상한 태도에 어안이 벙벙했다. 게다가 묘하게 으스스한, 뭔가에 홀린 듯한 오한을 느껴 그들 역시 입을 열려고 하지 않았다.

박사의 저택에 차가 도착했을 때는 이미 땅거미가 밀려왔다. 차에서 내린 세 사람이 서로의 표정을 읽을 수 없을 정도로 어두웠다.

"아, 자네에겐 더 묻고 싶은 게 있으니 괜찮다면 함께 들어가세."

박사는 히라타 청년에게 그렇게 말하더니 현관 쪽으로 앞장서서 걸어갔다.

석고상의 정체

샹들리에가 불을 밝힌 서재 책상 위에는 꾸러미를 푼 석고상이 놓여 있고, 박사와 노자키, 히라타 청년은 서로 얼굴을 마주 보고 있었다.

"히라타 군."

박사가 침묵을 깨고 입을 열었다.

"자네는 아까 자네 이외에도 세일즈맨 다섯 명이 채용되었다고 했지? 그 다섯 명이 중학교에 가지고 갔다는 석고상은 모두 이것과 같은 것이었나?"

"아뇨, 그렇지 않았던 것 같습니다. 머리만 있는 것, 머리도 손발도 없이 몸통뿐인 것, 다리 같은 것도 있었던 기억이 납니다. 하지만 자세한 건 기억이 나지 않네요."

"역시 그랬군."

박사는 무슨 까닭인지 혼자 고개를 끄덕였다.

"참으로 무시무시하군. 만약 내 상상이 맞는다면 이건 믿을 수 없는 끔찍한 범죄사건이야. 하지만 생각만으로는 확인할 방법이 없지. 내 상상이 맞는지 어떤지 확인해야겠군. 노자키 군, 미안하지만 쇠망치를 가지고 와주겠나?"

"예? 쇠망치라고요?"

노자키 조수는 의아한 듯이 물었다.

"그래, 쇠망치. 그것 말고는 내 악몽 같은 의문을 풀어줄 수 있는 것이 없어."

노자키가 쇠망치를 찾기 위해 서재를 나설 때 서생이 와서 사토미 기누에가 왔다고 알렸다. 그녀는 약속대로 다시 박사 저택을 찾은 것이다.

이윽고 기누에의 아름다운 모습이 쇠망치를 찾아 온 노자키와 함께 서재에 나타났다. 기누에가 공손하게 인사하는데도 받지는 않고 박사가 대뜸 물었다.

"동생이 당신과 많이 닮았죠?"

"예? 어디가요?"

기누에는 당황해서 물었다.

"얼굴요, 얼굴."

"예, 많이 닮았습니다. 우리는 그다지 닮지 않았다고 생각하지만 다른 사람들이 똑 닮았다고 하실 정도예요."

"질문이 좀 묘한데, 혹시 동생 오른팔에 무슨 표식이 없나요? 팔만 보고도 동생이다 알 수 있을 만한."

"오른팔요?"

기누에는 이 엉뚱한 질문에 더 당황해 바로 대답할 수도 없었다. 박사의 진의를 헤아리지 못한 모양이다.

"예, 오른팔요. 뭔가 점이라거나 흉터 같은 게 없습니까?"

"예, 그런 건 있습니다. 동생은 어렸을 때부터 장난꾸러기라 오른쪽 손바닥을 크게 벤 자국이 지금도 또렷하게 남아 있죠. 그런데 어째서 그런 걸 묻죠? 아니, 그럼 설마……."

그제야 깨달았는지 기누에는 거기까지 말을 하고 얼른 입을 다물었다. 그리고 얼굴이 점점 창백해지고 핏기를 잃은 입술은 부들부들 떨리기 시작했다.

"아니, 그렇게 놀라실 건 없습니다. 아마 제 공상이겠죠. 아무리 그래도 그런 어처구니없는 일이 있으리라고는 생각할 수 없으니까요."

그러나 그것은 박사 혼자만의 생각이지 기누에에겐 의미가 통하지 않았다. 설마 박사 바로 앞 책상 위에 놓여 있는 석고상을 말하고 있으리라고는 조수인 노자키마저 생각하지 못했을 정도니까.

여기서 잠깐 독자에게 알려두어야 할 것이 있다. 모두 그렇게 이야기에 정신이 팔린 사이에 불량 청년 히라타 도이치가 어느새 서재를 빠져나가 어디론가 사라졌다는 사실이다.

그는 박사에게 손님이 왔다고 해서 일부러 자리를 비켜주었던 걸까? 아니다. 히라타는 그렇게 기특한 청년이 아니었다. 그렇다면 달리 어떤 이유가 있었을까. 미리 이야기한 대로 상습적으로 소매치기니 들치기를 하던 히라타라서 어쩌면 박사 지택의 훌륭한 가구를 보고 또 나쁜 마음이 발동한 것은 아닐까?

어쨌든 그때 히라타 청년이 서재를 슬며시 나간 일은 훗날 중대한 관계가 있으니 독자 여러분은 잘 기억해두어야 할 것이다.

그 문제는 일단 치워놓고, 구로야나기 박사가 마침내 마음을 정하고 쇠망치를 쥐었지만 문득 깨닫고 말했다.

"아, 사토미 씨. 잠깐 다른 곳에 가 계시는 게 좋을지도 모르겠군요. 만약, 정말 만에 하나지만, 속이 안 좋아질지도 모르니까요."

"아뇨, 괜찮습니다."

기누에는 어렴풋이 박사가 하는 말의 의미를 눈치채고 대답했다.

"정말 괜찮습니다. 저는 이래 봬도 제가 강하다고 생각하니까 어떤 일이 있어도 폐를 끼치는 짓은 하지 않겠습니다."

"그러세요? 아마 제 생각이 틀려서 아무 일도 아닐 거라고 생각합니다만."

말을 마치자마자 박사는 망치를 치켜들고 책상 위에 있는 석고상을 탁 내리쳤다.

퍽 하며 흰 조각이 튀고 받침대 위에 손가락 부분이 박살이 났다. 그 안에서 납빛 천 같은 것이 쑥 튀어나왔다.

과연 박사의 상상은 적중했다. 석고상 안에는 너무도 무시무시하고 엄청난 범죄의 증거가 숨겨져 있었다. 박사와 노자키 조수가 석고상에 감탄했던 것은 결코 석고상을 빚은 사람의 솜씨가 뛰어났기 때문이 아니었다. 그것은 다름 아닌 사람의 몸 그 자체에 석고 한 겹을 씌워 만든 균형미였다.

박사나 노자키 조수가 놀란 것도 당연하지만 사토미 기누에의 경악은 보기에도 참혹했다. 그녀는 잠시 어떻게 된 일인지 깨닫지 못하고 부서진 손가락을 멍하니 바라보았다. 이윽고 그게 무엇인지 깨닫고 숨을 헉 삼키며 반사적으로 뒷걸음질 쳤다. 하지만 다른 사람 눈을 의식해서인지 겨우 멈춰 서서 입술이 하얘지도록 꽉 깨물고 부릅뜬 눈으로 부패한 끔찍한 손을 응시했다.

박사는 기누에의 모습을 돌아볼 여유도 없이 서둘러 받침대에서 손목을 잡아당겨 손바닥을 확인했다. 썩어서 짓무른 상태였지만 또렷하게 남은 큼직한 흉터를 확인할 수 있었다. 이게 사토미 요시에의 한쪽 팔이라는 사실은 이제 의심할 여지도 없었다.[30]

"앗, 선생님. 사토미 씨가."

다급한 목소리에 박사가 놀라 돌아보니 정신을 잃고 쓰러진 가련한 기누에를 노자키가 팔로 부축하고 있었다.

30 '박사와 노자키 조수가 석고상에 감탄했던 것은~이제 의심할 여지도 없었다'가 〔신〕에는 없다. - 해제

청년, 사라지다

사토미 기누에는 놀라고 무서운 나머지 잠시 정신을 잃었지만 박사와 노자키 조수가 보살펴준 덕분에 잠시 후 의식을 되찾았다. 그리고 그녀를 실신하게 만든 일이 꿈도 환각도 아닌, 결코 돌이킬 수 없는 진실이라는 걸 깨닫고 사랑스러운 동생을 잃은 슬픔에 체면이고 뭐고 따질 겨를도 없이 울음을 터뜨리고 말았다.

"딱하군요. 참으로 끔찍해. 나는 오랜 세월 범죄를 다루어왔지만 이렇게 잔혹한 놈은 처음이야. 하지만 아직 실망할 일은 아닙니다. 전후 사정을 미루어보더라도, 손의 흉터를 보더라도 동생 같기는 하지만 아직 단정 지을 수는 없어요. 울고 있을 때가 아닙니다. 정신 바짝 차리셔야 합니다."

박사는 힘없이 쓰러진 기누에의 어깨를 살며시 두드리며 계속 위로하다가 문득 생각난 듯이 노자키 조수를 돌아보며 말했다.

"어라, 그 청년은 어디 갔나? 히라타인가 하는 청년. 돌아간 것은 아닐 테지."

"글쎄요, 아까는 있었던 것 같은데요. 이쪽에 정신이 팔려서 그만."

"이상한 사람이로군."

바로 그때 저택 안 어디선가 "악" 하는 이상한 비명이 들렸다. 남자 목소리인데 무척 놀랐거나 너무 무서워서 지르는 소리였다.

"누굴까요?"

노자키 조수는 창백한 얼굴을 들고 가만히 귀 기울였다.

박사는 잠시 꼼짝도 않고 서 있다가 뭔가 생각난 일이 있는 듯 서둘러 책상 위의 벨을 눌렀다.

"너 지금 무슨 큰 소리를 내지 않았느냐?"

서생이 들어오자 박사는 빠른 말투로 질문을 퍼부었다.

"아뇨, 현관 옆방에서 책을 읽고 있었습니다."

서생이 허둥지둥 대답했다.

"그럼 역시."

박사는 불쑥 한쪽 문으로 서둘러 가며 말했다.

"내가 잠깐 보고 올 테니 너희들은 사토미 씨를 보살펴드려라."

박사가 문밖으로 사라지고 잠시 지나서 옆방에서 "노자키 군, 노자키 군" 하고 요란하게 부르는 소리가 났다.

노자키 조수가 달려가보니 박사는 꽤 흥분한 모습으로 이 방에서 저 방으로 오락가락하면서 소리쳤다.

"히라타 청년이 없어. 틀림없이 이쪽에서 비명이 들렸는데 어느 방을 찾아봐도 없어. 신발, 신발. 자네, 현관에서 신발을 찾아보게."

노자키가 급히 현관으로 가보니 분명히 그 청년이 신었던 걸로 기억하는 신발이 떡하니 남아 있었다. 사라진 신발은 없다. 박사에게 그런 사실을 알리자 박사는 이렇게 말했다.

"그럼 자네도 찾는 걸 돕게. 신발이 있다면 필시 이 집 안에 있을 테니까."

박사는 앞장서서 불편한 다리를 절룩거리며 이 방 저 방 찾아다녔다.

이상한 일이 일어났다. 비명을 듣고 나서 단 2, 3분 사이에 한 사람이 사라졌다. 사람이 숨을 수 있는 모든 장소를 찾아보았는데도 히라타 청년을 찾아낼 수는 없었다.

"역시 돌아간 걸까? 하지만 왜 말도 없이 돌아간 걸까?"

박사는 한 바퀴 돌아 조수와 다시 마주쳤을 때 잠깐 멈춰 서서 이렇게 중얼거렸다. 그러고는 다시 바삐 복도 반대 방향으로 갔다.

잠시 후 이번에는 바깥문 쪽 방에서 다시 박사가 고함을 쳤다.

"노자키 군, 노자키 군. 이 창문은 자네가 열었나?"

노자키가 그리로 가보니 늘 닫아두던 응접실 창문이 한 장만 활짝 열려 있었다.

창밖으로는 자갈을 깔고 지붕을 내 차를 댈 수 있도록 한 공터 너머로 바깥문이 보였다.

"이상하군요. 물론 제가 열지 않았습니다."

"그래? 그럼 서생이나 일하는 도우미들에게 물어보세."

박사가 힘겹게 걸음을 옮겨 다시 걸으려고 하는데 노자키가 서둘러 가로막고 복도로 나가 큰 소리로 사람들을 불렀다.

곧 서생과 운전기사, 세 명의 도우미가 객실로 모여들었다. 사토미 기누에의 창백한 얼굴도 사람들 뒤편에서 보였다.

사람들에게 물어보니 그 창문을 연 사람은 아무도 없었다. 도우미 가운데 한 명은 저녁 청소 때 틀림없이 닫았다고 또렷하게 기억했다. 그렇다면 불량 청년 히라타는 도둑처럼 이 창문을 통해 도망쳤다는 건가? 창밖에는 자갈이 깔려 있어서 발자국은 남지 않지만 아무래도 그렇다고밖에 생각할 수 없다. 그런데 그는 왜 그렇게 불편한 방법을 이용해 돌아갔을까? 무슨 물건을 훔쳐 간 걸까? 박사가 방을 뒤질 때 유심히 살폈지만 없어진 물건은 전혀 없었다. 게다가 더 이상한 것은 아까 들려온 그 비명이다. 왠지 히라타 청년이 자신의 의사에 따라 이 창문을 통해 도망쳤다고는 생각할 수 없는 면이 있었다.

"자네는 현관 옆방에 있었다고 했는데, 이리 사람이 숨어드는 것을 눈치채지 못했나?"

박사가 서생에게 물었다.

"아뇨. 창가에서 떨어져 책을 읽고 있었거든요."

서생은 아무것도 몰랐다. 운전기사도 마침 그때 부엌에 있었기 때문에 바깥쪽에는 아무도 주의를 기울이지 않았던 셈이다.

그러자 박사는 서생에게 바깥문 밖까지 보고 오라고 했지만, 문밖 길에 수상한 사람은 없었다.

결국 히라타 청년이 아무런 이유도 없이 저택 안에서 연기처럼 사라졌다는 사실 이외에는 아무것도 알 수 없었다. 그는 아마 그 응접실 창문을 통해 나갔을 테지만 그런 곳으로 몰래 나가야 할 특별한 이유도 발견되지 않았다.

"제3의 인물을 생각해보면 어떻겠습니까?"

노자키 조수가 침묵을 깨고 박사의 눈치를 살피며 말했다.

"훌륭해. 그렇게 생각하는 수밖에 없겠지. 자네는 제3의 인물이 누구라고 생각하나?"

"자칭 이나가키라는 남자입니다. 너무 소설 같은 이야기가 될지도 모르겠는데 저는 왠지 그런 느낌이 듭니다. 녀석은 처음부터 우리 뒤를 밟았을지도 모르죠. 정체를 알 수 없는 악당이에요. 살해한 시체를 내다 팔 정도라면 보통 녀석은 아니겠죠. 의미도 없이 그냥 일시적인 분풀이로 사람을 죽이는 걸 아무렇지도 않게 여길 녀석입니다."

"그러면 그 녀석이 히라타라는 청년을 죽이기라도 했다는 건가?"

"증거는 없습니다. 하지만 그런 냄새가 납니다. 놈은 히라타 군이 쓸데없는 소리를 하지 않았다면 자기 범행이 이렇게 일찍 들통나지 않았을 거라고 생각했겠죠. 화가 치밀어 혼자 있는 히라타를 보자 살인마가 미쳐버렸는지도 모릅니다. 저는 그 '악' 하는 소리는 히라타 군이 목을 졸려 고통스러운 나머지 지른 비명이 아닌가 생각합니다."

"목 졸라 죽인 시체를 옆구리에 끼고 이 창문 너머로 도망쳤다는 건가? 하하하하하하, 자네 제법 소설가 같아. 그러면 내일쯤이면 히라타 청년의 시체도 어떤 가게의 쇼윈도를 장식하게 될지도 모르겠군."

박사는 농담처럼 말했지만 사실 노자키 조수의 공상을 완전히 부정하는 것 같지도 않았다.

잠시 후 서재로 돌아온 박사는 경시청에 전화를 걸어 형사부 수사과에 근무하는, 알고 지내는 나미코시[31] 경부를 바꿔달라고 했다. 나미코시 경부는 경시청 최고의 명탐정으로 불리는 인물인데 전에 박사의 의견을 들으러 온 적이 있어 그 뒤로 의족 범죄학자와 나미코시 오니(波越鬼) 경부는 무슨 일이 생기면 서로 의논하는 둘도 없는 대화 상대가 되었다.

나미코시 경부는 박사의 보고를 듣고 매우 놀란 모양이었다. 명탐정이라는 그에게도 석고상에서 사람 팔이 나온 사건은 처음인 듯했다. 그는 직접 방문해서 이야기를 듣겠다며 전화를 끊었다.

"사토미 씨, 만약 이게 동생분의 시체라면 참으로 딱한 일입니다. 지금 이쪽으로 오고 있는 경찰과 함께 충분히 조사해볼 작정인데 사토미 씨가 여기 계셔도 할 수 있는 일은 없을 거예요. 게다가 몸도 좋지 않아 보이니 일단 댁으로 돌아가시면 어떻겠습니까?"

그리고 "노자키 군이 댁까지 모셔다드리게"라고 덧붙였다.

연이어 일어나는 기괴한 일 때문에 겁에 질린 기누에는 문밖의 어둠 속에 동생을 죽인 악마가 아직도 어슬렁거릴 것만 같아 도저히 혼자 집으로 돌아갈 용기는 없었다. 초면에 예의는 아니지만 "모셔다드리죠"라고 하는 노자키의 호의에 기댈 수밖에 없었다.

두 사람은 운전기사에게 차를 준비시키고 좁은 좌석에 어깨를 나

31 경시청에서 첫손가락으로 꼽는 형사다. 이 작품 말고도 《엽기의 끝》, 《마술사》, 《황금가면》에도 등장한다. - 역주

란히 했다.

기누에의 집은 스가모에 있어 제법 멀었지만 노자키 청년에게는 기누에와 동승한 시간이 아주 짧게만 느껴졌다.

기누에는 좌석 구석에서 고개를 푹 숙인 채 말이 없었다.

노자키는 무릎과 무릎이 부딪힐 때마다 흠칫흠칫 놀라면서 약간 굳어졌지만 그래도 입으로는 뭐라고 위로의 말을 건넸다. 그리고 상대가 자기를 어떻게 생각할지 묘하게 신경 쓰였다.

처음 얼마 동안 기누에는 노자키가 건네는 위로의 말에 그저 고개만 끄덕일 뿐 아무런 대꾸도 하지 않았다. 그러나 시간이 조금 지나자 더듬더듬 입을 열기 시작해 쓸쓸하고 의지할 곳 없는 자기 가족에 대한 이야기까지 하게 되었다.

"만약 그게 정말 동생분이라면 앞으로는 어머님과 단둘이겠군요."

"예. 정말 쓸쓸하겠죠. 집에 가서 어머니께 뭐라고 말씀드려야 할지 벌써 그 걱정뿐이에요."

"그 일은 사실이 확인될 때까지 말씀드리지 않는 편이 나을지도 모르겠습니다. 그런데 이럴 때 의논할 만한 친척이라거나 가까이 지내는 분이 없니요? 여자분만 계시니 걱정되네요."

노자키는 이렇게 말하고 나서 자기가 묘한 걸 묻기 시작했다는 생각이 들었다.

"도쿄에 친척이 한 분 계시기는 하지만 아버지가 좀 괴팍하셨기 때문에 서로 아주 서먹서먹해요. 친하게 지내는 사람이라고 해봐야 우리는 오랫동안 촌에서 살았던 사람들이라 이럴 때 힘을 보태주실 수 있는 분이 근처에는 없죠. 그렇지 않았다면 여자 몸으로 박사님을 직접 찾아뵙거나 하지 않았을 테니까요."

"그래요? 힘드시겠네요."

노자키는 툭 내뱉고 입을 다물었지만 사실은 '안심하세요. 이렇게 가까워졌으니 반드시 제가 힘이 되어드릴 테니까요'라는 말이 목구멍까지 올라왔다. 하지만 그런 소리는 너무 무례할 거라는 생각에 망설였던 것이다.

기누에는 노자키가 불쑥 입을 다물자 자기가 너무 허물없게 말을 했는지, 아니면 도움이라도 원하는 듯 치사하게 들리지는 않았는지, 요즘 아가씨답지 않게 자존심 없는 생각을 하며 혼자 부끄러워했다.

그리고 그 어색하면서도 가슴 설레는 침묵 속에서 자동차는 너무도 빨리 목적지에 도착하고 말았다.

"문 앞까지 모셔다드릴까요?"

노자키는 해야 할 말을 간신히 찾아내고 기누에의 눈치를 살폈다.[32]

"아뇨, 괜찮습니다."

차에서 내린 기누에는 그렇게 말하고 정중하게 고개를 숙였다.

"그렇군요. 어머님에게는 알리지 말아야 할 테니 오히려 이상하겠군요."

노자키는 가슴 설레며 말했다.

---

32 〔헤〕에는 '노자키는 겨우 할 말을 찾아냈다'로 되어 있다. – 해제

“그럼 실례하겠습니다. 무슨 일 생기더라도 염려하지 마시고 선생님께 전화해주십시오. 저는 늘 그 집에 있으니까요.”

할까 말까 망설였던 말을 마지막에서야 가장 서툴게 하고 나서 노자키는 꾸뻑 고개를 숙인 뒤 다시 차에 올라탔다.

“정말 여러모로 감사했습니다. 선생님께도 감사 인사 전해주세요.”

차가 출발하자 기누에는 다시 고개를 숙이며 눈을 들어 노자키의 얼굴을 바라보았다.

노자키는 일부러 뒤도 돌아보지 않았다. 하지만 머릿속에는 방금 헤어진 기누에 말고는 아무런 생각도 없었다. 두근거리는 가슴을 안고 그녀가 헤어지기 직전에 바라보던 눈길에 담긴 의미를 풀려고 정신이 없었다.

제2의 석고상

구로야나기 박사가 석고상의 비밀을 발견하고 나서 하루 걸러 이틀째 신문에 여직원 피살 사건 제2보로 다음과 같은 기사가 실렸다. 사회면 윗부분에 4단짜리 큼직한 제목을 단 기사였다.

또다시 여성의 한쪽 다리 발견

D중학교 미술교실에서 발견되다

사람인가 악마인가! 끔찍한 살인마의 범행

이미 보도한 간토 빌딩 여직원 살해사건은 구로야나기 박사의 활약으로 사토미 요시에 씨의 시체 오른팔이 간다 구 O초에 있는 액자가게[33] 진열장에 석고상으로 진열되었다는 놀라운 사실이 밝혀졌다. 그리고 오늘 다시 요시에 씨 시체의 두 번째 부분이 다른 곳도 아닌 D중학교 미술교실에서 발견되었다. 범인은 피해자 요시에 씨의 시체를 토막 내어 석고를 씌운 뒤 사생용으로 여러 곳에 판매한 것으로 보이며, 경시청은 이 무의미하고 대담무쌍한 범죄 방식으로 보아 범인이 일종의 끔찍한 정신

---

33 'O초에 있는 액자가게'가 〔초〕, 〔고〕, 〔신〕에는 'S초 K액자가게'로 되어 있고, 〔슌〕, 〔도〕에는 'S초 액자가게'로 되어 있다. - 해제

병을 앓고 있을 것으로 추정하며 백방 수사 중이지만 아직 아무런 단서도 알아내지 못한 상태다.

석고상 틈새로 사람의 신체가

학생의 실수로 뜻하지 않게 발견

어제 D중학교 제16교실에서 2학년 A반 제3교시 수업 중 E학생이 실수로 사생 표본인 석고상을 건드려 여성의 한쪽 다리를 본뜬 석고상이 받침대 위에서 떨어져 깨졌다. 학생이 얼른 집어 들려고 몸을 숙이다가 "악" 하고 비명을 지르며 뒤로 물러서자 모두 무슨 일인가 싶어 다가가 보니 석고상의 깨진 틈새로 부패한 사람 신체가 드러났다. 미술교사 G씨가 깜짝 놀라 석고상을 의료실로 가지고 가 동료와 함께 살펴보니 석고상이 사실은 절단된 넓적다리 아랫부분이라는 사실이 밝혀졌다. 신고를 받은 경시청 감식과 S경부, 여직원 피살사건 담당 나미코시 오니경부 등이 출동해 문제의 석고상을 제국대학 F박사에게 맡겨 감정을 의뢰했다.

한편 경찰은 이나가키라는 범인의 지시를 받고 석고상을 D중학교에 가지고 온 자칭 세일즈맨을 찾고 있다. D중학교는 일시적으로 수업을 중단했고 교실을 청소하는 등 대소동이 일어났다.

헝겊 조각인 줄 알았다

E군 전율하며 말하다

"수업 중에 잠깐 질문이 있어 교단 쪽으로 가려는데 석고상에 옷자락이 걸려 큰 소리를 내며 떨어졌습니다. 큰일 났다는 생각에 집어 들려고 했는데 석고상 무릎 부분에 크게 벌어진 틈새로 뭔가 짙은 회색 같은 것이 드러났죠. 저는 처음에 석고상 안에 지저분한 헝겊 조각을 채워 넣은 줄 알았습니다. 그런데 자세히 보니 그게 아니라 사람의 몸이라는 걸 알게 되었죠. 참으로 끔찍했습니다. 그래서 저는 악 하고 비명을 지르며 뒤로 물러났습니다. 저는 태어나서 그렇게 기분 나쁜 것은 처음 보았습니다. 오늘은 밥도 넘어가지 않을 것 같습니다."

전대미문의 괴사건

구로야나기 박사의 말

이 소식을 듣고 사도미 요시에 피살사건을 처음으로 발견한 구로야나기 박사를 방문하니, 박사는 그 유명한 의족을 톡톡 두드리면서 다음과 같은 놀라운 의견을 내놓았다.

"곧 나타날 거라고 예상했습니다. 앞으로도 계속 나타나겠죠. 외국의 사례를 보더라도 살인범이 운반하기 쉽도록 시체를 절단할 때는 대개 여섯 부분으로 토막을 냅니다. 즉 머리, 몸통, 두 팔, 두 다리. 이렇게 여섯 부분이죠. 그러니 지금도 네 부분이 아직 어느 학교에 남아 있다는 겁니다. 저는 이번 사건이 그야말로 전대미문의 괴사건이라고 생각합니다. 왜냐하면 시체를 석고상으로 만들어 여러 학교에 나누어준 범인의 그 심리 때문입니다. 이런 행동은 평범한 사고방식으로는 판단할 수 없죠. 모든 수법으로 미루어 범인은 매우 영리합니다. 석고상이 깨져 내용물이 드러나리라는 사실은 이미 예상하고 있을 겁니다. 그런데도 시체를 많은 사람들에게 드러내는 행동을 한 까닭은 무엇일까요? 범인은 처음부터 시체를 숨길 생각이 없었던 겁니다. 오히려 시체를 가지고 세상 사람들을 조롱하는 거죠. 자신의 잔학성을 과시하고 세상을 깜짝 놀라게 만들고 싶은 거죠. 이런 심리는 외국 범죄자에게는 선례가 없지 않지만 석고상으로 만들어 중학교에 보낸다는 착상은 사실 전대미문입니다. 범인은 경찰도 이야기했듯이 일종의 정신병자임에 틀림없죠. 하지만 사고력을 잃은 이른바 미치광이는 아닙니다. 범죄에 대해서는 보통 사람 이상으로 날카로운 이성과 지혜를 갖춘 인물이 틀림없습니다. 이것은 제 상상에 지나지 않지만, 이 범인은 사토미 요시에 한 사람을 죽인 것만이 아닐 겁니다. 히라타 도이치라는 청년이 그의 수법에 걸려들었을 것이라는 사실은 이미 이 신문에 보도되었지만, 그 밖에도 여성 피해자가 더 많지 않을까 생각합니다. 실로 끔찍하고 어처구니없는 범죄자가 나타난 겁니다. 경찰이 하루빨리 진범을 찾아내주기를 바랍니다. 저도 미력이나마 나름의 방법으로 범인을 찾아낼 작정입니다."

신문지 끄트머리가 목욕물에 잠겨 축축해지자 그는 신문을 구겨서 구석으로 휙 던졌다.

자그마한, 그러나 제법 호화로운 서양식 욕실이었다. 대리석 같은 타일을 깐 바닥에 직사각형으로 움푹 들어간 부분이 있는데 거기에 찰랑찰랑 우윳빛 목욕물을 채웠다. 욕실 안에는 온통 뜨거운 김과 방향이 떠다니고, 우윳빛 목욕물에 온몸을 담근 구로야나기 박사의 머리만 그 수면 위에 떠 있었다. 그는 자기가 한 발언이 게재된 석간 신문을 읽고 있었다.

앞에서 구로야나기 박사를 기인이라고 했지만, 이런 목욕도 그의 이상한 버릇 가운데 하나였다. 그는 거의 매일 한 차례씩 이 욕조에 몸을 담그고 독서를 하거나 명상에 잠기는 습관이 있다. 그는 욕조에서 두세 시간씩을 보냈는데, 그동안은 욕실 문을 안쪽에서 잠그고 급한 용건은 욕조 나무상자 위에 갖추어놓은 실내전화로 서생이나 조수를 통해 처리했다. 손님이 왔을 때도 서생이 전화로 박사에게 알린다.

이곳은 말하자면 박사에게는 유메도노(夢殿)[34]인 셈이었다. 이런 예를 들어도 될지 모르지만, 그 옛날 쇼토쿠태자가 이 나라를 다스릴 때 유메도노에서 한 명상에 기초해 처리했듯이 구로야나기 박사는 욕실에서 하는 묵상으로 학문적으로나 범죄를 다루는 탐정으로서 놀라운 착상을 얻었다.

---

34 739년에 지어진 건물로 일본의 국보다. 옛날 쇼토쿠태자(聖德太子, 574~622)가 꿈속에서 부처를 만났다는 건물로, 지금도 나라 현의 호류지(法隆寺) 절에 그 이름을 딴 건축물이 남아 있다. – 역주

문에 자물쇠를 걸어두는 까닭은 묵상을 방해받지 않기 위해서이기도 했지만 또 다른 이유는 흉한 다리를 남에게 보여주기 꺼리기 때문이라고도 한다. 목욕물에 약재를 타 우윳빛으로 만드는 것도 같은 이유 때문이리라.

박사는 신문을 내던지더니 뜨거운 물에 잠긴 채 눈을 감고 가만히 움직이지 않았다. 10분, 20분. 박사의 표정은 잠이 든 듯 고요했다.

그때 지지익, 희미하게 전화벨 소리가 들려왔다. 서생이 건 전화다.

박사는 목욕물 밖으로 상반신을 내밀고 나무 상자 위에 있는 수화기를 들고 화가 난 목소리로 "뭐냐?"라고 말했다.

"나미코시 경부님이 오셨습니다. 급한 일이라고 하십니다."

서생이 겁먹은 목소리로 전했다. 박사는 목욕 중에 걸핏하면 화를 내기 때문이다.

"응접실로 안내해드려."

박사는 수화기를 내려놓고 다시 욕조에 온몸을 담갔다.

푸른 수염

얼마 지나지 않아 응접실의 둥근 테이블을 사이에 두고 목욕 가운 차림의 구로야나기 박사와 경시청 수사과 나미코시 경부가 마주앉았다. 사건이 일어난 뒤로 경부는 두 번째 방문이다.

"박사님 추측이 맞았습니다. 오늘 아침 신문을 보고 여러 중학교와 여학교에서 큰 소동이 일어났죠. 혹시 자기 학교에도 시체로 만든 석고상이 있지 않나 싶어서죠. 그런데 나머지 부분, 즉 목과 몸통과 왼쪽 팔다리가 모두 다 발견되었군요. 아자부에 있는 S중학교, 간다에 있는 T여학교, 같은 구 안에 있는 O미술학교, 아오야마에 있는 B중학교. 이렇게 네 학교에서 나왔습니다. 오늘 그게 모두 경시청에 도착해, 바로 대학으로 보내 만약을 위해 동일인의 시체인지 아닌지 확인하도록 했습니다. 하기야 아마추어가 보기에도 여섯 부분의 잘린 자국을 이어보면 정확하게 여성 한 명이 만들어진다는 걸 알 수 있지만."

나미코시 경부는 오니(鬼)라는 이름에 어울리지 않게 온화한 얼굴로 웃음까지 머금은 채 거래를 위한 대화라도 하듯 태연한 말투로 이야기했다.

"참으로 대단합니다. 아주 대담무쌍한 악당이거나 아니면 미치광이가 저지른 짓이겠죠. 그래, 수사에는 진전이 있습니까?"

박사도 상대방 못지않게 무표정한 얼굴에 사무적인 말투로 말했다.

"간토 빌딩에서 조사한 이나가키의 특징을 각 경찰서에 통지한 것은 물론이지만 시내 택시회사 차고에 수배를 해서 그날 료고쿠바시 부근에서 이나가키와 요시에를 태운 차가 없는지 찾고 있죠. 그들이 료고쿠바시에서 일단 차에서 내렸던 것은 행선지를 눈치채지 못하도록 다른 차로 갈아타기 위해서였다고 생각할 수밖에 없습니다. 료고쿠바시 부근의 S초를 충분히 확인해보았지만 아무런 단서도 잡지 못했죠."

"그거 멋진 착안이로군요. 그래, 결과는 어떻습니까?"

"아직 없습니다. 그 밖에는 이나가키가 간토 빌딩 사무실을 빌릴 때 가구와 상품을 사들인 가게를 조사해보았습니다만, 녀석은 실로 용의주도하더군요. 모든 가게에 전화로 주문했고 얼굴을 보여주지 않았습니다. 물론 첫 거래라 이나가키의 집이 어딘지도 모르고요. 그 뒤로 간토 빌딩에 제출한 이나가키의 집 주소도 혹시나 싶어 확인해보았지만 아시다시피 그 주소에 그런 사람은 살지 않습니다. 완전히 엉터리 주소죠."

"그래서요?"

"그것뿐입니다. 어디부터 손을 대야 할지 모르겠군요. 료고쿠바시에서 놈을 태운 자동차가 발견되기 전에는 수사에 진척이 없을 거라고 해도 좋을 상황입니다. 하지만 사건이 사건인 만큼 신문도 기사를 마구 써대니 윗분들이 골치 아파합니다. 그게 저한테까지 영향을 미치니 견딜 수가 없군요. 사실 좀 불안하기는 합니다. 그래서 또 박사님 지혜를 빌리려고 찾아뵌 거죠."

"저는 지금 아무 생각도 없습니다. 그저 기다릴 뿐이죠."

"뭘 말인가요?"

"범인이 내게 접근하기를요."

"접근할 거라뇨?"

"놈은 내가 적이라는 사실을 알고 있습니다. 나를 증오하겠죠. 어쩌면 두려워할지도 모르겠군요. 누구라도 적을 그냥 방치해두지는 않는 법이니까요. 두고 보십시오. 놈은 틀림없이 나를 감시할 겁니다. 미행하겠죠. 그리고 내 생각을 한 걸음 앞질러 선수를 치려고 들 겁니다. 이 정도 되는 악당이라면 결코 적으로부터 도망치려고 하지 않습니다. 오히려 적에게 접근하죠. 그게 정말로 안전한 방법이니까요."

"그럴까요?"

나미코시 경부는 약간 섭섭한 표정이었다.

"실제로 놈은 내가 이 사건에 손을 댄 초기부터 내게 접근하지 않았습니까? 놈은 그날 내내 우리 뒤를 미행했던 거죠. 그렇지 않다면 이 집에서 히라타라는 청년을 잡아갈 수 없었을 테니까요. 두고 보세요. 2, 3일 안에 놈은 틀림없이 내 주변에 나타날 겁니다. 그때 나와 그놈의 싸움이 시작되는 거죠. 그때는 말할 필요도 없이 경부님에게 지원을 요청하게 되겠죠."

구로야나기 박사는 굳게 믿는 바가 있다는 말투였다. 나미코시 경부는 박사가 이토록 확신하는 데에는 아직 자기에게 털어놓지 않은 다른 이유가 있다는 생각이 들었다.

"경부님 말씀대로 이 사건은 자동차를 찾는 일과 용모파기(容貌疤記)를 바탕으로 그럴듯한 용의자를 찾는 일 이외에는 아무런 방법도 없지만, 아마 그런 방법보다 제 소극적인 방법이 더 빠를 겁니다."

박사는 그렇게 말하고 무슨 영문인지 히죽히죽 웃더니 불쑥 표정을 바꾸고 이렇게 말했다.

"그런데 며칠 전 부탁드린 건 가지고 왔습니까?"

"이런 깜빡했군요. 가지고 왔죠. 가출여성 사진을 보자고 하셨죠?."

"그렇습니다. 최근 한두 달 사이에 행방불명되어 경찰에 신고가 들어온 젊은 여자 사진을 모아달라고 했죠."

"최대한 모아보았습니다. 사진이 없는 경우도 많지만 그래도 여기 50장쯤 가지고 왔습니다."

"좋습니다."

박사는 사진을 받아 들고 한 장씩 살펴보더니 50여 장 가운데 석 장만 뽑아 책상 위에 늘어놓았다.

"이 세 사람은 왠지 닮은 것 같지 않으세요?"

"글쎄요. 그러고 보니 닮은 구석이 있는 것 같기도 하네요."

경부는 의아한 표정을 지으며 대답했다.

"그런데 경부님은 이 석 장의 사진 속 여성과 많이 닮은 사람을 요즘 본 기억이 없습니까?"

나미코시 경부는 묘한 표정을 지으며 잠시 생각에 잠겼지만 이내 퍼뜩 머릿속에 떠올랐는지 소리를 질렀다.

"사토미 기누에 말인가요?"

"닮았죠? 자매처럼 닮았다고 할 수는 없지만 적어도 미인이면서 코가 높지 않다는 점이나 입술과 코 사이가 무척 좁다는 점은 아주 많이 닮았을 겁니다. 기누에 씨와 죽은 요시에 씨는 자매이고 듣기로 아주 많이 닮았다고 하더군요. 이건 결국 피해자인 요시에 씨와 이 사진 속 세 아가씨는 같은 특징을 지닌 얼굴이라는 이야기가 됩니다."

"아무리 생각해도 말씀하시는 의미를 모르겠습니다만."

나미코시 경부는 박사가 빙 둘러 이야기하는 바람에 내심 애가 탔다.

"이건 내 공상입니다. 심리적으로는 상당히 근거가 있는 이야기지만 일반적인 사고방식으로는 공상이라고 해도 어쩔 수 없죠. 즉 나는 이번 범인이 서양의 이른바 '푸른 수염' 같은 일종의 변태성욕자가 아닌가 생각합니다. '푸른 수염'이란 막연한 명칭이고, 어떤 사람, 예를 들면 랑드뤼[35] 같은 범죄자는 여성의 재산을 노리지만 이 범인한테는 그런 조짐이 보이지 않는 것 같습니다. 다만 계속 여자와 접촉하고 그 사람을 죽입니다. 죽이지 않고는 견디지 못하는 거죠. 지

35 Henri Désiré Landru, 1869~1922. 프랑스 파리에서 태어난 유명한 연쇄살인마. 수많은 여성을 유괴하고 살해, 1919년에 체포되었다. 여러 차례 영화, 드라마 등의 소재가 되었다. - 역주

독한 색마입니다. 그래서 살인은 이번이 처음이 아니고 이미 피해자가 여러 명 있는데 아직 발각되지 않은 게 아닐까 상상하는 거죠."

"어째서죠?"

"아무런 원한도 없이 그냥 신문광고로 모집한 여성을 죽여 시체를 절단하기도 하고, 게다가 가공까지 해서 여러 곳에 퍼뜨리기도 하니까요. 이게 첫 살인이라면 미치광이가 아니고서야 너무 대담무쌍하지 않습니까? 처음에는 그냥 죽이지만 점점 그 정도로는 만족할 수 없어 점점 잔혹해져 결국은 시체를 절단하고 시내 곳곳에 진열하자는 생각에 이르렀죠. 즉 요시에 살해는 그의 첫 번째 살인이 아니라고 보는 게 자연스럽지 않을까요?"

"그런 식으로 생각할 수 있겠군요."

"나는 이 공상이 옳다고 거의 확신합니다. 그리고 나는 희생자를 신문광고로 모집한 의미를 생각해보았죠. 첫째는 단서를 남기지 않기 위해서입니다. 아무런 연고도 없는 사람을 죽이는 것만큼 안전한 건 없으니까요. 두 번째는 가장 마음에 드는 여성을 고를 수 있기 때문이죠. 그 결과 요시에 씨가 선택되었다면 요시에 씨의 얼굴이 범인의 이상형임에 틀림없습니다. 그런데 요시에 씨에게는 아주 두드러진 특징이 있습니다. 코가 낮다는 점과 코와 윗입술 사이가 매우 좁다는 점입니다. 그래서 생각해낸 것이 행방불명된 아가씨의 사진이었습니다. 이렇게만 이야기하면 벌써 아시겠지만 지금 뽑은 사진 속 세 아가씨의 행방불명되었을 당시의 상황을 조사해보면 의외로 그런 간접적인 면에서 범인의 신원이 밝혀질 수 있을지도 모릅니다.

이건 공상입니다. 공상이지만 달리 확실한 단서도 없는 상황에서 범인이 탄 자동차를 찾는 것과 비슷한 정도의 노력을 이 방면에 기울여보는 것도 나쁘지 않을 것 같습니다."

"알겠습니다. 지푸라기라도 잡고 싶은 심정입니다. 설사 공상이라고 하더라도 그다지 품이 많이 들지 않을 테니 박사님 의견대로 한번 해보기로 하죠. 아, 감사합니다. 역시 찾아뵌 보람이 있군요. 아무 생각도 않는다고 하시더니 이런 추리를 해내시다니. 하하하하하하."

나미코시 경부는 웃기는 했지만 내심 박사의 공상을 크게 믿지는 않는 듯했다.

독거미의 실

조수 노자키 사부로는 2, 3일 내내 왠지 멍해 보였다. 책상에 앉아 일을 하다가도 어느새 손을 놓고 멍한 눈으로 가만히 한곳만 바라보았다. 그것을 눈치챈 박사가 노자키의 건강을 물을 정도였다.

그는 사토미 기누에를 데려다준 그날 밤 이후, 오직 한 가지 이외에는 생각할 수 없었다. 밤에는 밤대로 잠을 이루지 못한 채 어떤 환각에 시달렸고, 낮이면 낮대로 일이 손에 잡히지 않았다.

"이제 더는 만나지 못하는 걸까? 다시 만날 기회도, 이야기 나눌 일도 없는 걸까?"

그는 원래 내성적인 사람은 아니었는데 어째서인지 그 문제에 대해서는 유난히 내성적이었다.

딱 한 번 본 사람이 이렇게 고민의 씨앗이 되다니, 이상한 생각마저 들었다.

"아예 내가 직접 찾아가볼까? 핑곗거리가 없지는 않으니까."

노자키는 하루에도 몇 번씩 그런 생각을 했다. 그리고 결국 그 생각을 실행에 옮기기로 마음을 굳힌 것은 나미코시 경부가 박사를 찾아온 이튿날이었다.

오후 4시경, 그는 박사에게 알리지도 않고 몰래 저택을 나섰다. 마침 그때 박사가 목욕을 오래 하고 있었기 때문에 좋은 기회이기도 했다.

사토미 기누에가 사는 집 앞에 도착한 뒤에도 들어갈까 말까 한동안 망설였다. 그러다가 용기를 내어 격자문을 열고 여성들만 사는 집답게 깔끔하게 정돈된 한 평짜리 봉당에 들어섰다.

"계십니까" 하고 묻자 미닫이가 얌전히 열리고 트레머리를 한 기품 있는 노인이 나왔다.

"저는 구로야나기 박사님 댁에서 왔습니다만, 사토미 기누에 씨 계십니까?"

"아, 그러십니까? 며칠 전 기누에가 폐를 끼친 모양인데 여러모로 감사했습니다. 저어, 혹시 기누에를 데리러 오신 건가요?"

요시에가 당한 불행 때문에 침울할 텐데도 노인의 고풍스러운 몸가짐에서는 그런 감정을 드러내지 않으려고 애쓰는 모습이 보였다.

"아뇨, 그런 건 아닙니다만."

노자키는 가슴이 두근두근했다.

그러자 노인은 의아한 표정을 지으며 이상한 말을 했다.

"아니, 그럼 젊은이는 박사님 댁에 내내 계셨던 게 아닌가요? 사실은 조금 전 박사님이 편지를 써서 마중할 사람을 보내왔습니다. 그래서 기누에는 그 사람의 차를 타고 갔습니다만."

"박사님 댁으로요?"

"예, 그렇습니다."

"이상하군, 몇 시쯤이었나요?"

"이제 한 시간쯤 되었을까요?"

한 시간 전이라면 박사는 이미 욕실에 틀어박힌 상태였다. 노자키가 저택을 출발할 때 분명히 차고 안에 있는 자동차를 보았다. 이건 예삿일이 아니라는 생각이 들었다. 노자키는 가슴이 뛰었다.

"그 편지가 남아 있습니까? 좀 볼 수 있을까요?"

"분명히 그대로 두었죠. 잠깐 기다리세요."

잠시 후 노인이 가지고 온 봉투를 열어보니 급한 일이 있어 자동차를 보내니 타고 와달라는 간단한 내용이 들어 있었다. 하지만 박사의 필적과는 전혀 달랐다.

"이런! 가짜 편지입니다."

"예? 가짜 편지라고요? 그럼 기누에도 악당에게 유괴당한 건가요?"

노인은 안절부절못하고 일어나 당황한 목소리로 말했다.

"그럴지도 모르죠. 어쨌든 저는 일단 돌아가봐야 하겠습니다. 혼자 계시기 무서울 테지만 바로 저나 집에 있는 다른 사람을 보낼 테니 잠시 참고 계세요."

노자키는 인사도 하는 둥 마는 둥 불쌍한 노파를 두고 큰길로 나와 택시를 잡아타고 바로 박사의 저택으로 돌아갔다.

서생에게 선생님은 어디 계시느냐고 묻자 아직 욕실이라고 했지만 머뭇거리고 있을 때가 아니었기 때문에 실내전화기로 달려가 벨을 눌렀다.

"뭐냐?"

겨우 수화기 저편에서 그 무뚝뚝한 목소리가 들렸다.

"선생님이 사토미 기누에 씨에게 이쪽으로 오라는 편지를 보내셨나요?"

"아니, 그런 일 없다."

"그럼 역시 가짜 편지로군요. 선생님 존함을 사칭해서 기누에 씨를 불러낸 녀석이 있습니다. 한 시간 조금 전에요. 우연히 제가 기누에 씨 집에 들렀다가 알게 되었습니다."

노자키는 이제 부끄러워하고만 있을 수 없었다.

"바보 같은 놈."

박사가 호통을 쳤다. 노자키는 자기를 질책하는 거라고 생각해 새파랗게 질렸지만 곧 박사가 혼잣말을 한 거라는 사실을 깨달았다.

"나는 왜 이리 바보 같지. 그걸 계산하지 못하다니. 하지만 어쩔 수 없지. 이제 와서 허둥대봤자 아무 소용없어. 노자키 군, 자네는 바로 나미코시 경부에게 전화를 걸어서 보고만이라도 하고 다시 기누에 씨 집에 다녀와. 노인이 혼자 있으면 겁이 날 테니까. 그리고 가능하면 부근에서 그 자동차를 본 사람이 있는지 조사해. 차 번호라거나 간 방향, 운전사 생김새 같은 걸 들을 수 있다면 나미코시 경부가 기뻐하겠지. 나도 뒤따라가겠네."

그리고 전화를 툭 끊었다.

수족관의 인어

구로야나기 박사와 노자키 조수, 나미코시 경부가 그날 밤 스가모에 있는 사토미의 집에서 만나 주변을 조사했지만 아무것도 얻을 수 없었다. 악마는 그림자처럼 나타났다 사라져 그 가짜 편지 말고는 단서가 될 만한 것은 머리카락 한 오라기도 남기지 않았다.

하지만 이튿날 모든 신문 독자들을 깜짝 놀라게 할 만한 엄청난 사건이 일어났다. 쇼난가타세 해안에서 긴 널다리를 건너 에노시마로 들어가는 곳에 작은 수족관이 있다. 아직 피서하기에는 이른 철이라 이 수족관에 가는 사람들은 시골에서 올라온 관광객 정도였다. 대체로 철 지난 유원지 같은, 왠지 호젓한 느낌이 드는 곳이었다. 특히 아침에는 손님도 거의 없어 매표원과 청소하는 노인이 느긋하게 하품을 섞어가며 잡담을 나누는 정도였다.

10시쯤 되어 겨우 손님 한 명이 그날 처음으로 표를 샀다. 그는 스케치 여행을 온 젊은 서양화가였는데, 입구 나무 울타리에서 지키고 선 영감에게 표를 건네고 어두컴컴하고 고요한 수족관 안으로 성큼성큼 걸어 들어갔다.

어두컴컴한 수족관 안에는 폭 2미터쯤 되는 수조가 마치 쇼윈도처럼 양쪽에 쭉 놓여 있었다. 햇빛이 그 수조의 검푸른 물과 두꺼운 유리를 통해 방 전체를 바닷속처럼 으스스하게 살짝 비추었다.

청년 화가는 유리판에 얼굴을 들이대듯 가까이 하고 하나하나 꼼꼼하게 살펴보았다.

어떤 수조에는 닭새우 무리가 마치 물속의 거대한 거미처럼 시커먼 바위 사이를 기분 나쁘게 돌아다니고 있었다. 어떤 수조에는 커다란 문어가 다리 여덟 개를 유리에 붙이고 속을 메슥거리게 만드는 수많은 빨판을 정면으로 드러내 보였다. 네모난 몸을 지닌 복어는 화난 심술쟁이 영감처럼 바삐 돌아다녔다. 풍만하고 아름다운 돌돔은 알록달록 빛나는 큰 몸집을 과시하며 유유히 헤엄쳤다. 또 어느 수조에는 보기 드문 바다뱀이 인광을 뿜어내며 구불구불 솟아올랐다.

하지만 어떻게 된 일일까? 청년 화가가 어느 수조 앞까지 가더니 마치 감전된 사람처럼 펄쩍 뛰어올랐는데, 이윽고 주춤주춤 유리판으로 다가가 허리를 구부리고 가만히 수조 윗부분을 들여다보았다. 도대체 어떤 기이한 물고기 때문일까?

그러던 청년의 얼굴이 점점 창백해지더니 표정이 굳어졌다.

"인어, 인어."

그는 뭔가 환각이라도 떨쳐내려는 듯한 손짓을 하며 헛소리처럼 중얼거렸다. 그리고 이윽고 비틀비틀하는가 싶더니 "으악" 하고 비명을 지르며 미친 듯이 입구를 향해 달려갔다.

입구 나무 울타리 쪽에서는 아까 그 영감이 짧은 휴대용 담뱃대를 뻐끔뻐끔 빨고 있었는데, 갑자기 달려 나온 청년 화가가 느닷없이 그 영감의 소매를 잡고 아무 말도 없이 수조 쪽으로 끌고 갔다. 너무 갑작스러운 일에 어리둥절한 영감은 뭐라고 할 틈도 없었다.

"저거요, 저거!"

청년은 영감의 얼굴을 유리판에 들이밀고 횡설수설 소리쳤다.

영감은 잠시 무슨 일인지 모르는 듯했지만 이윽고 그 수조 윗부분을 보더니 청년과 마찬가지로 "악" 하고 비명을 지르며 뒤로 펄쩍 물러섰다.

거기에는 수면에 엎드려 반쯤 물에 잠긴 거대한, 아름다운 인어가 숨져 있었다.

검은 머리카락은 해초처럼 출렁이고, 아래로 향한 아름다운 얼굴은 고통으로 일그러졌으며 두 젖가슴은 종유석처럼 바닥을 향했다. 좁은 탱크라 구부러진 두 발이 기괴한 곡선을 그리며 수조에 떠 있었다. 그리고 왼쪽 젖가슴 아래 쩍 벌어진 창백한 상처가 보이고 거기에서 아직도 조금씩 흘러나오는 피가 수조의 검푸른 물에 번져나가고 있었다.[36]

청년 화가나 영감에게는 너무나 느닷없는 일이라 그게 무시무시한 살인죄의 피해자라는 사실은 물론, 사람의 시체라는 사실마저 아직 제대로 파악하지 못한 듯했다. 그러나 이 수조의 인어는 바로, 독자는 이미 알아차렸을, 증오스러운 살인마의 수법에 걸려든 사토미 기누에의 아름다운 시체였다.

---

36 '검은 머리카락은~번져나가고 있었다'가 [신]에서는 삭제되었다. - 해제

세 번째 희생자

두 번째 살인사건에서 범인은 그 어떤 실마리도 남기지 않았다. 알게 된 사실은 다음과 같았다. 피해자가 첫 번째 피해자인 요시에의 언니라는 사실. 하루 전 구로야나기 박사를 사칭한 가짜 편지를 받고 불려 나가 자동차를 타고 어디론가 사라졌다는 사실. 예리한 칼날에 심장 부분이 도려내졌다는 사실. 목숨을 잃은 시각은 전날 밤 12시경으로 보인다는 사실. 하지만 이런 사실들 가운데 수사의 실마리가 될 만한 것은 하나도 없었다.

또 가타세에 사는 한 어부가 현장에 달려온 나미코시 경부에게 다음과 같은 이야기를 했다.

그는 전날 밤 2시경 친구 집에서 밤늦게까지 놀다가 집으로 돌아가던 중이었다. 가타세에서 에노시마로 통하는 긴 널다리 밑을 지날 때, 그 늦은 시각 다리 위에서 에노시마 쪽으로 서둘러 가는 사람의 그림자에 깜짝 놀랐다. 캄캄한 밤이라 실루엣밖에 볼 수 없었지만 양복을 입은 것 같은 두 남자가 커다란 자루 같은 짐을 앞뒤에서 들고 갔다는 이야기였다.

조사해보았지만 그 부근에 사는 사람들 가운데 그 시각에 짐을 들고 다리를 건넌 이는 한 명도 없다는 사실이 밝혀졌다.

빈약한 단서지만 이와 같은 내용을 가지고 다음과 같이 범죄 경과를 추정할 수 있었다.

아마 범인은 피해자를 그 빈집으로 끌고 가 목적을 이룬 뒤 처참하게 죽였을 것이다.[37] 그리고[38] 시체를 자루에 넣어 자동차에 싣고 캄캄한 국도를 달렸다. 한패와 함께 차가 지날 수 없는 긴 다리 위를 자루를 들고 건너 수족관에 도착했다. 그리고 수조 밖에서 유리 뚜껑을 열고 시체를 던져 넣었다. 살인은 12시경에 이루어졌으며 그들이 널다리를 건넌 시각이 2시이니 그사이에 도쿄에서 가타세까지 시체를 운반한 셈이다.

구로야나기 박사는 나미코시 경부에게서 전화 연락을 받고 현장으로 달려갔지만 박사마저 범인의 솜씨에 찬탄할 뿐, 아무런 실마리도 잡을 수 없었다.

그날 석간신문 사회면은 온통 수족관 사건으로 메워졌다. 어느 신문이나 기누에의 사진은 물론 요시에의 사진, 수족관 전경 등을 게재했고 두 피해자 어머니의 슬픈 사연, 구로야나기 박사의 의견 등을 덧붙였다.

시민들은 거듭되는 끔찍한 사건 소식에 심한 충격을 받았다. 일찍이 이토록 시민들을 두려움에 떨게 만든 범죄는 없었다고 해도 좋다. 특히 첫 번째 희생자인 요시에가 수많은 응모자 가운데 선택받

---

37 이 부분은 나미코시 경부의 추리가 아니라 빈집의 존재를 아는 독자에게 말하는 문장으로 보아야 한다. – 역주

38 '아마 그 빈집으로 끌고 가 목적을 이룬 뒤 처참하게 죽였을 것이다. 그리고'가 〔도〕에는 '끔찍하게 죽인'으로 되어 있다. – 해제

았다는 사실, 두 번째 희생자가 요시에와 용모가 흡사한 언니였다는 사실, 또 구로야나기 박사의 제안에 따라 나미코시 경부가 행방불명 신고를 낸 젊은 여성 가운데 요시에와 비슷하게 생긴 사람을 찾아내 가출 당시의 상황을 조사 중이라는 사실 (신문기자는 이런 내용을 빠짐없이 보도했다)[39] 등으로 미루어 범인은 희생자의 용모에 일정한 취향을 지니고 있다는 것이 알려져 젊은 여성들 사이에는 엄청난 공포를 불러일으켰다.

"이번 범죄에는 아무런 동기도 이유도 없다. 그저 범인은 자신의 취향에 맞는 여성을 닥치는 대로 희생자로 고른다."

이건 그야말로 전율할 만한 일이었다. 게다가 그 무시무시한 범인이 어떤 남자인지, 어디 숨어 있는지 전혀 모른다. 공포 시대다.

젊은 여성이 모이는 곳에서는 반드시 '푸른 수염' 이야기가 나왔다. '너 어쩐지 사토미 요시에를 닮았어'라는 말을 들은 아가씨들은 입술이 파랗게 질리고 몸을 부들부들 떨었다. 가정에서는 아가씨 혼자 외출하는 것을 금지하고, 등하교하는 여학생을 바래다주고 마중 나가는 집들이 늘기까지 했다고 한다.

비난의 과녁은 경시청이었다. 매일 간부 협의회가 열렸다. 그리고 측은한 나미코시 경부가 그 질문의 화살을 정면으로 맞아야만 했다.

수족관 사건이 일어난 지 사흘째 되던 날, 손쓸 방법이 없었던 나미코시 경부는 모처럼 기분전환 삼아 구로야나기 박사를 다시 방문

39 '조사 중이라는 사실 (신문기자는 이런 내용을 빠짐없이 보도했다)'가 〔도〕에는 '조사 중이라는 사실'로만 되어 있어 있으며 괄호 안의 내용은 뺐다. – 해제

했다. 박사의 저택 응접실에는 주인인 박사와 노자키 조수, 손님인 나미코시 경부가 마주 앉았다.

노자키는 기누에가 죽은 뒤로 창백한 얼굴을 하고 말하기도 귀찮아하는 듯했다.

"박사님 주장에 따라 요시에, 기누에 씨와 많이 닮은 행방불명된 아가씨들을 조사했는데, 어제 겨우 보고가 정리되었습니다. 하지만 그쪽도 단서는 전혀 없죠."

경부가 내뱉듯 말했다.

"집을 나갔을 당시의 상황을 파악했겠죠?"

박사는 늘 그렇듯 무표정했다.

"참고할 만한 내용이 거의 없지만 세 사람 모두 공통점이 있습니다."

"호오, 그거 귀가 솔깃해지는군요."

"아뇨, 그리 대단한 내용은 아닙니다. 세 아가씨 모두 친구를 방문한다거나 볼일이 있어 외출했다가 그만 돌아오지 않았다는데, 다들 번듯한 집안 아가씨들이라 외출할 때는 근처 큰길에서 늘 1엔 택시[40]를 타는 습관이 있었다고 하더군요. 묘하게 세 사람 모두 일치하는 공통점입니다."

"또 자동차입니까? 우리는 이 사건 처음부터 자동차 이야기만 듣는군요. 첫 번째는 범인과 요시에 씨가 료고쿠바시 근처에서 갈아탄

---

40 대도시에서 균일가 요금 1엔에 운행하던 택시를 말한다. 1924년에 오사카에서 시작되어 1926년에는 도쿄에서도 영업을 시작했다. - 역주

자동차, 두 번째는 기누에 씨를 가짜 편지로 속여 데리고 간 자동차, 세 번째는 기누에 씨의 시체를 에노시마로 옮긴 자동차, 그리고 지금 또 행방불명된 아가씨들도 자동차가 연관되었군요. 이게 대체 무엇을 의미하는 걸까요?"

"그렇군요. 그러고 보니 이상하게 자동차와 연결되는군요."

"그건 말이죠, 범인이 차를 가지고 있다는 이야기 아닐까요? 전에는 살인 같은 범죄를 저지르는 범죄자는 대부분 가난해서 차가 없었죠. 하지만 이번 녀석은 미술상을 연 것만 봐도 알 수 있듯이 꽤 부유한 모양이니까요. 만약 자동차를 가지고 있다면 이건 대단한 무기죠. 자가용으로도 영업용으로도 자유롭게 위장할 수 있으니까요. 범인 자신이 1엔 택시 운전기사로 변장해 노리는 아가씨가 타주기를 기다릴 수도 있죠. 게다가 차 번호판을 계속 바꾸면 잡힐 일은 거의 없을 테니까요."

"그렇지만 범인이 자동차를 가지고 있는지 알 수 있다면 수사에 어느 정도 방향이 설 텐데."

"아뇨. 나는 오히려 수색이 늦어지지 않을까 걱정스럽습니다. 왜냐하면 범인이 자동차를 가지고 있다면 아까 말씀하신 것처럼 요시에 씨를 데리고 다른 차로 바꿔 탄 것이나, 기누에 씨를 태우고 간 것, 에노시마에 간 것도 모두 위험한 상황이라 범인 자신의 자동차를 사용하는 게 틀림없죠. 그렇다면 우리가 며칠 전부터 찾고 있는 료고쿠바시 근처에서 범인을 태운 자동차가 나타날 리 없습니다. 운전기사가 신고하지 않는 걸 보면 아마도 내 추측이 맞는 것 같아요. 세상이 이렇게 소란스러운데 그때 요시에 씨를 태운 운전기사가 있다면 잠자코 있을 리 없죠. 범인이건 요시에 씨건 어떻게 생겼는지 정확하게 알고 있을 테니까요."

만약 박사의 추측이 맞는다면 일말의 희망을 걸고 있던 수사의 실마리는 완전히 끊어지고 마는 셈이다. 나미코시 경부는 쓴웃음을 지으며 잠시 아무 말도 하지 않았다. 이윽고 불쑥 고개를 들더니 이런 말을 꺼냈다.

"하지만 범인의 속셈을 이해할 수 없군요. 도대체 왜 에노시마 같은 먼 곳까지 시체를 운반하고, 그것도 수족관처럼 남의 이목을 끌기 쉬운 곳에 넣어놓은 걸까요? 미치광이라고밖에 생각할 수 없네요."

"내가 전례가 없는 범죄라고 한 까닭이 바로 그 때문입니다."

박사가 야릇한 미소를 지으며 말했다.

"범인은 으스대고 있는 겁니다. 인기 배우처럼 뽐내는 거죠. 사냥꾼이 잡은 짐승을 허리에 걸고 과시하듯, 놈은 자기의 멋들어진 살인 솜씨를 자랑하는 겁니다. 게다가 놈은 제법 예술가인 척하죠. 시체를 절단해 석고상으로 만든 것도 그렇지만 이번 수수께끼는 놈이 수족관 안에서 터무니없는 인어를 창조했으니까요. 멀리 에노시마까지 시체를 옮긴 까닭은 다 범인이 묘하게 예술가인 척하기 때문이죠. 그런 짓을 할 수 있는 수족관은 부근에서 에노시마 정도입니다. 우에노나 아사쿠사에 있는 수족관은 수조가 좁거나 너무 붐벼서 그런 짓을 하기에 적당하지 않죠."

박사는 범인의 범죄를 예찬하는 듯한 말투였다. 나미코시 경부는 약간 못마땅했다.

"예술인지 뭔지 모르겠지만 결코 이런 예술가가 날뛰게 놔둘 수는 없죠."

나미코시 경부가 비웃듯 말했다.

"아, 내 나쁜 버릇입니다. 기막힌 범죄를 보면 그만 칭찬하고 싶어지죠. 그런데 이번 녀석이야말로 상대로서 부족함이 없습니다. 나는 경찰과 함께 온 힘을 다해 싸울 작정이에요. 오히려 유쾌합니다. 사실은 저는 이런 상대가 나타나기를 얼마나 기다렸는지 모릅니다."

"하지만 싸우려고 해도 상대가 누군지도 모르는 형편 아닙니까? 언젠가 박사님은 범인이 접근해오기를 기다린다고 하셨는데, 그게 언제일까요?"

경부는 더욱 빈정거리는 투로 나왔다.

"이미 접근했습니다. 예를 들면 이거죠."

박사는 말하면서 양복 안주머니에서 서양식 봉투[41]를 꺼내 경부에게 건넸다.

"활동사진 시사회 초대장 아닙니까?"

나미코시 경부는 여우에게 홀린 듯한 표정을 지으며 박사를 보았다.

"잘 읽어보세요. 그 주연 여배우를 알지 않습니까?"

"후지 요코(富士洋子). 신문에 자주 나오는 모양이던데. 그게 어쨌

---

41 가로쓰기 봉투를 말한다. - 역주

다는 겁니까?"

"후지 요코는 쇼치쿠(松竹) 회사 K촬영소에 소속된 스타죠. 스크린의 여왕으로 불리는 일본 최고 인기인입니다. 지금 《영화 시대》라는 잡지에서 하고 있는 인기투표에서 1위를 차지하고 있죠. 아마 K촬영소에서 가장 많은 급여를 받을 겁니다."

나미코시 경부는 어처구니없다는 듯이 계속 움직이는 박사의 입을 바라보았다.

"하하하하하하, 놀라셨습니까? 솔직히 털어놓자면 나는 영화에 대해 전혀 모릅니다. 조금 전에 노자키 군에게 배워서 알게 된 새로운 지식이죠."

"말씀하시는 의미를 잘 모르겠는데요."

경부가 참지 못하고 끼어들었다.

"아, 그럼 경부님은 그 유명한 여배우의 얼굴을 모르는 모양입니다. 노자키 군, 아까 그 영화잡지를 가지고 와보게."

노자키는 서재에서 《영화와 연예》라는 큼직하고 아름다운 잡지를 가지고 와 페이지를 펼친 다음 나미코시 경부 앞에 놓았다.

"이 배우가 후지 요코입니다."

한 페이지 전체를 차지한 화보에 요코의 상반신이 실려 있었다.

"알겠죠? 그 후지 요코라는 활자를 지우고 사토미 기누에로 바꿔 넣어도 아무도 의심하지 않을 정도로 많이 닮았습니다. 나도 아까 보고 깜짝 놀랐습니다."

"그러면 범인이 이 여배우를 노리고 있다는 말씀인가요?"

"그렇게 생각할 수밖에 없죠. 제3의 희생자입니다."

"그렇지만 얼굴이 닮았다고 해서 반드시 놈이 노릴 거라고는 할 수 없죠."

"그럼 이걸 보시죠."

박사가 그렇게 말하며 안주머니에서 일본식 봉투 하나를 꺼내 초대권 봉투와 나란히 놓았다.

"이건 누가 보더라도 같은 사람의 필적입니다. 그렇죠? 그런데 이쪽 일본식 봉투는 저번에 기누에 씨를 불러낼 때 사용한 가짜 편지죠. 즉 이 초대권은 가짜 편지를 쓴 남자, 바꿔 말하면 이번 사건의 범인이 보냈다는 이야기가 됩니다."

나미코시 경부는 점점 흥미가 생기는지 조금 앞으로 다가왔다.

"원래 저는 분야가 다르다보니 시사회 초대장 같은 것은 한 번도 받아본 적이 없습니다. 그런데 이번에 왔으니 이상하다고 생각해 조사해본 겁니다. 그랬더니 방금 말씀드린 대로 그 가짜 편지와 필적이 같았고 후지 요코라는 배우가 요시에 자매가 똑 닮았다는 사실을 알게 된 거죠. 즉 이건 범인이 내게 도전장을 들이민 것이나 마찬가지라고 생각합니다. 이번에는 후지 요코를 해치울 테니 너희들도 가능한 한 조심해라, 라는 의미겠죠. 범인은 보통이 아니니 이런 초대장을 구하기는 식은 죽 먹기겠죠."

"그렇군요. 그렇게 생각할 수밖에 없겠네요. 그나저나 정말 터무니없는 놈이로군요."

"무서운 자신감이죠. 살인을 예고한 것이니. 예고해도 결코 잡히지 않는다는 자신감이 없으면 불가능한 행위입니다."

"하지만 박사님은 범인을 약간 높게 평가하시는 거 아닌가요?"

경부는 도저히 박사의 말을 믿을 수 없었던 것이다.

"아니면 나를 불러다놓고 뭔가 한바탕 연극을 꾸미려고 하는 건지도 모르겠군요. 어쨌든 범인의 초대에 꽁무니를 뺄 수는 없죠. 나는 갈 작정입니다."

"내일 밤이로군요. 그럼 저도 가죠. 외의로 수확이 있을지도 모르니까요."

나미코시 경부의 태도는 어느새 진지해졌다. 그리고 내일 박사와 만나기로 약속하고 서둘러 박사의 저택을 떠났다.

이튿날 구로야나기 박사는 여느 때보다 오래 욕실에서 명상을 계속했다. 그 사이에 방문객이 두세 명 있었기 때문에 그때마다 노자키 조수는 실내전화로 목욕 중인 박사에게 연락했는데 매번 "지금 생각하는 게 있으니 방해하지 말라"는 무뚝뚝한 대답이 돌아왔다. 박사는 그럴 때면 늘 틀에 박힌 듯 똑같은 말로 대꾸했다.

극장의 괴사건

시사회는 오후 6시 K대극장에서 시작되었다. 그날 밤은 일반 시사회와 달리 후지 요코가 주인공을 맡은 이른바 초대형작 영화 홍보를 위해 널리 영화 관계자와 비평가, 문인 등을 초청해 설명과 음악을 곁들인 시사회였다.[42]

구로야나기 박사가 노자키 조수와 함께 지정된 자리에 앉았을 때는 이미 여흥을 위한 희극영화가 시작되어 객석이 캄캄했기 때문에 나미코시 경부를 찾을 수 없었다. 이윽고 영화가 끝나고 장내에 불이 들어오자 먼저 박사의 눈을 끈 것은 평소 K극장에서 볼 수 있었던 관객과는 전혀 다른 사람들이었다. 머리가 길고 신경질적인 표정을 한 청년들로, 잔뜩 멋을 부린 양복 차림이지만 회사원과는 느낌이 달랐다. 배우로 보이는 남녀도 여기저기 보였다. 그런데 그 관객들의 시선이 자꾸 어느 한 방향으로 향했다. 그래서 박사도 그들이 바라보는 쪽으로 시선을 옮겼다. 그러자 오른쪽 관람석 중간쯤에 거기만 밝게 보일 정도로 환한 특별관람석이 있었는데, 그 앞줄에 앉은 사람이 바로 사진에서 본 후지 요코였다.

---

42 '초청해 설명과 음악을 곁들인 시사회였다'가 〔슌〕, 〔도〕에는 '초청한 대규모 시사회였다'로 되어 있다. - 해제

"저 배우로군."

노자키를 돌아보니 그도 역시 요코 쪽을 바라보는 중이었다. 아마 그 배우의 얼굴 위에 기누에의 환각을 그리기라도 했으리라.

노자키는 잠시 대꾸도 하지 않았지만 이내 정신을 가다듬고, 박사에게 요코와 함께 별도 관람석에 앉은 남녀에 대해 '저 사람은 감독인 N, 저 여성은 여배우 Y, 그 뒤는 천재 아역인 K코'라는 식으로 설명해주었다.

늘 비었던 경관석[43]에 오늘은 어떻게 된 일인지 대여섯 명의 제복을 입은 경찰이 자리를 잡았다. 관객 가운데는 정치 연설을 하는 자리도 아닌데 경찰이 와 있다니 이상하다며 수군거리는 사람도 있었다. 하지만 나미코시 경부는 보이지 않았다. '오지 않았나?' 그런 생각을 하면서 다시 사방을 둘러보다가 묘한 곳에서 그 사람을 발견하고 박사는 저도 모르게 미소 지었다.

여름이라 관객석 뒤에 있는 문이 활짝 열려 있어서 바깥 복도가 잘 보였는데, 바로 요코를 비롯한 배우들이 앉은 특별관람석 뒤 복도에 벤치가 하나 놓여 있었다. 흰 바탕에 검은색이 살짝 스친 듯한 무늬가 있는 얇은 천으로 지은 하오리(羽織)[44]를 걸친 신사가 그 벤치에 걸터앉아 가만히 요코의 뒷모습을 지켜보는 중이었다. 바로 나미코시 경부였다. 그는 그렇게 요코의 신변에 무슨 일이 일어날까봐 대

---

43 당시 치안경찰법에 따라 사회의 질서를 저해할 우려가 있다고 인정될 경우 경찰이 자리하여 감독하도록 했다. - 역주

44 일본 전통 복식 중 겉옷 위에 입는 짧은 겉옷. - 역주

비하고 있었다.

나미코시 경부가 어디 있는지는 확인했지만 또 다른 한 명이 어디 있는지는 도무지 알 수 없었다. 요코가 앉은 특별관람석 부근에서 특별히 수상한 인물은 보이지 않았다.

"놈이 여기 와 있을까요?"

노자키가 박사의 귀에 대고 속삭였다.

"틀림없이 왔을 거야."

박사가 지극히 당연하지 않느냐는 듯이 대답했다.

"저는 아까부터 놈을 찾고 있는데요."

"자네는 그 녀석을 아나?"

"그 로이드안경과 삼각 턱수염요."

"하하하하하하, 그런 게 도움이 될까? 안경이나 턱수염은 가장 간단한 변장 수법인데. 아무리 대담한 놈이라고 해도 설마 같은 변장을 하고 여기 나타나지는 않겠지."

이럭저럭하는 사이에 영화 상영을 알리는 벨이 울리고 불이 꺼지자 정면 스크린 위에 푸르스름한 화면이 나타나기 시작했다. 칸막이석에서 울려 퍼지는 경쾌한 음악에 따라 변사의 탁한 목소리가 관객들을 서서히 꿈의 세계로 이끌고 들어갔다.[45]

문제의 후지 요코가 주인공 역을 맡은 영화다. 요염하면서도 약간 뱀파이어 스타일의 여성으로 분한 요코가 자기를 둘러싼 세 명의 방

45 '칸막이석에서 울려 퍼지는 경쾌한 음악에~꿈의 세계로 이끌고 들어갔다'가 〔슌〕, 〔도〕에는 없다. - 해제

탕한 남자와 진지한 청년 한 명 사이에서 벌이는 연애 유희의 경과를 떠들썩하게 그린 내용이었다. 그즈음 수입된 〈몽 파리〉[46]라는 프랑스 영화의 영향을 받았으리라. 이른바 레뷔[47]처럼 화려한 장면이 많아 지루하지 않았다.

영화는 2부에 이어 3부로 넘어갔다.

요코의 대기실 장면이다. 반짝거리는 무대 의상 차림을 한 여주인공을 중심으로 그녀를 숭배하는 대여섯 명이 제각각 다른 자세로 의자에 걸터앉아 있다. 어떤 이는 거기 있는 기타를 퉁기고 어떤 이는 술잔을 들고, 어떤 이는 웃고, 어떤 이는 큰 소리로 욕설을 퍼붓고, 어떤 이는 요코의 귓가에 입을 대고 연신 그녀에게 알랑거렸다. 방 한쪽 구석에는 이 인기 여배우를 진지하게 사랑하는 청년이 쓸쓸히 고개를 숙이고 있었다.

요코는 그 청년에게 뭐라고 하며 놀렸다. 곁에 있던 멋쟁이들이 함께 웃음을 터뜨렸다. 야비하게 웃는 얼굴이 클로즈업되고 화면은 계속해서 흘러갔다. 그리고 마지막에 요코의 요염하게 웃는 얼굴이 스크린을 가득 채웠다. 그녀는 반짝반짝 빛나는 구슬을 매단 커다란 관을 쓰고 있었다. 얼굴이 웃음 때문에 살짝 흔들릴 때마다 그 관이

---

46 La Revue des Revues, 1927. 프랑스의 무성영화. 원제는 '레뷔 가운데 특히 뛰어난 레뷔'라는 뜻이며, 영어권과 일본에서는 '나의 파리(Mon Paris)'라는 제목으로 소개되었다. – 역주

47 revue, 시각적 재미에 중점을 두어 음악, 춤, 촌극, 곡예 등을 펼쳐 보이는 버라이어티쇼. 19세기 말부터 20세기 초 프랑스에서 크게 유행했으나 유성영화의 등장과 함께 쇠퇴했다. 일본에서는 1913년 다카라즈카소녀가극단이 처음 소개했으며 〈몽 파리〉라는 창작 레뷔로 많은 인기를 끌기도 했다. – 역주

후광처럼 빛났다.

바로 그때, 이상한 일이 일어났다. 그렇게 클로즈업되어 웃던 얼굴 오른쪽 눈 아래 톡 하고 검붉은 별 모양의 점이 나타났다.

관객 가운데 어떤 이는 그걸 보고 이미 무시무시한 예감에 전율했다.

빨간 별은 스며들 듯 점점 퍼져갔다. 그리고 그 아랫부분이 빗방울처럼 커지는가 싶더니 툭, 새빨간 액체가 되어 요코의 빛나는 뺨 위로 흘러내렸다.

피다. 빛과 그림자뿐인 스크린에 새빨간색 피가 튄 것이다. 관객은 마른 침을 삼키며 얼어붙은 듯이 꼼짝도 하지 않았다.

요코는 아직 웃고 있었다. 이번에는 진주 같은 치아 사이에서 빨간 것이 배어 나오나 싶더니 입술을 지나 턱까지 줄줄 흘렀다. 가로세로 4미터가 조금 안 되는[48] 커다란 요코의 얼굴이 요염하게 웃으며 피를 토하는 것이었다. 그 웃는 얼굴이 요염할수록, 입술에서 턱을 적시며 흘러내리는 피가 끔찍할 정도로 무시무시했다.

영사기사는 깜짝 놀라 영사기를 멈췄다. 그 순간 피투성이가 된 요코의 요염한 미소는 스크린에서 그대로 멈춰 관객의 뇌리에 낙인처럼 새겨졌다. 그리고 바로 장내가 캄캄해지고 말았다.

관객이 모두 일어섰다. 여기저기에서 여자들의 비명이 튀어나왔다.

---

48 '가로세로 4미터가 조금 안 되는'이 〔도〕에서는 '가로세로 10미터쯤 되는'으로 되어 있다. - 해제

조명이 다시 켜지자 술렁거리는 사람들 틈에서 감독인 N이 축 늘어진 요코를 안고 갈팡질팡하는 모습이 보였다.

바로 많은 사람들이 모여들었다. 재빨리 달려온 경찰들이 군중을 제지하며 복도로 나갈 길을 열었다. 그 사이로 요코를 안은 N감독이 나미코시 경부의 도움을 받으며 극장 사무실 쪽으로 서둘러 갔다.

구로야나기 박사와 노자키 청년이 인파를 헤치고 사무실 입구에 다다랐을 때 마침 안에서 나미코시 경부가 나왔다.

"어떻게 된 겁니까?"

박사가 경부에게 다그쳐 물었다.

"아, 구로야나기 박사님. 박사님 예상대로였습니다. 놈의 짓이 틀림없습니다. 하지만 후지 요코 씨는 괜찮습니다. 그 장면을 보고 정신을 잃었을 뿐, 지금은 정신을 차렸죠."

경부는 박사와 나란히 사람이 적은 쪽으로 걸으며 분노를 머금은 눈으로 극장 안 군중을 둘러보았다. 하지만 그 유명한 오니 경부도 눈에 보이지 않는 적은 어쩔 도리가 없었다.

이 영화를 만든 N감독, K극장 지배인 등을 불러 조사한 결과, 전날 촬영소 시사실에서 보았을 때는 아무 문제도 없었으며, 필름은 전날 밤에 K극장으로 옮겨 하룻밤 영사실 안에 두었다는 사실이 밝혀졌다. 틀림없이 그 사이에 누군가가 영사실에 몰래 들어와 그런 장난을 쳤다. 물론 영사실 문은 자물쇠가 걸려 있지만 그런 정도는 철사 한 가닥으로 여는 녀석도 있다.

필름을 살피니 그 클로즈업 부분에 빨간 잉크가 교묘하게 칠해져

마치 피를 흘리는 것처럼 보이게 만들었다는 사실이 확인되었다.

범인은 아무런 실마리도 남기지 않았다. 발자국은 물론 지문이나 유류품도 없었다. 문지기나 청소부, 숙직한 직원을 조사했지만 아무도 수상한 사람을 보지 못했다고 했다.

30분쯤 지난 뒤 시사회가 다시 이어졌지만 구로야나기 박사 일행은 그냥 극장을 나왔다. 나미코시 경부도 함께였다.

"K촬영소에 형사를 몇 명 보내 요코의 신변을 보호하게 했습니다. 요코는 아까 자기 집으로 돌아갔는데 그 자동차에도 부하를 동승시켰죠."

경부가 박사의 동의를 구하듯 말했다.

"경부님도 그 녀석의 속셈이 파악된 모양이군요."

박사가 경부의 어깨를 두드리며 말했다.

"그 녀석은 어린애입니다. 하지만 무서운 두뇌와 능력을 지닌 어린애죠. 오늘 밤 장난은 진짜 어린애 같았습니다. 하지만 목적은 확실히 이루었죠. 녀석은 이렇게 고양이가 쥐를 잡듯 희생자가 잔뜩 겁먹은 모습을 보며 즐기는 겁니다. 더욱 대담무쌍해졌어요. 지금까지는 그저 시체를 보여줄 뿐이었는데, 이번에는 희생자를 바로 해치우지 않고 예고를 하는군요. 이 얼마나 잔혹한 예고인지. 게다가 희생자에 대한 예고만으로는 만족하지 않고 녀석은 우리에게 도전한 겁니다. 자, 이번에는 이 여자를 해치울 테다. 하지만 너희들은 날 막지 못해. 이러면서 '날 잡아봐라'라고 하고 있는 거죠."

"뭐 이렇게 누굴 노리는지 알았으니 가령 요코의 주변에 사람 장벽을 쳐서라도 놈이 손가락 하나 댈 수 없게 만들 겁니다."

경부가 발끈해서 말했다.

"아무렴, 그렇고말고요."

박사는 왠지 무척 유쾌하다는 투였다.

"그건 그렇고, 놈은 오늘 밤 저 극장에 나타났던 걸까요?"

나미코시 경부는 문득 생각이 나 이상하다는 표정을 지으며 물었다.

"왔고말고요. 자기가 만든 연극을 보러 오지 않을 녀석이 있겠습니까?"

박사는 확신하는 모양이었다.

7월 5일

기가 센 후지 요코는 그 이튿날 단 하루 집에서 쉬었을 뿐, 그다음 날부터는 카메라 앞에 섰다. 7, 8월 여름 더위를 될 수 있으면 편하기 넘기기 위해 감독이나 카메라맨이나 하루라도 빨리 하던 일을 마무리하려고 조바심을 냈다. 이런 상황에서 주역인 요코가 촬영에 빠지면 큰일이었다. 회사로서도 인기 절정인 요코가 쉬는 것은 내키지 않았다. 그래서 요코의 신변을 보호하기 위해 그리 바쁘지 않은 배우들 가운데 건장한 남자 배우 몇 명을 선발했다. 그들은 요코의 출퇴근은 물론이고 촬영소 안에서나 로케 촬영 때도 요코 주변에서 떠나지 않았다. 그 가운데 두 명은 아예 요코의 집에서 묵기까지 했다.

경찰은 경찰대로 여러 명의 사복형사가 눈에 띄지 않도록 요코의 주변을 지켰다. 경찰과 영화사의 이중 경계였다. 이런 상태면 어떤 살인마라도 결코 표적에 접근할 수 없을 것 같았다.

하지만 어떻게 이리 대담하고 자신감이 넘칠 수 있을까. '푸른 수염'은 이 정도의 경계에도 아랑곳하지 않고 대담하게 제2의 도전장을 구로야나기 박사에게 들이밀었다.

어느 날 아침, 박사가 서재에 들어서자 제일 먼저 눈에 들어온 것은 깔끔하게 정돈된 큰 책상 위에 놓인 쪽지 한 장이었다. 노자키 조수가 아직 출근하지 않았기 때문에 박사는 서생을 불러 물었다.

"자네가 이 쪽지를 가져다 놓았나?"

"아뇨, 전 모릅니다."

"오늘 아침에 여기 들어온 사람은 없을 테지?"

"예. 현관을 연 뒤로 아무도 들어오는 걸 보지 못했습니다."

"흠, 그러면 이 쪽지는 어떻게 여기 있는 걸까? 창은 모두 어제 잠근 그대로인데."

박사는 창문을 하나하나 살펴보면서 말했다.

"입구는 지금 내가 열쇠로 열었으니 이리로 들어오기는 불가능하고. 자네, 그렇게 생각하지 않나?"

박사는 부아가 난다는 듯이 쪽지를 집어 들었다.

그건 큼직한 편지지였는데 깔끔한 펜글씨로 다음과 같은 기괴한 내용이 적혀 있었다.

친애하는 구로야나기 박사. 뛰어난 예술은 알아볼 안목이 있는 감상자가 필요하오. 나의 예술은 박사와 같은 우수한 감상자를 얻어 진심으로 감사하는 바이오.

살인은 예술이오. 굳이 토머스 드 퀸시[49]의 말을 인용하지 않더라도 나는 이 말을 믿소. 젊고 아름다운 여성은 내 예술의 소재요. 나는 단검이라는 붓을 들고 피를 물감으로 삼아 그녀에게 절대적인 아름다움인 '죽

---

49 Thomas De Quincey, 1785~1859. 영국의 비평가, 수필가. 《예술 분과로서의 살인》, 《어느 영국인 아편쟁이의 고백》 등의 저서를 남겼다. - 역주

음'을 선사하려고 하오. 아아, 그대는 일찍이 젊고 아름다운 여성의 단말마의 무도를 본 적 있소? 그 선명하고 찬란하며 사람을 현혹시키는 아름다움 앞에서는 모든 회화, 조각, 시와 노래 같은 것들은 가련한 흙으로 빚은 영혼 없는 인형에 지나지 않소.

시체의 예술적인 처리에도 나는 흥미가 깊소. 첫 번째로 공개한 작품에서는 시체를 되살리는 조각으로 사람들에게 보여주었소. 제2회 작품은 유리 상자 속 상처 입은 인어의 아름다움을 창조했고.[50] 두 작품은 이 도시의 모든 이들로부터 관심을 받았고 예상 밖으로 호평을 받아 나는 남몰래 흔쾌했소이다.

세 번째는 아직 미완성이지만 내 예술적인 구상의 일부분은 이미 K극장의 스크린 위에 발표했소. 이제 남은 일은 마지막 한 획뿐. 나는 이 작품에 착수할 때 이미 그 시기를 정해두었소. 7월 5일이오. 어떤 사정이 있더라도 나는 한번 정한 프로그램은 변경하지 않소.

내 예술에 대한 유일한 이해자인 귀하에게 이렇게 미리 날짜를 알렸으니, 부디 감상해주기를 바라오.

귀하의 이른바 '푸른 수염'으로부터

"7월 5일이라면 내일이로군."

쪽지를 다 읽은 박사는 그렇게 중얼거리고 방 안을 서성이기 시작했다.

---

50 '살인은 예술이오~인어의 아름다움을 창조했고'가 〔신〕에는 '나의 첫 번째 작품 조각상, 두 번째 작품 인어'로 되어 있다. - 해제

이윽고 노자키 조수가 출근하자 박사는 그 쪽지를 보여주고 쇼치쿠 회사 K촬영소에 친구가 있는지 물었다.

"N감독이라면 한두 번 만난 적 있습니다."

노자키 조수가 대답했다.

"그거 마침 잘되었군. N감독이 출근했을 때쯤 전화를 걸게. 나를 소개해줘. 좀 물어볼 말이 있으니까."

"소개하지 않아도 선생님 존함은 N군도 알고 있습니다. 어쨌든 전화를 걸어보겠습니다."

10시경에 전화가 연결되었다. 노자키가 박사를 소개하자 저쪽에서도 지난밤에 그런 일이 있었기 때문에 기꺼이 질문에 답변을 드리겠다고 했다.

"7월 5일, 그러니까 내일이로군요. 후지 요코 씨 촬영 일정이 잡혀 있죠?"

전화를 바꾸고 인사를 나눈 뒤 박사가 물었다.

"네다섯 명의 배우와 함께 O초에 있는 고지대 숲 속에서 로케 예정입니다. 더 멀리 가고 싶지만 상황이 상황인 만큼 인가가 많고 가까운 O초에서 촬영하기로 했습니다. 물론 저도 따라갑니다. 그 밖에 경호하는 사람도 있고, 경찰에서 나온 분들께도 동행을 부탁드릴 겁니다."

O초는 도쿄와 요코하마 사이를 잇는 철로 옆으로, K촬영소에서 그리 멀지 않은 곳이다.

"몇 시부터죠?"

“날이 뜨겁지 않을 때 하자고 해서 아침 8시에 여기에서 출발하기로 되어 있습니다.”

거기까지만 묻고 박사는 고맙다며 전화를 끊었다. 살인 예고 쪽지에 대해서는 한마디도 하지 않았다. 그리고 서둘러 외출 준비를 하면서 노자키 조수에게 지시했다.

“자동차를 준비시키게. 내가 잠깐 K촬영소에 다녀올 테니까.”

박사는 K촬영소까지 자동차를 달려 세 시간쯤 지난 후 돌아왔다. 그리고 바로 노자키 조수를 시켜 경시청의 나미코시 경부에게 ‘빨리 와달라’고 전화를 걸게 했다.

나미코시 경부가 도착한 시각은 오후 2시쯤이었다.

“드디어 약속한 때가 되었습니다. 녀석이 접근했죠. 그리고 내게 절호의 기회가 주어진 겁니다.”

박사는 그 쪽지를 나미코시 경부에게 보여주면서 두 손을 비비며 무척 기쁜 표정으로 말했다.

“그야말로 언어도단이로군.”

경부가 쪽지를 읽더니 얼굴이 시뻘게져서 호통을 쳤다.

“그런데 이게 절호의 기회라니요?”

“7월 5일이라고 하면 내일이죠. 녀석이 하겠다고 했으니 기필코 할 겁니다. 게다가 마침 내일은 후지 요코가 O초에 있는 숲 속으로 로케를 가기로 되어 있습니다. 녀석에게는 더욱 좋은 조건이겠죠. 물론 나도 갑니다. 그리고 이번에는 반드시 녀석을 보게 될 겁니다. 틀림없이 녀석의 꼬리를 잡아 보여드리죠.”

"그렇지만 경찰도 있고 촬영소에서도 여러 명이 경호를 하는데 아무리 대단한 놈이라고 해도 손을 쓸 수 있을까요? 놈은 죽이는 것만이 아니라 또 하나의 목적을 이루어야만 하니까요."

"놈은 예술가이자 동시에 마술사입니다. 마술사에게 불가능이라는 것은 없죠."

"만약 놈에게 사람들이 보고 있는 가운데 요코를 유괴할 능력이 있다면 내일 로케는 위험하지 않을까요? 뻔히 알면서 그런 위험을 무릅쓰기보다 촬영소에 이 사실을 전하고 중지시키는 편이 좋지 않을까요?"

경부가 불안한 표정을 지으며 말했다.

"아뇨. 위험하지 않습니다. 나를 믿으세요. 이번에야말로 녀석과 1대 1 승부입니다. 그간 쌓인 원한을 풀 때죠. 틀림없습니다. 설사 또 사소한 위험이 있다고 해서 그걸 두려워하다 보면 영원히 놈의 꼬리를 잡을 기회가 오지 않을 테니까요."

"구로야나기 박사님. 이건 중대한 문제예요. 박사님의 탐정 취미 때문에 한 사람의 생명이 희생될지도 모릅니다."

"믿어주세요. 사람 목숨을 중히 여기는 데에는 결코 남 못지않습니다."

"그럼 믿겠습니다. 대신 저도 내일은 O초로 출장을 가죠. 또 형사 수도 곱절로 늘려 만에 하나 위험한 일이 일어나지 않도록 충분히 경계하죠."

경부는 수많은 경험에 비추어 박사의 실력을 믿었다.

"그건 뜻대로 하세요. 다만 꼭 이야기해두어야 할 점은 어떤 일이 있더라도 제가 부탁할 때까지는 적극적인 행동을 취하지 말라는 겁니다. 예를 들면 요코가 위험해 보여도 범인이 도주해도 끼어든다거나 뒤쫓거나 하지 말아야 합니다."

"그러니까 내일은 박사님이 경찰들을 지휘하겠다는 거로군요."

"뭐 그런 셈이죠. 하지만 아마 저는 변장할 테니까 경부님도 내가 어디 있는지 찾지 못할지도 모릅니다. 그러니까 내가 경찰 앞에 나타나 이렇게 해주세요, 하고 부탁하기 전까지 경찰은 절대로 어떤 행동도 취하지 말아주십사 하는 겁니다."

"이상한 주문이로군요. 모든 일이 변칙적이기는 하지만 박사님이 하시는 말씀이니 그대로 따르죠. 그런데 이 범인의 예고를 K촬영소에는 일단 알려두는 편이 낫지 않을까요?"

"아뇨, 그 점은 내가 아까 K촬영소에 가서 소장 K씨에게만 이야기했습니다. 다른 사람에게는 N감독에게나 요코에게도 전혀 이야기하지 않았죠. 모르는 편이 내 계획을 위해 더 낫습니다."

결국 박사의 희망이 받아들여져서 나미코시 경부는 박사와 따로 형사 몇 명을 데리고 로케 현장으로 가게 되었다.

그날 저녁 노자키 조수가 퇴근할 때 박사는 그에게 이런 말을 건넸다.

"자네는 다행히 N감독을 아니까 내일은 촬영 장소에 가서 요코 가까이에 있어줘. 하지만 자네가 할 일은 요코를 보호하는 게 아니야. 아까 말한 대로 내가 지시할 때까지 형사들이나 촬영소 경호원들이 적극적인 행동을 취하지 못하도록 주의를 시키는 거야. 그들이 혹시 뭔가 행동을 하려고 하면 자네가 어떻게든 막아야 해. 알겠나? 그런데 아마 나는 내일 동이 트기 전에 집에서 출발할 테니 자네를 못 만날지도 몰라. 자네는 직접 K촬영소로 가서 거기서 O초까지 동행하는 편이 나을 거야."

범인의 속셈

이튿날 오전 9시쯤, O초 고지대의 숲 속에서 K촬영소 촬영 관계자 일행이 휴식을 취하는 중이었다.

일행이란 감독 N, 카메라맨 S, 주연 여배우 후지 요코, 남녀 배우 다섯 명(그 가운데 경호를 겸한 인원 세 명), 형사 여섯 명, 나미코시 경부, 노자키 조수, 그리고 조감독, 카메라맨 조수, 운전기사 등을 더해 모두 스무여 명이었다. 그 가운데 절반은 전차를 타고 왔기 때문에 자동차는 촬영소에서 나온 것 두 대, 경찰이 가지고 온 차 한 대였다.

O초도 고지대로 올라가 안으로 들어가면 울창한 아름드리나무가 우거진 숲이 있어 작지만 산다운 느낌이 들었다. 작은 개울도 있고, 소나무 가로수도 있다. 또 어느 곳에는 넓은 밭에 농부의 초가집이 그림처럼 듬성듬성 자리를 잡고 있어 촬영 솜씨에 따라 충분히 산속이나 시골 느낌을 살릴 수 있다.

나미코시 경부와 N감독은 어느 나무 그늘에 걸터앉아 계속 이야기를 주고받았다.

"어제는 구로야나기 박사님한테 전화가 걸려오더니 오늘은 경찰에서 나오셨네. 무슨 낌새라도 있는 겁니까?"

감독이 약간 불안한 듯이 물었다.

"아뇨, 그런 건 아니지만 야외 촬영이라면 경계를 더 엄중하게 해야 하니까요."

나미코시 경부는 박사와의 약속을 지키느라 자세한 이야기는 하지 않았다.

"가능하다면 저도 야외 촬영은 피하고 싶었는데 사실은 잠깐 자동차를 타고 달려야 하는 장면이 있어서 이렇게 나온 거죠. 하지만 정확하게 30분이면 끝날 겁니다. 나머지는 세트장에서 찍을 계획입니다."

"그러면 그 자동차에 요코 씨가 탑니까?"

경부가 약간 난처한 표정을 지었다.

"뭐 1백 미터 남짓만 타면 됩니다. 게다가 늘 경호를 맡은 남자 배우가 옆에 탈 테니까 전혀 걱정하지 않으셔도 됩니다."

"자동차가 지나가는 길에 부하를 배치합시다. 조심해서 나쁠 건 없으니."

"좋습니다. 형사들이 카메라에 잡히지 않도록 나무 뒤 같은 곳에 숨어 있기만 한다면. 그리고 실수가 없도록 미리 말씀드리겠습니다. 이건 악당 이야기를 다룬 영화입니다. 첫 장면은 커다란 소나무 옆에서 요코가 연기하는 아가씨와 어떤 신사가 산책을 합니다. 어느 온천에 쉬러 온 요코에게 이 신사가 접근해 근처 숲 속으로 데려가는 장면입니다. 신사는 악당의 우두머리죠. 한편 저쪽 수풀 근처에 자동차가 한 대 있는데, 그 안에는 신사의 부하가 복면을 하고 나와 두 사람을 보며 기회를 노립니다. 신사는 뭔가 핑계를 만들어 그 자리를 벗어납니다. 혼자 남은 요코를 복면 쓴 남자가 잡아 손발을 묶은 뒤 자동차에 싣고 저쪽 길로 운전해서 도망치죠. 그리고 조금 뒤에 낭떠러지가 나옵니다. 그 뒤로 꺾어져 사라지는 장면까지 카메라에 담을 겁니다. 그다음에는 자동차 추격 장면인데, 이 장면은 멀리서 찍기 때문에 요코가 아니라 대역을 쓸 예정이죠."

"그렇군요. 익숙한 줄거리네요. 그럼 그 낭떠러지를 돌아 자동차가 멈추는 부근에 부하를 배치하죠. 그렇게 하면 별걱정 없을 겁니다. 그리고 혹시나 싶어 그러는데 요코의 상대 남자 배우가 누군지 보여줄 수 있습니까?"

"알겠습니다."

그리고 N감독이 두 명의 남자 배우를 불러 경부를 소개했다. 한 사람은 번듯한 중년 신사로 분장했고 작업복을 입은 또 한 사람은 무척 악당답게 보이는 분장을 했다. 손에는 얼굴을 가리기 위한 검은 마스크를 들었다. 두 사람 모두 K촬영소에 오래전부터 소속된 배우로 의심스러운 점은 없었다.

잠시 후 촬영이 시작되었다

요코와 중년 신사로 분장한 남자 배우, 감독, 카메라맨을 둘러싸고 삼엄한 경계선이 펼쳐졌다.

나미코시 경부와 노자키 청년은 카메라 옆에 나란히 섰다. 남녀 배우와 운전기사 등이 카메라를 사방에서 둘러쌌다. 한편 자동차가 달려갈 길, 멈출 위치에는 각각 형사들이 분담해 경계에 들어갔다.

조금 떨어진 수풀 쪽에 자동차 한 대(K촬영소 차였다)가 있고, 그 안에서는 악당으로 분장한 남자 배우가 자기가 등장할 장면을 기다렸다.

"구로야나기 박사는 어디에 있는 거죠?"

나미코시 경부가 작은 목소리로 노자키 청년에게 물었다.

"여기 있는 사람들 가운데에서는 보이지 않네요. 하지만 박사님이니 뜻밖의 장소에 숨어 있을지도 모릅니다. 여긴 숲 속이니까요."

"구로야나기 박사가 숨어 있다면 범인도 어딘가 숨어 있을지 모르겠군요. 하지만 걱정할 것 없습니다. 이렇게 많은 사람이 지키고 있으니까."

경부는 억지로 스스로를 안심시키려고 애쓰는 듯했다.

이윽고 연기가 어느 정도 진행되자 수풀 옆 자동차 안에서 쉬던 악한이 차에서 나와 카메라 쪽으로 다가왔다. 이미 검은 복면을 쓴 모습이었다. 그는 경계선을 지나 요코가 있는 쪽 나무 뒤까지 다가가더니 감독의 지시에 따라 거기 웅크려 앉았다.

중년 신사가 그 자리를 떠났다.

요코 클로즈업, 복면 악당 클로즈업.

감독이 소리치자 악당이 뛰어나와 요코에게 와락 달려들었다. 격투!

"좋았어. 계속해!"

감독이 만족스러운 듯 소리를 질렀다.

격투는 바로 끝났지만 두 배우의 호흡이 딱 맞아 그 장면은 그야말로 진짜 같았다. 특히 공포에 질린 요코의 표정이 기가 막혔다. 요코는 악당의 손아귀에서 벗어나려는 듯 비명까지 지르며 발버둥 치는 등 멋진 연기를 선보였다. 요코는 거기에서 쓰러졌다. 악당은 재갈을 물리고 손발을 묶었다. 그리고 요코 옆에 서서 만족스러운 듯이 바라보더니 이윽고 그녀를 두 손으로 안아 들고 자동차 쪽으로 갔다.

이동 촬영.

카메라가 움직이자 경계선도 수풀 옆 자동차 쪽으로 옮겨갔다.

요코는 차에 실렸다. 문이 쿵 닫혔다. 악당이 운전대에 올라탔다. 그리고 자동차는 정해진 길을 급히 달리기 시작했다. 멀어져가는 자동차를 따라 카메라가 덜컹덜컹 돌아갔다. 자동차가 점점 멀어지는 광경.[51]

길가 수풀 속에서 형사들 모습이 얼핏얼핏 보였다. 차는 그 사이로 난 길을 달려 낭떠러지 쪽으로 구부러져 그 뒤로 사라졌다. 낭떠러지 저편에서는 형사 두 명이 지키고 있다.

카메라 크랭크 소리가 딱 멈췄다.

"자, 이제 끝입니다."

N감독이 경호를 맡았던 사람들에게 말했다.

다들 안도의 한숨을 내쉬었다. 그 근처에 걸터앉아 쉬는 사람이 있는가 하면 서로 이야기를 나누기 시작하는 사람도 있었다.

바로 그때였다. 방금 자동차가 사라진 낭떠러지 쪽에서 사복형사

---

51 '광경'이 〔초〕에는 '광경을 촬영했다'로 되어 있다. - 해제

두 명이 뭐라고 외치며 이쪽으로 달려오는 모습이 보였다. 처음에는 다들 장난을 하는 줄 알았는데 점점 가까워지는 모습을 보고 그게 아니라는 사실을 깨달았다. 형사들의 안색이 심상치 않았다.

"뭔가? 왜 그래?"

나미코시 경부가 벌떡 일어서더니 그들 쪽으로 달려가며 소리쳤다.

"자동차가 멈추지 않습니다!"

"전속력으로 계속 달려갔습니다!"

형사들이 소리쳤다.

"그럼 지금 운전하는 건?"

N감독이 믿을 수 없다는 듯이 말했다.

"맞아. 배우가 아니었던 거야!"

한 사람이 소리쳤다.

"그럴 리 없어. 그건 B군이 틀림없었다니까."

감독은 믿으려고 들지 않았다.

노자키 사부로는 문득 머릿속에 떠오르는 생각이 있어 처음 자동차가 서 있던 수풀로 가서 나뭇가지를 헤치고 들여다보았다.

아니나 다를까. 거기에 한 남자가 셔츠 한 장만 걸친 채 죽은 듯 쓰러져 있었다. 그 사람이 남자 배우 B였다. 요코 주위에 경계가 집중되었기 때문에 조금 떨어진 수풀 속에서 진짜 악당이 B를 쓰러뜨리고 옷가지를 빼앗아 B 행세를 한 것을 아무도 눈치채지 못했다.

노자키가 소리를 지르자 사람들이 몰려왔다. 배우들은 동료를 부축했다.

한편 나미코시 경부와 N감독, 형사들은 경찰이 타고 온 자동차를 타고 사라진 자동차를 뒤쫓으려고 했다.

그걸 본 노자키 청년이 나미코시 씨에게 달려가 주의를 시켰다.

"아직 박사님이 보이지 않습니다. 나타나실 때까지는 적극적인 행동을 취하지 말라고 하셨죠."

경부와 형사들은 화난 목소리로 대꾸했다.

"멍청한 소리. 이런 상황에 그런 소리가 나오나? 운전기사, 어서. 전속력으로 가!"

차가 쏜살같이 달려 나갔다.

낭떠러지에서 꺾어지자 2, 3백 미터 곧게 뻗은 길이 나왔는데 이미 그 자동차는 그림자도 보이지 않았다. 길은 또 숲을 따라 급커브를 이루었다. 거기서 조금 더 가니 두 갈래 길이 나왔다.

"거기 아저씨,[52] 방금 자동차가 지나갔죠?"

나미코시 경부가 논두렁을 손질하던 농부에게 소리쳤다. 여름이라 이 부근에는 그 농부 말고는 보이는 사람이 없었다.

"예, 지나갔소."

농부가 느릿느릿 대답했다.

"어느 쪽 길로 갔습니까?"

"오른쪽이오."

---

52 '아저씨'가 〔초〕, 〔고〕, 〔신〕에는 '농부'로 되어 있으며 〔슌〕, 〔도〕에는 '자네'로 되어 있다. - 해제

"오른쪽, 오른쪽이다!"

차에 탄 사람들이 이구동성으로 소리쳤다.

자동차는 오른쪽으로 꺾어졌다.

"보인다, 보여. 틀림없이 저 자동차야. 거의 다 따라잡았어. 속도를 더 올릴 수 없나?"

일직선 길이 아득하게 뻗어 있었다. 그 2, 3백 미터쯤 앞에 자동차 한 대가 보였다.

"어라, 어떻게 된 거지? 저 차가 이상하게 느릿느릿 달리네. 게다가 음주 운전 하듯 비틀비틀해."

형사 가운데 한 명이 말했다.

점차 두 차의 간격이 줄어들어 마침내 경찰이 탄 자동차가 악당의 자동차를 따라잡아 나란히 달리는 상태가 되었다.

"이런, 범인을 놓쳤어. 저 차는 운전기사 없이 달리는 중이야."

보니 운전석에는 아무도 없고 손님 자리에는 정신을 잃은 요코가 쓰러져 있을 뿐이었다.

형사 한 명이 그 차로 뛰어 넘어가 비틀거리는 자동차를 세웠다. 경부를 비롯해 모두 차에서 내려 문제의 자동차 주위로 모여들었다.

요코가 구출되었다. 기절해 축 늘어져 있었지만 특별히 다친 곳은 없는 듯했다.

"역시 추적한 보람이 있군. 범인을 잡지는 못했어도 사람 목숨은 구했으니."

나미코시 경부는 변명하듯 말했다.

"어라, 이상하군. 저거 저 시트가 움직이는 것 같지 않나?"

형사가 당황한 목소리로 말했다.

"시트 아래 누가 숨어 있어. 놓치지 마."

누군가가 소리쳤다.

시트가 조금씩 솟아오르더니 아니나 다를까 안에서 이상한 녀석이 나타났다. 시트 아래 부분을 개조해 사람이 들어갈 정도의 공간을 만든 모양이었다.

"에잇!"

두세 명이 한꺼번에 덮쳤다. 수상한 자는 아무런 저항도 없이 잡혔다. 가만히 보니 노동자처럼 지저분하게 차려입은 사람이었다.

"이놈, 넌 누구냐!"

경부가 그 남자의 양복 멱살을 잡고 밀쳤다 당겼다 하며 호통을 쳤다.

"멍청하긴!"

남자가 벼락같은 목소리로 경부에게 호통을 쳤다. 깜짝 놀란 나미코시 경부가 움켜쥐었던 멱살을 놓칠 정도였다.

"나미코시 경부! 당신 때문에 놈을 놓쳤어!"

남자가 또 버럭 소리를 질렀다. 그는 경부의 이름을 알고 있다.

다들 어리둥절해서 멍하니 그 이상한 남자를 바라보았다. 그제야 나미코시 경부는 어떻게 된 상황인지 조금씩 이해되기 시작했다.

"그렇다면, 혹시, 당신은?"

"혹시고 뭐고가 어디 있소? 납니다."

남자는 벙거지를 벗고 얼굴에 묻은 지저분한 것을 닦아냈다.

"앗, 구로야나기 박사."

"그래요. 구로야나기입니다. 나는 어제 K촬영소 소장을 만나 오늘 촬영 내용을 듣고 경계가 엄중한 가운데 딱 하나 녀석이 속임수의 소재로 쓸 수 있는 것은 이 자동차라고 짐작했던 겁니다. 그래서 소장과 의논해 오늘 쓸 자동차를 개조해 처음부터 의자 아래 숨어 있었던 거죠. 몸이 불편한 나로서는 정말 힘들었지만."

박사가 의족을 가리키며 말했다.

"이렇게 숨어 있다가 녀석이 만약 이 자동차로 도망치더라도 확실하게 목적지까지 따라갈 계획이었는데. 나하고 한 약속을 무시한 바람에 허사가 되고 말았군요. 하지만 녀석은 아직 멀리 가지 못했을 겁니다. 오다가 녀석을 보지 못했습니까?"

"못 봤습니다."

"이상하군. 자동차가 묘하게 흔들리기 시작한 건 1, 2백 미터 전부터이니 그 전까지는 녀석이 운전했을 텐데. 흐음, 정말로 아무도 못 보았단 겁니까?"

"길을 물어본 농부만 보았지 아무도……."

"농부에게? 어디서요?"

"저 앞 갈림길에서 꺾어지기 전에."

"그 녀석이 수상하군."

박사는 불편한 다리를 끌면서 왔던 길을 되돌아가려고 했지만 마음만 앞선 나머지 의족이 뜻대로 움직이지 않아 그만 털썩 엎어지고 말았다.

피어오르는 먹구름

사람들이 박사를 부축해 조금 전 농부가 있던 곳으로 가보았지만 그 때는 이미 농부의 모습을 찾아볼 수 없었다. 서로 분담해서 부근에 있는 농가까지 샅샅이 뒤졌지만 아무런 소득도 없었다. 밭이나 숲만 지나면 길은 사방팔방 뚫려 있었다. 이제 와서 요란을 떨어본들 이미 늦었다.

그래서 사람들은 요코를 부축하며 힘없이 되돌아가게 되었는데, 분담해서 범인을 찾던 중에 노자키 조수가 사라지고 말았다. 먼저 돌아간 건지 아니면 수색을 계속하고 있는 건지 알 수 없었지만 설마 걱정할 만한 일은 없을 거라고 생각했다. 그보다 요코를 돌보는 게 중요하다고 하여 자동차 세 대는 먼저 출발했다. 하기야 자동차가 없더라도 20분만 걸으면 O역으로 갈 수 있었다.

홀로 남겨진 노자키 사부로는 대체 무얼 하고 있었나? 그는 몰아치는 괴사건에 머릿속이 약간 이상했다. 게다가 에노시마 수족관에서 인어가 된 사토미 기누에를 도저히 잊을 수 없었다. 마음에 담은 여성이 인어가 되었다. 그 인어의 아름다운 가슴에서 새빨간 피가 흘러나왔다.

범인은 악마 같은 놈이다. 눈앞에 있는데도 모습이 보이지 않는다.

그런 생각을 하면서 점심때가 다 되어 이글거리는 태양 아래 터벅터벅 걷다 보니 노자키는 머릿속이 점점 텅 비어버리는 듯했다.

논에 고인 흙탕물에 부글부글 거품이 일었다. 그 사이로 구불구불 이어지는 시골길은 시멘트처럼 건조했다. 저 건너에 보이는 농가의 흰 벽이나 이 지역 신을 모신 사당으로 오르는 길이 뜨거운 햇살 아래 일렁일렁 흔들렸다. 더위 때문에 나다니는 사람은 전혀 없었다.

노자키는 일행이 먼저 떠났다는 사실을 모른 채 그런 길을 정처 없이 걸었다.

길 양쪽으로 드문드문 농가가 있었다. 개는 축 처진 혀를 빼물고 열병에 걸리기라도 한 듯이 늘어져 있었고, 닭은 나른한 듯 모이를 쪼았다.

문득 번듯한 농가 한 채가 나타났다. 낮은 산울타리 너머로 보이는 헛간 안에 걸터앉은 한 남자가 보였다.

노자키는 흠칫 멈춰 섰다. 아까 자동차에서 보았던 그 농부가 틀림없었다. 노자키는 마침내 흉악한 악당의 은신처를 찾아냈다고 생각했다.

그렇지만 그는 마치 뱀 앞에 선 개구리처럼 꼼짝도 할 수 없었다. 눈길마저 돌릴 수 없었다. 넋이 나간 사람처럼 그 농부의 얼굴만 가만히 노려볼 뿐이었다.

농부도 어둑어둑한 헛간 안에 걸터앉은 채 기분 나쁘게 생긴 인형처럼 꼼짝도 않고 노자키를 노려보았다. 유리로 만든 눈알처럼 그의 두 눈은 깜빡거리지도 않았다.

두 사람은 우연히 마주친 두 마리 맹수처럼 계속 서로를 노려보았다. 먼저 움직이는 쪽이 패배하기라도 한다는 듯이.

그러는 사이에 노자키는 마음속에서 솟아오르는 말로 표현할 수 없는 공포를 느꼈다. 머리가 어질어질하고 눈앞이 뿌옇게 흐려졌다. 도저히 견디지 못하겠다는 생각이 들었을 때 농부가 히죽 웃었다.

…….

50미터쯤 떨어진 곳에 막과자를 파는 허름한 가게가 보였다. 노자키는 그리 뛰어 들어가 느닷없이 가게를 보고 있던 노파에게 말했다.

"잠깐 말씀 좀 묻겠습니다. 저기, 저쪽에 보이는 산울타리 있는 집 말입니다. 거기 헛간 앞에 저렇게 서서 이쪽을 보는 저 남자 아십니까?"

"엥? 뭐여?"

노파는 깜짝 놀라 노자키를 잠시 빤히 바라보다가 이윽고 무슨 말을 하는지 이해가 된 듯이 이렇게 대답했다.

"아아, 지 남자 말인가? 사쿠(作)라고 히지. 알고말고. 우리 친척뻘 되니까. 사쿠에게 무슨 볼일 있소?"

"저 남자 말입니다. 지금 산울타리 쪽까지 나와 저를 노려보고 있는."

노자키가 다시 확인하자 노파가 다시 대꾸했다.

"그래요, 저 집 주인이라오."

이상하다는 생각이 들어 다시 보았다. 한텐(半纏)[53]의 줄무늬를 봐도 그렇고 폭 좁은 허리띠 색깔도 그렇고, 무엇보다 얼굴 생김새가 역시 아까 논두렁을 고치던 농부가 틀림없다.

"저 사람은 내내 저 집에 살았습니까?"

"그렇고말고요. 3대 전부터 저 집에 살고 있죠. 저 애가 무슨 무례한 짓이라도 했소? 저래 봬도 일은 똑 부러지게 하는데 좀 미련해서. 아내가 고생이 많죠."

노자키는 뜻밖의 사실에 더욱 당황했다. 자신을 이나가키라고 주장하는 남자가 간토 빌딩에 모습을 나타낸 날이나 사토미 기누에가 가짜 편지에 속아 집을 나선 날 저 사쿠라는 농부가 어디 있었는지 물었다. 하지만 사쿠라는 사람이 최근 한 달 내내 마을 밖으로 한 걸음도 나가지 않았다는 사실을 확인했다.

그렇다면 아까 헛간 안에서 노자키를 노려보던 그 눈빛은 뭘까.

"무슨 일인지 몰라도 내게 묻기보다 사쿠에게 직접 물어보는 게 어떻겠소?"

"글쎄요."

노자키가 생각을 정리할 틈도 없이 노파는 친절하게도 산울타리 쪽에서 이곳을 보고 있는 사쿠를 큰 소리로 부르며 손짓했다.

농부는 무슨 까닭인지 머뭇거리다가 이윽고 마음을 굳힌 듯이 일단 헛간 안으로 돌아갔다가 뭔가 시커먼 것을 한 뭉치 들고 산울타

53 하오리와 비슷한 짧은 겉옷 가운데 하나. 주로 일할 때 입는다. - 역주

리를 지나 느릿느릿 이쪽으로 다가왔다.

"이분이 네게 볼일이 있대."

막과자가게 앞까지 왔을 때 노파가 말했다.

"미안해요. 난 그만 버린 거라 괜찮을 줄 알고. 이걸 찾으러 오신 걸 테지."

사쿠는 불쑥 이런 소리를 하며 손에 든 것을 노자키에게 내밀었다. 그것은 흙탕물이 잔뜩 묻고 주름투성이가 된 검은 양복이었다. 노자키는 그걸 받아 들고 살펴보았다. 틀림없이 촬영 때 악당이 입었던 양복이다. 검은 복면까지 있으니 의심할 여지가 없었다. 그리고 또 하나, 이건 짚이는 구석이 없지만 낡은 도쿄 지도가 있었다.

"그러면 당신은 이걸 주워서 숨겨두었던 거로군요."

"예, 나쁜 짓은 못 하겠군요. 아까 우리 집 앞에서 양복을 입은 분이 두세 명 어슬렁거렸는데 혹시 이걸 찾으러 온 게 아닌가 싶어서 뒤가 켕겨 집 안에 틀어박혀 있었죠. 그렇게까지 숨길 만한 물건도 아닌데. 자, 돌려드리죠. 받으시죠."

"아뇨. 그건 됐습니다. 이 옷이 갖고 싶으면 가지세요. 그보다 묻고 싶은 게 있습니다. 아까 논두렁을 고칠 때 여러 명이 탄 자동차가 지나가면서 앞차는 어디로 갔는지 물었죠? 난 그 안에 타고 있었어요. 그 앞으로 달린 자동차에 살인을 저지른 악당이 타고 있었기 때문에 우리가 뒤쫓고 있었던 겁니다. 알겠어요? 이건 중요한 일이니 기억을 잘 떠올려서 대답해주세요. 그 앞차가 당신 옆을 지날 때 운전석에 사람이 타고 있었는지 어땠는지."

"타고 있었죠. 운전기사 없이 자동차가 어떻게 움직입니까?"

"그게 당연하기는 하지만 실제로 사람이 타고 있는 걸 직접 보았느냐는 거죠."

"있었다니까요. 몇 미터 지나간 뒤에 그 양복이 논 안으로 휙 떨어졌으니까."

"버린 건가요?"

"예. 나도 버린 건 줄 알고 아까워서 주워서 집으로 돌아온 거죠."

"그건 됐어요. 그런데 틀림없이 그 자동차의 뒷모습을 지켜보았겠죠?"

"예, 보이지 않을 때까지 지켜보았죠."

"혹시 차에서 뛰어내린 사람은 없었나요?"

"없었죠. 뛰어내린 사람은 없었습니다."

이제 더 물을 것은 없었다.

잠시 후 노자키는 막과자가게를 나와 불볕더위가 한창인 시골길을 터덜터덜 걸었다. 양복은 사쿠라고 하는 농부에게 주고 도쿄 지도만 받아 주머니에 넣었다.

양복에 대해서는 특별히 의심할 점이 없다. 애초 요코의 상대역을 맡은 배우가 입었던 것을 살인마가 벗겨 자기가 입고 배우인 척 요코를 자동차에 싣고 도망쳤다. 그리고 도중에 차 안에서 벗어 길가에 내버렸다. 양복 때문에 꼬리가 밟힐까봐 두려웠으리라.

하지만 이해할 수 없는 점은 사쿠라는 농부가 자동차에서 뛰어내린 수상한 사람을 보지 못했다는 사실이다. 물론 2백 미터쯤 저편에 작은 언덕이 있어[54] 거기를 지나면 사쿠가 있었던 위치에서는 차가 보이지 않는다. 하지만 거기서부터[55] 자동차가 달린 거리는 기껏해야 1백 미터쯤[56]밖에 되지 않는다. 그 사이에는 사람이 숨을 만한 곳도 없다. 만약 차 밖으로 뛰어내렸다면 추적하던 노자키 일행의 눈에 보였어야 한다. 실제로 구로야나기 박사도 농부인[57] 사쿠를 의심하지 않았는가? 그 농부 이외에는 아무도 없었으니까.

지형을 따져도 그렇고 시간을 계산해도 그렇고, 수상한 자가 추적자의 눈에 띄지 않고 도망치기란 절대로 불가능하다. 수상한 자가 그 사쿠라는 농부로 둔갑한 거라고 생각할 수밖에는 없었다.

하지만 사쿠라는 사람은 아무리 봐도 좀 어리숙한 농부 이상의 인물은 아니었다. 또 사쿠가 최근 한 달 동안 마을 밖으로 한 걸음도 나가지 않았다고 이야기한 그 막과자가게 노파가 설마 살인마와 한패일 리는 없지 않겠나.

"그러면? 그렇다면?"

노자키는 걸으며 저도 모르게 중얼거렸다. 그에게는 이 어려운 문제를 풀 능력이 없었다. 그렇지만 생각하다 보니 문득 뭐라 표현할 수 없는 공포가 밀려오기 시작했다. 맑게 갠 푸른 하늘이 점점 먹구

---

54 '저편에 작은 언덕이 있어'가 〔초〕에는 '저편에서 길이 오른쪽으로 꺾어지기 때문에'로 되어 있다. – 해제

55 '거기서부터'가 〔초〕에는 '오른쪽으로 꺾어지고 나서'로 되어 있다. – 해제

56 '1백 미터쯤'이 〔초〕에는 '2, 3백 미터'로 되어 있다. – 해제

57 '구로야나기 박사도 농부인'이 〔초〕에는 '구로야나기 박사는 차가 오른쪽으로 꺾어지기 전에 보았던'으로 되어 있다. – 해제

름으로 덮이더니 우르르릉 하며 멀리서 천둥 치는 소리가 들려왔다. 한낮에 꾸는 악몽이다.

그는 태어나서 이토록 심한 공포를 느낀 적이 없었다. 게다가 그 공포의 정체를 또렷하게 파악할 수 없는 만큼 두려움은 더욱 커졌다. 노자키는 더는 생각할 여력이 없었다. 이대로 어딘가 멀리 달아나고 싶은 심정이었다. 구로야나기 박사의 저택으로 돌아가 이 무시무시한 사실을 보고하기가 싫어졌다. 탐정사무소라고 하는 것이 두려워졌다.

두 번째 도전장

이튿날 구로야나기 박사는 저택 응접실에서 나미코시 경부와 밀담을 나누었다. 박사의 저택은 경시청과 나미코시 경부의 집 중간에 있기 때문에 쇼 선(省線)[58]을 타고 가다가 중간에 내리면 쉽게 들를 수 있어서, 나미코시 경부가 퇴근길에 박사의 저택을 불쑥 방문하는 일이 있었다.

어제 일에 대해 박사가 계획이 어긋나 아쉬웠다고 하자 경부는 그런 경우에 추적하지 않을 수 없다고 변명했다. 그 이야기를 마친 뒤, 박사는 노자키 조수가 보고한, 어제 그 농부는 결코 수상한 자가 아니었다는 새로운 사실을 경부에게 설명해주었다. 그렇다면 범인은 대체 어디로 어떻게 도망갔는지에 대해 함께 고개를 갸웃거렸다.

"놈의 몸이 유리로 되어 있다고밖에 생각할 수가 없군요. 그렇다면 달리는 자동차에서 모습을 감추는 정도는 아무것도 아니겠죠. 실제로 지난번 도전장은 꽁꽁 닫힌 내 서재에 가져다 놓았으니까요."

박사가 말했다.

"진짜 괴물입니다. 내 오랜 경찰 생활 중에 이런 괴물은 처음입니

58 지금의 국영철도에 해당하는 성영철도(省営鉄道)를 말한다. - 역주

다. 아니, 상상해본 적도 없다니까요."

경부가 맞장구쳤다.

"노자키 군이 괴물을 두려워하더군요. 어젯밤에 돌아와 그 일을 보고하더니 사무실을 그만두겠다고 하더군요. 왜 그러느냐고 물었더니 왠지 무서워서 견딜 수 없다는 겁니다. 그 친구로서는 처음 겪는 일이니 무리도 아니겠죠. 그래서 오늘 노자키 군이 나오지 않았습니다."

"그 심정이 이해가 갑니다. 나름 산전수전 다 겪은 나도 이번 범인은 왠지 오싹한 느낌이 드니까요. 솔직히 나도 무섭다는 생각이 들 때가 있습니다."

나미코시 경부는 박사 앞에서 속마음을 털어놓으며 나약한 소리를 했다.

"하하하하하, 경부님이 그런 말씀을 하시면 곤란하죠. 싸움은 이제부터예요."

박사가 웃으며 이렇게 말하더니 불쑥 화제를 바꾸었다.

"이 지도는 그 사쿠라는 농부가 양복과 함께 주운 거라며 노자키 군이 가지고 왔습니다. 어떻게 생각하십니까?"

박사는 그 도쿄 지도를 테이블 위에 펼쳤다. 거기에는 각 지역마다 군데군데 빨간색 잉크로 × 자 표시가 되어 있었다. 그리고 그 표시마다 1부터 49까지의 번호가 붙어 있었다. 결국 도쿄의 여러 동네에 49개의 × 자 표시가 되어 있는 것이다.

"호오, 이상하군요. 우리 쪽에서는 이런 지도를 자주 만들지만, 이건 경찰용이 아닙니다."

"그렇겠죠. 그 악당 역을 맡은 배우가 의상 주머니에 넣어둔 것도 아니죠. 전화로 본인에게 확인했습니다. 그렇다면 이 지도는 '녀석'이 쓸모없어진 양복을 자동차에서 밖으로 던져버릴 때 깜빡 잊고 함께 버린 것으로 봐야겠죠. 즉 이건 '녀석'의 소지품이었던 걸로 볼 수밖에 없을 겁니다."

"흠, 그래서요?"

"그렇다면 이 아무것도 아닌 낡은 지도가 매우 중대한 의미를 지니게 됩니다. 이게 그 푸른 수염이 쓰던 것이라면 이 × 표시도 그 녀석이 친 거라는 말입니다."

"그렇죠. 이 지도가 놈의 계획을 이야기하는 것이라고 하면 매우 중요하겠죠. 그런데 이 마흔아홉 개의 표시는 대체 뭘 뜻하는 걸까요?"

"그건 저도 모르겠습니다. 하지만 상상은 할 수 있죠. 그런 무서운 상상이 허락된다면 말이죠."

"그게 무슨 말씀이신지?"

"보세요. 이 표시는 한꺼번에 한 게 아닙니다. 하나하나를 여러 날에 걸쳐 기입한 거죠. 잉크 색깔도 다르고, 닳아서 번호가 살짝 지워진 것도 있는가 하면 방금 표시한 것처럼 선명한 것도 있죠. 녀석이 뭔가를 발견했을 때마다 기입한 게 틀림없습니다. 먼저 녀석이 좋아하는 타입의 여성을 표시한 지도라고 생각해볼 수 있겠죠. 말하자면 살인 대상자. 그런 여성을 발견할 때마다 어느 동네 몇 번지에 사는

지 이 지도에 기입했을 겁니다. 아마 이 지도에 표시하기 시작한 것은 간토 빌딩 여직원 모집 때보다는 뒤의 일일 겁니다. 그래서 사토미 기누에의 주소에는 표시가 없죠. 또 후지 요코의 주소도 이 지도에 표시되지 않았으니 이것도 예외로 보아야 할 겁니다."

"아무리 생각해도 그게 제일 타당한 추측이겠죠."

"녀석에게 이 정도는 하찮은 일이라고 생각합니다. 그런데 내 만약 상상이 맞는다면 이건 실로 전율할 만한 살인 목록이죠. 만약 경찰이 손을 쓰지 못한다면 놈은 앞으로 마흔아홉 명을 더 죽인다는 이야기가 되죠."

"하하하하하, 아무리 그래도 설마."

"아뇨, 그렇게 가볍게 넘겨서는 절대로 안 됩니다. 지금까지 녀석의 수법을 보세요. '아무리 그래도 설마'라는 생각을 뒤엎을 정도로 대담무쌍하고 기발한 짓을 쉽게 해치우지 않았습니까?"

박사는 오히려 마흔아홉 명의 살인을 믿는 사람처럼 무거운 말투로 대꾸했다. 나미코시 경부는 그 말을 듣고 박사가 아니라 푸른 수염이란 놈에게 직접 들은 듯해 입을 다물었다.

잠시 침묵이 흘렀다. 그사이에 눈에 보이지 않는 강적에 대한 무서움이 두 사람의 가슴을 바싹 죄어오는 듯했다.

구로야나기 박사는 생각에 잠긴 채 무심한 표정으로 테이블 위에 놓아두었던 나미코시 경부의 모자를 만지작거렸다. 모자 둘레를 두른 금실 장식과 금실을 꼬아 만든 휘장이 화려하고 아름답게 빛났다. 거울처럼 깨끗한 모자챙의 가죽에 방의 절반이 살짝 비쳤다.

박사는 여전히 무심히 모자를 뒤집어 안에 덧댄 가죽을 뒤집어보았다. 그러자 모자와 그 가죽 사이에서 작게 접힌 쪽지가 툭 떨어졌다.

"아, 실례. 생각에 빠져 있다 보니 그만."

박사는 사과하면서 쪽지를 원래 위치에 되돌리려고 했는데 경부가 박사의 손을 잡고 말했다.

"잠깐 그것 좀 보여주시죠. 저는 거기에 그런 게 있었는지 몰랐네요."

쪽지를 받아 펼쳐보니 그것은 역시 경부가 처음 보는 편지였다. 경부는 쭉 훑어보다가 벌떡 일어서며 소리쳤다.

"이런! 또 그놈이 보낸 도전장입니다."

내용은 다음과 같았다.

친애하는 구로야나기 박사. 나는 귀하의 뛰어난 안목에 경의를 표하는 바이오. 귀하는 내 계획의 빈틈을 찔렀소. 내가 경찰 여러분의 추적 때문에 자동차를 포기한 것은 지금 돌이켜보면 행운이었소. 그렇지 않고 만약 그대로 자동차를 내 집으로 가지고 왔다면 나는 이미 단 하나뿐인 근거지를 잃었을지도 모를 일이오.

나의 호적수 구로야나기 박사, 하지만 나는 이번 일 때문에 의기소침할 사람이 아니오. 더 기운을 내서 제2단계 계획을 가동시켜 이제 실행에 옮기려 하오. 확실히 승산이 있소. 이번에야말로 어떠한 강적이라도 두려워하지 않을 것이오.

오시오, 구로야나기 박사. 오는 7일이야말로 두 영웅이 서로 다투어야 할 날이오. 장소는 후지 요코가 어디 있느냐에 따라 바뀔 것이오. 나는 결코 그 날짜를 연기하지 않겠소. 오시오, 나의 호적수.

푸른 수염[59]으로부터

"이런 괘씸한. 놈은 내 모자를 우편함처럼 이용해 박사님에게 연락을 취했군요. 정말 말도 안 되는 짓을."

나미코시 경부는 얼굴이 새빨개져 분통을 터뜨렸다. 범인은 일거양득을 노렸다. 이 기묘한 연락은 한편으로는 박사를 우롱하는 동시에 귀신같은 경부라고 불리는 나미코시를 쪽지 심부름꾼으로 삼아 모욕을 줄 수 있었으니까.

"하지만 도대체 어떻게, 어느새 이런 걸 내 모자 안에 넣었단 말인가?"

경부는 뒤늦게 중요한 사실을 깨닫고 깜짝 놀라며 말했다.

오늘 아침부터 한 행동을 되짚어보더라도 자신의 모자를 놈의 손에 닿을 만한 장소에 가지고 간 적은 물론 한 번도 없었을 것이다.

"마술사 같군요."

박사는 무슨 영문인지 히죽히죽 웃으며 아주 낮은 목소리로 말했다.

---

59 원문에는 '청수(靑鬚)'라고 적고 '블루 비어드(Blue Beard)'로 읽었다. 여기서는 '푸른 수염'으로 해둔다. - 역주

촬영 중지

7월 7일, K촬영소에 근무하는 수위는 이른 아침부터 낯선 방문객 때문에 깜짝 놀라지 않을 수 없었다.

그 사람들은 출근하는 배우와 촬영기사, 무대장치 및 소품 담당 틈에 섞여 마치 영화 관계자 같은 모습을 한 채 계속해서 밀려들었다. 그들은 촬영소 입구를 통과할 때 소장 K씨의 명함을 수위에게 보여주었는데 그 명함에는 '방문을 허락한다'는 글이 적혀 있었다. 소장의 친필로 보였고 도장까지 찍혀 있었다.

수위는 하루 전 '이런 명함을 가지고 오면 들여보내라'라는 소장의 지시를 받았기에 놀라지는 않았다. 그렇지만 이렇게 많은 사람이 올 줄은 몰랐기 때문에 당황했다. 손님을 헤아려보니 서른 명이 넘었다.

설명할 필요도 없이 그들은 후지 요코를 경호할 사람들이었다. 하루 전 구로야나기 박사의 집에서 박사와 나미코시 경부가 의논한 결과 이 방법을 쓰기로 했다. 5일에 일어난 사건으로 혼이 났기 때문에 경호 인원을 늘려야 한다고 주장한 사람은 경부였다. 하지만 제복을 입은 경찰이면 오히려 적을 조심하게 만들기 때문에 안 된다. 모두 영화 관계자처럼 보이는 옷차림을 하고 촬영소에 들어가게 하자. 이렇게 제안한 사람은 박사였다. 박사와 경부도 평상복을 입어 될 수 있으면 무대장치나 소품 담당자처럼 변장해서 가기로 하고 이야기를 마무리했다.

그래서 수위는 전혀 몰랐지만 소장의 명함을 들고 문을 통과한 사람들 가운데는 유명한 구로야나기 박사와 나미코시 경부도 섞여 있었던 셈이다.

성격이 당찬 후지 요코는 어제 하루만 쉬었을 뿐 오늘은 다시 카메라 앞에 선다. 소장을 비롯한 관계자들은 구로야나기 박사에게 온 도전장 이야기를 하며 오늘만은 촬영을 쉬라고 권했다. 그렇지만 요코는 '그런 악마 같은 놈이라면 어디 있건 위험하기는 매한가지이니 차라리 여러 사람 앞에서 일을 하는 게 쓸쓸하지도 않아 훨씬 낫다. 게다가 오늘 쉬면 놈에게 겁먹은 모습을 보이는 꼴이 되어 분통이 터진다'며 굳이 촬영을 계속하기로 했다.

오전 10시쯤, 촬영장 안에 있는 글라스 스테이지[60] 한쪽만 촬영을 할 범위라 아주 깔끔하게 정돈되어 있었다. 다른 부분은 부서진 의자나 소품 따위가 굴러다니고, 두꺼운 종이에 그려 만든 배경들이 어지럽게 놓여 있어 살풍경했다.[61] 그런 가운데 천장도 없는 서양식 큰 식당 세트가 마련되어 경찰, 카메라, 배우들이 대기한 상태에서

---

60 '글라스 스테이지'가 〔슌〕, 〔도〕에는 '제1 스튜디오'로 되어 있다. – 해제
Glass stage, 자연광을 이용하기 위해 천장을 유리로 만든 촬영소. 과거 영화 촬영소에서 사용했다. – 역주
61 '어지럽게 놓여 있어 살풍경했다'가 〔도〕에는 '어지럽게 놓여 있었다. 무대에는'으로 되어 있다. – 해제

이제 막 촬영을 시작할 태세였다.

"요코, 괜찮겠어? 지금은 표정이 무척 밝기는 한데 좀 무리하는 거 아닌가? 힘들면 연기해도 돼."

요코 본인보다 N감독이 더 걱정스러운 표정으로 말했다.

"괜찮아. 난 각오를 했으니까. 죽일 테면 죽이라고 하지. 왠지 한번 그놈과 마주 앉아 이야기해보고 싶을 정도인걸."

요코는 태연스레 농담을 했다.

"게다가 이렇게 철통같은 경호를 해주시는걸."

작은 목소리로 이렇게 속삭인 뒤 흘끔 무대 뒤편에서 서성거리는 뚱보 무대장치 담당자 쪽을 바라보았다.

뚱보 무대장치 담당자는 다름 아닌 변장한 나미코시 경부다. 경부는 촬영에 방해가 되지 않도록 세트 뒤를 어슬렁거리며 감독 조수처럼 차려입은 남자와 소곤소곤 이야기를 나누는 중이었다.

"자네가 이미 박사님 사무실은 그만둔 줄 알았네."

뚱보 무대장치 담당이 말했다.

"예, 제가 잠깐 정신이 이상해졌던 거죠. 너무 무서운 망상에 시달리다 보니. 그놈이 무서웠습니다. 그런데 집에 돌이기 가만히 있다 보니 견딜 수 없더군요. 호기심이 공포를 이긴 셈이죠. 그래서 결국 다시 나왔습니다."

노자키 사부로가 그렇게 대답했다. 그는 며칠 전부터 또렷하지 않은, 안개 같은 공포 때문에 고통스러웠다.

"박사님은 어디 계시죠? 올 때는 같이 왔는데."

노자키는 아까부터 박사를 찾고 있었다.

“아까까지 문 쪽에 있었는데. 보나 마나 불편한 다리를 이끌고 촬영장 구석구석 살피고 돌아다닐 테지.”

서른 명에 가까운 형사들은 넓은 촬영장 안 곳곳에 물샐틈없이 배치되어 개미 한 마리 들어갈 틈 없는 삼엄한 경계를 펼쳤다. 하지만 형사들은 촬영소의 수많은 직원들 틈에 섞여 있어 외부 사람이 보면 형사가 어디에 있는지 전혀 알 수 없었다. 구로야나기 박사는 시나리오 작가 같은 모습을 하고 지팡이에 의지해 촬영소 안을 어슬렁어슬렁 거닐고 있었다.

세트에서는 이미 촬영이 시작되었다.

대규모 파티 장면이었다. 수많은 의자와 테이블, 새하얀 식탁보, 향기로운 꽃 장식, 머리 위에는 샹들리에, 그리고 턱시도, 모닝코트, 야회복, 옷단에 예쁜 무늬가 들어간 여성 예복. 저마다 신사 숙녀로 분장한 배우들이 잔을 들고 환담을 나누었다.

카메라의 위치는 계속 바뀌었고 조명도 이리저리 옮겨 다녔다. 촬영은 계속 이어졌다.

그리고 후지 요코가 맡은 여주인공 클로즈업.

급사로 분장한 배우가 여주인공 뒤에서 포도주병을 내밀어 글라스에 자줏빛 액체를 찰랑찰랑 따랐다. 가슴이 드러난 새하얀 야회복을 입은 요코는 옆에 있는 신사와 상냥하게 담소를 나누며 글라스를 입으로 가져갔다.

무대장치 담당으로 변장한 나미코시 경부는 이때 노자키 청년이나 다른 두세 명의 형사들과 카메라 쪽에 서서 요코의 주변을 감시하고 있다가 그녀가 글라스를 입으로 가져가는 모습을 보더니 이상한 표정을 지으며 작은 목소리로 감독에게 물었다.

"저걸 진짜 마십니까?"

"예, 글라스에 든 액체가 반쯤 줄어드는 장면을 찍습니다. 아, 술은 아니에요. 색깔을 낸 물입니다."

감독이 태연한 얼굴로 대답했다.

"하지만 그건."

경부가 다시 뭐라고 덧붙이려는데 요코가 그 액체를 꿀꺽꿀꺽 마셨다.

"좋아, 멋져."

옆에 선 나이 든 신사 클로즈업.

그리고 카메라가 살짝 뒤로 물러나 다른 테이블에 앉은 남녀 한 쌍 쪽으로 렌즈를 돌렸다.

빤한 장면이라 감독이 말도 없이 눈과 턱짓으로 신호를 보내자 카메라맨이 알아서 장면을 바꾸었다. 배우들 또한 뭔가에 짓눌린 듯 삽남노 하시 않고 조용히 있었다. 진짜 팬터마임이었다. 말없는 배우들을 기계장치로 움직이기라도 하듯 크랭크 소리만 달각달각 단조롭게 울렸다.

"안 돼! 중지! 카메라 중지!"

나미코시 경부가 연설 중지라도 명령하는 투로 갑자기 버럭 소리쳤다.

사람들이 깜짝 놀랐다. 감독, 카메라맨, 배우, 조수, 변장 형사들이 모두 경부 쪽을 바라보았다. 크랭크 돌아가는 소리도 멈췄다. 그런 가운데 경부 쪽을 보지 않고 허공을 바라보며 꼼짝도 않는 사람이 있었다. 후지 요코였다.

후지 요코는 테이블에 두 팔꿈치를 짚고 넋이 나간 사람처럼 한곳을 바라보았다. 화장 때문에 노란 얼굴이 점점 흙빛이 되어가는 듯했다. 눈빛도 심상치 않았다.

모두들 후지 요코가 이상하다는 걸 깨닫고 시선을 그리로 옮겼을 때 요코의 눈이 감기고 머리가 이리저리 흔들리는가 싶더니 갑자기 테이블 아래 쓰러지고 말았다.

무언극 같았던 촬영장이 순식간에 혼란과 소란의 소용돌이로 변하고 말았다. 저마다 뭐라고 소리를 지르며 요코에게 모여들었다. 옆자리에 앉았던 나이 든 신사로 분장한 배우(I라고 하는 영화계 대선배다)가 요코의 어깨를 흔들며 소리쳤다.

"요코, 요코. 왜 그래? 응? 무슨 일이야?"

하지만 아무리 흔들어도 요코의 몸은 해파리처럼 축 늘어져 아무런 반응도 없었다.

나미코시 경부가 재빨리 세트 안으로 뛰어들어 아까 요코에게 포도주를 따른 남자 급사를 붙들며 말했다.

"이 자식, 그 술을 어디서 가지고 왔나!"

남자 배우는 계속해서 뭐라고 변명했다. 옆에 있던 두세 명의 배우도 거들었다.

"이 친구는 수상한 사람이 아닙니다. 전부터 우리 동료라고요."

경부는 마침내 그 배우에게 술병을 건넸다는 소품 담당자를 찾아내 두 사람을 데리고 급히 식당 (거기서 병의 내용물을 준비했다) 쪽으로 갔다. 말할 필요도 없이 누가 이 액체 안에 독약을 섞었는지 조사하기 위해서였다.

한편 N감독은 요코를 배우 I에게 맡기고 촬영소장 방으로 달려가 거기 있던 K소장의 소매를 잡고 엄청난 사건을 보고했다.

"독약이로군."

소장도 입술이 새파랗게 질렸다.

"그렇지만 절망적이지는 않겠지. 의사는? 의사는 불렀나?"

"H병원으로 전화를 걸까요?"

"물론 전화부터 걸어야지."

소장은 나무라는 투로 대꾸했다. N감독은 얼른 책상 위에 있는 수화기를 집어 들고 교환원에게 소리쳤다.

"H병원 연결하세요. 독을 마신 사람이 있으니 얼른 와달라고요."

백발의 늙은 의사

곧 K촬영소 문 앞에 자동차가 도착했다. 자동차 안에서 흰머리에 흰 수염을 기른 의사가 내렸다. 대기하던 조감독 청년이 노인 의사의 손을 잡아끌다시피 하여 요코가 쓰러져 있는 세트 쪽으로 달려갔다. 쓰러진 지 채 5분도 지나지 않아 요코를 방으로 옮길 틈도 없었다.

의사는 허리를 구부리고 헐렁한 양복을 펄럭이며 비틀비틀 달려갔다. 흰 수염이 바람에 나부꼈다.

세트에는 요코를 둘러싼 배우, 무대장치와 소품 담당자들이 잔뜩 몰려든 상태였다. 달려오는 의사를 본 형사들이 그들을 밀어내자 요코 주변에서 물러났다.

의사는 아무 말도 하지 않고 손가방 안에서 여러 가지 기구와 약품을 꺼내 요코를 세심하게 진찰했다. 10분가량 걸렸다.

"마약 종류인 것 같군요. 아마 생명에는 지장이 없을 겁니다."

백발의 노인은 커다란 돋보기안경 너머로 소장과 N감독을 쳐다보며 말했다.

"하지만 더 자세히 살펴볼 필요가 있고 간호를 위해서도 여기에서는 곤란하니 병원으로 옮기는 게 좋겠군요."

"부디 그렇게 해주십시오."

소장인 K씨가 대답했다.

"그런데 어떻게 옮겨야 하죠?"

"아, 문제없습니다. 문 앞에 병원에서 타고 온 차가 대기하고 있으니 누가 거기까지 안아서 옮겨주면 됩니다."

"그럼 어서, 누가 요코 씨를 옮겨줘. 서둘러야 해!"

소장이 허둥대며 모여든 청년 직원들을 향해 소리쳤다. 세 청년이 나서서 쓰러진 요코에게 달려가 제각각 머리와 몸통, 다리 부분을 잡고 조심스럽게 안아 들었다.

그런데 바로 그때 이상한 일이 일어났다.

잠깐 모습을 보이지 않던 노자키 사부로가 역시 감독 조수 같은 모습으로 N감독에게 다가가더니 마치 촬영과 관련해 의논이라도 하듯 소곤소곤 속삭였다.

"엥? 뭐라고요?"

N감독의 얼굴이 점점 경악한 표정으로 바뀌더니 그가 버럭 소리를 질렀다.

무슨 이야기인데 감독이 이토록 깜짝 놀란 걸까. 노자키는 대체 무슨 말을 감독의 귀에 속삭인 걸까. 그 내용을 조금 이야기해야 하겠다.

노자키 사부로는 요코가 정신을 잃었을 때 바로 의심이 들었다. 푸른 수염이 목적을 이루기도 전에 요코를 독살할 리 없다. 이게 그놈의 짓이라면 아마 마취제로 잠깐 정신을 잃게 만들 게 틀림없다. 하지만 실신시켜서 어떻게 하겠다는 걸까. 혹시 그 혼란한 틈을 타 여기서 요코를 빼돌리려는 게 아닐까? 그렇다면 어떤 수단을 써서?

노자키는 그런 염려 때문에 구로야나기 박사를 찾을 틈도 없이 꼼짝 않고 요코의 신변을 감시했다.

그때 백발의 늙은 의사가 도착했다. 흰 머리카락, 흰 수염, 커다란 돋보기안경. 그 모습을 보고 노자키는 퍼뜩 정신이 들었다. 그는 얼른 머리를 굴려 옆에 있던 고참 배우의 어깨를 살짝 두드리고 물어보았다.

"저 사람이 틀림없이 H병원 의사인가요?"

배우는 의아한 표정을 지으며 대답했다.

"당연히 그렇겠죠. 하지만 처음 보는 의사군요."

"얼마 전에 H병원에 입원하셨던 적 있잖아요? 신문에서 읽었는데."

"예, 그랬죠. 하지만 병원에서 저런 의사를 본 적은 없습니다."

거기까지만 듣고 노자키는 냉큼 사무실로 달려갔다. 마침 거기 있던 사람에게 자초지종을 설명하고 H병원에 전화를 걸었다.

"우리 쪽에서 그리 간 사람은 아무도 없습니다."

병원 직원이 전화를 받아 대답했다.

"아니, 아까 전화가 와서 준비를 하는데 바로 그쪽에서 취소 전화를 걸지 않았습니까?"

노자키는 당장에 세트로 돌아가 N감독에게 그 내용을 귓속말로 알리고 잠시 의사를 붙들어두라고 부탁한 다음, 이번에는 구로야나기 박사와 나미코시 경부를 찾기 위해 별생각 없이 그 자리를 떠났다.

N감독은 반신반의했지만 어쨌든 노자키의 말에 따라 백발 노의사

에게 말을 건넸다.

"선생, 잠깐 물어볼 말이 있습니다."

요코를 안은 세 명의 직원들을 거느리고 두세 걸음 나아가던 의사가 그 말에 휙 돌아보았다.

"뭐죠?"

그는 동그란 돋보기안경 너머로 흘깃 감독의 얼굴을 보았다. 감독은 무슨 말로 시간을 끌지 몰라 잠깐 머뭇거렸다. 기껏해야 5, 6초 동안 두 사람은 묘한 침묵 속에 서로를 노려보았다.

감독의 표정이 그만 모든 것을 다 이야기하고 있었다. 늙은 의사가……, 그 희대의 살인마가 그 표정을 읽어내지 못할 리 없었다.

위험하다고 판단하자 늙은 의사는 여태 구부정하게 구부리고 있던 허리를 쭉 폈다. 웅그리고 있던 어깨를 쭉 펴더니 흰머리에 흰 수염을 한 커다란 얼굴이 떡 벌어진 어깨 위에서 똑바로 정면을 바라보았다. 비실비실하던 노인은 어디론가 사라지고 거기에는 건장하게 생긴 낯선 남자가 우뚝 서 있었다.

앗, 하고 놀라는 사이에 그 수상한 자는 후다닥 달려 나갔다. 긴 다리가 눈에 보이지 않을 정도로 빨리 움직였다. 그는 글라스 스테이지와 문 사이로 튀어나가더니 촬영장 안에 자리한 커다란 건축물인 다크 스테이지[62] 안으로 사라지고 말았다.

---

62 '다크 스테이지'가 〔순〕, 〔도〕에는 '제3 스튜디오(앞으로 나오는 '다크 스테이지' 모두에 해당)'로 되어 있다. – 해제
다크 스테이지란 천장을 통해 자연광이 들어오는 글라스 스테이지와는 달리 외부에서 빛이 전혀 들어오지 않아 인공조명을 켜야 하는 어두운 촬영 구역을 말한다. – 역주

그제야 상황이 파악된 변장한 형사들이 뭐라고 소리를 지르며 수상한 자의 뒤를 따라 달려 나갔다. 혈기왕성한 배우와 무대장치 및 소품 담당자들도 그 뒤를 따랐다.

다크 스테이지 안은 낮에도 어두컴컴했다. 게다가 잡다한 무대장치와 소품이 마치 연극무대 뒤처럼 빼곡하게 놓여 있었다. 특별할 것 없이 그저 아주 커다란 창고 같은 건물이다. 아니, 그뿐만 아니다. 거기에는 촬영을 위해 만든 작은 시가지 세트까지 있었다. 바깥 모양만 그려 세운 집들이 양쪽으로 늘어서서 구불구불한 골목을 이루었다. 세트 배경을 세워놓은 사이로 공중전화 박스 모형이 있는가 하면 군함 모형도 보였다. 군함이 떠 있는 커다란 물탱크에는 시커먼 물이 출렁거렸다. 이 공간으로 뛰어든 사람을 찾기란 모래밭에서 바늘 찾기나 마찬가지다.

추격하던 사람들은 다크 스테이지 입구에서 멈춘 채 오도 가도 못했다. 수상한 자가 어느 구석으로 들어갔는지 짐작이 가지 않았다. 그보다 앞이 분간이 되지 않는 캄캄한 밤중 같은 건물 안이 왠지 으스스했기 때문이다.

다들 머뭇거리는데 나미코시 경부와 노자키 청년을 비롯한 10여 명의 형사들이 몰려왔다.

추격하던 사람은 기세가 올라 건물 안으로 몰려 들어갔다. 구역을 나누어 네다섯 명이 한 무리를 이루어 오른쪽에서 왼쪽으로, 한복판으로 미로 같은 무대장치 사이를 뒤지며 나아갔다. 경부의 명령으로 모든 출입구는 형사가 두세 명씩 한 조를 이루어 지키고 섰다.

"아, 드디어 독 안에 든 쥐로군. 이번에야말로 그놈을 체포하겠군. 아무리 마술사 같은 놈이라고 해도 설마 이 포위망은 빠져나갈 방법이 없겠지."

입구에 버티고 선 나미코시 경부는 혀로 입술을 핥으며 기뻐했다.

독 안에 든 쥐

하지만 쥐 사냥은 경부가 생각한 것만큼 쉽지 않았다.

수색대 가운데 어떤 사람은 아까 이야기한 시가지 세트 양쪽을 빈틈없이 뒤지며 계속 안으로 들어갔다. 안으로 들어갈수록 겹겹이 들어선 무대장치가 광선을 가로막아 더욱 어두워졌다. 천장에 매달린 거미줄투성이의 희미한 전등이 오히려 으스스한 그림자를 만들어냈다.

처음에는 아주 용감해 보였던 운동선수 같은 배우가 먼저 꽁무니를 뺐다. 전문가인 형사마저 으스스한 느낌이 들었다. 무대장치들 사이에는 캄캄한 부분이 여기저기 보였다. 겁을 집어먹은 사람들은 그런 구석진 부분을 볼 때마다 그 어둠 속에 숨어 있는 뭔가가 두 눈을 빛내며 이쪽을 노려보고 있는 것 같아 제대로 걸을 수가 없었다.

그들이 그렇게 캄캄한 미로를 주춤주춤 걷고 있는데 불쑥 뒤에서 이상한 광선이 쏟아져 들어와 무대장치 위에 사람들의 그림자를 길게 그려냈다.

사람들이 멈칫하며 돌아보니 눈부신 광선 뒤에서 목소리가 들려왔다.

"놀라지 마라. 나야, 나."

귀에 익은 카메라 조수의 목소리였다. 마침 거기에 전선이 연결된 스포트라이트가 있다는 걸 발견한 그가 재빨리 스위치를 올렸던 것이다.

그 스포트라이트 말고도 다크 스테이지 안에는 촬영을 위해 준비된 조명이 여러 개 있었다. 카메라 조수 덕분에 다른 사람들도 비로소 거기에 생각이 미쳤다. 여기저기서 창백한, 또는 이상한 보라색 불빛이 들어왔다. 이제 누가 카메라를 돌리기만 하면 그야말로 엄청난, 실감 나는 현대 체포극 영화가 만들어질 것이다.

의기양양해진 카메라 조수는 광선의 위력을 더 발휘하도록 하기 위해 그 스포트라이트를 이리저리 돌리며 마치 탐조등처럼 곳곳을 비추어댔다.

광선을 정면으로 쏘았다가 오른쪽을 비추고, 왼쪽을 비추고, 이어서 천천히 빛을 들어 천장을 비췄다. 바로 그때 갑자기 날카로운 비명이 울려 퍼졌다.

"악, 저기……."

천장에는 카메라를 매달고 위에서 이동촬영하기 위한 레일 같은 것이 설치되어 있었다. 그 레일 (철판을 조합한 것인데 폭이 약 30센티미터쯤 된다) 위에 아까 그 늙은 의사의 흰머리가 보였다. 그는 최대한 몸을 웅크리고 있지만 완전히 몸을 숨길 수는 없었던 모양이다.

체포가 특기인 군인 출신 형사 한 명이 "좋아, 내가 잡겠어"라고 말하며 레일을 지탱하는 쇠기둥으로 달려가더니 원숭이처럼 바로 그걸 타고 올랐다.

백발의 괴물은 레일 위로 도망칠까 아래로 뛰어내릴까 머뭇거렸는데, 뛰어내린다면 추격해온 사람들 한가운데로 굴러들어가는 셈이었다.

진퇴유곡 상태인 살인마는 대담하게도 그 자리에 그대로 남아 올라오는 형사와 싸울 태세를 갖추었다.

외줄타기처럼 위험한 체포다.

기둥을 다 올라간 형사는 괴물의 필사적인 수비 태세에 잠깐 머뭇거렸지만 "에잇" 하고 소리치며 레일 위에서 괴물을 향해 돌진했다.

괴물은 주춤주춤 뒷걸음질 치기 시작했다. 형사는 씨름 자세로 한 걸음씩 다가갔다. 두 사람의 모습은 커다란 무대장치에 가려 처음 들어온 수색대에게는 보이지 않았다. 그 대신 다른 수색대가 커다란 무대장치 안쪽에서 마른침을 삼키며 천장을 바라보았다.

레일 위에서는 형사와 괴물이 위태로운 자세로 맞붙기 시작했다. 힘보다 몸의 중심을 잡는 게 더 중요했다. 기계체조 실력이 좋은 형사는 교묘하게 몸을 틀어 상대를 레일 아래로 떨어뜨리려고 애썼다. 하지만 곡예에 관해서는 괴물이 형사보다 한 수 위였다.

그는 슬쩍 떨어지는 척하며 두 발로 레일에 매달렸다. 상대가 떨어지는 줄 안 형사는 상대가 사라지자 아무런 준비도 없이 균형을 잃고 요란한 소리를 내며 바로 아래 있던 모형 해전용 물탱크 안으로 떨어지고 말았다.

형사가 물에 빠진 생쥐 꼴이 되어 탱크 밖으로 나올 무렵 흰머리 괴물은 이미 레일 위에서 훌쩍 뛰어 천장의 들보로 위치를 옮겼다.

그는 마치 새나 짐승처럼 들보를 건너뛰며 건물 구석으로 도망쳤다.

아래에서는 추격하는 사람들이 어쩔 줄 몰라 허둥댈 뿐이었다. 천장에는 아무런 장애물도 없지만 아래에는 도처에 세트와 무대장치가 놓여 있었다. 괴물이 조금만 움직여도 아래에서는 이리저리 돌아 정신없이 뛰어다녀야만 했다.

하지만 아무리 그래도 뒤쫓는 쪽은 사람이 많다. 게다가 사방의 입구를 지키고 있어 괴물이 이 건물 밖으로 절대 나갈 수 없을 거라는 안도감이 있었다. 그들은 괴물이 지치기를 느긋하게 기다렸다. 나미코시 경부와 노자키 청년도 이제는 천장의 괴물을 아래에서 뒤쫓는 무리에 섞였다.

10분, 20분. 천장 위의 괴물은 쫓기는 쥐처럼 비참한 상태에서 기를 썼지만 이미 힘이 다했는지 들보를 잡은 손을 놓치고 뒤쫓던 사람들로부터 그리 멀리 떨어지지도 않은 땅바닥에 털썩 떨어져 정신을 잃은 듯 꼼짝도 하지 않았다.

나미코시 경부의 기쁨은 절정에 이르렀다. 이제야 적을 체포할 때가 온 것이다.

"묶어라."

명령에 따라 한 형사가 한 손에 포승을 들고 괴물에게 다가갔다. 괴물 위에 올라타 막 그를 묶으려고 할 때였다.

타앙.

이상한 소리가 나더니 괴물 위에 올라탔던 형사가 인형처럼 뒤로 벌렁 나자빠졌다. 그 주위에 흰 연기가 확 퍼지며 뭔가가 타는 냄새가 사람들의 코를 찔렀다.

괴물은 흰 수염을 들썩이며 키들키들 웃었다. 그의 손에 들린 작은 총이 빛났다.

형사는 어깻죽지에 총탄을 맞고 정신을 잃었다.

권총을 본 사람들은 다들 저도 모르게 뒷걸음질 쳤다.

괴물은 아무도 다가오지 못하도록 총구를 겨누면서 천천히 저편 구석 어두컴컴한 곳으로 걸어갔다.

"이럴 때는 여러분이 두 손을 높이 드는 게 예의입니다."

그는 일부러 정중한 말투로 그렇게 말하더니 또 히죽히죽 웃었다.

사람들은 마지못해 손을 들었다.

그 틈에 괴물은 배경으로 쓰는 무대장치들 사이로 들어가 커다란 배경을 한 장 끌어당기더니 그걸 병풍 삼아 모습을 감추었다. 하지만 그의 모습이 사라진 배경과 배경 사이로 총구가 살짝 보였다. 총구에서는 아직도 연기가 모락모락 피어오르고 있었다.

"꼼짝하면 이 총구가 불을 뿜을 겁니다."

배경 안에서 괴물의 정중한 협박 소리가 들려왔다.

뒤쫓던 사람들은 아무것도 할 수 없었다. 부상을 당한 형사를 돌볼 생각도 못 하고 다들 손을 든 채 꼼짝도 하지 않았다. 괴물 쪽도 섣불리 움직이지 않았다. 기분 나쁜 총구가 여전히 사람들을 겨누고 있었다.

그러고 있는데 이제나저제나 기다리던 구로야나기 박사가 사람들 뒤에서 나타났다. 그제야 사람들 뒤에 숨듯 서 있던 나미코시 경부는 약간 용기를 내어서, 하지만 두 손은 든 채로 박사에게 속삭였다.

"드디어 녀석을 저 배경 뒤까지 몰아넣었습니다. 하지만 박사님, 저기 보이죠? 보세요, 저 틈새로 권총이 보이죠. 자칫하면 위험합니다."

"압니다."

박사도 될 수 있으면 몸을 움직이지 않으려는 듯 낮은 목소리로 말했다.

"나는 경부님이 그 녀석을 포위했다는 이야기를 듣고 그가 타고 온 자동차 운전기사를 잡으려고 문 쪽으로 달려가보았죠. 그런데 흔적도 없더군요. 바로 눈치채고 도망친 겁니다."

경부는 괴물을 뒤쫓느라 정신이 팔려 자동차는 생각도 하지 못했다. 역시 박사는 빈틈이 없다는 생각이 들어 감탄했다.

"내가 왜 이렇게 늦었느냐 하면."

박사는 위급한 상황인데도 불구하고 상대를 우습게 보는 듯이 말을 이었다.

"녀석에게 한 방 먹었습니다. 하찮은 트릭에 걸려 저쪽 빈방에 갇혀 있었어요. 문이 튼튼해서 부수고 나오느라 애를 먹었습니다."

그래서 박사가 보이지 않았던 것이다.

"그 이야기는 나중에 합시다."

경부는 초조하다는 듯이 말했다.

"그보다 그놈이 바로 앞에 있어요. 놈을 놓치면 돌이킬 수 없습니다. 게다가 총을 가지고 있어 골치로군요. 무슨 묘안이 없습니까?"

"아니, 권총 탄환 따위 조금만 조심하면 맞지 않아요. 하지만 이렇게 모여 있으면 위험하죠. 여러분도 더 뒤로 물러나세요."

박사는 태평한 소리를 하면서 사람들을 헤치고 놈의 총구를 향해 걸어갔다.

고개를 쭉 빼고 허리를 꼿꼿하게 세운 채 지팡이를 짚으며 불편한 다리로 어수선한 소품들 사이를 지나 한 걸음씩 적에게 다가가는 모습은 개구리를 노리는 뱀처럼 보였다.

아아, 기다리고 기다리던 때가 왔다. 원한 맺힌 살인마는 저 무대 장치 너머에서 꼼짝도 않고 웅크리고 있으리라. 박사의 눈은 환희로 불타올랐다. 두 손은 격투를 예감하며 부들부들 떨었다.

박사의 무모한 행동을 말리는 사람은 없었다. 너무나도 대담무쌍하고 어처구니없어 손에 땀을 쥐고 지켜볼 뿐이었다.

장엄하다고나 해야 할 깊고 깊은 침묵이 흘렀다.

배경 뒤에 숨은 흉적은 지금 호적수의 출현을 보고 어떤 생각을 할까. 그런데 그는 기분 나쁘게 가만히 어둠 속에 웅크리고 있었다.

헉헉거리는 상대의 숨소리가 들릴 듯했다.

개구리를 노리는 뱀은 단숨에 적을 잡을 자신감이 생길 때까지는 움직이는지 움직이지 않는지 모를 정도의 속도로 천천히 다가가는데, 일단 지금이다 생각하면 전광석화처럼 상대의 머리를 덮친다.

박사가 꼭 그랬다. 허리를 구부려 숨을 죽이고 어느 지점까지 다가가더니 불편하지 않은 쪽 다리를 써서 시위를 떠난 화살처럼 적의 은신처를 향해 날아갔다.

최후의 1초까지

그 순간 모두들 총소리가 들리고 총탄에 맞은 박사의 모습을 보게 될 거라고 생각했다. 하지만 그것은 찰나의 환청, 환각에 지나지 않았다.

엄청난 소리가 나기는 했지만 그건 괴물이 몸을 숨기고 있던 종이를 발라 만든 무대장치가 넘어지면서 난 소리였다. 뜻밖에도 총은 발사되지 않았다. 박사는 멀쩡했다. 살아서 호통을 쳤다.

"당했어. 여러분, 어서 찾으세요. 아직 밖으로 나가지 못했을 거요."

자세히 보니 무대장치 뒤에는 아무도 없었다. 하지만 여태 권총을 겨누던 괴물이 어떻게 그렇게 빨리 도망칠 수 있었던 걸까.

"이거야. 여러분은 놈의 트릭에 속았던 거요."

박사는 무대장치 끄트머리에 끈으로 매달아둔 주인 없는 브라우닝 권총을 손가락으로 흔들었다. 그놈은 그렇게 무대장치 뒤에서 총구만 내밀고 마치 계속 겨누고 있는 것처럼 보이게 해놓고 뒤쫓던 사람들이 움츠러든 사이에 뒤로 살짝 빠져나가고 만 것이다.

하지만 각 출입구마다 엄중한 경계를 펼친 상태다. 밖으로 빠져나갈 수 있을 리 없다. 그놈은 스테이지 안, 어느 구석에 숨어 있을 게 틀림없을 테니 다시 수색을 시작했다. 20명 남짓한 형사, 청년 직원들이 저마다 손에 몽둥이를 비롯한 무기를 들고 각 구역을 구석구석 찾아다녔다.

구로야나기 박사와 나미코시 경부는 원래 장소에 남아 그놈이 숨었던 부근을 살폈는데 어두운 구석 쪽에 웅크리고 앉아 있던 박사가 뭔가를 발견하고 소리쳤다.

"놈이 변장을 벗어놓고 갔군요."

박사가 구석에서 끄집어낸 것은 놈이 걸쳤던 헐렁한 양복 한 벌, 백발 가발, 흰 눈썹, 가짜 수염, 커다란 안경 등이었다.

박사와 경부는 잠시 서로 마주 보며 말을 잇지 못했다. 하지만 이윽고 박사가 묘한 표정을 지으며 느린 말투로 말했다.

"당했나?"

"뭘 말입니까?"

경부는 그 의미를 파악하지 못해 물었다.

"놓쳤는지도 모르겠다는 말입니다."

"예? 촬영장 밖으로요?"

"그렇습니다. 어쨌든 살펴봅시다."

말이 끝나기도 전에 박사는 벌써 지팡이를 힘껏 디디며 입구 쪽으로 걷기 시작했다. 경부도 그 뒤를 따랐다.

네 군데 입구를 서둘러 돌며 확인했다. 첫 번째, 두 번째 입구는 별 문제 없었다. 문과 가장 가까운 세 번째 입구에서 결국 문제가 생겼다.

"여기로 아무도 나가지 않았을 텐데."

박사가 묻자 지키고 있던 형사가 대답했다.

"예. 수상한 녀석은 없었습니다."

"그럼 나간 사람은 있다는 이야기로군."

"예. 무대장치 담당자 같은 사람이 한 명 달려 나갔습니다만."

"얼굴을 기억하나요?"

"특별히 신경 쓰지 않아서. 게다가 아주 빨리 뛰어나갔기 때문에. 아마 틀림없이 양복 상의 같은 걸 옆구리에 끼고 있었을 겁니다. 그 뒷모습만 기억이 날 정도입니다."

"왜 붙잡지 않았나?"

경부가 호통을 쳤다.

"하지만 여기 직원인데요."

형사는 어처구니없다는 듯이 경부의 얼굴을 물끄러미 바라보았다.

"이 사람은 백발 의사를 놓쳐도 아무 문제없다고 생각하는군."

박사가 빈정거리듯 말했다.

"멍청이, 너희는 그 범인이 변장의 명수라는 걸 모르나? 그놈이 직원으로 변장할 만한 솜씨도 없다고 생각하는 건가?"

경부가 부하를 꾸짖는 사이 박사는 절룩거리며 문 쪽으로 달려갔다.

박사의 다급한 질문에 수위는 눈을 껌뻑거렸다. 촬영소 면적은 1만 평에 가깝고 다크 스테이지에서 문까지는 40미터쯤 떨어졌기 때문에 수위는 아직 안에서 일어난 소동을 모르는 듯했다.

"예, 아까 이리로 두세 명 나갔습니다. 하지만 이 촬영소를 구경하러 온 사람들이었는데요."

"그 가운데 직원은 없었어요? 예를 들면 여기서 일하는 무대장치 담당자 같은 모습을 한."

"아뇨. 모두 양복을 입은 신사들이었죠. ……아아, 그래, 맞아. 그러고 보니 제일 나중에 나간 사람은 사냥 모자를 쓰고 옷차림이 좀 허름했습니다……. 그 사람이 구로야나기 박사라는 분에게 전해달라고 하며 편지를 두고 갔죠. 혹시 그 박사님을 아십니까?"

"뭐, 편지? 봅시다. 내가 구로야나기요."

편지라고 했지만 그건 수첩을 찢어 3분의 1로 접은 쪽지였다. 펼쳐 보니 안에는 연필로 갈겨쓴 아래와 같은 내용이 적혀 있었다.

> 약속은 약속이다. 7월 7일이라고 하면 7월 7일이다. 내 이름을 걸고 약속은 꼭 지킬 작정이다. 오늘 마지막 1초까지 방심하지 마라.
>
> 푸른 수염

놈은 무대장치 담당자로 변장해 스테이지를 빠져나간 다음, 문까지 오는 동안 상의를 입고 사냥 모자를 써서 겉모습을 바꾸었으리라.

"제길, 역시 그런 것 같군."

옆에서 쪽지를 들여다보던 경부가 소리쳤다.

"그놈이 나간 게 언제쯤이었죠?"

"10분쯤 됐습니다. 하지만 아주 급히 나갔으니 지금은 도저히……."

그제야 어렴풋이 상황을 파악한 수위가 말했다.

나미코시 경부는 어쨌든 부하들을 집합시켜 촬영소에서 정거장에 이르는 길은 물론 구역을 나누어 그 주변까지 찾아보도록 했다. 하지만 만약 어딘가에 세워둔 자전거를 타고 도주했다면 수색은 헛수고가 될 수밖에 없었다.

또 촬영장 내부에 그놈의 동료가 잠입했을지 모른다는 박사의 의견에 따라 촬영장 곳곳을 빈틈없이 수색했지만, 이 수색도 이내 아무 보람 없이 끝났다.

"내 이름을 걸고, 라니. 사람 우습게 보는군. 그렇지만 이 편지는 자기 실수를 인정하지 않고 억지를 부리는 꼴이로군요. 실제로 다시 시도할 작정이라면 이따위 멍청한 소리를 써서 남길 리 없을 테니."

"아뇨. 녀석의 수법은 그 반대입니다."

구로야나기 박사가 심각한 표정으로 대꾸했다.

"그 녀석은 일반적인 상식으로는 판단할 수 없어요. 자기 범죄 행위에 큰 긍지를 지니고 있죠. 자기가 영웅인 줄 아는 겁니다. 이런 무모한 예고를 해서 상대가 충분히 경계하도록 만든 다음 상대가 지켜보는 앞에서 자기 목적을 이루어내려고 하죠. 녀석의 허영입니다. 녀석의 희망사항이죠. 그저께나 오늘이나 미리 떡하니 경고장을 보내놓고 왔다는 게 그 증거 아니겠습니까?"

"그렇다면 오늘 놈이 다시 요코를 납치하러 올 거라는 말인가요?"

"물론이죠. 녀석은 온다고 했으면 옵니다. 나는 그럴 거라고 굳게 믿습니다."

"박사님은 그놈을 숭배하는 모양이군요."

경부가 빈정거리며 말했다.

"하하하하하, 그런 어리석은 짓은 하지 않습니다. 다만 녀석의 심리상태를 잘 알고 있을 뿐이죠."

"아, 어쨌든 경계를 해서 손해날 일은 없으니까요. 설사 이게 협박에 지나지 않을지라도 우리는 충분히 요코의 신변을 경호할 필요가 있죠. 그런데 요코는 좀 어떻습니까?"

"아, 그건 걱정할 것 없습니다. 벌써 방에 들어가 소장과 N감독, 여배우들이 돌보고 있죠. 지금쯤이면 의식을 되찾았을지도 모르겠군요.

그런데 경계 방법 말입니다. 우리는 오늘 큰 실수를 저질렀습니다. 그건 경호하는 사람이 너무 많았을 뿐만 아니라 형사 여러분에게 기사, 무대장치나 소품 담당자로 변장하도록 한 것이 뜻하지 않은 착오였죠. 그런 상태에서 진짜 배우, 기사, 무대장치 담당자와 뒤섞여 녀석의 뒤를 쫓았으니 뒤쫓는 사람들끼리 얼굴도 모르는 거죠. 녀석은 그 허점을 노려 무대장치 담당자로 변장해 쉽게 빠져나가고 만 겁니다. 만약 형사나 이곳 직원들끼리만 뒤쫓았다면 그런 바보짓은 저지르지 않았을 텐데. 또 형사가 너무 많았기 때문에 내가 녀석의 트릭에 걸려 빈방에 갇혀 있을 때도 한 사람쯤 사라져도 깨닫지 못하는 거죠. 만약 두세 명이었다면 서로 쉽게 알 수 있었을 테니 그런 실수는 없었을 겁니다."

"그렇군요. 맞는 말씀입니다. 어쨌든 그렇게 어수선하게 온갖 사람들이 뛰어들면 방해만 될 뿐이니까요."

"그래서 이번에는 완전히 방침을 바꾸는 게 어떨까 생각합니다."

"어떻게?"

"경부님과 내가 단둘이 요코를 지키는 거죠. 목적은 그 여배우이니 요코를 지키기만 하면 문제없습니다. 게다가 범인은 여러 명이 아니니 우리 둘이면 충분할 겁니다. 우리라면 설마 형사들처럼 그 녀석에게 속아 넘어가지는 않을 테니까요."

"그도 그렇군요. 뭐 설사 그놈이 여러 명을 거느리고 온다고 해도 끄떡없습니다."

경부는 검도 2단이라는 실력을 뽐내듯 팔뚝을 문지르며 호탕하게 껄껄 웃었다.

유령의 방

요코는 (겨우 의식을 회복했다) 일부러 병원을 피해 촬영소에서 그리 멀지 않은 소장 K씨의 집으로 옮겨졌다. 범인의 총탄에 부상을 입은 형사는 재빨리 H병원으로 옮겼다. 물론 생명에 지장이 있을 정도의 중상은 아니었다.

요코를 태운 자동차는 환자와 소장 K씨, 그리고 N감독, 운전대를 잡은 형사 한 명으로 가득 찼다. 박사와 나미코시 경부, 노자키 사부로는 다른 자동차를 불러 조금 늦게 K소장의 저택으로 향했다.

K씨의 저택은 지은 지 얼마 되지 않은 멋진 서양식 건축물로, K초에서는 H병원 다음으로 큰 건물이었다. 2층에 있는 손님용 침실이 요코의 병실로 정해졌다.

H병원 원장이 왕진을 왔다. K씨나 N감독도 원장과는 면식이 있는 사이였고 K씨의 자동차로 모시러 갔기 때문에 이번에는 문제가 일어날 리 없었다.

원장은 데리고 온 병원 간호사를 남기고 돌아갔는데 이 간호사에 대해서는 원장이 보증했다.

병실에는 K씨, K씨 부인, N감독, S여배우, 구로야나기 박사, 나미코시 경부, 그리고 간호사까지 일곱 명 이외에는 누구도 출입할 수 없게 되었다.

K씨의 저택은 높은 콘크리트 담장으로 둘러싸였으며, 담장 꼭대기에는 온통 유리조각이 꽂혀 있었다. 경부는 믿을 수 있는 세 형사에게 앞문과 뒷문을 지키라고 명령했다. 노자키 사부로도 박사와 의논하여 함께 문을 지키기로 해 앞문과 뒷문을 각각 두 명씩 지키게 되었다.

요코는 큰 침대에 누워 새하얀 시트를 덮고 창백한 뺨만 이쪽으로 향한 채 깜빡깜빡 조는 중이었다. 머리맡에 놓인 작은 탁자 위에는 조금 전 병원에서 보낸 약병과 컵, 물이 든 유리병이 놓여 있었다. 또 다른 탁자에는 작은 금속제 대야에 기둥처럼 생긴 커다란 얼음이 담겨 있었다. 그 앞에서 선풍기가 천천히 돌고 있었다. 뒤뜰 쪽으로 난 활짝 열린 두 개의 창 너머로 푸른 가로수가 보였다.

요코의 상태가 걱정할 정도는 아니라는 사실을 알고 안심한 K소장과 N감독은 촬영소로 돌아갔고, 남은 다섯 명도 마음이 편해져 잡담을 나누기 시작했다.

"박사님은 그놈이 설치한 트릭에 걸려 빈방에 갇혔다고 하셨죠? 아까는 천천히 이야기를 들을 틈이 없었는데."

경부가 구로야나기 박사에게 물었다.

"아, 별것 아닌 트릭입니다. 하지만 그 녀석은 사실 사람의 심리를 잘 파악하더군요. 그건 나 같은 사람이 아니면 걸려들지 않을 트릭이었습니다. 녀석은 그걸 다 계산에 넣고 있었죠. 참으로 무서운 녀석이에요."

사람들이 잡담을 그치고 박사의 흥미로운 이야기에 귀를 기울였다. 침대에 누운 요코도 가끔 눈을 뜨고 그 이야기를 듣는 듯했다.

"나는 그때 촬영소 안에 뭔가 그 녀석의 꿍꿍이가 숨겨져 있을 거라는 생각에 구석구석 살펴보는 중이었습니다. 그런데 저 안쪽 구석에 필름을 인화하는지 현상하는지 하는 기술부 건물 바깥쪽에 세워져 있는, 파란 페인트로 칠한 판자에 분필로 작은 화살표가 그려져 있는 걸 발견했죠. 아주 작은 표시라 저 같은 사람이 아니면 발견하지 못했을 테고, 보았다고 해도 신경 쓰지 않았을 것입니다. 그 화살표 아래 3이라는 숫자가 적혀 있더군요. 이건 뭔가 악당들끼리 사용하는 표식이 아닌가 싶어 다시 그 주변을 돌아다니며 살폈습니다. 그랬더니 변소 바깥벽과 촬영장 안에 있는 전신주, 나뭇가지처럼 사람들 눈에 띄지 않는 곳을 골라 같은 화살표가 여러 개 보였습니다. 표시 아래는 모두 숫자가 있어, 그걸 아라비아 숫자 순서로 따라가면 틀림없이 어느 방향을 가리킨다는 걸 깨달았습니다. 절대로 엉터리 낙서가 아닌 거죠. 딱 13개였습니다. 1부터 13까지였죠. 하지만 13번째에는 화살표가 없고 동그라미만 보였습니다. 그러니까 그곳이 목적지라는 뜻이 틀림없죠. 그 표시가 어디 있었는지 아세요?"

박사는 잠깐 뜸을 들이며 사람들을 쭉 둘러보았다.

"나중에 N감독에게 들어 알게 되었는데, K촬영소 안에서는 유명한 유령의 방 문짝이었습니다. 그 건물은 원래 배우들이 쓰던 방이었는데 어떤 사람이 자살한 이후 유령이 나온다는 소문이 돌기 때문에 다들 무서워서하며 가까이 가지 않아 건물 전체가 창고처럼 되었다더군요. 특히 표시가 된 그 유령의 방은 아카즈노헤야[63]처럼 오랫동안 문을 연 적이 없다고 하더군요."

"아아, 그 방요? 우리 직원들 가운데는 진짜 유령을 보았다는 사람도 있을 정도입니다."

S여배우가 진지한 목소리로 맞장구를 쳤다.

"누가 미리 이야기해주었으면 좋았을 텐데. 하지만 설마 거기에 갇히게 될 줄은 몰랐기 때문에 나는 별생각 없이 문을 열고 그 유령의 방으로 들어갔죠. 안에는 자질구레한 소품들이 가득했습니다. 거기 뭔가 수상한 게 없나 살피는데 뒤에서 문이 쾅 하고 닫혔죠. 이상하다 싶어 문으로 돌아가 열려고 했더니 어느새 누가 밖에서 잠갔더군요. 당했다는 생각이 들어 창문으로 나가려고 했지만 창 앞에 커다란 기계 같은 물건이 놓여 있어 도저히 혼자 힘으로는 움직일 수 없었습니다. 할 수 없이 문을 두드리며 큰 소리로 사람을 불렀는데 아무도 없는 건물이라 도와주러 오는 사람이 없더군요. 그래서 마침 거기 있던 막대기로 문에 달린 작은 창을 부수고 나오느라 정말 힘들었죠."

"그러면 그 백발 의사로 변장했던 놈 말고도 한패가 촬영소에 들어왔던 거로군요."

나미코시 경부의 말에 박사는 고개를 끄덕였다.

"물론 그렇습니다. 그렇지 않다면 그 술 안에 마취제를 넣을 수도

63 귀신이나 도깨비가 나온다는 소문 탓에 불길하게 여겨 문을 잠가둔 방. '아카즈노마'라고도 한다. – 역주

없었을 테죠. 그래서 나는 형사들에게 촬영소 안을 수색해달라고 부탁했던 거죠."

"그야 물론 그렇겠지만."

경부가 잠깐 난처한 표정을 지었다.

"마취제 문제는 제가 꼼꼼하게 조사해보았는데 결국 누구 짓인지 알 수 없었습니다. 자세한 내용은 나중에 말씀드릴 테지만요."

경부는 K소장 부인이나 S여배우처럼 사건과 관계없는 사람들 앞에서 범죄 수사에 대한 이야기는 내키지 않는 듯했다.

마술처럼 기묘한 수법

아무 일 없이 밤이 깊어갔다.

S여배우가 집으로 돌아가고 K소장 부인도 별실로 물러갔다. 촬영소에서 돌아온 K소장이 잠깐 병실에 얼굴을 내밀었지만 이내 거실로 갔다.

요코는 등을 돌리고 쿨쿨 잠이 들었다. 할 일 없는 간호사는 의자에 앉은 채 가끔 꾸벅꾸벅 졸았다. 탁상시계 바늘이 11시를 가리켰다. 방 한쪽 구석에 놓인 모기향이 가느다란 연기를 피워 올렸다.

"이봐요, 옆방에 가서 좀 쉬세요. 일이 있으면 깨울 테니까."

구로야나기 박사가 보다 못해 졸고 있는 간호사의 어깨를 두드렸다. 간호사는 사양하며 계속 자리를 지키려고 했지만 "내일을 생각해서"라고 하자 그제야 옆방으로 건너갔다. 거기에는 K부인이 간호사를 위해 침대를 준비해두었다고 했다.

"그놈이 약속을 지킬 것 같지 않군요."

나미코시 경부가 그런 소리를 하면서 따분하다는 듯이 자리에서 일어나더니 한 차례 크게 기지개를 켰다. 그리고 열린 창문 쪽으로 다가가 어둠 속으로 고개를 내밀고 바깥을 잠시 바라보았다.

"아래에서는 이 창문으로 도저히 올라올 수 없겠군요. 손잡이가 될 만한 게 전혀 없어요. 홈통도 멀리 떨어져 있고. 일단 이쪽은 괜찮겠습니다. ……그러면 유일한 통로는 저 문인데 문 안에는 우리 권총이 기다리고 있으니. 박사님, 이런 상태인데도 놈이 자기 명성을 건 약속을 지킬까요?"

경부는 주머니에 든 권총을 두드리며 어처구니없다는 듯이 말했다. 이 권총은 박사의 말에 따라 K초 경찰서에서 가지고 오게 해 두 명당 한 자루씩 주머니에 넣어두고 있었다.

"약속 시각까지는 아직 한 시간 남았습니다."

박사가 무뚝뚝하게 대꾸했다.

나미코시 경부의 말대로 놈의 침입은 완전히 불가능했다. 그들은 한순간도 방을 비우지 않았다. 두 사람 모두 따분함을 달래느라 K부인이 정성껏 마련한 찬 음료수를 벌컥벌컥 마셨기 때문에 자주 화장실에 갔지만, 그 잠깐 동안에도 박사와 경부가 반드시 교대해 조금도 방심하지 않았다.

잠시 후 경부가 "또 잠깐" 하고 웃으며 일어서더니 내친김에 문을 지키는 사람들을 둘러보고 오겠다는 말을 남기고 화장실로 갔다.

화장실은 아래층 반대편 끝에 있어 복도를 꽤 걸어야만 했다. 경부는 일을 마치고 문단속된 현관문을 풀고 밖으로 나갔다. 밤공기가 서늘해 상쾌했다.

충직한 형사는 문밖 수풀 뒤에 웅크리고 앉아 모기에 시달려가면서도 자기 직무를 수행하고 있었다.

"노자키 군은?"

경부가 묻자 형사가 일어서서 대답했다.

"방금 담장 주변을 둘러보고 오겠다면서 저쪽으로 갔습니다."

경부는 모두들 열심인 모습에 감탄하면서 담장 모퉁이를 한 차례 꺾어져 뒷문 쪽으로 가보았다. 거기에도 두 형사가 성실하게 직무를 수행하고 있었다.

경부는 병실로 돌아와 바깥 경비 상황을 이야기해주었다. 박사가 만족스러운 듯이 고개를 끄덕이며 대꾸했다.

"그렇지만 아무리 조심하더라도 지나치지 않죠."

경부는 속으로 박사의 그런 태도가 어처구니없다는 생각이 들었다. 하지만 입 밖으로 내지는 않았다.

따분해진 경부는 시곗바늘이 너무 늦게 가는 것 같았다. 겨우 11시 50분이 되었다.

"앞으로 10분만 있으면 12시로군. 설마 이 10분 사이에 요코를 납치하러 오지는 않겠지."

경부는 하품을 하면서 말했다.

"경부님은 그 녀석을 너무 경멸하는군요. 그건 녀석의 성질을 제대로 이해하지 못하기 때문입니다. 그 녀석이 약속을 실행에 옮기지 않은 적이 없지 않나요?"

박사는 경부의 하품이 마음에 들지 않았던 모양이다.

"하지만 여태까지는 우리가 방심했기 때문입니다. 게다가 야외라거나 촬영소처럼 탁 트여 많은 사람이 있는 가운데 일어난 일이죠. 지금은 상황이 전혀 다르지 않습니까? 오늘 밤은 정말 불가능합니다. 우리가 요코의 침대에서 한 걸음도 떨어지지 않은 곳에서 무장을 하고 지키고 있으니까요. 낯선 사람은 절대로 들어올 수 없죠. 불가능합니다, 불가능해요."

경부는 어떻게든 그렇게 믿고 싶었다.

"불가능할까요?"

박사가 경부의 눈을 뚫어지게 바라보며 압박하듯 물었다.

경부는 말이 없었다. 그는 박사의 단호한 태도에 약간 자신감을 잃은 듯했다.

"예를 들어 녀석이 보낸 도전장을 생각해봅시다. 한 번은 밀폐된 방 안에, 절대로 들어갈 수 없는 방 안에 도전장이 놓여 있었죠. 또 한 번은 아시다시피 경시청 경부가 쓰는 거룩한 모자 안에 들어 있었고. 둘 다 보통 머리로는 완전히 불가능한 일입니다. 하지만 그 녀석은 그걸 아무런 어려움 없이 실행하지 않았습니까? 또 요코 씨에게 쓴 수법을 보세요. 떡하니 예고하고 우리가 지켜보는 앞에서 어쨌든 그만한 솜씨를 보여주었습니다. 녀석은 마음먹은 대로 변장합니다. 배우가 되기도 하고 나이 든 백발 의사가 되기도 했죠. 그게 상식적으로는 상상할 수 없는, 생각도 못 한 수법이었기 때문에 우리는 한때 깜빡 속아 넘어갔던 거 아닌가요? 오늘 밤도 녀석이 어떤 놀라운 수법을 펼칠지 모르는 겁니다."

박사는 경부의 마음가짐을 타이르듯 차근차근 설명했다.

"박사님은 왠지 그놈이 올 거라고 믿는 모양이군요."

경부는 이유 모를 어렴풋한 공포를 느꼈다. 그가 어두운 창밖을 바라보며 말했다.

"믿지 않을 수 없는 거죠."

박사가 엄숙한 말투로 단호하게 말했다.

"앞으로 5분밖에 남지 않았는데요?"

"12시 정각까지는 방심할 수 없습니다."

경부는 무심코 요코가 잠자는 모습을 바라보았다. 그녀는 여전히 새하얀 시트를 덮고 머리만 드러낸 채 등을 돌리고 꼼짝도 하지 않았다.

시계 초침 움직이는 소리가 또렷하게 들렸다. 그만큼 밤이 깊었다.

1분이 흘렀다.

경부는 겨드랑이 아래 식은땀이 흐르는 걸 느꼈다. 남은 4분을 견뎌내기 힘들었다.

그는 저도 모르게 허둥대기 시작했다. 일어나 창문 두 개를 모두 닫고 잠금장치를 채웠다. 그래도 마음이 놓이지 않아 이번에는 문으로 가서 자물쇠 구멍에 꽂힌 열쇠를 돌려 안쪽에서 잠갔다. 이렇게 해두면 문을 부수기 전에는 아무도 방에 들어올 수 없다.

나중에 돌이켜보니 창피한 짓이었지만 이때는 이 어린아이 같은 행동을 경부는 진지하게 해나갔다.

문을 잠그니 방 안이 갑자기 푹푹 쪘다. 열기와 긴장 때문에 땀이 나기 시작했다.

앞으로 3분.

앞으로 2분.

박사나 경부나 콧등에 땀이 송골송골 맺힌 채 침대 위를 뚫어지게 바라보았다. 이 긴장이 2, 30분 이어지면 두 사람 다 미쳐버릴지도 모를 지경이었다.

하지만 간신히 아무 일 없이 12시를 맞이했다.

"아아, 살았네."

긴장이 풀린 경부가 먼저 일어서며 말했다. 무사히 넘기다니 왠지 있을 수 없는 일처럼 여겨졌다.

경부는 문득 이상한 느낌이 들어 가슴이 철렁했다. 저 탁상시계에 손을 댄 게 아닐까? 일부러 시간을 앞당겨놓고 12시가 지났다며 안심하는 틈을 타 손을 쓰려는 것이 아닐까 하는 생각이 들었기 때문이다.

그는 품 안에서 회중시계를[64] 꺼내 확인했다. 정각 12시였다.

"설마. 놈이 지닌 시계가 늦게 가는 건 아닐 테죠."

경부는 그제야 안심하며 농담을 건넬 만한 여유를 되찾았다.

그렇지만 이상하게도 구로야나기 박사는 긴장이 전혀 풀리지 않는 듯했다. 그는 조금 전보다 더 심각한 표정으로 말했다.

"경부님, 그 녀석이 약속을 지키지 않았다고 믿습니까?"

경부는 그 말을 듣고 흠칫 놀라 박사의 눈을 뚫어지게 바라보았다. 박사의 눈에는 정체를 알 수 없는 이상한 의미가 담긴 듯했다.

두 사람은 한동안 서로 눈을 마주 보았다. 뭐라 형용할 수 없는 으

64 '품 안에서 회중시계를'이 〔순〕, 〔도〕에는 '자기 회중시계를'로 되어 있다. - 해제

스스한 느낌이 몇 초 동안 이어졌다.

요코는 침대 위에 누워 있다. 약속한 12시는 지났다. 놈이 약속을 실천에 옮기지 못했다는 것은 너무도 명백한 사실이 아닌가? 박사는 도대체 무얼 두려워하는 걸까.

하지만 경부도 왠지 어렴풋이 이해가 될 것 같은 느낌이 들었다. '혹시나, 혹시나' 하는 오싹한 예감이 등줄기로 기어 올라왔다.

그는 조심조심 침대 쪽을 보았다. 그리고 심하게 더듬거리며 낮은 목소리로 말했다.

"설마, 저게 요코의 시체는 아니겠죠."

경부는 침대로 다가가 요코의 생사를 확인할 용기가 나지 않았다.

"목적도 이루기 전에 죽일 리 없죠. 하지만……."

박사는 말을 멈추고 뚜벅뚜벅 침대 안쪽으로 돌아가 요코의 잠든 얼굴을 들여다보았다.

그리고 황당한 일이 일어났다. 어찌 된 일일까? 박사가 "제기랄" 하고 버럭 소리를 지르더니 느닷없이 요코의 어깨를 움켜쥐고 침대에서 끌어내 한 바퀴 휙 돌리고는 바닥에 패대기쳤다.

경부는 새파랗게 질렸다. 박사가 미친 줄 알았다. 경부는 박사에게 달려와 등 뒤에서 부둥켜안았다.

"왜 이러세요? 뭐 하는 겁니까?"

경부가 당황한 목소리로 물었다.

"보세요. 요코가 사라졌습니다!"

박사가 화를 버럭 내며 경부의 손을 뿌리쳤다.

나미코시 경부는 바닥에 쓰러진 여성에게 다가가 그 얼굴을 보았다.

"앗, 이건 인형 아닙니까?"

바닥에 쓰러진 것은 사람과 같은 크기의 여자 인형 머리였다. 등을 돌리고 누워 있는 바람에 오랫동안 인형인 줄 몰랐다. 집어 드니 머리만 있고 그 아랫부분은 흰 천이었다. 침대 안에는 방석을 둥글게 말아 사람이 누운 모양으로 만들어둔 것이다.

"우리는 그동안 인형을 지켰던 겁니다."

흥분이 가라앉은 구로야나기 박사가 무너지듯 의자에 털썩 앉더니 풀이 죽은 목소리로 말했다.

경부는 얼른 문을 열고 방에서 뛰쳐나갔다. 집 안의 문이란 문은 남김없이 두드려 사람들을 깨우고 문 앞을 지키는 부하에게 달려갔다.

의외의 인물

여기서 이야기를 앞으로 되돌려 노자키 사부로의 그날 밤 행동을 조금 적어두어야 하겠다.

그는 밤이 깊어질 때까지 형사와 잡담을 나누며 충실하게 문을 지키고 있었다. 그런데 그 또한 구로야나기 박사와 마찬가지로 범인의 실력을 충분히 믿었기 때문에 7월 7일이 얼마 남지 않자 도무지 어찌할 수 없는 불안을 느끼기 시작했다.

"박사님과 나미코시 경부가 아무리 엄중하게 지키고 있다고 해도 마술사 같은 놈이기 때문에 어떤 수법을 쓰더라도 반드시 요코를 데리고 나가려고 할 게 틀림없다."

노자키는 거의 확신했다.

"누군가 문 안으로 들어가려고 할 것이다. 지키는 형사가 절대로 의심하지 않을 인물이 태연하게 이 문을 통과하려고 할 터이다. 전혀 의심스럽지 않은 그 인물이 바로 범인이다. 집배원이건 H병원에서 온 사람이건 K소장을 만나러 온 사람이건, 심지어 K경찰서 형사건, 그게 누구건 한 걸음이라도 집에 들어간다면 그게 범인이라고 생각해야 한다."

그는 탐정소설에 대한 지식을 바탕으로 이런 가설을 세우고, 그에 따라 경비를 섰다. 뒷문 쪽 형사들에게도 그런 의견을 전달하고 누구건, 설사 K씨 저택에서 일하는 도우미라도 문을 통과하는 사람이 있다면 반드시 알려달라고 부탁해두었다.

낮에 앞문으로 손님이 두세 명 찾아왔지만 주인이 없어 (촬영소에 간 사이에 일어난 일이었다)[65] 현관에서 돌아갔다. 노자키가 그런 모습을 문 앞에서 지켜보고 있었는데 수상한 구석은 없었다.

또 병원 직원이 요코의 약을 가지고 왔는데 이때도 현관에서 도우미에게 넘겨주고 바로 돌아갔다.

집배원은 우편물을 문 앞 우편함에 던져 넣었을 뿐, 집 안으로는 들어오려고 하지도 않았다.

뒷문 쪽은 도우미가 두 차례 밖에 나갔지만 형사 한 명이 따라갔는데 한 번은 얼음가게, 한 번은 식료품 가게에 들렀으니 아무런 문제도 없었다. 그렇게 10시, 11시가 지나며 밤이 깊어갔다.

노자키는 점점 초조해졌다. 지금쯤 범인이 요코의 방으로 발소리를 죽이고 살금살금 다가가고 있는 게 아닐까 하는 생각이 들었다. 그 광경이 어둠 속에 또렷하게 떠오르는 듯했다.

저 뒤편은 괜찮은가? 높은 콘크리트 담장 위에 유리조각까지 꽂혀 있다. 그런 번거로운 곳으로 숨어들 하찮은 도둑이 아니다. 범인의 수법은 더 대담하고 뛰어나다. 그렇게 믿지만 앞문과 뒷문을 아무도 지나가지 않았다는 것은 이상하다. 혹시 하는 생각을 하니 더는 가

---

65 괄호 안의 내용이 〔도〕에는 없다. - 해제

만히 있을 수 없었다.

"잠깐 돌아보고 오겠습니다."

노자키는 형사에게 말을 하고 천천히 담장 밖을 한 바퀴 돌아보기로 했다.

앞문에서 오른쪽으로 꺾어져야 뒷문이 나오지만 노자키는 반대 방향으로 걸었다. 그쪽에는 요즘 논을 매립해 택지로 만들어 K소장 저택을 둘러싸고 잡초가 난 넓은 공터가 펼쳐진다. 어둡기는 했지만 그 대신 금가루를 뿌려놓은 듯한 별들이 아름답게 빛났다. 여름밤은 왠지 희끄무레해 걷기 힘들 정도로 캄캄하지는 않았다.

높은 담장 안쪽에는 무성한 나뭇잎 사이로 서양식 저택의 2층 불빛이 얼핏얼핏 보였다.

'요코의 방은 아마 저쪽이었지?'

이런 생각을 하면서 노자키는 계속 앞으로 걸어갔다.

다시 한 번 꺾어져 저택 뒤편으로 갔는데 그 주변도 텅 빈 공터였다. 노자키는 앞을 살피며 천천히 걸었다.

조금 가다가 그는 흠칫 멈췄다. 앞쪽에 이상한 것이 보였기 때문이었다.

처음에는 그게 오두막인 줄 알았다. 자세히 보니 자동차 한 대가 거기 서 있었다. 헤드라이트를 비롯한 모든 조명이 꺼진 상태였다.

"지금 시각에 이런 곳에 자동차가 있다니 이상하군."

그런 생각을 하며 잠시 멈춰 섰는데, 이번에는 더 이상한 것을 발견했다.

자동차에서 멀지 않은 담장 위에서 꿈틀거리는 것이 있었다. 게다가 그건 고양이 같은 짐승이 아니라 사람이 틀림없었다.

노자키는 재빨리 땅바닥에 엎드려 상대가 눈치채지 못하도록 그 움직이는 물체를 가만히 바라보았다.

낮은 위치에서 올려다보니 밤하늘을 배경으로 담장 위에 있는 사람의 검은 윤곽이 또렷하게 드러났다. 그 인물은 밧줄 뭉치 같은 것을 옆구리에 끼고 담장 위로 올라서더니 바로 소리 없이 훌쩍 아래로 뛰어내렸다. 그런데 그가 내려선 뒤에도 담장 위에는 아직 불룩하게 부풀어 오른 뭔가가 남아 있었다.

"혹시 저게 요코가 아닐까?"

눈을 크게 뜨고 지켜보니 검은 그림자가 몽둥이 같은 것을 들고 와 아래에서 그 담장 위에 있는 것을 밀어 떨어뜨렸다. 그것이 털썩 하는 소리와 함께 떨어지자 검은 그림자는 무거운 듯이 그걸 안고 자동차 쪽으로 움직였다.

알겠다, 알겠어. 참으로 머리를 잘 썼다. 지금 저건 커다란 모래주머니다. 그걸 담장 위에 얹어 유리조각에 다치지 않게 이용한 것이다. 유리를 바스러뜨리면 소리가 난다. 그냥 올라가다가는 팔다리에 상처가 난다. 그래서 저 모래주머니를 이용한 것이 틀림없다. 도둑놈들도 별궁리를 다 하는구나 하는 생각이 들었다.

요코는 보이지 않지만 이미 자동차 안에 태웠는지도 모른다. 그리고 범인은 지금 요코의 방으로 숨어들어 갈 때 사용한 도구들을 정리하고 있는지도 몰랐다. 모래주머니도 도구이고 저 끈 같은 것…….

그렇다, 그것은 줄사다리가 틀림없다. 요코의 방은 2층이니까.

노자키가 그런 생각을 하는 사이, 범인은 이미 자동차 운전석에 올라타려는 중이었다. 뛰어나가 덮칠까? 하지만 도저히 감당할 수 없을 듯했다. 범인의 힘은 낮에 다크 스테이지 안에서 한 행동을 보아 잘 안다. 노자키에게는 승산이 없다. 게다가 상대가 총도 준비했을지 모른다. 개죽음을 당하기는 싫었다. 저택 안에 있는 사람들을 부를까? 그것도 불가능하다. 설사 여기서 저택 안을 향해 소리친다고 해도 범인이 알아채고 도망치면 헛수고다. 상대는 자동차를 가지고 있다.

유일한 방법은 어디까지 갈지 몰라도 자동차 뒤에 달라붙어 놈의 행선지를 알아내는 것이다. 노자키는 활동사진에서 그런 모습을 여러 차례 보았다.

그렇게 마음을 굳힌 노자키는 땅바닥을 기어 서둘러 자동차 쪽으로 접근했다. 차가 출발하기 전에 겨우 도착할 수 있었다.

헤드라이트가 희미하게 들어오고 핸들 앞에 달린 작은 꼬마램프에도 불이 들어왔다. 노자키는 뒤에 올라타기 전에 옆 창문으로 흘끔 내부를 들여다보았다. 쿠션 위에는 분명히 한 사람이, 그것도 젊은 여성으로 보이는 사람이 쓰러져 있었다.

차가 쏜살같이 달려 나갔다. 노자키는 그 뒷부분에 혹처럼 찰싹 달라붙었다.[66]

어둠 속을 달려 차는 도쿄와 요코하마를 잇는 게이힌 국도(京浜国

---

66 이 무렵 자동차는 지금 같은 유선형이 아니라 네모난 상자 모양이었기 때문에 손으로 잡을 곳이 있었다. – 해제

道)의 넓은 도로로 나왔다. 오가는 사람들은 거의 없었다. 가끔 맞은 편에서 오는 자동차와 스쳐 지날 뿐이다. 시나가와까지 약 30분 만에 달렸다. 도중에 두 군데 파출소 앞을 지났지만 다행인지 불행인지 검문은 받지 않았다. 이미 자정이 넘은 시각이다. 차 안이 수상하다는 걸 알 리 없고 뒷부분의 혹 같은 것도 자세히 보지 않으면 알아차릴 수 없다. 그렇다고 해서 노자키가 순사를 소리쳐 불러서 사정 설명을 한다면 그사이에 범인은 도망칠 것이다. 어쨌든 행선지를 확인하는 것만으로 만족할 수밖에 없다.

그래도 도쿄 시내로 들어가서는 한적한 동네를 골라 파출소 앞을 지나지 않으려고 조심하는 듯했다. 속력도 약간 줄였다.

하지만 한밤중이라고는 해도 시내 한복판이다. 사람이 전혀 없을 리 없다. 개중에는 노자키의 이상한 모습을 의아하게 여기는 사람도 있으리라. 그래서 다른 자동차가 이 자동차를 따라와준다면 다행인데.

그것도 그렇지만 노자키는 수십 분의 곡예에 팔다리가 마비될 지경이었다. 고통을 넘어 이미 무감각했다. 범인이 어떻게 되건 나도 모르겠다는 생각마저 들었다. 그저 자동차에서 내려 푹 자고 싶을 뿐이었다.

이제 도저히 견딜 수 없다는 생각이 들었을 때 우연히 스쳐 지난 한 행인이 노자키의 모습을 발견했다.

"이봐! 뒤에 사람이 탔어!"

그 남자가 소리치면서 10여 미터가량 자동차를 쫓아 달려왔다.

그 소리를 듣자 범인은 무슨 생각을 했는지 아주 빠른 속도로 달리기 시작했다. 모퉁이를 돌 때 노자키는 자칫하면 떨어질 뻔했다.

그리고 인적이 끊어진 곳에서 차를 세우더니 범인이 운전석에서 내린 모양이었다. 노자키는 차에서 뛰어내려 무의식적으로 방어 태세를 갖추었지만 장소가 좋지 않았다. 그곳은 커다란 공장 담장 밖이었다. 한쪽으로는 강이 흘렀다. 도와줄 사람이 있을 리 없다.

노자키는 얼핏 떠오른 생각에 운은 하늘에 맡기고 납거미처럼 자동차 아래로 기어 들어갔다. 그리고 숨을 죽였다.

"뭐야, 아무것도 없잖아? 내가 잘못 들었나?"

놈은 차 주위를 한 바퀴 돌더니 이상하다는 듯이 혼잣말을 하다가 이윽고 운전석으로 돌아가 시동을 걸었다.

노자키는 늦으면 큰일이다 싶어 차 밖으로 얼른 기어 나와 다시 아까와 마찬가지로 차 뒤에 달라붙었다.

그 뒤로는 아무 일도 없었다. 차가 어느 장소에 도착했다.

아주 자연스럽게 정차했기 때문에 노자키도 이곳이 목적지라는 걸 눈치챘다. 넓지도 않은 거리였기 때문에 그는 얼른 차에서 떨어져 반대편 처마 아래로 몸을 숨겼다. 놈이 차를 세운 뒤에 운전석에서 내리기까지는 시간이 걸리기 때문에 미행하는 입장에서는 편했다.

나중에 알게 된 사실이지만 그곳은 고지마치 구 R초였다. 노자키는 물론 모르지만 독자 여러분은 기억하실 터이다. 처음 범인이 사토미 요시에를 직원으로 채용한 뒤, 그날 밤 여자를 데리고 갔던 곳 역시 R초였다. 그뿐만 아니라 지금 자동차를 세운 곳은 바로 그날 밤 범인과 요시에가 걸어 들어간 작은 문이 있는 그 빈집이었다. 범인은 노자키 때문에 그 소굴이 들통나고 말았다.

노자키가 맞은편 집 처마 아래 몸을 숨기고 있다는 사실을 모른 채 운전대에서 내린 범인은 차의 뒷문을 열고 안에서 여자를 꺼내 두 손으로 안고 차를 돌아 그 집 안으로 사라졌다.

하지만 그때 범인이 그만 헤드라이트를 켜둔 상태였기 때문에, 그 빛 속을 지날 때 피해자의 얼굴을 노자키에게 보여주고 말았다. 아주 잠깐이었지만 노자키는 누군지 알아볼 수 있었다. 그건 틀림없이 후지 요코였다. 재갈이 물린 채 축 늘어진 후지 요코의 얼굴이었다.

동시에 노자키는 또 한 명을 보았다.

노자키는 운전하던 남자를 그 푸른 수염이라고만 생각했는데, 그는 낮에 다크 스테이지에서 소동을 부린 큰 남자와는 전혀 다른 사람이었다. 그는 훨씬 작고 말랐다. 나이도 꽤 젊어 보였다.

얼굴이 또렷하게 보이지는 않았다. 하지만 그가 푸른 수염 본인(자칭 이나가키라는 남자나 오늘 본 백발의 노의사가 푸른 수염이라면)은 아니었다. 게다가 노자키는 걸음걸이가 저런 남자를 어디선가 본 기억이 있다. 틀림없이 아는 놈이다.

그는 놈이 집 안으로 사라진 뒤에도 제자리에 선 채 '누구지? 누구였더라?' 하며 기억을 떠올리려 애썼다.

이윽고 뜻밖의 이름이 떠올라 노자키는 펄쩍 뛰었다.

"알았다. 알았어. 저놈은 전에 그 불량해 보이던 녀석이야. 틀림없이 히라타 도이치라는 녀석이야."

독자 여러분은 기억하시리라. 사토미 요시에의 한쪽 팔이 석고상으로 만들어져 간다에 있는 액자가게에 진열되었을 때 박사와 노자키를 그리로 안내한 청년. 같은 날 이상한 비명만 남기고 박사 저택에서 연기처럼 사라진 괴청년. 그는 도대체 이 사건에서 어떤 역할을 하는 걸까. 박사의 저택에서 사라진 뒤 푸른 수염의 부하가 되어 나쁜 짓에 가담한 건가? 아니면 그가 바로 여러 여성을 죽여 이리도 세상을 뒤흔든 푸른 수염 본인일까?

구로야나기 박사의 부상

이 이야기에서는 번잡해지니 자세하게 그 내용을 기록하지 않지만 '오니쿠마(鬼熊)'[67]라거나 '설교 강도'[68] 사건처럼 소란스럽지는 않았다. 악당이지만 그들에게는 동정할 만한 부분이 없지 않았다. 그래서 그들 때문에 일어난 소란은 말하자면 그들의 '인기'라고도 할 수 있다. 하지만 거미남의 경우에는 전혀 반대였다. 그에게는 눈곱만큼도 동정할 구석이 없다. 추잡하고 혐오스러울 정도로 잔학하고 몸서리쳐질 정도로 냉혹한 거미남. 그는 인간도 아니다. 게다가 그놈은 다

---

67 1926년 지바 현에서 일어난 살인사건의 범인에게 붙은 별명. 짐수레를 끄는 일을 하던 이와부치 구마지로(岩淵熊次郎, 1892~1926)는 치정 관계로 여성과 그 정부, 여성이 일하던 가게 주인 등을 살해한 후 경찰에게 중상을 입히고 산으로 도피했다. 이와부치에게 신세를 지거나 사건의 사정을 아는 마을 사람들이 그를 숨겨주거나 거짓 정보를 흘려 수사는 장기화되었다. 순찰 중이던 경찰도 살해되어 '오니쿠마 사건'으로 불렸다. 조상이 묻힌 묘소로 도피한 이와부치는 원한을 다 갚았다며 신문기자와 지인 앞에서 자살했다. 당시 배신자에 대한 복수로 사건을 일으켰다고 해서 동정적인 뉘앙스의 기사가 게재되었다. - 역주

68 1926년부터 1929년에 체포될 때까지 도쿄를 배경으로 강도, 강간을 저지른 쓰마키 마쓰키치(妻木松吉, 1901~1989)의 별명. 미장이였던 쓰마키는 범행 후 피해자에게 방범에 대한 설교를 해서 '설교 강도'로 불렸다. 체포되어 복역한 뒤에는 각지를 돌며 방범 강연을 하기도 했다. - 역주

치야마[69]처럼 패배를 모르고 이기기만 한다.[70] 불사신이다.

세상 사람들의 공포와 증오는 극에 달했다. 신문은 매일 큼직한 제목을 붙여 인류의 적이 저지른 증오스러운 사건을 보도했다.

딸이 있는 부모, 젊은 아내가 있는 남편은 그들의 딸과 아내가 악마가 좋아하는 용모와 조금이라도 닮지 않았는지 그것만 걱정했다. 당연히 젊은 여성들이 두려움에 떨며 마음을 놓지 못했다. 긴자 거리에서는 혼자 다니는 여성을 볼 수 없게 되었다는 소리가 나올 정도다.

어쨌든 범인은 아픈 후지 요코를 인형과 바꿔치기해 요코를 지키던 박사와 경부의 눈을 속이고 진짜 요코를 약속대로 훔쳐냈던 것이다. 하지만 도대체 어느 틈에 진짜와 인형을 바꿔치기한 것일까, 하는 점이 문제가 되었다. 박사나 경부나 촬영소장 K씨도 이 이해할 수 없는 사건의 수수께끼를 풀려고 머리를 싸맸다.

주인 없는 병실에는 박사 이외에 K소장과 K소장의 부인, 그리고 하인들도 불려 왔다. 깜짝 놀란 사람들 앞에는 그들의 실수를 비웃기라도 하듯 인형 머리가 바닥에 놓여 있었다.

"지금 밖을 지키는 형사들에게 이 집 주위를 살펴보라고 지시하고 왔습니다. 물론 이미 늦기는 했지만요."

---

69 다치야마 미네에몬(太刀山峯右ヱ門, 1877~1941). 제22대 요코즈나. 승률이 90퍼센트에 가까워 역대 요코즈나 가운데 가장 실력이 좋은 선수로 평가되기도 한다. - 역주

70 '게다가 그놈은 다치야마처럼 패배를 모르고 이기기만 한다'가 〔슌〕에는 '그놈은 패배를 모르고 이기기만 한다'로 되어 있고, 〔도〕에는 '놈은 패배를 모르고 이기기만 한다'로 되어 있다. - 해제

나미코시 경부가 방으로 돌아와 보고했다. 이마에는 땀방울이 가득했다.

"소용없는 일입니다. 바꿔치기는 상당히 오래전에 이루어졌어요. 우리는 어쩌면 처음부터 등을 돌린 인형 머리의 머리카락을 열심히 지키고 있었던 건지도 모르죠."

박사의 코끝에도 땀방울이 맺혔다. 더위 때문만은 아니었다.

"그렇지만 이상하군요. 요코 씨를 이리 옮긴 뒤로 1초도 방을 비운 적이 없는데. 늘 누군가가 지키고 있었죠. 게다가 창밖은 높아서 도저히 올라올 수 없었고 문을 통해 저 복도를 거쳐 빼돌리기는 완전히 불가능하니까요. 어딘가 트릭이 있을 겁니다. 하지만 도무지 알 수 없군요. 구로야나기 박사님, 어떻게 생각하십니까?"

경부가 눈썹을 찡그리며 박사에게 도움을 청했다.

"병원에서 의사가 왔었죠. 그분은 진짜 의사였죠?"

박사가 K소장 부부를 보자 두 사람은 틀림없다며 고개를 끄덕였다.

"그리고 그 의사가 돌아갔을 때 요코는 우리 쪽을 보고 있었죠. 그때까지만 해도 인형이 아니었던 겁니다. 그때를 출발점으로 잡고 목록을 만들어보기로 하죠. 적어보면 의외로 확실해지기 마련이니까요."

그래서 박사는 기억을 떠올리며 다음과 같은 표를 만들었다.

(독자 여러분, 이 표를 주의해서 잘 보시기 바랍니다.)

의사 돌아간 뒤	
저녁 식사까지 ——	K소장 부부, 간호사, 나미코시 경부, 구로야나기
나미코시 경부, 구로야나기	
저녁 식사 중 ——————	K소장, 간호사
저녁 식사 후 ——————	나미코시 경부, 간호사, 구로야나기
간호사 돌아간 뒤	
유괴 발견까지 ——————	나미코시 경부, 구로야나기

"밖에 촬영소 사람이나 요코 씨의 동료 여배우가 있었지만 그냥 돌아갔으니 정확하게 지키는 역할을 한 사람의 시간표는 이렇게 됩니다. 하기야 이 사이에 나미코시 경부님과 제가 교대로 화장실에 두 차례 갔습니다. 경부님. 나하고 교대해서 혼자 있을 때 혹시 자리를 비우거나 하지는 않았겠죠?"

"결코 비우지 않았습니다."

경부가 살짝 발끈하며 대답했다.

"나도 마찬가지입니다. 설사 잠깐 자리를 비웠다고 해도 살아 있는 사람을 유괴하면 저항을 할 테니 당연히 소리가 났을 테죠. 게다가 그렇게 짧은 시간에 사람을 빼돌릴 수는 없습니다. ……안타깝게도 결국 도무지 이해할 수 없다고밖에 하지 못하겠군요."

"무엇보다 빼낸 방법을 알 수 없군요."

경부가 안타깝다는 표정으로 말했다.

"복도가 아니라는 건 확실하죠. 복도로 나갔다면 틀림없이 사람 눈에 띄었을 테니까요. 그렇다면 마당 쪽으로 난 창문 이외에는 통로가 없죠. 하지만 이렇게 높고 디딜 곳도 없는 창문으로 어떻게 올라오고, 또 어떻게 사람을 데리고 나갈 수 있겠습니까?"

"줄사다리를 사용했다고 생각할 수밖에 없군요."

"줄사다리라고요? 말도 안 되죠."

경부가 짜증을 냈다.

"저는 오랜 경험을 통해 알 수 있습니다. 저 아래에서 이 창틀에 줄사다리를 걸려면 갈고리를 던져 걸고는 잡아당겨야 하는데 그런 기술은 여기서 쓸 수 없어요. 또 설사 가능하다고 하더라도 큰 소리가 났을 겁니다. 사람이 없는 방이 아니니 실제로는 불가능하죠."

틀림없이 경부의 말이 맞다. 하지만 독자 여러분은 이미 안다. 범인은 분명히 줄사다리를 이용해 요코를 빼냈다. 그럼 범인은 경부가 불가능하다고 한 일을 해낸 것일까? 아니, 그렇지 않다. 아무리 놀라운 능력을 지닌 범인이라도 불가능한 일을 해낼 수는 없다. 경부가 착각한 것이다. 경부의 생각에 어딘가 구멍이 있었던 것이다. ……하지만 그건 나중에야 알게 된다.

그들이 이렇게 회의를 하고 있을 때 형사 한 명이 뛰어 들어왔다.

"어떻게 되었나?"

경부가 급히 물었다. 물론 범인이 아직도 이 근처에서 어슬렁거릴 리는 없다.

하지만 수확이 전혀 없었던 것도 아니다. 형사는 이렇게 보고했다.

"노자키 씨가 없어졌습니다. 저택 뒤편을 돌아보고 오겠다면서 자릴 떠난 뒤로 돌아오지 않았습니다. 방금 저희들이 둘러보았는데 찾을 수 없었습니다. 그래서 혹시나 싶어 손전등을 켜고 땅바닥을 살폈더니 이상한 곳에서 방금 난 자동차 타이어 자국을 발견했습니다. 그게 범인의 자동차 흔적이고 노자키 씨가 그걸 발견하고 뒤를 쫓아간 게 아닐까요? 아니면 혹시……."

"노자키 군까지 범인에게 잡혀갔다는 건가?"

나미코시 경부는 오늘 밤 너무 화가 치밀었다.

어쨌든 현장에 가보자며 박사와 경부, K소장은 손전등 이외에 초롱불도 준비해 형사의 안내를 받아 저택 뒤편으로 갔다.

역시 생긴 지 얼마 되지 않은 타이어 자국이 보였다. 발자국도 남아 있었다. 형사들의 발자국 말고 담장을 따라 앞문 쪽에서 이어진 것이 노자키의 발자국이리라. 또 하나의 발자국은 자동차와 뒷담 사이를 오간 걸로 보였다.

"놈은 역시 담장을 넘었군."

경부가 발자국을 보고 판단했다. 경부의 명령에 따라 형사 한 명이 앞문으로 돌아가 정원 안을 살펴보았는데 정원에는 잔디가 깔려 있어 안타깝게도 발자국은 찾아볼 수 없었다.

"노자키 군이 녀석에게 잡혀갔다면 더더욱 그냥 둘 수 없군. 헛수고가 되더라도 이 타이어 자국을 쫓아갈 수 있는 데까지 따라가봐야지."

박사는 혼자 그렇게 중얼거리며 한 손에는 지팡이를, 다른 한 손에는 초롱을 들고 허리를 구부린 채 걷기 시작했다.

오늘 아침부터 바삐 움직여 의족을 단 다리가 아픈지 절룩절룩 다리를 절었다. 정신력이 강한 박사는 뭐라고 말을 하지는 않았지만 무척 힘든 모양이었다.

"범인을 잡겠다는 생각에 몰두했군."

그런 생각을 하니 나미코시 경부는 눈물겨웠다.

"박사님, 무리하면 안 됩니다. 여긴 우리에게 맡기고 좀 쉬시는 게 어떻겠습니까?"

"아뇨, 별일 아닙니다. 이럴 때는 장애가 불편하군요."

박사는 분하다는 듯이 대꾸하며 고집스럽게 앞으로 나아갔다.

하지만 아니나 다를까. 그렇게 말하고 두세 걸음 걸었나 싶더니 "앗" 하고 작게 비명을 지르며 넘어졌다. 공터에는 땅바닥이 고르지 못해 움푹 팬 곳이 여기저기 있었다. 박사는 그 가운데 하나에 발을 헛디딘 것이었다. 초롱불도 내동댕이쳐져서 꺼지고 말았다.

경부 일행이 달려와 초롱불로 비춰보니 박사는 쓰러진 채 의족을 끌어안고는 이를 악물고 있었다. 애써 참는 표정이었다.

"괜찮습니까? 다치지 않았나요?"

"예, 별일 아닙니다."

하지만 간신히 일어선 박사는 한 걸음 내딛더니 아픔을 견디지 못하고 다시 쓰러졌다. 안색이 매우 좋지 않았다.

범인 추적은 잠깐 중단되었다. 경부는 뒷일을 부하들에게 맡기고 K소장과 함께 박사를 부축해 저택으로 돌아가야만 했다.

K소장은 어쨌든 병원에 가자고 했지만 박사는 굳이 마다했다.

"저도 명색이 의사입니다. 뭐 제 다리 정도는 스스로 조치할 수 있죠. 그런데 안타깝게도 오늘 밤에는 수색을 돕지 못하겠군요. 번거롭겠지만 자동차를 빌려주시죠."

K소장은 운전기사를 불러 차를 준비하라고 지시했는데 하필이면 자동차 타이어가 언제 그렇게 되었는지 몰라도 펑크가 난 상태였다. 어쩔 수 없이 택시를 불러야만 했다. K소장이 바래다주겠다고 했지만 박사는 "이 정도쯤이야 문제없다"면서 사양했다.

구로야나기 박사는 무사히 집에 도착했다. 택시가 범인의 자동차여서 박사까지 문제가 생긴다거나 하는 식으로까지는 범인도 손을 쓰지 않았던 모양이다. 그런 어려움은 겪지 않았지만 다리 상처가 생각보다 심한지 이튿날부터 박사는 자리에 눕고 말았다. 매우 중요한 상황에 유력한 아군을 잃은 나미코시 경부야말로 참담했다.

노자키 청년의 재난

이야기를 다른 곳으로 돌려, 고지마치 구 R초에 있는 범인의 본거지 (일찍이 사토미 요시에가 끌려간 빈집)를 알아낸 우리의 용감한 노자키 청년은 그 뒤 어떻게 되었을까? 노자키 또한 한바탕 기괴한 모험을 펼쳐야 했다.

그 수상한 자가 푸른 수염 본인이 아니라 전에 보았던 불량 청년 히라타 도이치였을 줄은 상상도 못 했다. 하지만 돌이켜보면 애초 범인이 그를 끌고 간 까닭은 이 영리한 작은 악당을 부하로 삼을 작정이었는지도 모른다. 그렇지 않더라도 히라타는 불량한 인간이라 목숨이 위태롭다고 생각하면 범인에게 빌붙어 자진해서 한패가 되는 정도는 문제도 아니리라. 그렇게 하는 편이 그에게는 재미도 있고 이익도 되리라.

그렇다면, 아하, 이제야 알겠다. 언젠가 기누에의 시체를 들고 에도시마의 긴 다리를 건넌 두 사람은 푸른 수염과 그의 새 제자가 된 이 히라타 녀석이었던 것이다.

어쨌든 시체처럼 늘어진 후지 요코를 빈집 안으로 옮긴 괴청년 히라타는 노자키가 맞은편 담장 아래 어둠 속에서 자신을 보고 있는 줄도 모르고 바로 혼자 나와 다시 자동차에 올라타더니 어디론가 달려갔다.

노자키는 다시 그 차 뒷부분에 달라붙어 계속 미행할까 잠깐 망설였지만 중요한 인물인 요코가 빈집 안으로 옮겨졌고, 푸른 수염 본인도 아닌 히라타를 뒤쫓아봐야 별 소득이 없겠다고 생각을 고치고 차를 그냥 보냈다.

"푸른 수염 녀석은 틀림없이 이 안에 있을 거야. 분명히 히라타가 요코를 데려오기를 학수고대하고 있었을 테지."

이런 생각을 하니 요코의 안전이 너무 걱정스러웠다. 지금쯤 그 '단말마의 춤'이라는 게 시작된 게 아닐까 하는 생각이 들어 안절부절못했다.

노자키가 범인 수사와 기누에의 복수에 불타오르고 있었다고는 해도 아주 대담한 남자는 아니었다. 그래서 누가 숨어 있을지도 모르는 으스스한 빈집으로 뛰어들기에는 역시 잠깐 머뭇거리지 않을 수 없었다.

노자키가 그렇게 주저하는 사이, 근처에 차를 세우고 왔는지 히라타가 혼자 급한 걸음으로 돌아왔다.

소리 없이 격자문이 열리고 히라타가 건물 안으로 사라지자 노자키도 더는 망설이기만 할 수는 없었다. 범인에 히라타까지 더해 상대는 적어도 두 명 이상이라는 사실 같은 것을 생각할 틈도 없었다. 오로지 요코의 생명이 걱정되어 아무런 대책도 없이 어정어정 히라타의 뒤를 따라 그 집으로 숨어들었다.

만약 이때 노자키가 무모하게 혼자 그 집으로 뛰어들지 않고 일단 물러나 근처 경찰서를 찾아가 사정 이야기를 하고 경찰의 도움을 받았다면 그런 끔찍한 꼴을 당하지는 않았으리라. 하지만 R초는 고지마치 구 안에서도 가장 외진 곳이라 경찰서와는 거리가 꽤 멀었다. 게다가 경찰서를 찾아간 사이에 요코가 죽는다면 지금까지 한 고생도 물거품이 되고 만다. 하지만 이렇게 명료하게 계산한 것은 아니었다. 불쌍한 희생자를 생각하니 정의 관념이 불끈 솟아올라 앞뒤 계산할 여유도 없이 범인이 독이빨을 벌리고 있는 적진으로 뛰어들었던 것이다.

빈집 안은 캄캄했다. 조심하기 위해서인지 전등은 모두 끈 상태였다. 그래서 히라타는 현관으로 들어서자 준비했던 손전등으로 바닥을 비추며 안으로 계속 걸어 들어갔다. 노자키는 그 다다미를 비추는 타원형 불빛을 길잡이로 삼아 따라가면 되었다.

어둠 때문인지 아니면 실제로 그런지 몰라도 이 빈집은 볼품없는 입구에 비해 건물 안은 꽤 깊숙하다는 느낌이 들었다. 방에서 방으로 꺾어지고, 어떤 때는 툇마루 같은 곳에서 봉당으로 내려섰다가 다시 다른 방으로 올라가는 등, 왠지 평범한 주택은 아니라는 느낌이 들었다. 어쩌면 범인은 이 빈집을 수리해 자기들이 나쁜 짓을 하기 편한 구조로 바꾸었는지도 모른다.

노자키는 들키지 않았다. 한 차례 실수로 작은 소리를 내서 히라타가 손전등을 뒤로 비추었지만 얼른 멈춰 섰고 불빛은 노자키를 비추지 않고 지나갔다. 히라타는 다시 앞으로 걸어갔다. 설마 4미터도 떨어지지 않은 등 뒤에 누군가 뒤따르고 있을 줄은 몰랐으리라.

나중에는 땅속을 향해 비좁은 계단을 내려갔다. 내려가니 튼튼해 보이는 미닫이가 보였다. 히라타는 힘겹게 그 문을 열고 안으로 들어갔다. 아아, 이 집에는 지하실이 있구나. 이거 방심할 수 없겠다고 생각하자 그때 불쑥 손전등 불빛이 꺼졌다. 그 뒤로는 새카만 어둠과 정적만 남았다.

히라타가 손전등을 끈 걸까? 그렇다면 놈은 이제 자기들이 목적한 장소에, 요코를 끔찍하게 살해할 곳에 도착했다는 이야기인가? 아니면 손전등을 든 히라타가 모퉁이에서 꺾어지기라도 한 걸까?

바로 그때 노자키는 비좁은 계단을 내려가는 중이었기 때문에 어쨌든 다 내려간 뒤에 마지막에 불빛이 보였던 방향 쪽으로 더듬더듬 걸어갔다.

5, 6초 걸었을 때 뭔가 시커먼 바람 같은 것이 노자키의 옆을 스쳐 뒤로 날아간 듯했다.

깜짝 놀라며 멈춰 서니 뒤에서 드르륵 요란한 소리가 났다. ……무거운 미닫이문이 닫히는 소리였다.

"꼴좋군, 풋내기. 네놈이 따라오는 걸 내가 눈치채지 못했을 거라고 생각했나? 어수룩하기 짝이 없는 녀석이로군. 뭐 거기서 푹 쉬다가 가는 것도 좋겠지. 거기엔 친구가 잔뜩 있으니까."

미닫이문 밖에서 히라타의 목소리가 들렸다. 동시에 찰칵하고 잠금장치를 거는 소리가 났다.

한 방 먹은 것이다. 아까 놈이 손전등을 뒤로 향했을 때 불빛이 노자키를 잡지는 못했지만 눈치 빠른 히라타는 이미 알아차린 모양이다. 그러고도 태연하게 노자키를 이 지하실로 유인해 감쪽같이 감금하고 만 것이다.

히라타가 마음 놓고 독설을 퍼붓는 소리를 들으니 이곳은 문이 하나뿐인 밀실이 틀림없었다. 게다가 그 문은 광의 문짝처럼 두껍고 튼튼할 것이다. 당연히 혼자 힘으로는 부술 수 없으리라.

"당했군."

모험에 익숙하지 않은 노자키는 입술이 바짝바짝 마르고 가슴이 이상하리만치 답답해졌다.

한동안 멍하니 서 있다가 약해지는 마음을 추스르며 대책을 궁리했다. 하지만 이렇게 캄캄해서야 어찌해볼 도리가 없다. 이제는 신경 쓸 일 없으니 불을 밝히고 살펴봐야겠다고 생각하며 손을 주머니로 가져갔다. 이럴 수가. 손전등이 없었다. 자동차에 뛰어오를 때 떨어트린 모양이다.

담배도 피우지 않으니 성냥이 있을 리 없다.

방법이 없어 그는 어둠 속에서 더듬더듬 벽을 따라 걸어보았다. 두꺼운 벽은 두드리는 정도로는 끄떡도 하지 않았다. 아마 회반죽을 발랐거나 콘크리트 벽이리라. 그리고 벽 다음에는 바로 흙인 듯했다.

노자키는 앞을 보지 못하는 짐승처럼 벽을 따라 걸었다. 무척 넓었다. 네모난 방이 아니라 7각인지 8각인지 모를 정도로 각이 많은 기괴한 구조를 지닌 엄청나게 큰 방이었다.

"이상하군. 이런 곳에 이렇게 넓은 지하실이 있다니. 내가 꿈을 꾸는 건 아닐까?"

묘하게 으스스한 느낌이 들었다.

하지만 곧 상황이 파악되었다. 어둠 때문에 착각한 것이었다. 시각을 잃은 사람에게는 네모난 작은 방이 7각, 8각으로 된 무지하게 넓은 방으로 여겨진다.[71] 젠코지(善光寺)[72]의 어두운 복도를 돌 때와 같은 느낌이었다. 에드거 앨런 포의 〈구덩이와 추〉라는 소설에서 그 어둠 속 착각의 공포가 절묘하게 묘사되어 있다. 탐정소설을 좋아하는 노자키는 전에 읽었던 그 소설을 떠올렸다.

그 방은 평범한 작은 지하실에 지나지 않았다. 광 아래 따로 만든 창고 같은 곳인 모양이다. 하지만 입구는 하나뿐. 게다가 노자키의 힘으로는 도저히 부술 수 없는 문이라는 것도 예상한 그대로였다. 소리를 질러봐야 밖에서 들릴 리도 없다. 아아, 그는 결국 번화한 도쿄 한복판에서 이상한 지하실에 갇혀 굶어 죽어야 할 운명인 걸까?

"그런데 그게 무슨 뜻일까?"

노자키의 머릿속에 불쑥 그런 의문이 떠올랐다. 그리고 너무 으스스해 소름이 쫙 끼쳤다.

---

71 '시각을 잃은 사람에게는~넓은 방으로 여겨진다'가 〔도〕에는 '시각을 잃은 사람이 더듬더듬 방의 벽을 따라 걸으면 원래 자리로 돌아와도 한 바퀴 돌았다는 걸 모른다. 거기서 한 번 더 모퉁이를 돌면 그 방이 5각으로 여겨지고, 그다음에는 6각으로 느껴져 무한히 넓은 다각형 방처럼 느껴진다'로 되어 있다. – 해제

72 나가노 시에 있는 절. 본당은 일본 국보로 지정되었는데 본존불인 아미타여래를 모신 단 바로 아래 있는 ㅁ 자 모양의 캄캄한 회랑을 돌며 '극락정토로 가는 자물쇠'를 만질 수 있는 '계단(戒壇) 돌기'가 유명하다. 에도가와 란포는 이 순례 체험을 〈어떤 공포〉라는 수필에 적어 남겼다. – 역주

다름 아니다. 조금 전 히라타가 한 말이다.

'거기엔 친구가 잔뜩 있으니까'라는 말. 그게 대체 무슨 뜻일까? 여기는 아무도 없지 않은가? 아니면……. 그게 아니라면 혹시 이 캄캄한 방에 노자키 말고 누군가 숨어 있기라도 한 걸까? 그들이 노자키의 움직임에 따라 주춤주춤 뒷걸음질 쳐 구석에 웅크리고 앉아 노자키의 거동을 가만히 지켜보고 있는 것은 아닐까? 그게 인간일까, 아니면 다른 생물일까?

노자키는 엄청난 공포를 느끼고 그 자리에 얼어붙었다. 빛도 소리도 없는 몇 분 동안의 시간.

이상하다. 아무런 소리도 나지 않았다. 상대방의 숨소리도 들리지 않는다.

노자키는 마음을 굳히고 벽에서 떨어져 시각장애인처럼 두 손을 앞으로 내밀며 방 한가운데로 나아갔다.

부딪혔다. 하지만 그리 이상한 느낌은 아니었다. 술을 네 말쯤 담을 수 있는 통이 하나, 둘, 셋……, 모두 다섯 개였다. 만져보니 끈적끈적하면서도 소금 같은 느낌이 들었다. 아, 그렇다. 여기는 채소절임을 저장하는 지하 창고다. 처음부터 뭔가 이상한 것이 썩는 냄새가 나는 듯했는데 채소절임인 모양이다.

'채소절임이라도 여기에는 먹을 게 있다. 일단 굶어 죽을 걱정은 없겠네.'

노자키는 그런 생각을 했다. 모험소설에서 배운 지혜였다.

하지만 그런 식으로 생각했다는 것은 그가 냉정함을 잃었다는 증거다. 채소절임 가게도 아닐 테고 빈집이나 마찬가지인 이 집에 커다란 통 다섯 개에 절임을 저장하다니, 이상한 이야기다.

그리고 히라타가 말한 이른바 '친구'가 대체 어떤 '친구'를 말하는지 마침내 알게 될 때가 오고 있었다. 하지만 그때까지 꼬박 한 시간은 남았다. 그사이 이 빈집의 다른 방에서 무슨 일이 일어나고 있었는지 독자에게 알려드리기로 한다.

엄청난 계략

노자키가 지하실에 감금된 지 30분쯤 지났을 무렵, 같은 집 안방(전에 사토미 요시에와 자칭 이나가키라고 하는 푸른 수염이 마주앉았던 그 방)[73]에서 두 사람이 소곤소곤 이야기를 나누는 중이었다.

한 사람은 히라타 청년, 또 한 사람은 양복을 입은 낯선 중년 남자였는데, 설명할 필요도 없이 이쪽이 악당 푸른 수염이다.

"풋내기는 얌전히 있나?"

푸른 수염이 탁한 목소리로 물었다. 말을 할 때마다 반짝반짝 빛나는 커다란 안경, 얼굴을 반쯤 덮은 이상하리만치 시커먼 수염, 전에 그 이나가키 씨와 똑같은 모습이었다.

"발버둥 쳐봤자 그 녀석 힘으로 빠져나올 수 있겠어요?"

히라타가 대답했다.

"그나저나 난처할 때 들어왔어. 마침 그 지하 창고 위에 있는 헛간에 그게 누워 있었잖아. 혹시 위아래에서 서로 알게 되어 이야기라도 나누게 되면 골치 아프지."

"뭐 괜찮을 겁니다. 요코는 아직 자고 있습니다. 눈을 뜨기 전까지

73 괄호 안의 문장이 〔도〕에는 없다. – 해제

욕실 쪽으로 옮기면 그런 걱정은 없습니다."

"그래도 그 절임통이 있잖아."

"아아, 그거 말인가요? 그렇지만 녀석은 이제 평생 거기서 나올 수 없잖아요. 거기서 말라 죽을 텐데. 뭘 보건 상관없지 않습니까?"

"으흐흐흐흐흐. 과연 그렇군. 자네는 노자키를 거기서 굶어 죽게 할 작정인가? 흐흐흐흐흐흐. 자네 요즘 배짱이 두둑해졌어."

"칭찬하면 안 됩니다. 옆에 계셔주시기 때문이죠. 옆에만 계시면 뭘 해도 괜찮다는 생각이 드는걸요. 절 버리시면 안 됩니다."

"흐흐흐흐흐흐, 적정하지 마. 난 말이야, 처음 자네를 보았을 때부터 아주 마음에 들었어. 동료 같은 건 만들지 않는 나지만 자네만은 끌어들이고 싶었으니까. 그런데 내가 자네를 버릴 리 있겠나?"

푸른 수염은 기분 나쁘게 웃으며 히라타의 아직 완전히 성숙하지 않은 가냘픈 어깨를 두드렸다.

"마침내 요코를 손에 넣었으니 이젠 마지막 연극이 필요하겠군. 우리는 아주 바빠질 거야."

"마흔아홉 명을 한꺼번에. 생각만 해도 짜릿짜릿합니다. 저는 세상에서 이렇게 재미있는 일이 있을 줄은 상상도 못 했습니다."

"자네 친구들은 괜찮을까?"

"괜찮고말고요. 불량한 녀석들이라 이런 일에는 딱 맞습니다. 그 가운데서도 제가 전에 단장을 맡았던 올빼미단[74] 녀석들 같은 경우

---

74 일본은 1910년대부터 불량 청소년 조직이 협박, 절도, 사기, 무전취식 등으로 문제를 일으키기 시작했으며 특히 또래 소년 소녀들에게 피해를 줬다. 이를 계기로 1922년 소년

에는 모두 솜씨가 좋으니까요."

"눈치챌 만한 짓은 해선 안 된다."

"당신 정체 말인가요? 걱정 마세요. 녀석들은 이유를 묻거나 물주를 의심하거나 하지는 않거든요. 그저 명령대로 실행할 뿐이죠. 게다가 사례만 확실하게 하면 아무 불평 없을 겁니다. 게다가 단장의 권위라는 게 있지 않습니까? 뿐만 아니라 각자 사례를 두둑하게[75] 챙길 수 있다면 나쁘지 않으니까요."

지금 두 사람은 구로야나기 박사가 상상한 대로 푸른 수염이 이상형으로 여기는 마흔아홉 명의 아가씨를 한꺼번에 유괴하겠다는 꿍꿍이를 꾸미는 중이다. 그야말로 엄청난 계략이다.

하지만 마흔아홉 명이나 되는 여성을 한꺼번에 유괴해서 어쩌겠다는 걸까? 아무리 푸른 수염이라고 해도 단 하루 만에 그 많은 인원을 죽일 만한 정력과 잔학성을 갖추고 있을까? 그야말로 엄청난 계략이 아닌가?

하지만 나쁜 꾀를 내는 데에는 무한한 능력을 지닌 푸른 수염이다. 어떤 기발하고 교묘한 꿍꿍이를 숨기고 있는지 알 수 없다.

두 사람은 그렇게 오랜 시간 소곤소곤 의논을 이어갔다. 그러다가 이윽고 푸른 수염이 문득 생각났다는 듯이 말했다.

"슬슬 창고로 가봐야겠구나. 지금쯤이면 정신을 차렸을 게다."

법이 제정되었다. – 역주

75 '두둑하게(원문에는 백 냥(百両)으로 되어 있음)'가 〔슌〕에는 '1만 냥', 〔도〕에는 '2백 냥(2백 냥은 지금의 10만 엔에 가까운 금액이다. – 역주)'으로 되어 있다. – 해제

두 사람은 일어서서 텅 빈 집 안을 가로질러 툇마루를 따라 뒤편에 있는 창고 쪽으로 갔다.

포스터 미인의 눈

후지 요코는 허벅지와 젖가슴 주변으로 가느다란 벌레가 꼬물꼬물 밀려오는 바람에 너무 무서워 "꺄악" 하고 소리를 질렀다. 하지만 그건 마취 상태에서 꾼 꿈이었고 악몽에서 깨어났을 때와 같은 느낌이라 화들짝 눈을 떴다.

하지만 주위는 캄캄했다. 도대체 얼마나 잠을 잔 걸까? 여기는 어딜까? 도무지 모르겠다.

아래를 만져보니 아까 자던 침대가 아니라 차갑고 딱딱한 마루였다. 그런데 몇 달 동안 청소도 하지 않았는지 먼지가 심했다. 게다가 방 안에는 뭔가 썩는 냄새가 가득했다.

"그럼 역시 푸른 수염이란 놈에게 잡혀 온 걸까?"

이 찜찜한 기분은 아마 마취제 때문일 테지만 언제 마셨는지, 어떻게 이곳에 끌려왔는지 전혀 기억이 나지 않는다.

"그런데 여긴 도대체 어디지?"

어둠 속에 누운 채 그런 생각을 하고 있는데 어디선가 묘한 소리가 들려왔다.

틀림없이 귀에 익은 목소리다. 하지만 누군지 알 수 없었다. 대꾸를 하지 않자 다시 들렸다.

"혹시, ……혹시 후지 요코 씨 아니신가요?"

나쁜 사람은 아닌 듯했다. 하지만 섣불리 대답할 수는 없었다. 목소리는 아마 마루 아래서 들려오는 것 같았다. 그렇다면 여기는 2층인가?

"당신은 누구세요?"

"아, 역시 그렇군. 요코 씨군요. 저는 구로야나기 박사 밑에 있는 노자키입니다."

마침 요코가 있는 창고 마루 한 장 아래에 바로 노자키가 갇혀 있었다. 노자키는 요코가 꿈에서 깨며 낸 신음을 듣고 거기 그녀가 있다는 걸 깨닫고는 말을 걸었던 것이다.

"여기는 대체 어디죠? 도무지 모르겠어요."

"푸른 수염의 소굴입니다. 요코 씨는 놈 때문에 이리 끌려온 거죠. 당신 뒤를 따라왔다가 저까지 감금당하고 말았어요. 지금 제가 있는 곳은 지하실입니다."

"어머, 그럼 저도 여기 갇힌 거로군요."

배짱 좋은 요코는 그 말을 듣고 당장 일어서서 여전히 비틀거리는 몸으로 무턱대고 방 안을 이리저리 뛰었다. 하지만 출구는 찾을 수 없었다. 아니, 출구가 있어도 밖에서 잠갔기 때문에 여자 힘으로는 끄떡도 하지 않았다.

요코는 실망한 나머지 풀이 죽어 원래 장소로 돌아가 눕고 말았다.

"틀렸어. 도저히 나갈 수 없네. 어쩌면 좋지?"

"실망하시면 안 돼요. 여기 같은 편이 있잖아요. 어떻게든 빠져나갈 방법을 궁리해봅시다."

노자키가 용기를 북돋우듯 말했다. 하지만 노자키도 뾰족한 수가 있을 리 없다는 건 요코는 빤히 알고 있었다. 잠시 후 갑자기 방이 밝아졌다. 머리 위에 달린 5촉짜리 전등이 켜진 것이다.

요코는 누가 그 전등을 켰는지는 생각하지 않았다. 그저 밝아져서 기뻤다.

아무런 장식도 없다. 두꺼운 벽으로 된 창고 같은 방이었다. 한편 바닥에는 마루가 깔려 있고 거기에 문이 달려 있다. 목재 단면을 보면 이 마루만은 나중에 만들어 깐 듯했다. 결국 창고 안을 판자로 칸막이를 한 셈이 된다.

묘하게도 그 판자벽에 우편회사의 커다란 미인도 포스터가 붙어 있었다. 이 살풍경한 방에 미인도라니 이상했다. 그것도 인쇄된 포스터였다.

요코는 포스터 속 미인을 가만히 바라보았다. 포스터의 미인도 요코를 바라보았다.

요코는 오싹해 누웠던 몸을 벌떡 일으켰다. 미인의 눈이 살아 있었다. 눈만 살아 있는 것이었다.

얼른 몸을 움츠렸다. 그러자 손이 가슴에 있는 딱딱한 것에 닿았다.

단도였다. 요코는 푸른 수염의 예고를 들은 뒤 촬영 소품 가운데 옛날 스타일의 단도를 호신용으로 숨기고 있었다. 그게 아직 품 안에 있었다. (촬영소에는 실제로 쏠 수 있는 총 같은 것은 없으니

까.)[76]

단도를 확인하니 마음이 좀 든든해졌다. 요코는 야회복 품에서 그걸 꺼내 반짝반짝하는 칼날을 뽑았다. 그리고 포스터를 무섭게 노려보았다.

하지만 미인의 눈은 이제 살아 있지 않았다. 얼굴이나 눈도 모두 평범한 인쇄된 미인이었다.

잘못 보았던 걸까? 하지만 분명히 살아 있는 눈으로 이쪽을 빤히 바라본 것 같았는데. 아아, 아직 마취에서 제대로 깨어나지 않은 모양이다.

포스터야 어쨌든 악당이 이제 이리 올 것이다. 이런 단도 같은 걸 휘둘러봤자 제대로 대항할 수 없을 것이다. 이 단도로 자살해버릴까?

요코는 단도를 만지작거리며 그런 생각을 했다. 그때 찰칵찰칵 하고 문 열쇠를 돌리는 소리가 났다. 드디어 놈이 온 것이다.

요코는 얼른 단도를 무릎 아래 숨기고 몸을 움츠렸다.

소리 없이 문이 열리고 두 남자가 들어왔다. 요코는 몰랐지만 푸른 수염과 히라타 청년이었다.

"위험한 장난감은 이리 주시지."

나이 든 남자가 요코에게 다가가 한 손을 내밀었다.

"당신은 누구죠?"

---

76 괄호 안의 문장이 〔도〕에는 없다. – 해제

요코가 다부지게 물었다.

"당신을 잘 아는 남자죠. 그건 그렇고, 그 장난감을 이리 주세요."

"장난감 같은 건 없습니다."

"하하하하하, 숨겨봐야 소용없어요. 방금 만지작거리던 단도를 내놔요."

남자가 집요하게 다그쳤다. 그는 보지도 못한 단도를 어떻게 아는 걸까? 아아, 알았다. 포스터 미인의 눈은 아까 살아 있었던 것이다. 미인의 눈에 장치를 해 밖에서 엿볼 수 있도록 만들었으리라. 용의주도한 푸른 수염은 일단 상대가 눈치채지 못하도록 실내를 살펴본 뒤에 희생자에게 접근하는 모양이었다. 이 방에서 얼마나 많은 여성이 포스터 미인의 눈 때문에 깜짝 놀랐을까?

"이 아가씨 만만치 않겠는걸."

푸른 수염이 히라타를 바라보며 쓴웃음을 지었다.

"그러면 이렇게 하지."

푸른 수염은 말을 마치자마자 요코를 부둥켜안으려고 달려들었다.

그러자 요코는 얼른 단도를 뽑아 움켜쥐고 휙 물러섰다.

그리고 잠깐 고양이와 쥐의 잔혹한 추격이 시작되었다. 하지만 상대는 두 명이다. 요코가 감당할 도리가 없었다. 푸른 수염은 반쯤 장난치는 듯한 놀이였다. 그 증거로 히라타는 나서지 않고 입구 쪽에 가만히 서서 웃으며 구경했다.

그런데 바로 그때, 느닷없이 실로 이상한 소리가 났다.

덜컹하며 뭔가 떨어지는 소리, 이어서 "으앗" 하는 뭐라고 형용할 수 없는 끔찍한 비명. 그 소리를 들은 요코와 푸른 수염이 깜짝 놀라 멈춰 섰을 정도였다.

그 비명은 지하실에서 울려 퍼졌다. 지하실이라면 노자키가 감금된 장소다. 그럼 노자키 쪽에도 뭔가 심상치 않은 일이 일어났다는 걸까? 우리는 다시 지하실로 눈을 돌려야만 한다.

흘러넘치는 피

노자키는 어둠 속에서 위에 있는 요코와 이야기를 나누었다. 잠시 뒤 요코의 방과 동시에 지하실에도 5촉짜리 전구에 불이 들어왔다. 스위치 하나로 켜고 끄는 모양이다. 그리고 조금 있다가 요코의 방에 누군가 들어온 기척이 났다. 그들은 요코와 이야기를 나누었다. 즉 앞 장에서 이야기한 내용을 노자키는 모두 들었다.

이윽고 술래잡기가 시작되었다. 쿵쾅거리는 발소리. 요코가 위태롭다. 도와줘야 한다. 하지만 도울 방법이 없다.

노자키는 지하실 안을 이리저리 뛰어다니며 살폈다. 그러다 조금이라도 위에 있는 방에 접근하려는 생각에 쓸데없이 그 채소절임 통 위로 올라가 천장을 향해 손을 뻗었다. 아무런 도움도 안 되는 어리석은 짓이었다. 하지만 노자키의 이 행동이 이번 사건에서 우연히 매우 중대한 결과를 초래했다는 사실을 나중에 알게 된다.

어쨌든 그가 올라간 통은 뚜껑이 완전히 닫히지 않았는지, 노자키가 그 위에서 손을 뻗고 있는 동안에 몸무게를 버티지 못하고 한쪽 구석이 기울어져 노자키의 한쪽 다리가 통 안으로 쑥 빠져 들어갔다.

깜짝 놀라 다리를 빼려고 했지만 이미 늦었다. 그는 통에 빠진 채로 통과 함께 쓰러지고 말았다.

다리를 빼니 뚜껑이 빠지며 끈적끈적한 내용물이 흘러나왔다. 소금이 녹은 물이다.

소금 안에 딱딱한 물체가 보였다. 무나 가지 같은 채소는 아니었다.

쓰러진 상태에서도 그게 너무 이상하게 생겨 집어 들어 살펴보려고 했다. 하지만 쑥 빠져나갔다. 그리고 노자키는 앞 장에서도 이야기한 끔찍한 비명을 질렀다.

그 미끌미끌한 물체에는 손가락 다섯 개가 달려 있었다. 부패 중인 사람의 한쪽 팔이었다.

자세히 보니 다리도 있었다. 내장도 있었고 머리카락도 보였다.

더는 비명을 지르지 않았지만 그는 토할 것 같아 구석으로 달려갔다.

토막 낸 사람의 몸을 소금에 절인 것이다. 다른 통도 틀림없이 마찬가지이리라. 다섯 명이나 되는 희생자가 이 지하실에서 소금 절임이 되었다. 히라타가 '친구가 있다'고 한 말은 이 여자들을 말한 것이리라. 이런 '친구'일 줄이야!

짚이는 구석이 있었다. 일찍이 구로야나기 박사는 사토미 요시에 전에도 푸른 수염의 먹이가 된 여성이 틀림없이 있을 거라고 말했다. 그리고 나미코시 경부에게 가출한 여성들에 대해 조사하라고 권했다. 박사의 추측은 적중했다.

한편 위에서는 소동이 더욱 커졌다. 콰당 하고 사람이 쓰러지는 소리가 나고 "으윽" 하는 신음, "으악" 하는 비명, 쿵쾅쿵쾅 하는 필사적인 발소리.

그리고 갑자기 조용해졌다.

으스스한 정적이 몇 초간 흘렀다.

귀를 기울이던 노자키의 뺨에 뭔가 툭 떨어졌다.

그것이 눈물처럼 뺨을 타고 턱으로 흘러내렸다.

손으로 문지르자 손가락이 새빨갛게 물들었다. 피다.

무심코 위를 쳐다보니 천장의 판자 틈새로 피가 스며 나왔다. 그 피는 점점 많아지더니 툭툭툭, 붉은 비처럼 쏟아지기 시작했다.

"요코 씨!"

노자키는 깜짝 놀라 악을 썼다.

아아, 결국 당하고 말았군. 인기 여배우 후지 요코의 최후인 모양이다. 이 뜨뜻한 피는 수많은 사람들로부터 사랑을 받은 그 팽팽하고 아름다운 육체에서 뿜어져 나오는 것이다.

노자키는 그렇게 믿고 말았다. 그리고 조금씩 깨달으면서 구해주지 못한 자신의 한심함이 부끄러웠다.

그런데 과연 후지 요코는 살해되고 만 걸까?

심야의 전화

구로야나기 박사를 배웅한 나미코시 경부는 촬영소장 K씨가 권하는 대로 부하 형사들과 함께 그 저택에서 묵기로 했다. 이제 와서 놈의 타이어 자국을 뒤쫓아본들 도저히 좋은 결과를 얻기는 어렵고, 더구나 밤도 깊어 다들 많이 피로했기 때문에 조사는 아침으로 미루고 일단 눈을 붙이기로 했다.

그날 밤 새벽 3시쯤 K소장 저택의 전화벨이 요란하게 울렸다. 전화를 건 사람은 여자였는데 소장을 바꿔달라는 것이었다.

K소장이 수화기를 받아 들자 여자가 말했다.

"K소장님이세요? 저 요코예요."

후지 요코의 목소리였다.

"요코 씨? 걱정했어. 무사한가? 지금 어디 있지?"

K소장이 허둥거리며 고함을 쳤다.

그 목소리에 나미코시 경부가 벌떡 일어났다. 두 사람이 서로 수화기를 다투듯 요코의 보고를 들었다.

요코는 독자 여러분이 알고 있는 사건의 전말을 얼른 보고한 뒤 다음과 같이 덧붙였다.

"놈이 그 지하실에서 난 비명에 신경을 쓰는 사이 저는 눈을 딱 감고 단도를 쥔 채 상대에게 달려들었죠. 어디를 부딪쳤는지는 모르겠어요. 어쨌든 녀석은 으악 하고 소리를 지르며 쓰러졌죠. 젊은 남자가 깜짝 놀라 머뭇거리는 사이에 저는 열린 문으로 무턱대고 뛰쳐나왔죠. 어디를 어떻게 지났는지 몰라도 다행히 밖으로 나올 수 있었습니다. 큰 소리를 지르며 무작정 뛰었기 때문에 상대도 두려웠는지 따라오지 못했죠.

여기는 고지마치 구 K초에 있는 자동전화예요. 그 빈집에서 5, 6백 미터밖에 떨어지지 않았어요. 얼른 와주세요. 놈은 부상을 입고 그 집에 쓰러져 있어요. 게다가 노자키 씨가 지하실에 감금된 모양이에요. 어서 구해주세요. 저는 지금 도쿄 역에 있는 호텔로 가서 기다릴 테니까."

아아, 놈은 부상을 입고 움직이지 못해 창고 안에서 신음하고 있다. 이게 어찌 된 일인가. 구로야나기 박사, 나미코시 경부를 비롯해 모든 경찰을 우롱하고 시민들을 전율하게 한 흉악범이 결국 여배우의 가냘픈 손에 쓰러졌다. 후지 요코가 큰 공로를 세웠다. 그 계기가 노자키의 비명이었다면 그가 절임 통 위에 올라간 우스운 행동도 전혀 쓸모없지는 않았다. 노자키가 요코의 피라고 생각했던 것은 사실 푸른 수염의 피였다.

나미코시 경부는 바로 경시청에 전화를 걸어 요코가 이야기한 고지마치 구 R초의 빈집을 수색하도록 지시하고, 자기도 부하와 함께 K소장의 차를 타고 현장으로 달려갔다. K소장의 자동차는 이미 수리를 마친 상태였다.

차는 심야의 게이힌 국도를 쏜살같이 달렸다. 경부 일행의 뺨을 때리는 시원한 바람이 상쾌했다.

달려라, 달려. 흉악범 체포를 위해 용감하게 달려가는 길이다.

이번에는 진짜 틀림없다. 놈은 부상을 당했다. 꼼짝도 할 수 없다. 푸른 수염이 입원할 병원이 어디 있겠는가. 설사 잠깐 그 빈집에서 도망친다고 해도 병원이며 의사들을 조사하면 바로 꼬리가 잡힌다. 그가 빠져나갈 가능성은 단 1천분의 1도 되지 않는다. 아아, 마침내 푸른 수염의 얼굴을 볼 수 있다. 그토록 기다리던 때가 왔다.

나미코시 경부는 마음을 졸이며 애인이라도 만나러 가는 사람처럼 달리는 자동차가 느리게 가는 것 같고 가슴이 마냥 설레었다.

실망한 나미코시 경부

경부는 부하 여럿과 함께 자동차를 타고 문제의 빈집으로 달려갔다. 그렇게 서둘렀는데도 K초에서 빈집까지 50분은 걸렸다. 도착해보니 빈집 앞에는 이미 제복을 입은 순사 두 명이 지키고 있었다.

"잡았나요?"

나미코시 경부가 차에서 내리자마자 순사에게 물었다.

"아뇨, 내뺀 것 같습니다. 하지만 아직 집 안을 수색 중입니다."

"내빼다니? 아니, 놈은 큰 부상을 입었을 텐데."

그렇게 내뱉은 경부는 문 안으로 달려 들어갔다. 현관으로 올라가다가 마침 막 안쪽에서 나오던 경시청 동료 M경부보와 마주쳤다.

"아, 나미코시 경부님. 정말 이상하군요. 그렇게 피를 많이 흘린 범인이 어떻게 도망칠 수 있는지 모르겠습니다."

M경부보가 말했다.

"호오, 그토록 심한 출혈이었나? 그럼 부근 의사들을 조사해보았습니까?"

"고지마치경찰서에 있는 U군에게 전화로 부탁했습니다. 그런데 고지마치 구에 있는 외과병원 중에서 그놈으로 보이는 부상자를 보았다는 곳은 한 군데도 없습니다. 공범자가 자동차에 태워 고지마치 구 밖으로 옮겼다고 생각할 수밖에 없군요."

그때 안쪽에서 미친 사람처럼 복장이 흐트러지고 얼굴이 창백한 청년이 비틀비틀 걸어 나왔다.

"노자키 군 아닙니까?"

"아, 경부님. 안타깝네요. 또 놓쳤습니다."

"후지 요코 씨한테 전화로 대략 이야기는 들었어요. 곤욕을 치렀다고 하더군요. 하지만 놈의 소굴을 찾아냈으니 큰 공로를 세운 겁니다."

"그만 너무 깊숙하게 따라 들어간 게 실수였습니다. 이 집을 확인하고 바로 경부님에게 알렸어야 했는데."

노자키 사부로는 앞 장에 적은 사실(시체 절임이 든 다섯 개의 통과 요코의 대화, 천장에서 떨어지던 피 등)을 대략 설명했다.

"그래서 저는 그만 요코 씨가 당한 줄 알고 어떻게든 지하실에서 빠져나가야겠다고 생각해 옆에 있던 막대기로 두꺼운 입구를 마구 두드렸습니다. 그 소리가 경찰 귀에 들려 저는 겨우 구출된 거죠."

나미코시 경부는 이 놀라운 보고를 열심히 들었다. 특히 다섯 개의 절임 통에 대한 이야기를 할 때는 이상한 신음까지 냈다.

"놈이 남긴 유류품 같은 것은?"

나미코시 경부가 M경부보에게 물었다.

"그게 전혀 없습니다. 참으로 용의주도한 녀석이죠. 일단 경부님도 현장을 살펴보시기 바랍니다."

나미코시 경부가 앞장서서 이 방 저 방 꼼꼼하게 검사했다. 특히 범행이 이루어진 창고와 지하실은 특별히 치밀하게 조사했다. 그렇지만 놈의 정체를 알아낼 수 있을 만한 유류품은 전혀 나오지 않았다.

수상한 인물

그로부터 일주일쯤은 아무 일 없이 지났다. 범인의 정체를 밝힐 단서는 전혀 없었다. 시내 어느 병원에도 그로 보이는 환자는 발견되지 않았다.

푸른 수염이 아직 살아 있는지 아니면 죽었는지, 그것마저 확실치 않았다. 어떤 신문은 푸른 수염의 죽음을 그럴듯하게 보도하기도 했다. 하지만 만약 죽었다면 그의 시체는 어디 있는 걸까? 공범자인 히라타는 어떻게 되었을까? 그건 완전 수수께끼였다.

문제의 빈집 주인이 조사를 받은 것은 말할 필요도 없다. 그 결과 빈집은 어떤 신탁회사가 관리하던 것으로 맡긴 사람의 주소와 성명은 알고 있었지만 찾아가보니 그 집 자체가 이미 빈집이었다. 신탁회사도 모르고 있었기 때문에 깜짝 놀랐다.

통에 든 다섯 구의 시체에 대한 신원도 조사했다. 썩어서 짓무른 살 이외에는 옷 조각 하나 없었기 때문에 감별하기 매우 힘들었지만, 의치라거나 머리핀 같은 몇 안 되는 단서를 가지고 구로야나기 박사가 지적한 가출 여성 가운데 다섯 명과 일치한다는 사실을 확인하고 부모에게 시체를 넘겨줄 수 있었다.[77]

구로야나기 박사는 다리를 다쳤기 때문에 그 후 일주일가량 손님을 받지 않고 침실에 틀어박혀 있었다. 겨우 기운을 회복해 노자키 조수나 나미코시 경부, 후지 요코의 병문안을 받게 되었다. 하지만 아직 침대에서 나오지 못하고 창백한 얼굴로 겨우 인사를 하는 정도였지, 거미남 수사 관련 상담 같은 것은 생각도 할 수 없었다.

그날 구로야나기 박사의 저택 문 앞에서 이상한 남자 한 명이 어슬렁거리고 있었다.

깃을 세운 흰색 마로 지은 옷에 백구두, 새하얀 헬멧 모자, 눈에 익지 않은 지팡이, 모자 아래로 보이는 높은 콧대와 햇볕에 그을린 얼굴, 손가락에는 촉이 약간 넓은 이국적인 큼직한 반지. 그 반지에는 콩 크기의 보석이 반짝반짝 빛났다. 키 크고 다리가 멋지게 쭉 뻗어 얼핏 보면 아프리카나 인도 같은 식민지에서 볼 수 있는 영국 신사 같기도 하고, 또는 유럽에 사는 인도 신사 같은 느낌이 들었지만 사실 그는 일본인이 틀림없다. 방금 지나간 집배원에게 "저 집이 유명한 범죄학자인 구로야나기 박사 집입니까?"라고 틀림없이 일본어로 물었으니까.

하지만 그는 박사를 방문할 생각은 없는지 문패를 보거나 슬쩍 문 안을 살피며 누군가를 기다리는 표정으로 그 주변을 어슬렁거릴 뿐이었다.

잠시 후 저택 안에서 서생이 나왔다. 어디론가 심부름을 가는 모양이다.

---

77 이 문단 전체가 〔신〕에서는 삭제되었다. - 해제

"아, 잠깐 부탁 좀 할 수 있을까요?"

흰옷을 입은 신사가 말을 걸었다.

"여기 노자키 사부로라는 사람이 있을 겁니다. 친구가 밖에서 기다린다고 잠깐 나와달라고 해주겠어요?"

서생은 의아한 표정을 지었지만 상대의 옷차림이나 태도에 압도당했는지 그 이상한 메시지를 전하기 위해 현관 쪽으로 되돌아갔다. 잠시 후 노자키 조수가 서생과 함께 문으로 나왔다.

"이분입니다."

서생은 노자키에게 그렇게 말하고 심부름 하러 바로 나갔다.

"혹시 사람을 잘못 찾아오지 않았습니까? 제가 노자키입니다만."

노자키는 자신을 기다렸다던 신사를 보더니 이상하다는 표정을 지으며 물었다. 전혀 모르는 사람이었기 때문이다.

"불쑥 찾아와 미안합니다. 결코 사람을 잘못 찾아온 게 아닙니다. 나는……."

신사는 그렇게 말하더니 노자키 옆으로 불쑥 다가가 귓속말을 하듯 뭐라고 속삭였다.

"예? 당신이? 일본에 안 계신다고 들었습니다만."

노자키 조수가 눈이 휘둥그레져서 물었다.

"최근에 돌아왔습니다. 도쿄에는 오늘 아침에 도착했죠. 그런데 내가 무슨 일이든 생각이 나면 당장 처리하고 싶어 하는 성격이라서. 그래서 노자키 씨에게 좀 부탁하고 싶은 게 있는데……."

신사는 5분가량 은밀하게 이야기를 이어갔다.

이야기를 듣는 노자키는 점점 놀라는 표정을 지었다. 그리고 아주 빠른 속도로 놀라움이 커져갔다.

신사는 주머니에서 작은 병을 꺼내 노자키에게 건네며 말했다.

"절대로 눈치채지 못하도록. 아시겠죠?"

몇 번이나 다짐을 한 신사는 인사를 하고 건너편 거리 모퉁이에서 기다리던 자동차 쪽으로 성큼성큼 걸어갔다.

뒤에 남은 노자키는 보기에도 애처로운 모습이었다. 얼굴은 창백하고 숨소리도 거칠었다. 현관 쪽으로 돌아가는 비틀비틀한 발걸음이 당장에라도 쓰러질 것처럼 보였다.

그는 응접실과 서재를 지나 구로야나기 박사의 침실 문 앞으로 갔다. 그리고 거기서 멈춰 섰다. 창백한 이마에 땀방울이 잔뜩 맺혔다.

노자키는 목에 낀 가래를 삭히듯 살짝 헛기침을 했다. 손수건을 꺼내 이마를 닦았다. 그리고 얼굴 근육을 애써 움직여 씩 웃어 보였다. 하지만 그것은 결코 밝은 웃음이 아니었다. 마치 숨이 끊어지기 직전에 이른 사람이 짓는 웃음 같았다.

노자키는 간신히 손잡이에 손을 얹었다. 그리고 마치 도둑처럼 천천히 들어갈 수 있을 만큼만 문을 열었다. 그는 대체 구로야나기 박사에게 무슨 이야기를 하려는 걸까?

형사부장의 옛 친구

바로 그때, 경시청 총감실[78]에서는 거미남 체포를 놓고 비밀회의가 열리는 중이었다.

거미남 단 한 명이 각 신문사의 사회부를 가마솥처럼 들끓게 만들었고, 매일 신문 사회면 대부분을 자기 기사로 메웠다. 따라서 3백만 도쿄 주민은[79] 모이기만 하면 거미남에 대한 이야기를 했다. 그들은 일찍이 경험한 대지진[80]보다, 그 어떤 천재지변보다 단 한 명의 거미남 때문에 두려워하며 떨었다.

경찰의 무능을 꾸짖는 목소리가 불길한 땅울림처럼 도쿄에 가득 찼다. 재야정당이 얼씨구나 잘됐다 하고 정치 공세에 써먹는 바람에 '거미남'이라는 이름은 국무회의 석상에서 장관들 입에도 오르내리게 되었다.

"어젯밤 저는 어떤 자리에서 내무부 장관을 만났는데 그분도 이 사

---

78 경시청의 우두머리인 경시총감의 방을 말한다. 경시총감은 우리나라의 치안총감에 해당하는 최고 계급이다. – 역주

79 '3백만 도쿄 주민은'이 〔슌〕에는 '도쿄 도 8백만 주민은'으로 되어 있고, 〔도〕에는 '3백만 도쿄 시 주민은'으로 되어 있다. – 해제

80 1923년 9월 1일 일어난 관동대지진을 말한다. 진도 7.9의 강력한 지진으로 사망자와 행방불명자가 10만5천여 명에 이르렀다. – 역주

건 때문에 무척 골머리를 썩이시더군요. 슬쩍 야단을 맞았는데 대답이 궁하더군요. 꾸물거릴 수 없습니다. 이제 거미남 사건은 단순한 범죄사건이 아니라 정치 문제로까지 커졌습니다. 우리는 경찰의 모든 기관을 동원해 이 사건을 샅샅이 조사하고 증오스러운 악당을 체포해야 합니다."

아카마쓰(赤松) 경시총감이 이렇게 말하며 앞에 있는 책상을 쾅 내리쳤다.

그 책상을 둘러싸고 형사부장을 비롯해 각 과장, 특히 지능범죄계장, 그리고 책임자인 나미코시 경부 등 여러 명의 수뇌부가 떨떠름한 표정을 지으며 서 있었다.

가장 괴로운 사람은 나미코시 경부였다. 그는 수면 부족 때문에 핏발이 선 눈을 크게 뜨고 거미남 추적 경과를 차근차근 설명했다.

"부족하나마 저로서는 온 힘을 다했습니다. 아니, 저뿐만 아니죠. 명탐정이라고 불리는 민간인 구로야나기 박사도 사건 최초 발견자라는 입장에서 침식(寢食)을 잊고 활동해주었습니다. 그런데 그 범죄학자는 사건 때마다 범인에게 당하고 말았죠."

그 말을 듣더니 아카마쓰 총감은 살짝 눈살을 찌푸렸다.

"자네는 민간인 범죄학자에게 책임을 떠넘기려는 건가?"

경시총감이 불쾌한 듯이 말했다.

나미코시 경부는 아무런 대꾸도 하지 못했다. 실내 분위기가 썰렁해졌다.

"아, 지금은 책임 문제를 따질 때가 아닙니다."

형사부장 O씨가 도움의 손길을 뻗었다.

"책임은 책임이고, 우리는 당장 범인 체포를 위해 최선의 방법을 연구해야만 합니다. 아, 그런데 이럴 때면 생각나는 게 그 사람이죠. 총감님께서는 모르실 테지만 우리의 옛 친구 아케치 고고로라는 기인이 있습니다. 나미코시, 자네는 기억하나? 내가 수사과장을 하던 시절에 백화점 마네킹에 여자의 진짜 팔을 매단 사건이 있었지. 범인은 기괴한 난쟁이였는데 자네는 그 사건 수사에 참여하지 않았던가?"

"기억합니다. 명탐정이었죠. 아케치 고고로라는 인물은."

나미코시 경부는 옛일을 떠올리며 말했다.

"그게 아케치 씨가 다룬 마지막 사건이었을 겁니다. 그 뒤 그 사람은 외국으로 나갔죠. 중국을 거쳐 인도 쪽으로 여행한다는 이야기를 들었는데, 그 뒤로 3년이나 흐르지 않았나요?"

이 자리에는 아케치 고고로를 기억하는 사람이 많았기 때문에 자연스레 그와 얽힌 추억담이 쏟아져 나왔다. 어떤 이는 '지금 아케치 고고로가 일본에 있다면 틀림없이 쉽게 체포할 수 있을 거다'라고 단정하기까지 했다. 아카마쓰 총감까지 아케치라는 기인에 대한 소문에 관심을 보이며 몇 마디 거들기도 했다. 그런 까닭에 중요한 회의가 지체되고 말았다. 한바탕 회고담을 늘어놓은 뒤 형사부장이 주의를 환기시키는 바람에 다시 회의가 진지하게 진행되었다.

잠시 후 급사가 명함 한 장을 가지고 들어왔다.

"이분이 O부장님을 뵙고 싶다고 합니다."

형사부장 O씨는 귀찮다는 표정으로 명함을 받아 들었다. 그러다가 명함을 슬쩍 보더니 깜짝 놀라며 중얼거렸다.

"이거 믿을 수가 없군. 믿을 수 없어."

그러자 감식과장이 의아하다는 표정으로 왜 그러느냐고 물었다.

"아뇨, 다름이 아니라 방금 이야기한 아케치 고고로가 여기 왔답니다."

O부장이 그렇게 말하고 명함을 총감의 책상 위에 놓았다. 거기에는 인쇄된 명함 옆에 연필로 갈겨쓴 글씨가 적혀 있었다.

이른바 거미남 사건에 관하여

"아예 아케치를 이리 부르면 어떨까요? 뭔가 의견이 있을지도 모릅니다."

O부장은 총감의 얼굴을 보며 물었다.

"그것도 괜찮겠지. 자네들이 그토록 신뢰하는 인물이라면."

총감은 아케치라는 남자에게 흥미가 있었다. 게다가 그는 정당 출신의 솔직한 정치가였다.

"그분을 이리 안내하게."

형사부장이 급사에게 명령했다.

감쪽같은 속임수[81]

이윽고 깃을 세운 흰옷에 백구두를 신은 일본인 같지 않은 아케치 고고로가 총감실 문을 열고 들어왔다.

"여어, 아케치. 오래간만이야. 언제 돌아왔지?"

O부장이 일어서서 옛 친구의 어깨를 두드리며 인사했다.

"오늘 아침 도쿄에 도착했습니다. 하지만 신문기사를 통해 이번 사건에 대해 대략 알고 있습니다."

아케치 고고로가 그렇게 말하며 이 방의 주인인 경시총감에게 정중하게 고개를 숙였다.

실내에 있는 사람들과 간단한 인사를 마친 뒤 O부장은 바로 용건으로 들어갔다.

"그런데 자네는 이 사건에 대해 뭔가 의견이 있어서 온 모양이로군. 사실 방금 총감님과 그 문제로 협의하던 중이었네."

"참고하실 만한 내용이라고는 생각합니다. 하지만 신문기사를 통해 얻은 재료를 가지고 한 생각이기 때문에 중대한 착각이 있을지도 모릅니다. 게다가 확실한 말씀을 드리기 전까지는 시간이 좀 걸릴

---

81 '감쪽같은 속임수'가 〔순〕, 〔도〕에는 '감쪽같은 기만(일본 한자어로 '위만(僞瞞)' 대신 '기만(欺瞞)'을 사용한 차이임. - 역주)'으로 되어 있다. - 해제

겁니다. 지금은 나미코시 경부님에게 두세 가지 질문을 드리고 싶은데요."

"시간이 문제인 건가?"

O부장이 의아하다는 듯 물었다.

"예. 딱 2, 30분만 기다려주시면 됩니다. 그때까지는 확실한 말씀을 드릴 수 없군요."

"뭘 기다리는 거지?"

"어떤 사람의 전화를 기다리는 거죠. 사실 이곳 형사부장실로 전화를 걸기로 되어 있습니다."

"재미있군. 함께 기다리기로 하지. 그럼 나미코시 경부에게 질문을 하게."

경시총감은 아케치의 평범하지 않은 말투를 재미있어하며 무척 허물없이 대하는 태도를 보였다.

아케치의 명쾌한 질문에 대해 나미코시 경부 역시 또박또박 대답했다. 사토미 요시에의 석고상 사건, 기누에의 수족관 사건, 후지 요코의 스크린 위에서의 각혈 사건, 그리고 O초 로케 때 일어난 유괴미수사건, 그리고 K촬영소 유괴사건, K소장 저택에서의 인형 바꿔치기 사건, 고지마치 구 R초 빈집 안에서 일어난 끔찍한 사건 등등. 이윽고 아케치 고고로는 거미남에 관한 모든 사항을 명확하게 파악했다. 나미코시 경부는 마흔아홉 명의 살인 후보자 주소를 표시한 도쿄 지도에 대해서도 이야기했다. 또한 K소장 집에서 작성한 인형 바꿔치기 전후에 후지 요코 옆에 있던 사람 명단표도 수첩 사이에서 꺼내 보여주었다.

"이 사건은 처음부터 괴담으로 가득하군요. 사람의 지혜로는 풀기 어려운 이해할 수 없는 일들이 이어지고 있습니다."

아케치는 경시청 높은 양반들을 앞에 두고 미국 사람처럼 쾌활하게 자기 의견을 이야기하기 시작했다.

"예를 들면 히라타 도이치가 어떻게 박사의 저택에서 사라졌는가. 범인의 예고장이 어떻게 밀폐된 방과 나미코시 경부의 모자 안에 있었는가. O초의 로케에서는 배우로 변장한 범인이 어느 틈에 자동차에서 사라졌는가. 나이 많은 백발 의사로 변장한 범인이 어떻게 다크 스테이지에서 빠져나갈 수 있었는가. 한시도 눈을 떼지 않고 지켜보는 실내에서 어떻게 후지 요코가 인형으로 바꿔치기되었는가. 마지막으로 부상당한 범인이 어떻게 그렇게 감쪽같이 사라질 수 있었는가. 이런 것들은 모두 있을 수 없는 일이라고 생각되지 않습니까?"

아케치는 잠깐 말을 끊고 생각을 정리한 다음 빈정거리는 듯한 미소를 지으며 말을 이었다.

"우리가 괴담을 인정할 수는 없습니다. 아무리 생각해도 이상한 이야기를 믿을 수는 없죠. 이 세상에 '있어서는 안 될 일'은 존재하지 않습니다. 만약 그렇게 보이는 일이 있다면 그 이면에는 반드시 교묘한 수법의 속임수가 숨겨져 있습니다. 경찰 여러분은 고만고만한 속임수에는 익숙합니다. 하지만 감쪽같은 큰 속임수는 오히려 간파하지 못하죠. 예를 들면 선실 안에서 짐이 흔들리는 것은 보이지만 배 자체가 흔들리는 걸 볼 수는 없는 거나 마찬가지죠. 이번 사건의 속임수는 아주 대담하고 노골적이며 게다가 그 수법은 어처구니없을 정도로 단순합니다. 설마 그런 말도 안 되는 일이, 하고 생각하기 때문에 속임수가 보이지 않은 거죠. 만약에 경시총감님이 권총 강도라고 한다면 과연 누가 총감님을 의심하겠습니까?"

그 무례한 비유에 도량이 넓은 아카마쓰 경시총감도 어처구니가 없어 저도 모르게 한마디 하고 말았다.

"아니, 이런. 자네 대체 무슨 소릴 하는 건가?"

"범인이자 동시에 명탐정인 경우를 말하는 겁니다. 이렇게 단순하고 안전한 속임수는 없을 거라고 말씀드리는 거죠."

"그렇다면 자네는……."

사람들의 시선이 아케치의 얼굴로 쏟아졌다. 그가 너무도 놀라운 의견을 내놓았기 때문이다.

"물론 상상하신 그대로입니다. 저는 거의 그렇다고 확신합니다. 하지만 아직 단언할 수는 없고요. 아, 실례. 그 전화는 제게 온 게 아닐까요?"

벨이 울리자 경시총감은 수화기를 집어 들었다.

"뭐? 형사부장에게? 그게 아니고, 아케치 씨에게? 누가?"

총감이 교환원에게 확인하는 사이 아케치가 초조한 듯이 말했다.

"알겠습니다. 조금 전에 말씀드린 제게 온 전화일 겁니다. 수화기를 제게."

아케치는 책상으로 다가가 총감한테서 수화기를 건네받았다.

"노자키 씨입니까? 아케치입니다. 아까 말씀드린 두 가지 확인했나요? ……흠, 복부에……. 그리고…… 아아, 다리는 특별한 이상이 없다……. 상대방이 눈치채지는 않았겠죠? 괜찮습니까? 그럼 바로 그리 가겠습니다. 노자키 씨가 잘 지키고 계세요. 문제가 있으면 이쪽으로 전화 주시고. 그럼 바로 가겠습니다."

찰칵, 수화기를 내려놓은 아케치는 책상에 두 팔을 짚고 사람들을 둘러보면서 또렷하게 말했다.

"여러분, 이제 의문은 모두 풀렸습니다. 제 추측이 적중했습니다."

갖가지 속임수[82]

그러나 사람들은 아직 이 상황이 무엇을 의미하는지 이해하지 못했다. 총감을 비롯한 사람들, 특별히 나미코시 경부는 마른침을 삼키며 아케치의 설명을 기다렸다.

"설명할 필요도 없겠지만 먼저 이런 점을 생각해보십시오."

아케치가 입을 열었다.

"O초 현지 촬영 중에 놈이 후지 요코를 자동차에 태우고 도망쳤죠. 나미코시 경부가 그 뒤를 추적했습니다. 그런데 어떤 지점에서 범인은 감쪽같이 사라졌습니다. 이건 불가능한 일이죠. 그렇지만 이 경우 범인일 수 있었던 인물이 딱 한 명 있습니다. 또 K소장의 저택에서 침대에 누워 있던 후지 요코가 어느 틈엔가 인형으로 바꿔치기 되었습니다. 나미코시 경부가 작성한 표를 보면 한 번도 후지 요코의 곁에서 사람이 떠난 적은 없더군요. 어느 순간에나 두 명 이상이 붙어 있었죠. 하지만 간호사를 내보낸 뒤에는 나미코시 경부와 구로야나기 박사 두 분만 남았습니다. 교대로 아래층에 있는 화장실을 오르내렸기 때문에 그사이에만 옆에 있는 사람은 나미코시 경부나

82 〔순〕, 〔도〕에는 '위만(僞瞞)' 대신 '기만(欺瞞)'을 사용했다. - 해제

구로야나기 박사 둘 중 한 사람만 남았죠. 의심할 수 있는 순간은 바로 이때, 누군가 한 명만 남은 경우입니다. 한 사람이 창문으로 줄사다리를 내려주면 한패가 요코 씨를 데리고 내려가는 건 문제가 아니죠. 하지만 나미코시 경부가 거미남일 수 없습니다. 그렇다면 남은 인물은 단 한 명뿐입니다. 범인이 보낸 예고장만 해도 마찬가지죠. 밀폐된 방 안에 어떻게 그걸 넣어둘 수 있는가. 발견한 사람 자신이 책상 위에 미리 놓아두고 그다음에 방을 밀폐했다고 거꾸로 생각하는 것 이외에는 가능성이 전혀 없지 않습니까? 이런 사고방식은 이번 사건의 모든 상황에 응용할 수 있습니다. 제가 일일이 설명할 것까지도 없습니다. 모든 경우에 거기에는 단 한 사람이 있었죠. 그리고 그럴 수 있었던 인물은 달리 없다, 이렇게 생각할 수 있지 않을까요? 그 인물은 말할 필요도 없이 구로야나기 박사, 바로 그 사람입니다."

"그럼 그 사람은 자기가 저지른 죄를 스스로 수사하고 있었다, 자기 자신을 추적했다, 이 이야기로군."

형사부장 O씨가 난처한 표정을 지으며 착잡하다는 듯 말했다. 방 안에 있는 사람들이 술렁거렸다. 뭐라고 표현하기 어려운 이상한 웃음소리가 총감실에 넘쳤다.

"우습죠? 지독한 착각이나 갈 데까지 간 트릭은 늘 우습습니다. 하지만 이 얼마나 소름 끼치는 웃음입니까."

아케치가 사람들의 웃음소리를 무시하면서 말했다.

"그렇지만 나로서는 도저히 이해할 수 없는 문제가 있군요."

나미코시 경부가 혼자 웃지 않으며 항변하듯 말했다.

"구로야나기 박사는 세상이 다 아는 의족을 단 장애인입니다. 그렇지만 범인은 위타천(韋馱天)[83]처럼 빨리 달렸죠."

"자, 바로 그 점입니다. 거기에 전대미문의 교묘한 속임수가 있는 거죠. 세상 사람들은 그가 장애인이라고 믿습니다. 그 사람도 가능한 한 의족을 남에게 드러내려고 했죠. 그가 대화하는 도중에 의족을 툭툭 건드리는 버릇은 유명하죠. 그게 의족을 선전하는 것이 아니고 무엇이겠습니까? 그렇게 해놓고 그는 한편으로는 범죄학자, 아마추어 탐정으로 명성을 쌓기 위해 노력했죠. 그리고 한편으로는 그 명성을 보호색 삼아 온갖 악행을 저질렀던 겁니다. 범죄학, 탐정학에 대한 깊이 있는 연구는 동시에 범죄 그 자체에 대한 연구이기도 하지 않습니까? 명탐정의 두뇌로 악행을 저지르면 틀림없이 엄청난 범죄자가 될 수 있겠죠.

요 몇 해 동안 어떻게 그런 속임수를 계속 쓸 수 있었던 걸까요?

굳건한 정신력이죠. 그는 무시무시한 천재입니다. 하지만 그 엄청난 범죄자도 이제 곧 잡힐 겁니다. 그는 지금 자기 집 침실에서 정신없이 잠에 빠져 있죠. 벌써 몇 시간째 전혀 깨지 않고 잠에 빠진 상태입니다."

과연, 그래서 아케치가 범인 체포를 서두르지 않는 거라는 사실을

---

83 불교의 신. 위타천이 석가를 위해 이리저리 바삐 뛰어다니며 먹을 것을 구해 왔다는 일본의 속설에 따라 '고치소(御馳走)'라는 말이 생겼다고 한다. 본문의 비유는 이 속설에 빗대어 한 표현이다. – 역주

깨달았다.

"한 가지 더 묻고 싶은 게 있습니다."

나미코시 경부가 다시 물었다.

"구로야나기 박사는 이번 사건에서 나와 행동을 함께할 때 이외에는 대부분 종일 서재에 틀어박혀 거의 외출하지 않았습니다. 이건 박사 저택의 하인들이나 노자키 군도 잘 알고 있는 사실이죠. 그런데 거미남은 끊임없이 이리저리 뛰어다녔습니다. 그러지 않고서는 그렇게 많은 악행을 저지를 수 없었겠죠. 한 가지 예를 들면 거미남은 사토미 기누에의 시체를 옮겨 에노시마까지 간 적이 있습니다. 그런데 노자키 군 이야기로는 그 구로야나기 박사는 욕실(이라고 해도 박사는 명상실처럼 쓰지만)에서 밖으로 한 걸음도 나가지 않았다고 합니다. 아케치 씨는 이 부분을 어떻게 보십니까?"

"그 욕실에 대한 이야기도 신문에서 읽었습니다. 사실 제 추리는 그 이상한 욕실이 출발점이 되었다고 해도 괜찮을 겁니다. 박사는 그곳을 자기의 '유메도노'라고 부르는 모양이던데 그야말로 이 시대의 명탐정에게 어울리는 발상입니다. 그럴듯하지도 않은 위장이에요. 박사는 그 교묘한 구실로 욕실을 잠그고 목욕 중에 드러날 멀쩡한 두 다리를 다른 사람에게 보이지 않으려고 했던 거죠. 동시에 그의 이른바 '유메도노'에는 또 한 가지 중대한 의미가 있습니다."

아케치는 한쪽 벽에 걸려 있는 대형 도쿄 지도를 바라보면서 말을 이었다.

"여기 자세한 도쿄 시 지도가 있습니다. 하지만 이렇게 바로 앞에 지도가 있어도 우리는 잘 모르는 동네 번지수를 조사할 때 이외에는 별로 이용하지 않죠. 또 지도에서 이미 아는 동네의 정확한 위치를 다시 확인하지는 않을 겁니다. 그런데 때에 따라서 지도를 이용해야 할 필요가 있습니다. 예를 들면 구로야나기 박사의 저택이 있는 고지마치 구 G초와 문제의 그 빈집이 있는 고지마치 구 R초의 관계 같은 경우가 그렇습니다. 지도를 보지 않으면 두 집의 관계에 대한 정확한 의미를 알 수 없죠. 신문기사를 보며 박사의 저택과 그 빈집의 동네 이름을 알게 되었고, 다 같은 구 안에 있으며 그리 멀지 않은 곳이라는 사실을 확인하고 어라, 여기에 무슨 특별한 의미가 있는 게 아닐까 의심해본 겁니다.

도쿄 역에서 내려 매점에서 도쿄 지도를 구입해 대기실에 앉아 그걸 펼쳐 들어 G초와 R초의 관계를 살펴보았습니다. 아시다시피 두 동네는 N초를 가운데 두고 서로 등을 맞대고 나란히 자리하고 있습니다. G초에서 R초로 가려면 대개 N초를 지나야 합니다. 거리로 따지면 4, 5백 미터쯤 되겠죠. 그런데 이 4, 5백 미터라는 관념이 착각의 바탕이 됩니다. 누구나 G초와 R초는 4, 5백 미터 떨어졌다고 믿고 말죠. 그런데 지도를 펼쳐서 자세히 살펴보면 두 동네가 어떤 지점에서는 4, 5백 미터가 아니라 단 한 뼘도 떨어지지 않았습니다. 즉 딱 붙었다는 사실을 알 수 있습니다. 보십시오. 바로 여기입니다."

아케치가 가리키는 곳을 보니 그의 말대로 박사의 저택 주변에서 G초가 凸 자 모양으로 R초 쪽으로 삐죽 튀어나와 R초와 맞붙은 지점이 있었다. 중간에 낀 N초가 그 부근에서 잠깐 중단되는 상태였다.

"이건 아마 옛날에 동네 이름을 정할 때 지금 구로야나기 박사가 사는 저택이 안쪽으로 깊숙하게 들어가 다른 집들보다 더 뒤로 튀어나왔기 때문에, 집 한 채에 동네 이름을 두 개 붙일 수는 없어 이런 불규칙한 모양을 한 동네가 되었을 겁니다. 즉 박사의 저택 뒷마당은 삐죽 튀어나와 R초의 어느 집 뒤편과 이웃하게 됩니다. 저는 그 R초의 집이 어떤 집인지 확인하기 위해 도쿄 역에서 바로 찾아갔죠. 그랬더니 아니나 다를까, 제 추측이 적중한 겁니다. 그 박사의 저택과 등을 맞댄 집이 바로 그 문제의 빈집이라는 사실을 알아차린 거죠."

아케치의 설명을 듣던 사람들은 모두 오늘 도쿄에 도착한 아케치의 섬세하면서도 빠른 관찰력에 감탄하는 소리를 냈다.

"만약 구로야나기 박사가 그 빈집의 실제 주인이라면 박사의 저택에서 빈집으로 가는 비밀통로를 만들기란 아주 간단합니다. 그건 어쩌면 지하도로 되어 있을지도 모르죠. 바로 조사해보면 알 수 있습니다. 즉 범인은 저택 안에 칩거하는 척하고 저택 뒤에 있는 빈집으로 자유자재로 드나들며 온갖 악행을 저지른 겁니다. 그 비밀 통로의 입구로 범인은 특별한 욕실을 만들어 '유메도노'라고 하며 몇 시간씩 거기 틀어박혀 지낼 구실을 만들어냈죠. 그리고 그는 낮에는 그 욕실에서, 밤에는 침실에서 비밀통로를 지나 R초의 빈집으로 갔습니다. 현관에서 욕실에는 실내전화가 놓여 있어 급한 일이 있을 때는 서생이 그걸로 집주인에게 알리도록 해둔 모양인데, 제 추측으로 그 전화선은 욕실에서 그 빈집까지도 연결되어 있을 겁니다. 범인은 빈집에서 악행을 저지르면서도 욕실에 있는 것처럼 서생의 전화를 받거나 지시를 내리기도 했을지 모르죠. 만약 제가 범인이라면 틀림없이 그렇게 했을 겁니다.[84]

이렇게 생각하면 히라타 청년이 불쑥 사라진 일도 쉽게 설명할 수 있습니다. 히라타는 그때 박사의 저택에서 헤매다가 우연히 비밀통로 입구를 발견했을지 모릅니다. 어쩌면 뭔가 범인이 들키고 싶지 않은—변장도구 같은—것을 발견했을지도 모르죠.[85] 아마 그게 예민한 그 불량 청년을 깜짝 놀라게 만들어 그런 이상한 비명을 지르게 했겠죠. 박사는 그 소리를 듣고 혼자 그리로 달려가 히라타를 붙잡은 다음 비밀통로 안에 가둔 겁니다. 그리고 나중에 차근차근 설득해 자기 심복으로 만들었겠죠.

이렇게 빈집의 비밀을 확인한 뒤 저는 다시 박사의 저택으로 가서 노자키 씨를 밖으로 불러내 이름을 밝히고 제 생각을 설명했습니다. 노자키 씨에게 박사와 푸른 수염이 동일인이라는 사실을 확증하기 위한 한 가지 계책을 알려주었습니다. 그건 제가 준비한 마취약 병을 노자키 씨에게 주고 침대에 누운 박사 몰래 마실 것에 섞은 다음 박사가 그걸 마시고 잠이 든 사이에 의족이 진짜인지 가짜인지 확인하는 것이었습니다. 아니, 의족뿐 아니었습니다. 더 명백한 사실이 있죠. 구로야나기 박사가 만약 범인이 아니라면 그는 다리만 다쳤을

---

84 '틀림없이 그렇게 했을 겁니다'가 〔도〕에는 '틀림없이 그렇게 했을 겁니다. 또 부재중에는 축음기의 레코드판에 자기 목소리를 녹음해놓고 전화가 걸려오면 그 레코드판이 돌아가도록 하는 장치를 만들어두는 방법도 있을 겁니다'로 되어 있다. – 해제

85 '어쩌면 뭔가~발견했을지도 모르죠'가 〔슌〕, 〔도〕에는 없다. – 해제

겁니다. 하지만 그가 만약 푸른 수염과 동일 인물이라면 복부에 상처가 있을 겁니다. 왜냐하면 후지 요코 씨가 그 빈집에서 푸른 수염의 배를 단도로 찔렀다고 했으니까요.

저는 노자키 씨의 소식을 여기서 기다리기로 했습니다. 그리고 방금 걸려온 전화로 그 중대한 보고를 들었죠. 추측은 맞아떨어졌습니다. 구로야나기 박사는 진짜 의족이 아니라 그냥 의족 모양을 본 딴 도구를 멀쩡한 다리 위에 덧씌우고 있었을 뿐입니다. 또한 박사의 배에 단도에 찔린 상처가 있다는 사실이 밝혀졌습니다. 즉 세상을 떠들썩하게 만든 거미남은 명탐정 구로야나기 박사, 바로 그 사람이라는 사실이 분명히 증명된 겁니다."

거미남과 아케치 고고로

사건의 담당자인 나미코시 경부는 물론 총감이나 형사부장도 경찰의 공권력이 여행에서 막 돌아온 일개 시민의 단 하루의 노력에도 미치지 못한다는 사실을 깨닫고는 지금 바로 눈앞에서 싱글벙글하고 있는 아케치 고고로를 볼 면목이 없었다. 듣고 보니 너무도 단순한, 아이들에게나 통할 빤한 속임수였다. 하지만 단순하고 빤하기 때문에 그들은 감쪽같이 당하고 만 것이다.

구로야나기 박사는 연극을 하고 있었다. 한편으로 그는 진짜 박사이고 범죄학자였다. 스스로 범죄를 저지르는 한편 직접 폭로했다. 명탐정 역할이었다. 하지만 세상에 자기가 저지른 범죄를 스스로 수사하는 놈이 어디 있다는 말인가. 그런 생각이 범죄에 익숙한 경찰을 착각하게 만들었다. 경찰은 한 번도 그런 쪽으로 의심해본 적이 없었던 것이다.

"대단하군. 역시 아케치야!"

성격이 호방한 아카마쓰 총감은 어색한 침묵을 깨고 책상을 탕 때리며 소리쳤다.

"만약 이름도 없는 일개 시민이 이런 이야기를 했다면 이른바 경찰의 위신 때문에 우리는 크게 고민했을 테지만 아케치 군이라면 그럴 필요는 없겠지. 우리는 아케치 군의 기막힌 추리를 세상에 그대로 발표해도 전혀 부끄러울 게 없으니까. 그건 그렇고, 범인의 정체를 알아냈으면 다시 실수하지 않도록 얼른 체포해야겠군. 나미코시 경부, 그건 바로 자네 책무 아닌가?"

"아, 그렇게 서두를 필요는 없습니다. 마취제 효과는 몇 시간 갈 테니까요. 그리고 설사 범인이 정신을 차린다고 해도 몸이 많이 쇠약하다고 하니 바로 도망칠 수는 없겠죠. 지금까지는 박사의 저택이라는 기막힌 은신처가 있었지만 그 비밀이 드러난 이상 도망칠 곳은 어디에도 없습니다."

아케치가 차분하게 말했다. 하지만 어떤 명탐정이라도 완벽할 수 없다. 그는 뭔가 중요한 점을 깜빡 잊고 있었던 게 아닐까. 물론 구로야나기 박사는 환자다. 하지만 적은 박사 한 명이 아니다. 불량 청년이라고는 해도 범죄에 대해서는 타고난 작은 악마, 기민하고 간교한 히라타 도이치라는 부하가 있다. 이놈이 무슨 짓을 꾸미지나 않을까? 작가는 독자 여러분과 함께 우리의 아케치 고고로를 위해 그 점을 염려스럽게 여긴다.

어쨌든 이윽고 나미코시 경부 지휘 아래 10여 명의 경찰대가 조직되었다. 그들은 바로 자동차, 오토바이를 타고 거미남 체포를 위해 출발했다. 아케치도 허락을 받아 그들과 함께 출발했다.

자동차 한 대에는 나미코시 경부와 아케치 고고로, 그리고 세 명의 사복형사가 함께 탔다.

"히라타라는 녀석은 일이 없을 때는 늘 그 비밀통로에 숨어 있었던 거로군. 오늘은 그놈도 함께 체포해야겠어."

나미코시 경부는 흥분한 나머지 안색이 창백해져 떨리는 입술로 그렇게 혼잣말을 했다.

그 말을 듣자 아케치가 뒤를 돌아보며 말했다.

"아아, 히라타. ……내가 끔찍한 실수를 한 건 아닐까. ……나미코시 경부님. 박사가 사는 저택에 전화가 놓인 곳을 아시죠? 혹시 별도의 전화실이 있습니까?"

"아뇨, 전화실은 없습니다. 서재와 탁상전화가 한 대씩 있을 뿐입니다. 그런데, 왜요?"

"서재와 침실은 당연히 이웃한 방이겠죠?"

"그렇습니다."

"노자키 씨의 목소리가 너무 컸을지도 모르겠군. ……혹시 무슨 일이 있으면 전화를 걸었을 테지만 전화가 오지 않았다고 해서 반드시 아무 일도 없다고 단언할 수 있을까? ……운전기사, 빨리 갑시다. 20마일?[86] 규정 속도로는 안 되겠군요. 경찰 업무예요. 상관하지 말고 30마일, 40마일 전속력으로 달려요."

자동차는 속도를 높여 쏜살같이 달렸다.

황궁 수로 부근의 큰길 위로 두 대의 자동차와 오토바이 여러 대가 포탄처럼 달려갔다.

아케치의 요구에 따라 만약을 위해 한 팀은 R초의 빈집으로 향했

---

86 1마일은 약 1.6킬로미터. – 역주

고, 나미코시 경부를 비롯한 유능한 형사들이 박사의 저택으로 밀려 들어 갔다. 그런데 이게 어찌 된 일인가. 현관 옆 서생 방에 있어야 할 서생이 보이지 않았다. 가사도우미 여성도 보이지 않았다. 넓은 저택에는 아무도 없는 듯했다.

"침실은 어떻습니까? 침실, 침실로!"

아케치가 크게 낭패한 목소리로 외쳤다.

다들 박사의 침실로 몰려갔다.

앞장선 나미코시 경부가 자세를 가다듬고 침실 문을 열었다.

새하얀 시트를 뒤집어쓴 어떤 사람이 쿨쿨 잠들어 있었다.

하지만 이 홀로 남겨진 적을 보자 나미코시 경부는 걸음을 멈추고 말았다. 어제까지만 해도 유일한 아군으로 함께했던 구로야나기 박사. 하지만 이제는 정체가 드러난 흉악무도한 거미남. 그가 저 흰 시트 아래 깊이 잠들었다고 생각하니 뭐라 형언할 수 없는 감정이 경부의 몸을 적셨다.

경찰들을 헤치고 아케치가 뛰어 들어왔다. 그는 단숨에 침대 머리맡으로 가서 섰다. 그리고 시트를 휙 젖혔다.

"당했다!"

아케치의 비명에 사람들의 시선이 침대 위에 누워 있는 인물에게로 쏟아졌다.

거기에는 구로야나기 박사도 거미남도 없었다. 대신에 꽁꽁 묶이고 재갈이 물린 채 축 늘어진 노자키 사부로가 있었다.

게다가 그의 상의 가슴께에는 쪽지 한 장이 놓여 있었다. 역시 그

거미남의 비웃음이 적힌 쪽지였다.

노자키를 살려둔 것을 내가 베푼 자비로 여겨라. 아무리 네놈들이 바동거려도 그런 수법은 통하지 않는다. 거미남은 무슨 일이 있어도 할 일은 확실하게 한다. 조심하는 게 좋을 거다.

아케치 이놈, 두고 봐라.

말투나 필적이 여느 때와는 달랐다. 아케치가 추측한 대로 히라타가 비밀통로 안에 숨어 있다가 노자키가 전화하는 말소리를 듣고는 재빨리 상황을 눈치채고 잠이 든 박사를 어디론가 옮긴 것이다. 그리고 박사의 평소 수법을 흉내 내어 쪽지를 남긴 것이 틀림없다.

재갈과 밧줄을 풀어주자 겨우 정신을 차린 노자키가 설명했다.

"전화 통화를 마치고 수화기를 내려놓다가 느닷없이 뒤에서 공격을 당했습니다. 방심한 상태였기 때문에 저항할 틈도 없이 꽁꽁 묶이고 말았죠. 그놈은 히라타 도이치였습니다. 그리고 놈은 박사를 어디론가 옮겼죠."

독자 여러분, 이야기는 이제부터 제2단계로 접어든다. 거미남의 정체는 밝혀졌다. 하지만 비밀이 폭로되었다고 해서 투쟁이 끝난 것은 아니다. 그는 명탐정 아케치 고고로를 멋지게 따돌리고 어디론가 모습을 감추고 말았다. 게다가 '할 일은 확실하게 한다'고 큰소리쳤다. 그건 결국 마흔아홉 명의 살인 후보자에 관한 무시무시한 계획을 뜻하는 게 아닐까?

거미남 대 아케치 고고로, 한쪽은 전대미문의 학자이자 살인마, 다른 한쪽은 희대의 아마추어 명탐정. 이 두 사람이 벌이는 치열한 싸움이 이제 펼쳐진다.

M은행 고지마치 지점

하인들은 밖에서 잠근 방 안에 감금되어 있었다.

"박사님이 모두 이 방에 모이라고 말씀하셔서 그대로 했더니 갑자기 누군가가 밖에서 문을 잠갔습니다."

나미코시 경부의 질문에 서생이 완전히 넋이 나간 얼굴로 이렇게 대답했다. 그들은 그 이상 아는 게 없었다.

아케치가 이내 비밀통로를 찾아냈다. 다들 불 밝힌 초를 들고 그 어둡고 좁은 길로 들어섰다. 통로를 지나니 아니나 다를까 R초에 있는 그 빈집으로 이어졌다. 물론 비밀통로에도 R초의 집에도 개미 새끼 한 마리 없었다. 범인들은 경찰들이 R초에 도착하기 전에 어디론가 도망친 것이 틀림없었다. 그럴 만한 시간이 충분했기 때문에 경찰은 아무 소득 없이 박사의 저택으로 돌아갈 수밖에 없었다.

"내가 헛짓을 했어!"

아케치는 자기가 엄청난 실수를 했다는 사실을 깨닫고 얼굴이 새빨갛게 상기되어 버럭 소리를 질렀다.

"거미남의 정체를 알아낸 건 나였어. 하지만 히라타 도이치라는 존재를 무시했어. 노자키가 통화하는 말소리를 비밀통로에 숨어 있던 그가 들을지도 모른다는 사실을 망각한 것도 나였어. 난 그놈들을 놓아준 거나 마찬가지야. 그렇지만…….”

아케치는 덥수룩한 머리카락 속에 두 손을 찔러 넣고 움켜쥐면서 방 이쪽 구석에서 저쪽 구석으로 바삐 오락가락했다.

“그렇지만, 그렇지만.”

그는 정면을 노려보며 머릿속에서 뭔가 생각을 끄집어내려는 듯 몰두했다.

나미코시 경부를 비롯한 경찰들은 어찌할 바를 몰라 동물원의 곰처럼 오락가락하는 아케치의 모습을 멍하니 바라보았다.

“아아, 그렇지. 어쩌면.”

아케치의 머릿속에 문득 떠오르는 생각이 있었다.

“서생은 어디 있죠? 이 집 서생을 불러주세요.”

형사 한 명이 현관 쪽에서 서생을 데려왔다.

“아아, 자네. 은행에 심부름하러 간 일 없나? 구로야나기 박사가 거래하는 은행을 모르나?”

“심부름하러 간 적은 없지만 박사님은 늘 M은행 고지마치 지점 수표를 사용하셨습니다.”

서생이 대답했다.

“어서 그 은행에 전화를 걸어 당좌 담당자를 바꿔줘. 어서.”

아케치가 발을 동동 구르며 말했다.

서생은 재빨리 번호를 알아내 탁자 위에 있는 전화의 수화기를 잡았다. 하지만 전화라는 건 아주 심통 사나운 물건이라 급할 때면 꼭 통화 중이다. 기다리다 못해 거의 30초마다 다시 수화기를 들었지만 매번 지-익, 지-익 하는 심술궂은 통화 중 신호만 들려올 뿐이었다.

"은행이 먼가?"

"아주 가깝습니다. 바로 근처입니다."

"그럼 자동차 준비해. 그게 더 빠르겠군."

아케치는 서생에게 고지마치 지점 주소를 확인하더니 현관으로 쏜살같이 달려 나갔다.

나미코시 경부와 형사 두세 명이 그 뒤를 따라 문 앞에서 대기하던 경시청 자동차에 올라탔다. 아케치가 고함치듯 행선지를 알렸다.

한 걸음 차이

이야기는 20분쯤 전으로 돌아간다.

노자키를 침대 위에 묶고 하인들을 한 방에 가둔 히라타는 마취제 때문에 잠이 든 구로야나기 박사를 안아 R초의 빈집에 있는 방으로 옮겼다. 그리고 부근에 있는 차고에서 두 사람이 악행을 저지를 때만 비밀리에 사용하던 자동차를 꺼내 박사를 태웠다. 박사가 오랫동안 사용하던 소굴을 버리고 히라타는 차를 출발시켰다. 하지만 박사는 그 빈집에 아무런 미련도 없었다. 왜냐하면 그 땅과 집 모두 이미 이중삼중 담보로 넣어 막대한 현금으로 바꾸었기 때문이다. 그리고 그 현금은 모두 어느 대규모 사업에 투자했다. 어떤 사업인지는 조만간 밝힐 기회가 올 터이다.

"제기랄, 놈들이 결국 눈치챘어. 하지만 너무 늦었지. 참 미련한 놈들이야."

히라타는 차를 몰며 중얼거렸다.

그런데 어디로 가야 하나. 박사가 아직 마취에서 깨어나지 못해 의논할 수 없다. 속셈을 가늠할 길 없는 박사이니 어딘가에 다른 은신처가 있으리라는 사실은 의심할 여지가 없었다. 하지만 히라타는 아직 거기까지는 모르는 상태였다.

"박사님, 박사님. 정신 좀 차리세요."

히라타는 차의 속도를 늦춘 채 틈이 날 때마다 뒤로 손을 뻗어 박사를 흔들어 깨우려고 했다. 하지만 박사는 축 늘어져 정신을 차리지 못했다.

"쳇, 할 수 없군. 일단 가는 데까지 가봐야지. 그러다 보면 박사님도 정신이 들 거야. 그런데 중요한 건 지금인데. 이럴 땐 무엇보다 돈이 필요하지. 놈들이 손을 쓰기 시작하면 한 푼도 구할 수 없을 테니까."

바로 앞이 M은행 고지마치 지점이었다. 히라타는 차를 세우고 차 안에 박사를 남겨둔 채 은행 돌계단을 올랐다. 빈틈없는 불량 청년 히라타는 도망치는 와중에도 박사의 문갑에서 예금통장과 박사의 도장을 챙기는 일만은 잊지 않았다.

앞에 이야기한 '어떤 사업' 때문에 예금 대부분은 인출되었지만 그래도 잔액은 1만 엔 가까이 되었다.[87]

다행히 손님이 적어 현금 인출 창구에 지폐 다발이 쌓일 때까지는 기껏해야 10분 남짓 걸렸다. 그래도 그 10분 동안 히라타는 속이 바짝바짝 탔다.

또 은행에 걸려오는 전화도 걱정거리였다. 설마 이렇게 빨리 손을 쓰리라고는 생각하지 않지만 그래도 전화벨이 울릴 때마다 전화를 받는 사람의 목소리에 귀를 기울여야만 했다.

---

87 '1만 엔 가까이'가 〔슌〕에는 '2백만 엔 정도'로, 〔도〕에는 '1만 엔(요즘의 4, 5백만 엔) 정도'로 되어 있다. – 해제

문득 눈길을 돌리니 금테를 두른 제복을 입은 형사 출신 수위가 히라타를 뚫어지게 바라보고 있었다.

"이런, 이런. 이거 위험하군. 흠칫거리다가는 의심을 사겠어. 침착하자, 침착해."

그는 스스로를 타이르며 애써 태연한 척했다.

"구로야나기 씨."

불쑥 은행원이 박사의 이름을 부르자 딴생각을 하던 히라타가 벌떡 일어섰다. 자칫하면 입구 쪽으로 도망칠 뻔했지만 간신히 정신을 가다듬고 걸음을 멈췄다.

지불 창구에서 1백 엔짜리 지폐 뭉치를 받아든 히라타는 당연히 세어보지도 않고 안주머니에 집어넣은 다음 서둘러 밖으로 나왔다.

아무 문제도 없었다. 뒤에서 그를 부르는 사람도 없었고, 자동차 안에는 구로야나기 박사가 태평하게 누워 있었다.

히라타는 주위를 한 바퀴 살폈다. 그가 운전하는 차 말고도 빈 차 두 대가 보였다. 운전기사들은 그늘진 처마 아래에 앉아 담배를 피우거나 꾸벅꾸벅 졸고 있었다. 아무 일도 없다.

바로 그때 건너편에서 큼직한 자동차 한 대가 달려와 딱 멈춰 섰다. 그리고 차 안에서 양복을 입은 신사 여러 명이 내리더니 왠지 매우 급한 듯이 은행 돌계단을 달려 올라갔다.

히라타는 아케치 고고로는 물론이고 나미코시 경부의 얼굴도 몰랐다. 하지만 제복만 입지 않았지, 그 사람들이 경찰이라는 건 한눈에 알아보았다.

"음, 한 걸음 늦었군. 우리 박사님은 어쩜 이리 운이 좋으실까."

히라타는 이미 핸들을 잡은 상태였다. 그가 운전하는 차가 바람을 가르며 달려 나갔다.

뒤를 돌아보니 아까 그 신사들이 은행 입구로 나와 이쪽을 보고 있었다. 제복을 입은 수위가 손가락으로 이쪽을 가리켰다.

"자, 목숨이 걸렸다. 저 경찰 자동차가 바로 추적해 올 거야. 휘발유가 떨어질 때까지 승부를 가려야겠군."

도주

세상이 끝장난 것처럼 요란하게 흔들리고 시끄러운 가운데 참담한 현실이 어렴풋이 떠올랐다. 좁고 작은 상자에 갇혀 덜거덕거리는 중이었다. 네모난 유리 밖으로 눈이 부실 만큼 희게 빛나는 시가지가 빠르게 스쳐 가는 광경이 보였다.

그게 자동차 쿠션 위라는 걸 구로야나기 박사가 깨닫기까지 몇 분이 걸렸다. 그리고 집 침대에서 거리를 달리는 자동차까지의 인과관계를 깨닫기까지는 몇 배나 되는 시간이 더 필요했다.

운전석에는 잔뜩 웅크린 채 열심히 앞을 노려보는 히라타의 뒷모습이 있었다.

"제길, 누군가에게 쫓기는 중이로군."

구로야나기는 거의 반사적으로 뒤 유리창 밖을 내다보았다. 한적한 큰길 50미터쯤 뒤에 빤히 경찰차로 보이는 대형 자동차가 덮칠 듯이 쫓아왔다.

"이게 어떻게 된 거지? 무슨 일이야?"

"들통났습니다. 몽땅 다 엉망이 되었어요. 무서운 놈이 나타났습니다. 아케치 고고로가 외국에서 돌아왔어요. ……그리고 모든 걸 간파하고 말았습니다."

히라타는 속력을 늦추지 않으며 핸들에 달라붙은 채 큰 소리로 대답했다.

"뒤에 따라오는 자동차에 탔나?"

"아마 그럴 겁니다. 어쨌든 저건 경찰입니다."

"내가 왜 그걸 몰랐지? 아, 자고 있었군. 누가 약을 먹인 건가?"

"노자키입니다. 그 녀석이 먹였어요."

"알았다, 알았어. 아케치 고고로가 노자키를 조종해 연극을 하게 만든 거로군. 제길."

비상 상황이 그의 의식을 또렷하게 만들어주었다. 구로야나기는 얼른 운전석으로 가 히라타 대신 핸들을 잡았다.

"이 상황에서도 여전히 저들을 따돌릴 수 있다고 생각하시는 건가요?"

히라타가 어처구니없다는 듯이 소리쳤다. 그는 이미 완전히 포기한 상태였다. 그저 습관적으로 운전하고 있었을 뿐이다.

"아니, 너 무슨 소리를 하는 거냐? 내 기분이 어떤지 알아? 난 지금 아주 신나. 이 세상이 점점 더 재미있어질 정도야. 아케치 고고로라고? 흥, 녀석이 어느 정도일지, ……나는 꼭 한 번 만나고 싶다고 생각했었다니까."

박사가 무모하게 속력을 내는 바람에 이따금 차가 땅바닥에서 튀어 올라 허공을 달렸다.

"으악, 이러다 죽겠어요!"

히라타가 비명을 질렀다.

길모퉁이를 돌 때마다 두 차 사이의 거리는 점점 벌어졌다. 추격하는 사람은 공무원이다. 월급을 받고 운전하는 사람이다. 필사적으로 운전할 리는 없다.

"몸은 괜찮으세요?"

잘하면 이 위기를 벗어날 가능성이 생겼기 때문인지 히라타는 그제야 박사에게 그렇게 물었다. 상처는 완전히 아물었다고 해도 조금 전까지만 해도 침대에 누워 있던 사람인데 어떻게 이렇게까지 기운이 엄청나단 말인가. 미친 게 아닐까 하는 걱정이 슬며시 들었다.

"자네가 잠깐 대신 운전해줘. 하지만 안심하면 안 돼."

박사는 히라타의 대답은 들으려고 하지도 않고 핸들을 넘기더니 뒷좌석으로 기어가 쿠션 아래로 고개를 처박았다. 그리고 열심히 뭔가를 찾기 시작했다.

그 쿠션 아래에는 번듯한 옷장이 있었다. 변장용으로 쓰는 갖가지 수염, 가발, 옷들이 들어 있다.

박사는 그 안에서 작은 콧수염과 안경을 꺼내 재빨리 변장하고 입고 있던 마로 된 잠옷을 벗은 다음 노동자처럼 보이는 무명옷을 입었다.

바로 그때 자동차 아래에서 덜컹거리는 이상한 소리가 나더니 차가 심상치 않게 흔들리기 시작했다.

"이런, 펑크로군."

히라타가 파랗게 질린 얼굴로 박사를 돌아보았다. 뒤를 보니 경찰이 떨어져 있기는 해도 2백 미터쯤 뒤를 끈질기게 따라왔다.

"상관없어. 그대로 저 모퉁이에서 꺾어져. 그리고 놈들에게 보이지 않는 곳에서 자동차 밖으로 뛰어나가는 거야. 어서, 서둘러!"

박사가 소리쳤다.

차는 요란한 소리를 내며 박사가 말한 모퉁이를 돌았다. 급정거. 차에서 뛰쳐나가는 두 사람. 그리고 두 사람은 차가 다니지 못할 좁은 골목으로 몸을 숨겼다. 한적한 주택가라 뛰어가도 수상하게 보는 사람은 없었다. 둘은 손을 맞잡고 이 골목에서 저 골목으로 뛰었다.

"여기 박사님 돈이 있습니다."

히라타는 달리면서 안주머니에서 아까 은행에서 찾은 지폐의 반 정도를 꺼내 소리쳤다.

"저도 조금 쓰겠습니다. 자, 나누죠. 이렇게 둘이서 함께 뛰면 쉽게 알아볼 겁니다."

"멍청한 녀석. 어디로 도망친단 말이야? 놈들한테는 자동차가 있어. 앞이나 뒤나 빠져나갈 길이 없단 말이다. 너 혼자서는 도저히 안 돼. 내가 없으면 안 된다고."

"그럼 어디로 가자는 겁니까?"

"저리 간다. 딱 하나 남은 방법이지. 운을 하늘에 맡기는 거지. 총알처럼 뛰어 들어가는 거야."

골목이 끝나고 넓은 길이 나왔다. 거기에 파출소가 있었다. 파출소 앞에서 순사 두 명이 서서 이야기를 나누고 있었다.

"안 됩니다. 박사님, 미쳤어요? 저건 파출소예요. 저 사람들은 경찰이라고요."

"정신 차려. 파출소니까 뛰어들자는 거야. 순사라서 부딪히는 거고. 잘 봐두는 게 좋을 거다. 진짜 악당이 쓰는 수법을. 이렇게 하는 거다."

박사는 히라타의 손을 잡고 파출소로 후다닥 뛰어들었다.

두 사람은 몸을 던져 서서 이야기하던 순사들을 밀쳐내고 파출소 안으로 뛰어들어 열린 판자문 안쪽에 있는 두 평도 채 안 되는 작은 방으로 사라졌다.

깜짝 놀란 두 순사가 뭐라고 소리를 지르며 그 작은 방으로 신발을 신은 채 뛰어 들어갔다. 물론 느닷없이 나타난 수상한 자들을 잡으려고 말이다.

박사는 얼른 판자문을 닫고 두 순사의 퇴로를 막은 다음 작업복 주머니에서 권총을 꺼냈다.

"저항하면 목숨은 없다. 너희도 들었을 테지만 나는 '거미남'이다. 알겠나? 무슨 짓을 할지 모르는 악당이야. 아내나 애들을 생각해. ……그래, 그렇지. 그렇게 손을 드는 거야. 그게 권총에 대한 세계 공통의 예의니까 말이야."

이럴 수가. 대낮에 파출소에 총을 든 괴한이 나타났다. 두 순사가 아무리 직무를 최고로 여기는 용감한 사람들이라고 해도 어찌 깜짝 놀라지 않겠는가? 그러니 그들이 지니고 있던 포승이 그들에게 어떻게 사용되더라도 그건 일본 경찰의 수치가 아니다.[88]

얼마 지나지 않아 자동차에서 내린 추적대 일행이 아케치 고고로

---

88 '두 사람은 몸을 던져~그건 일본 경찰의 수치가 아니다'가 〔신〕에서는 삭제되었다. - 해제

와 나미코시 경부를 앞세워 그 파출소 앞으로 왔을 때는 파출소 앞 초소 입구의 빨간 전등 아래 안경을 쓰고 까만 콧수염이 난 흰옷 입은 순사가 허리를 구부리고 뭔가를 열심히 찾고 있었다.

"아아, 이봐. 난 경시청 나미코시라고 하는데, 방금 이쪽으로 수상한 남자 두 명이 지나가지 않았나?"

파출소 순사는 거수경례를 하고 대답했다.

"예, 마흔 살쯤 되는 작업복 차림을 한 남자와 스물 살쯤 되는 양복 입은 남자 말입니까?"

이게 무슨 마법이란 말인가. 그는 외모뿐만 아니라 목소리까지 구로야나기 박사와는 눈곱만큼도 닮지 않았다.

"그래, 맞아. 그 두 사람 어느 쪽으로 갔지?"

"저 건너편 세 번째 모퉁이를 왼쪽으로 꺾어졌습니다. 왠지 무척 허둥대는 것 같았습니다."

"이런. 완전히 반대 방향으로 도망쳤군. 자네 만약을 위해 말해두는데 그 마흔 살쯤 되어 보이는 남자가 유명한 '거미남'이야. 만약 이 근처에 다시 나타나면 즉시 체포하도록."

"아니, 그 사람이 거미남입니까?"

파출소 순사가 깜짝 놀란 모습으로 "쫓아갈까요?" 하며 뛰어나가려고 했다.

"아니, 여기 있게. 우리가 뒤쫓는 중이야."

형사들은 서둘러 순사가 가르쳐준 방향으로 달려갔다. 그렇게 한바탕 태풍이 몰아친 뒤에는 인적이 사라져서 조용했다.

"대단해요, 대단해."

파출소 안에 있던 순사가 어슬렁어슬렁 밖으로 나와 우두머리의 기지에 감탄했다.

"이제 우리는 반대 방향으로 뚜벅뚜벅 순찰을 나가면 되는 거로군요."

구로야나기 박사가 말없이 걷기 시작했다. 순사 복장을 한 히라타 청년이 허리에 찬 칼을 철컥거리며 그 뒤를 따랐다.

"이런 모습이라면 경찰들과 섞여 있어도 아무렇지 않겠네요. 다른 경찰서 소속 순사인 줄 알고 신경도 쓰지 않을 테니까요."

히라타는 이 희한한 모험에 신바람이 났다.

해골의 용도

그로부터 며칠 뒤의 일이다.

해가 저문 뒤 의료기구나 박물표본을 두루 다루는 혼고[89]의 S라는 가게에 어디 변두리 개업의 같은 분위기를 풍기는 양복 입은 중년 남자가 나타났다. 캐시미어 상의에 흰색 바지, 살짝 때가 탄 파나마 모자를 쓴 점잖은 옷차림이었다.

지배인이 맞이하자 그 남자는 주머니에서 촌스러운 대형 명함을 꺼내 건넸다. 의학사 오바 미치오(大場道夫)라고 적혀 있는 명함이었다. 오바 씨는 중간중간 전문용어를 섞어가며 인체 골격 표본이 필요하다고 말했다.

"사실은 진찰실 내부 장식을 바꾸었는데 고풍스럽기는 하지만 장식물로 들여놓으려고 합니다. 뭐 해골 모양만 갖췄으면 됩니다. 진짜 사람 뼈라면 남자건 여자건 팔다리에 다른 사람 것을 붙여놓았건 그런 건 전혀 상관없습니다."

"예, 알겠습니다. 지금 마침 딱 하나 재고가 있습니다만, 보시겠습니까?"

89 과거 도쿄 도에 존재했던 구 이름. 1947년에 고이시카와 구와 합쳐져 분쿄 구가 되었다. – 역주

오바 씨는 지배인의 안내를 받아 진열실로 들어갔다. 어두컴컴한 진열실 구석 목제 받침 위에 어느 나라에서 큰 죄를 저지른 죄인의 뼈인지 모를 해골 하나가 세워져 있었다. 그 해골은 바깥 큰길에서 전차가 지나가자 부들부들 떨렸다. 두개골을 놋쇠로 연결한 해골의 어느 부분인지 몰라도 뼈와 뼈가 스치며 이를 가는 듯한 기분 나쁜 소리를 냈다. 대충 실물을 살핀 오바 씨는 바로 그 해골을 구입하기로 했다.

"그럼 오늘내일 중으로 보내드리겠습니다."

"아뇨, 아닙니다. 그런 수고는 하지 않아도 됩니다. 얼른 포장해주시면 밖에 차를 대기시켜놓았으니 내가 옮겨 가지고 가죠. 실내 장식이 좀 급해서요."

지배인은 "그건 너무 죄송하죠"라고 했지만 이 괴짜 개업의가 굳이 해골을 몸소 가져가고 싶다는 바람에 결국 짐을 꾸리기로 했다.

잠시 후 길쭉한 흰 나무 상자가 밖에 있는 자동차에 실렸고, 오바 씨는 그 차를 타고 가게를 떠났다.

그날 밤, 자정이 가까운 시각이었다. 오바 미치오 씨는 낮에 입었던 양복 차림으로 뜻밖에 교외의 한적한 화장장 문 앞에 나타났다. 손에는 키다린 보자기를 들고 있었다.

"박사님이세요?"

어둠 속에서 목소리가 들리더니 한 청년이 어두컴컴한 문등 아래로 희미한 모습을 드러냈다. 바로 히라타 도이치였다. 며칠 전 거미남 구로야나기 박사와 함께 순사로 변장해 감쪽같이 위기에서 벗어난 그 불량 청년 히라타다. 아니 이런. 그렇다면 개업의 오바 미치오는 구로야나기 박사가 변장한 인물이었던가? 이 괴이한 자는 대체 몇 가지나 되는 변장술을 터득한 걸까? 변장할 때마다 얼굴은 물론 전체적인 모습까지 완전히 다른 사람이 되어버리는 솜씨에는 경탄할 수밖에 없다.

"준비는 다 되었나?"

오바 미치오 의학사, 즉 구로야나기 박사가 작은 목소리로 물었다.

"잘 됐습니다. 숙직을 하던 영감은 그 약을 먹여 재웠습니다. 네다섯 시간 완전히 곯아떨어지겠죠."

"잘했어, 잘했어. 그런데 그 시체는 준비됐지? 대신 뼈를 태워버리면 되니까."

"어쨌든 보수를 넉넉하게 주겠다고 했으니까요. 화장 기술자가 군소리 않고 승낙했습니다. 시체가 완전히 그대로입니다. 이봐, 스케씨. 이분이 아까 이야기한 분이야."

스케라고 불린 화장 기술자가 어둠 속에서 머뭇머뭇 얼굴을 내밀었다.

"뭘 꾸물거리나? 당신에게 피해가 갈 일은 절대 하지 않아. 시체를 빼돌리지만 그걸 대신할 뼈를 준비했다니까. 그걸 내일 아침까지 태워버리면 들킬 염려는 전혀 없지. 아, 그런데 뼈는 준비되었죠?"

박사는 말없이 손에 든 보따리를 흔들어 보였다. 달그락달그락 뼈 부딪히는 소리가 났다. 그것은 낮에 개업의로 변장해 S가게에서 산 해골 표본이다. 받침대는 물론 목 부분이나 관절 부분의 연결용 놋

쇠 고리를 제거하고 뼈만 남겨 보자기에 싼 것이다.

“진짜 사람 뼈죠?”

창백한 얼굴을 한 화장 기술자가 다짐이라도 받겠다는 듯이 물었다.

“보면 알겠지.”

박사는 보자기 한쪽을 펼쳐 보였다. 화장 기술자가 그 안에서 흰 막대기 같은 것을 꺼내 잠시 살펴보더니 가짜가 아니라는 걸 확인했는지 말없이 되돌려놓았다.

“그럼 처리할 테니 약속하신 걸…….”

“후후, 빈틈없군. 선불이라는 건가?”

박사는 선뜻 지갑을 꺼내 약속한 금액을 주었다.

화장장 문은 미리 열어두었다. 수위 영감은 마취제를 먹고 잠이 들었다. 누가 볼까 걱정할 필요는 없었다. 스케 씨를 앞세우고 세 사람은 화장장 구내로 들어갔다.

텅 빈 건물 안에 희미한 전등이 불을 밝힌 가운데 위압적인 철문이 달린 화장로가 쭉 늘어서 있었다.

화장 기술자는 그 가운데 하나의 문 앞에 멈춰 섰다. 잠시 곰곰 생각에 잠겼지만 이내 박사 쪽을 돌아보며 딱딱한 표정으로 우물우물 뭐라고 이야기하려는 듯했다.

“무서워할 것 없어. 어서 열어.”

박사가 내리누르는 듯한 말투로 명령했다.

“제기랄!”

스케가 포기한 듯 소리를 지르더니 화장로 문을 열었다. 그 안을 꽉 채운 흰 나무 관이 보였다. 세 사람은 힘을 모아 그 관을 꺼내 바닥에 내려놓고, 대신 뼈가 든 보자기를 넣었다. 뼈 이외에는 흔적도 없이 타버릴 것이다. 그러니 관이건 보자기건 상관없다.

작업은 20분 만에 끝났다. 스케는 자기가 지은 죄를 잊기 위해 잠들기 전에 술 한잔해야겠다며 서둘러 돌아갔다. 모든 문은 엄중하게 문단속이 되었다. 화장장 건물은 아무 일도 없었다는 듯이 어둠 속에 가만히 서 있었다.

시체 변장 수술[90]

화장장에서[91] 1백 미터쯤 떨어진 숲 속에 헤드라이트를 끈 자동차 한 대가 서 있었다. 자동차 옆에서 꿈틀거리는 그림자는 구로야나기 박사와 히라타 청년이었다. 그들은 땅바닥에 내려놓은 흰 나무 관을 사이에 두고 뭔가 소곤소곤 의논하는 중이었다.

"이 시체를 대체 어떻게 하시려는 건가요? 저는 박사님 명령대로 움직였을 뿐 진짜 목적은 모르겠습니다."

"아니, 이런. 자넨 아직도 모르겠나?"

박사가 어처구니없다는 듯이 말했다.

"짐작은 하지만 박사님이 갑자기 그런 겁쟁이가 되다니 이상해서요."

"겁쟁이라니, 자네는 뭔가 착각한 모양이로군. 어디, 자네 생각을 말해보게."

"죽는 거 아닌가요? 자살하는 거겠죠. 즉 그렇게 보이게 꾸며 추적을 영원히 따돌리려는 계획일 겁니다."

"어리석긴. 그래서 자네는 평범한 악당에 불과한 거야. 자네에겐

90 '시체 변장 수술'이 〔초〕, 〔고〕, 〔신〕, 〔슌〕에서는 4행 뒤로 이동한다. - 해제
91 '화장장에서'가 〔초〕, 〔고〕, 〔슌〕, 〔도〕에서는 '거기서'로 되어 있다. - 해제

내 마음이 통하지 않는군. 역시 아케치 고고로라는 녀석은 제법 영리한 놈이야. 하지만 거추장스러울 뿐이지. 난 두렵지 않아. 그 녀석이 무서워서 자살로 위장하고 도망치려는 게 아니야."

"그러면 이 시체는 어디에 쓰려는 거죠?"

"물론 내 시체로 만들려는 거지. 하지만 난 그걸 이용해 도망치려는 게 아니야. 그게 중요한 점이지. 잘 들어. 자네는 평범한 도둑이지. 평범한 살인자야. 하지만 나는 그렇지 않아. 자네는 예술이라는 걸 아나? 살인이란 그 어떤 예술보다 더 예술적이라고 생각하는 내 마음을 이해하려나?[92] 나는 동경을 품고 있지. 커다란 야망이 있어. 더 훌륭하고 아름다운 예술 작품을 만들어내고 싶은 거야."[93]

"전에 말씀하신 마흔아홉 명의 아가씨……?"

"그래. 그렇게 하면 조금은 내가 동경하던 것이 실현될 거라고 생각하지. 난 지금 그 준비를 착착 진행하고 있어. 난 이 창작에 지위와 재산과 목숨을 걸었지. 멍청이들은 비웃을 거야. 하지만 나는 그걸 이루기 위해 태어난 사람이지. 그런데 아케치라는 훼방꾼이 나타나서 경찰을 거들기 시작했어. 정말 성가셔. 그 녀석과 싸우는 건 굳이 사양하지 않지만 내게는 더 중요한 일이 있거든. 그런 녀석을 상대하고 있을 수는 없지. 그래서 나 자신을 죽여서 일단 상대를 안심시키기로 한 거지."

"그렇지만 아직 이해가 되지 않는 게 있습니다. 이 관 뚜껑을 열어

---

92 '자네는 예술이라는~내 마음을 이해하려나?'가 〔신〕에는 없다. - 해제

93 '더 훌륭하고 아름다운~만들어내고 싶은 거야'가 〔신〕에는 없다. - 해제

봐도 괜찮습니까?"

"괜찮고말고. 사실은 지금 열어야 할 필요가 있으니까."

히라타는 자동차 수리용 도구를 써서 관 뚜껑을 열었다. 그리고 손전등을 한 손에 들고 그 안을 들여다보았다.

"아아, 전체적인 느낌은 상당히 닮았군요. 하지만 얼굴이, 아무리 죽은 사람 얼굴이라고 해도 이게 구로야나기 박사로 통할까요? 나미코시 경부건 노자키건 바로 눈치챌 겁니다."

"그래서 조금 거칠지만 손질을 해야 해. 자네 용기가 있나?"

"용기라고요?"

히라타는 웬일인지 흠칫하며 어둠 속 박사의 얼굴을 돌아보았다.

"장소는 나중에 알려줄 테지만 이 관을 어떤 장소로 싣고 가서 거기에 시체만 버리고 돌아오면 돼. 그건 내일 해야 할 일이지. 하지만 이 상태로는 안 돼. 나를 대신할 수 없으니까. 그래서 나를 대신할 수 있도록 손질을 좀 해야겠어."[94]

"무슨 말씀이신지?"

"이 시체의 얼굴을 바꾸는 거야. 얼굴만이 아니지. 내 옆구리에 난 상처와 같은 위치에도 손질을 해야지. 자네가 할 수 있겠나?"

"앗, 그건 사양합니다. 저는 박사님과 다르니까요. 그런 취미는 없습니다."

작은 악마도 역시 몸을 부르르 떨었다. 그는 돈 몇 푼과 범죄에 대

94 아래 문장부터 '두 노인'이란 다음 장의 제목 바로 앞까지 〔신〕에는 '그것은 결국 시체의 얼굴을 망가뜨린다는 것을 의미했다'로 되어 있다. - 해제

한 악마적인 허영심 때문에 박사의 범죄에 가담했다. 하지만 박사만큼의 잔학성은 없었다. 피투성이 살인 예술의 삼매경을 이해할 수 없었다.

"그렇기 때문에 여기서 열어볼 필요가 있는 거야. 자네가 못 하겠으면 내가 하는 걸 보여줄 테니까. 그렇게 떨 것 없어. 살짝 다른 맛이 날 뿐이야."

이미 경직되어 이상한 형태로 굳어버린 시체가 잡초 위로 내던져졌다. 시체는 손전등의 둥근 불빛 안에서 이상하기 짝이 없는 처참한 인형처럼 굴렀다.

박사는 어둠 속에서 부스럭거리며 뭔가 찾아다녔다. 이윽고 쐐기 모양을 한 돌덩어리를 쥔 박사의 손이 전등 불빛 속에 나타났다. 그 돌은 위아래로 두세 차례 오르내린다 싶더니 무서운 기세로 퍽 하고 시체의 얼굴에 꽂혔다.[95]

---

95 '퍽 하고 시체의 얼굴에 꽂혔다'가 〔슌〕, 〔도〕에는 '내리꽂혔다'로 되어 있다. - 해제

두 노인

이야기를 신주쿠에서 두 시간도 걸리지 않는 거리, 오쿠타마로 가는 아오우메 철도(青梅鉄道)[96] 철길 옆의 H라는 작은 마을로 옮긴다. 다마가와 강 상류 계곡을 바라보며 물소리와 나뭇잎 스치는 바람이 시원한 이곳은 대도시 부근에서는 보기 드문 산간마을 같은 곳이다.

그 마을 외곽에 야트막한 호랑가시나무 산울타리를 두른 고풍스러운 초가집이 한 채 있다. 주인은 점잖은 노인인데 밥을 해주는 노파와 둘이 살며 차나무나 화초를 가꾸면서 느긋한 여생을 보내는 듯 보였다.

그런데 4, 5일 전 도쿄에서 아름다운 아가씨가 집으로 들어왔다. 노인의 딸은 아니다. 그렇다고 음란한 관계인 여자도 아니다. 지인의 딸이 피서할 겸 놀러 온 것이다.

집 뒤편에 있는 받을 지나 50미터쯤 가면 갑자기 깊은 계곡이 나온다. 그 몇 미터 아래로는 다마가와 강의 푸른 물이 바위에 부딪히며 흐른다. 그 소리는 조용한 마을 구석구석까지 수백 수천 마리의 매미가 쉴 새 없이 울어대듯 울려 퍼진다. 바로 아래 계곡의 나뭇잎 아

96 도쿄 도 다치가와 시의 다치가와 역과 오쿠타마 역을 잇는 노선. – 역주

래서는 맑은 새소리가 들려온다.

그 아가씨는 아침 일찍 일어나 절벽 끝에 서서 마을 사람들 귀에는 익지 않은 서양 노래를 큰 소리로 부를 때가 있다. 목소리가 메아리쳐 멀리 저편 나뭇잎 아래로 천천히 사라져간다.

나다니지는 않지만 좁은 마을이라서 도시에서 온 아가씨는 바로 소문의 대상이 되었다.

"저 여자, 활동사진 여배우 후지 요코와 똑같이 생겼네. 혹시 본인 아닐까?"

근처 역에서 일하는 젊은 역무원이 제일 먼저 알아보았다.

"후지 요코라고 하면 그 거미남이 노리고 있지."

산마을에도 거미남이 얼마나 무서운지는 소문이 났다.

"맞아. 거미남이 무서워서 이런 곳으로 도망 온 건지도 몰라."

그런 상상은 옳았다. 소문의 대상이 된 아가씨는 후지 요코였다. 촬영소장 K씨는 집념이 강한 거미남의 마수가 두려워 H촌에 은거하고 있는 자기 친척 노인에게 요코를 숨겨달라고 부탁했던 것이다.

물론 될 수 있으면 남들 눈에 띄지 않도록 조심은 한다. 요코를 맡은 집주인 노인도 조심하라고 잔소리했다. 하지만 요코는 활기 넘치는 젊은 아가씨다. 거미남에게 부상을 입힐 정도로 성격 또한 보통이 아니다. 그러니 얌전히 방 안에 틀어박혀 있을 리 없다. 어슴푸레 밝아오는 이른 아침이면 계곡을 향해 노래를 불러보고 싶기도 하리라. 그렇지 않아도 여름이기 때문에 지나다니는 마을 사람들이 활짝 열린 창문 너머로 아름답고 낯선 아가씨에게 신경을 쓰지 않을 리 없다.

위험하다. 혹시 이 은신처를 거미남이 알게 되는 건 아닐까? 도쿄와 달리 경찰력도 부족하고 집에 사람이라고는 힘없는 노인과 밥하는 할머니 단 두 명뿐이다. 무슨 일이 있을 때 도움을 청할 만한 가까운 인가도 있을 리 없다.

K촬영소장이 나미코시 경부, 아케치 고고로와 의논한 끝에 이렇게 결정했는데, 그들은 왜 함께 이런 무모한 방법을 선택했을까.

어느 이른 아침이었다. 앞 장에서 이야기한 화장장에서 괴이한 일이 있은 지 이틀 뒤였다. 아침 일찍 일어난 노인이 툇마루에 걸터앉아 걸상에 늘어놓은 화분 속 나팔꽃을 바라보고 있을 때 산울타리 밖에서 말을 거는 사람이 있었다.

"예쁘게 피었군요. 훌륭합니다."

말소리에 고개를 들어보니 산울타리 너머로 시골 영감의 상반신이 보였다. 낯선 얼굴이지만 아마 이 마을 어느 농가에 사는 노인이리라. 올이 촘촘하고 색이 바랜 흰 무명옷을 입고 새카맣게 때가 탄 자연목 지팡이를 짚고 있다. 허리가 굽은 것에 비하면 머리카락은 아직 빈백이고 얼굴에도 흰 수염과 검은 수염이 섞여 났다. 자은 돈보기안경 너머로 눈곱이 잔뜩 낀 눈을 깜빡였다.

"아, 아침에 일어나서 이걸 바라보는 게 낙이라서."

집주인이 싱글벙글 웃으며 대답했다. 이쪽은 백발에 흰 수염. 그 새하얀 턱수염이 가슴까지 내려와 시골 영감과는 비교도 되지 않을 정도로 품위가 있었다.

"나도 나팔꽃을 좋아합니다."

시골 영감은 수다스러웠다.

"매년 피기는 하는데 이 댁 나팔꽃과는 비교도 되지 않는군요. 저기 끄트머리에 있는 큰 나팔꽃 같은 건 정말 멋지군요. 정성이 보통 든 게 아니겠군요."

"하하하하하하, 댁도 좋아하는 모양이구려. 이리 들어와서 더 구경하시죠. 오늘 아침에는 유난히 잘 피었습니다."

"눈이 어두워서. 그럼 가까이 가서 구경 좀 할까요?"

시골 영감은 사양하지 않고 뜰 안으로 들어왔다.

"아, 거기 앉으시죠. 차를 끓여 올 테니."

주인이 툇마루에 앉을 자리를 내주자 시골 영감이 영차, 하며 앉았다.

그리고 한동안 나팔꽃 이야기가 끊이지 않았다. 두 사람 모두 경험이 많은 만큼 화제도 풍부했다. 걸상에 늘어놓은 화분만으로는 만족하지 못해 마당을 빙 한 바퀴 둘러보고 작은 화분까지 다 구경했다.

"아아, 혹시 이건 당신 것이 아닙니까? 여기 떨어져 있었는데."

그때 두 사람 사이에는 거리가 제법 있어 주인이 큰 소리로 물었다. 그건 아주 커다란 옛날식 두꺼운 모직 천으로 만든 묵직한 지갑이었다.

"아, 이런, 이런."

시골 영감이 그걸 보더니 왠지 허둥지둥 달려와 주인 손에서 빼앗듯 낚아챘다.

"으하하하하하, 어지간히 중요한 물건인 모양이구려. 꽤 묵직한데요."

"아뇨, 아닙니다. 하찮은 겁니다. 은화[97]라도 들었으면 좋을 테지만요. 하하하하하하."

그는 난처한 표정으로 얼버무리고 말았다.

두 노인은 다시 아까 그 툇마루에 앉았다.

"부인은? 자녀분들과 함께 사시나요?"

시골 영감이 물었다.

"은퇴 후 혼자 지내고 있습니다. 아아, 저거 말입니까?"

안쪽 방에서 모기장 자락이 살짝 보였다. 상대가 그쪽을 흘끔 보는 바람에 노인이 덧붙였다.

"도쿄에서 오신 손님이 있어서요. 친척 딸내미인데 보시다시피 젊은 애들은 아무래도 늦잠을 자서. 으하하하하하하, 어때요, 차 한잔 하시겠습니까? 하필 밥하는 할멈이 어젯밤에 며느리 집에 일이 있어서 돌아가버린 바람에 지금 사람이 없습니다. 불 피우는 일도 내가 해야 하죠."

"그럴 필요 없습니다. 이만 가봐야죠."

"아닙니다. 어차피 나도 차 한잔하고 싶던 참이었어요. 괜찮다면 더 놀다가 가시죠."

그러자 이 사양할 줄 모르는 시골 영감은 역시 차 대접까지 받겠

97 '은화'가 〔순〕, 〔도〕에는 '지폐'로 되어 있다. – 해제

다는 생각인지 도로 주저앉았다. 집주인은 마당을 돌아 부엌 쪽으로 갔다.

주인이 보이지 않자 시골 영감은 잠시 주위를 두리번거리더니 무슨 생각인지 살며시 툇마루로 올라와 무릎과 손으로 엉금엉금 기어 슬금슬금 안방 쪽 모기장으로 다가갔다. 모기장 안에는 후지 요코가 자고 있다. 대체 어쩌려는 걸까. 이 시골 영감에게 고약한 손버릇이라도 있는 걸까? 아니면 다른 목적이 있는 걸까.

소리를 내지 않도록 조심하면서 그 맹장지 문 옆에 이르자 영감은 목을 쭉 빼고 문 안쪽 모기장 안을 들여다보았다. 요코는 물론 아무것도 모른 채 쿨쿨 자고 있었다. 영감은 마치 쥐를 노리는 고양이처럼 그 모습을 빤히 들여다보았다.

"안됐지만 드디어 함정에 걸려들었군요."

불쑥 그런 목소리가 들려 깜짝 놀라 돌아보니 어느새 시골 영감 뒤에 이 집 주인이 조용히 서 있었다.

"엥? 뭐라고요?"

시골 영감은 꾸물꾸물 툇마루로 물러나면서 시치미를 뗐다. 그러나 빈틈이 생기면 도망칠 눈치였다.

"하하하하하하, 소용없습니다. 이래 봬도 달리기라면 누구 못지않으니까."

두 사람은 서로 노려보면서 어느새 툇마루에 나란히 걸터앉은 꼴이 되었다.

"무슨 소리를 하는 거요? 난 그냥 잠깐……."

"그냥 잠깐 요코의 얼굴을 확인했을 뿐인가요? 하하하하하하, 이제나저제나 하며 기다렸죠. 후지 요코, 참으로 멋진 미끼 아닙니까? 안 그래요, 구로야나기 박사?"

한순간 불타오를 듯한 네 개의 눈이 상대의 뱃속까지 들여다보려는 듯 서로 가만히 노려보았다.

다음 순간 집주인의 오른손이 홱 움직이자 시골 영감의 수염이 사라졌다. 대신 그 아래서 삐죽삐죽 솟은 짧은 수염이 나타났다. 드러난 얼굴은 시골 영감과는 전혀 다른, 매섭기 짝이 없는 구로야나기 박사였다.

"역시 거미남도—당신 별명이 틀림없이 거미남이라고 했죠?—깜짝 놀라는군. 한 방 먹였다고 생각하니 아주 기분 좋군요. 으하하하하하. 이런 미안. 너무 기뻐서 그만."

"그렇다면 당신은……?"

"모르겠어요?"

"알지, 아케치 고고로. 어때, 맞지? 이런 대담한 짓을 꾸밀 녀석은 그 사람 이외엔 없으니까."

구로야나기 박사 역시 보통내기가 아니기 때문에 이런 상황에서도 전혀 허둥대지 않았다.

"아, 송구스러운 칭찬이로군요. 맞습니다. 자, 그럼 나도."

주인이 변장용 수염과 가발을 벗자 아케치 고고로의 제 얼굴이 드러났다. 하지만 그 순간, 거의 찰나였지만, 아케치에게 빈틈이 보였다. 노회한 구로야나기 박사. 어찌 그 틈을 놓칠쏜가.

"어때, 내가 한 걸음 빠르지?"

아까 마당에 떨어졌던 두툼한 지갑 안에는 권총이 들어 있었다. 그는 아케치가 틈을 보인 사이에 그걸 꺼내 들었다.

"잘 생각해봐. 이번 싸움에선 나와 상대가 되지 않아. 왜냐고? 넌 정상적인 신사지. 함부로 살인을 저지르지도 않고 또 여태 그런 경험도 없을 거야. 하지만 난 살인하기 위해 태어난 사람이야. 알겠나? 이 권총은 겁이나 주려는 게 아니야. 진짜 총이지. 아, 그건 안 돼. 네가 품 안에 있는 권총을 꺼내기 전에 내 총구가 불을 뿜을 테니까. 위험한 짓 하지 마. 위험해."

아아, 그 유명한 아케치 고고로도 이 남자에겐 당해낼 방법이 없는가? 과연 그는 이 싸움에서 패배한 걸까?

1분, 2분, 3분. 서로 말없이 무섭게 노려보는 눈싸움이 언제 끝날지 알 수 없었다.

흉악한 악당이 굴복하느냐, 아니면 명탐정이 패배하느냐. 두 거인이 마침내 지척의 거리에서 맞닥뜨렸다.

격투

역시 구로야나기 박사는 노회했다. 그 작은 틈새를 노려 아케치보다 먼저 권총을 꺼내 든 후 다가오면 쏘겠다는 자세를 취하고는 멋대로 지껄이기 시작했다. 도움을 구하려고 소리쳐봐야 들릴 만한 거리에 다른 집은 없다. 게다가 아직 어슴푸레 이른 아침이다. 아케치는 꼼짝 못 할 상황인 듯했다. 그런데 그는 이런 궁지에 빠져서도 어쩜 저렇게 태연한 표정을 짓는 걸까.

"하하하하하하."

아케치가 태연하게 웃음을 터뜨렸다.

"권총이라고요? 그런 거라면 나도 있죠."

그러면서 천천히 손을 품 안에 넣었다. 이런. 상대방은 이미 방아쇠에 손가락을 걸고 있지 않은가.

"그만둬!"

구로야나기 박사는 상대의 무모한 행동에 깜짝 놀라 매섭게 소리쳤다.

"허튼짓 하면 쏜다. 네가 권총을 꺼내는 것과 네 넓은 이마에 구멍이 뚫리는 것. 어느 쪽이 더 빠를까? 어디 꼼짝하기만 해봐라."

하지만 아케치는 마치 상대방이 하는 말을 전혀 이해하지 못한 듯이 태평스러운 말투로 대꾸했다.

"그럼 얼른 쏘면 되지 않습니까? 어쨌든 나는 이 권총을 꺼낼 생각입니다."

아케치의 손이 품에서 나오자 반짝하고 은빛으로 빛나는 물체가 얼핏 보였다.

참다 못한 구로야나기 박사가 얼른 방아쇠를 당겼다. 하지만 이게 어찌 된 일인가. 철컥하는 소리만 났을 뿐 아무 일도 일어나지 않았다. 아케치는 이미 박사를 향해 권총을 겨누며 히죽거리고 있었다.

구로야나기 박사는 이 뜻하지 않은 사태에 오싹 소름이 끼쳤다.

'틀림없이 뭔가 수작을 부린 거로군.'

그런 생각을 하니 겨드랑이 아래로 식은땀이 주르륵 흘렀다.

구로야나기 박사는 속이 타 두 번, 세 번, 네 번 방아쇠를 당겼다. 하지만 헛일이었다. 연기도 나지 않고 소리도 없었다. 총탄이 없었다.

"하하하하하하. 이제야 알겠습니까? 선수를 친 건 당신이 아니라 나라는 사실을?"

아케치가 권총을 겨눈 채 웃었다. 물론 권총을 발사할 생각은 없었다.

"제길."

박사가 입술을 일그러뜨리며 욕설을 내뱉었다.

"그럼 아까 마당에서 지갑을 떨어뜨렸을 때……?"

"이제야 눈치채셨군. 물론 그때 당신이 나팔꽃에 정신이 팔린 틈을 타 탄환을 빼낸 거죠. 당신은 내가 그만한 머리도 없는 얼간이인 줄 알았나요?"

아케치가 그렇게 말하며 왼손으로 소맷자락에서 탄환을 꺼내 손바닥 위에 얹어 보여주었다.

아케치는 전에도 그 이후로도 이때 구로야나기 박사의 표정처럼 추악하고 무시무시한 얼굴을 본 적이 없다. 부릅뜬 눈가가 새카매지더니 넓은 이마에는 피부병이라도 걸린 사람처럼 정맥이 울퉁불퉁 솟아났다. 거무죽죽한 입술이 다친 지렁이처럼 추하게 뒤틀렸다.

"그래, 이제 어쩌겠다는 거냐?"

"내가 저 툇마루 구석에 있는 줄을 당길 동안 꼼짝 않고 있으면 됩니다. 만약 움직이면 쏴버릴 테니까."

"안 돼. 그럴 수 없을걸. 네가 손을 뻗는 순간 네 권총을 쳐서 떨어뜨리는 정도는 식은 죽 먹기야. 으하하하, 아케치, 그 줄을 당길 용기가 있나? 두렵지 않아?"

아케치가 툇마루 구석 쪽을 향해 한 걸음 물러서자 구로야나기 박사도 스윽 한 걸음 다가왔다. 상대는 필사적이다. 방심할 수 없다. 바늘구멍만 한 틈만 보여도 상황은 뒤집힐지도 모른다.

하지만 아케치에게 다행히도, 바로 그때 바깥이 어수선해 눈을 떴는지 후지 요코가 안방에서 얼굴을 내밀었다.

"요코 씨. 어서 그 줄을, 줄을 당겨요."

깜짝 놀라 멈춰 선 요코에게 아케치가 도움을 청했다.

배짱 두둑한 요코는 바로 상황을 파악하고 툇마루 구석 쪽으로 달려갔다. 거기에 둥글게 매듭을 지어놓은 줄이 놓여 있었다. 요코가 그걸 잡아 아케치가 내민 왼손에 건네려고 했다. 하지만 요코는 방금 잠에서 깼다. 게다가 갑작스러운 소동에 평정을 잃었다. 건넸다 싶었는데 간발의 차이로 바닥에 툭 떨어지고 말았다.

아케치가 서둘러 몸을 구부려 그것을 주우려고 했지만 그때 그만 빈틈이 생기고 말았다.

잔뜩 노리고 있던 구로야나기 박사의 오른쪽 발이 휙 날아와 아케치의 손을 걷어찼고, 들고 있던 권총이 5미터쯤 떨어진 땅바닥에 떨어졌다.

"앗!"

비명을 지르더니 두 남자는 서로 맞붙어 무서운 기세로 땅바닥에 쓰러졌다. 박사가 아케치 위에 엎어졌다. 게다가 박사의 오른손은 아케치의 목을 움켜쥔 상태였다. 필사적으로 힘을 준 박사의 손가락이 아케치의 목을 파고들었다.

요코는 푸르뎅뎅하게 부풀어 오른 아케치의 얼굴을 보았다. 거의 숨이 넘어갈 듯이 허공을 움켜쥐는 두 손을 보았다. 더는 머뭇거릴 수 없다. 요코가 맨발로 마당으로 뛰어내려와 권총 쪽으로 달려가더니 그걸 주워 들고 겨눈 다음 방아쇠를 당겼다.

공기가 무섭게 진동하며 손에 심한 충격이 왔다. 흐린 연기 속으로 구로야나기 박사의 몸이 뒤로 젖혀지는 모습이 보였다.

탄환은 표적을 벗어나 아슬아슬하게 상대의 다리에 맞았다.

악당

싸움은 끝났다. 거미남은 이제 완전히 저항할 힘을 잃고 꼼짝도 못하게 묶여 마당에 누워 있었다.

요코는 자기가 쏜 총에 맞아 신음하는 남자를 멍하니 바라보며 서 있었다. 악몽이라도 꾸는 것 같은, 뭐라 말로 표현할 수 없는 심정이었다.

아케치는 툇마루에 걸터앉아 별로 흥분한 기색도 없이 여느 때와 다를 바 없는 정중한 말투로 쓰러져 있는 처참한 패자에게 말을 걸었다.

"구로야나기 씨, 이제 우리의 승부는 확실하게 끝난 셈입니다. 내 지혜가 당신 못지않다는 사실이 확인되었죠. 나는 그걸로 그만입니다. 당신과 내 관계는 깨끗하게 청산할 수 있어요. 다만 남은 문제는 당신과 사회의 관계, 즉 경찰의 영역에 속하는 일들입니다. 사실대로 말하자면 난 그런 일에는 아무런 관심도 없어요. 당신이 아는지 모르겠군요. 대개 나는 범인을 체포하지 않습니다. 범인이 도망치건 말건 제삼자에게 폐가 되지 않는 한 내가 알 바 아니라고 생각해 바로 철수한다는 방침이죠. 내가 하고 싶은 일은 탐정이지 처벌이 아니니까. 하지만 당신 경우에는 그럴 수가 없군요. 당신은 악마예요.

당신을 그대로 놔두면 또 부녀자를 유괴하고 계속 살인을 저지를 게 뻔합니다. 당신에겐 인간의 마음이 없죠. 그래서 정말 내키지는 않지만 난 당신이 교도소 감방에 갇힐 때까지 당신을 지켜볼 책임이 있는 겁니다."

"알아. 변명은 됐으니까 얼른 경찰을 불러."

거미남은 부상 때문에 얼굴을 찡그리면서 더듬더듬, 사뭇 귀찮다는 듯이 대꾸했다.

"요코 씨. 마을 주재소에 다녀오겠습니까? 순사를 부르고 내친김에 거기서 경시청 나미코시 경부에게 전화로 알려주면 좋겠는데."

아케치가 말하자 멍하니 서 있던 요코가 퍼뜩 정신을 차렸다.

"아, 예. 다녀올게요."

요코가 그렇게 대답하고 달려 나가려고 했다. 그런데 그때 어떤 불안감이 아케치의 머리를 얼핏 스쳤다.

"잠깐만요, 요코 씨."

아케치가 요코를 불러 세웠다. 그리고 구로야나기 박사의 얼굴을 찌를 듯한 시선으로 바라보았다.

"사실대로 이야기해요. 당신과 한패인 히라타는 지금 어디 있죠?"

"도쿄."

구로야나기 박사는 격투로 인한 피로와 부상 때문에 대꾸하기도 버거운 듯했다.

"도쿄? 거짓말. 당신이 그 정도로 준비성이 없는 사람입니까? 만약 당신이 실패했을 때는 제2선에 그 녀석이 있죠. 그리고 당신 대신 요코 씨를 유괴할 계획이겠죠."

아케치는 낮은 산울타리 너머로 펼쳐져 있는 일대의 밭을 둘러보았다. 이른 아침이라 아무도 보이지 않았다. 하지만 어느 밭고랑 뒤에 그 약삭빠른 히라타가 기회를 노리며 숨어 있을 것만 같은 느낌이 들어 견딜 수가 없었다. 요코를 혼자 보내는 것은 위험하다. 그렇다고 이대로 가만히 있어봐야 외딴집이라 이 부근을 지나가는 사람이 있을 리 없다.

"좋아, 그럼 이렇게 합니다. 요코 씨. 조금만 견디면 되니 이 권총을 이 사람 이마에 대고 가만히 지키고 계세요. 무서워할 것 전혀 없어요. 꼼짝 못 하게 묶었으니까요. 게다가 다리 부상 때문에 제대로 움직이지도 못하고. ……그리고 만약 누가, 이놈과 한패가 나타나 위태로워지면 상관하지 말고 총으로 이놈 이마를 쏴버리세요. 아시겠어요?"

아케치는 그 정도 조심하면 충분하다고 생각했다. 요코는 상대를 두려워하기보다 오히려 상대에게 심한 부상을 입힌 자기 행동을 후회할 정도였다. 요코는 별로 두려워하지 않고 아케치의 말에 따랐다.

아케치가 서둘러 주재소로 달려간 뒤에는 상처 입은 악마와 그 악마가 먹이로 노리던 아가씨가 상황이 완전히 뒤바뀐 이상한 상태로 남았다.

그런데 이때 아주 이상한 일이 일어났다. 아케치가 자리를 비운 시간은 15분쯤이지만 그사이에 그야말로 있을 수 없는 일이 일어났다. 상식으로는 도저히 이해할 수 없는 일이다. 그런 일이 실제로 일어난 것이다.

아침 이슬에 젖은 땅 위에 진흙투성이가 된 채 밧줄에 꽁꽁 묶인 구로야나기 박사가 마치 길쭉한 짐짝처럼 쓰러져 있었다. 그 비참한 모습은 구로야나기 박사라는 무시무시한 이름으로 부르기도 우스울 정도였다.

장딴지에 시커먼 구멍이 났고 거기서 피가 줄줄 나와 무릎 아래로 여러 갈래로 나뉘어 흘렀다. 뼈가 상하지는 않아 심각한 상처는 아니었지만 보기에는 처참했다. 통증도 심한지 구로야나기는 계속 얼굴을 찡그리고 낮게 신음했다.

요코는 아케치가 시킨 대로 권총 총구를 구로야나기의 이마에 대고 쭈그리고 앉았다. 하지만 자기가 쏜 총탄을 맞은 상처에서 피가 철철 흘러나오는 모습을 보면서 치료해줄 수도 없고 가만히 보고만 있어야 하니 배짱이 두둑하다고는 해도 역시 여자라 견디기 어려운 고통이었다.

한 번은 단도로 배를, 한 번은 권총으로 다리를. 생각해보면 요코는 구로야나기에게 두 차례나 큰 부상을 안겨주었다. 게다가 구로야나기가 그리도 집념을 가지고 쫓아다녔는데도 요코는 몸에 상처 하나 입지 않았을 뿐만 아니라 이 남자의 또 다른 목적이었던 것까지도 아직 빼앗기지 않았다. 결국 참으로 이상한 일이지만 요코의 경우에 호된 곤욕을 치른 사람은 오히려 그녀를 노리던 구로야나기 박사였던 셈이다.

게다가 그는 지금 요코 앞에 축 늘어져 있다. 죽이건 살리건 요코 마음먹기에 달렸다. 그저 방아쇠에 걸린 손가락에 살짝 힘을 주기만 하면 이 희대의 살인마, 전국을 공포에 떨게 만든 끔찍한 악마를 우스울 정도로 쉽게 처단할 수 있다.

아니, 방아쇠를 당길 것까지도 없다. 이렇게 도망가지 못하도록 지키고 있기만 하면 10분이나 20분쯤 뒤에 그는 경찰 손에 넘어간다. 그리고 그의 앞날에는 무시무시한 미결수 감방과 교수대가 기다린다.

처지가 완전히 뒤바뀐 이 상황이 이상하게 여겨져 요코는 웃음이 나왔다. 하지만 결국에는 말로 표현할 수 없는 슬픔인지 공포인지 모를 곤혹스러운 심정이 되었다.

요코는 견딜 수 없이 초조했다. 1초, 1초, 시간이 흘러가는 것이 두렵기까지 했다.

악마는 죽은 듯이 아무 말도 없었다. 그의 몸에서 살아 있는 부분은 그저 다리의 상처에서 흘러나오는 피뿐인 듯했다.

요코는 견딜 수 없어 권총을 오비 앞에 끼우고 소맷자락에서 새 손수건을 꺼내 박사의 다리 쪽으로 갔다. 얼른 상처가 난 부분을 묶어 그 끔찍한 모습이 보이지 않게 했다.

악한은 다리에 요코의 손길이 닿는 걸 느끼고 움찔했다. 그리고 요코가 손수건을 붕대처럼 묶자 낮은 목소리로 "고마워"라고 했다.

"당신 빨리 도망쳐요. 어디로든 가버리세요."

갑자기 뜻하지 않은 말이 요코의 입에서 흘러나왔다. 그녀는 빠른 말투로 히스테릭하게 같은 소리를 두세 차례 반복했다. 하지만 요코 자신도 그 말이 무얼 뜻하는지 알지 못하는 듯했다.

"난 이제 도망치고 싶지 않아. 당신이 무슨 속셈으로 그런 소리를 하는지 몰라도."

박사는 부드러운 목소리로 대꾸했다.

그 말을 듣자 요코는 갑자기 박사에게 달려들어 꽁꽁 묶은 밧줄을 풀기 시작했다.

"당신 미쳤어? 아니면 내가 꿈을 꾸는 건가?"

박사는 밧줄을 푸는 요코를 보고 깜짝 놀라 중얼거렸다.

밧줄을 모두 푼 뒤에도 구로야나기 박사는 얼른 일어나려고도 하지 않았다. 그리고 의아한 표정으로 요코의 얼굴을 물끄러미 쳐다보았다.

"어서, 경찰이 오기 전에 어디로든 도망쳐. 그리고 다시는 내 앞에 나타나지 말아줘. 어서, 빨리."

요코가 발을 동동 구르며 재촉했다.

그 말을 들은 박사는 상반신을 일으키고 히죽히죽 웃었다.

"그럼 도망가기로 하지. 그렇지만 혼자서는 싫어."

"뭐?"

"너하고 함께 가는 게 아니라면 싫다는 소리야."

그는 악마의 본성을 드러내고 뻔뻔하게 말하면서 불쑥 일어섰다. 무엇이 요코를 그렇게 만들었는지는 모른다. 하지만 그는 이 신경이 예민한 아가씨의 변덕을 보며 생각했던 것보다 곱절은 가치가 있겠다고 순간적으로 생각했다.

요코는 퍼뜩 악몽에서 깨어난 듯 낭패한 표정을 지었다. 하지만 이미 늦었다. 요코의 오른손은 구로야나기 박사에게 꼼짝 못 할 정도로 꽉 잡힌 상태였다. 권총도 어느새 박사의 손안에 있었다.

기괴한 정사

요코는 박사에게 끌려 밭두렁 길로 갔다. 무슨 자석 같은 힘을 지녔는지 이 살인마에게는 힘을 쓸 수 없었다. 더 미묘한 것은 요코가 전혀 저항하지 않았다는 사실이다.

박사는 대체 어디로 도망칠 작정인지 50미터쯤 떨어진 절벽을 향해 계속 걸어갔다. 그 아래는 다마가와 강의 거센 물살이 흐른다.

눈 깜빡할 사이에 절벽 끝 부분에 이르렀다. 이제 길은 없다. 앞은 아득한 계곡이다.

구로야나기 박사가 깎아지른 절벽 끝에 섰다. 요코도 걸음을 멈췄다. 하지만 그녀는 박사의 이 기묘한 행동을 의아하게 여길 여유도 없이 그저 크게 뜬 눈으로 박사의 얼굴을 멍하니 바라볼 뿐이었다.

"알겠어요?"

박사가 부드럽게 말했다.

"이게 처음부터 내 계획이었어요. 중간에 훼방꾼이 끼어들어 번거로워지긴 했지만 결국 계획대로 된 겁니다. 나는 지금 당신과 여기서 뛰어내릴 거예요. 기쁘지 않아요? 말하자면 동반자살하는 거죠."

요코는 구로야나기 박사의 말을 건성으로 들었다. 당연히 의미는 모른다. 그저 뭐라 표현할 수 없는 본능적인 공포가 가슴 깊은 곳에서 솟구치는 걸 느꼈다.

"당신은 왜 밧줄을 풀어주었지? 그건 당신이 마음 깊은 곳에서 나를 사랑하고 있기 때문이에요. 당신 스스로도 이해하지 못하는 자기 마음이 나를 사랑하기 때문이죠. 당신의 표면적인 마음은 나를 증오하고 두려워할지 몰라요. 하지만 진짜 마음은 오히려 내게 강하게 끌렸던 겁니다. 여기서 둘이 동반자살을 하는 건 전혀 불합리한 선택이 아니죠."

박사가 이상한 소리를 했다. 하지만 요코에게는 그게 새빨간 거짓말 같지는 않았다.

박사는 요코의 손을 잡은 채 절벽 끄트머리의 무성한 관목 숲을 지나 더 낮아진 좁은 공간으로 내려섰다. 절벽에서 튀어나온 바위로 된 선반 같은 곳이었다. 거기서 계곡 아래까지는 아무런 장애물도 없이 수직으로 떨어지는 절벽이었다.

그곳은 그늘이 져서 어두컴컴했지만 그 구석에 누워 있는 이상한 물체가 구분이 되지 않을 정도는 아니었다.

요코는 얼핏 그걸 보고 너무도 무서워 비명을 지르며 뒷걸음질 치려고 했다. 그러나 박사의 손가락이 아교처럼 손목을 꽉 움켜쥐고 있어 마음대로 움직일 수 없었다.

거기에는 키나 옷차림이 거미남과 똑같은 남자가 축 늘어져 있었다. 다만 그 남자에게는 머리는 있지만 얼굴이 없었다. 눈도 코도 입도 모두 시커멓게 뭉개진 상태였다. (설명할 필요도 없이 이 시체는 화장장에서 훔쳐낸 것으로, 전날 밤에 히라타 청년이 옮겨다놓은 게 틀림없다.)

"자, 여기 내 분신이 있어요. 당신과 동반자살하려는 건 내 분신이죠. 나 같은 악당은 목숨도 신체도 하나가 아니죠. 보세요. 이 남자하고 나하고 어디가 다릅니까? 얼굴? 얼굴은 짓이겨놓으면 이렇게 되죠. 그리고 당신에게 당한 칼자국도 배에 나 있죠. 다리에 난 탄환 상처도 이렇게……."

박사가 그렇게 말하면서 아까 요코한테서 빼앗은 권총으로 갑자기 죽은 사람의 다리를 쏘았다.

"자, 이제 나하고 다른 곳이 없죠."

악마의 반짝반짝 빛나는 눈이 꼼짝도 못 하고 있는 요코를 바라보았다. 박사가 쥔 손목에 가해지는 힘이 점점 세졌다. 동시에 저항할 수 없는 강력한 힘에 의해 요코는 박사 쪽으로 점점 끌려갔다.

요코는 아무것도 할 수 없었다. 세상에서 가장 불길하고 무서운 악몽을 꾸듯 몸이 전혀 말을 듣지 않았다. 뜻대로 되지 않아 조바심 때문에 버둥거렸다.

***

그로부터 열흘이나 지난 뒤에야 이 불가사의한 시체가 발견되었다. 이렇게 발견이 늦어진 이유는 시체가 발견된 곳이 사람이 다니지 않는 절벽 아래, 그것도 바위 틈새였기 때문이다. 게다가 그 틈새는 나뭇가지로 가려져 위에서 내려다보면 죽은 사람들의 옷자락도 보이지 않았다.

발견한 사람은 낚시를 좋아하는 마을 사람이었다. 어느 날 그는 급류에서 낚시를 하기 위해 평소 다니지 않던 길로 멀리 돌아 계곡으로 내려가, 그 절벽 아래를 지나가다가 무심코 바위 틈새를 보았다.

바위 틈새에는 남녀 두 명이 서로 겹쳐진 채 썩어가고 있었다.

검시 결과 남자는 구로야나기 박사인 거미남, 여성은 후지 요코라는 사실이 밝혀졌다. 남자의 품 안에서 다음과 같은 유서가 나왔다.

이 죽음이 경찰과 아케치 고고로에게 항복하는 의미는 아니다. 나는 지금 이 마지막 순간에 그들을 경멸한다. 나는 이겼다. 모든 것을 얻었다. 물욕도 명예욕도, 그리고 마지막으로 무엇과도 바꿀 수 없는 연인까지. 그녀는 진심으로 나를 사모하여(그대들이 이 말을 듣고 얼마나 놀랄까), 나와 함께 이 아름다운 자연의 품에 영원히 잠들기를 바랐다.

이 길벗, 이 마지막 장소, 승리감으로 충만한 환희 속에서 나는 달콤하고 아름다운 죽음의 나라로 가고자 한다.

시체는 두 구 모두 살갗이 짓물러 얼굴조차 알아보기 힘들었다. 특히 거미남은 추락할 때 바위 모서리에 부딪혔는지 얼굴이 심하게 망가졌다.

사람들은 이 상상도 못 한 갑작스러운 카타스트로피(catastrophe)[98]

98 '급변'을 뜻하는 그리스어로, 원래는 연극 용어였지만 '파국, 비극적 결말, 대단원'을 뜻하는 말로 널리 쓰인다. – 역주

에 약간 어리둥절하면서도 안도의 한숨을 내쉬었다. 특히 경찰 수뇌부는 어깨에 짊어졌던 무거운 짐을 겨우 내려놓은 심정이었다.

경시청 안에서도 그 흉악한 악당이 그렇게 간단하게 죽을 리 없다며 의문을 품은 이가 일부 있었다. 하지만 H마을 안은 물론이고 어디에서도 비슷한 행방불명자는 없었다. 도쿄에 있는 대학 해부교실이나 시료병원,[99] 기타 시체를 다루는 기관을 샅샅이 조사했지만 의심할 만한 점은 없었다. 게다가 시간이 흘러도 거미남의 수법으로 보이는 범죄는 일어나지 않아 역시 그것이 거미남의 최후였다고 여기게 되었다. 아직 공범 히라타 도이치가 체포되지 않았지만 두목인 거미남이 죽은 지금 그 존재는 별문제가 아니었다.

의외로 범인이 자살했다는 사실을 알게 된 아케치 고고로가 이후 어떤 생각을 품었는지는 누구도 몰랐다. 나미코시 경부조차 알지 못했다.

아케치도 말로는 그 시체가 거미남이 틀림없다고 했다. 또 신문기자에게는 범인의 갑작스러운 죽음에 대해, 범인의 이해하기 힘든 심리 상태에 대해 유명한 범죄자들을 예로 들어가며 긍정적인 설명을 해주기도 하였다. 하지만 그가 그렇게 한 까닭은 속임수에 지나지 않았다. 속으로는 전혀 다른 생각을 했다.

나미코시 경부가 마지막으로 아케치 고고로를 만난 때는 거미남의 시체가 발견된 지 사흘째 되던 날이었다. 그 뒤로 누구도 그의 소식

---

99 환자를 무료로 치료해주는 병원. - 역주

을 아는 이가 없었다. (경부는 아케치가 H마을에서 한 실수 때문에 창피해 나타나지 않는 거라고 생각했다.) 거미남의 죽음과 아케치 고고로의 행방불명이 잇달아 일어났다. 범인과 탐정이 거의 동시에 이 세상에서 모습을 감춘 셈이다.

나미코시 경부는 거기에 뭔가 특별한 의미가 있는 게 아닌지 의심했다. 두 사람이 마지막으로 이야기를 나누었을 때 아케치가 묘한 말을 한 것이 기억에 남았기 때문이다.

그때 무슨 영문인지 아케치는 주머니에서 쪽지 한 장을 꺼내 경부에게 보여주었다. 거기에는 연필로 '아사쿠사 구 S초 ……번지, 후쿠야마 쓰루마쓰(福山鶴松)'라고 적혀 있었다.

"이 쪽지는 구로야나기 박사의 책상 위에 있던 메모에서 찢어 온 겁니다. 박사가 요코 씨의 단도에 찔려 누워 있을 때 쓴 글로 보입니다. 그런데 이 후쿠야마 쓰루마쓰라는 사람은 경부님도 아마 아시겠죠? 하나야시키(花屋敷)[100] 같은 곳에 사람 크기만 한 인형을 전문으로 납품하는 유명한 인형 제작자죠. 구로야나기 박사가 왜 인형 제작자의 주소를 적어두었을까요? 이건 아주 흥미로운 사실입니다. 뭔가 엄청난 일이 일어날 것 같은 느낌이 드는군요. 어때요, 나미코시 경부님? 그런 생각이 들지 않습니까?"

아케치는 이렇게 말했다. 하지만 마침 그때 다른 손님이 있어 그 대화는 중단되었고, 결국 나미코시 경부는 그 뒤로 아케치를 만나지

100 관람용으로 꾸며놓은 정원. 일종의 테마파크 같은 공간이다. – 역주

못했다. 거미남 본인이 죽은 지금 메모에 어떤 내용이 적혀 있건 문제 삼을 일은 아니라고 생각한 나미코시 경부는 아케치의 말을 그냥 흘려버리고 말았다. 하지만 나중에 돌이켜보니 그때 아케치의 말에는 의외로 깊은 뜻이 있었던 건지도 모른다는 생각이 들었다.

파노라마 인형

거미남의 시체가 발견된 지 한 달쯤 지난 10월 초의 어느 날, 아사쿠사 구 S초에 있는 인형 제작자 후쿠야마 쓰루마쓰의 가게에 어떤 손님이 찾아왔다.

모직 외투 안에 촘촘한 줄무늬가 있는 홑옷, 두꺼운 비단으로 지은 홑겹 하오리를 입었고 흰 버선에 펠트 조리(草履)[101]를 신었다. 살짝 불쾌감이 들게 하는 기업가처럼 차려입은 마흔 살쯤 되어 보이는 남자였다. 옷차림은 번듯했지만 얼굴 반쪽에 화상이라도 입었는지 피부가 오그라들어 있었다. 게다가 하나도 남김없이 금을 씌운 이를 잔뜩 드러내고 씩 웃으면 소름이 끼칠 만큼 인상이 무시무시했다.

주인을 만나고 싶다면서 남자가 내민 명함에는 이렇게 적혀 있었다.

쓰루미(鶴見) 유원지 파노라마관

소노다 다이조(園田大造)

101 일본식 짚신. - 역주

파노라마관이라면 틀림없이 인형을 주문할 거라고 생각해 얼른 응접실로 안내했다. 곧 주인인 쓰루마쓰가 그를 만나러 나왔다. 그러자 소노다 다이조는 다음과 같은 용건을 전달했다.

쓰루미 유원지에 이번에 파노라마관이 생긴다. 소노다는 그곳 경영자다. 건축물의 외관은 이미 완성되었다. 이제부터 내부 장식을 시작할 텐데 거기 설치할 인형이 필요하다. 기성품을 섞어 넣어도 되니 이달 안으로 준비해달라.

"그리고 도면을 만들어 왔는데 대략 이런 모습으로 만들어주십시오."

소노다는 그렇게 말하면서 도면을 펼쳤다. 거기에는 마흔아홉 개의 서로 다른 포즈를 취한 여자의 모습이 그려져 있었다. 게다가 그것은 모두 알몸이거나 반나체였다.

"마흔아홉 개로군요. 한 달 안에 만들기는 무리입니다. 게다가 이렇게 알몸이 많으면 더욱 그렇죠."

인형 제작자는 뜻하지 않은 대량 주문에 당황하며 고개를 갸웃거렸다.

"아뇨, 이미 만들어둔 머리나 손발에 몸통만 만들어 붙여주시면 됩니다. 어두컴컴한 파노라마관 안에 설치하는 것이기 때문에 몸매가 좀 나빠도 뭐 크게 상관없을 겁니다. 어쨌든 마흔아홉 개만 채워지면 됩니다."

잠시 밀고 당기기가 있었지만 결국 쓰루마쓰가 설득당해 이미 만들어둔 걸 써도 진짜 괜찮다면 맡겠다며 주문을 받게 되었다. 바로 견적을 낼 수는 없어 대략적인 액수를 묻고 소노다가 그 반액을 수표로 지급했다.

"뒤에 인형 공장이 있는 모양인데 한번 구경하고 싶군요."

상담이 끝나자 소노다가 문득 생각난 듯이 말했다.

"공장이라고 할 정도는 아니지만 보시죠."

쓰루마쓰는 큰 주문을 넣은 고객을 대우해주는 뜻에서 앞장서서 소노다를 공장으로 안내했다.

지저분한 바라크 건물 마루방에서는 몇몇 기술자가 일하는 중이었다. 한편 마루 앞 봉당에서는 어린 직원들이 쭉 늘어놓은 흙으로 된 밋밋한 머리에 노란색 물감을 칠하고 있었다. 직원 가운데 어떤 이는 인형 얼굴에 화장을 하거나 그늘을 그렸다. 한쪽에서는 머리카락을 심는가 하면 다른 쪽에서는 유리로 된 눈알을 넣는 작업을 하는 중이었다. 마루방 바닥에는 빨갛거나 파르스름한 여러 가지 모양의 머리가 아무렇게나 놓여 있었다. 그런가 하면 한쪽 벽에는 손가락을 펼치거나 허공을 움켜쥐는 모습을 한 실제 크기의 새하얀 팔이 마치 무처럼 쭉 걸려 있었다.

소노다 다이조는 재미있다는 듯이 그 사이를 기웃거리며 돌아다녔다.

"와아, 이거 무섭군요. 눈알만 끼운 사람 머리는."

아직 색을 칠하지 않은, 머리카락도 눈썹도 없는 석고상처럼 새하얀 인형 머리에 눈알만 끼워져 있었다. 그 새카만 눈동자가 마치 살아 있는 것처럼 소노다 쪽을 쳐다보았다.

하지만 여기서 인형 공장을 묘사하려는 것은 아니다. 독자 여러분은 인형이 아니라 사람에게, 이 공장에서 일하는 직공 한 명의 이상한 행동에 주의를 기울이시기 바란다.

그때 소노다 다이조는 인형 쪽에 정신이 팔려서 그걸 만드는 직공들에게는 전혀 눈길을 주지 않았기 때문에 그도 당연히 눈치채지 못했다. 공장 한구석에서 도료를 배합하던 마흔 살쯤 되는 키 큰 직공이 소노다를 흘끔 보더니 흠칫 놀란 듯이 손길을 멈추고 상대 얼굴의 오그라들지 않은 부분을 뚫어져라 바라보았다.

한동안 그렇게 바라보더니 이윽고 뭔가 확인하듯 그 직공은 상대방이 눈치챌까 두려운 듯 고개를 숙였다. 소노다가 그 직공 부근을 지날 때는 열심히 도료를 섞는 척하며 고양이처럼 몸을 잔뜩 웅크렸다.

소노다가 돌아가자 그는 어슬렁어슬렁 공장을 빠져나가 주인인 쓰루마쓰에게 다가가 물었다.

"방금 그 남자는 무엇 하러 온 겁니까?"

"아, 그 손님 말인가요? 고객입니다. 쓰루미 유원지 파노라마관 책임자죠. 이달 안으로 여자 알몸 인형 마흔아홉 개를 주문했거든요."

쓰루마쓰는 직원인 이 남자에게 윗사람을 대하는 듯한 말투로 대꾸했다.

직원은 소노다에 대해 꼬치꼬치 캐묻고 그가 썼다는 수표까지 보여달라고 했다.

"아, 고마워요. 아무것도 아니에요. 내가 착각했군요. 고마워요, 고

마워."

직공은 도무지 직원답지 않은 말투로 왠지 무척 기쁜 표정을 지으며 몇 번이나 "고맙다"고 하면서 공장 쪽으로 돌아갔다.

쓰루마쓰는 뭐가 어떻게 된 건지 몰라 이상하다는 표정을 지으며 그 신입 직공을 바라보았다. 그는 그 직공에게 급여를 주기는커녕 오히려 직원에게 엄청난 사례를 받고 있었다. 본명도 알고 그가 결코 인형 만드는 기술을 익히기 위해 공장에 다니는 것이 아니라는 사실도 안다. 하지만 그 직공의 진짜 목적이 무엇인지는 전혀 몰랐다.

꿈틀대는 촉수

그로부터 약 1개월 뒤, 10월 말 어느 저녁. E여학교(프랑스어를 정규 과목으로 가르치는 유명한 여학교) 4학년 와다 도시코(和田登志子)라는 아름다운 여학생이 진구가이엔(神宮外苑)[102]의 넓고 구불구불한 길을 혼자 걷고 있었다. 청년회관에서 개최되는 어떤 음악회에 갔다가 돌아가는 길이다. 음악회는 친구와 함께 갔지만 집으로 가는 길은 방향이 달라 청년회관 앞에서 헤어져 땅거미 지는 한적한 공원을 홀로 걷게 되었다.

만약 두 달 전이었다면 도시코는 결코 이렇게 혼자 걷지 않았으리라. 아예 음악회에 가는 것조차 삼갔을지도 모른다. 왜냐하면 사토미 요시에나 사토미 기누에, 후지 요코와 매우 닮은 도시코는 거미남에 대한 소문을 듣고 두려움에 떨던 도쿄 아가씨 가운데 한 명이었기 때문이다.

사람들에게 밀려 회관에서 늦게 나왔고, 나와서도 친구와 둘이서 아직 귀에 남아 있는 음악이 얼마나 감격적인지에 대한 이야기를 나누기도 하느라 막상 집으로 돌아가려고 했을 때 다른 청중은 이미

102 1926년 아오야마 연병장 자리에 조성한 메이지신궁의 외원(外苑)이다. – 역주

보이지 않았다.

듬성듬성 서 있는 가로등 불빛이 점점 밝아지면서 어둠은 빠른 속도로 밀려왔다. 완만한 곡선으로 구분된 잔디밭에 드문드문 서 있는 나무가 가로등 불빛을 역광으로 받아 무척 깊숙한 곳에 와 있는 느낌을 주었다.

쇼 선이 멈추는 역이 저 앞에 보였다. 그 주변의 밝은 전등 불빛 바로 앞에 가로수 숲의 그림자가 보였다. 걸음을 옮길 때마다 그 검은 그림자가 점점 하늘로 떠오르는 듯했다.

문득 그 나무 그림자 가운데 하나가 도시코의 걸음걸이와 맞지 않게 움직이는 느낌이 들었다. 그녀는 이상한 현상에 소름이 끼쳐 걸음을 멈췄다. 그러자 걸을 때마다 흔들리던 나무 그림자들도 딱 멈췄다. 하지만 그 가운데 하나만은 아직도 천천히 움직였다. 게다가 그 그림자는 천천히 도시코 쪽으로 다가왔다.

가까이 다가오자 그 그림자는 이상하리만치 호리호리하고 키가 큰, 양복을 입은 청년이라는 걸 알 수 있었다. 청년의 검은 그림자 머리 부분이 가로수 그림자에 섞여 이상하게 보였다.

도시코는 마음이 놓여 다시 걸음을 뗐다. 하지만 바로 이번에는 괜히 신경이 예민한 탓이 아니라 정말로 무서운 일이 일어났다. 그 청년은 단순한 행인이 아니라 그 나무 그늘에서 도시코가 오기를 기다리고 있었던 모양이었다. 그 청년은 도시코의 정면으로 한 발 한 발 다가왔다. 오른쪽으로 피하면 오른쪽으로, 왼쪽으로 피하면 왼쪽으로 다가왔다. '어머, 이 사람 불량배인가봐'하는 생각이 들었다. 하지만 도시코는 전에도 그런 경험이 있어 애써 태연한 척, 상대를 무시하며 곁눈질도 하지 않고 계속 걸으려 했다. 하지만 이 청년은 전에 마주쳤던 그런 상대와는 달리 그 정도로는 물러나지 않았다. 물론 부딪히지는 않았지만 몸을 틀어 스쳐 지나는데 그가 도시코의 팔을 오싹할 정도로 살짝 찌르며 속삭이는 듯한 목소리로 말했다.

"잠깐만요."

도시코는 어떻게 할까 고민했다. 불행하게도 주변에 지나가는 사람이 없었다. 멀리까지 들릴 만큼 소리를 지르기도 여의치 않았고 도망을 친다고 해도 소용없는 짓이라는 걸 깨달았다.

"그렇게 대꾸도 하지 않을 것까지는 없어요. 아무것도 아닙니다. 그냥 잠깐 저쪽에 가서 이야기 좀 하면 돼요."

청년이 뻔뻔스러운 말투로 위협하듯 말했다.

"난 바빠요."

도시코는 들릴 듯 말 듯한 목소리로 그렇게 거절하고는 다시 걸음을 떼려고 했다.

"소용없어요, 도망가려고 해도."

청년의 끈적끈적한 두 손이 도시코의 어깨를 잡았다.

"어머, 뭐 하는 거예요?"

"아무것도 안 해요. 그냥 당신에게 경의를 표하는 겁니다."

그러면서 청년은 갑자기 뒤에서 도시코의 겨드랑이 아래 손을 넣어 목덜미에서 깍지를 껴 꼼짝 못 하게 만들더니 얼굴을 들이댔다. 이상하리만치 끈적끈적하게 느껴지는 포옹. 남자 냄새나는 뜨거운 숨결.

"사람 살려!"

도시코가 마침내 비명을 질렀다.

비명을 지른 순간 "멍청한 놈!" 하고 소리치는 힘찬 남자 목소리가 들렸다. 도시코가 홱 돌아보았을 때는 어찌 된 일인지 불량 청년은 벌써 땅바닥에 내동댕이쳐져 있었다.

구원의 손길을 뻗은 사람은 무명으로 지은 기모노에 사냥 모자를 쓴 청년이었는데, 상대를 쓰러뜨린 것만으로는 성이 차지 않았는지 그 위에 올라타 주먹을 쥐고 퍽퍽 두들겨 팼다.

"어때, 정신이 드나?"

불량배는 끽소리도 못 했다. 저항도 하지 못하고 얻어맞기만 했다.

"한심한 놈이로군. 그래, 됐어. 이번만은 용서할 테니 얼른 꺼져."

청년이 주먹질을 그치자 불량배는 재빨리 일어나 슬금슬금 어둠 속으로 사라졌다.

"끔찍한 일을 당했군요. 이 주변에는 불량배가 많아서 조심하지 않으면 위험해요."

청년이 도시코를 바라보며 부드러우면서도 또렷한 말투로 이야기했다. 그리고 그녀가 우물우물 고맙다는 인사를 하는 것을 흘려들으며 물었다.

"음악회에 다녀오시는 길인가요?"

도시코가 "예" 하고 대답했다.

"저도 마찬가지입니다. S씨의 바이올린 연주는 빼놓지 않고 들으러 올 정도로 좋아하죠. ……그럼 저기까지 바래다드리죠. 쇼 선을 타실 거죠?"

우연히도 도시코는 쇼 선을 즐겨 타는 사람 가운데 한 명이었다. 즉 자신을 구해준 것에 대한 감사의 마음과 동호인으로서의 호감이 겹쳐 도시코는 이 청년이 무척 친근하게 느껴졌다.

두 사람은 어깨를 나란히 하고 역으로 향했다. 두 사람은 음악에 대해 끝없이 이야기했다. 그리고 완전히 친해졌다. 밝은 곳으로 나오자 청년의 옷차림이 상당히 고급이고 맵시 있다는 사실과 튼튼해 보이는 굵은 팔, 마음에 드는 외모와 쾌활한 성격이 도시코의 관심을 끌었다.

전철을 기다리는 동안 서로 주소와 이름, 학교 등을 주고받았다. 청년은 R대학 조정부 선수이며 모가미(最上) 자작의 아들이라는 사실을 알게 되었다.

"저는 메구로, 그쪽은 이케부쿠로까지 가니까 신주쿠까지는 함께 갈 수 있군요."

청년이 말하자 도시코도 아쉽다는 듯이 대꾸했다.

"예, 그렇군요."

그로부터 두 시간 뒤, 메구로 역 근처의 어느 작은 카페 안 어둑어둑한 구석에서 두 청년이 이마를 맞대고 소곤소곤 이야기하고 있었다.

"잘된 것 같군."

호리호리하고 키가 큰 양복 입은 청년이 말했다. 아까 어둠 속에서 도시코를 덮쳤던 녀석이다.

"이제 백 냥이 손에 들어온 거나 마찬가지야. 오늘까지 도합 3백 냥. 나쁘지 않은 사업이로군."

대답한 사람은 놀랍게도 아까 불량 청년을 두들겨 팬 모가미 자작의 아들이라는 그 청년이 아닌가. 이게 어찌 된 일인가. 아까 그것은 연극이었던가?

"낡은 수법이긴 하지만. 의외로 허술해. 그 아가씨 완전히 넘어갔잖아?"

"흐흥, 내가 누군데."

"이봐, 뻐기지 마. 내 생각도 좀 해줘. 얻어맞고 욕먹고 체면이 말이 아니야."

"아, 그런 소리 하지 마. 이건 장사잖아."

"그런데 어때? 틀림없겠지?"

"걱정 마. 11월 3일이 휴일인데 그날 우리 집에서 음악회가 열려. 그 모임에 아가씨를 초대했어. 내가 자동차로 메구로 역까지 마중하러 나가기로 했어. 11월 3일이면 바로 그날이니까 말이야. 빈틈없지."

"오호, 용케 거기까지 진도가 나갔군."

"어쨌든 자작이니까. 요즘 귀족이라고 하면 잘 통하지. 허술해. 그럼 히라타 형님에게 이 기쁜 소식을 알려드릴까?"

모가미라는 청년이 자리에서 일어나 전화실로 들어갔다.

'히라타 형님'은 누구인가. 와다 도시코가 거미남이 좋아하는 취향의 여성임을 생각하면 아무래도 그건 저 거미남과 한패였던 히라타 도이치를 가리키는 것 같지 않은가. 그렇다면 이 두 사람이 사용한 낡은 트릭은, 거미남 구로야나기 박사의 명령으로 히라타 도이치가 동료 불량배들을 모아 대대적인 여성 유괴를 도모하고 있는 게 아닐까?

독자는 기억하실 것이다. 일찍이 노자키가 주운 도쿄 지도에는 마흔아홉 개의 표시가 되어 있었다는 사실을. 구로야나기 박사는 그게 거미남의 독수에 걸려들 살인 후보자가 있는 곳을 표시한 것이라는 암시를 했다. 짐작건대 모가미라고 하는 청년의 꿍꿍이는 이 마흔아홉 명 유괴살해 계획의 일부분이 아닐까? 마흔아홉 명. 아아, 마흔아홉 명이라면, 한 달 전 얼굴에 흉터가 있는 무섭게 생긴 인물 역시 인형 제작자 후쿠야마 쓰루마쓰를 방문해서 여자 인형 마흔아홉 개를 주문했다. 이 사실은 우연일까? 혹시 거기에 잔학하기 짝이 없는 거미남의 전율할 만한 흉계가 숨어 있는 건 아닐까?

또 모가미 청년이 '11월 3일이면 바로 그날이니까'라는 이상한 말을 했다. 그날이라니, 무슨 뜻일까. 혹시 그날이 괴물 거미남의 마지막 대형 범죄가, 상상을 초월한 음란하고 잔학한 지옥이 이 세상에 펼쳐지는 날이 아닐까?

비상 유괴

같은 시기에 시내 도처에서 비슷한 사건이 일어났다. 아마 히라타 도이치가 동원할 수 있는 세력과 거미남이 제공한 거액의 보수 때문에 일어난 일이리라. 시쳇말로 난파(軟派)[103] 불량 청년이라고 불리는 반반한 청년들이 이상하리만치 열심히 그 일을 했다.

수법은 자칭 모가미라는 불량 청년의 경우와 크게 다르지 않았다. 예술이라거나 학식, 작위, 남성적인 체력 등을 내세웠고, 거기에 매우 치밀한 연극(트릭)이 이용되었다. 그래서 트릭에 넘어간 여성들은 예외 없이 '11월 3일'을 기해 음악회에, 혹은 활동사진 관람에, 혹은 교외로 나가는 등 짧은 여행에 불량 청년과 동행한다는 굳은 약속을 했다. 아아, '11월 3일' 그날, 이 세상 어디에서 대체 어떤 악독한 행위가 일어나려는 걸까.

11월 2일이 되었다. 하지만 아무리 히라타의 지시에 따르는 불량 청년들의 수가 많아도, 그들이 아무리 잘생기고 간교하다고 해도 짧은 시간 안에 50명에 가까운 여성을 모두 유혹하기란 불가능했다.

---

103 메이지 시대부터 사용된 말로 애초에는 의견이나 주장이 유약한 패거리를 가리키는 정치 용어로 쓰였다. 1901년 '이성 교제나 요란한 복장을 즐기는 청소년들'이란 설명이 사전에 추가되었다. 여기에서는 후자의 뜻으로 사용되었다. – 역주

11월 2일, 즉 내일이면 드디어 그 '11월 3일'이 되지만 아직 그 아가씨들 가운데 20명 가까이는 손도 대지 못한 상태였다.

용의주도한 거미남이 이 일을 미리 짐작하지 못했을 리 없다. 그는 마지막까지 남은 아가씨들을 단번에 손에 넣을 비상수단을 이미 마련해둔 상태였다.

명령이 떨어지자 히라타는 전화를 이용한 비밀통신으로 미리 대기시켜놓은 수십 명의 불량 청년과 함께 비책을 받았다. 그들은 시내의 10여 곳을 분담하여 각자의 담당 구역으로 갔다.

하지만 그들의 '비상 유괴'를 여기에서 모두 이야기하기란 불가능하다. 작가는 그 가운데 딱 하나만 설명하기로 한다. 독자는 이 한 가지 예를 가지고 다른 모든 유괴를 추측할 수 있을 테니까.

도쿄에 사는 사람은 거의 매일 밤 소방차가 요란하게 사이렌을 울리는 소리를 듣지만 이상하다고 생각하지는 않는다. '에도의 꽃'[104] 이후 전통이 사람들을 화재에 무심하게 만들었다. 시바[105]에 사는 사람이나 고지마치 구에 사는 사람이나 간다에 사는 사람도 매일 밤 불자동차 소리를 들었다. 즉 불이 자주 나는 계절이면 매일 밤 도쿄에서는 심할 때는 10여 차례까지 화재가 발생한다.

---

104 에도 시대에 현재 도쿄인 에도에서 일어난 화재를 말한다. '불과 싸움은 에도의 꽃'이란 말이 남아 있을 정도로 자주 불이 났다. 에도의 인구가 증가하면서 화재로 사망한 사람이 수백 명, 수천 명에 이르기도 했으며 1855년에는 지진으로 불이 번져 약 4천5백 명이 죽기도 했다. – 역주

105 지금의 도쿄 미나토 구 동부에 해당하는 지역의 옛 이름. 1878년부터 1947년까지 도쿄 시 시바 구가 있었다. – 역주

그런 계절이라고 하기는 조금 일렀지만 11월 3일 밤에도 도쿄 시내 10여 곳에서 불이 났다. 화재에 익숙한 도쿄 사람들은 그걸 당연한 일로 여겨 특별히 의심하지 않았으며, 신문에서도 거의 문제 삼지 않았다. 하지만 표면적으로는 별일 아닌 것 같은 작은 화재 이면에는 무시무시한 음모가 숨어 있었다. 나중에 그 진상을 알게 된 시민들은 차원이 다른 악마의 간교한 계략에 깜짝 놀라 악 하고 소리를 지르지 않을 수 없었다.

그날 밤 10여 군데에서 거의 같은 일이 일어났다. 그것을 하나하나 설명하려면 따분하다. 그 가운데 한 가지만 예로 들면, 우시고메 구[106] H초에서 일어난 한 가지 예를 통해 다른 모든 화재를 추측할 수 있을 테니까. 그 우시고메 구의 예라고 하는 것은…….

바람이 부는 캄캄한 밤이었다. 그 어둠을 뚫고, 그 바람이 몰아치는 밤의 괴조(怪鳥)처럼 H초의 주택가 검은색 판자 담장 주변을 어슬렁거리는 그림자가 있었다. 한 명, 두 명, 세 명. 그들은 소곤소곤 속삭이다가 흩어지고, 흩어졌다가는 다시 한데 모였다.

새벽 2시. 순찰하는 경찰의 발소리가 멀어지기를 기다렸다가 그들 가운데 한 명이 쓰레기통 뒤에서 휙 하고 나타났다. 어둠의 색과 같은 검은색 옷으로 보호색을 삼은 청년이었다. 그는 그곳 담장에 난 구멍에 눈을 대고 엉거주춤한 자세로 저택 안을 들여다보기 시작했다.

106 1878년부터 1947년까지 있었던 지명이다. 다른 지역과 합쳐져 지금의 신주쿠 구가 되었다. - 역주

폭이 5미터 정도 되는 좁은 안뜰이 구멍 너머로 보였다. 그 너머로 시커멓게 솟아오른 본채의 측면이 보였다. 불이 켜진 창문이 하나도 없어 캄캄했지만 청년의 눈에는 그 판자를 두른 벽 아래쪽에 숯섬이 세워져 있는 모습이 어렴풋이 들어왔다. 청년은 뭔가를 기다리듯 가만히 귀를 기울였다. 얼마 지나지 않아 그 집 바깥쪽에서 휘익 하는 휘파람 소리가 들려왔다. 이어서 조금 다른 방향에서 또 휘파람 소리가 났다. 청년이 기다리던 신호였다.

청년은 성냥을 칙 켰다. 자그맣게 뭉친 솜 같은 것에 불을 붙였다. 한 손이 크게 원을 그리더니 도깨비불 같은 푸른빛이 허공을 날아 담장을 넘어갔다. 그리고 본채를 향해 날아가 숯섬 위에 떨어졌다.

청년이 다시 허리를 구부리고 담장에 난 구멍을 들여다보았다. 숯섬 위에서 반딧불처럼 희미한 빛이 당장에라도 꺼질 듯 보였는데 이윽고 빨간빛으로 변했다. 숯섬 안 석유를 적신 나무 부스러기에 불이 옮겨붙은 것이다. 새빨간 불길이 뱀처럼 혀를 날름거리며 본채 담장을 핥기 시작했다.

20분 뒤, 그 집 사방에서 일어난 시커먼 연기와 시뻘건 불길이 어두운 하늘을 향해 솟아올랐다. 여기저기서 "불이야!" 하는 구슬픈 비명이 울려 퍼졌다. 불을 지른 세 명의 청년은 앞문 쪽에 모여 문이 열리기를 기다렸다.

그 집 사람들이 그제야 잠에서 깼는지 삐걱삐걱 문을 여는 소리가 들렸다. 이어서 여자들의 비명, 미닫이문에 사람이 부딪히는 소리, 그리고 네 명의 남녀가 길로 뛰어나왔다.

"불이야, 불이야!"

비통하게 외치는 소리, 개가 요란하게 짖어대는 소리, 갑자기 마구 두드려대는 경종 소리.

이 집 저 집 대문이 열리고 사람들이 튀어나왔다. 뭐라고 하는 건지 알아들을 수 없는 고함, 살림살이를 꺼내는 소리, 붉은 불길을 배경으로 이리저리 도망치는 그림자들. 어느새 불이 난 집 문 앞이 사람으로 크게 붐볐다.

갈팡질팡하는 그 집 사람들은 뿔뿔이 흩어졌다. 부모와 떨어진 아름다운 아가씨는 혼자 바들바들 떨면서 그저 멍하니 붉은 불길과 어지러이 오가는 사람들을 바라보며 꼼짝 않고 서 있었다.

불을 지른 세 청년 가운데 한 명이 그 아가씨 뒤로 몰래 다가가더니 깜짝 놀란 듯한 목소리로 소리쳤다.

"아가씨, 위험해. 어서, 어서 이쪽으로. 아가씨 아버지가 불러. 이리 와."

그는 고함을 지르며 아가씨의 손을 잡고 끌어당기듯 1백 미터쯤 떨어진 길모퉁이로 데리고 갔다.

거기에는 자동차가 한 대 대기하고 있었다. 아까 그 3인조 가운데 두 명이 그 차의 운전석과 조수석에 앉아 있었다. 이 얼마나 무모한 수법인가. 그들은 아가씨 한 명을 유괴하기 위해 여러 채의 집이 재가 되는 것도 아랑곳하지 않았다. 이 놀라운 수법은 거미남이 아니면 생각도 못 하고 저지르지도 못할 짓이었다.

아가씨는 생각할 틈도 없이 그만 자동차에 오르고 말았다. 그리고 차가 1킬로미터쯤 달리는 동안 아무것도 눈치채지 못하다가 뭔가 이상하다는 생각을 할 때쯤에는 입에 재갈이 물려 도움을 청할 수 없게 되었다.

이 아가씨의 용모가 후지 요코는 물론, 거미남이 노린 여타의 여자들과 많이 닮았다는 이야기는 굳이 할 필요가 없으리라.

그날 밤 이리하여 도쿄 시내 곳곳 10여 군데에서 방화와 유괴가 일어난 원인은 앞에서 이야기했다. 거미남은 이처럼 예정했던 마흔아홉 명의 마지막 한 사람까지 완벽하게 손에 넣을 수 있었던 것이다.

악마의 미술관

한편 쓰루미 유원지 파노라마관에서는 11월 1일 밤 인형 설치를 비롯한 장식을 마치고, 2일에는 전시 전문가의 점검을 받은 다음 드디어 4일에는 화가, 문학가, 비평가, 신문기자 등 유명인들을 수백 명 초대해 화려한 개관식을 거행할 계획이었다.

그 파노라마관 개관식이야말로 거미남의 마지막 허영심이었다. 그는 역사상 유례를 찾아볼 수 없는 아름답고 요염한 여성 대학살로 자기 악행의 막을 내리고 악마로서의 생애를 장식하려고 했다.

3일 밤, 정확하게 이야기하면 4일 새벽 3시에 히라타 도이치의 부하 불량배들이 이미 이야기한 방화와 유괴를 저지른 조금 뒤의 이야기다. 소노다 다이조는 (그가 거미남 구로야나기 박사라는 사실은 설명할 필요도 없다) 홀로 파노라마관 관람석에 앉아 자신의 상징이 될 이 전시관의 기괴한 광경을 시간 가는 줄 모르고 바라보는 중이었다.

거기에는 현실 공간을 초월해 하나의 완전한 세계가 시야 가득 펼쳐졌다. 이 세상에 존재하면서도 이 세상을 망각한 꿈이라고밖에 할 수 없는 불가사의한 우주였다.

지름 30미터가량 되는 원형 건물 안쪽에 이음매 없이 캔버스 천을 빙 두른 벽, 야외 환경을 그대로 이용한 땅바닥, 쑥 튀어나와 천장을 가린 관람석 지붕, 그 윗부분에 설치한 인공조명. 이런 간단한 장치가 이곳이 건물 내부라는 생각을 지우고 한없이 넓은 광야 같은 환각을 느끼게 했다. 사라지지 않는 신기루다.

거기에 묘사된 세상은 전체적으로 으스스하게 교차하는 죽음, 즉 쪽빛과 피를 상징하는 다홍빛 조명으로 물들어 있었다. 거기에는 생생하고 참혹한 지옥도가 펼쳐졌다. 피비린내 진동하는 혈지(血池),[107] 부글부글 끓어오르는 열탕 지옥, 빼곡한 바늘로 침산(針山),[108] 날카로운 칼로 이루어진 검산(劍山),[109] 무수한 뱀의 혓바닥처럼 검붉게 타오르는 업화(業火)[110]의 불. 거기서 셀 수 없이 많은 처녀들의 핏기를 잃은 쪽빛 나체가 고통을 이기지 못해 허우적거리며 몸부림치고 있다.

말하자면 겹겹이 쌓인 창백한 살덩어리들이었다. 앞쪽은 마흔아홉 개의 실제 사람 크기의 인형, 뒤에는 수많은 벌거숭이 여자들을 생생하게 그린 유화로 장식되어 있었다. 하지만 이 파노라마가 불가사의한 이유는, 진짜와 그림의 경계가 없이 시야에 들어오는 모습 전체가 끊임없이 쭉 이어지는데 그 살덩어리들 모두가 진짜 망자처럼 입체적이라 당장에라도 꿈틀꿈틀 움직일 것 같다는 점이었다.

---

107 불교 용어로, 피가 고여 있다는 지옥의 못. – 역주

108 불교 용어로, 뾰족한 침이 나무처럼 빼곡하게 들어선 지옥의 산. – 역주

109 불교 용어로, 수많은 날카로운 칼을 세워 만든 산. 생전에 죄지은 자를 이 산에 던진다. – 역주

110 살아생전 악업을 쌓은 자에게 내려지는 지옥의 무시무시한 불. – 역주

새빨갛게 물든 우뭇가사리처럼 질척질척한 피가 고인 연못에는 몸통이 없는 인형의 목이 잉어처럼 입을 쩍 벌린 채 고통스럽게 숨을 쉬고 있었다.

검산의 칼날 위에서 몸부림치는 그림 속 벌거숭이 여자들의 쪽빛 몸은 실물 크기 인형과 어울리게 풍만했다. 매끄러운 인형의 살갗은 쪽빛과 다홍빛 조명을 받아 번들번들 빛났는데 고통을 이기지 못해 뒤튼 몸이 묘하게 요염하게 느껴졌다.

거꾸로 매달려 업화의 불구덩이에 던져진 여자들은 가슴까지 올라오는 불길에 몸을 뒤틀었다. 고통을 이기지 못한 여자들은 다리를 뒤틀며 불길을 피하려고 기를 썼다. 거꾸로 매달린 채 허공으로 솟구쳐 하늘을 움켜쥐기라도 하려는 듯 몸부림쳤다.

그런 갖가지 자세를 취한 쪽빛으로 빛나는 살덩이들이 애벌레처럼 서로 뒤엉켜 시야 가득 이어지다가 결국 먹구름이 뒤덮인 어두운 하늘로 녹아들고 있다.

이 얼마나 끔찍한 광경인가. 악마적인 구경거리다. 검열관이 어떻게 이런 전시물이 공개되도록 허락했는지 의문이다. 하지만 거기에는 주최자의 악랄한 트릭이 깔려 있었다. 이 파노라마의 핵심은 지옥에서 겪는 고통이 아니라 그걸 구원해줄 아미타불[111]이 오실 거라는 믿음에 있는 것처럼 꾸몄기 때문이다. 즉 이 전시물은 아미타불의 공덕을 강조하기 위해 지옥의 모습을 그렸으며, 오히려 권선징악

111 원문에서는 '미타'라고 줄여서 썼다. 불교에서 아미타불은 서방 극락정토를 다스리며 설법하는 구제불이다. – 역주

적 의미를 담은 전시물이라는 것이 주최 측의 교묘한 핑계였다.

실제로 전시물 배경 높은 곳에는 보라색 광선을 받은 자운(紫雲)이 길게 드리웠고, 아교로 갠 금가루인 금물로 삼존불이 눈부시게 그려져 있다. 그리고 마찬가지로 금물을 써서 그린 삼존불의 후광이 저 멀리 검산, 혈지에서 허우적거리는 망자들의 육신을 비췄다.

거미남, 즉 소노다 다이조는 자기가 만들어낸 이 사악한 예술에 황홀한 표정을 지으며 빠져 있었다. 그러다 문득 정신을 차리니 어느새 자기 등 뒤 어둠 속에 심복인 히라타가 서 있었다.

"아무리 봐도 질리지 않는군요."

히라타가 빈정거리는 듯한 미소를 지으며 말했다.

"나는 지금 저 인형을 진짜 사람으로 바꾸고, 그들이 허우적거리며 고통스러워하는 모습을 상상하고 있었어."

얼굴 절반이 붉게 오그라든 소노다 다이조는 가구라지시(神楽獅子)[112]처럼 금니를 드러내며 대꾸했다.

"이제 곧 이루어질 겁니다. 이제 준비가 다 되었으니까요. 계획한 마흔아홉 명에서 한 명도 빼놓지 않고 모두 암실에 가두었죠. 이리 끌고 나와 옷을 벗기고 인형과 바꿔치기만 하면 됩니다."

"아가씨들 상태는 어떤가?"

"손발을 묶고 재갈을 물렸기 때문에 꼼짝도 못 합니다. 마치 짐짝처럼 암실 안에 쑤셔 넣었기 때문에 꿈틀거리기만 할 뿐이죠. 그 문

---

112 신에게 제사 지낼 때 탈을 쓰고 추는 사자춤. – 역주

을 열고 이리로 끌고 오기만 하면 그만입니다. 저항할 수 있는 계집은 한 명도 없어요."

"좋아, 좋아. 그럼 만사 빈틈이 없는 셈이로군. 그래, 자네 쪽은 준비가 되었나?"

"예, 그 준비도 다 되었습니다. 도와준 녀석들에게 지급을 하고도 잔액이 5천 엔쯤 됩니다. 이걸로 실컷 놀며 보름쯤 지낸 뒤에 박사님을 따라가겠습니다. 지옥에서 뵙죠."

"그런 소리 하지 말게. 도망가면 어떻겠나? 비행기를 타면 중국으로도 갈 수 있으니까. 난 자네를 길동무로 삼고 싶지 않아."

"예. 내키면 그렇게 하겠습니다."

"나처럼 황산으로 얼굴을 태우면 계속 도쿄에서 살 수도 있고."

"예. 그것도 마음 내키면요. 저는 앞일을 미리 결정하는 게 싫습니다. 어떻게든 되겠죠."

히라타 도이치는 그야말로 타고난 불량 청년이었다.

그 뒤 인형 정리가 시작되었다. 이 파노라마관에는 입구에서 시작되는 터널같이 어두운 길 양쪽에 창고 같은 빈방이 하나씩 있다. 그 방 가운데 하나에는 마흔아홉 명의 희생자가 갇혀 있고 다른 한쪽은 인형들을 넣기 위해 비워두었다.

히라타 청년은 마지막 심부름을 열심히 했다. 소노다와 둘이 땀을 흠뻑 흘리며 파노라마 전시실에서 창고까지 몇 번이나 왕복했다.

매끈매끈한 피부, 매혹적인 곡선. 생명이 없는 인형이라고 생각하기 어려울 정도로 잘 만들어진 것들이지만 옮기는 과정에서 험하게 다루면 머리가 툭 떨어지거나 팔다리가 빠지는, 서둘러 마감한 것들이 대부분이었다. 그 가운데는 벤케이처럼 덩치 큰 남자의 몸통에 여자 머리를 얹어 놓고 헐렁한 흰옷을 입혀 대충 마감한 것도 섞여 있었다.

"어라. 틀림없이 여기 하나 남아 있었을 텐데. 박사님, 언제 옮기신 겁니까?"

히라타가 인형이 사라진 텅 빈 실내를 둘러보며 물었다.

"몰라. 난 그쪽에는 손을 대지 않았으니까."

"그렇다면 이상하네요. 인형이 혼자 걸어 나갔을 리는 없고, 연기처럼 사라져버린 걸까? 왠지 꺼림칙하네요."

히라타는 이상하다는 표정으로 고개를 갸웃거리며 주위를 둘러보았다.

거미남 소노다 다이조도 히라타가 그러자 왠지 흠칫했다. 뭐라 말로 표현하기 힘든 불안감이 불쑥 고개를 들었다.

"하하하하하."

그렇지만 그는 갑자기 웃음을 터뜨렸다.

"깜짝 놀랐잖아. 자네가 괜한 신경을 쓰는 거야. 내가 방금 저 방에서 인형을 세어보고 왔어. 정확하게 마흔아홉 개였지. 그러니 자네 착각이야. 이렇게 어두컴컴하고 배경에 비슷한 그림이 우글우글하니 착각을 일으킨 모양이로군. 별거 아니야."

소노다는 무슨 까닭인지 정색을 하고 장황하게 말했다. 그건 히라타에게 하는 말이라기보다 자기 스스로를 타이르는 듯한 말처럼 들렸다.

“아마 그렇겠죠. 제가 잘못 보았을 겁니다. 그런데 파노라마라는 게 기분이 으스스하군요. 우리마저 착각을 일으키니 말이에요.”

히라타는 겁먹은 표정으로 주위를 둘러보며 말했다.

“그만. 그건 이제 됐어.”

거미남은 눈에 보이지 않는 뭔가를 털어내는 시늉을 하며 애써 쾌활하게 말했다.

“자, 이제부터야. 내 사랑스러운 마흔아홉 명이 인형을 대신하는 날이 왔어. 자네, 상상이 되나? 나는 저 아가씨들을 발가벗겨 짐승처럼 채찍질해 이리 몰아낼 작정이다. 그다음엔 독가스. 노란색 독가스가 살아 있는 짐승처럼 바닥을 기어 아가씨들에게 다가가겠지. 비명을 지르지 않을까? 흰 살덩이들이 고통을 이기지 못해 몸부림을 치겠지. 멋진 단말마의 누드 댄스지. 그리고 미친 듯 춤을 춘 아름다운 아가씨들은 가엾게도 이곳 지옥 배경에 어울리게 일그러지고 뒤틀린 고통스러운 표정을 짓겠지. 혈지 주변이나 또는 침산 기슭에서 새하얀 몸이 창백해졌다가 보랏빛으로 변한 뒤 그만 그대로 굳어지고 말 거야.”

그는 금니를 잔뜩 드러내고 악마처럼 웃었다. 그 웃음이 이곳 파노라마 지옥도와 얼마나 잘 어울리는지. 나쁜 짓에 이골이 난 불량 청년 히라타마저도 너무 무서워 오싹 소름이 끼치는 바람에 저도 모르게 시선을 돌리고 말 정도였다. 거미남은 정신없이 혼자 떠들어댔다.

"그리고 내일. 내일 오후 1시야. 내 마지막 작품을 감상할 수백 명의 구경꾼이 밀려들겠지. 게다가 제각각 뛰어난 비평 능력을 지닌 저명인사들이야. 그들은 이 놀라운 세계를 보게 될 거야. 이 작은 건물 안에 숨겨진 다른 우주로 여행을 하겠지. 그리고 '사악함의 아름다움'이 어떤 것인지를 그제야 이해할 수 있을 거야. 나는 이 지옥의 세계에 대한 설명을 해줄 거야—보십시오, 보라니까요. 이 인형을. 참으로 잘 만들어지지 않았습니까? 이 입, 이 손, 이 허벅지—그러면서 나는 아가씨들의 입술을 잡아 돌리고, 살을 꼬집어 보여줄 거야. 계속해서 마흔아홉 명의 아가씨들을—보시죠, 여기도, 아, 여기도—이러면서 말일세. 아, 그때 구경꾼들의 넋이 나간 놀란 표정이 눈앞에 선하군."

쪽빛과 다홍빛 속에서 거미남의 괴물 같은 얼굴이 자못 유쾌하다는 듯이 일그러지며 지옥의 웃음을 지었다.

탐정 인형

파노라마관은 유원지 한쪽 구석에 별도의 출입구가 마련되어 있었다. 유원지에 입장하지 않는 사람이라도 파노라마관만 구경할 수 있다. 그리고 이 자유로운 출입구가 그의 수많은 희생자를 운반해 들이는 통로이기도 한 셈이다.

방금 마지막 작별을 고한 히라타도 누가 보건 말건 아랑곳하지 않는다는 듯이 이 출입구를 지나 어둠 속 어디론가 사라져갔다.

거미남 소노다 다이조는 히라타를 배웅한 뒤, 무거운 출입구 미닫이문을 드르륵 닫고 자물쇠를 단단히 채웠다. 만에 하나라도 훼방꾼이 들어오지 못하게 하기 위한 준비였다. 이렇게 해서 단단히 닫힌 파노라마관 안에는 마흔아홉 명의 희생자 이외에는 거미남 단 한 명만 남게 되었다.

그는 기느다란 채찌을 손에 들고 창고로 보이는, 그들이 이른바 암실이라고 부르는 곳으로 들어갔다.

잠시 후 서로 얼굴이 많이 닮은 아름다운 아가씨들을 묶고 있던 밧줄이 풀리고 입에 물렸던 재갈도 풀렸다. 그리고 날카로운 채찍 소리와 함께 실오라기 하나 걸치지 않은 발가벗은 몸을 한 채 한 명씩 암실 밖으로 내몰렸다. 모두 마흔아홉 명이나 되는 사람이 이제는 끝이라는 듯이 울부짖었다. 어떤 이는 죽은 사람처럼 쓰러지고 어떤 사람은 맹렬한 적의를 드러내며 거미남에게 대들었다. 하지만 마흔아홉 명의 힘으로도 거미남의 손에 들린 권총과 채찍에 맞설 수 없었다. 채찍질과 총구의 위협 아래 여자들은 파노라마 전시장으로 가는 통로인 터널같이 곧고 어두운 길을 가는 수밖에 없었다.

마치 내몰리는 가축들처럼 벌거숭이 여자들의 행렬이 파노라마 전시장으로 우르르 이어졌다.

캄캄한 터널을 지나자 여자들의 시야에 쪽빛과 다홍빛 세계가 펼쳐지며 으스스하고 불쾌한 지옥의 모습이 들어왔다. "꺄악" 하는 공포에 질린 비명. 하지만 채찍질 때문에 떠밀려 멈춰 설 틈도 없었다.

"얼마든지 아우성쳐. 하지만 그 소리는 밖으로 새어나가지 않지. 설사 새어나간다고 해도 들을 사람이 없어. 여기는 아주 넓은 유원지의 숲 속이니까."

거미남은 여자들의 비명에 지지 않을 큰 소리로 고함을 치면서 쉴 새 없이 채찍을 휘둘러 발가벗은 여자 한 사람 한 사람을 각자 적당한 위치로 몰았다.

채찍 소리, 살덩어리들의 난무, 비명의 교향악. 가구라지시처럼 잔뜩 드러난 채 반짝이는 금니, 자못 기분 좋은 듯한 악마의 요란한 웃음소리. 이렇게 파노라마관의 별세계 안에서 쪽빛과 다홍빛이 얼룩덜룩 물든 조명 아래 살아 있는 인간의 진짜 지옥도가 펼쳐지고 있던 그때.

***

바로 그때였다. 마흔아홉 개의 인형을 넣어둔 캄캄한 창고 방 안에서 그야말로 이상한 일이 일어났다. 한쪽 구석에 쓰러져 있던 인형 하나가 마치 태엽인형처럼 벌떡 일어섰다. 커다란 남자 몸통에 헐렁한 흰옷을 입히고 여자 머리를 얹은, 납품 기일을 맞추느라 서둘러 마련한 인형 가운데 하나였다.

일어나기만 한 게 아니다. 달그락거리며 옆에 있는 인형을 치우고 벽을 따라 걷기 시작했다. 흰옷을 걸친 인형은 문을 나와 몽유병환자처럼 터널을 지나더니 어느새 파노라마 전시장으로 들어섰다.

산발한 검은 머리카락 사이로 드러난 흰 벽 같은 인형의 얼굴. 거기에 다홍빛 조명이 닿자 유리 눈이 눈부신 듯 깜빡거렸다. 그리고 꾹 다문 입술이 살짝 움직이는 듯하더니 뭐라 말로 표현할 수 없을 정도로 기분 나쁜, 비웃는 표정을 지었다.

인형이 아니었다. 살아 있다. 마흔아홉 개의 인형 안에 하나에만 진짜 사람이 들어 있었던 것이다. 아까 히라타 청년이 의아해한 것은 착각이 아니었다. 살아 있는 인형은 운반된 것이 아니라 살며시 혼자서 창고로 걸어갈 수 있었던 것이다.

수상한 인형은 믿기 어려울 정도로 재빨리 거미남의 등 뒤로 다가갔다. 그리고 거미남의 움직임에 따라 그림자처럼 그의 등 뒤에 몸을 숨겼다. 거미남은 전혀 눈치채지 못했다. 그는 아가씨들의 눈부신 알몸에 현혹되어 거의 정신없이 채찍을 휘두르며 돌아다니고 있었다.

이윽고 때가 왔다. 거미남이 움직임을 멈췄다. 인형이 손을 뻗었다. 그 손에는 솜처럼 흰 것이 들려 있는 게 보였다. 그 흰 것이 전광석화처럼 거미남의 코와 입을 틀어막았다. 10초, 20초, ……거미남의 축 늘어진 몸이 인형의 품 안에 쓰러졌다. 악마가 마취약에 잠이 든 것이다.

***

이러고 있을 때가 아니다. 어서, 서둘러. 속으로 이런 생각이 들었다. 수마와 싸워, 싸워 이겨내야 해. 거미남은 몽롱한 눈을 떴다.

마흔아홉 명의 아가씨들은 마찬가지로 울부짖으며 도망을 다니고 있었고, 업화의 불길은 조금도 사그라지지 않은 채 타오르고 있었고 열탕 지옥은 부글부글 끓고 있었다. 시간의 흐름이 드러날 만한 변화는 아무것도 없었다. 거미남은 슬쩍 시계를 보았다. 하지만 정신을 잃은 때가 몇 시였는지 정확하게 기억하지 못하기 때문에 얼마나 시간이 흘렀는지 알 수 없었다.

"아, 내가 너무 기쁜 나머지 현기증이 났던 모양이로군. 아무 일도 아니었어."

거미남은 정신을 잃었던 시간이 기껏해야 몇 초라고 생각했다. 물론 수상한 인형이 나타났으며 마취약으로 인해 잠이 들었다는 사실도 전혀 눈치채지 못했다. 하지만 사실 그는 한 시간 남짓 잠이 들었다. 그 시간이 몇 초처럼 느껴진 까닭은 수상한 인형의 지시에 따라 마흔아홉 명의 아가씨들이 펼친 교묘한 속임수 때문이었다. 그 한 시간 동안에 무슨 일이 일어났는지, 또 그 수상한 인형이 누구인지를 알게 될 때가 곧 오리라.

어쨌든 비틀비틀 일어난 거미남 소노다 다이조가 아가씨들을 적당한 위치에 세우기 위해 잠깐 채찍질을 하며 고함을 질러댔는데, 아가씨들은 울부짖으면서도 뜻밖에 순순히 그의 명령에 따랐다.

"자, 아가씨들, 드디어 최후의 순간이 왔다. 광란의 춤을 출 때가 온 거지. 마음껏 춤을 춰, 실컷."

거미남은 말을 마치기도 전에 미치광이처럼 터널 안으로 달려 들어가 밖에서 문을 잠그더니 자물쇠를 걸고 우회해 파노라마의 배경 뒤로 나왔다. 거기에는 한 평쯤 되는 상자 같은 작은 방이 있었다. 그는 그 방으로 들어가 벽에 있는 작고 동그란 유리창을 들여다보았다. 그것을 통해 파노라마 전시장이 한눈에 들어왔다. 마흔아홉 명의 요염한 나체가 쪽빛과 다홍빛 조명 안에서 꿈틀거리는 모습이 손에 잡힐 듯 보였다.

거미남은 짐승같이 웃으며 번들번들 상기한 뺨을 일그러뜨리고는 할짝할짝 입술을 핥았다. 그러고는 사뭇 재미있다는 듯이 그 작은 방 벽에 장치한 작은 단추를 눌렀다. 단추를 누른 거미남은 둥근 유리창에 얼굴을 들이대고 전시장 안에서 일어나는 변화를 뚫어져라 바라보았다.

단추는 전시장 안에 있는 관람석 아래 준비한 살인가스 발생장치와 연결되어 있다. 한 번만 누르면 거기에 있는 액체와 액체가 섞이게 되어 있었다.

가만히 지켜보니 관람석 아래 어두운 곳에서 연기가 수많은 뱀처럼 대가리를 곧추세우고 계속 기어 나왔다. 그 뱀은 바닥을 기어 사방팔방 퍼지며 서로 겹치고 또 겹쳐져 결국은 한 무더기의 노란 파도로 변해 마흔아홉 명의 발가벗은 아가씨 쪽으로 서서히 다가갔다.

독가스에 놀란 아가씨들은 저마다 비명을 지르며 몸을 웅크리고 배경 쪽으로 달라붙었다. 하지만 독사가 움직이는 속도가 빨라 금방 아가씨들의 발아래까지 밀려왔다. 뱀은 종아리를 거쳐 허벅지, 엉덩이, 배로 계속 기어올랐다. 그리고 거미남이 말한 광란의 춤이 시작되었다.

마흔아홉 명의 유연한 살덩어리와 살인 독가스의 처절한 싸움이다. 연기를 마시고 기침을 하며 아우성치고, 손발을 마구 휘저으며 비틀거리는 춤. 마흔아홉 명의 발가벗은 몸이 종횡무진 뛰어다니며 빚어내는 장관. 거미남의 환희는 절정에 이르렀다.

노란 연기는 점점 더 짙어졌다. 연기는 바닥에 그려진 원형 배경 전체를 뒤덮고 둥근 천장으로 기어올라 그 꼭대기에 있는 환풍구를 통해 밖으로 빠져나갔다. 거미남이 들여다보는 유리창도 구름 속에 들어간 듯이 자욱한 연기 탓에 전시실이 보이지 않게 되었다. 하지만 이리저리 뛰어다니는 발가벗은 아가씨들이 창 바로 앞을 지날 때면, 이상할 정도로 몸이 크게 보였다. 그 몸은 구름 속 거인처럼 또는 수족관 속 괴상하게 큰 물고기처럼 으스스하고 추잡하게 보일 뿐이었다.

하지만 거미남은 이 불가사의한 광경을 오래 즐길 수 없었다. 노란색 독가스는 이편저편 가리지 않고 벽 틈새로 스며들어 그가 숨은 작은 방까지 침입하기 시작했기 때문이다. 그는 그 가스의 성질을 아는 만큼 실처럼 가느다랗게 스며드는 연기만 보고도 소스라치게 놀랐다. 그는 손수건으로 코를 막고 서둘러 작은 방을 뛰쳐나가 복도를 달려 파노라마관 밖으로 나갔다. 그리고 출입구의 큰 문을 닫아걸고 겁먹은 듯이 건물에서 멀리 떨어져 부근에 있는 숲 속으로 달려 들어갔다.

졸음을 의지력으로 떨쳐내던 그에게는 그게 한계였다. 숲으로 달려 들어가 풀 위에 쓰러지자 아직 남아 있던 마취약이 그의 신경을 천천히 마비시켰다.

그는 벌렁 누운 채 고개를 들어 파노라마관 건물을 바라보았다. 어렴풋이 동이 터오는 하늘을 가르고 괴물처럼 시커멓게 우뚝 솟은 원형 건물 꼭대기에서 희미하게 솟아오르는 노란 연기. 아아, 저 둥근 지붕 아래서는 단말마의 고통스러운 모습으로 마흔아홉 명의 뒤틀린 살덩어리들이 쓰러져 있겠구나, 하는 생각이 들었다. 만족스러웠다. 그러자 아련한 슬픔이 가슴 가득 퍼져나갔다. 거미남의 머리가 툭 바닥에 떨어졌다. 그리고 이 희대의 악마는 늪 같은 잠 속으로 빠져들어갔다.

대단원

점심시간 조금 전, 미리 부탁해놓은 파노라마관의 수위와 매표소 담당자들이 출동해 숲 속에서 곯아떨어진 소노다 다이조를 발견했다.

흔들어 깨우자 거미남은 개관식 시간이 임박했다는 걸 깨닫고 얼른 파노라마관의 커다란 문을 열었다. 독가스는 통풍구를 통해 완전히 빠져나갔을 시간이지만 만약을 위해 수위들이 내부에 들어가는 것을 금지하고 문이란 문, 창이란 창은 모두 열어 남아 있던 가스를 빼냈다. 거미남 자신도 건물 밖 매표소에 걸터앉아 관람객들이 올 때까지 안에 들어가지 않고 기다렸다.

직원들에게 고객을 대하는 요령에 대해 가르치는 사이에 정해진 시간이 되었다. 초대장 수백 통을 보냈지만 실제로 온 사람은 1백 명도 되지 않았다. 그 가운데 K촬영소장인 K씨와 경시청 나미코시 경부 같은 이의 얼굴도 섞여 있는 걸 보고 거미남은 이루 말할 수 없는 만족을 느꼈다. (사실 이 두 사람이 좀 다른 이유로 그곳에 왔다는 사실을 나중에 알게 되지만.) 유명한 문학가와 신문기자들도 있었다. 기괴한 화풍으로 유명해진 신인 서양화가도 모습을 드러냈다.

거미남 소노다 다이조는 준비한 모닝코트로 갈아입고 손님들을 파노라마 전시장으로 안내했다. 사람들은 약간 으스스한 기분으로 캄캄한 터널을 지났다. 터널을 빠져나오면 둥근 관람석이 있다. 이 파노라마관의 주인인 소노다는 정중한 말투로 의자를 놓을 여지가 없음을 사과하고 손님들에게 잠시 거기 서 있어달라고 부탁했다.

파노라마 전시장은 다른 세계 같은 느낌을 강조하기 위해 처음부터 거의 캄캄한 상태였다. 반딧불처럼 희미하게 피어오르는 지옥의 업화 이외에는 어떤 빛도 없었다. 손님들은 그 어둠 속에서 저마다 환상을 그렸다. 뭔가 기묘한 것을 보여줄 거라는 예감이 손님들을 크게 긴장시켰다.

이윽고 거미남이 스위치를 하나씩 누를 때마다 장내는 희미하게 밝아져갔다. 우선 죽음의 빛깔인 쪽빛 조명, 이어서 용솟음치는 피의 다홍빛. 마지막으로 가로로 길게 드리운 보라색 구름. 그 위에 떠 있는, 금물로 그린 여래상.

자세히 보면 거기에는 검산이 있다. 혈지도 보였다. 열탕 지옥도 있다. 그리고 헤아릴 수 없는 애벌레와 발가벗은 여자들이 쌓여 있는 모습이 보였다. 구경꾼들 사이에서 와 하는 감탄사가 터져 나왔다.

사람들을 가장 놀라게 만든 것은 앞부분에 있는 발가벗은 인형들의 고통스러워하는 모습이었다. 거기에는 인체 구조상 완전히 불가능하다고 여겨지는 모든 기괴한 모습이 있었다. 어떤 자유자재하고 대담무쌍한 댄서라도 도저히 시도하지 못할 살덩어리의 난무가 있었다. 마음이 약한 구경꾼은 너무 잔혹하고 추잡해서 자기도 모르게 외면할 정도였다.

거미남은 의기양양했다.

그는 구경꾼들 앞에 서서 한차례 인사를 시작했다. '사악함의 아름다움'에 관한 그의 지론을 이야기하고 이 파노라마가 어떻게 그것을 구현한 볼거리인지를 설명했다. 그 자신이 사악한 예술가이며 이 파노라마관은 '사악함의 아름다움'의 최고 전당이라고 주장했다.

인사를 마치자 그는 울타리를 밀어젖히고 파노라마 전시장의 흙바닥으로 내려와 고통스러워하는 모습을 한 어느 인형 쪽으로 다가갔다.

"자, 제가 가장 정성을 기울인 것은 이 인형들의 몸입니다. 지옥의 형벌에 뒤틀린, 젊은 아가씨들의 아름다운 모습이죠. 보십시오. 이 망자의 살갗이 얼마나 매끄러운지를, 이 싱싱한 탄력을."

그는 기분 나쁜 미소를 지으며 인형의 두 팔을 잡고 높이 들어 올렸다. 그리고 구경꾼들의 얼굴에서 눈을 떼지 않고 그 손을 갑자기 놓았다. 인형이 아닌 진짜 사람의 살결이 지닌 불가사의한 탄력을 보여주기 위해서였다.

그런데 이게 어떻게 된 일인가. 인형의 팔이 몸통에 부딪히더니 흙이 달그락거리는 소리를 내지 않는가? 그 인형 하나만 마무리 작업을 잊은 걸까? 아니, 그런 바보 같은 일이 있을 리 없다. 거미남은 당황해 옆에 있는 인형의 머리를 잡고 표정을 확인하기 위해 돌려서 위로 뽑으려고 했다. 그러자 머리가 쑥 빠져버리는 게 아닌가. 이것도 사람이 아니라 흙으로 만든 인형이다. 그렇다면 아까 독가스 속에서 단말마의 춤을 추던 진짜 아가씨들의 시체는 대체 어디로 갔단

말인가.

거미남은 극도로 당황했다.

그는 허둥지둥 세 번째 인형으로 달려갔다. 그리고 이것도 역시 흙으로 만든 인형인지 팔을 잡아당겨보았는데 의외로 그건 인형이 아니라 따스한 피가 흐르는 인간이었다. 게다가 흰옷을 걸치고 화장을 하고 긴 가발을 뒤집어쓰고 있지만 틀림없이 남자였다. 혈관이 튀어나온 두 팔에서 남성적인 강인한 힘이 느껴졌다.

거미남은 어이가 없어 주춤주춤 두세 걸음 뒤로 물러났다.

말할 필요도 없이 그 남자는 아까 거미남을 잠들게 한 그 수상한 인형이었다. 남자 인형이 불쑥 일어섰다. 새빨간 광선이 그의 새하얀 얼굴을 가득 비췄다. 새빨간 얼굴, 굳게 다문 입, 꾹 감은 눈. 그게 차츰 열리더니 점점 커졌다. 반짝거리는 두 눈이 거미남을 노려보았다. 그리고 뒤틀린 입술이 기분 나쁘게 씩 웃었다.

"누구냐, 누구야?"

거미남은 두 손으로 상대의 눈빛을 가리면서 힘없이 물었다.

"모르겠어요? 이 목소리를 기억할 텐데."

남자 인형이 조용히 대답했다.

"알았다. 네놈이로구나. 아케치, 고고로. 이놈, 마침내……."

두 사람은 다시 마주 섰다. 네 개의 눈이 적의에 불타며 서로 집어삼킬 듯이 뜨거운 눈빛을 쏘았다. 두 사람은 계속 말없이 서로 노려보고 있었다. 구경꾼들도 점차 상황을 파악해 마른침을 삼키며 지켜보았다.

아케치 고고로가 마침내 입을 열었다.

"으하하하하, 모르겠습니까? 내가 어떻게 여기 나타났는지? 당신은 지금 그 수수께끼를 풀려고 끙끙거리고 있을 겁니다. 별거 아니에요. 당신이 잠깐 부주의했던 거지. 첫째, 책상 위에 인형 제작자 후쿠야마 쓰루마쓰의 주소를 적어둔 것, 둘째는 내가 그 쓰루마쓰 인형 공장의 직공으로 변장한 줄 모르고 마흔아홉 개의 나체 인형을 주문해 나를 여기 숨어들게 한 것이죠. 따라서 내가 당신의 엄청난 범죄 계획을 간파한 것은 전혀 이상하지 않습니다. 당연한 일이죠. 하하하하하, 알겠습니까?"

"그래, 결국 네가 아가씨들의 시체와 이 인형을 바꿔치기했다는 거로군."

거미남은 놀랐던 마음이 가라앉자 특유의 뻔뻔한 말투로 차분하게 물었다.

"아가씨들의 시체라뇨?"

아케치가 의아하다는 듯이 물었다.

"내 독가스를 마시고 죽은 마흔아홉 명의 아가씨 시체 말이다."

"아하, 그렇지. 당신은 아직 아무것도 모르는군요. 그건 큰 오해예요. 당신은 여기서는 다행히도 살인죄를 저지르지 않았죠. 이렇게 이야기해봐야 모를 테지만, 당신은 아까 여기서 잠깐 잠이 들었다고 생각할 겁니다. 하지만 사실은 한 시간 이상 잤죠. 한 시간이면 여러 가지 일을 할 수 있습니다. 관람석 바닥의 가스 발생장치를 연극 무대에서 사용하는 무해한 연기 발생장치로 바꿀 수도 있고, 마흔아홉 명의 아가씨들에게 이 무해한 연기에 고통스러워하는 척하도록 말을 맞출 수도 있는 시간이죠."

"그럼 그게 그 여자들이 벌인 연극이었단 말인가?"

거미남은 도무지 믿기 힘들어 소리를 질렀다.

"그렇고말고요. 그 아가씨들은 역시 당신이 골랐는데 다들 연기가 뛰어나더군요. 하하하하하. 아가씨들은 당신이 숲에서 곯아떨어진 사이에 다들 집으로 돌려보냈습니다. 물론 지금쯤 부모님에게 어젯밤의 모험담을 들려드리고 있을 테죠. 그렇게 한 뒤에 아가씨들 대신 이 인형들을 늘어놓은 겁니다. 어떻습니까, 내 솜씨가? 나도 '사악함의 아름다움'을 전혀 모르는 사람은 아니죠?"

기나긴 침묵.

사람들이 지켜보는 가운데 희대의 악당 거미남의 얼굴에는 처참한 고뇌와 절망이 떠올랐다.

거미남은 꼼짝도 하지 않고 아케치 고고로를 노려보며 서 있었다. 다만 오른쪽 손가락만은 눈에 보이지 않을 정도의 속도로 조금씩 허리춤으로 기어 올라갔다. 거기에는 권총이 있었다.

아케치는 그걸 모르는 듯 멍하니 서 있었다. 위험하다, 위험해.

빈틈없는 나미코시 경부가 그걸 눈치채고 울타리 너머로 달려가 바로 거미남을 뒤에서 덮쳤다. 하지만 간발의 차이로 놈이 손에 권총을 쥐었다. 번쩍하고 차가운 금속이 빛을 냈다. 구경꾼들이 앗, 하고 공포의 비명을 질렀다.

"걱정하지 마라. 나는 당신들 목숨을 빼앗겠다는 게 아니다. 나는

졌다. 아케치 군 때문에 완전히 당했다. 지금 여기서 도망치는 건 일도 아니다. 하지만 이제는 도망칠 생각이 없다. 이번 패배의 부끄러움만으로 충분하다. 나는 깨끗하게 악마로서의 생애를 끝내고 싶다."

거미남은 다른 사람이 아니라 자기 머리에 총구를 들이댔다.

"잠깐!"

나미코시 경부가 고함을 치며 권총을 쥔 손에 매달렸을 때는 이미 늦었다. 철컥하고 권총이 소리를 냈다. 하지만 철컥 소리만 났을 뿐 연기도 총탄도 나오지 않았다. 거미남은 쓰러지지 않고 멍하니 서 있을 뿐이었다.

"아, 걱정할 것 없습니다. 권총 탄환은 내가 미리 빼두었으니까."

아케치가 싱글벙글 웃으며 말했다.

거미남은 비참했다. 그는 이 거듭되는 모멸감 때문에 새파랗게 질렸다. 사람들은 저도 모르게 부들부들 떨었다. 그들은 아직 이때의 거미남이 지은 것 같은 무서운 표정을 본 적이 없기 때문이었다.

"제기랄!"

그는 버럭 소리를 지르며 아케치에게 덤벼들었다. 하지만 냉정한 아케치가 화가 난 거미남의 뜻대로 될 리 없다. 아케치는 몸을 휙 피하며 자세를 가다듬었다. 동시에 나미코시 경부와 구경꾼 사이에 섞여 있던 세 명의 형사가 아케치를 보호하기 위해 두 팔을 활짝 펼쳤다.

그들이 아케치를 보호할 생각에 사로잡혔기 때문에 빈틈이 생겼다. 거미남의 진짜 속셈은 거기에 있었다. 그는 아케치에게 달려드는 척해놓고 얼른 방향을 바꾸어 10미터쯤 앞에 있는 검산으로 돌진했다. 두 팔을 펼치고 "으앗" 하고 소리를 지르며 날카로운 칼날 위로 휙 몸을 던졌다.

나미코시 경부 일행이 달려갔을 때는 이미 거미남의 숨은 멎은 상태였다. 칼 하나가 그의 심장을 정통으로 찔렀던 것이다.

너무도 잔혹한 장면에 구경꾼은 똑바로 보지도 못했다. 아케치 고고로도 입술이 파랗게 질려 고개를 돌리고 말았다.

희대의 악당 거미남도 이제는 한낱 물컹한 물체에 지나지 않았다. 검산 위에 몸을 던진 거대한 고슴도치처럼 검은 모닝코트를 입은 등을 뚫고 10여 개의 칼끝이 삐죽삐죽 튀어나왔으며 거기서 시커멓게 보이는 액체가 철철 흘러나왔다.

이렇게 해서 학자이자 살인마 거미남은 무슨 업보인지 자기가 창조한 파노라마 지옥의 검산에 자기 자신을 처형한 것이다.

〈끝〉

자작 해설

| 〈탐정소설 10년〉에서

몇 월부터 쓰기 시작했는지 기억이 나지 않는다. 잡지도 남아 있지 않아 확실하지 않은 상태다. 이 작품이 게재되기 시작한 때는 가을 무렵이었던 것 같다. 그렇다면 앞에 이야기한 〈누구〉보다 먼저 썼다는 이야기인데.

작품 활동을 쉬다가 붓을 꺼내 들어 〈음울한 짐승〉, 〈애벌레〉, 〈오시에와 여행하는 남자〉, 〈벌레〉 같은 작품을 썼는데, 설사 이 소설들이 일부에서 호평을 받았다고 해도 쓴 사람 스스로는 도무지 자신이 없었다. 무엇보다 이런 작품들은 진짜 탐정소설이 아니었고, 히라바야시 씨의 이른바 변격물로서도 이미 세상 흐름에 뒤처진 듯한 기분이 들었다. 도대체 언제까지 고만고만한 이야기나 쓰고 있을 건지 스스로가 미워졌다. 음산한 이야기나 마음 한구석을 후비는 이야기는 이미 인기가 없었다. 대개 그런 것과는 정반대인, 밝고 난센스한 취향이 청년 독자를 사로잡고 있었다. 《신세이넨》이 구식 탐정소설을 경멸하기 시작했다. 나 같은 사람에게 원고를 청탁하는 까닭은, 작품 자체는 이미 낡아 재미없지만 어쨌든 따르는 독자가 있기 때문이라는 듯한 낌새가 보였다. 나로서는 현대 청년들의 마음을 이해할 수는 있어도 따라갈 수는 없는 부분이 있었다.

그래서 단도직입으로 말하면 나는 쓸쓸한 나머지 자포자기한 심정에 빠져들었다. 일반 문단에서도 자연주의 시대의 냄새를 지닌 작가들이 줄지어 통속소설로 달려갔다. 거기에는 틀림없이 여러 사정이 있을 테지만 알기 쉽게 이야기하자면 자포자기한 게 아니었을까? 세상이 달라졌고, 나 같은 사람이 이런 건방진 소리를 하는 건 이상하지만 그런 마음이 한 탐정소설 작가에게도 영향을 미쳤다. 사회주의 소설이 아니면 난센스 소설. 이 두 가지 이외에는 허용되지 않는 듯한 시대였다. (이 시절의 심정은 수필 〈구식 탐정소설 시대는 흘러갔다〉에 조금 자세하게 썼다.)

얼마 전까지만 해도 작가들끼리는 너무 통속적인 내용을 요구하는 고단샤의 잡지에 작품을 쓰는 것을 부끄럽게 여기는 분위기였다. 고단샤도 그걸 알고 그런 작가에게는 어떻게든 더 글을 쓰게 하려고 오기를 부렸다.

오사카에 살던 시절에 《킹》 편집부 직원이 멀리까지 찾아온 뒤로 나는 고단샤로부터 계속 원고청탁을 받았다. 하지만 내가 만약 작품을 다시 쓴다면 《신세이넨》이 먼저라고 생각해서 고단샤의 청탁을 받아들이기가 늘 쉽지 않았다. 한편 나 역시 방금 이야기한 이유로 고단샤를 꺼리는 편이었다. (이제 와서 돌이켜보면 틀림없이 꼴사나운 짓이다. 물론 소설 쓰는 이들에게는 오히려 바람직한 치기일지도 모르지만.) 또 '남녀노소 누구에게나 환영받을 만한' 글이어야 한다는 고단샤 취향의 소설을 내가 과연 쓸 수 있을지도 걱정이었기 때문에 결국 5, 6년이 지난 그때까지 청탁에 응하지 않았다.

하지만 그 무렵, 고단샤의 압박은 더욱 거셌다. 그런 가운데 《고단쿠라부》의 세가와 마사오(瀨川正夫) 군의 재능은 놀라웠다. 가만 보면 고단샤에는 그 출판사 나름의 신념이 느껴졌다. 노마(野間) 사장이 지닌 열정과 인망이 고단샤만의 뜨거운 기풍 같은 것을 만들어냈다. 수백 명이나 되는 모든 사원이 한마음으로 움직였다. 다른 잡지사 직원에게서는 찾아볼 수 없는 모습이었다. 아침 8시부터 밤 11시, 12시까지 나를 위해 일해주었다. 그 사람들은 가정을 돌볼 틈도 없는 모양이었다. 그들에게는 고단샤가 자기 생활의 전부였다. 아니, 고단샤가 바로 가정이었다.

그런 마음이 내게도 영향을 미쳤는지 모른다. 동시에 앞에 이야기한 자포자기한 심정도 하나의 계기가 되었을지도 모른다.

어쨌든 나는 불쑥 쓰고 싶다는 생각이 들었다. 하지만 '남녀노소'가 두루 즐길 수 있는 이야기라니, 도저히 자신이 없어서 조금 잔인한 장면이 있어도 괜찮다는 양해를 얻어 구로이와 루이코와 모리스 르블랑을 합쳐놓은 듯한 작품을 목표로 쓰기 시작했다. 일단 써보니 소문으로 들었던 것처럼 불쾌한 일은 전혀 없었다. 고단샤에서 자주 다시 글을 써달라고 요구한다는 소문이 있었지만 그런 일은 한 번도 없었다. 게다가 기자의 태도는 다른 잡지에 비해 훨씬 정중했다. 그게 고단샤의 사시(社是)이기도 하다는 사실을 알게 되었다.

《거미남》은 물론 결코 '남녀노소'가 두루 재미있어할 만한 이야기는 아니었다. 또한 탐정소설을 꾸준히 읽은 독자에게는 한심한 모험

괴기소설에 지나지 않았을 터이다. 하지만 반응은 예상보다 좋았다. 어린애 같은 칭찬이 작가에게 자주 날아들었다. 고단샤의 모든 잡지는 인기투표라는 것을 자주 해서 독자의 반응을 조사했는데, 거기서도 가장 많은 표를 받았다. 기자는 열심히 나를 추어올렸다. 나도 제법 기분이 좋았던 것은 틀림없다.

그 일을 계기로 나는 고단샤 작가가 되고 말았다. 차츰 그 출판사 내부의 모습을 알아가면서 감탄스러운 점을 발견하게 되었다. 다른 출판사인 하쿠분칸[113] 사람들은 날보고 '유난히 고분샤 편을 든다'며 놀리기도 했다.

1932년 5월

Ⅱ 도겐샤판 《에도가와 란포 전집》에 실린 후기에서

처음 고단샤에서 나오는 잡지에 쓴 소설이다. 그 무렵 고단샤는 노마 세이지(野間清治) 사장의 주장에 따라 남녀노소 누구나 이해할 수 있는 작품이어야 한다는 조건을 붙이며, 또 빈번하게 글을 다시 써달라고 요구한다는 소문이 퍼져 있었기에 작가들 사이에서 고단샤를 기피하는 분위기가 있었다. 나도 꺼리는 사람 가운데 한 명이었다. 《고단쿠라부》 편집장인 세가와 마사오(고인)라는 사람이 오랫

---

113 1887년에 창업, 한때 일본 최대 출판사였다. 일본 탐정소설 초창기에 에도가와 란포, 요코미조 세이시 같은 작가를 배출하였으며, 요코미조 세이시는 이 출판사에서 발행하는 잡지 《신세이넨》에 근무하기도 했다. - 역주

동안 우리 집을 찾아와 참으로 끈질기게 설득했다. 나는 그 대단한 인내심을 지닌 편집자 정신에 이끌려 마침내 집필을 승낙하고 비로소 이 잡지에 연재를 시작했는데 그것이 이 소설이었다.

통속을 지향하는 고단샤 소설이기 때문에 뤼팽 이야기와 루이코의 작품 스타일을 뒤섞은 듯한 것을 목표로 했는데 뜻대로 되지 않았다. 결과적으로 그 뒤 고단샤에서 나온 내 소설도 내 스타일대로 에로티시즘과 그로테스크한 면이 섞였지만, 처음에 한 각오대로《거미남》의 시작 부분에는 루이코 스타일이 어느 정도 남아 있다.

하지만 소문으로 들은, 고쳐 써달라는 요구는 내 경우 한 번도 없었고 편집자의 태도도 다른 회사에 비해 무척 정중했다. 원고료도 유난히 많이 주었기 때문에 나는 그만 고단샤 쪽으로 기울어지고 말아 이 회사에서 나오는 여러 잡지에서 연재를 계속하게 되었다.《거미남》은 그 첫 번째 작품이 되는 셈이다.

이 소설은 1957년에 영화로 만들어졌다. 영화계의 베테랑인 영화감독 시노 가쓰조(篠勝三) 씨가 영화사 '신에이가샤(新映画社)'를 만들어 그 첫 번째 작품으로 제작했다. 후지타 스스무(藤田進), 오카조지(岡譲司), 미야기 지카코(宮城千賀子), 가와카미 게이코(河上敬子) 등이 출연했다. 그해부터 이듬해에 걸쳐 간토 지역과 간사이 지역 따로, 다이에이(大映) 계열 영화관에서 상영되었던 것이 또렷하게 기억난다.

1961년 11월

에도가와 란포에 대하여 1부

니카이도 레이토(소설가)

태평양전쟁 이전의 에도가와 란포

1

'건국의 아버지'라는 말이 있다. 미국으로 따지면 조지 워싱턴이나 벤저민 프랭클린을 비롯한 미국 헌법제정회의에 출석한 55명의 지도자를 말한다.

이렇게 따지면 에도가와 란포는 일본 탐정소설(추리소설)에 있어 '건국의 아버지'라고 해도 문제되지 않는다. 란포 이전에도 탐정소설을 쓴 사람이 있었고 코넌 도일(Arthur Conan Doyle, 1859~1930)의 셜록 홈스 이야기나 모리스 르블랑(Maurice Leblanc, 1864~1941)의 아르센 뤼팽 이야기 같은 것은 메이지 시대(1868~1912)부터 이미 번역되기 시작했다.[1]

하지만 란포라는 작가가 등장하여 활약하면서 탐정소설이라는 장

---

1 셜록 홈스 이야기가 일본에 처음 번역된 것은 1894년이다. 잡지 《니혼진(日本人)》에 〈입술이 뒤틀린 남자〉(1891)가 〈걸식도락(乞食道楽)〉이라는 제목으로 게재되었다. 뤼팽 이야기는 1909년에 첫 번역본이 나왔다. 잡지 《선데이》에 《괴도 루팡》의 〈흑진주〉(1906)가 〈파리탐정기담·도둑의 도둑〉이라는 제목으로 게재되었다. – 원주

르는 급격하게 많은 독자를 얻었다. 그때까지만 해도 일부 애호가들만 즐기는 분야였는데 란포 이후로 많은 사람들이 탐정소설은 재미있다고 생각하게 되었다. 특히 《거미남》 이후에 발표된 수많은 활극적 장편소설—괴기 모험 탐정소설—은 일반 대중잡지에 연재되기도 하여 독자들로부터 열광적인 사랑을 받았다. 그리고 주인공인 아케치 고고로는 그 명석한 두뇌를 이용한 추리로 범죄를 폭로하는 영웅으로 인식되어 온 일본에 으뜸가는 명탐정으로 이름을 떨쳤다.

제2차 세계대전이 끝난 뒤, 란포는 어린이를 위한 탐정소설을 쓰는 한편, 평론 활동과 탐정소설 보급을 위해—탐정작가클럽(지금의 일본추리작가협회) 창설이나 신인상인 에도가와 란포 상 제정 등—힘을 쏟았다.

그런 업적에 의해 탐정소설이나 그것을 포함하는 넓은 의미의 미스터리는 일본 문단에서 확고한 지위를 쌓았다.

그렇기 때문에 일본인이라면 누구나 란포라는 이름을 알고, 그의 소설 한두 권쯤은 읽는다. 열성적인 독자는 지금도 여전히 많아, 그의 문고나 전집은 계속 간행되어왔다. 가장 최근에 나온 전집은 고분샤(光文社)가 내놓은 문고판(2003~2006)인데 모두 30권에 이르며 널리 좋은 평가를 얻고 있다.

그래서 그 위대함을 표현하기 위해 란포를 '대란포(大乱歩)'라고 부르는 경우도 많다.[2]

---

2 란포의 뒤를 잇는 이 장르의 위대한 작가는 다음과 같다.
요코미조 세이시(1902~1981) 《혼진 살인사건》, 《옥문도》, 《팔묘촌》, 《이누가미 일족》, 《악

2

자랑이 아니라 일본은 서양 여러 나라에 뒤지지 않는 미스터리 소설 대국이다. 왜 그렇게 되었는지 따지자면 에도가와 란포라는 작가가 있고, 그가 쓴 엄청나게 재미있는 탐정소설이 있었기 때문이라고 할 수 있다.

원래 '탐정소설'이란 장르는 미국 작가 에드거 앨런 포(Edgar Allan Poe, 1809~1849)가 쓴 단편 〈모르그 가의 살인사건〉(1841)과 〈마리 로제의 수수께끼〉 등으로 시작되었다.

포의 발명은 점차 열매를 맺어 프랑스에서는 에밀 가보리오나 포르튀네 뒤 부아고베, 영국에서는 윌키 콜린스(william wilkie collins, 1824~1889), 미국에서는 애나 캐서린 그린(Anna Katherine Green, 1846~1935) 등이 장편소설을 발표했다.

그리고 결정적으로 영국의 코넌 도일이 등장한다. 그는 셜록 홈스 이야기를 써서 폭발적인 인기를 얻었다. 그래서 홈스를 흉내 낸 작품이 많이 나왔는데, 원작과 어깨를 겨룰 만한 작품은 없었다. 오로지 프랑스의 모리스 르블랑이 쓴 괴도 신사, 즉 아르센 뤼팽 이야기만 홈스에 필적할 인기를 누렸다(특히 일본에서는 인기를 양분

마가 와서 피리를 불다》 등.
아유카와 데쓰야(1919~2002) 《페트로프 사건》, 《검은 트렁크》, 《리라장 사건》, 《검은 백조》, 《죽음이 있는 풍경》 등.
시마다 소지(1948~) 《점성술 살인사건》, 《북의 유즈루, 저녁 하늘을 나는 학》, 《기발한 발상, 하늘을 움직이다》, 《어둠비탈의 식인 나무》, 《수정 피라미드》 등. – 원주

했다).

그 뒤 탐정소설은—1920년대부터 1930년대에—저자와 독자의 지혜 겨루기가 강조되어 실마리나 증거에 의한 페어플레이가 더욱 철저해져 논리적인 추리에 중점을 둔 '추리소설'이라는 장르로 발전했다. G. K. 체스터튼(G. K. Chesterton, 1874~1934), F. W. 크로프츠(F. W. Crofts, 1879~1957), 애거서 크리스티(Agatha Christie, 1890~1971), 존 딕슨 카(John Dickson Carr, 1906~1977) 같은 추리소설의 대가들이 계속 걸작을 발표하여 '영미 탐정소설의 황금시대'로 불릴 정도였다.

게다가 하드보일드, 서스펜스, 스릴러, 경찰소설 같은 장르가 더해지면서 미스터리라는 거대한 카테고리가 형성되어갔다.

1940년 이후 미국이나 영국에서는 경찰소설과 범죄소설, 서스펜스가 주류를 이루었다. 그래서 이런 나라에서는 추리소설을 '클래식'이나 '퍼즐러'라고 부르게 되었고, 쓰는 사람이나 읽는 사람 모두 줄어들었다.

왜냐하면 추리소설을 쓰는 일은 트릭을 생각해내기도, 논리적인 추리의 토대를 만들어 그걸 깔끔하게 무너뜨리는 일도 무척 힘든 작업이기 때문이다. 게다가 이야기의 구조상—범인을 마지막까지 감추고 미묘한 실마리를 이야기 속에 묻어두는 등—텔레비전이나 영화 원작으로 삼기 어렵다는 이유도 있었다.

그렇지만 일본은 상황이 조금 다르다. 다른 장르도 많이 존재하지만 획기적인 트릭이나 논리적인 추리에 무게를 둔 수수께끼 풀이형

추리소설을 특별히 즐겨왔고 지금도 즐긴다.

그리고 이러한 상황을 유지할 수 있었던 것도 탐정소설 건국의 아버지인 란포가—좋은 본보기로, 그리고 정신적 지주로—존재했기 때문이다.

3

에도가와 란포는 필명이며, 본명은 히라이 다로(平井太郎)다. 'EDOGAWA RANPO'라는 필명은 탐정소설의 창시자인 에드거 앨런 포(Edgar Allan Poe)의 이름을 일본식으로 만든 것이다. 포에 대한 란포의 경의의 표현이기도 했다.

나중에 란포가 되는 다로는 1894년 10월 11일에 미에 현 나바리바치에서 태어났다. 아버지는 히라이 시게오, 어머니는 기쿠. 두 사람의 장남이었다.

할머니 와사와 어머니 기쿠는 다로가 어렸을 때 많은 고단(講談)[3]과 소설을 읽어주었다. 그 가운데 어머니가 읽어주거나 준 책 중에서 구로이와 루이코(黒岩涙香, 1862~1920)가 지은 탐정 이야기들이 마음에 들었다.

---

3 고단이란 원래 공연 예술 가운데 하나로, 무대 위의 고단사가 전쟁 이야기, 무용담, 복수담, 세상 이야기 등을 허풍스러운 모습으로 이야기하는 것이었다. 그런 내용을 책으로 만든 것도 고단이라고 불렀다. - 원주

란포가 일본에서 '탐정소설의 아버지'라면 루이코는 '탐정소설의 할아버지'라고 할 수 있다. 사상가이자 작가, 번역가, 신문기자 등 그에게는 여러 모습이 있는데 가장 성공한 분야는 신문에 연재한 번안소설이었다.

어학 능력이 뛰어났던 루이코는 서양 소설을 번역하여 고쳐 써 신문에 연재, 절대적인 인기를 누렸다. 그 시절에는 아직 일반적인 일본인이 서양 문화에 정통하지 않았다는 이유도 있어, 소설의 무대를 일본으로 옮기고 등장인물의 이름도 일본인 것으로 바꾸었다. 그렇게 루이코는 이야기를 적절하게 자기 식으로 바꿔 재미를 더했다. 이런 것은 '번역'이 아니라 '번안'이라고 부른다.

그 가운데 유명했던 소설은 《철가면》, 《죽은 미인》, 《백발귀》, 《유령탑》, 《아, 무정》 등이다. 《암굴왕》은 알렉상드르 뒤마(Alexandre Dumas, 1802~1980)의 《몬테크리스토 백작》, 《아, 무정》은 빅토르 위고(Victor Hugo, 1802~1885)의 《레 미제라블》이 원작이다.

그밖에는 탐장소설을 원작으로 삼아 가보리오나 부아고베의 장편소설도 몇 작품 번안했다. 루이코의 《사람인가 귀신인가》는 가보리오의 세계 최초 장편 탐정소설인 《르루주 사건》(1866)을 번안한 소설이다. 부아고베의 여러 작품은 그 뒤를 잇는 장편 탐정소설들로, 요즘은 거의 읽히지 않지만 이 두 사람의 이름은 코넌 도일을 비롯한 후배 작가들에게 영향을 끼쳤다.[4]

---

4 도일은 자서전 《내 추억과 모험》(1924)에서 가보리오와 포의 작품에 대해 언급했다. 《주홍색 연구》(1887)에서는 홈스가 가보리오가 쓴 범인 탐정 르코크를 야유했다. - 원주

또 루이코는 1889년에 〈무참〉이란 단편을 발표한다. 이 작품은 도쿄 쓰키치에 있는 해군 연병장 옆 강에서 어떤 남자의 처참한 시체가 발견되고, 그것을 베테랑 형사와 신입 형사가 수사하는 이야기다. 베테랑 형사는 시체의 모습을 통해 범인을 추리하고 신입 경관은 피해자가 쥐고 있던 머리카락 세 오라기를 현미경으로 관찰해 단서를 잡는다.

말하자면 명탐정 대 평범한 탐정이라는 식의 작품인데, 〈무참〉은 일본 최초의 창작 탐정소설로 일본 미스터리 역사에 이름을 새겼다.

본론으로 되돌아가서, 어린이였던 다로는 파란만장하고 선정적이며 공포스러운 루이코의 번안소설에 사로잡혔다. 나중에 손수 복수기담 《백발귀》나 변신기담 《유령탑》을 루이코의 번안소설을 원작으로 삼아 구어체로 바꾸며 자기 방식대로 고쳐 썼을 정도다. 루이코의 번안소설은 문어체로 되어 있기 때문에 란포가 작품 활동을 할 무렵에는 이미 예스러운 문장이 되었기 때문이다.

4

1912년에 18세가 된 히라이 다로는 홀로 도쿄로 간다. 그리고 와세다 대학 예과 2학년에 편입한다. 그 무렵부터 탐정소설 집필을 시작해 〈화승총〉이란 습작을 쓰기도 한다. 이 소설의 트릭은 르블랑의 《여덟 번의 시계 종소리》에 나오는 〈물병〉(1921)이나 멜빌 D. 포스트(Melville D. Post, 1869~1930)의 애브너 아저씨 시리즈 가운데 한 편인 〈둠도프 미스터리〉(1911)와 같은 것이었다.

란포는 20세 무렵에 문학 동인과 함께 육필 회람지를 발행하면서 포나 도일의 작품을 영어로 읽게 된다. 그리고 단편 탐정소설이 지닌 재미에 눈을 뜬다. 이런 작품들에 짙게 드러나는 영미식 이지적 추리에 완전히 매료되었기 때문이다(나중에 란포는 이런 소설들을 '순본격(純本格)'이라고 불렀다).

와세다 대학을 졸업한 뒤 여러 직업을 거치지만 오래 하지는 못했다. 무역회사나 조선소 사원, 헌책방, 시청 근무, 신문기자, 타이프라이터 행상, 망한 주식 수집 등 여러 일에 손을 댔다.

그리고 25세에 무라야마 류와 결혼.

28세 때 직업이 없는 상태에서 특별히 게재할 곳도 없이 단편 〈2전짜리 동전〉와 〈우표 한 장〉을 쓴다. 알지도 못하는 사이인 바바 고초(馬場孤蝶, 1869~1940)라는 유명한 영문학자(게이오기주쿠 대학 문학부 교수)에게 원고를 보내 추천을 부탁했지만 답장 없이 되돌려 받는다. 순문학 계열에 속한 바바 고초에게 탐정소설 추천을 부탁했으니 번지수를 잘못 찾은 셈이었다.

그래서 다로는 하쿠분칸에서 출간하는 잡지 《신세이넨》의 편집장인 모리시타 우손(森下雨村, 1890~1965)에게 이 원고를 보낸다. 그때 《신세이넨》은 전국 청년을 도시적으로 계몽할 목적을 지닌 잡지였는데, 증간호 등을 통해 탐정소설을 다루어 특집을 꾸미기도 했기 때문이다. 편집장이 된 우손은 손수 해외 탐정소설을 번역해 싣기도 하며 《신세이넨》을 완전히 탐정소설 잡지로 변화시켰다.

그 즈음 우손은 《신세이넨》을 통해 소설 현상모집을 했지만 외국 작품을 번안한 것 같은 작품들밖에 들어오지 않았다. 말하자면 그때까지만 해도 일본에는 탐정소설을 쓸 수 있는 작가가 거의 없었던 셈이다.

그런 시점에 도착한 란포의 〈2전짜리 동전〉과 〈우표 한 장〉을 읽은 우손은 "드디어 일본에도 진짜 탐정소설 작가가 나타났다!"며 크게 감격해 다로에게 게재를 약속하는 답장을 보낸다. 그리고 의학박사이자 서양 괴기소설에 정통한 작가 고사카이 후보쿠(小酒井不木, 1890~1929)에게 원고를 보내 비평을 부탁한다.

이렇게 해서 다로는 우손의 응원과 후보쿠의 추천을 받아 '에도가와 란포'로 인상적인 데뷔를 했다. 〈2전짜리 동전〉은 《신세이넨》 1923년 4월호에, 〈우표 한 장〉은 7월호에 게재되었다. 란포가 29세 되던 해였다.

〈2전짜리 동전〉은 가짜 동전 안에 있는 암호를 푸는 이야기로 포의 〈황금벌레〉(1843)에서 아이디어를 얻었다. 〈우표 한 장〉은 홈스 스타일의 순수 탐정소설이다. 대개 〈2전짜리 동전〉이 더 좋은 평을 얻었지만 란포가 진짜 목표로 삼았던 것은 〈우표 한 장〉처럼 추리에 기반을 둔 서양식 이지적인 탐정소설이었다.

또 이해 12월에는 관동대지진이 일어나 도쿄는 거의 괴멸 상태에 빠졌다. 불행 중 다행으로 란포는 오사카에 있어 피해를 입지 않았고 원고는 무사했다.

1925년 란포는 여섯 번째 단편인 〈D언덕의 살인사건〉을 통해 명탐정 아케치 고고로를 처음 등장시킨다. 이어서 아케치가 주인공인 〈심리시험〉이나 〈검은 손〉[5]을 발표해 더욱 호평을 얻었다. 〈D언덕의 살인사건〉에서는 밀실 범죄를, 〈심리시험〉에서는 아케치가 심리학적 추리를 펼쳐 보이는데 밴 다인의 《벤슨 살인사건》보다 1년 앞섰다. 〈검은 손〉에서는 발자국이 없는 살인의 수수께끼에도 도전한다.

그 뒤 란포는 〈붉은 방〉, 〈백일몽〉, 〈천장 위의 산책자〉, 〈인간 의자〉, 〈화성의 운하〉, 〈거울지옥〉처럼 공포와 환상을 주제로 한 단편도 발표해 좋은 평을 받았다.

그 가운데 〈천장 위의 산책자〉는 란포의 엿보기 취미와 탐정 취미가 잘 어우러진 걸작이다. 나무옹이 구멍 같은 것을 통해 옆방을 들여다보니 거기에 비현실적인 세계가 있더라, 하는 두려움이나 거기에서 살인이 이루어지고 있더라는 공포를 란포는 여러 차례 썼다.

그리고 란포는 《선데이 마이니치》에 첫 장편 《호반정 사건》을 발표한다(1926년 1월~5월). 요즘 기준으로는 중편이지만 추리하는 맛을 전면에 내세운 작품이다. 어느 한 가지 사실을 눈치채면 사건이 한꺼번에 변하는 반전이 멋진 작품이다. 이런 스타일로는 엘러리 퀸(Ellery Queen, 1905~1971)의 《주홍글씨》(1953)나 빌 S. 밸린저(Bill S. Ballinger, 1912~1980)의 대표작 《이와 손톱》(1955)보다 훨씬 앞서 나온 작품이다.

---

5 원제는 '구로테구미(黒手組)'. 작품 속에서는 도쿄를 무대로 날뛰는 도둑 조직을 가리킨다. - 역주

또 《신세이넨》에 연재한(1926년 4월~1927년 2월) 《파노라마 섬 기담》은 기괴한 이상향에 홀린 남자의 야망을 농도 짙게 그린 작품으로 결말에서 그 광기가 폭발한다.

이어서 란포는 〈아사히신문〉에 엽기적인 살인사건을 다룬 《난쟁이》를 연재한다(1926년 12월~1927년 2월). 에로티시즘과 그로테스크를 강조한 작품으로, 무시무시한 범인이 암약하는 이면에는 의외의 진범이 숨어 있다. 토막살인, 변장, 1인 2역, 비밀통로 같은 트릭이 뒤엉켜 전율을 불러일으킨다.

신문 연재의 독자 수는 잡지 연재와는 차원이 달랐다. 큰 호평을 얻으며 에도가와 란포라는 이름은 전국적으로 퍼져나갔다. 《난쟁이》도 영화화되어 란포는 더욱 유명해졌다.

그러나 《샤신호치(写真報知)》에 연재한 《공기남》이나 《구라쿠(苦楽)》에 연재한 《어둠 속에서 꿈틀대다》가 미완으로 끝나며, 란포가 장편소설의 플롯 구축에 어려움이 있다는 사실이 드러나고 말았다. 《호반정 사건》이나 《난쟁이》를 연재할 때도 매회 아이디어 때문에 힘들어했으며 '저급하고 황당무계했다. 실패작이다'라고 스스로 평기를 내렸다.

그리고 자신의 미숙함을 부끄럽게 여긴 란포는 1927년 3월에 휴필 선언을 하고 방랑의 길에 나서고 말았다.

5

1928년에 란포는 오래간만에 작품을 발표한다. 《음울한 짐승》이라는 중편인데 《신세이넨》 8월 증간호, 9월호, 10월호에 연재되었다. 이 작품은 잡지를 3쇄까지 찍게 만들 정도로 큰 반향을 불러일으킨다.

등장인물은 화자인 '나', '나'가 사랑한 박복한 여인. 이 여인에게는 남편이 있다. 그리고 그녀를 학대하는 부자 남편, 그녀를 노리는 수상한 작가. 이런 인물들을 둘러싸고 반전에 반전을 거듭하는 이야기 끝에 상상도 못 했던 진실이 밝혀지는데, 마지막에는 또 다른 깊은 의혹이 떠오른다. 매우 치밀한 구조로 이루어진 작품이다.

게다가 범인으로 지목되는 오에 슌데이라는 수상한 소설가는 그즈음 '흙벽으로 만든 광 안에서 촛불을 밝히고 원고를 쓴다'는 란포 자신을 떠올리게 한다. 그래서 이 소설을 작가의 체험담으로 믿는 독자도 많았다.

결국 《음울한 짐승》에서는 범죄상의 트릭과 소설기법상의 트릭이 동시에 사용되어 그 상승효과로 일종의 메타픽션적 기만을 낳았다. 그런 참신함을 으스스한 분위기와 야하고 요사스러운 기운으로 장식했기 때문에 독자가 놀라워하며 절찬을 보낸 것은 당연한 일이었다.

이듬해 1월, 란포는 《신세이넨》에 〈애벌레〉라는 단편을 발표한다(처음 발표할 때는 제목이 〈악몽〉이었다). 전쟁으로 팔과 다리는 물론 목소리마저 잃은 남편과 그 아내의 처참한 애증 생활을 그린 작품으로, 좌익 성향의 독자는 반전소설이라며 찬사를 보냈다. 실제로 발표 때는 당국의 검열을 우려해 복자투성이였다.[6]

이처럼 그 즈음 일본은 군부가 힘을 키워 전쟁 가능성이 높아져갔다. 그래서 점점 탐정소설을 쓰기 힘든 상황이 되어갔다.

하지만 이 무렵 란포의 작품 활동은 아주 좋은 상태였다. 하쿠분칸이 창간한 대중잡지 《아사히》에 《외딴섬의 악마》라는 장편을 연재했는데(1929년 1월~1930년 2월), 이 작품은 란포의 장편 가운데 자타가 공인하는 최고 걸작이다.

주인공 청년이 사랑에 빠진 어느 여성이 밀실 상태에서 살해되고 만다. 여성의 과거를 조사하던 중에 그는 어떤 외딴섬에 가게 되는데 거기에서 너무나도 끔찍한 것들과 기형적인 세계를 목격한다. 그리고 목숨이 위태로워져 도망친 동굴 안에서 죽음보다 더 무서운 체험을 하게 되는데…….

솔직하게 이야기하면 밀실 트릭도 고만고만하고 범인 찾기 요소도 약하며 수수께끼 풀기에는 부족한 면이 보이는 장편소설이다. 하지만 란포의 그로테스크한 취미가 유감없이 발휘되어 H. G. 웰스(H. G. Wells, 1866~1946)가 쓴 《모로 박사의 섬》(1896)과 닮았으며 '기형'을 다룬 괴기모험담으로 생각하면 이보다 충격적인 작품은 없으

---

6 베트남전쟁 중이던 1971년에 미국에서 《자니 총을 얻다(Johnny Got His Gun)》라는 영화가 개봉되었는데, 주인공이 처한 상황이 란포의 〈애벌레〉와 흡사해 일본에서는 꽤 화제가 되었다. - 원주

리라.

또 《신세이넨》 1929년 6월호에 발표한 단편 〈오시에와 여행하는 남자〉는 란포의 환상소설 최고 걸작으로 꼽힌다. 분위기, 묘사, 이야기가 모두 뛰어나며 낭비가 없어 같은 시대의 문학적 소설조차 능가하는 완성도를 보인다.

그런데 전부터 란포는 다이닛폰유벤카이고단샤(지금의 고단샤)의 편집자에 의해 대중 월간지 《고단쿠라부(講談倶楽部)》에 장편소설을 연재해달라는 요청을 받고 있었다. 발행부수가 많은 잡지라서 란포는 일반 독자들에게도 받아들여질 장편을 쓰려면 어떻게 해야 좋을지 고민하느라 답변을 오래 미루고 있었다. 그러다가 드디어 쓰기로 결심했다.

란포가 선택한 노선은 구로이와 루이코의 대시대성(大時代性)[7]과 아르센 뤼팽 이야기의 연속적인 놀라움을 섞어 다시 둘로 나누고 자신의 취향인 잔학성과 추리성을 보태는 것이었다.

《거미남》으로 불리는 괴인이 변장을 해서 자기가 좋아하는 여성을 잡아다가 강간, 살인을 반복한다. 게다가 시체를 토막 내거나 석고상에 넣어 전시하기도 하고 수족관 수조에 띄우기도 하는 등 자기가 저지른 범죄를 과시한다. 나중에는 단숨에 마흔아홉 명의 미인을 독가스로 죽이려고 하니 그야말로 끔찍한 집념이다.

줄지어 나오는 트릭, 인물 바꿔치기, 추적극, 범인과 탐정의 두뇌

7 현대적이지 않아 시대성이 옅고 양식적이며 과장이 심한 연기나 연출을 말한다. – 역주

싸움 등은 월간지의 매회 인기를 크게 의식한 전개였다. 그런 것들은 뤼팽 이야기에서 배웠는데 개중에는 뤼팽이 사용한 트릭을 빌려 쓴 부분도 있었다.

다시 생각해보면 《거미남》은 요즘 유행하는 사이코패스나 사이코킬러 이야기—예를 들어 토머스 해리스의 《양들의 침묵》(1988) 같은—들의 선구적 작품이라고 할 수 있다. 초기의 란포는 홈스로 대표되는 이지적인 추리물을 쓰고 싶어 했지만 결국 그를 유명한 인기 작가로 만든 것은 이처럼 대중을 대상으로 한 활극적 괴기 모험 탐정소설이었다.

란포는 《거미남》을 시작으로 1936년까지 《엽기의 끝》, 《마술사》, 《황금가면》, 《흡혈귀》, 《백발귀》, 《유충》, 《검은 도마뱀》, 《인간 표범》 등의 장편을 연이어 발표했다.

모두 《거미남》과 같은 분위기로 쓴 작품들이며 흉악한 범인과 두뇌 명석한 명탐정 아케치 고고로의 대결 때문에 독자들은 손에 땀을 쥐었다. '명탐정 대 살인마'라는 도식은 권선징악을 좋아하는 일본인의 기호에 딱 맞아떨어졌던 것이다.

하지만 독자의 열렬한 지지와는 반대로 란포 자신은 그런 내용에 만족하지 못했다. 그래서 그는 중편 《누구》(1929)나 단편 〈석류〉(1934) 등을 통해 이지적인 탐정소설을 모색했다.

두 편 모두 의욕적으로 쓴 수수께끼 풀이의 수준이 높은 질적으로 뛰어난 작품이었다. 하지만 독자 반응이 미지근해 란포는 낙담했다. 결국 그 시절 독자에게는 논리적인 추리에 투철한 작품을 이해하고

평가할 만한 소양이 없었던 것이다.[8]

6

1936년이 되자 드디어 전쟁이 시작되려는 기운이 높아진다. 그런 때 다이닛폰유벤카이고단샤의 《쇼넨쿠라부(少年俱楽部)》에서 란포는 소년을 대상으로 하는 탐정소설을 의뢰받는다.

그래서 란포의 머리에서 태어난 것이 《괴인 20면상》이라는 걸작이다. 이는 《거미남》 이후 보여준 활극적 탐정 장편소설에서 에로티시즘과 그로테스크한 면을 제거한 것이었다. 즉 '뤼팽 대 홈스'를 '20면상 대 아케치 고고로'로 치환한 셈이다.

《20면상》에 뒤이어 발표한 《소년탐정단》은 트릭이나 플롯이 잘 다듬어졌고 스토리에도 빈틈이 없다. 란포의 장편 가운데 가장 탄탄한 짜임새를 지녀 어른 독자도 감상할 만큼 재미있다.

범인인 괴인 20면상은 뤼팽과 마찬가지로 변장의 명수이며, 훔치기는 해도 살인을 저지르지는 않는다. 훔치러 들어갈 때는 일부러 범행을 예고해 자신의 지혜와 행동력을 보란 듯이 과시한다.

한편 명탐정 아케치 고고로는 조수인 고바야시 소년이 단장인 소

---

8 〈석류〉는 일반잡지인 《주오코론(中央公論)》에 대대적인 선전과 함께 실렸다. E. C. 벤틀리(E. C. Bentley, 1875~1956)의 장편 《트렌트 최후의 사건》(1913)에 도전한 작품이었지만 그런 작품을 모르는 일반 독자로서는 란포의 의도를 이해할 길이 없었다. - 원주

년탐정단의 도움을 얻어 괴인 20면상과 불꽃 튀는 싸움을 펼친다.

《괴인 20면상》을 대표로 하는 '소년탐정단 시리즈'는 소년 독자의 열광적인 지지를 받아 계속 속편이 나왔다. 제2차 세계대전이 끝난 뒤에는 고분샤에서 출간한 《쇼넨(少年)》으로 연재의 무대를 옮겼지만 인기는 시들지 않았다. 라디오나 영화로도 만들어지면서 기분이 좋아진 란포는 이 시리즈를 가장 나중까지—1967년까지 30년 동안이나—계속 썼다. 따라서 이 시리즈는 란포의 위업 가운데 가장 큰 존재가 되었다.

20권도 넘는 '소년탐정단 시리즈'는 판이 끊이지 않고 늘 서점과 도서관에 꽂혀 있다. 어린이 문학 필독서이며 텔레비전 시대에 들어와 드라마나 애니메이션으로도 만들어졌다.

7

결국 1941년에 전쟁이 시작되었다. 그래도 란포는 1943년까지 집필을 계속했다. 아케치 고고로 시리즈의 《지옥의 어릿광대》나, 루이코의 《유령탑》을 자기 방식으로 고쳐 쓴 것, 조르주 심농(Georges Simenon, 1903~1989)의 《생폴리앵에 지다》(1930)에서 아이디어를 얻은 《유령의 탑》, 탐정소설이 아닌 아동소설 《신보물섬》 등을 썼다.

전쟁이 끝나기 전에 마지막으로 쓴 장편은 잡지 《히노데(日の出)》에 연재한 스파이 소설 《위대한 꿈》이다. 여기서는 범인이 알리바

이를 만들기 위해 자기 범행을 동행인에게 보여준다는 트릭이 나온다. 이 트릭은 우연히 존 딕슨 카의 유명한 작품《황제의 코담뱃갑》(1942)과 똑같다.

란포를 이해하기 위한 몇 가지 사항

지금까지 소개한 내용과 조금 중복되지만 란포의 작품을 이해하기 위해 중요한 몇 가지를 설명한다.

1. 시대성

란포가 탐정소설을 쓰기 시작했던 시절에는 모범으로 삼을 만한 작품은—구로이와 루이코를 제외하면—에드거 앨런 포, 아서 코넌 도일, 모리스 르블랑, G. K. 체스터튼 등 외국 작품뿐이었다. 또 외국 작품 번역본은 그리 많지 않았다. 1920년대와 30년대 초에 겨우 본격 장편 추리소설이 번역되기 시작했는데 전쟁이 일어난 뒤로는 그마저도 끊기고 말았다.

따라서 애거서 크리스티, 엘러리 퀸, 존 딕슨 카 등으로 대표되는 영미 황금기 추리소설을 일본의 일반적인 독자가 읽게 된 것은 전쟁이 끝난 뒤의 일이다.

란포는 애초 서양식 이지적인 탐정소설(순본격=추리소설)을 쓰고 싶어 했다. 즉 속임수 없는 트릭과 논리적 추리가 뒷받침된 수수께끼 풀이야말로 이상적인 탐정소설이라고 란포는 생각했다.

하지만 란포가 작가가 되었을 무렵에는 일본에 그런 창작물이 존재하지 않았고 외국에서 수입되는 일도 드물었다. 그래서 란포 같은 애호가라면 몰라도 일반 독자는 추리소설이 뭔지도 모르고 또 그 재미도 이해하지 못했다. 기껏해야 명탐정이 활약하는 소설이라는 정도의 인식밖에 없었던 것이다.

2. 기호성

그런 시대와 독자의 상황 때문에 소설을 계속 쓰기 위해서 란포는 자기 뜻을 굽힐 수밖에 없었다. 그래서 변태적인 취향이나 환상성이 가득한 단편, 괴기와 엽기, 잔학성을 강조한 활극적 괴기 모험 탐정소설을 계속 썼던 것이다.

사실 서양식 이지적 탐정소설(추리소설=순본격)을 쓰거나 즐기기 위해서는 독자에게 두 가지 조건이 필요하다. 첫째는 과학적인 안목에 바탕을 둔 교양이 사회 전반에 널리 퍼져 있을 것, 둘째는 민주주의에 기초한 재판제도가 제대로 기능할 것, 이 두 가지다.

첫 번째는 설명할 필요도 없다. 마술이나 신비로 해결하는 수수께끼나 초자연현상은 자연과학이 발전하기 이전의 문제다. 당연히 속임수 없는 물리적인 트릭과 논리적 추리의 기반은 과학의 뒷받침이 필요하다.

두 번째도 당연한 이야기다. 왜냐하면 재판제도에서의 판결은 여러 물적 증거와 논리적 추론이 근간을 이루기 때문이다. 재판에서 정확한 판결을 내리려면 질 높은 추리소설과 마찬가지로 여러 증거와 거기에서 도출되는 합리적 추리를 판사나 배심원 앞에 제시해야만 한다.

뒤집어 이야기하면 독재국가에는 추리소설이 존재하지 않는다. 독재자나 독재적인 경찰이 멋대로 범인으로 몰고 범인이라고 판결하며 혹은 폭행을 가해 억지 자백을 강요하는—그 자백의 진위는 묻지 않는—짓이 아무렇지도 않게 이루어지기 때문이다.

그런데 란포가 데뷔했을 무렵에 일본에는 이 두 가지가 모두 없었다. 서양 과학은 이제 막 사회에 들어오던 중이었지만 학자나 학생 수준에 머물렀다. 여전히 (가난해서) 초등학교에 가지 못하는 아이들도 많았고, 농촌에는 읽고 쓰지 못하는 사람도 많았기 때문이다.

사회 구조적으로 전쟁 전의 일본은 독재적 군사 국가였고, 전쟁에 돌입하면서 그 체제는 더욱 굳어졌다. 오락은 전쟁에 방해가 된다며 배제했기 때문에 란포를 비롯한 많은 소설가들이 일거리를 잃었다.

3. 란포식 탐정소설

에드거 앨런 포 이전에는 미신신앙이나 무지몽매, 무교양이 만연해 공포소설이나 고딕소설 종류밖에 없었다. 하지만 서양은 일찍 산업혁명과 과학혁명을 거치며 근대화에 돌입했다. 그리고 에드거 앨런 포는 과학을 기반으로 한 탐정소설(추리소설)을 낳으며 소설의 새로운 지평을 개척했다.

란포가 작가 활동을 시작한 무렵의 일본 문화는 에드거 앨런 포가 등장하기 전의 서양에 가까웠다. 그래서 란포가 사용한 방법은—사용할 수밖에 없었지만—엽기나 암흑에 대한 공포, 엿보기 취미, 환상성, 비현실에 대한 동경, 에로티시즘, 그로테스크함 등 외설스럽고 난잡한 치장으로 트릭과 논리를 가리는 것이었다.

이에 대해 작금 아시아권에서 '미스터리의 신'으로 불리는 작가 시마다 소지는 다음과 같이 말했다.

란포와 동시대 탐정소설가인 고가 사부로(甲賀三郎, 1893~1945)가 1925년에 탐정소설을 추리의 맛이 있는 '본격'과 추리의 맛이 없는 '변격'으로 나눈 것을 전제로 한 해설이다.

> 고가 사부로 시대의 일본 탐정소설은 에도가와 란포가 개발한 에도[9] 스타일의 미세모노코야 감각인 것들이 주류를 이루고 있었다. 에도 스타일의 미세모노코야라는 것은 난쟁이나 몸이 기형인 사람, 혹은 모쿠로구비, 규쵸, 갓파[10] 같은 무서운 것들을 돈을 받고 사람들에게 구경시켜주던 가게를 말하는데, 란포 스타일의 소설은 이 통속적인 구경거리 같은 존재가 만약 세상에 풀려나와 범죄를 저지르며 암약한다면, 하는 발상으로 쓴 괴담에 가까운 옛날이야기였다.

《본격 미스터리 월드 2010》 중에서

9 현재 도쿄로, 사무라이가 일본을 지배하던 에도 시대 및 그 시대의 에도라는 도시를 말한다. - 원주

10 모두 일본의 유명한 요괴들이다. - 원주

앞에서 이야기했듯이 란포는 《난쟁이》 이후 자기 작품을 비하했고 저급하다고 혐오하면서 여러 차례 붓을 꺾었다. 자신이 품은 이상과 쓰고 있는 작품과의 괴리가 너무도 컸기 때문이다.

〈에도가와 란포에 대하여 2부〉가 2권에서 계속됩니다.

니카이도 레이토(二階堂黎人)

1959년 도쿄 출생. 1990년 《흡혈의 집》으로 제1회 아유카와 데쓰야 상 가작 입선, 1992년 《지옥의 기술사(奇術師)》로 데뷔하였다. 주요 작품으로 명탐정 니카이도 란코가 주인공인 《성 아우스라 수도원의 참극》, 《악령의 저택》을 비롯, 세계에서 가장 긴 본격 추리소설 《인랑성의 공포》 4부작과 미즈노 사토루가 시리즈 《가루아지와 매직》, 《지천사의 불가사의》, 유치원 어린이 하드보일드 시리즈 《내가 찾은 소년》 등이 있다. 최신작으로는 《아이언 레이디》, 《망령관의 살인》이 있다.
대학 시절 데즈카 오사무 팬클럽 회장을 거쳐 데즈카 만화를 수집하고 있다. 데즈카 오사무 평전인 《우리가 사랑한 데즈카 오사무》 1, 2, 《우리가 사랑한 데즈카 오사무(격동편)》, 《우리가 사랑한 데즈카 오사무(부활편)》을 발표했다.

옮기고 나서

일본 미스터리를 읽는 분들 가운데 에도가와 란포라는 이름을 모르는 이는 거의 없습니다. 아직 작품을 접하지 못한 분이라도 란포의 명성과 업적은 대략 들었을 터이니 그런 이야기를 다시 한다는 것은 낭비입니다. 게다가 이 책에는 일본의 추리소설 작가 니카이도 레이토 선생이 우리 독자를 위해 특별히 집필한 에도가와 란포의 작품 세계 전반에 대한 해설이 실려 있습니다. 뿐만 아닙니다. 이 시리즈는 수록된 작품마다 란포가 자신의 작품에 대해 중요한 언급을 망라해 '자작 해설'로 붙였습니다. 작품에 대해 작가만큼 더 정확하게 이야기할 수 있는 사람은 없습니다. 이러니 옮긴이가 따로 해설을 더하면 군더더기가 될 뿐입니다. 따라서 란포의 작품을 즐기기에 도움이 될 말씀을 드리는 정도로 거들도록 하겠습니다.

이 책이 사용한 저본은 고분샤에서 발행한 문고판《에도가와 란포 전집》(전30권)입니다. 이 전집은 일본에서 나온 에도가와 란포 전집으로는 최신판입니다. 그간의 연구 성과나 서지학적 자료들이 망라된 에도가와 란포 전집의 결정판이라고 할 수 있습니다. 따라서 기본적으로 이 책은 고분샤의 편집 방식을 그대로 옮겨왔습니다. 다만 우리와 일본의 환경 차이라거나 언어 환경 때문에 일부 다른 부분이 있습니다.

여기 실리는 각 작품은 단편, 장편 가리지 않고 다음과 같은 순서로 구성됩니다.

1. 읽기 전에
2. 작품 본문
3. 자작 해설

'읽기 전에'는 저본의 '해제' 앞부분입니다. '해제'란 책의 저자, 내용, 출판 연월일, 판본 정보와 판본별 차이 등을 설명하는 글입니다. 원서에서는 해제를 책의 맨 뒷부분에 모아두었습니다. 하지만 이 책에서는 해제의 일부분을 작품 앞에 두었습니다. 그 작품이 탄생한 배경이라거나 연대 같은 기본적인 내용을 알고 읽기 시작하는 것이 작품을 이해하는 데에 더 도움이 된다고 보았기 때문입니다. 다만 판본별 차이는 분문 안에서 각주 형식으로 소화했습니다. 판본의 발행 시기에 따라 다른 표현이나 변경된 내용은 본문 바로 아래서 확인할 수 있습니다. 따지자면 저본의 '해제'가 '읽기 전에'와 '본문의 각주 형식'으로 흩어진 셈입니다.

각 작품 본문은 '읽기 전에'에 어떤 판본을 기준으로 편집했는지 밝힙니다. 저본은 각 작품이 처음 발표되었을 때와 처음 책으로 묶여 나왔을 때의 상태를 기본으로 하고 있습니다. 여러 작품이 판본에 따라 적지 않은 차이를 보이니 각주에 옮겨 놓은 그 차이를 확인하시면 감상에 도움이 될 것입니다. 본문의 각주에는 옮긴이의 '역주', 별도로 표시하지 않았지만 편집부가 필요하다고 판단한 '편집자 주'도 있습니다. 작품의 시대 배경이 오래전이다 보니 적지 않은 주석이 붙었습니다. 최대한 줄이려고 했지만 일반 독자가 작품을 이해하기에 필요하다고 판단한 주석은 반드시 달았습니다.

'자작 해설'은 란포 스스로 자기 작품에 대해 이야기한 발언 가운데 중요한 내용을 수록했습니다. '해제'를 통해서도 접하지 못한 여러 정보는 물론, 작품 이해에 도움이 될 창작 의도와 환경, 에피소드 등을 확인할 수 있습니다.

판본별 차이를 옮긴 각주 부분의 '해제'는 우리말판에 적합하게 함축적으로 표현하거나 문단 나누기를 생략하는 등 그 부피를 줄였습니다. 또한 번역하면 아무런 차이가 나지 않을 단순한 표기 변화, 한자 '활자'의 미세한 차이 등은 굳이 밝히지 않았습니다.

이 시리즈 수록작은 다음과 같은 과정을 거쳐 결정되었습니다. 우선 옮긴이가 전체 작품의 목록과 특성, 선호도를 작성하여 편집부에 전달한 다음 편집부와 의논하여 대상작을 1차 선정했습니다. 이 기본 목록을 가지고 편집부가 일본 출판사와 논의하여 수록작을 결정했습니다. 이때 유족의 뜻도 반영이 된 것으로 압니다. 단 그간 란포의 장편이 거의 소개되지 않았기 때문에 원칙적으로 각 권마다 장편소설은 반드시 최소 한 편 이상 넣는다는 기준을 마련했습니다. 시리즈 제1권에는 한 편의 장편과 중단편 세 작품이 실렸습니다.

릿쿄 대학의 에도가와 란포 기념 대중문화연구센터 학술조사원인 오치아이 다카유키는 〈탐정작가 란포의 작품세계〉란 글에서 이렇게 표현합니다.

"비교적 평이한 문장으로 폭넓은 독자를 대상으로 쓴 것도 란포 작품의 특징 가운데 하나라고 할 수 있으리라. 그 때문에 어린이용 탐정소설에 몰두했던 독자가 중고등학생이 되어 에도가와 란포의 성인 대상 장편을 즐기게 되고, 나아가 단편의 기발한 발상에 놀라게 되며 그들 가운에 일부가 란포의 평론을 손에 들고 거기 소개된 여러 탐정소설의 세계로 끌려 들어간다."

하지만 현대 독자, 특히 단문 위주의 글에 익숙한 우리 독자에게 란포의 원문은 평이하지 않습니다. 또 이웃 나라라고는 해도 문화 차이가 엄연해 이해를 가로막기도 합니다. 우리말로 옮기며 때론 긴 문장을 짧게 자르기도 했고, 어떤 표현은 원문의 뉘앙스 전달을 해치지 않는 범위에서 쉽게 이해할 수 있는 표현으로 바꾸기도 했습니다.

그래도 역시 원문의 느낌을 최대한 살리는 일이 번역의 기본일 수밖에 없습니다. 소설책에 주석이 여러 개 길게 달리는 것은 보기 좋지 않지만 여럿 달게 되었습니다. 게다가 해제까지 함께 어울려 각주의 분량은 더 늘어났습니다. 그래도 이런 주석을 통해 원작의 모습에 한 뼘 더 다가갈 수 있으리라 믿습니다.

특히 란포의 환상문학 가운데 으뜸으로 꼽을 수 있는 〈오시에와 여행하는 남자〉에는 19세기 말, 20세기 초의 여러 문물이 자연스럽게 언급됩니다. 일반 독자가 인터넷 검색을 통해 비교적 쉽게 알아낼 수 있는 내용을 제외하면 꼼꼼하게 주석을 단 셈입니다. 물론 이는 성공적인 단편 〈애벌레〉나 아케치 고고로가 사건을 해결하는 〈천장 위의 산책자〉, 《거미남》에서도 마찬가지입니다.

우리나라에 처음 소개되는 《거미남》은 에도가와 란포가 일반 대중을 대상으로 연재한 첫 장편소설입니다. 흔히 통속소설의 대표작으로 꼽힙니다. 자작 해설에서도 이야기했듯 '구로이와 루이코 스타일'의 화법을 사용한 이 장편은 옛 소설의 느낌을 그대로 전해줍니다. 현대소설에 익숙한 독자에게는 낯선 서술 방식이겠지만 란포에게는 정겨운 이야기 방법일 것이라고 짐작하며 읽으시면 마치 변사의 구수한 목소리가 들려오는 느낌이 들 수 있습니다.

작품을 더 분석적으로 읽고 싶은 분들은 다음 '키워드'를 참고하시기 바랍니다. 란포의 작품을 이해하는 열쇠인 셈입니다. 란포 연구가 노무라 고헤이가 《란포 월드 대전》(2015년, 요센샤)에서 제시한 키워드는 아래와 같습니다.

1. 변신 소망 – 평생 간직한 코스프레 소망

2. 투명인간 소망과 혐인증 – 근저에 흐르는 '히키코모리' 사상
3. 태내 소망 – 벽장 속의 향락
4. 엿보기 취미 – 인간의 본성을 들여다본다
5. 렌즈 선호 – 다른 세계로 가는 입구로서의 장치
6. 아사쿠사 취미 – 범죄애호자의 장난감 상자
7. 구경거리 취미 – 애착과 향수의 모티브
8. 유토피아 소망 – 파노라마 취향이 낳은 인공 낙원
9. 인형 사랑 – 인공물에 담긴 영원한 아름다움
10. 성적 도착 – 반복해서 묘사된 페티시즘의 쾌락
11. 잔학 선호 – 향수로서의 그로테스크
12. 탐정소설 취미 – 명탐정들에게 바치는 오마주
13. 괴기 취미 – 표현 방식으로서의 괴기적 연출
14. 자기애 – 자신과 관련된 자료 수집과 셀프 패러디, 잔학성

이러한 키워드는 한 작품에도 여러 개가 녹아 있습니다. 〈오시에와 여행하는 남자〉에서는 변신 소망, 엿보기 취미, 구경거리 취미, 유토피아 소망, 인형 사랑, 성적 도착, 괴기 취미라는 키워드를 만날 수 있습니다. 〈천장 위의 산책자〉 같은 작품은 '엿보기 취미'를 극대화해 보여줍니다. 하지만 거기에도 투명인간 소망과 혐인증, 아사쿠사 취미, 구경거리 취미, 성적 도착, 잔학 선호, 탐정소설 취미 등이 함께 녹아 있습니다.

작품을 즐기며 그런 키워드를 찾아보는 일도 고전으로서의 란포를

읽는 즐거움 가운데 하나가 되겠습니다.

2016년 1월

옮긴이

번역 시 에도가와 란포 중단편 모음집 영문판인 《JAPANESE TALES of MYSTERY & IMAGINATION》(2012, Tuttle Publishing, 번역 James B. Harris)과 《The Edogawa Rampo Reader》(1989, Tuttle Publishing, 번역 Seth Jacobowitz, 제14판)와 대조하며 참고했습니다. 작품 내용에 대한 문의는 번역자의 이메일(anuken@gmail.com)로 보내주시면 답변해 드리겠습니다.

옮긴이 **권일영**

서울에서 태어났다. 동국대학교 경제학과를 졸업한 뒤 중앙일보사에서 기자로 일했으며, 소설 번역은 1984년 아쿠타가와 상 수상작인 《남비속》을 우리말로 옮기며 시작했다. 아비코 다케마루의 《살육에 이르는 병》, 《탐정소설》을 비롯해 《편지》, 《호숫가 살인사건》 등의 히가시노 게이고 작품들, 《낙원》을 비롯한 미야베 미유키의 작품 등을 번역했다. 그밖에 가이도 다케루의 다구치-시라토리 시리즈, 하라 료의 사와자키 탐정 시리즈 등 여러 미스터리를 우리말로 옮겼다. '일본미스터리즐기기 카페'를 만들어 운영하고 있으며, 한국추리작가협회 회원이기도 하다.

에도가와 란포 결정판 1

초판 1쇄 발행일 2016년 1월 20일
초판 3쇄 발행일 2023년 2월 24일

지은이 에도가와 란포
옮긴이 권일영

발행인 윤호권
사업총괄 정유한

편집 박윤희 **디자인** 박지은 **마케팅** 윤아림
발행처 ㈜시공사 **주소** 서울시 성동구 상원1길 22, 6-8층(우편번호 04779)
대표전화 02-3486-6877 **팩스(주문)** 02-585-1755
홈페이지 www.sigongsa.com / www.sigongjunior.com

ISBN 978-89-527-7550-4 04830
ISBN 978-89-527-7548-1 (세트)

*시공사는 시공간을 넘는 무한한 콘텐츠 세상을 만듭니다.
*시공사는 더 나은 내일을 함께 만들 여러분의 소중한 의견을 기다립니다.
*검은숲은 ㈜시공사의 브랜드입니다.
*잘못 만들어진 책은 구입하신 곳에서 바꾸어 드립니다.

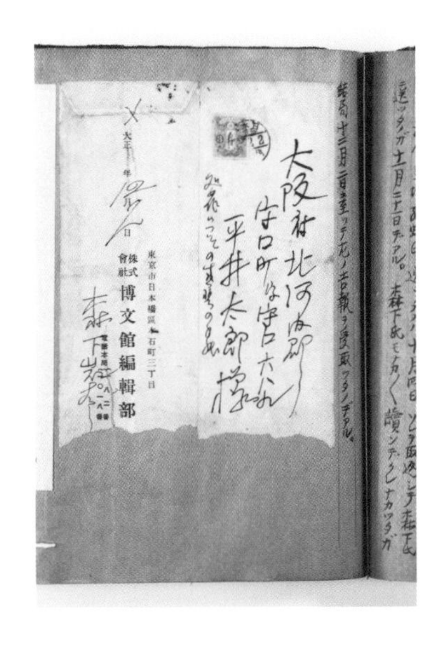

문예지 《신세이넨》의 편집장 모리시타 우손이 〈2전짜리 동전〉과 〈우표 한 장〉을 잡지에 게재해주기로 약속하며 란포에게 보낸 1926년 12월 2일자 편지 봉투. 받는 이 '히라이 타로(平井太郎)'는 란포의 본명이다.

〈오시에와 여행하는 남자〉가 처음 수록된 《에도가와 란포집》(탐정소년전집 제1권, 순요도, 1929년 6월 18일 출간).

〈악몽(발표 당시 편집장의 권유로 〈애벌레〉에서 〈악몽〉으로 제목을 바꿈)〉이 처음으로 수록된 《에도가와 란포집》(일본탐정소설전집 제3편, 가이조샤, 1929년 7월 28일 출간).

〈천장 위의 산책자〉의 초판본(슌요도, 1926년 1월 10일 초판 5쇄 표지로, 초판 1쇄는 1926년 1월 1일 출간) 표지.